Roman
Auf leisen Sohlen
in dein Herz

Claudia Krause

Buch

„Rote Rosen" soll es für die 23-jährige attraktive Stella Loren regnen. Sie will siegen, nicht lügen, sie will alles. Aber die Realität sieht anders aus. Geldsorgen stellen sich nach dem Studium ein und sie muss im noblen Restaurants ihres Großvaters als Tellerwäscherin, Hilfsköchin und Servererin arbeiten. Während ihre Freunde einen erfolgreichen Berufseinstieg als Arzt, Ingenieur, Werbetexter und Lehrer schaffen und ihre Partner für das Leben finden, steht Stella als Zaungast dabei und erntet zunächst Absagen. Alles um sie herum ist im Aufbruch und bei ihr will sich nichts nach ihren Wünschen auftun. Die Familie klebt an ihr und sie traut sich allmählich loszulassen.

Ihre beste Freundin Theresa versteht Stellas Sehnsüchte nach der großen, weiten Welt und will helfen. Sie begeistert Stella für einen Jahrestrip nach London. Diese Chance nach einer Auszeit und Müßiggang ergreift Stella.

Als Stella dem smarten und gutaussehenden Brandon in London begegnet, verliebt sie sich. Aber ist der unbekümmerte Lebenskünstler, der stürmisch in ihr Leben tritt, wirklich die Antwort auf ihr einstmals so großen Entwurf vom Leben? Brandon weiß, dass er Stella will. Stella genießt zunächst das Leben mit dem Womanizer Brandon, aber ein Jahr geht auch vorüber und beruflich muss sie endlich Fuß fassen.

Autorin

Claudia Krause, wohnt in Stolberg, lebt mit ihrem Mann und zwei von ihren drei Töchtern und ihrem Beagle in Venwegen, einem kleinen Dorf am Rand der Eifel. Bisher hat sie mit Auszügen aus diesem Roman ihre Freundinnen unterhalten und ihre Schwester schlug die Veröffentlichung des Buches vor.

Liebesgeständnis

Ich weiß nur, dass ich nicht will, dass du aus meinem
Leben fortgehst. Das mein Körper auf deinen reagiert.
Das mich nichts kalt lässt, was du mit mir unternimmst.
Das deine Berührungen für mich Verlust von Kontrolle
bedeuten.

Das ich nur noch bin.

Das Buch ist meinem Mann und meiner Schwester ge-
widmet

Wie es begann

„Es tut mir so leid, Frau Loren. Ich habe Sie weder telefonisch noch über SMS heute Morgen erreicht. Bei Familie Neal ist ein Todesfall eingetreten. Es gab einen tragischen Unfall", jetzt machte Mrs. Doherty, die Inhaberin der Au-pair-Vermittlungsagentur eine längere Pause, räusperte sich, blickte mich ernst an und fuhr mit leiser, pathetischer Stimme fort: „Es war gestern Nachmittag. Die Großmutter verunglückte mit ihrem Enkel."

Mir blieb angesichts der Tragödie jeder Ton im Hals stecken. Plötzlich fühlte ich, wie sich die Wände des Büros von mir entfernten und Mrs. Doherty vor meinen Augen verschwamm. Nach dieser Information spürte ich für kurze Zeit den Boden unter meinen Füßen schwinden, weil ich mir gut vorstellen konnte, was mir nun bevorstand. Mir wurde heiß, meine Hände feucht, mein Magen flau, in meinen Ohren rauschte es. Mrs. Doherty jedoch schaute mich völlig gefasst an. „Wir bitten um Verzeihung, aber es sind alle Stellen besetzt. Wir können leider im Moment nichts mehr für Sie tun. Sie müssen wohl wieder heimreisen. Sie wissen gar nicht wie Leid mir das tut", seufzte sie und ich fragte mich, wie ernst es ihr damit war. Die meisten Menschen bedauern andere nicht ernsthaft. Die meisten Menschen bedauern aus Höflichkeit. Gerade in diesem Moment prallten die geflügelten Hoffnungen der letzten Tage auf die Windschutzscheibe der Realität auf und ich fragte mich, ob man mir die Enttäuschung ansah. An meinen glasigen Augen, an den nicht mehr zu versteckenden

Schweißflecken, an meinen seltsam baumelnden Armen, oder überhaupt an meiner gekrümmten Körperhaltung. Ich weiß gar nicht mehr, wie ich nach dieser herben Enttäuschung überhaupt zurück auf die Straße gelangt war.

Aber da stand ich mit dreiundzwanzig, Ex-Au-pair orientierungslos und fremd, allein in einer sehr großen Stadt mit dicken Tränen in den Augen, die ich nur noch halbherzig und auch vergebens versuchte zurückzuhalten.

Es kam mir regelrecht absurd vor, wie hektisch die Menschen ihrem Alltagsgeschäft nach-gingen. Auch hatte ich grade überhaupt keine Freude die schön drapierten luxuriösen Kunstwerke aus Schuhen und teuren Stoffen zu betrachten.

Die Schaufensterpuppen schienen mich hämisch lächelnd anzuglotzen. Als wollten sie mir sagen: „Sieh her! Schau wie schön! Das würde einer jungen attraktiven Dame wie dir sicher gutstehen! Du könntest die schönsten Dinge hier kaufen! Du bist in der Stadt der Mode und der Exklusivität! Wenn du Geld hättest! Und nicht so eine schreckliche Versagerin wärst!", und das schlimmste an der ganzen Sache war, dass ich das kribbelndbren-nende, beißende Gefühl hatte, dass diese dämlichen, gesichtslosen Puppen Recht hatten. Eilig hatte ich es jetzt nicht mehr. Es gab kein Ziel und planlos lief ich die Straße entlang bis ich an einen urigen Pub kam. Ganz klassisch. Braune Holzvertäfelung. Grüne Türen und grüne Schrift. Klee-blätter und Kobolde. Das ganze klischeebesetzte Programm. Ich brauchte jetzt einen Whiskey. Das war wohl grade genau das Richtige. Bier, Whiskey und Rum. Einfach berauschen. Eigentlich egal mit was. Ich nahm Platz und kehrte langsam in meinen Körper zurück. Der pausbäckige Wirt, der hinter einer langen Theke stand, sprach mich an. Er nuschelte mit einem kaum verständlichen Akzent. Zunächst hatte ich ihn gar nicht verstanden. Drehte mich aber zu seiner Stimme um. Nun stand er da und lächelte mir aufmunternd zu. „Entschuldigung!"

„Was kann ich für sie tun!" „Ein kleines Guinness, oder eventuell auch ein großes", erwiderte ich in Gedanken versunken und macht mir wirklich Sorgen über meine Zukunft. Der Wirt stellte ein großes braunschaumiges Glas auf die Theke und ermutigte mich dorthin zu kommen. Der Pub war noch ganz leer. Er hatte eben erst geöffnet. Der Wirt schien an einem Gespräch interessiert. „Na, so finstere Gedanken!" „Ja." „Freund futsch?" Ich schüttelte den Kopf. „Job weg!" Ich nickte. Er schaute mich aufmunternd an und begann Fragen zu stellen und ich erzählt.

Theresas Auszug

„Mit wem telefonierst du?", fragte mich meine Freundin Theresa, die gerade bei ihrem Umzug innehielt. „Sch! Leise!", pfiff ich ihr den Hörer zuhaltend entgegen. „Was, sch! Ah! Kontrolle von deinem Vater!" „Nee, er will, dass ich jetzt schon komme. Sie brauchen Hilfe. Mein Vater hat doch heute Geburtstag." „Ich brauche dich hier und ich habe mit dir vor zehn Wochen diesen Termin abgesprochen." „Darf ich dich erinnern, du wolltest gestern umziehen, aber du musstest ja noch zu diesem Akustikkonzert."

„Die Karten habe ich geschenkt bekommen und umziehen kann man verschieben, aber das Konzert nicht. Mensch, dein Vater nervt! Du hast doch gesagt, dass du kommst. Er sollte sich freuen, dass wenigsten einer seiner Töchter kommt. Julia kommt doch nicht extra aus Österreich?"

„Doch! Sie ist schon seit Freitag mit ihrem Freund bei meinen Eltern." Mit großen Augen schaute sie mich irritiert an und zog enttäuscht für sich den Schluss: „Ah, heißt das jetzt, du lässt mich hier im Stich!" „Nee, ich helfe dir schon beim Umzug!" „Seit ich dich kenne, haben deine Eltern immer beide Hände in deiner Privatsphäre. Immer mischen sie sich ein. Das ist doch nicht normal, dass du immer noch regelmäßig mit deiner Familie rumhängst."

„Aber ich muss da hin." „Nö! Kannst ja dann sagen, du bist total müde und geschafft. Du kommst später." „Zu einem gemeinsamen Essen kann man nicht später kommen. Das ist ein absolutes No Go! Komm jetzt! Wir

beeilen uns einfach. Dann schaffe ich beides. Wann kommen die anderen endlich?" „Es ist Sonntag. Sie haben gesagt, dass sie um zehn hier sein werden. Wir stellen schon einmal alles runter an die Straße. Dann braucht Frederic, Mika und Janis es nur einzuladen und du darfst dann gehen." „Dann komm jetzt!"
Während wir Theresas Möbel zerlegten, sezierte Theresa wieder meine Seele. „Und macht es Spaß den Bonzen das Essen zu servieren?"
„Nee, ich bin zurzeit nicht mehr im Servicebereich. Mein Opa setzt mich in der Küche ein. Da helfe ich dem Koch. Ich arbeite lieber in der Küche. Ist irgendwie kreativer. Opa meint, dass ich das Zeug zu einem guten Koch habe. Außerdem habe ich die Aussicht auf Commis de Cuisine."
„Was ist das denn?", lachte Theresa und schüttelte den Kopf. „Eins höher als Tellerwäscher und Küchenhilfe."
„Also dein Plan zur ‚Kohle ohne Ende' ist vom Tellerwäscher zum Millionär."
„Mein Opa hat nun einmal Restaurant und keine Werbeagentur."
„Du willst doch nicht wirklich Köchin werden?" „Erst einmal ist es ein Berufseinstieg. Leider stehen mir nach meinem Studium nicht alle Türen offen. Na ja, auf philosophische Fächer gibt es keine Garantie auf Gewinnmaximierung auf dem Berufsmarkt. Vielleicht nimmt mich Kleist in Köln, die suchen noch einen Texter. Drück mir dafür mal die Daumen!" Nervös schaute ich zur Uhr, die sich heute von der unfreundlichsten Seite zeigte und unbarmherzig keine Minute schenkte.

Schwitzend und prustend zwängten wir ein Regal, später den Kleiderschrank, zehn Kisten Bücher, Pflanzen und vieles mehr die enge Treppe aus der vierten Etage hinunter ins Parterre.

Ein Nachbar im Haus Herr Jost beschwerte sich. „Heute ist Sonntag. Mädchen, seid ihr beknackt, so früh am Morgen Lärm zu machen? Man zieht nicht sonntags um."

„Herr Jost, wir bitten um Verzeihung. Wir sind modern und für die Demokratie der Wochentage."

Wütend schmiss Herr Jost die Tür zu, so dass an anderen Stellen wieder neugierig die Türen geöffnet wurden. Theresa kicherte und nickte mir aufmunternd zu, als wäre alles ein Heidenspaß. „He, ich muss hier noch wohnen und jeden Tag an meinen Nachbarn vorbei!"

„Ach, die blöden Arschgeigen und Spießer! Ich fühle mich heute wie ein Lottogewinner. Wenn es danach ginge, würde ich gleich meine ganze Hand auf die Klingelknöpfe drücken und allen einen guten Morgen am frühen Sonntag wünschen. Frau Bunse weckt uns doch auch jeden zweiten Samstag am frühen Morgen, weil der Flur geputzt werden soll."

„Na, super! Nach dir die Sintflut." „Aber ich bin echt froh, dass ich raus kann. Zwei Zimmer waren doch ein bisschen eng. Ich freu mich total auf Frederics Wohnung an den Kurparkterrassen. Er hat einen Garten und 20 Quadratmeter mehr." Es schellte Sturm und wir hörten unsere Freunde: Claudia, Frederik, Janis, Mika und Verena die Treppe heraufstolpern. „Mensch, ist das hier mit dem Parken wieder eng!" „Schön das ihr endlich kommt. Könnt ihr oben mein Bett auseinanderschrauben. Der Akkuschrauber liegt auf dem Küchentisch."

Eine herbe Enttäuschung

Müde pflanzte ich mich in der Küche auf einen Stuhl, um ein wenig zu verschnaufen. „Na, Stella! Was machst du denn jetzt so allein demnächst in deiner Wohnung. Suchst du dir eine neue Mitbewohnerin?", wollte Claudia wissen. „Nee! Ich bin mit dem Geld nicht mehr so knapp wie in meiner Studentenzeit. Es war doch sehr eng zu zweit auf 40 Quadratmeter."

„Bleibst du jetzt bei deinem Großvater im Restaurant?"

„Nein, ich helfe ihm vorübergehend und lerne kochen, servieren und ein Restaurant führen. Das hat sich einfach so ergeben, erst einmal. Aber im August fange ich vielleicht bei Kleist in der Werbeabteilung als Texter an."

Claudia schaute mich erschrocken an. Die ganze Gesichtsfarbe changierte ins Blasse. „Ist dir nicht gut? Willst du was Trinken?" „Hast du schon gehört? Verena fängt am ersten August als Werbetexterin bei Kleist in Köln an." „Echt jetzt? Nee, ne?", gab ich erstaunt und zerknirscht von mir. Ich war so enttäuscht. Es war meine letzte Bewerbung und schon wieder eine Absage. „Eigentlich hat mir Verena verboten, mit dir darüber zureden. Sie will keinen Ärger mit dir...", tröstete sie mich und legte ihre Hand auf meine Schulter. In diesem Moment war ich so frustriert über diese Entwicklung, dass ich völlig ungerecht meiner Wut vor Claudia Platz machte. „Mensch, was war ich doof. Ich schwärme Verena noch von diesem Job vor und natürlich bewirbt sie sich dort." Claudia sah mich mitleidig an. „Vielleicht fehlen mir die blauen Augen, die blonden Haare, ein üppiger Busen, aber vor allem ein riesiger Arsch und natürlich nicht zuletzt, die Referenzen bei Georgi das

Praktikum gemacht zu haben. Verena hat alles, was ich nicht habe, natürlich setzen sie auf eine Deutsche." „Sei nicht ungerecht! Verena verdient es genauso wie du! Der Markt ist eben heiß umkämpft!" Wir verstummten, als Verena die Küche betrat und sie uns groß und erwartungsvoll anschaute. „Pause?", versuchte sie sich ins Gespräch einzuklinken und wir nickten.

„Ich geh' mal und packe Theresas Kleider mit ein", verabschiedete sich Claudia aus der Küche und ich spürte deutlich, dass sie sich ertappt fühlte. Es sah wie ein schlechtes Gewissen aus, weil wir eben beide Claudias Freundinnen waren. Verdammte Loyalitätsfalle.

„Was machst du jetzt hier in der großen Wohnung so allein?"

„Nix, vielleicht mache ich mich hier selbstständig und mache meine eigene Agentur auf." „Ach, du spinnst. Ohne Erfahrung. Da machst du schnell Schiffbruch!" „Ach, darin bin ich erfahren."

Verena drehte sich kurz weg und schaute in den Flur und schloss die Tür. Verlegen schaute ich zum Boden, weil das Gespräch mit Claudia in mir noch nachhallte. Mit dem Blick auf meine Füße entgegnete ich ihr: „Und bei dir alles klar?"

„Soweit so gut!"

„Hast du schon eine Stelle gefunden?"

„Ich habe noch drei Bewerbungen laufen und dann suche ich mir eine Stelle aus."

„Ach, hast du Glück!" Sie nickte. Es kam kein Ton von ihr über Kleist. „Komisch, dass Theresa und Frederic jetzt ein Paar sind?" „Nö, finde ich gar nicht!"

„Die passen doch gar nicht zusammen. Frederic ist

irgendwie noch grün hinter den Ohren und Theresa. Das weißt du ja selbst, dass sie bisher nichts anbrennen hat lassen."

„Was meinst du?"

„Mark, Sven, Lucca, Jean-Pierre und wie sie alle heißen. Wie lange gibst du ihr?"

„Nee, ehrlich! Diesmal ist es anders. Mit Mark, Sven und der ganzen Truppe war sie schon direkt nach dem Kennenlernen im Bett. Das waren reine Bettgeschichten. Als Flaute im Bett war, fand auch die Beziehung nicht mehr statt. Bei Frederik hat es fast zwei Monate gedauert, ehe er an Theresas Laken schnuppern durfte. Er hat sich wirklich ins Zeug gelegt mit Blumen, Kino, Essen und einfach allem. Er hat ihr zugehört und sie kennen gelernt. So wie es sein soll." „Ich erinnere mich, mit einem Typen von ihr hattest du richtig Zoff. Wie hieß der noch?"

„Mark heißt der Testosteron gesteuerte Vollidiot."

„Du hast ihn rausgeworfen!"

„Bei Mark und Theresa ging es nur um Befriedigung von den niedrigsten Trieben, selbst wenn Theresa keinen Bock hatte."

„Wie meinst du das?"

„Der hat schon beim Eintritt in die Wohnung das Rammeln angefangen. Hose runter, Schuhe noch an. Eben ein typisches Arschlochexemplar von Mann, der nur seine Bedürfnisse kennt und glaubt, wir Frauen fänden es super, dass er uns mindestens viermal in der Woche begattet. Besser Begattung als gar keine Aufmerksamkeit", lästerte ich und war nun in Fahrt, mir meinen Frust auf einem Nebenschauplatz von der Seele zu reden, „einfach einmal für einen Fick vorbeischauen, um anschließend ganz entspannt zu arbeiten. Ich wäre auf so einen Typen auf gar keinen Fall reingefallen. Bei mir hätte er gar keine Chance gehabt. Nie und nimmer! Der Typ war eine totale Geschmacksverirrung."

„Ja, ich erinnere mich." Es entstand ein Schweigen.

„Reitest du noch mit Janis aus?" „Ich habe Niagara verkauft. Ich hatte vor den Prüfungen nicht so viel Zeit und Papa konnte nicht mein Studium und Pferd finanzieren." „Ach so! Hat Janis noch sein Pferd?" „Ja. Ich nehme das Pferd von seiner Mutter, wenn wir ausreiten. Wir waren vorheriges Wochenende auf dem Trial mit dem G von Janis Onkel." „Liebst du ihn immer noch?"

„Was? Nein, wir sind nur gute Freunde." Verena blickte mich seltsam fragend an.

„He, ich geh' nicht fremd mit ihm. Janis hat sich mitten in unserer Freundschaft an Claudia in der Neun gehängt. Ich war mit ihm schon vor Claudia eng befreundet. Wir sind gute Kumpels. Außerdem ist das meine Privatsache!", versuchte ich sie zum Verstummen zu bringen und nahm eine Zeitschrift und klappte sie auf und las darin. Während meine Augen über die Zeilen huschten ohne einen Buchstaben zum Fassen zu bekommen, versuchte Verena herauszufinden, was ich nun Interessantes las und folgte meinen Augen. „He, ihr faulen Ärsche", kam Theresa laut polternd in die Küche. Ich schaute immer noch angestrengt in die Zeitung, um mich gefühlsmäßig abzukühlen. „Was gibt's? Ist jemand gestorben?"

„Stella liest Jobanzeigen. Die Neals suchen in London ein Aupairmädchen."

Ich schaute mir nun die Anzeige genauer an, auf die Verena angespielt hatte und las, was darin so verlangt wurde. „Für wie lange suchen die ein Au-pair?" „Für ein halbes Jahr!" Theresas Interesse war geweckt und sie entgegnete mir: „Und willst du das machen?"

„Also weißt du! Ich habe doch nicht Master studiert, um Kindern den Arsch abzuwischen und für ein Taschengeld zu jobben", versuchte ich diese Idee abzuwürgen. Verena wurde der Boden zu heiß. Mit dieser Bemerkung stand sie kurz vor der Entdeckung, dass sie die begehrte Stelle bekommen hatte, das merkte ich gleich und sie verließ die Küche. „Ich geh' mal helfen."

„Ja, mach' mal, bin auch gleich wieder da", rief Theresa aufmunternd hinterher. „Bist du müde, oder was ist los?"

„Ach, das ist einer der Tage, wo man sich fragt, ob man ihn nicht einfach überspringen darf."

„Ich habe vor einem Augenblick von Claudia erfahren, dass Verena den Job in Köln hat. Dann provoziert Verena mich, als ob sie ihre Tage hätte. Janis zieht in drei Wochen mit Claudia zusammen und ich sitze hier in der Bude und jobbe bei Opa im Restaurant mit Null Aussichten auf Selbstverwirklichung und die Liebe meines Lebens", gab ich ihr unumwunden zu, „und du ziehst aus, weil du die Liebe deines Lebens gefunden hast. Ich bin wütend und verzweifelt. Es ist alles schief. Nichts läuft gerade richtig." Theresa legte tröstend den Arm um mich. „Lass' mal schauen! Das ist vielleicht gar keine schlechte Idee. Jetzt, wo du weißt, dass es mit Köln auch nichts geben wird. Da kannst du doch einfach nach all der Maloche an der Uni dir eine Auszeit gönnen. London ist doch eine fabelhafte Stadt mit tollen Aussichten und weit genug von deinem Paps entfernt. Also wenn ich nicht mit meiner Stelle am Kaiser-Karl-Gymnasium beginnen müsste, würde ich das glatt machen." „Meine Eltern werden begeistert sein. Alle meine Freunde haben eine tolle Stelle nach dem Studium und ich gehe als Au-pair nach London", versuchte ich ihren Blick zurecht zu rücken. „Stella, wie sieht denn das jetzt aus? Du isst immer noch regelmäßig bei deinen Eltern und verbringst mit deiner Verwandtschaft die meiste Zeit. Zusätzlich arbeitest du bei deinem Opa und kommst aus der Bevormundung deiner Eltern nicht heraus und hast gerade deine sechste Absage auf deine Bewerbungen erhalten und Janis zieht in ein paar Tagen mit Claudia zusammen."

„Mhm, Es gibt ja nicht nur Kleist. Außerdem will ich bei Janis bleiben."

„London ist eine Weltmetropole und du

bevorzugst deutsche Kartoffeln? Mach das doch!" „Ich weiß nicht. Vielleicht verscherze ich es mir noch ganz mit einem guten Job." „Weißt du noch, wie Frau Lüttchen uns im Englischunterricht von Cornwall vorgeschwärmt hat. Oder wie wir die Sketche von ‚Flying Circus' und ‚Little Great Britain' uns angesehen haben", motivierte sie mich. „Wir wollten doch schon immer nach England. Weißt du es noch?

Zuerst waren wir zu jung. Dann wollte mein Vater mich wegen der Geschichten mit den Jungs nicht in den Schüleraustausch nach Brighton lassen. Bis du gesagt hast, du kommst mit. Aber dein Vater wollte es nicht bezahlen, weil ihr in den Ferien zu deinen Verwandten nach Marina di Massa und Fréjus wolltet und er zu geizig war, dir das zu gönnen. Anschließend musstet ihr im nächsten Jahr wieder die Verwandtschaft besuchen und du durftest plötzlich gar nichts mehr ohne Aufsicht machen, weil dein Vater meinte, dass du unter die Räder kommen würdest. Du hast 'genug Kohle' dahinzufahren.

Nee, du bekommst auch noch Taschengeld, Essen und Übernachtung frei! Also besser geht es wohl nicht!", schnurrte sie ihre Ideen zur Sache ab. Plötzlich hatte sie in mir einen Gedanken angestoßen.

Ich erinnerte mich an meine früheren Reiseträume. Tatsächlich gab es in mir eine Sehnsucht nach diesem Ort. In mir sprang eine Tür auf und plötzlich war es da. Das Gefühl einfach weg zu wollen, aus meinen Leben auszubrechen und eine neue Wendung in mein Leben zubringen. „Meinst du wirklich?" „Klar, du bist jetzt dreiundzwanzig und hast keine Verpflichtungen. Ich war nach der zehn doch auch in Amerika. Du machst deinen Auslandaufenthalt eben jetzt. Erweitere einfach deinen Horizont! Wenn erst einmal deine Eltern weg sind, kannst du endlich machen, was du willst. Keine Einmischung mehr. Es gibt da draußen in der Ferne nur dich und deine Spontanität. Keine Kritik. Einfach Leben. Endlich eine Chance zu machen, was du willst. Komm schon! Die Chance ist jetzt da." „Nein." „Also gut. Du überbrückst die Zeit bis Janis frei ist." „Dann werde ich wohl gar nicht mehr aus England zurückkommen", stimmte ich zu und holte mein Laptop und antwortete auf die Anzeige.

Meine Eltern

„Deckst du schon einmal den Tisch, holst du die Getränke aus dem Keller, stellst du die Blumenvasen schon einmal bereit", tönte meine Mutter aus der Küche, als ich gerade die Eingangstür aufschloss.

„Wo ist Julia? Warum hat sie das noch nicht gemacht?"
Meine Mutter schaute mich mit großen Augen an. Runzelte kurz mit den Augenbrauen und kochte schließlich weiter, vielleicht auch ein bisschen vor Wut, aber sie ließ es sich nicht weiter anmerken. Ich deckte den Tisch und mein Vater setzte sich an den Tisch und begann ein Gespräch mit mir. „Und wie läuft es so?"
Ich fühlte mich ertappt und wusste zunächst nicht, wie ich den Misserfolg verpacken sollte.

„So schweigsam heute?"

„Ich werde den Sommer in England verbringen und zwar in London. Dort habe ich eine kleine Arbeit in Aussicht. Du weißt ja, Weiterbildung ist alles. Ich erweitere meine Englischkenntnisse. Das ist ganz wichtig. Ich brauche diese Qualifikation noch und es kostet dich nichts."
„Wirklich? Und, was ist das für ein Job?" „Also, warte einmal, sonst verzähle ich mich mit dem Besteck." Nach einer kleinen Atempause antwortete ich: „Ich bin Au-pair bei den Neals." „Wir fahren am 22. Juli nach Marina di Massa, fährst du mit?" „Ich bin da schon in England."
Das passte meinem Vater gar nicht. Er schaute mich an, seine Mundwinkel leicht nach unten gezogen, ernst, ein kurzes Schnaufen, aber er sagte zunächst nichts. Langsam kroch in mir die Unsicherheit hoch und mein Blick versuchte zu erfassen, ob jeder Teller mit Besteck,

Gläsern und Serviette nett dekoriert war. Meine Augen zählten immer wieder die Teller durch, um nichts zu sagen. Ich wollte nichts beantworten und mich nicht rechtfertigen. „Wir sind immer im Sommer in Massa und Fréjus. Tante Martine würde dich gerne wiedersehen. Sie denkt immer wieder daran, wie du sechs Wochen mit ihr verbracht hast. Sie liebt dich. Du wirst sie doch wohl besuchen?" „Ja, aber erst im nächsten Jahr." Mein Vater atmete schwer: „Du bist vorheriges Mal wegen deiner beginnenden Abschlussarbeit nicht mitgefahren und diesmal fährst du alleine wo anders hin. Tante Melina wird dich sehr vermissen, und denke nur an Onkel Guiseppe. Es könnte vielleicht das letzte Mal sein, dass du ihn siehst. Tante Melina hat mir erzählt, dass ihr Vater sehr krank sei und eigentlich nur noch den Tag draußen vor der Tür verbringt. Denke nur, er ist jetzt 85 und du siehst ihn vielleicht in diesem Sommer zum letzten Mal. „Aber Papa! Onkel Guiseppe sitzt schon seit zehn Jahren auf dem klapprigen Stuhl vor der Haustür und wartet in der Sonne jeden Tag auf seinen letzten Atemzug. Ich verabschiede mich schon seit zehn Jahren von ihm, als wäre es das letzte Mal. Er wird wohl bis nächstes Jahr noch durchhalten." „Sei nicht so herzlos!"

„Und was ist mit Julia?" „Deine Schwester kommt mit Toni aus Österreich dorthin! Ist ja nicht weit von ihr! Die ganze Familie wird da sein", nahm er mir den Wind aus den Segeln. „Papa seitdem ich denken kann und sogar noch davor, fahren wir, wie der Uhrzeiger zu den gleichen Zahlen, immer an die gleiche Stelle und treffen die gleichen Leute. Ich muss einmal was Anderes machen, sonst erstarre ich hier zu Stein. Hier gibt es keine

Entwicklung!

Julia ist ja auch in Österreich und studiert da. Ich muss einmal für eine Weile ganz allein sein", warf ich ihm an den Kopf. Nun schaute mein Vater mich mit sehr großen und erstaunten Augen an und schwieg. „Also bitte!", kam schließlich aus ihm heraus. „Was gibt es wichtigeres als Familie? Das ist der eigentliche Mittelpunkt. Deswegen arbeiten wir, um am Ende alle zusammen zu sein. Das ist der Sinn." „Ich stelle es nicht in Frage, Papa. Ich bin nur einmal kurz weg und in Hand umdrehen wieder da."

Der Mittelpunkt meines Lebens

Es klingelte. Fröhlich gestimmt und laut plappernd erschien meine Verwandtschaft. Alle begrüßten sich ausgiebig, küssten und herzten sich und betraten den Flur, um schließlich in den Wintergarten zu gehen, um dort an der großen Tafel Platz zu nehmen. Plötzlich stand Tante Pia vor mir. Sie hatte zu mir immer ein sehr enges und zu meiner Mutter ein konkurrierendes Verhältnis. Ein blödes Gefühl für ein Kind, wenn die Tante mehr geliebt werden wollte, als ein Kind seine Mutter liebt. Ich hasste sie, meine Fassade tat so, als ob sie der netteste Mensch auf Erden sei. Nur um des Lieben Friedens Willen. So näherte ich mich meiner Tante Pia langsam und hielt ihr die Hand zum Gruß hin und sie nahm meine Hand und zog mich nah an sich heran, um mich zu umarmen und zu küssen. Als Tochter von Serge gehörte ich natürlich vollwertig zur Familie, während Mutter als Anhängsel nur zurückhaltende Aufmerksamkeit gebührte. In Abwesenheit meiner Mutter erzählte mir Pia früher vor meiner Oma von den Fehlern meiner Mutter und verwirrte mich. „Na, hat deine Mutter wieder keine Zeit. Du wirst noch ein richtiges Oma Kind. Sie arbeitet aber auch so viel. Das Haus ist viel zu teuer. Dein Vater hat sich übernommen. Ihr hättet euch besser was gemietet. Aber deine Mutter wollte unbedingt das Haus und dein Papa muss sich die Seele aus dem Leib schuften. Die alte Ruine in Venwegen verschluckt ein Vermögen. Mama, sag du doch auch auch einmal was dazu!" So was macht man doch nicht, dachte ich nur. Wie kann sie nur so über meine Mutter reden. Sie hatte es sich mit mir verscherzt.

Ihren ältesten Sohn Serge liebte ich dagegen sehr. Er war der Quell aller Zerstreuung. Mit ihm gab es nie Langeweile. Mit einem Schalk im Auge glitt ich gleich in seine Arme und er grüßte mich nett mit einem Wangenkuss. Wir waren eine verschworene Gemeinschaft und zwei gleichberechtigte Partner.

In Serges Augen war ich geschlechtlos und genoss vor ihm die gleichen Privilegien wie er selbst. Das hieß auch, dass ich die gleichen Pflichten aber auch die gleichen Konsequenzen hatte. Vieles blieb geheim, wenn nicht gerade sein Bruder Leandro alles ausplauderte. Er konnte nie ein Geheimnis für sich behalten.

Am Tisch setzte ich mich neben meine Cousine Isabelle, die Tochter der Schwester meiner Mutter. Sie war mir wie aus dem Gesicht geschnitten und unserer Kindheit verbrachten wir gemeinsam und man betrachtete uns auf der Schule als Schwestern. Kaum saßen wir zusammen am Tisch, erzählte sie mir auch gleich die Neuigkeiten aus ihrem Geschäftsleben und von ihren Erfolgen. Ihr Privatleben war genauso "Mau" wie meines.

„Unsere kleine Küchenfee Stella will in die weite Welt", verkündete mein Vater im leicht verärgerten Ton am Tisch. Meine Verwandten hielten gleich mit dem Kauen inne und schauten mich ungläubig an. Schon der Ton meines Vaters gab ihnen Anlass in sich Kritik zu sammeln und zu überlegen, was wohl dagegenspräche, um mich aufzuhalten. Tante Pia, wie konnte es anders sein, hob gleich mit dem Beil an, um ein Stück von meinen Plänen abzuschneiden: „Ach, wirklich? Ich dachte, du wolltest das Restaurant übernehmen. Dein Opa sucht einen Nachfolger. So eine Chance würde ich mir nicht entgehen

lassen, aber Serge kann dich vertreten, nicht wahr, Serge? Schließlich kannst du zwei Jahre nach deinem Abi einmal was Sinnvolles tun! Bisher ist dein BWL Studium nicht gerade erfolgreich verlaufen. Du lässt dich viel zu sehr hängen." Serge schaute seine Mutter nur an und blickte in meine Richtung und zwinkerte. Kaum waren Pias Töne verklungen, verschluckte sich meine Mutter und hustete. Mein Vater richtete nun ganz erstaunt über diese Wendung seine Augen auf mich und wartete auf meinen Einspruch, der nicht kam. Kaum hatte sich meine Mutter erholt, sprach sie im heiseren und kratzigen Ton: „Nix, nix, nix da! Das Restaurant gehört meinen Eltern und bleibt in den Händen von Faberge. Nichts gegen Serge, aber eher übernehme ich den Laden bis Stella wieder in Deutschland ist. Nicht wahr, Stella?", versuchte sie mich auf ihre Seite zu ziehen, „außerdem bleibt sie nur für sechs Monate oder höchstens ein Jahr in England und Opa René sagt nur immer,
er will sich zurückziehen in Wirklichkeit ist er Koch bis ans Ende seines Lebens und das kann länger als ein halbes oder ein Jahr dauern. Es tut Stella gut, einmal wirklich nur etwas für sich zu machen. Nicht wahr, Serge, das siehst du doch auch so", versuchte meine Mutter Tante Pia den Wind aus den Segeln zu nehmen und Papa auf ihre Seite zu ziehen. Tante Pia tat ganz eingeschnappt und meinte zu meinem Vater: „Ich wollte nur helfen. Das Angebot steht auf jeden Fall, solange Serge keine anderen Pläne hat." Ich nickte Serge lächelnd zu und er verstand mich. „Ich werde Stella vertreten und wenn sie zurückkommt, gibt sie mir bestimmt einen guten Job im Laden von ihrem Großvater. Nicht wahr, Kusinchen. So

wie in alten Zeiten ziehen wir unser Ding durch. Wir machen aus dem Restaurant was ganz Tolles, Einmaliges." „Na, klar. Da bekomme ich echt wieder Lust. Wir beide zusammen! Ich werde mit Opa heute Abend sprechen", stimmte ich zu. Meine Mutter schien damit zufrieden und alle nahmen das Essen wieder auf.

Auf nach London

Mit einem schwarzen, großen Rollkoffer, einer Handtasche und einem Kulturkoffer machte ich mich wenige Tage später auf den Weg zum Düsseldorfer Flughafen. Den größten Teil meiner Habe hatte ich wieder zu meinen Eltern geschafft und meine Wohnung aufgelöst. Mein Vater brachte mich grummelnd zum Flughafen. „Also muss das denn sein? Du vertust nur deine Zeit dort! Das bin ich gar nicht von dir gewohnt. Opa René dachte, du würdest sein Restaurant übernehmen. Du hast doch so hart bei ihm gearbeitet. Naja, in einem halben Jahr kannst du immer noch da anfangen und ich hoffe wirklich, dass Serge sich diesmal bewährt und nicht deine Zukunft zugrunde wirtschaftet. Im Grunde genommen, kann er ohne dich doch gar nichts richtigmachen. Hoffentlich macht er da nichts kaputt." „Papa. Keiner traut Serge etwas zu. Außerdem guckt Opa nach ihm, was soll da schon schiefgehen. Opa lässt ihn nichts machen, bevor er es nicht richtig geübt hat." „Wenn du jetzt hierbleiben würdest, dann bräuchten wir jetzt nicht solche zusammengeschusterten Lösungen." So drehte sich bei ihm die Orgel und ich freute mich, dieser Tretmühle zu entkommen und entgegnete ihm nichts.

Das Taxi hielt im Rosary Garden, wo das Hotel Aston Suites lag. Es war eine ruhige Wohnstraße. Die drei Wohnhäuser, in denen das Hotel residierte, lagen etwas südlich von der U-Bahnstation Gloucester Road. Es war ein altes Haus aus dem frühen 19. Jahrhundert, sowie man es aus den englischen Filmen herauskannte, wenn sich gerade der Herr des Hauses von seiner bleichen Gattin mit hochgesteckter Frisur mit einem Gruß durch Lupfen des Zylinders verabschiedete. Ich liebte diese Häuser.

„Guten Tag, kann ich Ihnen helfen", fragte mich eine Dame hinter dem Tresen. „Ich bin Stella Loren. Ich habe ein Zimmer reserviert." Sie suchte den Schlüssel für mein kleines Reich der nächsten zwei Tage, bis ich bei der Gastfamilie einziehen konnte und begleitete mich, schloss mir auf und ich schaute hinein. Es war sauber, ein wenig eng und nett möbliert. Die Frau ließ mich allein. Ich stellte mein Gepäck ab, ging ins Badezimmer und beschloss zunächst einmal zu duschen.

Ein neuer Job

„Ach, ja, wie du siehst, aus dem Job ist nichts geworden und meine Heimreise steht bevor", brach ich an dieser Stelle meine Erzählung ab und David schaute mich gebannt von meinen Worten an.
„Spannend. Ein Wendepunkt in deinem Leben oder Heimkehr?" „Ich will mindestens ein halbes Jahr bleiben und brauche für diese Zeit einen Job. Nichts Anstrengendes, aber etwas was mich über Wasser hält."

Plötzlich drehte er sich um, raschelte mit Papier und legte mir eine Zeitung unter die Nase. Schließlich blätterte er sie auf und ich sah auf einen großen Stellenanzeigenteil. „Also Au-Pair, Haushaltshilfe oder so was, soll es sein. Dafür braucht man nicht so unbedingt jetzt eine richtige Qualifikation. Was hast du denn bisher so gemacht?"

„Ich habe an der Universität Literaturwissenschaft und Bildungswissenschaften studiert."

Angestrengt suchte er nach einer passenden Annonce im Anzeigenteil. Der Stellenmarkt für Akademiker war samstags und heute war Dienstag. Plötzlich tippte er mit seinem Finger auf eine Stellenausschreibung.

„Hier, die suchen für ihre Agentur Butler und Mädchen für alles, so eine Art Hausmeister. Das ist eine sehr gute Agentur. Sie bedienen die Reichen und die High-Society, die sehr viel Wert auf Kultur und gute Erziehung legen, aber vor allem ist die Bezahlung sehr gut. Davon kann man ganz gut leben. Meine Freundin hat da einmal gearbeitet. Eine mit einem Master nehmen die sicherlich mit Handkuss", und drehte den Anzeigenteil zu mir. Schließlich zeigte er auf die Telefonnummer und die Adresse. "Oh", entfuhr es mir überrascht und bereit jeden Strohhalm zu ergreifen.

Er holte einen Kugelschreiber und notierte mir die Adresse des eventuellen neuen Arbeitgebers. Ich sog förmlich die Anzeige in mich hinein und prägte mir das Emblem und die Adresse ein, das in der Anzeige auf der rechten Seite königlich prangte und wiederholte sie in Gedanken mehrmals. „Irgendwie wirkt es sehr aristokratisch, nicht wahr? Engländer bevorzugt!", las ich leicht irritiert.

„Ach, das ist deren Aushängeschild. Das wollen die haben, aber letztendlich müssen sie zuverlässige Leute finden, die den Job machen. Du hast wirklich eine gute Aussprache. Ein bisschen hört man, dass du aus dem Ausland bist. Aber das stört gar nicht. Du siehst wirklich gut aus und glaube mir, dass ist ein gutes Startkapital in der Branche. Du hast Manieren, hast ein Studium und wie ich gehört habe, bist du aus einem guten Elternhaus und hast in der Gastronomie gearbeitet. Du weißt, wie man Lachsschnittchen serviert. Die wären schön dumm, wenn sie dich nicht nehmen. Außerdem deutsche Gründlichkeit kann in einem Haushalt nie schaden."

„Also, Du meinst ich soll mich wirklich vorstellen?"

„Willst du einen Job? Es ist ein Anfang. Wenn du erfolgreich warst, musst du mir versprechen, dass du wieder vorbeikommst und wir darauf anstoßen."

Meine deprimierte Stimmung verflog. Mein Leben ging in London weiter. Gott sei Dank. Nicht nach Hause mit eingezogenem Schwanz. Das Einzige, was zählte, war ein neuer Plan und diese klitzekleine Hürde. „Ja, wir stoßen an David, wenn ich den Job habe", stimmte ich nickend zu und mich überkam ein neuer Enthusiasmus, eine Euphorie, in meiner Vorstellung flog ein Sektkorken gegen den Himmel. Er klopfte mir beruhigend und freundlich auf die Schulter. Wir unterhielten uns noch eine Weile, bis ich mich aufgekratzt fröhlich auf den Weg zurück in mein Hotel machte.

Mitchell und Tschirner

„Hier spricht Mitchell und Tschirner, Mrs. Sarah Sinclair. Was können wir für Sie tun."

„Guten Tag, mein Name ist Stella Loren. Ich habe Ihre Anzeige in der Zeitung gelesen. Ich würde mich gerne bei Ihnen vorstellen."

„Haben Sie in dieser Branche schon gearbeitet?" „Ja. Bis vorgestern habe ich in der Gastronomie bei meinem Großvater im Restaurant gearbeitet." „Sind Sie Engländerin?"

„Nein, Mitglied der europäischen Staaten."

„Welches Land?" „Deutschland!"

„Oh, interessant. Erzählen Sie uns kurz von Ihren Berufserfahrungen."

„Ja, ich bin engagiert,
in keiner Weise begriffsstutzig, flexibel und vor allem problemlösend. Ich habe einen Master in Literatur- und Bildungswissenschaften."

„Ja, das hört sich bisher ganz gut für uns an, besonders die Arbeit in der Gastronomie ist für uns interessant. Kommen Sie doch heute Mittag um vierzehn Uhr bei uns vorbei! Wir freuen uns auf Sie."

Schon hatte sie eingehängt. Plötzlich umfingen mich gemischte Gefühle. Der Gedanke auf den Hund gekommen zu sein, blitzte in mir auf. Aber die Not lässt einen „kleine Brötchen" backen. Bloß nicht nach Hause fahren und selten dämlich dastehen. Ich wollte auf gar keinen Fall ein Versagerimage für mich aufbauen. Für die anderen war ich im Ausland als Au-pair. Was ich vor hatte zu tun, war ja so ähnlich. Es würde sicherlich eine tolle Anekdote in meinem Leben werden. Als ich einmal in England war, da habe ich zunächst keinen Job gekriegt, aber dann..., malte ich mir aus. Kriegt schließlich keiner die Nase dran. Ich wollte von zu Hause weg sein. Das war mir einfach wichtig. Diese Enge, diese Bevormundung, diese ständigen Bewertungen meines Lebens nach Regeln, was man tut oder lässt. Ich brauchte einfach Freiheit in jeder Hinsicht. Ich wollte mich in der Fremde austoben, amüsieren um dann gelassen wieder nach Hause zu fahren. Niemand würde davon erfahren, was ich hier erleben würde. Naja, vielleicht Theresa.

Bei meiner Ankunft sprach ich am Empfang vor. Eine nette Frau Mitte dreißig, sehr elegant gekleidet und äußerst attraktiv, gab mir die Anweisung: „Darf ich sie bitten, zunächst einen Augenblick hier vorne Platz zunehmen und diesen Personalbogen auszufüllen, Mrs. Tschirner wird Sie gleich empfangen."

Ehrlich gesagt, was dann geschah, war unglaublich. Man mutete mir einen Augenblick von zwei Stunden zu. Noch nie habe ich solange gewartet, wie an diesem Nachmittag und ich fühlte mich nach einer Stunde, als würde ich zum unbeweglichen Inventar gehören. Vielleicht ging man auch davon aus, dass ich legasthen wäre und jedes einzufüllende Wort in meinem Smartphone googeln müsste. Es war bodenlos. Fast nach zwei Stunden ohne Lesestoff und völlig auf dem Trockenen in Langeweile eingepackt und in öden Gedanken kreisend wie zum Beispiel: „Kommt sie jetzt? War sie das? Da geht die Tür, ach, doch nicht. Was macht die Sekretärin? Schönes Bild, aber zu wenig fassbare Formen, bestimmt teuer. Was haben wir denn da? Huch, sieht aus wie ein Penis! Ach Gott, sieht nicht nur so aus, soll auch einer sein. Ob ich einmal fragen soll, wann ich dran bin?", wurde ich plötzlich in meinen Gedanken unterbrochen und in ein riesiges Büro gebeten, mit einer großen Fensterfront mit Blick auf die Themse. Eine böse Ahnung, Unsicherheit ein déja vue beschlich mich. Den Blick hatte ich kürzlich schon einmal genossen und es hatte ein groteskes und frustrierendes Ende genommen. Angst und Nervosität beschlich mich. Im Büro war gar nichts von Frau Tschirner zu sehen. Auch hier wartete ich eine weitere geschlagene halbe Stunde auf die Dame, die auch endlich kam.

Entgegengesetzt dem Schildkrötentempo bei der Wartezeit war sie dynamisch, Mitte vierzig, kurze krause Haare, umwerfend schlank, groß und schön. Ich stand auf und fühlte mich nach dieser Behandlung klein und schüchtern. „Ah, Mrs. Loren, entschuldigen Sie die Verspätung."

Dumm grinsend dachte ich: „Welcher Idiot wartet solange auf den Chef?" Meine Antwort fiel grotesk, förmlich aus: „Ich freue mich, dass sie Zeit für mich finden und sie Interesse an meiner Bewerbung zeigen." Sie bat mich mit einer kleinen Geste, Platz zu nehmen. „So, Sie wollen also für uns arbeiten! Meine Assistentin hatte mich darüber informiert. Erzählen Sie mir einmal, wo Sie ihren Platz in unserem Unternehmen sehen und wie Sie ihn bereichern können?"

Perplex und überrumpelt kam das Gespräch für einen Augenblick von meiner Seite ins Stocken. Plötzlich fielen mir die Worte wie bei einem lang einstudierten Vortrag ein und ich legte los:

„Also ich habe schon immer gerne gekocht, ferner besitze

ich eine gute Struktur, so dass ich mit dem Saubermachen recht schnell und effektiv vorankomme. Ich habe Bildungswissenschaften studiert und mein Interesse für Kindererziehung ist groß und fachlich bin ich hier sicherlich gut qualifiziert, falls die Familie eine Nanny bräuchte. Auch kann ich mich gewählt ausdrücken und auch als Gesellschafterin arbeiten. Zusätzlich habe ich auch Ahnung von Gartenarbeit. Meine Eltern besitzen ein großes Stück Land am Haus. Ich habe mir viel über Bepflanzung und Standorte angelesen und auch von meinem Vater habe ich viel gelernt. Ein weiteres Steckenpferd ist die Medizin. So habe ich auch ein kleines Wissen in der Versorgung und Pflege von Kranken erworben…" und hier unterbrach mich Mrs. Tschirner.

„Ja, in Ordnung. Was ist ihr Spezialgebiet?"

„Saubermachen und Kochen?"

„Okay, was ist mit Organisieren, Planen, Haustechnik?"

Kurz schien ich überfordert und schaute sie planlos an.

„Nein, schon gut. Ich bin mir sicher, dass Sie sich zu helfen wissen. Sie haben schon unsere Grundtugend wie Ausdauer und Geduld, Anstand und Freundlichkeit bei extrem unfreundlicher Behandlung gezeigt. Mit diesen Grundtugenden werden sie es wohl schaffen. Unser Personal ist unser Aushängeschild.

Wir legen großen Wert auf Anstand und Verschwiegenheit für unsere Klientel, Freundlichkeit, Offenheit, Ausdauer und für jedes Problem eine Lösung und das ganz in der Hand unseres Personals.

Trauen Sie sich den Job einer Hausverwalterin und Hauswirtschafterin zu?"

„Ja, kein Problem!"

„Dann willkommen an Bord", und reichte mir die Hand.
„Das war's?"

„Ja, das war es. Unterschreiben Sie den Vertrag im Vorzimmer und Morgen fangen Sie an." „Okay, wo werde ich eingesetzt?"

„Sie sind ab morgen im Haushalt von Mr. Barclay zuständig. Er legt viel Wert auf Sauberkeit, Sorgfalt, Zuverlässigkeit und das Einhalten aller Absprachen. Sie müssen schnell arbeiten, denn wenn er nach Hause kommt, will er nicht von einer Putzfee gestört werden.
Er braucht dann seine Ruhe. Sie haben ein Handy und wir schicken Ihnen dann eine Nachricht, wenn Herr Barclay in Anmarsch ist. Sie bekommen alles schriftlich von mir noch einmal ausgehändigt. Sie unterschreiben es, wenn Sie es gelesen haben."

„Okay?!"

„Sie werden schon sehen. Das ist ganz einfach. Sie kümmern sich um alle Belange des Kunden.
Sie machen Botendienste, Hausmeistertätigkeiten, kleine Reparaturen, Koordination und Beaufsichtigung der Handwerker. Der Hausherr ist abwesend und schaut ihnen nicht auf die Finger. Da können Sie schalten und walten, zu seiner Zufriedenheit. Ach, so!
Wochenendarbeit sind Sie aus der Gastronomie gewöhnt?"

„Ja, kein Problem."

Und schwupp stand ich wieder draußen im Vorzimmer. Dort empfing mich Mrs. Sinclair. „Hier ist der Vertrag. Sie müssen hier, hier und hier unterschreiben. Dreifache Ausfertigung."

„Darf ich ihn lesen?"

„Klar!"

Ich setzte mich wieder auf das Sofa und las von Verschwiegenheitsklausel, Kündigungsfrist

von einem Jahr, zahlreichen Verpflichtungen, ein Verhaltensblatt gegenüber dem Kunden, der keinerlei Belästigung durch das Personal wünschte und die Dienstzeiten außerhalb seiner Anwesenheit verordnete, und so langsam wuchs mir die Angelegenheit über dem Kopf und ich unterschrieb mit innerlich Augen zu, Hau Ruck und wird schon gut gehen und die Voraussicht 2300 Pfund in der Tasche.

Begegnung

Im Hotelzimmer legte ich mich müde auf das Bett und schlief vor Glückseligkeit ein. Die Anspannung der letzten Stunden lösten sich. Alles war wieder in Butter. Nach einer Stunde weckte mich das Ping des Fahrstuhls, der sich nicht weit von meinem Zimmer befand. Völlig verklebt und schwitzend und in einem Speichelsee liegend, wachte ich auf. Ich überlegte, was ich mit dem Tag noch anfangen konnte und da sah ich den Badeanzug achtlos im Gewirr meiner Wäsche liegen. In der Manor Street war ich am Chelsea Sports Center vorbeigelaufen. Verschwitzt wie ich war, hatte ich das Bedürfnis nach kühlendem Wasser und Frische. So klaubte ich eilig meine Schwimmsachen zusammen und machte mich auf den Weg.

Während ich mich in der Umkleide umzog, sah ich mir den Badeanzug genauer an. Oh nein, das war der Anzug von Sexbombe Theresa. Wie konnte das denn passiert sein? Sie stand auf schwarz, genauso wie ich. Ich stand auf hochgeschlossen und sie auf sexy. Alles an dem Anzug war hauteng, dünn und extrem sexy. Ich hatte ihn letztens bei mir eingesteckt, weil Theresa nach dem Schwimmen verabredet war und sie den nassen Anzug nicht zu ihrem Date mitnehmen wollte. Da war er und meiner wahrscheinlich in Theresas Wäsche. Na, super! Ich konnte meine Nacktheit spüren. Ich fühlte mich ein wenig beschämt. Ich wollte nicht aufreißen, aber ich wusste, dass ich es tat. Das Eintrittsgeld war bezahlt. Ich wollte schwimmen. Ach, Quatsch, wenn ich erst einmal im Wasser war...

Es war halb sechs am frühen Abend und das Becken war

mäßig voll. Nicht weit von mir, hielten sich sechs junge Männer auf. Sie unterhielten sich miteinander und lachten. Ich beobachtete sie und sah ihre Blicke plötzlich auf mich gerichtet, als ich kalt duschte. Da standen sie und blickten mich an, als wäre ich aus der Coca-Cola Werbung. Ich drehte mich zur Wand. Ein kühler Schwall traf meinen Bauch und ich drehte mich reflexartig um und schloss vor Kälte die Augen. Als ich sie wieder öffnete, begegnete ich zwei blauen Augen, die mich ohne jede Beschämung musterten. Ein amüsiertes Lächeln war auf seinen Lippen. Ich fasste den Plan, einfach cool an ihnen vorbei zu stolzieren und sie keines Blickes mehr zu würdigen, dann ist das Thema beendet. Der Mann aus der Cola Werbung putzte die Fenster und die Frauen gaffen nur. In ihren Augen spiegelte sich ihre Fantasie. Tausende erotische Varianten liefen im Kopfkino ab. Dann ist er aus dem Bild und das Leben geht weiter und die Frauen setzen ihre Arbeit fort. So wird es auch hier sein.

Ohne dass ich darauf gefasst war, trat tatsächlich ein junger Mann aus der Menge heraus und versperrte mir den Weg. Es war der Typ, der mich mit seinen Augen schon verschlungen hatte. Der Unterschied zur Cola Werbung war, Männer sprechen ihr Objekt des Begehrens an und scheinen weniger empfänglich ihre Fantasie für sich zu behalten. Frauen tun das nicht. Sie träumen weiter unter dem Konjunktiv, was wäre wenn? Wenn sie es nicht tun, gibt es meistens eine Abfuhr. Na, warte, das konnte er auch haben. Er lächelte mich auffordernd an und ich fühlte seine Selbstsicherheit und eine noch größere Arroganz. Ein unwiderstehlicher

Macho. Sixpack, gute Haut, schönes Gesicht, tolle Figur. Eigentlich zu perfekt, dass ein solcher Typ sich für mich interessierte. Bloß keine Schwäche zeigen. Freundlich grinsend stellte er sich mir in den Weg und suchte Augenkontakt. So war ich zunächst gezwungen mit ihm zu reden.

Er schien älter als ich zu sein und hatte eine angenehme Stimme. Seine Hände waren ohne Spuren von harter Arbeit. Ein durchtrainierter, athletischer Körper von einem Meter achtzig stand unmittelbar vor mir. Ich schaute kurz in sein Gesicht und sah blaue Augen, schwarze geschwungene Augenbrauen, eine sehr gerade Nase, einen breiten, schmalen Mund und blendend weiße, regelmäßige Zähne. Sein Bartwuchs war durch eine gute Rasur zurückgedrängt, aber leicht sichtbar und er hatte ein Grübchen in seinem Kinn. Solche Männer haben zu Hause an mir vorbeigeblickt und mich normalerweise nicht gesehen. Na, ja! Ich trug auch sonst nicht so was Aufreizendes wie heute. In mir blinkte gleich die Erinnerung an Mark, Theresas Freund auf. Aus jeder seiner Poren strömte Testosteron und tatsächlich wirkte sein Hollister Flair auf mich. Nach kurzem Schlucken bot ich meinen ganzen Anstand als Gegenwehr. „Gestatten Sie! Ich möchte hier durch." „Nein, aber wenn ich Sie auf einen Drink einladen dürfte, dann können wir darüber reden."

Er war so selbstbewusst. Ich schaute auf das Wasser und mein Blick schwenkte zu ihm. Alle meine Anstrengungen liefen in den Versuch eines spöttischen und überlegenen Grinsens. „Nein, danke. Ich bin nicht durstig. Ich will das Schwimmbadwasser auch nicht trinken nur drin schwimmen." Nun schaute er mich mit seinen großen blauen Augen amüsiert an und lächelte. Dieser Typ passte genau zu der Vorstellung Mann, die nur mit dem Finger schnippen und um sie herum schwirren die Frauen und schmachten ihn an. Zu schön, um eigentlich für mich wahr zu sein. Er wirkte auf mich, wie ein Magnet. Gefährlich! Solche Typen kamen in meinen Tagträumen vor, aber nicht in der Realität. Ich war gebannt zwischen Flucht und Angriff. Ich fühlte mich nicht ernst genommen und hatte eher das Gefühl, dass es eine Enttarnung geben würde, die für mich lächerlich enden könnte. Schließlich überprüfte ich, ob der Bademeister nicht herschaute und sprang einfach mit einem Kopfsprung von der Seite des Beckens ins Wasser. Also Flucht. Der junge Mann schrie mir hinterher, als ich wieder auftauchte und in seine Richtung blickte: „He, es ist verboten vom Rand zu springen."

Die anderen Männer lachten über ihn und nahmen ihn auf den Arm: „Gibt es denn so was? Mr. Charming völlig ohne Wirkung. Was ist denn hier los? Da habe ich ja mehr Glück bei den Frauen als du."

Ich hörte alle höhnisch lachen und sah ihn noch einmal kurz an, lächelte jetzt überlegen und tauchte ab. In meinem Element angekommen, begann ich über mehrere Bahnen zu schwimmen, ohne mich auf meine Umgebung oder auf die Jungs zu konzentrieren, die neben mir plötzlich herschwammen und mit nichts mich aufhalten konnten. Der junge Aufreißer zog einen Moment später mit mir gleichmäßig seine Bahnen und blieb dicht an mir dran und schwamm parallel zu mir.

Er war viel kraftvoller, aber er passte sich meinem Tempo

an. Mit der Zeit verabschiedeten sich seine Freunde und er blieb an meiner Seite. Wohlige Erschöpfung machte sich in mir breit und ich verließ das Becken. Plötzlich dachte ich an Janis und unsere Schwimmduelle. Aber es war nur ein Augenblick und das Bild verwackelte in der Welle des Wassers, weil der Mann von eben wieder neben mir auftauchte. Er schien sich eine neue Taktik zugelegt zu haben. „Hi, ich bin Brandon." „Hi, ich bin Stella." „Trainierst du für einen Wettbewerb." „Nein, ich trainiere nicht für einen Wettkampf, ich bin nur geschwommen." „Hat aber fast so ausgesehen. Du machst wirklich Tempo und über so lange Zeit. Beeindruckend!"

Ich lächelte. Jetzt, wo die anderen weg waren, spürte ich ihm gegenüber Offenheit. Ohne Aufforderung von meiner Seite setzte er sich einfach neben mich. Ich zog meine Beine an und legte meinen Kopf darauf und blickte ihn freundlich an. Auf einmal musste ich grinsen und er schaute mich so sanft für sich einnehmend an, dass ich innerlich einen warmen Schauer verspürte. Brandon war so bildschön, dass er eine Saite in mir anschlug. Er blieb und steckte das Schweigen einfach weg.

„Ich habe dich noch nie hier gesehen? Schwimmst du sonst zu anderen Zeiten?", eröffnete er das Gespräch. „Nein!"

„Nein und was?", munterte er mich auf und wollte das Gespräch fortsetzen. „Ich schwimme neuerdings hier."

„Sehen wir uns noch mal?" „Kann schon sein?" „Ich würde dich gern wiedersehen?" Ich schluckte. Dieser Wahnsinnstyp wollte mich wiedersehen. Eigentlich wollte ich das auch und ich überlegte, was vor lauter Taktik die richtige Antwort wäre. Auf keinen Fall wollte ich die

Kontrolle verlieren und ihm zeigen, dass er genau mein Typ war. „Ich komme nach meiner Arbeit morgen hierher." „Wann hast du Schluss?" „Ich fange morgen erst bei meiner Stelle an. Wahrscheinlich bin ich gegen 14.30 Uhr hier." „Okay, sehen wir uns morgen?", erwähnte er verlegen und seine Unsicherheit war mir gerade Recht. „Ich gehe davon aus, wenn du auch kommst." Ich hörte von ihm nur ein kurzes Atmen und einen erneuten Anlauf: „Ist drei Uhr, okay? Ich bin morgen um drei hier." „Meinetwegen! Ich werde um diesen Dreh hier sein." Ich versuchte cool zu bleiben und ihn nicht merken zu lassen, dass er mir gefiel. Ich wollte es unverbindlich. Schließlich kann sich hinter einer schönen Fassade ein Abgrund befinden und alles sollte vorsichtig und langsam sich entwickeln und vor allem für mich an jeder Stelle abzubrechen sein. Ich nickte zustimmend.

Auf seiner Seite sah ich Erleichterung und ein wirklich bezauberndes Lächeln, das mich berührte.

„Kann ich dich begleiten? Oder hast du jetzt Lust mit mir einen Kaffee zu trinken." „Heute passt es mir eigentlich nicht."

„Ah! Vielleicht ein anderes Mal!" Ich nickte. Dann verabschiedeten wir uns, indem ich ihm meine Hand zum Abschied anbot. Er nahm für kurze Zeit meine Hand und drückte sie, ehe er sie wieder losließ. Meine Hand war eisig, weil ich in dem kalten Wasser gefroren hatte. Seine Hand war angenehm warm. „Also bis morgen." „Also wir sehen uns…." „Ja, morgen!", verabschiedete ich mich. Irgendwie war ich glücklich, dass mich jemand in dieser großen Stadt bemerkt hatte. Ein Mensch hatte mich angesprochen und war freundlich zu mir. Er hatte mir aufrichtig gefallen. Brandon…

Ein homosexueller Sexprotz?

Meine Arbeitsstelle befand sich in direkter Nachbarschaft zu meinem Hotel. Ein kleiner Fußmarsch und ich war schon da. Ich musste zur Gloucester Road im Londoner Stadtteil South Kensington. Das Haus lag direkt gegenüber den Kensington Gardens. Es war ein altes viktorianisches Haus, das mir auf Anhieb sehr sympathisch war. Hätte ich auch gerne drin gewohnt. Ein Traumhaus und bestimmt ein paar Millionen Wert. Also unerreichbar für mich. An der Seite hatte es einen modernen Anbau und einen Vorgarten, den ich gerade passierte. Der Schlüssel, den mir die Agentur mitgegeben hatte, passte ins Schloss und ich konnte die Tür öffnen. Also kein Märchen mein Alltag begann.

Es roch überall nach Farbe, Restaurierung, Sanierung und Wiederbelebung eines alten Gemäuers.

Das Haus fand sofort meine Zustimmung und ich träumte davon, in so einem Haus einmal zu leben. Der Weg dazu war den Besitzer zu heiraten. Spaßes halber wünschte ich mir: „Wunsch ans Universum, lass mich einen Mann kennen lernen, der in einem solchen Haus wohnt und mich unbedingt heiraten will." Nur eine Minute später fiel mir ein, dass dieser Wunsch doof war, weil ich ja eigentlich in Deutschland wohnte und wieder zurück musste und so eine Heirat machte das ja eigentlich unmöglich. Ich würde meine Familie nicht mehr jeden

Tag sehen können.

Es gab mehrere Badezimmer im Haus. Aber nur ein Badezimmer war tatsächlich in Gebrauch. Das Bad war ein Traum, wie aus einer wie „Lebe deine Träume"-Zeitung. Überhaupt waren alle Räume mit sehr viel Harmonie gestaltet.

Ich konnte die Spuren eines talentierten Innenarchitekten in jedem Raum spüren. Es hatte nichts Warmes. Alles war puristisch, kühl und funktional gehalten. Es gab kein Tütü oder anderen Schnickschnack, wie ihn Frauen lieben. Es gab nichts Verspieltes. Durch die geräumige Eingangshalle gelangte man zu einem Garten, der völlig verwildert vor mir lag und über einen langen Gang ging man in die Garage, wo zwei Autos standen. Auf dem Platz standen ein BMW Cabriolet und ein BMW X6. Nach vorne zur Straße hinaus, lag im Souterrain eine Traumküche. Sie stand im Hochglanz absolut sauber und jungfräulich vor mir und machte auf mich einen sehr guten Eindruck. Der Boden war mit schwarzen, matten Fliesen ausgelegt und die Küchenfront war im Gegenzug dazu hell weiß. Durch ein langgezogenes, schmales Fenster schien die Sonne herein. Ein kleines bisschen konnte ich am oberen Rand des Fensters den blauen Himmel sehen. Der Kühlschrank war riesig und hatte ein Aluminiumdesign. Zwischen den Küchenschränken stand ein gigantischer Gasherd. Alles war sehr geschmackvoll eingerichtet. Die Küche schien gar nicht eingeweiht und benutzt. Zumindest schien kein Kessel jemals gebraucht worden zu sein.

Auf meiner Auftragsliste las ich, was an diesem Tag alles gemacht werden sollte. Ganz oben auf der Liste stand putzen. Deswegen machte ich mich auf dem Weg, die nötigen Utensilien wie Eimer, Lappen, Wischtuch, Staubsauger Besen, Kehrblech und Seifenmittel zusammen zu suchen. Es befand sich jede Menge kleinste Teile Schutt, Krümel und Staub zusammen.

Angeekelt, mühevoll und schweißtreibend arbeitete ich mich durch alle Räume. Im Badezimmer befanden sich Mr. Barclays Haustiere. Es waren Wollmäuse aus Staub. Auch im Badezimmerschrank herrschte ein heilloses Durcheinander.

Ich begann auszuräumen und wieder nach einem System dem Schrank Ordnung zu geben. Überall waren Seifenreste und Haare im Becken. Die Zahnpasta war nicht zugeschraubt.

Eine Styling Kreme stand unverschlossen am Beckenrand. Im Schrank stand eine sehr gute elektrische Zahnbürste mit Ultraschallreinigungsfunktion.

Es gab wirklich viele Pflegeprodukte für Männer und Mr. Barclay besaß sie. Für mich war das ungewöhnlich und ein Zeichen von Eitelkeit, vielleicht war er auch homosexuell. So viel Klimbims haben doch nur Frauen.

Mein Vater besaß ein Deo, drei Rasierwasser und ein Shampoo. Ach ja, noch eine Klinge und ein Rasierapparat und eine Zahnbürste. Ganz Sparta, der Rest der Ablage gehörte meiner Mutter mit tausend Tütü und Tata. Jeden Tag musste für meine Mutter anders sein. Zumindest wollte sie an diesem Punkt völlig ungebunden sein. Mein Vater hatte es aufgegeben, ihr bei Kleidern, Schuhen und Parfüms Einhalt zu gebieten. Nein, er unterstützte sie nach allen Kräften, weil sie ihn immer mit etwas Neuen überraschen konnte.

Die weibliche Seite des Mr. Barclay. Typisch, jetzt drückte

ich ihn in ein Klischee, weil die Arbeit mich schon am ersten Tag nervte. Ich war wütend auf mich selbst, gerade eine solche Arbeit angenommen zu haben. Hier stirbt man ja vor Betrübnis und Stumpfsinn. Ich stellte mir ein Vorstellungsgespräch in Deutschland vor. Ich war Raumpflegerin bei einem Ultra reichen Superstar. Nee, gesehen habe ich den nie. Da gab es so eine Klausel. Sprachkenntnisse konnte ich durch das Studium der Putzmittel und englischer Anweisungen zu Speisen aufgefrischt werden.

Bei Einkäufen sprach ich grundsätzlich die Verkäuferinnen an, um ein bisschen Anschluss zu haben. Ein Job mit guten Aussichten auf gar nichts. Mein Vater würde einen Tobsuchtsanfall bekommen. Seine Worte drangen mir imaginär in meinen Gehörgang. „Was machst du?"

So ein leicht spöttischer und überheblicher Ton. Auf Anhieb fiel mir zu jeder meiner Äußerung, die meines Vaters ein.

Interessehalber zog ich einige Schubladen auf und prüfte die Ordnung darin. Die unterste Schublade klemmte ein wenig und nach einem heftigen Ruck sprang sie auf. Ein kleines Tütchen hatte sich zwischen den Lauf geklemmt, das nun aufgeschlitzt zu Boden fiel. Ich hob es auf und ein seltsamer Geruch stieg mir in die Nase. Das Tütchen war blau und ich zog den Inhalt durch den Riss und hielt auf einmal ein nasses, glitschiges, durchsichtiges Kondom auf meinem Finger. Es beeindruckte mich und ich überlegte gleich, wo ich es entsorgen könnte. Direkt neben der Toilette fand ich einen Abfalleimer und ich wollte es dort hineinwerfen. Als ich ihn öffnete, fand ich drei von diesen Kondomen mit Inhalt. Vor Schreck ließ ich den Deckel des Eimers sofort wieder fallen. War ich nun ein Voyeur? Nein, ich war die Raumpflegerin eines Sexprotzes.

Er hatte sie wenigstens in den Abfalleimer geworfen. Wenn Mr. Barclay schwul war und dann das? Das konnte doch nicht an einem Tag passiert sein? Janis hatte mir gesagt, dass ein Mann nur einmal kann und dass er daher auf seine Partnerin gut eingehen muss, damit es befriedigend für beide Seiten ist. Aber ehrlich gesagt, ich war nicht Janis Typ. Er hat mich nie angerührt. Er wäre niemals auf den Gedanken bei mir gekommen. Mr. Barclay konnte wohl mehrmals. Nein, er macht es an jedem Tag in der Woche. Mir gefiel plötzlich der Gedanke, dass er ein schwuler Star war. Ich las die Packungsbeilage der Kondomschachtel und stellte fest, dass es ein extra sicheres Kondom mit einer dickeren Wandstärke war. Diese Kondome halten auch höheren Belastungen stand. Peinlich! Das ist doch ein Indiz für schwul oder? Ich meine, wozu sonst ein Kondom mit höherer Belastungsgrenze kaufen? Nachdem ich vier Kondome in der Schublade gezählt hatte, schob ich die Schublade wieder zu. Ich fand an keiner Stelle einen Gegenstand, der auf eine Frau hingedeutet hätte. Kein Shampoo, Kreme oder Parfum, keine Kleidungsstücke. Es sah so aus, als ob Mr. Barclay ledig und ungebunden war. Ganz typisch schwul. Aber alles war nur eine Vermutung. Irgendwie fand ich es gut, dass der Auftraggeber schwul war.

In der obersten Etage gab es einen riesigen Einbauschrank für die Handtücher und die Bettwäsche.

Ich legte auf die Halter im Badezimmer frische Handtücher. Anschließend wollte ich mich um das Essen kümmern. Ich kaufte für eine Paella die Zutaten. Es würde bestimmt nicht auffallen, wenn ich eine Portion essen würde. Mir knurrte der Magen. Später sammelte ich alle liegen gelassenen Kleider auf und räumte sein Schlafzimmer auf. Was für ein riesiges Bett. Kingsize. Zylinder geformtes Nachtlicht und nur auf einer Seite lagen jede Menge Bücher. Ich stellte fest, dass er auf der linken Seite schlief. Ich betrachtete die Sammlung von Büchern und lass ein wenig darin. Da lag „Summer's Manor", „Mrs. Dean's Choice", „Chocolate for dinner". Ich hatte nicht mehr sehr viel Zeit und fand meine Neugierde auch unangemessen. „Komischer Typ, liest Frauenromane. Ich würde so was sofort verschlingen. Ich liebte romantische Romane und hätte sie mir gerne geborgt. Aber der Leser war hier ein Mann? Wieder ein Indiz für seine Homosexualität. Henry war auch schwul und wir fühlten uns als Frauen absolut von ihm verstanden. Er würde mit uns Mädels sofort in den Film „Vom Winde verweht" gehen oder mit uns die Vampirquatriologie ansehen. Ich brachte die Wäsche zur Maschine und hängte die gerade gewaschene Ladung auf. Es lag ein frischer Duft im ganzen Haus. Alle bewohnten Zimmer waren aufgeräumt und machten einen einladenden Eindruck. Vor dem Countdown von Mrs. Sinclair war ich mit den Aufgaben fertig. Ich entließ mich damit aus dem Dienst. Sofort machte ich mich auf den Weg zum Chelsea Sports Center, um meine Freizeit zu feiern.

Auf der Suche nach einer Wohnung

Voller Gedanken und Planungen für die neu zu suchende Unterkunft lief ich verpeilt an Brandon vorüber, der an der Mauer lässig lehnte und seine Schwimmtasche vor seinen Füßen abgestellt hatte. Ich hatte ihn gar nicht bemerkt, wie er dort stand. „Hallo, junge Dame. Waren wir nicht um 15.00 Uhr verabredet", hörte ich eine Stimme hinter mir herrufen. Ich drehte mich verdattert um und war erstaunt, dass Brandon mehr als eine halbe Stunde auf mich gewartet hatte. Ehrlich gesagt, ich hatte gar nicht mehr damit gerechnet, dass er wirklich hier stehen würde. Komisch, er war mir komplett entfallen. Das Gespräch von gestern war mir zwar noch präsent, aber ich hatte es schließlich, als vage und nicht so verbindlich abgehakt wie er wahrscheinlich. Man sieht sich beim Schwimmen. Das ist nicht so verabredet, wie zum Beispiel um 20.00 Uhr vor dem Kino oder in einer Kneipe. Natürlich wollte ich ihn wiedersehen. Aber ich dachte, er würde schon schwimmen und mich kurz begrüßen und das war es. Mit mehr Interesse habe ich einfach nicht gerechnet. Mir fiel auf, dass ich seine Verbindlichkeit gestern vollkommen überhört hatte.

Ich hatte seine Verabredung nicht so ernst genommen. Irgendetwas sträubte sich in mir, es ernst zu nehmen. Nicht nett von mir.

„Oh, was für eine nette Überraschung, Brandon, nicht wahr?", und ich schaute ihn freundlich mit einem gewinnenden und entschuldigenden Lächeln an. „Ich dachte schon, du kommst nicht mehr. Ich habe mir extra früher frei genommen. Da muss ich mich ja freuen, dass du meinen Namen noch weißt."

„Wie könnte ich deinen Namen nach gestern vergessen?", schmunzelte ich und versuchte mich zu versöhnen.

Nun gut, in meinen Augen hatte er den Wartetest bestanden und ich musste zugeben, dass es mich beeindruckte, dass er sich von seiner Arbeit freigenommen hatte, um jetzt hier zu sein. Das gab der ganzen Sache doch eine Bedeutung und er gab es auch noch zu. Beinah hätte ich alles vermasselt. In meiner Verwirrung über die mich hereinstürzenden Ereignisse, wie plötzlicher Job, Woh-nungssuche hätte ich es eventuell noch nicht einmal gemerkt.

Es sind schon aussichtsreiche, potentielle Beziehungen an Lappalien gescheitert. „Ehm, ja, Entschuldigung! Ich habe mich wohl mit der Zeit verschätzt. Es tut mir leid, dass ich mich verspätet habe." Er lächelte mich zufriedengestellt an, nickte, legte den Arm um mich und lenkte meinen Weg zur Kasse.

„Okay, Entschuldigung angenommen. Und wie ist der neue Job?"

Plötzlich spürte ich seine körperliche Präsenz. Seine Augen schauten mich aufmerksam an, sein Körper schmiegte sich weich an meiner Seite, seine Wärme durchströmte mich. „Er ist gut. Nichts für die Ewigkeit, aber gut. Er hilft über die Runden zu kommen." Bloß nicht erzählen, dass ich Putzfrau und Köchin bei irgendeinem schwulen Star war. „Du scheinst schon direkt am Anfang Überstunden machen zu müssen. Ich hoffe, du überanstrengst dich nicht schon gleich in den ersten Wochen." „Nein, mein Job ist easy und angenehm."

Seine Besorgtheit berührte mich. Er lachte mich an und

zeigte mir seine blitzenden weißen Zähne. Sein Teint war ziemlich hell für die Jahreszeit. Ein Hauch seines Rasierwassers wehte zu mir herüber und ich fühlte mich an einen mir bekannten Duft erinnert. Das gab mir Vertrauen. War das nicht Janis Parfum oder roch Papa danach, oder woher kannte ich jetzt den Duft noch einmal? Wenn man irgendwo fremd war, und man entdeckte etwas Bekanntes wieder, das gab einem das Gefühl von zu Hause. Brandon vermittelte mir Geborgenheit. Er fasste mich an und ich empfand seine Berührung seltsamer Weise als sehr angenehm. Prickelnd angenehm. Ich genoss es. Mein Verstand schaltete sich langsam aus, aber dafür sprach mein Gefühl klar und deutlich mit mir: Gib ihm eine Chance! Los Stella go!

„Okay, Brandon, wollen wir dann mal schwimmen gehen?"

Er schwang nickend, lässig seine Tasche auf den Rücken und folgte mir nach der Bezahlung an der Kasse zu den Umkleidekabinen, bis ich in den Damenbereich abbog. Als ich die Halle betrat, kraulte er völlig relaxt im Becken eine Bahn nach der anderen. Er sah so vollkommen aus. Seine Bewegungen im Wasser waren präzise, sicher und kraftvoll. Sein Körperbau atemberaubend schön. An ihm gab es nichts auszusetzen.

Tatsächlich beeindruckte er mich kontinuierlich. Ich wollte ihn nicht stören, also sprang ich mit einem Kopfsprung in das Becken und schwamm. Mit der Zeit vergaß ich alles um mich herum und schwamm wieder wie gewohnt meine Bahnen. Ich verließ das Becken, als meine Beine lahm wurden und ich vor Kälte zitterte.

„Schwimmst du immer bis zur Erschöpfung."

„Ich schwimme nicht bis zur Erschöpfung. Ich schwimme bis ich völlig durchgefroren bin", erläuterte ich ihm, während ich mich in mein großes Handtuch einwickelte. Aufmerksam betrachtete ich kurz seine weichen Lippen, die sich bei einem Lächeln auf eine Seite zogen und dachte nur, er hat etwas. „Und du?" „Ich schwimme, weil ich für meine Arbeit fit sein muss und es ist ein Programmpunkt für den Körperaufbau. Es gehört zu meinem Beruf." „Bist du Sportler, Fitnesstrainer, Schwimmlehrer oder was?" Er lächelte und verneinte mit seinem Kopf. „Okay, nimmst du am Iron Man teil und hast Sponsoren?"

„Fändest du das cool?"

„Trainierst du denn für den Iron Man?" „Nein, ehrlich gesagt, ich arbeite für Anonymous Tide." „Für wen bitte? Ist das eine Sekte?" „Ach nicht so wichtig! Es ist keine Sekte. Es ist eine Firma, die mir Aufträge gibt."

Ich drehte meine Haare wie ein nasses Tuch. Interessiert schaute er auf meine Hände und Haare und schmeichelte mir: „Du hast wirklich, extrem, lange Haare für jemand, der gerne schwimmt. Mir gefällt deine Haarfarbe. Es ist nicht ganz dunkelbraun und auch nicht ganz dunkelrot. Tolle Farbe. Sind die echt oder eine spezielle Mischung deines Frisörs?" Ich lächelte ihn verschmitzt an. „Das ist alles natürlich. Wächst also nicht raus und bleibt so." Er nickte. „Du musst sie lange föhnen." „Das finde ich in Ordnung." Er hatte noch etwas sehr Jungenhaftes in seinem Gesicht, zumindest gerade jetzt. Wir schwiegen für eine Weile und schauten anderen Menschen beim Schwimmen zu. Schließlich riss er mich mit einem Räuspern aus meinem Gedanken. „Was machst du heute

Abend." „Ich gehe in David Stewarts Pub, weil ich David versprochen habe, dass ich ihm einen ausgebe, wenn ich den Job bekomme. Den Job habe ich. Ich muss noch eine Wohnung finden und das möglichst bald, ehe ich auf der Straße sitze, dabei kann mir David bestimmt helfen."

„Du bist auf Wohnungssuche?"

„Ja, zurzeit noch. Ich brauche dringend eine neue Bleibe." In diesem Augenblick schaute er mich intensiv und sehr interessiert an.

„Ist es Okay für dich, wenn ich einen Freund frage. Er vermietet Wohnungen."

„Ja, vielleicht. Wie teuer sind sie denn?" „Wie viel willst du denn anlegen?" „Ich habe gar keine Ahnung, was Wohnungen hier so kosten." „Wenn du im Osten von London wohnst, dann ist es billig, aber auch nicht sicher. Du solltest versuchen in Kensington etwas zu finden. Das ist zwar viel teurer, aber du kannst abends noch einmal die Wohnung verlassen. Ich hätte ein besseres Gefühl, wenn ich wüsste, dass du in einer guten Wohngegend lebst." Ich nickte. Plötzlich war es mir unangenehm seine Hilfe in Anspruch zu nehmen. Es könnte mich finanziell ruinieren oder mich mit Brandon in Schwierigkeiten bringen. Diese Bemerkung von Kensington und sein Wille mich hier hin zu verorten, schlug in mir meine alte Wunde in meiner Seele an. Er wollte sicherlich das Beste für mich, aber wenn mein Budget mich in den Osten verwies, dann graduierte es mich sicherlich vor ihm ab. Vielleicht würde es ihn auch abstoßen. Wieso half er mir? Obwohl er ganz freundlich und ernst bei der Sache war, überkam mich ein Gefühl der Enge, weil er die Kontrolle übernahm. Vielleicht war sein Vorschlag in Ordnung, aber für mich gar nicht zu finanzieren. Es war mir unangenehm mit ihm weiter darüber zu sprechen.

Ich wollte ihm auf gar keinen Fall meine finanzielle Situation noch sonst irgendetwas Intimes offenbaren.

Als ich nicht mehr antwortete, bemerkte er meine Verlegenheit und wechselte das Thema.

„Aus welcher Stadt kommst du?"

Sein Interesse an mir beunruhigte mich jetzt doch, weil ich ihm die Antwort lieber schuldig bleiben wollte.

Die ganze Geschichte, woher ich komme, war mir unangenehm. Ich wollte als immerwährende Ausländerin mich nicht mehr rechtfertigen, erklären und am Ende doch abqualifiziert werden.

Ich wollte ihm nichts von mir erzählen. Es war mir zu persönlich und zu eng. Da fiel mir plötzlich ein Spiel ein, um die nötige Distanz wieder zu schaffen. „Spielst du gerne Spiele?"

„Kommt drauf an?"

„Es gibt so ein Spiel, da darf man nichts von sich erzählen und wenn man es doch tut, dann gewinnt der andere Informationen!"

„Okay, und was weiter?" „Also wir dürfen ja oder nein sagen, aber wir dürfen nichts über uns bewusst erzählen. Wenn uns hier und da einmal etwas über uns herausrutscht, dann ist das ein Punkt für den anderen."

„Was bekommt der Gewinner?"

„Du gewinnst viele Stunden mit mir, so lange das Spiel dauert."

„Aha! Sonst noch was?"

„Unabhängigkeit und trotzdem viele Treffen ohne jede Verpflichtung! Der Kick liegt darin, die Verabredungen einzuhalten, sonst ist das Spiel aus." Es beruhigte mich, weil ich das Gefühl hatte, dass auf diese Weise die Bekanntschaft besser zu steuern war. Erstaunt lächelte er mich an und das Spiel schien ihm zu gefallen, weil er nickte. „Sollen wir spielen?", fragte er mich und schaute mich mit seinen Augen forschend an. „Ja, lass uns dieses Spiel spielen! Wir können das Spiel über Wochen spielen, wenn du willst. Du kannst wie in einem Puzzle alle kleinen Steine zusammensetzen, bis du ein Bild hast. Am Ende wirst du mich besser kennen, weil du mich nach unseren gemeinsamen Erlebnissen beurteilst und nicht nach Dingen, die ich gerne wäre und dir erzähle. Am Ende sind wir beide Gewinner, weil wir uns aufrichtig kennen gelernt haben." Er strahlte mich an. „Das heißt, wir sehen uns öfter!" „Warum nicht? Aber eins musst du bedenken, du musst alle Verabredungen einhalten, sonst endet das Spiel tragisch. Denn wir tauschen gar keine Telefonnummern und Adressen aus", entgegnete ich ihm und er stimmte fröhlich zu und merkte spöttisch an: „Dein Spiel gefällt mir. So ein Gesellschaftsspiel habe ich wirklich noch nie gespielt. Ein so genanntes Reality Spiel im wahren Leben. Finde ich irgendwie aufregend. Wer hat es erfunden?" Ich schmunzelte. „Keine Ahnung wer das erfunden hat." „Ah, interessant!" Daraufhin musste er ein bisschen amüsiert lachen und meinte: „Du versetzt mich aber nicht und meinst das Spiel ernst!" „Wie meinst du das, weil ich unpünktlich war?" Er nickte. „Ich habe Probleme mit der Pünktlichkeit. Also ich bin zuverlässig, wenn auch manchmal zu spät, aber zu Verabredungen komme ich immer. Darauf ist Verlass. Ich verspreche es." „Okay, Stella. Vielleicht können wir im Zeitalter des

Smartphones das Spiel ein wenig pimpen, indem wir unsere Handynummern doch austauschen. Das ist keine Adresse.

Wir könnten uns über WhatsApp über den Tag unterhalten und uns besser koordinieren. Es wäre eine klitzekleine Hilfestellung, um uns nicht zu verlieren."

„Ja, aber dieses Spiel verbietet jede Elektronik. Deswegen wurde es ja erfunden. Es ist genauso analog, wie wir Menschen sind. Außerdem hat es den unschlagbaren Vorteil, das Spiel ohne Folgen für dich oder mich aufzugeben. Ich bin nicht auf deinem Handy oder sonst wie digital abgespeichert. Ich verschwinde einfach, weil es analog ist. Dann könntest du das Spiel schnell beenden. Kein Stalken oder so was in dieser Richtung. Ist das nicht ein Angebot?"

„Nein, du könntest dich genauso verhalten!"

„Das ist doch nur ein Problem, wenn du noch Lust hast, aber ich nicht mehr. Außerdem das Risiko macht das Spiel aus." „Willst du wirklich so spielen?" „Du nicht?" „Was ist, wenn wir uns durch ein Missverständnis verlieren?" „Wie meinst du das?" „Ich bin krank oder stehe im Stau. Also irgendwas ist los und du wartest und ich komme nicht. Ich will nicht, dass du denkst es sei Absicht! Wir hätten dann keinen Punkt mehr gemeinsam. Wie können wir uns dann verabreden und wiedersehen."

„Du willst einen Sicherungspunkt?"

„Ja. So etwas in der Art." „Okay, dann kehren wir immer wieder an diesen Ort zurück. Dienstags und donnerstags um 15.00 Uhr hier. Wenn du kommst, siehst du mich und wir klären es. Und denk dran, vielleicht erfährst du über Kombinatorik doch hier und da etwas Privates über mich und schon gewinnst du einen Anteil." „Egal was ist, wir versprechen uns, wir kommen hierher", bestand er auf diese Klausel des Spiels. „Ja, ich verspreche es." „Okay spielen wir?"

„Wir spielen! Du gefällst mir!", purzelten naiv meine Worte aus meinen Mund. „Danke. Du gefällst mir auch! Darf ich dich in David Stewarts Pub treffen?", fragte er mich mit zurückhaltender Stimme und schaute in meine Augen.

Dieses Mal spürte ich Unsicherheit. Er spürte, dass ich kompliziert war und ich wollte diesen Teil nicht verbergen. Mit seinem bloßen Körper und seiner Ausstrahlung konnte er mich beeindrucken und mich durcheinanderbringen, weil er einfach mein Typ war.

Das Spiel schaffte Distanz zwischen uns. Er hatte sich auf diese diffuse Sache eingelassen und ich schlussfolgerte über ihn, dass es auch Vorteile für ihn hatte. Wenn er sich genervt fühlen sollte, dann brauchte er sich nur einfach nicht mehr melden und für eine Weile diesen Ort meiden. Alles war unverbindlich und leicht lösbar. Es würde mich bei einer Trennung weniger schmerzen, weil es keine Erklärung gab. Es wäre einfach vorbei.

Urlaubsbeziehungen enden einfach, weil man wieder zurück in seine Heimat muss. Aber das war noch lange bis dahin. Gut einer könnte verletzt sein. Aber das war das Risiko einer jeden Beziehung. Für diesen Augenblick war es genau das Richtige für mich. Außerdem würde ich in einem Jahr wieder in Deutschland sein. Beziehungen auf Distanz klappen nicht so gut. Ich würde nach einer Weile den Absprung schaffen müssen. Das war klar! Und außerdem hatten wir uns gerade kennen gelernt und ich wartete auf den Moment, wo mir die Rosabrille von der Nase gerissen wurde.

„Ja, komm um 20.00 Uhr zur ‚Cow'." „Wer ist denn David Stewart?" „Er steht im Pub hinter dem Tresen. Außerdem ist er hilfsbereit, humorvoll, kann gut zuhören. Meine zweite Begegnung seitdem ich hier bin. Er war mir behilflich, einen Job zu finden. Wenn ich auf seinen Tipp hin einen Job bekomme, habe ich versprochen, wieder in seinem Pub vorbeizusehen."

Er atmete hart aus und hob erstaunt seine Augenbrauen. „Lernst du immer auf diese Weise Leute kennen?"

Jetzt schaute ich ihn ganz intensiv an und lächelte spöttisch. „Und du? Wie haben wir uns kennen gelernt?" „Das ist was Anderes. Ich wollte dich unbedingt kennen lernen. Da musste ich gleich die Gelegenheit beim Schopf packen. Und als du so an uns vorbei geschlendert kamst, da habe ich es einfach gewagt. Glaub mir, einer hätte es bestimmt von uns getan und ich bin froh, dass ich es war." „Aha! Ist das Schwimmbad der Supermarkt für Frauen. Du sprichst hier öfter junge Damen an, die dir gefallen?" Er starrte gebannt auf mich und lächelte sein bezauberndstes Lächeln. „Nein, natürlich nicht. Für wen hältst du mich? Normaler Weise werden mir die Leute vorgestellt. Ich lerne eigentlich nur Leute kennen, die einem Club angehören, aus dem Job, die meine Freunde kennen, die ich aus der Schule kenne. Aber ich glaube, in deinem Fall musste ich zum ersten Mal die Initiative ergreifen, sonst wären wir uns nur flüchtig begegnet oder Milton hätte dich angesprochen und er würde jetzt mit dir hier sitzen."

„Mh, ja? Vielleicht auch nicht."

Darüber musste er schmunzeln und verneinte seinen Kopf und wiederholte:„Vielleicht auch nicht!"
Er wollte mich kennen lernen.
Das machte mich nachdenklich und in meinen Bauch wurde es warm. Dieses Interesse an mir hatte ich gar nicht erwartet, und ich schaute ihn nur noch an. Schließlich legte er seine Hand auf meinen Arm und zog mich auf die Beine, während er ebenfalls aufstand. „Ich muss jetzt gehen, weil ich noch ein bisschen arbeiten muss. Außerdem habe ich einen wahnsinnigen Hunger."
Wie auf Kommando knurrte mein Magen und ich erwiderte nachdenklich: „Ja, ich bin auch hungrig!"
„Komm und lass uns zu mir gehen!"
Plötzlich schlug mein Herz schneller und ich konnte den Puls in meinen Ohren fühlen. Irritiert schaute ich zum Boden. „Es tut mir leid, aber ich muss noch einiges erledigen. Ich suche eine Wohnung, wie ich eben gesagt habe und ich muss mich gleich darum kümmern." „Ich kenne eine freie Wohnung in der Chelsea Manor Street. Die gehört einem Freund von mir. Du brauchst nicht mehr suchen. Ich könnte dir auch ein Zimmer bei mir anbieten, bis du was gefunden hast."
„Das ist nett von dir. Ich versuche es erst einmal selbst, aber wenn ich nichts finde, komme ich auf dein Angebot zurück." „In Ordnung mein Angebot steht."
„Okay", sagte ich und meinte nein.
„Kommst du jetzt mit zu mir?"
„Nein, ich muss Wäsche waschen, einkaufen und wenn ich noch zum Pub will, muss ich mich jetzt auf den Weg machen. Es darf auch nicht zu spät werden. Morgen habe ich sehr wahrscheinlich einen harten Tag."

Ich kannte ihn einfach nicht, obwohl ich Vertrauen spürte, wollte ich es sehr langsam angehen lassen und ihn vorher näher kennen lernen. Keiner konnte mir garantieren, dass er kein Psychopath war, wenn wir ohne Öffentlichkeit zusammen waren. Wir kannten uns gerade zwei Tage und sein Tempo war einfach rasant. Da geht man doch nicht gleich mit in seine Wohnung. Das konnte man sich ja denken, wo das endet. So ein Typ war er also. Er war so eindeutig an mir interessiert, dass ich seine Wohnung für mich als Tabuzone erklärte. Ich wollte ihm nicht vor dem Kopf stoßen. Das war nicht meine Art. Auch musste ich nicht laut polternd meine Emanzipation herausschreien und verteidigen. Hier konnte die Entscheidung nur heißen, aus eigenen Kräften eine Wohnung versuchen zu finden.

Gefälligkeiten erwarteten wieder den Tribut von Zugeständnissen und Gegengeschenken. Mein Vater würde jetzt sagen: „Risiko! Du spielst mit einem heißen Eisen. Jungs, die von einem was wollen und es ernst meinen, haben auch Ausdauer, der Rest läuft schon beim ersten Date weg, wenn sie es nicht bekommen, und bekommen sie es doch, sind sie auch weg. Du verlierst also, wie du siehst nichts, wenn du wartest. Du bist immer der Gewinner, wenn du wartest. Fatal ist nur, wenn du ihn ranlässt und du wirst schwanger und dein Typ ist über alle Berge und dein Leben ist für 18 Jahre festgeschrieben. Davor ist man als Frau nie geschützt, es sei denn, du hältst ihn bis zu deiner Hochzeit hin. Du kannst mal überlegen, ob du das willst, als alleinstehende Frau ein Kind großzuziehen. Übrigens Hinhalten ist somit die beste Taktik. Hat Mama auch mit mir gemacht.

Du siehst, Mama hat alles richtiggemacht! Ich wusste einfach, dass Mama aus einem guten Elternhaus kommt. Männer heiraten keine Vamps, die jeden ranlassen. Schlampen leiden später darunter, dass ihr Ruf futsch ist. Das spricht sich ja bei den Jungs rund, dass man ein leichtes Mädchen ist. Und ist erst einmal der Ruf ruiniert, lebst du allein und ungeniert. Der Märchenprinz klopft dann nicht mehr an deine Tür. Das kannst du vergessen. Prinzen suchen Prinzessinnen."

Immer wurde man bei meinem Vater gleich schwanger, oder eine Schlampe, wenn man sexuell für sich selbst einforderte. Auf Männer muss man warten, nichts einfordern und gleichgültig tun, dann entwickelt es sich schon. Einmal gucken und schon konnte sich das Leben gegen einen richten, weil man nicht aufgepasst hatte. Jeder Jungenbesuch wurde - seit der Sache mit Silvio - darauf abgeklopft und überwacht. „Wer ist das denn? Was will der hier? Wieso kommt der hier vorbei? Wenn da nichts bei dem ablaufen würde, wäre er nicht vor der Tür?"

Nur Janis galt bei meinem Vater als Heiliger. Er war sogar nicht an mir interessiert. Zwischen Janis und mir war alles platonisch freundschaftlich, aber nichts Festes. Er war erlaubtes Land, das ich betreten durfte.

Vor meinem Vater war ich mit Janis zusammen. Dem anständigen Janis, der sexuell gar nicht mit mir ambitioniert war. So, ich gebe Brandon eine Chance und eine Durststrecke und ich warte einmal ab, was geschieht. Papa sieht nichts, weiß nichts und ist auch gar nicht da. Also, was soll der Geiz. Ich kann machen, was ich will.

Gesucht gefunden

Auf einmal war ich viel beschwingter, als vor dem Schwimmen. Ich freute mich auf den Abend. Im Hotel wandte ich mich gleich an Mrs. Grey, die mir vor zwei Tagen das Zimmer aufgeschlossen hatte.

„Ich brauche die Unterkunft mindestens bis nächste Woche."

Besorgt sah sie mich an. „Ach, du meine Güte! Ab morgen sind wir komplett ausgebucht und haben gar nichts mehr frei. In vier Tagen wird für zwei Tage wieder etwas frei. Es war doch Ihr Plan, dass Sie Morgen früh auschecken. Es ist Hochsaison." Mir wurde es nun ganz flau im Magen. „Ich nehme in der Not auch eine Abstellkammer mit Bett." Mrs. Grey lachte und schaute gleich wieder betroffen und verneinte mit dem Kopf. Auf keinen Fall wollte ich unter einer Brücke campieren. In meinem Zimmer packte ich erst einmal alles zusammen. Morgen würde ich erst einmal alle Sachen mit zu Mr. Barclay nehmen. Auf jeden Fall sollte ich sofort zu David gehen und in seiner aktuellen Zeitung reinschauen, alle Pensionen abklappern und mit dem Tourismusbüro sprechen. Vielleicht auch im Notfall Brandons Vorschlag für ein paar Tage annehmen.

Als ich den Pub betrat, war er schon mit wenigen Besuchern gefüllt. Ich ging zur Theke an einen der Barhocker und setzte mich dort hin. David war beschäftigt und ich wartete, bis er mich sah. „He, es scheint geklappt zu haben." „Ja!" „Gut, was darf ich dir zur Feier des Tages bringen?" „Ich weiß nicht. Bring bitte einen Stimmungsaufheller!"

„Wieder Sorgen?"

Ich nickte. Er zwinkerte, lächelte und brachte mir einen Whisky auf Kosten des Hauses. Ich nippte am Glas und spürte den Alkohol brennend auf der Zunge. Der Alkohol machte sich sofort bemerkbar und in meinem Magen und meinem Kopf begann es sich zu drehen. Ich hatte am frühen Abend nur einen Apfel gegessen.

Wenige Minuten später stand David wieder vor mir und lehnte sich zu mir herüber. „Na, ist jetzt alles klar?" „Ich wage es gar nicht zu sagen. Einen Job habe ich jetzt, mein erstes Gehalt, aber keine Unterkunft mehr. Mein Hotel ist ausgebucht und ich muss morgen auschecken. Ich brauche dringend ein möbliertes Appartement." David schaute sich um und deutete mit dem Kopf in eine Richtung. „Oh, das trifft sich gut. Das ist ein absoluter Zufall! Ich habe gerade noch vor einer Minute mit einem Freund gesprochen, der sucht einen Mieter für sein Appartement. Es kostet 328 Pfund die Woche. Ist aber in einer wirklich guten Gegend. Keine Gangs und guter Anschluss an die Stadt. Wir sprachen gerade vor einem Augenblick darüber." „Ja. Das ist super."

328 Pfund die Woche, das sind ja 1312 Pfund im Monat. Was sind das denn für Preise? Ich dachte, ich würde gut verdienen. Aber das war noch gar nicht alles. „Also du musst dem Vermieter acht Wochenmieten im Voraus zahlen."

Folglich musste ich einmalig 2624 Pfund aufbringen. Das war mehr, als ein ganzes Monatsgehalt, das ich noch gar nicht verdient hatte. Oh, mein Gott: Innerlich tobte die Verzweiflung darüber, dass ich so viel von meinem

Ersparten weggeben musste, um mein Bleiben zu garantieren. Äußerlich zeigte ich Coolness. „Ist ja super! Kann ich da morgen schon einziehen?" David lächelte und rief seinen Freund gleich zu mir. Ich wollte nur eine Bleibe und bloß keine Brückenübernachtung. Es konnte ja nur für kurz sein, bis ich etwas Preisgünstigeres finden würde.

Mr. Jennings war ungefähr um die Fünfzig und wirkte nicht unbedingt als Wohnungsvermieter seriös auf mich. Seine Haare waren schon licht, blond gefärbt und ganz kurz geschnitten. Er trug eine weiße Hose und ein gelb schwarz kariertes Jackett. In seiner Aufmachung sah er ziemlich schrill aus. Im Schlepptau hatte er eine aparte Frau, die zwar älter als ich war, aber wesentlich jünger als Mr. Jennings. „Guten Abend". „Hallo, Sie suchen eine Wohnung?" „Ja, genau", und dann floss es wie ein Wasserfall aus mir heraus, wo ich beschäftigt war und er schaute mich kritisch an. „Sie können die Miete aufbringen?", fragte er mich ganz unverhohlen. Ich schluckte und nickte. „Wann kann ich einziehen?" „Wann wollen sie einziehen?"

„Am liebsten morgen Nachmittag, weil ich aus meinem Hotel auschecken muss." „Das ist also ein absoluter Notfall!", klinkte sich nun seine Freundin in das Gespräch ein. „Ja!"

„Wenn du für Tschirner arbeitest, wen betreust du da?"

„Die Regeln sind, dass wir das nicht ausplaudern dürfen."

„Sicherlich nicht an die Presse, aber hier hat das doch keine Bedeutung, wen wollen wir das schon erzählen?"

„Wenn ich dort arbeite, ist er nicht im Haus. Ich kenne ihn nicht persönlich."

Sie schaute mich enttäuscht an und eine unangenehme Sprechpause entstand. Daher entschloss ich mich zur Bekanntgabe meiner kleinen Spekulation über Mr. Barclay, um ein bisschen Wichtigkeit vor meinen zukünftigen Vermietern aufzubauen. „Er ist gar kein Superstar. Er ist homosexuell, hat einen puristischen Geschmack und ein sehr großes Haus und fährt BMW."

„Kennst du einen Promi auf den das zutrifft?" „Nein, widersprichst sich ein bisschen homosexuell und puristisch." „Ich kenne ihn auch nicht. Keine Ahnung! Ich weiß noch nicht einmal, wie er aussieht. Es interessiert mich auch nicht. Es ist nur eine Arbeit." Die beiden schüttelten den Kopf.

„Ist es vielleicht hier Dings, Freund von Lady Spencer?", meinte die Frau von Mr. Jennings. Er antwortete: „Nein, puristisch ist der bestimmt nicht. Du hast doch den Namen. Den Namen, nenn den mal!"

„Darf ich eigentlich nicht!" „Was ist schon dabei?" „Barclay". „Was Randy, Andy Barclay ist schwul? Das ist echt 'ne Meldung. Der ist ein absoluter Weiberheld. Das gibt es doch gar nicht! Mädchen bist du sicher, dass er ein zweiter Rock Hudson ist?", bekam sich die Freundin nicht mehr ein. Plötzlich fühlte ich Hitze in meinem Gesicht. Ich kannte zwar keinen Rock Hudson, aber so wie es sich anhörte, konnte es nichts Gutes bedeuten. Die beiden kannten Barclay und ich nicht. Sie fanden meine Information unglaublich.

Mich beschlich eine fürchterliche Angst, weil ich mich zu einem Rufmord aus Wichtigtuerei hatte hinreißen lassen.

Das musste sofort klargestellt werden, bevor eine Äußerung noch falsch eingeordnet wurde und auf mich zurückfiel. „Ich kenne ihn nicht. Wissen tu ich gar nichts! Es kam mir nur so vor. Ich bin nur im Haushalt eingesetzt, ohne ihn jemals zu sehen." „Das merkt man! Man munkelt dieses Biest, na wie heißt sie noch, sei seine Freundin und dass sie bald heiraten.

Wenn du Autogramme von denen besorgen kannst, dann kannst du dein Taschengeld aufbessern."

„Nein, das ist nicht möglich. Das verstößt absolut gegen die Regeln von Mitchel und Tschirner," fügte ich kleinlaut hinzu und fühlte mich beschämt. „Obwohl so eine Hübsche wie du, würde Barclay bestimmt auch nicht von der Bettkante stoßen, da bin ich mir ganz sicher", meinte Mr. Jennings. „Wie ist er denn so?", fragte ich neugierig. „Er ist absolut ein Herzensbrecher! Da ist keine hübsche, reiche Frau sicher. Aber in der Dienstleistungsbranche bist du wohl sicher vor ihm. Geld paart sich nur mit Geld. Randy kommt nämlich aus reichem Haus", klärte mich Mr. Jennings Freundin auf.

Ich erinnerte mich an die Donnerstag Orgie und es schauderte mich. „Keine Sorge. Ich habe gar keinen Zutritt zu seiner Gesellschaft. Ehrlich gesagt, lege ich gar keinen Wert auf seine Bekanntschaft." Daraufhin drehte sich die aparte Frau weg und ging zu der Gruppe an der anderen Seite der Theke. Sie drehte ihren Kopf zu Mr. Jennings um und gab ihm mit den Augen zu verstehen, dass er nachfolgen sollte.

„Wir sehen uns morgen Nachmittag um 16.00 Uhr auf der Fullham Road 45 in South Kensington.

Seien sie pünktlich und bringen sie bitte das Geld mit!"

Wie peinlich, war das denn? Was hatte ich mir nur dabei gedacht, meinen Kunden so schlecht zu machen. Aber es stimmte schon, was die Frau gesagt hatte. Es stimmte vollkommen mit meiner Beobachtung über ein. Ab morgen würde ich mit meinem Konto in den Miesen hängen. Das hob nicht gerade meine Laune. Vielleicht lieh mir Theresa ein Überbrückungsdarlehen. Sie musste es machen. Sonst wäre es aus. Opa sollte ich vielleicht um Geld fragen. Aber nee, dann fragt er gleich Papa. Auf gar keinen Fall Papa fragen, dann konnte ich gleich meinen Krempel packen. Und Mama war so tollpatschig, da könnte ich auch gleich Papa fragen.

Wo bleibt Brandon?

Plötzlich hörte ich draußen eine Menge junger Mädchen kreischen. Ich schaute auf meine Uhr. Es war genau 20.00 Uhr. Wo war denn Brandon? Ich war auch nicht am Schwimmbad pünktlich, also blieb ich sitzen und gab ihm die gleiche Chance. Ein mächtiger Hunger überfiel mich. Nach einer Weile hatte David wieder ein bisschen Zeit. „Was ist draußen vor der Tür los?"

„Ach, vielleicht ist irgendein Rockstar vorbeigekommen und eine der Jugendlichen hat ihn erkannt. Da gibt es schon einmal einen kleinen Tumult auf der Straße. Normalerweise verziehen sich die Stars schnell, und es kehrt bald wieder Ruhe ein."

Es wurde halb neun und von Brandon war nichts zu sehen. Bis zu diesem Zeitpunkt hatte ich drei Whiskys getrunken und ich war beschwipst. Das war der Punkt, wo man am besten ging, bevor peinliche Dinge passierten. Daher machte ich mich nach der Bezahlung auf den Heimweg. Es gab mir einen Stich in mein Herz, dass Brandon nicht gekommen war. Schon die erste

Hürde des Spiels hatte er in den Sand gesetzt. Tatsächlich hatte ich mir eingebildet, er hätte etwas für mich übrig und ich fühlte mich schon mit ihm fast zusammen. So ein Blödsinn. Ich war tatsächlich eingeschnappt, obwohl ich dankbar sein musste, keinem Windhund aufgesessen zu sein. Selbst predigte er Pünktlichkeit und war bei dem ersten Date richtig überfordert. Wahrscheinlich war alles doch nur unverbindlich? Besser so! Ehe ich noch mit ihm einen Höhenflug hatte und richtig auf die Nase flog. In einem Jahr war ich wieder in Deutschland. Also Schluss mit Jammern.

Als mich die frische Luft traf, musste ich mich erst einmal keuchend an der Laterne festhalten, um nicht zu stürzen. So einen heftigen Schwips hatte ich schon lange nicht mehr. Dieser Malt hatte es echt in sich. Kam ganz heimlich daher und wiegte einen in Sicherheit, um einen dann die Beine ganz wackelig zu machen. Daraufhin dachte ich über den Begriff Sturzbetrunken plötzlich leise in mich hineinlachend nach. Komisch, was man so manchmal denkt, wenn man alkoholisiert ist.

Rendezvous

Da tauchte plötzlich Brandon vor meinem Gesicht auf. Ich schaute ihn verwirrt an. „Geht's dir nicht gut?" „Doch, doch! Ich dachte, du kommst nicht mehr. Ich habe nur einen Whisky getrunken, aber noch nichts gegessen. Ich glaube, das war ein Fehler."

Grinsend schaute er mich an und ich spürte durch seinen Blick seine Ahnung, dass ich wohl mehr getrunken hatte.

Mein Vater blickte mich auch manchmal so an, wenn er mich durchschaute.

Wie selbstverständlich stützte er mich, indem er seinen Arm um mich legte. Wir gingen wie ein Liebespaar die Park Road entlang, als würden wir uns schon länger kennen.

Er half mir auf den Beinen zu bleiben und ich betrachtete seine kleine Hilfestellung als freundliche Geste. „Willst du etwas Essen?" Darauf nickte ich stumm und machte eine fröhliche Miene. „Worauf hast du denn Lust?" „Italienisch wäre gut. Kennst du einen guten Italiener? Aber er sollte bitte nicht zu teuer sein. Ich meine bitte kein Nobelrestaurant." Er führte mich die Straße entlang und je weiter wir gingen, desto mehr verschwand meine Ortskenntnis. Schon nach einem kurzen Augenblick wusste ich nicht mehr den Weg zu meinem Hotel. Er erzählte mir von seinem Nachmittag und einer netten Anekdote über einen Freund von ihm, der seinen Schlüssel aus seinem Appartement geworfen hatte, um nicht die Treppen runterlaufen zu müssen, weil der Türöffner defekt war. Leider war der Schlüssel im Gulli gelandet und hatte noch einiges Aufsehen erregt. Er hatte eine nette Art zu erzählen und ich fühlte mich wirklich gut unterhalten, bis wir an das kleine Restaurant im Souterrain kamen. Es war klein, sauber und schnuckelig. Es standen Kerzen auf den Tischen und der Raum war in einem warmen Licht getaucht. Einfach schummerig. Es war nicht gut besucht und daher konnten wir einfach einen Tisch wählen.

Brandon überblickte die Möglichkeiten und schlug mir einen Platz in einer kleinen Loge vor und ich folgte ihm. Der Kellner brachte uns die Karte und nahm unsere Getränkebestellung auf. „Ich esse eigentlich um diese Zeit nicht mehr. Die Linie, du verstehst. Nach sechs sollten ich keine kalorienreiche Mahlzeit mehr zu mir nehmen. Mein Körper muss so bleiben. Hätte ich gewusst, dass wir noch Essen gehen, hätte ich natürlich gerne mit dir ein Dinner genommen. So habe ich schon zu Hause gegessen. Ich dachte wir würden irgendwo etwas Trinken gehen und habe schon für eine ordentliche Grundlage gesorgt." Er hob die Schultern und schaute mich entschuldigend an. Seine holprige Erklärung mit der Biegung, dass er für mich eine Ausnahme in seinem strukturierten Leben machen würde, fand ich einfach süß. Aber ein Mann der auf seine Linie achtet, was ist das denn? Ich kenne in meiner Familie keinen Mann, der auf die Linie achtete. Mein Vater arbeitete hart und aß dementsprechend gut.

Seiner Linie tat dies kein Abbruch. Er hatte einen gestählten Handwerkerbody. Ich wollte ihn nicht beleidigen und machte nur große Augen und lächelte. Diese gutaussehenden Engländer. Tse!

„Und! Warst du erfolgreich?"

Ich schaute ihn an und wusste gar nicht von was er sprach. „Die Wohnung?" „Ach, ja. Die Wohnung. Ja. Ich habe sie genommen. Sie ist auf der Fullham Road 45. Gute Gegend. Teure Gegend. Eigentlich zu teuer für mich."

Plötzlich sprudelte es aus mir heraus, welche Wendung mein Leben genommen hatte. In meinem Vertrauen zu ihm, sprach ich auch die Geldprobleme an und dass ich bisher noch gar kein Gehalt bezogen hatte. Nachdenklich und interessiert schaute er mich an und ich spürte, dass er Anteil an meiner Situation nehmen wollte. „Brauchst du einen Kredit? Darf ich dir helfen?" „Das ist lieb von dir. Aber ich werde meine Freundin Theresa anrufen und mir von ihr etwas leihen. Ich hoffe sie leiht mir die 800 Pfund, den Rest habe ich noch auf meinem Konto. Meine gesamten Ersparnisse landen in der Kaution. Mein Großvater überweist mir in wenigen Tagen mein Gehalt. Die Firma, für die ich jetzt arbeite, wird mir am Ende des Monats mein Gehalt zahlen. Danach bin ich aus dem gröbsten Schlamassel wieder heraus."

„Also ist jetzt alles geregelt?" Ich nickte. Es schien ihm nichts auszumachen, dass ich sein Angebot von heute Nachmittag nicht Erwägung gezogen hatte und auch jetzt wieder ausschlug. Vielleicht wäre sein Angebot billiger gewesen. Aber ich traute mich jetzt nicht mehr danach zu fragen. „Ich hoffe, mit meinem Geld über den restlichen Monat zu kommen. Dafür gibt es weniger Sightseeing in diesem Monat, also ehrlich gesagt, gar keinen Luxus mehr." „Oh, das ist hart! Wenn du möchtest, könnte ich dir am Wochenende London zeigen."

„Das wäre toll. Ich hoffe, du verstehst dich auf kostenlose Besichtigungstouren." „Da habe ich viele Ideen. Lass uns am Sonntag an der Westminster Bridge treffen! Dort machen wir etwas, was deine Probleme auf einen Schlag lösen wird." Ich strahlte ihn an. Er wollte am Sonntag mit mir zusammen sein. Die Einsamkeit verschwand, ich war nicht mehr allein. Es war zwar nicht der Familienanschluss, den man als Au-pair genießt, aber dies war sogar noch besser. In diesem Augenblick überkam mich eine Welle der Geborgenheit, einen Anker gefunden zu haben. „Danke, dass du mir zuhörst und mir London zeigen willst. Ich weiß auch nicht. Es ist schön mit dir zu reden." Daraufhin nahm er meine Hand und hielt sie einfach so. Das war so elektrisierend schön, dass ich mich nicht traute die Hand wegzunehmen. Seine Finger fühlten sich warm und beruhigend an. Mein Herzschlag in meiner Brust hämmerte und pumpte das Blut schneller, so dass ein Rauschen in meinen Ohren anfing. Ich glaubte, ich wurde rot im Gesicht. Sein Blick blieb auf mich gerichtet und ich suchte gelegentlich mit meinen Augen den Tisch ab, um nicht verlegen zu werden.

Seine Ruhe und Gelassenheit gaben mir Sicherheit und meine Nervosität legte sich. Ich wünschte mir nur, dass er meine Gemüts-verfassung nicht sah und dass er meine Gefühle nicht spürte. Meine Augen trafen seine und er hielt mich mit seinen Augen fest und er versuchte zu ergründen, was ich vielleicht fühlte.

Der Ober unterbrach unser knisterndes Schweigen und servierte mein Essen. Ich löste meine Hand aus seiner, um das Besteck zu nehmen. Brandon schaute mir amüsiert zu. „Ist alles Okay!" „Ja, bestens. Woher kennst du das Lokal?" „Gefällst dir?"

„Ja. Es hat Charme und es ist so lauschig. Irgendwie geschaffen für ein Rendezvous."

„Ist das hier ein Rendezvous?", fragte er mich.

„Ist es eins?" „Es ist eins", bestätigte er. Puh, mein Herz pochte plötzlich wie verrückt. In meinem Bauch tobte es. Das habe ich noch nie so intensiv und vor allem ungebremst gefühlt. Ich legte keine Bremse ein. Ich wollte springen. Ich wollte dieses berauschende Gefühl in mir toben fühlen. Ich wollte, dass es passierte. Er war so nah und ich fühlte mich zu ihm hingezogen. Seine

Gegenwart und seine Ideen mich in seinen erotischen Bann zuschlagen, gelang ihm. Erotische Gedanken schlichen in meinem Kopf.

Plötzlich klingelte mein Handy und riss mich aus der Verzauberung. Ich griff in die Tasche, zog es heraus und meldete mich. „Stella Loren." Am anderen Ende war meine besorgte Mutter, die schon drei Tage nichts mehr von mir gehört hatte. „Mir geht's gut." Brandon streichelte mit seinen Fingern meine Hand und ich schaute ihn an. Er wärmte sie und ich war völlig abgelenkt, während meine Mutter mir tausend Fragen stellte und ich nur schluckte und stellenweise ein „Ja", in das Gespräch flocht und Brandon dabei anlächelte. Bis meine Mutter nach mehr Inhalt fragte: „Wie ist denn die Familie so?" „Die Familie, ehm, ja, ist super nett. Gerade sitzen wir noch zum Abendessen am Tisch und unterhalten uns. Es ist gerade ein bisschen schwierig zu reden. Alle schauen mich gerade an. Sie verstehen natürlich nichts. Wirkt unhöflich jetzt am Telefon zu sein." „Gut. Aber ich glaube die Familie versteht das, wenn du mit deiner Mama sprichst. Du kannst es ja später kurz erklären oder geh doch einfach vor die Tür! Wie sind denn die Kinder?" „Die Kinder, ja sehr nett. Aber vielleicht reden wir lieber später..." Sie hörte mir einmal wieder gar nicht zu und redete einfach weiter: „Und hast du dich an Linksverkehr schon gewöhnt. Es ist ein bisschen gefährlich, wenn man auf die falsche Seite schaut." „Nein. Du hörst, ich lebe noch, mach' dir keine Sorgen!" „Meldest du dich bald mal?" „Ja! ich melde mich bald wieder." Also, dann Tschüss und bleibe gesund! Ich habe dich ganz toll lieb." „Ich hab dich auch lieb und

Grüße an Papa. Tschüss!" Brandon schaute mich mit großen Augen an. „Was ist das denn für eine Sprache? Mein Lebtag hätte ich mir eine solche Sprache aus deinem Mund nicht vorgestellt." „So, was für Worte sollten aus meinem Mund kommen?" „Cara mia", flüsterte er mir zu. „Cara mia", wiederholte ich und meine Gedanken kamen zum Erliegen. Mein Herz pochte und ich fühlte mich von ihm verstanden. „Cara mia", war genau richtig und ganz nah dran. Seine Augen waren so blau und ich tauchte ab, in die tiefen Abgründe seines Blicks. Wenn das sexuelle Anziehung war, dann fühlte ich sie wie einen Strudel wirken. Mit aller Kraft wurde ich hineingezogen und ich ließ es einfach geschehen. In mir lief ein Film ab, wie ich ihn küsste und er mich langsam mit seinem Körper zudeckte. Wenn sich verlieben ein Vorgang wäre, dann würde ich ihn wie ein Funke im Ofen sehen. Langsam entzündet sich das Papier und springt auf die Hölzchen über. Es ist nur ein dumpfes Glimmen, das auf und ab scheint. Einen Augenblick später explodiert es bei einem frischen Lufthauch zu einer hellen Flamme und greift auf die Scheite über. Ein Prozess der nicht mehr umkehrbar ist und ich stand in Flammen. Das war mir gerade passiert und ich fühlte, wie ich mich langsam in entbrannter Leidenschaft für Brandon verlor. Wie die Leinen gelöst wurden und mein Boot auf den Wellen torkelnd Fahrt aufnahm. Ich entfernte mich vom Ufer. Die Zeit verging mit tiefen Blicken und zärtlichen Berührungen. Dieses Gefühl war wie ein süßes, perlend fruchtiges Getränk, das man mit einem Strohhalm zu sich nimmt. Man hört nicht eher auf, bis der Grund erreicht ist und die Sehnsucht nach diesem Getränk entsteht. „Oh, lieber Gott, lass es nie mehr leer werden", dachte ich und fühlte seine Hand auf meiner und wir glitten mit den Händen zusammen. Ich zog nicht weg und ich fühlte seine Energie durch seine Hände. Dieser Moment war wie geschaffen für einen Anfang. Er lächelte. Meine Kontrolle hatte ich gerade verloren und lag in seinen Händen. Ich hatte mich in ihn tatsächlich verliebt. "Sollen wir gehen?", weckte er mich im leisen Flüsterton. "Mm", genoss ich seine Wärme. Jetzt nahm er meine Hand in seine und küsste meine Fingerspitzen. Diese Vertrautheit verschlug mir den Atem, aber es war auch unendlich schön. „Müssen wir schon gehen?" „Nein, aber ich könnte mir vorstellen, dass wir zu mir oder zu dir gehen." Das war Entzauberung pur. Die Worte von Mark an Theresa. Die Aufforderung zum ultimativen One-Night-Stand. Vor meinem inneren Auge sehe ich Theresa und Mark im Flur und sie können sich gar nicht schnell genug an die Wäsche und just in diesem Moment verlasse ich mein Zimmer und stehe den beiden gegenüber und ich sehe Marks entblößtes Hinterteil. Ich erinnerte mich an die DVD Abende mit meinen Freundinnen und Freunden mit viel Alkohol, wo alle plötzlich schliefen und neben mir in der Dunkelheit zwei Körper zu einander fanden und am nächsten Tag kein Wort mehr darüber verloren wurde. Plötzlich war ich irritiert und suchte nach einer Ablenkung. „Was für eine Sprache spreche ich?" „Wie bitte?" Das war auch für ihn entzaubernd und irritierend. „Schwedisch, dänisch, niederländisch, deutsch." „Gut. Du bist echt gut!" „Was für eine Sprache spreche ich?", wiederholte ich auf Deutsch. Er sprach mir nach. „Könnte auch polnisch sein?" „Nein." „Gut, es ist", und schaute mir tief in die Augen. „Welche Sprache hört sich sch, pf, ch, sch, ch an?" Ich musste herzlich über seine Grunzlaute lachen, daraufhin fiel er mit mir in ein herzliches Lachen.

„Die Schweinesprache. Das ist die Schweinesprache", prustete ich über seine Laute. Jetzt mussten wir noch mehr lachen. „Da fällt mir was ein! Du hast ja gesagt." „Ja, kennst du das Wort?" „Du bist die dunkelhäutigste Deutsche, die mir je begegnet ist." „Was soll das heißen?" „Du bist schön! Du bist so unglaublich schön. An dir ist deine Schönheit echt. Ich kenne kaum Frauen, die auf Anhieb atemberaubend schön sind. Keine Schminke und trotzdem sind deine Augen verführerisch und dein Mund hinreißend. Dein Teint braucht keine Nachhilfe. Du bist wirklich schön." Auf einmal musste ich schlucken. Es wurde mir Ernst ums Herz. Ich konnte gar nicht fassen, was er mir gerade gesagt hatte. Es verwirrte mich, weil nie jemand so mit mir sprach. Meinte er, was er sagte? War das eine Masche? Nach einer Weile blickte ich auf und er konnte mit seinem Blick tatsächlich meine Seele berühren und ich wollte seine Worte glauben.

Das Lokal war leer. Noch betrunken von der Situation schaute ich auf meine Uhr. Es war schon spät und ich musste morgen arbeiten. Eigentlich wollte ich die Situation nicht beenden und schaute ihn lange an. „Bringst du mich in mein Hotel?" Er nickte und winkte den Ober an den Tisch und erklärte, dass wir zahlen wollten. Ich holte meine Geldbörse heraus und wollte bezahlen. Aber er legte einen Schein auf den Tisch und zog mich an einer Hand aus dem Restaurant. Anschließend legte er den Arm um mich. „Wo ist denn dein Hotel?" „Ich wohne bis Morgen noch im Aston Suites." Er umfasste meine Taille mit seinem Arm und wir gingen eng umschlungen zu meinem Hotel. Das war sehr romantisch. Eigentlich wollte ich nicht, dass der Spaziergang aufhörte, aber nach einer Weile standen wir vor dem Aston Suites. „Da sind wir!", brachte ich verlegen hervor. Er schaute kurz das Gebäude an, und drehte mich gekonnt vor seinen Körper und drückte mein Kinn mit seiner Hand ganz sanft nach oben. Anschließend beugte er sich hinunter. Ich spürte seinen Kuss auf meinen Lippen. In diesem Moment spürte ich ein starkes Verlangen nach Brandon und ich stand wie elektrisiert vor ihm. Mein Herz pochte in meiner Brust. In meinen Kopf brauste es. Nachdem er mich sanft geküsst hatte, versuchte er mit seiner Zunge meinen Mund zu öffnen. In mir summte ein Feuerwerk und mein Körper verlangte nach mehr. Ich rang nach Beherrschung und Zügelung. So standen wir eine ganze Weile unschlüssig herum. Wir beide wollten diese wundervolle Stimmung nicht beenden. Dennoch gab es eine Welle, die sich bei mir nicht Bahn brechen wollte. Die Straße, das Licht der Laterne gaben mir Sicherheit vor mehr Zudringlichkeit. Er küsste mich und das durchzuckte meinen ganzen Körper, der über jede Berührung sich dem Verlangen nach mehr steigerte.

„Lass uns zu mir gehen!"

„Nein, ich muss morgen pünktlich auschecken. Ehrlich, es geht nicht."

„Wir können deine Sachen zu mir holen." „Nein, wirklich nicht!" „Darf ich mit zu dir?"

„Vielleicht heute noch nicht, aber ab morgen wohne ich

auf der Fullham Road 45. Da darfst du gerne noch zum Kaffee hereinkommen." „Nur zum Kaffee?", lachte er kurz auf. „Du weißt, was ich will. Und ich habe gespürt, dass du es auch willst", und er legte seine Hand auf meinen linken Busen und küsste mich noch einmal sehr innig. Er konnte spüren wie mein Herzschlag galoppierte. „Habe ich dich überzeugt?"

„Ja, aber ich muss morgen auschecken, arbeiten, umziehen. Später…", flüsterte ich ihm verheißungsvoll in sein Ohr. Da drückte er mich ganz fest an sich und hauchte mir einen Kuss auf meine Stirn und schließlich lösten wir uns von einander und ich ging ins Hotel. Während er fortging, fiel mir ein, dass wir uns erst für Sonntag verabredet hatten. Von einem Treffpunkt für den morgigen Tag war gar nicht die Rede. Ich war zu glücklich, zu beschwipst und zu müde, um nach an irgendetwas zu denken.

Janis oder Brandon

Mein Handy klingelte, summend und ohne Unterlass um 6.30 Uhr und weckte mich. Ich hatte ein wenig Kopfschmerzen und befand mich zwischen der Traumwelt und der neuen Realität. In meinem Traum hatte Brandon neben mir gelegen und wir hatten eine wilde, aufregende Nacht. In meinem Unterbewusstsein tobten die Triebe. Sicherlich war meine Benommenheit noch eine Nachwirkung von diesem unglaublichen Abend. Ich fühlte mich noch immer aufgeladen von der gestrigen Situation. Alle zwei Minuten musste ich an ihn denken. Noch nie war ein Mann so präsent in meinen Kopf wie Brandon. Er war einfach in meinen Kopf eingezogen und meine Gedanken kreisten um ihn. Ich schlich schlurfend zum Badezimmer, duschte und er stand in Gedanken neben mir. Gab mir das Handtuch. Ich zog mich an, er reichte mir meine Bluse und knöpfte sie zu.

Ernüchternd fiel mein Blick auf die Uniform der Firma. Unter dem Logo stand in Druckschrift gesteppt, „Trust Tschirner & Mitchell and everything is done". Ich verließ mein Hotelzimmer und warf einen letzten Blick auf meine Zuflucht der vergangenen drei Tage.

 Bei Mr. Barclay angekommen, rief ich gleich Theresa an.

„Hi, Theresa!"

„Na, schon Heimweh?"

„Nein. Ich bin angekommen. Endlich angekommen. Ich habe jemanden kennen gelernt."

„Wow. Erzähl!"

„Er ist ungefähr so..., ehm, bisschen älter als ich. Sieht wahnsinnig gut aus. Hat blaue Augen und sieht aus, wie einer der Jungs, wie sie auf der Hollistertüte abgebildet sind. Sixpack, schlank, einfach gutaussehend. Sein Körper ist ein Traum. Wenn du ihn sehen könntest, du würdest nicht mehr aufhören zu gucken. Ich will mit ihm schlafen. Er ist Erotik pur." „Und will er das auch? Wenn ja, was hält dich ab?" „Wir kennen uns erst seit drei Tagen." „Süße! Das ist nicht dein Ernst." „Doch! Ich kann mich kaum beherrschen. Ich habe heute Nacht im Traum mit ihm geschlafen. Wir waren kaum in meinem Hotelzimmer und hatten keine Zeit unsere Kleider auszuziehen. Es ging so unglaublich schnell." „Naja, davon wird man bestimmt nicht schwanger oder kriegt Aids." „He, wie unromantisch. An so was denkt man doch nicht in seinen

Träumen." „Was macht er denn so?" „Wie, was macht er denn so?" „Beruflich, mein ich!" „Das war gar kein Thema zwischen uns. Ist doch egal! Ach doch, er hat mir erzählt, dass er für eine Firma arbeitet, deren Namen sich wie eine Sekte anhört." „Nein der Name war so wie Anonymus und noch was. Für diese Firma arbeitet er."

„Was stellt die Firma denn her?"

„Keine Ahnung? Vielleicht Computerbranche." „Ah, verstehe. Hier gibt es auch Neuigkeiten. Janis und Claudia sind nicht mehr zusammen."

„Was?" „Bist du noch da?"

Mein Herz klopfte und beinahe wäre mir der Telefonhörer aus der Hand gefallen. Der Moment der Momente war da. Janis war solo. Meine Gedanken rasten. Ich versuchte Pläne zu machen. Aber kein klarer Gedanken ließ sich fassen. Da war Brandon, dort war Janis. Brandon war so stark und real. Janis war weit weg, blass und sogar nicht leidenschaftlich und körperlich anregend.

„Wie jetzt?" „Na, sie wollten gerade umziehen und da sind die Fetzen geflogen. Ich glaube, Claudia hat etwas mit Mark angefangen."

„Wie Mark, der Mark, dein Mark, der Gynäkologe?"

„Stehst du unter Schock!"

„Nein, ich bin nur so überrascht. Ich habe nicht mehr damit gerechnet, dass es überhaupt jemals zu so einer Wendung kommt." Mir fiel einfach gar nichts ein. Es war in mir wie leergefegt. Einfach eine gedankliche Wüste. Tausend gefühlte Jahre waren vergangen und alle Pflanzen vertrocknet. Es wurde mir bewusst, dass ich während meiner Teenagerzeit sexuell verdurstet war und

Janis war nur der Schutz vor Verlockungen. Er hatte mich immer von allen Verlockungen abgehalten und mich festgehalten. Er stellte keine sexuellen Ansprüche an mich, die hatte er sich bei Claudia geholt. Meine selbst auferlegte Abstinenz nach der Sache mit Silvio konnte jetzt zu Ende gehen. Plötzlich donnerte es und blitzte in mir und ein unendliches Gefühl des Glücks und des Aufbruchs brach wie ein Fluss aus den Bergen Bahn in die Wüste und spülte den Staub davon. Ich hoffte auf eine herannahende Blütezeit. Was für eine Welle. „Ich kann nicht! Ich werde nicht kommen."

„Wieso nicht? Es ist der Tag X." „Ich kann nicht!" „Wie meinst du das?" „Ich kann jetzt nicht zurückkommen." „Was ist passiert?" „Ich habe mich verliebt. Ich will mit Brandon zusammen sein. Janis ist mein bester Kumpel. Glaubst du, Janis wird mich in London besuchen?" „Wieso sollte er? Die Beziehung ging in den letzten Jahren von dir aus." „Was macht er jetzt?"

„Er trinkt und pöbelt herum. Ruft Frederik mitten in der Nacht an und ist verzweifelt. Pennt bei uns auf der Couch und flennt." „Liebt er sie noch?" „Ich denke ja. Es kam für ihn völlig unvorhergesehen." „Oh Gott! Soll ich ihn anrufen und trösten? Er tut mir irgendwie leid." „Das kannst nur du entscheiden."

„Meinst du, ich hätte jetzt eine Chance?" „Du hast gerade gesagt, er ist ein Kumpel. Was willst du für eine Chance? Wenn du der Notstopfen wie immer sein willst, dann ruf ihn an!" „Vielleicht weiß er jetzt, was ich hätte sein können...", und hier brach mein Satz ab und es gab eine Funkstille. Ich atmete nur noch. „Was ist jetzt? Willst du dein Glück jetzt bei Janis versuchen. Kommst du zurück?" „Wie bitte?" „Kommst du nach Hause?" „Was soll ich da? Janis liebt Claudia. Soll ich Händchen halten, bis er wieder eine andere findet? Sag ihm, er kann herkommen, wenn er mich sehen will!" „Soll ich ihm das wirklich sagen? Dann hast du einen jaulenden Hund an deiner Seite, der immer wieder erneut mit dir das Thema Claudia durchkaut." „Oh, Gott nein! Im Augenblick passt es nicht. Ich kann mich jetzt nicht um ihn kümmern. Ich bin verliebt, vergessen?" „Okay! Und jetzt?" „Ich will ihn!" „Wen? Von wem reden wir?" „Von Brandon! Ich brauche 800 Pfund gleich auf meinem Konto.",,Ist er ein Callboy? Das ist aber echt' ne teure Nummer!" „Ach, nein. Ich muss mir eine Wohnung mieten, damit ich bei Brandon bleiben kann." „Wie, jetzt komme ich gar nicht mehr mit. Bist du nicht bei den Neals und schläfst da?" „Sag's keinem weiter! Das hat nicht geklappt." „Wie kann denn so was nicht klappen?" „Die Oma ist mit dem Enkel verunglückt. Ich arbeite jetzt als Mädchen für alles bei einer Firma, die reiche Leute betreut." „Oh! Ist das jetzt okay für dich?" „Ja. Ich bin im Ausland und hier regnet es auch keine tollen Jobs ohne Vitamin B. Im Ausland hat mir jetzt gerade auch keiner den Chefsessel angeboten. Gibst du mir das Geld?" „Wie viel noch mal?" „800 Pfund." „Meine Güte. Warum ausgerechnet so viel? Ich habe es auch nicht so dicke." „Ich überweise dir die erste Rate nächsten Monat! Mein Opa gibt mir noch 1800 Euro am Ende des Monats, davon begleiche ich alles. In dieser Situation kann ich nicht meinen Vater oder irgendjemand aus der Familie fragen. Mein Vater setzt sich noch in den Flieger und holt mich ab und denkt noch, er hätte eine gute Tat an mir getan." „In Ordnung!

Ich setze mich gleich an den Computer. Ist gleich auf deinem Konto! Aber ehrlich in drei Monaten musst du es zurückzahlen." „Ja, großes Ehrenwort. Du hast mich gerettet. Du, ich telefoniere gerade vom Anschluss meines Kunden. Ruf also niemals bitte zurück! Das wäre wirklich schlecht." „Der sieht das, wenn er seine Abrechnung bekommt." „Oh, Gott! Was mache ich jetzt!" „Du googelst die Kosten und gibst sie ihm. Das ist besser, als wenn er darauf kommt." „Okay". „Leg auf! Du Verrückte! Ich glaube, du bist wirklich verliebt!" „He, für meine Eltern bin ich Au-pair bei den Neals.
Also verplappere dich nicht!"
„Okay! Und übrigens, wie von dir gewünscht, habe ich ein tolles Buch für dich gefunden. Es ist von Mia Ming. Ich schicke es dir in der nächsten Woche zu. Viel Spaß beim Lesen." „Oh, Danke! Ich wohne in der Fullham Road 45 ab heute Nachmittag. Schicke es dahin!" „Mach's gut!" „Mach's besser!", verabschiedeten wir uns.

Orgie

Oh, mein Gott. Im Wohnzimmer war eine Bombe eingeschlagen. Hier lagen drei leere Sektflaschen herum. Die dritte lag auf dem Sofa und der Inhalt hatte sich auf die Couch und den Boden ergossen. Die Gläser standen achtlos auf dem Boden und der Anrichte. Auf dem Kaminsims standen mehrere Teller mit Essensresten, Gabeln und Messer lagen auf dem Boden, zwei nasse Handtücher lagen über der Couch. Ich fand einen Damenschlüpfer eingeklemmt zwischen den Sofakissen. „Die Dame ist also ohne Unterhose nach Hause." Aber das Dessous verdiente gar nicht diesen Namen. Es war ein schwarzer Hauch von Nichts. Sie dürfte also den Unterschied gar nicht bemerkt haben, vor allem, weil es ein schöner Sommertag mit sehr warmen Temperaturen war und das schon von früher Morgenstunde an. Auf dem Boden lagen an unterschiedlichen Stellen im Haus drei aufgerissene Tütchen, aus denen Kondome entnommen waren.

Im Laufe des Morgens fand ich im Badezimmer neben dem Mülleimer zwei gefüllte mit Inhalt. Einfach achtlos neben dem Mülleimer geworfen. Wie eklig. Im Waschbecken waren Barthaare von Mr. Barclay und lange platinblond gefärbte Frauenhaare hatten sich in der Bürste verfangen. Aber da lagen auch ganz schwarze mir unbekannte Barthaare, die nicht von Mr. Barclay sein konnten. Ich öffnete die Tür zu Mr. Barclays Zimmer. Hier war alles wie immer! Eine Seite der Bettlaken war zerwühlt, zerbeult, die andere wie immer unberührt. Die Oberbekleidung lag achtlos auf dem Boden geknittert. Als ich gerade an einem sonst verschlossenen Schlafzimmer vorbeilief, sah ich den Ort der wahrscheinlichen Gang Bang Nacht. Auch ein weiteres Schlafzimmer war verwüstet. Auf dem Plüschteppichvorleger stand ich inmitten eines gebrauchten Kondoms, das unter meinen Schuh festklebte.

Ich humpelte zum nächsten Mülleimer und strich meinen Schuh am Tonnenrand ab. Die Bettwäsche war zerwühlt. Im Zimmer roch es nach Parfüm, menschlichen Ausdünstungen und Sex. Die ganze Bettwäsche war voll geschwitzt und besaß vereinzelt Spermaflecken. Ich wollte nicht zählen, aber meine Augen saugten sich an jedem Fleck fest und mit Latexhandschuhen bestückt, zog ich das Bett ab und fluchte auf Mr. Barclay. Ich hörte mich tatsächlich zweimal fluchen.

Es war ekelhaft. Das war absolut grenzwertig. Eine Schweinerei. Mr. Barclay ist ein Schwein. Nein, ein Karnickel. Er ist ein Bock. Nein, ist er so geil, wie ein Hase. Die ganze Zeit schimpfte ich über diese verhasste Arbeit. Das war doch richtig peinlich.

So konnte man doch kein Zimmer hinterlassen, ohne die Spuren zu beseitigen. Theresa entsorgte immer gleich das Laken und die Bettwäsche und ließ noch am frühen Morgen vor der Uni die Waschmaschine laufen. Sie wollte gar nicht mehr daran erinnert werden.

Ehrlich gesagt, jetzt hatte Mr. Barclay wirklich bei mir eine Grenze überschritten. Der Kennlernfaktor von meiner Seite war auf Null Prozent gesunken. Ich empfand gegenüber Mr. Barclay eine große Ablehnung und schämte mich ein bisschen fremd für ihn.

Kein Wunder das man bei dieser Arbeit eine Verschwiegenheitsklausel unterschreiben musste. Geiler Bock, der er ist! Er war demnach doch nicht schwul. Nein, er war schwul und der andere bi.

Mir gefiel der Gedanke, dass Mr. Barclay schwul war. Viele Schauspieler waren schwul und keiner hat es gewusst. So einer war er bestimmt. Nichts war Mr. Barclay peinlich und er lebte seine Sexualität vor mir aus. Sie hatten in einer Gruppe Sex und mich schüttelte es. Er wusste doch, dass eine Fremde ins Haus kam. Ich öffnete das Fenster und ließ frische Luft herein. Über mehrere Male musste ich verdächtig vor Abscheu husten und meine Übelkeit drohte sich Bahn zu brechen. Während ich mich so in meine Fantasie hineinsteigerte, kam mir der Gedanke, dass er mich verachtete. Für ihn war ich gar kein Mensch mit Ekelgefühlen, sondern eine Angestellte. Ein Installateur, der gelegentlich in die Scheiße fassen muss. Wütend und hüstelnd vor Ekel lief ich ins Badezimmer, schmiss die vor mir liegende Kondompappschachtel in die

Mülltonne und wusch mich. Da kann er demnächst einmal schauen. Das nächste Rendezvous konnte jetzt platonischer verlaufen.

Vielleicht mal miteinander reden. Angemessen der Kondome, schien man hier sehr viel Wert auf Verhütung zu legen. Innerlich kicherte ich kurz. Anschließend machte ich auf Grund meines schlechten Gewissens meine Tat wieder rückgängig. Ich durfte als Angestellte doch gar nicht das Verhalten bewerten. Das stand mir gar nicht zu. Wie kindisch von mir. Als ich an der Dose rappelte, stellte ich fest, dass nur noch die Anleitung sich darin befand. Ich legte die Schachtel zurück in den Schrank. Gestern hatte ich mit Brandon gespürt, wie aufregend Sex sein konnte. Mit ihm würde ich dieses Erlebnis teilen, wenn wir uns dafür beide bereit fühlten. Naja, er wohl eher als ich. Bei ihm spürte ich, er meinte mich und es wäre privat und voller Zuneigung und Liebe. Der einzig wahre Grund für Sex. Wir würden uns lieben, wenn er das Gleiche für mich empfand.

Da war ich mir ganz sicher. In Mr. Barclays Haus tobten seine Triebe. Völlig undiszipliniert, zügellos und für mich sichtbar, hatte er Sex mit einer Frau und einem Mann. In meinem Kopf lief ein Porno und ich schämte mich. Ich wollte Romantik, dass hier war mein schlimmster Albtraum an sexueller Ausbeutung einer Frau.

Wohnungsvertrag

Unten befand sich ein Blumengeschäft. Mr. Jennings erwartete mich.

„Guten Tag, Mrs. Loren. Sie sind sehr pünktlich."

„Guten Tag Mr. Jennings". Wir gingen in das Haus. Er schleppte meinen Koffer. Wir mussten eine steil angelegte Treppe hinaufsteigen. Das Treppenhaus war sehr eng. Endlich standen wir vor einer Holzzimmertür mit Spion. Das Haus war von außen und von innen sehr gepflegt. Mr. Jennings schloss die Türe auf. Ich sah ein 22 Quadratmeter großes, geschmackvoll eingerichtetes Studio mit Küche und Waschmaschine.

In einer Nische stand ein gepolstertes, plüschiges großes Ehebett. In der anderen Ecke stand eine rote Couch und am Fenster gab es einen ovalen Nadelholztisch mit zwei Stühlen.

Gegenüber dem Sofa war an der Wand ein Halter mit einem Fernseher angebracht. Darunter stand eine Stereoanlage. Mr. Jennings zog die Küchenschränke auf und zeigte mir, dass in der Küche alles vorhanden war. Vor dem Badezimmer gab es einen Schrank, der in die Mauer eingelassen war. Mr. Jennings öffnete ihn.

Es war ein Kleiderschrank. An der Küche gab es einen Schrank mit Putzeimer, Staubsauger, Besen, Kehrblech und so weiter. Das Badezimmer war sehr klein, aber sehr modern mit einer Dusche eingerichtet. Nicht vergleichbar mit Mr. Barclays Badezimmer, aber besser als mein ehemaliges Badezimmer in der Aachener Wohnung. Ich war beeindruckt. Für deutsche Verhältnisse war die Wohnung sehr klein. Es war ein sogenanntes Wohnklo.

Für einen Menschen und unter Umständen war es vielleicht für zwei ausreichend. Für zwei Menschen wäre es eine Herausforderung.

„Ist es für Sie Okay." „Okay", bestätigte ich kurz, was blieb mir anderes übrig. Kopf nickend kramte er den Vertrag heraus. Ich las ihn und stolperte über den Satz, dass man mindestens 180 Tage die Wohnung anmieten musste, damit ein Vertrag zustande kam. Ich wollte sowieso mindestens ein halbes Jahr bleiben, also legte ich die Kaution und die erste Wochenrate auf den Tisch. Mr. Jennings zählte das Geld ab. Ich unterschrieb den Vertrag. „Apropos! Ich möchte Sie noch darauf hinweisen, dass die Untervermietung verboten ist." „Warum sagen sie mir das? Ich bin doch allein und schauen Sie sich um, hier ist wirklich nur Platz für einen. Mehr Leute und es käme zu einem Massaker."

Mr. Jennings lächelte über meinen Scherz. „Mrs. Loren. So junge, sehr attraktive Mädchen bleiben nicht lange allein. Passen sie gut auf sich auf!" „Ja, machen Sie sich keine Sorgen. Ich kann auf mich aufpassen."

Ich öffnete die Tür und verabschiedete Herrn Jennings. Endlich hatte ich wieder ein zu Hause. Ich setzte mich auf die Couch und freute mich über mein kleines Reich. Heute würde ich zum ersten Mal meinen gesamten Kofferinhalt in den Schrank und ins Badezimmer räumen. Mein Aufenthalt war jetzt für längere Zeit gesichert. Mit einem Plan für mein Leben machte ich mich auf zur Agentur. Ich nahm die U-Bahn. Bei Mitchell und Tschirner begrüßte Sarah mich herzlich. Sie wollte gerade ihre Arbeit beenden. Ich gab ihr meine neue Adresse und die Festnetznummer meines Appartements. Sie gab mir meine Uniform. Glücklich bepackt und mit einen Lebensabschnittsplan im Kopf wollte ich gerade das Büro verlassen, als Sarah mich noch einmal anhielt. „Ich wollte ihnen nur sagen, dass Mr. Barclay sehr zufrieden mit ihren Diensten ist. Vor allem seien sie eine einfallsreiche und gute Köchin und die Wohnung sei blitzeblank. Es sieht so aus, als würden sie die Probezeit bestehen. Sie sind die sechste Kandidatin und bisher hat noch keine solange bei ihm ausgehalten. Er hat erwähnt, dass sie absolut korrekt und zuverlässig in allen Absprachen seien und er sie noch nie mit einer Ausrede angetroffen habe. Sie seien schon immer aus dem Haus und trotzdem seien alle Arbeiten erledigt." Ich wunderte mich über den Lüstling Mr. Barclay. Er hatte mich in seiner Wohnung bemerkt. Einen kurzen Moment später, erhob Sarah die Augenbrauen.

„Kein englischer Teenager würde das aushalten. Jeder würde gerne einen Blick auf Mr. Barclay riskieren. Und haben Sie?" Ich schüttelte den Kopf. Innerlich erschienen in mir Bilder einer Schlagzeile. „Ist Mr. Barclay pädophil? Teenager wollte nur Autogramm und landete im Bett des Idols." Ich lächelte und Sarah nickte mir zum Abschied freundlich zu. Auf dem Weg zu meiner Wohnung kaufte ich in einem Supermarkt ein. Leider hatte ich keine Fantasie für das Gewicht des Einkaufs, als ich es vom Einkaufswagen auf das Band in meine Tüte verschwinden ließ. Endlich kam ich zu Hause an. Es kam mir vor, als wären meine Arme länger geworden. Erst gegen acht saß ich am gedeckten Tisch und schaute „Breaking Bad", als es plötzlich klingelte. „Huch! Ob einer sich wohl vertan hat? Ob, Janis in seiner Verzweiflung vor der Tür steht und getröstet werden muss? Hatte er die Adresse von Theresa?" Ich ging hinunter zur Tür. Die Außentür war zur Sicherheit der Bewohner ab 20.00 Uhr verschlossen. Also öffnete ich die Tür. Da stand Brandon.

Besuch

Ich war ganz erstaunt und schaute ihn völlig perplex und freudig überrascht an. „Freust du dich nicht über Besuch?" „Doch! Willst du reinkommen?" „Vielen Dank für die Einladung. Waren wir denn nicht verabredet?"

Er nahm mich in den Arm und küsste mich auf die Wange, damit war zumindest die Vertrautheit von gestern wiederhergestellt. Ich ging vor und er folgte mir. Als ich oben angekommen war und die Tür aufschloss, griff er nach meiner Hand und führte sie um seine Taille. Das schaffte irritierend Nähe und prickelnde Aufregung in mir. Ich ging rückwärts gewandt in das Studio. Er schaute sich um. Leise stieß er die Tür mit seinem nach hinten ausgestreckten Fuß zu.

Er lockerte seine Umarmung nicht. Langsam führte er seinen Kopf zu mir hinunter und er küsste mich. Mein Herz pochte, schon seit ich ihn unten im Eingang stehen gesehen hatte. Dann tastete seine Hand unter mein T-Shirt wanderte langsam zu meinem BH herauf. Dort löste er meinen BH, um seine Hände auf meine Brust zu legen und sanft darüber zu streicheln. Mit seiner Zärtlichkeit raubte er mir den Verstand und ich konnte plötzlich nicht mehr klar denken. Mein Blut drängte in meinen Schoß. In meinen Bauch kribbelte es. Er hob mich hoch und trug mich küssend auf das Bett. Ich spürte seine Erektion, als er sich neben mich legte und sein Körper meinen streifte. Langsam öffnete er meine Hose und seine Hände wanderten fordernd zu meinem Slip. Auf einmal war ich blockiert und ich versteifte mich. Er spürte dies sofort und schaute mir in die Augen und hielt inne und zog seine Hand zurück. Es ging mir zu schnell und meine Gedanken rasten. Angst flutete meinen Körper. Es war völlig untypisch zu meinen früheren Beziehungen, die ich auf Distanz gehalten hatte. Man kam normalerweise nicht herein und bevor eine gepflegte Konversation entstand, vernaschte man mal eben die Gastgeberin. Von diesem Augenblick an war ich nicht mehr in der Lage seine Küsse zu erwidern. Es war nichts zwischen uns geklärt. Ich kannte ihn eigentlich nicht und alles lief für mich auf ein schäbiges Schäferstündchen hinaus, nach dem ich mich bestimmt schlecht und ausgenutzt fühlen würde. Nachdem er alles von mir bekommen hatte, würde er wieder verschwinden. Das kränkte mich und war eine entsetzliche Vorstellung. In mir tauchten Bilder von Mark und Theresa im Flur unserer damaligen Wohnung auf. Er befriedigte sich und ging. Und das hier sah genau nach dieser Erfahrung aus.

Ich war beschämt und fühlte mich erniedrigt. In meinen Kopf hämmerten die Worte Durststrecke, sei dir sicher, dass es der richtige Mann ist, will er nur Sex oder meint er auch dich als Mensch. Nichts davon konnte ich für ihn positiv beantworten und schon gar nicht nach meinem Tag im Mr. Barclays Haus. Es gab bisher keine Worte wie: „Ich liebe dich", oder „ich bin verliebt" zwischen uns. Es gab nur die Worte: „Du bist schön, wollen wir zu dir oder zu mir." Plötzlich setzte ich mich auf. „Ich kann nicht." Er schaute mich völlig verdutzt an. „Was ist passiert? Eben wolltest du mich noch und im nächsten Augenblick kehrst du um." Ich schaute ihn lange und intensiv an.

„Ich will mit dir zusammen sein, aber nicht so. Keine kurze leidenschaftliche Beziehung. Das will ich nicht." „Wie willst du mit mir zusammen sein?" „Ich muss dich erst kennen lernen und mit dir vielleicht schlafen, das ist für mich die richtige Reihenfolge." Er rückte von mir ab und setzte sich ebenfalls hin. „Es tut mir leid, dass ich dich überrumpelt habe, aber es war von gestern ab klar, dass es nach unserem gestrigen Abschied hier enden würde", und nahm meine Hand und streichelte zärtlich darüber. „Es ist nur so, seitdem ich dich im Schwimmbad gesehen habe, kann ich nur noch an dich denken. Gestern war so schön und klar für mich. Ich spürte deine Nähe, Zuneigung einfach ein Ja und wir machen heute das, wofür gestern keine Zeit war."

Meinte er eine Zustimmung zum Koitus wie bei Tieren, die es bis zur Vereinigung drängte und anschließend gingen beide wieder auseinander, weil der Trieb befriedigt war?

Eins wusste ich, eine Straßenköterbeziehung wollte ich nicht. Daher stand ich auf und ging hinüber an den gedeckten Tisch. Er folgte mir bereitwillig und setzte sich neben mich. Ich streichelte sein Gesicht und spürte seine Bartstoppeln. Ich roch sein Rasierwasser. Ich stellte fest, dass es das gleiche wie gestern war. Dieser Duft war Brandon. Es war nicht mehr auszulöschen. Dieser Geruch hatte eine Bedeutung für mich bekommen. Ein Bild, eine Stimme, cinen taktilen Reiz und einen

Geschmack. Egal, wer dieses Parfum trug, es erinnerte mich an

Brandon und seine innigen Küsse. Seine Unbekümmertheit, sein Selbstbewusstsein, seine zärtliche Art hatte ihn für mich eingenommen und ich wollte die Situation mit ihm unbedingt retten, aber nicht um den Preis, dass er mich benutzen durfte. „Was denkst du?"

„Ich denke an dein Rasierwasser und ich speichere es gerade als Erinnerung an dich ab. Wenn ich diesen Duft rieche, denke ich daran, wie du mich küsst." Er lächelte, schaute mich lange freundlich an. „Also wirke ich auch auf dich?" „Sehr sogar! Beunruhigend sehr sogar! Es hat einen Moment gedauert. Seit gestern Nachmittag hast du eine Bedeutung für mich. Es gibt eine Saite in mir, die klingt, wenn ich dich sehe. Ich denke an dich, auch wenn du nicht da bist…"

Er schaute mich mit den wärmsten Augen an, die ich jemals für mich glühen sah. „So ehrlich? Es geht mir genauso wie dir. Ist das nicht wunderbar? Du willst mich, ich will dich!"

Ich schaute ihn an und untersuchte, was seine Worte in meinen Körper mit mir machten. Erst einmal stifteten sie schwere Unruhe. Mein Herz flammte auf, die Röte stieg mir ins Gesicht. Meine Ohren wurden warm. In meinem Magen krampfte es und ein Schwarm aufgescheuchter bunter Schmetterlinge erhob sich in die Luft. Mein Herz machte einen Hüpfer. „Ich weiß nur, dass ich nicht will, dass du aus meinem Leben fortgehst. Das mein Körper auf deinen reagiert. Das mich nichts kalt lässt, was du mit mir unternimmst. Das deine Berührungen für mich Verlust von Kontrolle bedeuten. Das ich nur noch bin", flüsterte er mir zu. Er beugte sich zu mir hinüber und küsste mich erneut, bis ich ihn wieder unterbrach. „Deine Worte berühren mich. Sie tun einfach gut. Ich weiß gar nicht, was ich dir nach diesen Balsamworten sagen soll. Ich fühle mich geschmeichelt." Er beugte sich zu mir. „Ich habe mich in dich verliebt!", flüsterte er mir ins Ohr. Diesmal hatte sein Kuss eine andere Komponente hinzugewonnen. Er war nicht ekstatisch, tierisch und voller Verlangen nach Sex. Es war ein zärtlicher Kuss. „Du hast dich in mich verliebt und ich mich in dich, so einfach!", flüsterte er mir ins Ohr. Ich schloss die Augen und atmete tief ein und wieder aus. Schließlich sah ich ihn erneut an. „Wie kann das bloß in so kurzer Zeit passiert sein?" Er sah mich an und nahm meine Hände. „Es war für mich Liebe auf den ersten Blick. Ich sah dich. Meine Freunde hatten dich auch im Visier. Als du duschtest, glaub mir, wenn du Robert verstanden hättest, wärst du niemals auf uns zugekommen und hättest den längeren Weg um das Becken genommen. Aber du hast mich angeblickt und bist mit deinem Blick nicht ausgewichen. Ich schwöre dir, in diesem Moment ist es passiert. Ich dachte mir, wenn sie jetzt auf mich zukommt, dann will sie was von mir. Das ist eindeutig ein Ja. Dann spreche ich sie an. Dann kamst du und hast mich in Brand gesetzt. Seit diesem Moment begleitest mich durch den Tag, weil du in meinem Kopf eingezogen bist. Du warst plötzlich hier oben drin und ich kann nur noch an dich denken." Das war genau das, was ich auch erlebt hatte. Auch er war ständig in meinen Gedanken. Volltreffer! In mir entbrannte ein Feuerwerk und ein tiefer wohliger Seufzer ließ ihn wissen, dass er mich erobert hatte. Als

Brandon dies bemerkte, neigte er sich zu mir und begann mich zärtlich zu küssen.

Meine Augen schlossen sich, seine Berührungen elektrisierten mich. Ich stand berauscht von den ekstatischen Gefühlen in Flammen. Es war wie ein Überrollkommando, dass einen Point of no return kennt. Auf den steuerte ich zu. Er wollte mit mir schlafen und seine Kunst mich zu entkleiden und trotzdem mit mir körperlich in Kontakt zu bleiben, war schon kunstvoll und gekonnt.

Plötzlich schlich sich der unangenehme Gedanke an Verhütung und mein erstes Mal ein. Wollte ich ihn wirklich? Konnte ich mir eine Beziehung oder sogar eine Heirat mit ihm vorstellen? Er war ein Urlaubsflirt. Wie konnte das ernst sein, was ich hier machte? Mein Herz raste, meine Hormone machten Kapriolen. Er war so zärtlich und zielstrebig. Ich war so nichtssagend begrenzend. Es geschah mit mir, ohne dass meine Bedenken mich zunächst aufhielten. Kurz hielt er inne und versuchte seinen Gürtel zu lösen. Er knöpfte seine Hose auf und zog den Reisverschluss herunter. Seine Hände fassten meine und er legte sie um seine Hüften, damit ich vollendete, was er begonnen hatte. „Es tut mir leid. Ich will dich nicht verletzen, aber ich kann nicht. Wenn du mich jetzt für überdreht hältst oder auch keine Lust mehr auf mich hast, dann verstehe ich das. Es ist okay, aber es läuft nicht."

Brandon schien meine Worte nicht zur Kenntnis zur nehmen. Er zog mich zu sich und legte seinen Mund auf meinen. Mein Herz raste jetzt nicht mehr vor Verlangen, sondern vor Beunruhigung. Hatte er mich nicht verstanden oder ignorierte er es? Meine Gedanken kreisten. Wenn etwas schiefging, war er vielleicht weg. Was blieb, war ein Kind oder eine Geschlechtskrankheit und im geringsten Fall eine Kränkung, wenn er mir dankte und ging. Das erste Mal, vielleicht eine Katastrophe, weil es auf nicht mehr als auf das hinauslief. Verzweifelt in meinem Gedankendilemma schrie ich: „Nein!" Jetzt sah er erstaunt zu mir. Diese Situation lief für ihn aus der Kontrolle und ich spürte eine leichte Verunsicherung bei ihm. In seinen Augen konnte ich eine Verwunderung changierend mit ein klein wenig nicht Verstehen lesen. „Zuerst flüsterst du mir auf italienisch etwas zu, dass sich wie die schönsten Kosewörter anhört und plötzlich sprichst du nein." Ich schmunzelte. Ja, in der Tat, ich musste wohl aus Versehen meine Gedanken in meiner Sprache ihm mitgeteilt haben.

„Entschuldige, ich meinte, dass ich dich nicht verletzen will, aber nein, es geht nicht. Das waren die Koseworte."

„Das hast du gesagt?"

Es war eine seltsame Situation in der wir erstarrt waren. Ungewollt bremste er sich und ich spürte an seiner Oberfläche Beherrschung und innerlich einen brodelnden Vulkan. Irritiert schaute er mich an und schien zu überlegen, ob mein Nein vielleicht doch ein Ja werden könnte und es ein Spiel wäre. Aber als er meinen Blick erfasste, löste ich sein Rätseln auf: „Ich will nicht schwanger werden."

„Aber das ist doch kein Problem. Wir benutzen Kondome. Du hast doch sicherlich welche?", stellte er verblüfft fest und kam langsam zu sich. „Nein, ich habe keine Kondome hier. Bisher war in meinem Leben keine

Verhütung notwendig." In seinem Kopf begannen sich langsam wieder Gedanken zu formen und er schaute mich mit warmen Blicken an, als ob sein Herz sich weitete. „Du schläfst also nicht mit Männern. Entschuldige ich war gedanken- und taktlos. Auf dem Weg hierher habe ich noch Kondome geplant. Wie dumm von mir! Ich ging einfach davon aus, dass du hier welche hast!"

„Du willst mir doch nicht ernsthaft sagen, du bist schon mit diesem Gedanken hierhergekommen, damit wir miteinander schlafen?"

Da nahm er mich in den Arm und drehte mich von ihm weg. Ich spürte seinen Atem in meinem Nacken. Seine Arme und Hände überkreuzten meine Brust. Im Rücken spürte ich seine warme Haut. Ich war erleichtert, dass er meinen Entschluss akzeptierte. „Was soll ich sagen? Ich habe keine Kondome bei mir zu Hause gefunden. Ich war davon ausgegangen, aber es war keins mehr zu finden! Auf den Weg hierher wollte ich welche besorgen, aber es war kein Pub auf der Strecke und die Apotheken hatten zu. Ehrlich gesagt, dachte ich, dass du welche hast, die Pille nimmst und ja, ich bin hierhergekommen, um mit dir zu schlafen." „Du bist unglaublich. Du willst mit mir schlafen, obwohl du mich gar nicht kennst?"

„Es klingt jetzt vielleicht seltsam für dich. Es wäre für mich kein Hinderungsgrund."

„Würde es dir etwas ausmachen, nicht mit mir zu schlafen?" „Ehrlich gesagt ja, aber ich muss es wohl hinnehmen." „Das musst du." „Im Ernst, es macht mir viel aus. Aber wenn ich deine Nähe weiterhin genießen will, muss ich es wohl akzeptieren." Ich habe nicht nie gesagt, nur jetzt an dieser Stelle unserer Beziehung nicht."

„Ermutigend! Also darf ich hoffen?"

„Hoffen darf man immer."

„Sei nicht so unverbindlich! Kannst du dir mehr mit mir vorstellen! Ich dachte es sei klar zwischen uns." „Was ist klar?" „Brauchst du wirklich Worte und eine Extraeinladung?" „Ja!" „Ich meine, dass wir ein Paar sind. Kannst du dir das vorstellen?" Ich nickte. Er wusste gar nicht, wie sehr ich mir das vorstellen konnte. Er zog mich nah an sich heran und wir unterhielten uns, ohne dass er weitere Annährungsversuche machte.

Am frühen Morgen kam ich langsam zu mir. Brandon hielt mich immer noch fest in seinem Arm und ich spürte seine warme Haut. Heute war Samstag. Ich stand auf und checkte meine Mails. Da kroch ich wieder zu Brandon zurück. „He, warum bist du aufgestanden?" „Ich wollte nur meine Mails checken." „Gehst du eben einmal Kondome holen!"

„Nein, das ist wohl eher eine Aufgabe für dich." „Du willst keine Kinder! Da musst du auch Vorkehrungen treffen."

„Willst du Kinder?" Er sah mich blinzelnd an und antwortete mir nicht. Völlig schlaftrunken, dämmerte er vor sich hin und lächelte. Er legte seinen Arm um mich. Strich meine Haare, die sich in der Nacht gelöst hatten, von meinem Nacken und begann mich dort zu küssen. Seine Hand streichelte meinen Körper. Mein Körper sehnte sich nach jeder zärtlichen Liebkosung. Obwohl ich es genoss, erstarrte ich langsam zur Salzsäule, je mehr er forderte.

„Warum schlafen wir nicht miteinander?"

„Ich will nicht mit dir schlafen."

„Wir können auch verhüten. Das ist eine wundervolle Erfindung. Hol mal Kondome! Die Apotheke hat auf. Hier um die Ecke ist eine."

„Ich gehe keine holen."

„Normalerweise habe ich immer Kondome mit. Nur ausgerechnet bei dir habe ich keine. Das passiert mir zum ersten Mal." „Also! Das ist aber jetzt nicht gerade schmeichelhaft für mich."

„Oh, Gott! Nein! So habe ich das nicht gemeint."

Er wurde wirklich leicht rot und unsicher und bemerkte gerade, die Bedeutung seiner Aussage. Auch für ihn schien die Situation völlig neu zu sein und ich schien ihm etwas zu bedeuten, weil er auf seine Fettnäpfchen anfing zu reagieren.

„Wieso gehst du davon aus, dass ich Kondome im Haus habe?" „Das ist doch normal, oder?" „Du gehst davon aus, dass ich Kondome wie Butter, Milch und Eier einkaufe?"

„Ja, genau. Ab 15 sollte man immer darauf vorbereitet sein!" „Okay. Ich bin's aber nicht! Ich will auf diese Sache nicht vorbereitet sein."

„Du flanierst in deinem sexy Badeanzug an mir vorbei und zeigst allen deine Reize. Das ist ja wie eine Einladung zum Schokosahnekuchenessen, aber der Kuchen ist nur zum Ansehen, wenn du ihn anschneiden willst, gibt es etwas auf die Finger. Du bist wahnsinnig attraktiv, aufregend und sexy. Ich brauche nur an deine kalte Dusche im Schwimmbad zu denken."

„Du spinnst! Nennst du so was Emanzipation, wenn Frauen Reihenweise die Männer abschleppen? Ich nenne das eine reine Männerfantasie! Ehrlich gesagt, es beunruhigt mich jetzt sogar ein bisschen."

Er setzte sich nun aufrecht hin und schaute mich ernst an. „Ich wollte dich nicht verärgern, beunruhigen oder verletzen. Es tut mir leid. Jetzt weiß ich auch nicht mehr, was ich mir dabei gedacht habe." „Was tut dir leid?"

„Na, dass ich gegen deinen Willen dir zu Nahe getreten bin!" „Es ist für mich zu früh!" „Der Tag wird von alleine älter, sage mir welche Tagesstunde dir genehm ist. Ich bin sofort bereit!"

Eine Welle eines Lachanfalls packte und schüttelte mich und auch für ihn schien sein Witz lustig. Plötzlich ebbte sein Lachen ab und er schaute mir in die Augen.

„Ich versichere dir, ich will mit dir schlafen, weil ich mich in dich verliebt habe. Es ist nicht nur sexuelle Erregung. Ich meine dich." „Ja. Das ist schön." „Du meinst, ich darf auf eine Nacht mit dir hoffen."

„Nein, wenn du nur eine Nacht willst, wird es wohl nie etwas mit uns." „Gut, ich will unaufhörlich mit dir schlafen. Ich will nie mehr damit aufhören bis an mein Lebensende." „Gut, kannst du dir auch vorstellen, eine Weile nur Zeit mit mir zu verbringen? Ich finde, du solltest mich erst näher kennen, um eine Beziehung mit mir zu beginnen." „Es wird mir wirklich schwerfallen, die Hände von dir zu lassen. Ich finde, wir können uns kennen lernen und Sex haben. Das ist die Errungenschaft der heutigen Zivilisation. Wir können Sex haben, ohne darüber nachdenken zu müssen." „Finde ich aber nicht. Dann bedeutet es für dich auch nichts, dann können wir es lassen." „Doch, es bedeutet mir viel. Ich kann es auf keinen Fall lassen." „Und wenn ich es dir in naher

Zukunft nicht geben kann, was dann...?"

Er schaute mich an, schmollte kurz mit seinen Lippen. „Ich warte. Ich werde warten bis es so weit ist. Dann wird es für mich wie Weihnachten sein." Ich lächelte ihn an und nickte.

Es war ein wundervoller Samstag im Bett. Ich spürte, dass es gefährlich war, und er sich ab einem bestimmten Punkt nur noch schwer beherrschen konnte. Wenn er zu sehr forderte, drehte ich mich einfach von ihm weg, damit er sich nicht auf mich legen konnte und ich die Kontrolle verlor. Er schien ein bisschen verzweifelt und sicherlich auch nicht ausreichend befriedigt, weil er mich zu immer mehr aufforderte. Er wollte mit mir schlafen und beruhigte mich tatsächlich mit den Worten, die ich aus den Geschichten meiner Freundinnen kannte: „Komm schon Stella! Es passiert nichts! Ich passe schon auf und versichere dir, dass ich unter keiner Krankheit leide." Verbale Verhütungsmethoden konnten mich nicht überzeugen. Ihm imponierte mein starker Wille auf der einen Seite, auf der anderen Seite ärgerte es ihn auch ungemein. Er ließ es sich aber nicht so anmerken. Es schmeichelte mir, wie er immer wieder mit vielen Berührungen meine Bedenken zu zerstreuen suchte.

Erst der Hunger trieb uns aus dem Bett in einen Pub. Brandon ging am späten Nachmittag nach Hause. Er hatte für den Abend eine sehr wichtige geschäftliche Verabredung, so dass wir uns erst am späten Sonntagmorgen an der Westminster Bridge trafen.

London-Eye

Brandon wartete schon auf mich. Seitdem mir Brandon etwas bedeutete, hatte ich Probleme mit der Auswahl meiner Kleider. Nichts war plötzlich gut genug. Es war so viel Bedeutung hineingekommen und ich wollte ihm wirklich gefallen. Es inspirierte mich zur Anschaffung neuer Kleider. Ich wollte ihn nicht enttäuschen und einfach gut für ihn aussehen. So verspätete ich mich um wenige Minuten, weil das Auflegen meines Make-ups einen Augenblick länger brauchte. Als er mich sah, kam er mir entgegen und umarmte mich. „Hi!" Er küsste mich zärtlich auf dem Mund und ließ eine Umarmung folgen, die er nicht mehr löste. Es fiel ihm auf, dass ich mich für ihn in Schale geworfen hatte. „Du siehst umwerfend aus. Gehen wir?" „Okay, wo gehen wir hin?" Er deutete mit seinem Kopf zur Themse. Als ich sah, was er meinte, verschlug es mir den Atem. Wir standen vor dem London-Eye. Er deutete an, dass wir gleich dort hineingehen. Seit meiner frühesten Kindheit litt ich unter Höhenangst und schweren Schwindel, deswegen wurde es mir heiß und kalt. Brandon jedoch lächelte, als ob er mir den größten Gefallen täte.

Nach seinem Gesichtsausdruck zu urteilen, schien er sich auf die Fahrt zu freuen. 35 Pfund sollte die Fahrt pro Person kosten. Das schien mir ein guter Ausweg und ich blieb abrupt stehen. „Die Karte kostet 35 Pfund. Wir hatten doch vereinbart, dass es gar nichts kosten soll." Er griff in die Tasche seines Jacketts und holte die Karten heraus und lachte mich an. Oh, mein Gott, aus der Nummer komme ich jetzt nicht mehr so schnell heraus. Vor allem hatte er wegen mir schon horrende Ausgaben.

Ich wollte ihn nicht enttäuschen. Wenn mich der Schwindel ergriff, ich zu Boden gehen würde und ich mich nicht mehr bewegen konnte, falls ich wie ein wechselwarmes Tier in einer Starre liegen würde, weil plötzlich die Außentemperatur gefallen war, Brandon würde es verstehen. Ich mutete es mir und ihm zu, damit der Zauber seiner Überraschung nicht verflog. Es sollte keine Enttäuschung geben. Das Rad bewegte sich sehr langsam. Das heißt, dass ich in der Kabine sicherlich gar nichts von der Fahrt spürte. Ich könnte ab einer bestimmten Höhe einfach die Augen zu machen und ruhig atmen und versuchen mir vorzustellen, ich fahre Schiff. Diese Fahrt würde die Krönung der Selbstbeherrschung bedeuten. Er nahm meine Hand und zog mich hinter sich her. Ich war völlig verwirrt, aber ich ließ alles zu. Wir stiegen während der laufenden Fahrt ein und schon waren wir mit vielleicht zwölf anderen Menschen in der Gondel. Ich hatte Glück. Alle Menschen stellten sich ans Fenster. Sie wollten möglichst viel sehen. Ich brauchte gar nicht ans Fenster, die menschlichen Rücken schützten mich vor dem Blick in die Tiefe. Aber bald merkte ich, dass die Leute sich bewegten und hin und her liefen und Brandon zog mich zum Fenster. Die Gondel fuhr so wahnsinnig langsam. „Das wird wohl sehr lange dauern, bis wir oben und wieder unten sind." „Die Gondel braucht 30 bis 40 Minuten, bis sie eine Umdrehung geschafft hat. Genug Zeit dir alles zu zeigen." „Was?" An meiner Stimme erkannte Brandon, das irgendetwas nicht stimmte und er drehte sich zu mir um. Er sah wie ich schwächer wurde und Blässe in mein Gesicht trat. Meine Hände krampften sich um die

Haltestange. Ich machte die Augen zu. Es bildeten sich Schweißperlen auf meiner Stirn. Ich kämpfte mit einer Ohnmacht. Meine Beine fühlten sich leicht und schwankend an, als wollten sie mein Gewicht nicht mehr tragen. Mein Blickfeld wurde mit schwarzen Balken eingeengt. In meinem Ohr klingelte ein Fiepen. Kurz bevor ich zu Boden ging, fasste mich Brandon um die Taille und zog mich ganz eng zu sich. In der Mitte der Gondel war eine Sitzbank. Dort versuchte er mich hinzuziehen. Aber ich konnte die Finger von der Haltestange nicht mehr lösen und obwohl er zog, konnte ich ihm nicht folgen. Ich hielt meine Augen geschlossen. Wir waren 80 Meter hoch und es waren noch 55 Meter zu schaffen, ehe es wieder runterging. Je mehr er zog, desto schwerer atmete ich. Ich drohte zu hyperventilieren. Da ich meine Hände nicht vor mein Gesicht halten konnte, weil sie links sich in Brandons Hand krallte und ich mit der rechten Hand die Haltestange festhielt, begriff Brandon auf einmal, was vor sich ging. Plötzlich spürte ich seine Arme unter meinen und seine Hand vor meinem Mund und meiner Nase. Nach einer Weile wurde mein Atem wieder langsamer. Als meine Atmung wieder fast normal war, erkannte Brandon, dass ich mich mit der rechten Hand an der Haltestange festhielt und dies der Grund war, warum ich ihm nicht folgen konnte. Er versuchte meine Hand zu lösen, indem er seinen Zeigefinger zwischen Stange und meiner Hand brachte. Als er es schaffte, mich mit der Hand von der Stange zu lösen, hatte ich gar keinen Halt mehr. Ich stand nur ganz kurz völlig frei, ehe meine Beine versagten und ich drohte zu Boden zu gehen.

Da hatte mich Brandon auch schon auf dem Arm genommen und trug mich in die Mitte der Gondel zu einer elliptisch geformten Holzbank, wo wahrscheinlich niemand saß. Er nahm mich auf seinen Schoß und ich hielt ihn eng umschlungen fest. Mein Kopf lehnte an seiner Schulter. Ich versuchte nur zu atmen und auf meiner Stirn bildete sich kalter Schweiß. Er sprach beruhigend etwas zu mir, aber ich konnte es nicht verstehen, weil es in meinen Ohren rauschte. Eine ältere Frau sprach mit Brandon, ob sie etwas für seine Frau tun könnte. Aber Brandon erklärte, dass er alles im Griff habe. Als wir unten ankamen, trug er mich aus der Gondel heraus zu einer Bank. Er gab mir sein Taschentuch und tupfte mir den Schweiß von der Stirn. „Es tut mir so leid, dass ich dir alles verdorben habe. Ich dachte, ich würde es schaffen, aber es war einfach zu hoch und zu lange. Verzeihst du mir?" „Du bittest mich um Verzeihung? Nachdem ich dich sichtlich der Todesangst ausgesetzt habe. Ich dachte, du überlebst die Fahrt nicht", und er schaute mich mit ernsten Augen an. „Ich lebe noch", munterte ich ihn auf und versuchte wieder zu lächeln. „Du bist mir nicht böse?" „Nein, es ist alles wieder in Ordnung. Ich leide unter Höhenangst. Der Höhenschwindel löst bei mir Panikattacken aus. Das konntest du nicht wissen. Ich würde nie freiwillig dort einsteigen." „Aber du bist dort eingestiegen."
„Ja, weil du es wolltest." „Das heißt, du wusstest, was passiert und steigst trotzdem mit mir dort ein?", stellte Brandon kopfschüttelnd fest. Ich schluckte und ich spürte meinen Fehler. „Ich habe dir und mir vertraut. Ich glaubte daran, dass ich einen Weg finden würde und ich

hoffte darauf, dass wenn es nicht so gut läuft, du mich rettest. Außerdem waren die Karten schon bezahlt. Ich wollte dich nicht enttäuschen." Jetzt lächelte Brandon wieder.

„Du bist unglaublich", und er küsste mich. "Und jetzt?" „Sightseeing oder wir gehen zu mir...." Ich schaute ihn lange an und gab ihm zu verstehen, dass ich nicht in eine Situation geraten wollte, die mich mit ihm überfordert hätte. „Also Sightseeing", stellte er ein wenig enttäuscht fest. Wir besuchten den Tower, aßen in einem Pub zu Mittag und schlenderten durch den St. James Park. Wir fanden viele Nischen und küssten uns. Seine Hände erkundeten immer wieder meinen Körper und ich spürte sein Verlangen nach mir. Aber ich achtete immer darauf, dass wir uns immer von einander lösten, damit wir abkühlten. Unsere Anziehungskraft zueinander war heftig und ich selbst spürte, wie sich alles auf einen Punkt zusammenzog.

Ganz lange saßen wir eng beieinander auf einer Bank. Ein Teenager schaute Brandon lange neugierig an und kam auf ihn zu, als ob sie ihn kennen würde. Brandon nahm meine Hand und zog mich von der Bank und ging mit mir zum Ausgang. Plötzlich zog er mich hinter einen Baum und küsste mich. Seine Hand wanderte unter mein T-Shirt und er berührte mich und versuchte seine Hand unter meinen BH zu zwängen. Bei der größten Erregung zog ich mich langsam zurück und wir gingen nun über die Wiese zum Parkausgang. Ich glühte innerlich. Er schaffte es in wenigen Minuten auch in mir ein Verlangen auszulösen, das sich immer schwieriger niederringen ließ. Ich begehrte ihn und in mir tobte die Diskussion, soll ich oder soll ich nicht.

Am Abend begleitete er mich nach Hause und wir küssten uns im Hausflur. Als wir oben angekommen waren, wollte er mit zu mir. Mit rotglühenden Wangen schaute ich ihn an, seine Hand lag auf meinem Herz und er konnte meine Aufregung spüren. „Ich weiß, es klingt vielleicht ein bisschen gemein, aber es ist noch zu früh." „Warum?" „Wir kennen uns noch gar nicht gut genug und wenn ich dich jetzt zu mir hineinlasse, haben wir es nicht mehr unter Kontrolle." Er schaute mir tief in die Augen und beugte sich zu mir hinunter und flüsterte in mein Ohr: „Was willst du kontrollieren?" „Gib uns noch Zeit!" „Was ist das Problem?" „Wir kennen uns noch nicht gut genug." Für eine Weile schwieg er und schaute mich wehmütig und fast schon wie ein kleiner Hund an, dem man nichts verwehren könnte. Er wollte mein Herz erweichen, aber ich wusste, dass es für diesen Schritt auf meiner Seite zu früh war. Da fiel mir plötzlich eine Möglichkeit der Verzögerung ein. „Ich kenne noch gar nicht deinen vollen Namen." Er lächelte und beugte sich zu mir und wollte ihn mir ins Ohr flüstern. Ich duckte mich unter ihm weg. „Sch, du zerstörst das Spiel. Irgendwann verrät irgendwas deinen Namen und solange wollen wir warten! Das ist eine angemessene Zeit, die zumindest vergehen muss. Ich habe dir auch nicht meinen vollen Namen gesagt, bis meine Mutter mich angerufen hat und ich mich automatisch am Telefon gemeldet habe. Sonst wüsstest du meinen auch nicht." „Du spielst mit mir!" „Wir spielen, erinnerst du dich? Und an dem Tag, wo ich deinen vollen Namen weiß, habe ich viel mehr erfahren, als dein bloßer Name jemals über dich verraten würde. Gib mir diese Zeit! Es liegt in meiner Hand und nicht in deiner!" „Heute ist genau der richtige Moment", und er zog sein Handy hervor, entsperrte es und sein Name erschien. Ich schloss meine Augen. „Du bist kindisch." „Es tut mir leid. Mit der Nennung deines vollen Namens entzauberst du unsere Welt und setzt alles auf einen eventuellen Bruch. Ich will nicht entzaubert werden. Lass es einfach so! … Sag einfach nichts! Das Ende wäre nur ein Streit. Wir sehen uns morgen beim Schwimmen." „Du willst mich nicht hineinlassen, nur, weil mein Nachname alles zerstören würde?" Fassungslos schaute er mich an. „Nein! Lass es einfach so, wie es ist!"

Einen Moment später drehte ich mich um, drehte den Schlüssel, flüchtete hinter meine Haustür und verschloss sie schnell. Ich lehnte noch eine Weile von innen an der Tür. Aber er schien es begriffen zu haben und ging. So verstrichen zahlreiche Tage und wir sahen uns regelmäßig beim Schwimmen und unternahmen danach Ausflüge in die Stadt, die regelmäßig vor meiner Haustür endeten. Es dauerte eine ganze Woche bis er verstanden hatte, dass er unter der Bedingung mit mir schlafen zu wollen, keine Chance hatte, in mein Studio hineingelassen zu werden und er fragte mich nicht mehr. Meistens lud er mich ins Museum, in einem Pub ein und wartete regelmäßig nach meiner Arbeit an meiner Tür und passte mich ab.

Brandons Freunde

Wir waren schon mehr als drei Monate zusammen, als ich einen von Brandons Freunden in einem Pub kennen lernte. Unser Gespräch wurde unterbrochen, weil plötzlich eine rüde Hand auf seinem Rücken landete, so dass Brandons Bier überschwappte und die Theke nässte. Ein rotblond gelockter, schlaksiger großer Mann mit wenig Muskeln, hell blauen Augen, schmaler Mund, unrasiert, Grübchen in seinem Kinn, Sommersprossen und sehr weißen Teint, setzte sich neben ihm. „Hi! Echt lange nicht gesehen." „Hi", grüßte Brandon und er drehte sich zu ihm und schloss mich ein wenig aus.

„Wie geht es dir?"

„Blendend.

Ich habe gerade bei einer Projektausschreibung mitgemacht und drei Monate Tag und Nacht daran gearbeitet. Es hat sich gelohnt. Ich habe das Bauprojekt in Plymouth bekommen. Ich pendele seit geraumer Zeit", tönte es fröhlich aus Robert und er setzte seine Rede fort: „Du siehst auch wirklich gut aus. Warst du in Urlaub? Du siehst so ausgeschlafen und erholt aus. Hast du nichts gemacht?" „Fast nichts. Mal hin und wieder was. Aber sonst ist Ruhe." „Weißt du, ich war bis gerade bei Alexander. Er lässt sich entschuldigen und kommt nicht. Er hat Besuch von einer Klientin bekommen und mich in den Garten hinausgeworfen. Kannst du dir das vorstellen?" Brandon nickte erheitert. „Alexander hat meine Jacke in den Hof geschmissen, damit ich wirklich gehe." „Was reitet denn Alexander?" „Keine Ahnung! Das hat er noch nie gemacht! Er hat nur gesagt, dass es ein wichtiges Date sei und ich gehen müsste und zwar schnell ehe ein Unglück passiert." „Ach so, so eine Klientin war das. Und wie sieht es bei dir aus?" „Ich versuche immer noch die Frau aus dem Schwimmbad zu finden. Du weißt schon, die Kaltduscherin mit der Figur einer Göttin. Die Frau, die einem einen Ständer nur durch Anblick beschert. Dieses absolute geile Gestell. Ich muss immer wieder an sie denken. Fast jede Nacht", und jetzt machte er eine auf und abwärts Bewegung mit der Hand. Ziemlich zweideutig und absolut peinlich, aber unter Männern eine tolerierte und gewünschte Verständigung.

„Mildred gab mir den Tipp regelmäßig gegen sechs zum Schwimmbad zu gehen, weil sie um diese Zeit auch vergangenes Mal da war. Aber sie kommt nicht mehr. Du hast sie bestimmt verschreckt. Ich habe sie neulich im Supermarkt gesehen. Jeden Dienstag und Donnerstag gegen 13.30 Uhr ist sie da. Sie ist einfach an mir vorbeigelaufen. Sie hat mich wohl nicht erkannt. Bisher ist mir noch kein Grund eingefallen, weshalb ich sie ansprechen sollte, ohne dass sie mich für einen Spinner hält. Ich wollte auf gar keinen Fall - so wie du - von ihr abserviert werden. In drei oder vier Wochen spreche ich sie an. Ich feile noch an dem, was ich sagen werde. Sie muss hier in der Gegend wohnen. Sonst würde sie bei Macy's nicht einkaufen gehen, oder? Beim nächsten Mal grüße ich. Ich nicke ihr einfach zu. Vielleicht schaut sie mal auf. Sie ist eine ganz zielstrebige Einkäuferin. Es ist bestimmt ihre Mittagspause. Vielleicht ergibt sich was, wenn ich einfach einen Crash mit den Einkaufswagen inszeniere."

„Was willst du von ihr?", wollte Brandon wissen. „Was schon? Du stellst fragen. Sie kennen lernen und schauen, was möglich ist."

„Ich habe hier jemanden, den du unbedingt kennen lernen musst. Ich hoffe nur, du bist schon fertig mit deiner Vorbereitung." Brandon lehnte sich zur Seite und gab den Blick auf mich frei. „Darf ich dir Stella Loren vorstellen?" Der Mann sah mich intensiv an und machte große Augen und dreht seinen Kopf verwirrt zu Brandon und schaute dann wieder mich verwundert an. „Stella, das ist Robert. Er ist ein sehr guter Freund aus meiner Schulzeit in Harrow." Ich streckte ihm meine Hand zum Gruß entgegen. „Hi, Robert." Robert sah mich an. „Hi", anschließend folgte eine Pause und seine ganze Persönlichkeit schien sich, wie eine verängstigter Igel zusammenzurollen, dass selbst seine Worte den Faden verloren und wie bei einer zerrissenen Kette die Perlen dem Boden entgegenstrebten und in tausend kleinen Hüpfern über den Boden stolperten. „Ich bin, ich bin, er - erfreut ihre Be –Bekannt - Bekanntschaft zu machen."

„Ganz meinerseits", lächelte ich ihn an und war sichtlich erstaunt über sein plötzlich auftretendes heftiges Stottern. Er lief rot an und verstummte augenblicklich. Er war so nervös und wollte mir seine Hand reichen. Als seine Hand zu mir plötzlich mit überschießender Energie rüber flog, traf er das Bier aus Versehen und kippte es aus Nervosität um. Der Gerstensaft ergoss sich auf die Innenseite der Theke. Wir hörten es plätschern und der Barkeeper rief: „Auch du lieber Himmel, Robert! Trink doch auch einmal dein Bier oder hast du den Kanal schon wieder voll." Robert konnte sich kaum beherrschen und er wollte sein Unglück ungeschehen machen und tränkte sein riesiges Taschentuch in das verschüttete Bier und

steckte sein durchweichtes Tuch in seine Hosentasche, so dass sich schnell ein nasser Fleck von innen zur Außenseite der Hosen bildete und sehr zweideutig aussah. Brandon schaute ihm amüsiert zu und blickte auf Roberts Hose. Ein weiterer Freund von den beiden betrat den Pub und begrüßte sie mit einem freundschaftlichen Klaps auf der Schulter und einem kurzen: „Hi." Brandon schaute immer noch auf den Fleck, der immer sichtbarer wurde. Der andere Mann folgte Brandons Blick und lachte: „Wer hat dir denn diesen vorzeitigen Samenerguss verschafft?" Brandon konnte sich kaum auf seinen Stuhl halten und lachte prustend los. „Der ist wirklich gut, Milton?", und er hielt sich an Miltons Schulter fest. Robert wurde wütend und wollte den beiden etwas entgegnen, aber sein Stottern war nun so stark, dass er kaum noch sprechen konnte. Er tat mir richtig leid und ich begriff Brandon nicht. Wie konnte er nur so über seinen Freund lachen. In diesem Moment war mir Brandon wirklich peinlich. Daher ging ich zu Robert hinüber und legte meine Hand auf seine Schulter. Robert sah mich an und blickte auf meine Hand: „Ich", konnte er nur sagen. „Robert, es ist alles Okay. Die beiden sind einfach gemein. Mach' dir nichts draus! Es ist alles in Ordnung. Ich finde es nicht schlimm."
Ich sah an seiner Halsschlagader, wie sein Pulsschlag erhöht war und er den Barhocker suchte. Aber anstatt sich darauf zu setzen, verfehlte er ihn und der Hocker fiel scheppernd um, so dass wirklich jeder ihn anschaute. Robert war völlig am Ende und schaute seine Freunde und mich verzweifelt an, die lachten aber weiter und konnten sich nicht beherrschen. Robert nahm kurz meine

Hand zum Abschied.

Völlig verzweifelt schaute er mich an. Wahrscheinlich wollte er mir Auf Wiedersehen sagen. Aber seine Blockade hemmte ihn. Er drehte sich verärgert um und verließ das Lokal. Ich schaute die beiden wütend an. Brandon nahm mich in seinen Arm und erklärte mir immer noch lachend: „Mache dir keine Sorgen! Er hätte in deiner Gegenwart wohl wahrscheinlich noch mehr seltsame Dinge angestellt. Als du zu ihm gegangen bist, da hast du ihm den Rest gegeben. Er konnte dir am Ende noch nicht einmal Bye sagen." „Aber Brandon, wie kannst du nur so herzlos sein. Er ist dein Freund. Er leidet, wenn du ihn so behandelst. Das ist ein absolutes No Go für mich." „Darling, komm her! Er ist schon längst drüber weg. Ich rufe ihn später an und entschuldige mich. Wir akzeptieren Robert, so wie er ist und wenn er komische Sachen macht, dann ist es völlig normal, wenn wir lachen. Wir lachen ihn nicht aus. Wir meinen die Sache. Er weiß das. Wirklich! Wir kennen ihn mit diesen Marotten und wir mögen ihn", und er küsste mich auf meinen Mund. Ich wehrte mich und drehte mich weg. „Brandon! Bitte!" „Komm, schon! Du bist der Auslöser und nicht ich. Du hast gehört, dass er dich unbedingt kennen lernen wollte. Robert hat sich selbst in diese Verlegenheit gebracht, weil er meine Freundin kennen lernen wollte. Du bist einfach zu sehr seine Traumfrau." Mein Herz wurde ganz heiß und brannte. Meine Wangen glühten. Er hatte mich vor seinem Freund seine Freundin genannt und ich schaute ihn an. Direkt danach küsste er mich heftig, als wollte er sein Revier markieren. „Du tust so, als ob du zu Hause kein Bett hast!", mischte sich

Milton ein und mir wurde Brandons plötzlicher Übergriff vor seinem Freund peinlich und ich versuchte, mich zu befreien. Ich wollte auf gar keinen Fall vulgär wirken. „Ich mache mich eben mal frisch", entschuldigte ich mich vor den beiden. Sein Freund schaute mich an. Ich sah in dunkelbraune Augen, nahm einen weißen Teint, sein markant, männlichen Züge und seine dunkelbraunen welligen Haare wahr. Er war attraktiv und sein Blick bohrte sich in meine Augen. Im Gegensatz zu Robert und Brandon war Milton ein erwachsener Mann. Er hatte nichts Jungenhaftes mehr an sich. Sein Blick war freundlich und aufgeschlossen. Schließlich drehte ich mich um und ging in Richtung der Toiletten. Dort blieb ich eine Weile und machte mich frisch.

Erschütternde Familiengeheimnisse

Milton und Brandon unterhielten sich angeregt, als ich wiederkam und mich hinter Brandon etwas abseits stellte und in den Pub schaute, der sich immer weiter füllte. Ein Gemurmel, Geflüster, Rufen schwoll an und ab. Die beiden Männer waren in ihr Gespräch vertieft und bemerkten mich nicht und ich wollte nicht stören.

„Ich habe deine Schwester Leslie übrigens gar nicht mehr in London gesehen", erwähnte Milton gegenüber Brandon im scherzenden Ton. „Das Nachtleben hat einen Star verloren! Eigentlich Schade!" „Ach, in letzter Zeit war sie nur noch peinlich." Milton schaute Brandon ernst an. „Was ist los?" Brandon winkte ab. „Das darf man eigentlich gar nicht erzählen. Ich spreche mit niemanden darüber, aber es brennt auf meiner Seele." Ich wurde hellhörig und rückte näher ran, um kein Wort zu verpassen. Milton schaute ihn auffordernd an. „Du musst mir versprechen, dass es wirklich unter uns bleibt!" Milton wurde sehr ernst und beugte sich zu ihm rüber und nahm ihn freundschaftlich kurz in den Arm. „Reden kann helfen, aber auch belasten, triff eine Entscheidung, was für eine Art Geheimnis es ist. Ich schweige wie ein Grab, das weißt du." Ich war über diese Aussage von Milton mehr als erstaunt und ich mochte die Schwingung und den Tonfall, aber vor allem seine Worte eines wirklichen Freundes, der seine Neugier unter Kontrolle hatte.

„Es ist mehr meine Angst davor, wie du die Sache bewerten wirst." „Ich bewerte sie nicht. Du bist und bleibst mein Freund und Leslie, naja, bleibt Leslie." „Du weißt ja, dass Leslie von ihrem Mann im März rausgeschmissen wurde, samt ihrer drei Kinder ohne einen Penny." „Ja, du hast es mir im März erzählt. Leslie ist bei dir eingezogen, weil sie sich getrennt hat. Das war die damalige Version." „Der Grund für den Rausschmiss war ein Vaterschaftstest bei allen drei Kindern, weil Leslie kurz zuvor von ihrem Mann bei einem Fehltritt erwischt worden war. Ben hatte einen Schnüffler engagiert, der hinter ihr her gehechelt ist. Sie hat davon nichts mitbekommen. Leugnen und erklären konnte sie ihrem Mann nichts mehr, als sie ihm die Hoteltür öffnete. Mr. X ist über dem Balkon geflüchtet." Milton zeigte sich verblüfft, Brandon verspannt, ich war erstaunt der Verhältnisse. Nicht das ich wertete, aber ich hätte es nicht vermutet. Ich schluckte und wartete auf weitere Worte. „Okay, was soll ich sagen? Ich bin nicht schockiert. Es ist bei Leslies Weltansichten vorstellbar. Ich glaube sogar, dass sie es gar nicht bewertet. Es ist ihr egal, was andere von ihr denken. Das haben wir eigentlich immer an ihr bewundert. Sie hat sich noch nie unter Regeln, Etiketten und Zwängen sehr wohl gefühlt. Ich würde sagen, sie hatte schon immer einen sehr eigenwilligen Weg, die Vorgaben der Gesellschaft, ihre Pflichten mit ihren eigenen Vorstellungen zu verbinden. Es passt! Ich traue es ihr zu. Sie ist ein exzessiver Mensch, der mit einem gefüllten Glas Champagner über die Wiese läuft und nichts anhat und auch noch fragt ,ist was'? Sie badet in der Aufmerksamkeit, den sie durch ihren Auftritt bekommt und trotzdem hat sie sich nie genug gesehen gefühlt und ihre Bedürfnisse befriedigt." Brandon schaute ihn an. Sein Gesicht war sichtlich erschütterter als das von Milton. In mir tobte eine Anspannung, weil es mir sehr nah ging und ich nicht weghören konnte, obwohl es nicht für meine Ohren bestimmt war, interessierte mich Brandons Einstellung.

„Und was war jetzt mit dem Vaterschaftstest?", wollte Milton wissen. „Willst du wirklich das Ergebnis wissen?" „Wenn du es sagen willst?" „Es ist der interessanteste Teil!" Die Spannung knisterte in der Luft. Ich wollte gerne wissen wie es weiterging. Aber ich würde niemals die Gelegenheit erhalten, diese impertinente Frage zu stellen, es sei denn sie würde hier beantwortet. Brandon räusperte sich. „Nur Tim ist von Ben und die beiden anderen sind leibliche Schwestern. Jane war zu diesem Zeitpunkt gerade auf der Welt." Die Bombe war raus. Milton atmete aus. „Okay, das heißt, sie hat zwei Kinder vom gleichen Mann. Hört sich doch irgendwie treu an, als ob Ben der Außenseiter sei. Kennst du Leslies Freund?"

Brandon schaute ihn an und war mehr als erstaunt über diese Antwort. „Nein. Sie hat Ben verraten. Ein Mann, der sie trotz all ihrer Extravaganzen liebt. Mr. X kenne ich nicht. Leslie hat es mir nicht erzählt. Ich glaube, sie belügt mich."

„Halten wir einmal fest, Leslie liebt ihren Mann nicht aber den anderen Mann schon. Demnach durfte sie ihn nicht heiraten, aus welchen Gründen auch immer. Als sie schwanger mit Lauren war, hat sie Ben geheiratet, um abgesichert zu sein. Eure Eltern hatten ihr doch gerade alle Unterstützungen gekürzt, weil sie ihren Job bei Mr. Standford im Büro geschmissen hatte, das hat sie ja förmlich in Bens Arme und sein Angebot eines angenehmen Lebens getrieben."

Brandon nickte erkennend. „Was stört dich an Leslies Entscheidung?" „Das ist eine seltsame Frage, Milton?" „Was ist daran seltsam?"

„Warum steht Leslie nicht zu dem Mann, den sie liebt? Ich stelle mir vor, Mr. X ist einer von Leslies hohlen Typen. Du weißt schon, einer wie Kevin Manson." „Oh, dieser Vollpfosten. Aber ehrlich Lauren sieht gar nicht aus wie er und sie ist klug. Welchen von unseren Bekannten sieht Lauren ähnlich?", unterbrach ihn Milton. „Auf jeden Fall nicht Manson. Tatsächlich! Ich werde das nächste Mal darauf achten. Das ist ein guter Tipp. Aber dieser andere gemeine, feige Schweinehund bufft meine Schwester an und lässt sie sitzen!", erklärte Brandon erregt: „Wenn ich es herausbringe?" „Was soll dann sein? Dann ist auch nichts!" Milton schaute ihn einfühlsam an und legte seine Hand auf seine Schultern. Brandon sprach heiser und aufgewühlt weiter.

„Ich habe sie bei mir aufgenommen. Sie hätte Ben nicht heiraten und ihn so hintergehen müssen. Ich habe gespürt, dass die Beziehung nur von Ben ausging. Aber als sie mir damals erzählte, dass sie schwanger von ihm sei, war ich echt erstaunt. Ich habe gespürt, dass es nicht passt. Sie hat bis zu diesem Zeitpunkt nie nett über ihn gesprochen. Sie fand ihn lästig und die Einladungen zum Tee hat sie gehasst. Sie ist nur zu meinen Eltern gefahren, damit der Geldhahn offen blieb. Meine Eltern wollten die Beziehung zu Ben. Das habe ich Leslie auch gesagt und ich habe ihr angeboten, bei mir wohnen zu bleiben."

„Bist du sicher, dass ein Säugling damals in dein Leben gepasst hätte, so mitten im Examen. Soweit wie ich weiß, hattest du damals auch noch riesigen Ärger mit deinem Vater, weil du dein Studium kurz vor Schluss schmeißen und den Job in der Bank nicht antreten wolltest. Darf ich dich erinnern, du hattest arge finanzielle Schwierig-keiten und dein Vater hat dich gezwungen, dein Studium zu Ende zu bringen oder dir den Geldhahn abzudrehen! Geschweige deine Wohnung, deine Gewohnheiten und dein ganzer Umgang waren wirklich nicht für ein Kind geeignet. Du und Leslie ward das absolute Chaosgespann. Leslie brauchte Ben." „Es hätte sich alles schon gefunden. Wir hätten uns irgendwie beholfen." „Du träumst. Leslie wollte Sicherheit. Werdende Mütter tun meistens alles, damit ihre Kinder in Sicherheit aufwachsen können. Vor allem, wer hätte sie angebufft noch genommen? Ich fand die Entscheidung vernünftig", meinte Milton.

„Halbherzig. Sie war halbherzig. Du siehst das Ergebnis. Aber Leslie fällt immer wieder auf ihre Füße! Das bewundere ich an ihr. Sie lebt einfach weiter und tatsächlich, irgendwann ist Gras darüber gewachsen." „Wo wohnt sie denn jetzt?", wollte Milton wissen. „Ben hat sie drei Tage später geholt. Ich glaube, er war feige, weil er nicht in aller Öffentlichkeit als der Gehörnte dastehen wollte. Ihm ist bestimmt nach aller Wut bald klargeworden, dass er kein gutes Bild abgibt, auch wenn der Rausschmiss gerechtfertigt war. Da hat er sich gezügelt, als die erste Wut verraucht war. Aber glaube mir, Ben plant bestimmt was, dass besser für ihn aussieht, als dieser Abgang aus der Ehe."

Es trat Stille ein. Man hörte nun die Geräusche aller Gäste rund um uns herum und die leise Grundmelodie eines Jazzstücks aus den Lautsprechern. Nachdenklich schaute ich Menschen kommen und gehen. Jeder drehte sich um sich und ich war freiwillig Zeuge einer unglaublichen Geschichte aus Brandons Familie. Bestimmt wollte er nicht, dass ich sowas über ihn wusste. Aber jetzt war es raus.

„Wo ist eigentlich Stephanie?", wollte Milton wissen. „Ich bin nicht mehr mit ihr zusammen!" „Das ist nicht dein ernst? Seit wann?" „Seit Juni. Sie hat es nur noch nicht für sich akzeptiert. Gemeinsame Projekte und Geld verdienen, ist keine Grundlage für eine Ehebeziehung. Als es im Mai jetzt ernst wurde, habe ich festgestellt, dass es mir nicht reicht. Ich habe kalte Füße bekommen.

Plötzlich wusste ich, dass ich sie nicht liebe und nie geliebt habe. Immer haben wir so getan als ob. Ich habe in meinem Leben eine Rolle an ihrer Seite gespielt. Es hat sich nie echt angefühlt. Wir spielen miteinander. Jeden Tag in Langeweile vor dem Set eingepackt und ständig

Fassade zu halten. Alle fanden es toll, dass wir zusammen waren. Ich dachte, die ganze Zeit, wir seien Freunde, aber eigentlich nie mehr als das. Der Sex mit ihr war gefühllos, mechanisch, wie bei allen anderen Frauen bisher. Man baut Erregung ab." „Ich habe Janet wirklich geliebt und da war nichts mechanisch", warf Milton ein. Brandon nickte und stimmte Milton zu. „Ja. Du und Janet ihr ward wirklich besonders. Das war Liebe. Daher wusste ich, dass es Stephanie nicht ist. Ich habe gespürt, dass ich es bisher noch nicht gefunden hatte. In unserem Geschäft tun wir nur auf beste Freunde und sind aber jeder Zeit bereit, den anderen in unserem Neid und Eifersucht zu zerfleischen, um weiter zu kommen.

In gewisser Weise, haben wir uns gegenseitig in dieser Branche geschützt und den Rücken freigehalten und die besten Sachen zugeschanzt. Sie ist ein sehr cleveres Mädchen. Diese Bekanntschaften am Set gehen vorüber, wie eine Erkältung und genauso fühlen sie sich an. Ich will mit Stephanie keine öffentliche, eheliche Beziehung und das dann privat nennen. Das weiß ich jetzt. Aber sie will davon nichts wissen. Wusstest du, dass ich vor lauter Wut, weil sie es nicht akzeptieren wollte, bis vor kurzem mit jeder von Stephanies Freundinnen Sex hatte, die sie mir vorstellte, damit sie mich aufgibt. Ich wollte, dass sie mich hasst."

„Wolltest du nur aus diesen Gründen mit diesen Frauen schlafen?", fragte Milton. „Man ist plötzlich in dieser Situation und ich habe nicht nein gesagt! Meistens ging es von den Frauen aus und sie standen vor der Tür, haben sich nach Stephanie erkundigt, kamen herein und obwohl sie nicht da war. Es war klar, was sie wollten und du hättest auch nicht nein gesagt."

„Okay! Und ist dein Plan aufgegangen?"

„Nein, sie hat es einfach ausgeblendet und so getan, als sei nichts. Ich habe es ihr sogar gesagt, jedes Mal. Selbst wenn sie nach Hause kam und man es uns ansehen konnte, tat sie so, als wäre nichts!"

„Brandon, das ist echt grenzwertig. Du hast dich echt gehen lassen! Es tut mir leid, dir das sagen zu müssen."

„Ich fand mich auch zum Kotzen. Sie macht mich wütend, weil sie nicht begreift, dass ich sie nicht liebe. Ich war am Anfang für sie Feuer und Flamme und es ist einfach von selbst erloschen. Vielleicht war es auch Dankbarkeit und der Rausch von Erfolgen, die wir feierten, weil sie mir eine Chance gegeben hat. Ich reihte mich bisher immer wieder bei ihr ein, wenn die Kameras angingen, als ob wir in unserer Beziehung ständig nach einem Drehbuch Szenen spielten, um Verkaufszahlen anzukurbeln.

Wir mussten an bestimmten Stellen sein. Bestimmte Partys besuchen. Immer in Kontakt sein. Wir waren ununterbrochen zusammen. Und weißt du was, ohne diese Termine, wäre ich bei ihr privat nicht erschienen. Ich brauchte und wollte Erfolg und das hat es mich bisher gekostet. Ich müsste Stephanie eigentlich dankbar sein, dass sie mich voranbringt. Aber ich bin es nicht. Sie hat mich den richtigen Leuten vorgestellt. Alles geschah in meinem Leben bisher aus purer Berechnung, um voranzukommen. Du benutzt das System, das System benutzt dich.

Glaub mir Stephanie kennt die Konsequenzen und immer einen Weg, einen anderen dafür bezahlen zu lassen. Ich bin mir ganz sicher, dass sie mir noch eins überbraten wird. Deswegen gehe ich ganz leise aus ihrem Leben raus."

„Das hört sich nicht gut an!", warf Milton ein. „Milton, ich war ehrlich zu ihr. Ich habe Schluss mit Stephanie gemacht. Eine gute Geschäftsbeziehung sei keine Grundlage für eine Ehe, das habe ich ihr gesagt. Sie wollte mich trotzdem, aber ich wollte sie nie als Ehefrau. Sie hat mich mit dieser Idee überrollt und mein Nein nicht akzeptiert." „Wie kann man einen damit überrollen?", schüttelte Milton den Kopf. „Du warst dabei. Die Inszenierung bei meinen Eltern war perfekt und ich erinnere dich, ich habe nie ja gesagt. Sie hat mich vor vollendeten Tatsachen gestellt und in aller Öffentlichkeit mich um ihre Hand gebeten. Ich habe versucht, einen reinen Tisch mit ihr zu machen. Aber bisher vergeblich." „Ihr ward immer ein Team, funktional und kühl. Ich habe mich schon gewundert, dass man so eine Beziehung führen kann. Die vielen Male, die du mit ihr hier warst." „Ich dachte, du kannst sie nicht leiden?" „Kann ich auch nicht. Aber du hast sie selbst vor uns in den Himmel gehoben." „Ich wollte glauben, was ich sagte. Ich hatte diese Vorstellung, aber eigentlich hat es nie gepasst. Ich wollte, dass ihr sie akzeptiert." „Das haben wir gemerkt. Wir waren freundlich zu ihr, aber akzeptiert, das ist ein bisschen viel verlangt." „Siehst du! Stephanie selbst ist der Grund. Es gibt nur das, was sie sagt und plant. Sie bezieht mich nicht mit ein, aber trotzdem muss ich immer mitspielen." „Ich habe mir schon immer gedacht, wann es dir auffällt!", wendete Milton ein. „Es war ihre Einstellung zu grundlegenden

Dingen und wie sie Probleme löst." „He, Brandon, das sind meine Worte vom vergangenem Jahr! Da wolltest du das noch nicht wissen. Was hat dich kuriert?" „Sie war im Haus, als Leslie mit ihren Kindern zu mir geflüchtet ist. Du weißt ja, die beiden sind absolut dicke miteinander, weil Stephanie einfach weiß, was sie hören will und sie mit den richtigen Versprechen ködert. Sie haben die Kinder allein gelassen und sind einfach in die Stadt gefahren, weil sie Leslie einem Fotografen vorstellen wollte, der von ihr Fotos macht, damit sie ins Geschäft kommt. Lauren sollte mit ihren sieben Jahren auf das Baby und Tim aufpassen. Das hat Stephanie mir sogar zehn Minuten bevor sie das Haus verlassen hatten, über WhatsApp geschrieben, dass die Kinder allein sind und ich nach Hause kommen soll und zwar sofort, obwohl ich gerade bei einem Casting war und ich natürlich aus diesem Grund nicht die Rolle bekommen habe. Sie wollte nicht, dass ich für die BBC arbeite, weil es kein Projekt mit ihr zusammen war. Später meinte sie nur, es wären nur vierzig Minuten gewesen und schließlich sei nichts passiert. Das Baby habe geschlafen, Tim Fernsehen geguckt und Lauren gemalt. Am Ende war ich schuld, weil ich nicht pünktlich sein konnte. Das ist doch keine Absprache, mit vorgehaltener Pistole mich ständig zu zwingen und meine Pläne zu boykottieren. Aber das ist Stephanies Art. Von meiner Schwester bin ich Fahrlässigkeit in Familiendingen gewohnt, wenn sie eine Chance zu Ruhm und Glamour sieht, lässt sie alles stehen und liegen, besonders, weil sie unbedingt als Model arbeiten will. Ich bin erwachsen geworden und Leslie nicht. Das ist der Unterschied und Stephanie ist verbissen erwachsen. Sie meinte die Aktion wäre absolut berechtigt gewesen und sie hätte mir gesellschaftlich das Leben gerettet, weil Leslie in einem Softporno mitspielen wollte und sie Leslie davon abgehalten hätte. Na und, soll Leslie da mitspielen. Mir wäre es egal gewesen, wenn meine Schwester das machen will, aber Stephanie war es nicht egal. Leslie ist für sich verantwortlich. Natürlich wäre mir Leslie peinlich gewesen, aber sie ist eben meine beknackte Schwester und schon von klein auf so gestrickt.

Ich kam gerade rechtzeitig. Tim hatte die Streichhölzer schon in der Hand. Kinder lässt man nicht in diesem Alter allein."

„Allerdings", nickte Milton zustimmend. „Aber wir hatten immer mit deiner Schwester eine Menge Spaß."

Brandon schaute Milton an. „Leslie ist stehengeblieben. Sie will nicht erwachsen werden. Es ist mir gar nicht mehr spaßig zumute, was mit ihr zutun hat. Vielleicht denkst du noch daran, dass sie uns als wir 15 waren, Alkohol für unsere Privatpartys am See versorgt hat." „Brandon, du warst damals der King mit deiner Schwester. Damals fandst du es cool. Wir haben nicht nein gesagt. Wir haben sogar um mehr gebeten." „Als 15-jähriger findet man das Klasse. Wir waren dumm, sie war älter und hätte es besser wissen müssen. Sie hat uns beeindruckt damit. Und dann die Sache mit Robert, der nie weiß, wann es genug ist und bis zur Alkoholvergiftung sich betrinkt? Aus heutiger Sicht trete ich mich in den Hintern. Seine Mutter hat es mir bis heute nicht verziehen. Ich bin bei Seymour nicht mehr willkommen. Bis heute keine Einladung mehr und meine Eltern geben mir die Schuld."

Milton sprach beschwichtigend: „Leslie hat uns nie

hängen lassen. Sie hat es auch wieder gut gemacht! Sie ist mit James und Robert zum Krankenhaus gefahren und hat eine Geschichte erfunden, sie hätte ihn auf der Straße volltrunken angetroffen und James hatte behauptet, irgendwelche Jugendlichen hätten ihnen eine Cola spendiert, in der Alkohol war und sie könnten nichts dafür. Das hat uns damals allen den Hals gerettet", wendete Milton ein. „Gerettet hätte uns, wenn wir keinen Alkohol von ihr bekommen hätten. Robert hatte echt Stress mit seinen Eltern. Er musste eine Entzugstherapie machen. Erinnerst du dich, dass er nicht mehr mit uns reden durfte. Die Mutter hat uns richtig gehasst, weil wir ihren Sohn ‚versaut' haben. Die wollte, dass wir von der Schule geschmissen werden. Mein Vater hat ordentlich gespendet, damit niemand mehr darüber spricht." „Ohne deine Schwester hätte ich Brie nicht kennen gelernt", warf Milton ein. „Und ich nicht Hope", lächelte Brandon. „Das war eigentlich okay, dass Leslie ihre Freundinnen auf unsere Partys mitgebracht hatte." Beide nickten. „Geht´s deiner Schwester jetzt wieder gut in Brighton?", fragte Milton interessiert. „Stephanie hat sie auf die Idee gebracht einen Dessous Laden aufzumachen. Das war eine gute Idee. Ben hat ihn ihr gekauft. Der Laden ist in Brighton, damit es für Leslie keinen Anlass mehr gibt, nach London zu fahren, um ihren Lover zu sehen. In Wirklichkeit hat Leslie zwei Designerinnen beschäftigt und überlässt das Geschäft sich selbst. Ich war dort. Das ist typisch Leslie. Leslie hat eine Gewinnbeteiligung ausgehandelt, falls die Designerinnen Erfolg haben, treten sie ihren Entwurf an Leslie ab, dafür bekommen sie ein regelmäßiges Gehalt, Material, Werkstatt, Kontakte und einen Laden aber nur solange, wie sie sich selbst und den Laden und ein Gehalt für Leslie verdienen. Für die zwei Frauen gibt es keine Minute Freizeit. Den Knebelvertrag hat James geschrieben. Er hat für Leslie die Besten frisch von der Uni rekrutiert. James war ihr da wirklich behilflich.

Und wieder ganz typisch Stephanie und Leslie war, als beide gemeinsam drei Wochen später eine Date mit Leslies Lover festzurren und Stephanie besorgt das Hotelzimmer. Ich kam gerade rein, als Stephanie ein Zimmer im Shangri-La Hotel in London buchte, damit Ben an keiner Stelle was von der Reservierung bemerkt. Sie machen einfach weiter. Leslie weiß nie, wann es gut ist. Stephanie deckt Leslie, damit Leslie glücklich mit ihrem Lover weiterleben kann. Und alle Fäden liegen wieder in Stephanies Hand. Sie spielt gerne die Schicksalsgöttin. Ich verstehe Leslie nicht. Sie gibt Stephanie Macht über sich." „Das hast du auch getan!", erinnerte Milton Brandon. „Ich weiß es heute besser. Stephanie hat Leslie benutzt, um mich weich für das Eheversprechen zu klopfen.

Du kennst ja mein vorlautes Schwesterlein, die dann vorprescht und meinen Eltern alles erzählt, die dann ihrerseits Stephanie zu Tee einladen und zum längeren Aufenthalt, damit sie dem Rest der Familie vorgestellt wird. Das war alles so clever von Stephanie eingefädelt. James hatte schon drei Tage später die Eheverträge entworfen und zur Unterzeichnung vorgelegt. Da hat sie auch Leslies Kontakte zu James genutzt. Heute weiß ich, dass Leslie für Stephanies Loyalität und Schutz für ihre Schäferstündchen und dem Aushandeln des Dessous

Ladens bezahlt hat, indem Leslie Stephanie meinen Eltern als meine Verlobte vorstellte, so dass meine Eltern sie tatsächlich einladen, ohne mich zu fragen und sie einfach davon ausgehen, dass ich mit ihr verlobt sei." „Du hättest es richtigstellen können!" „Das hätte ich ganz bestimmt getan. Aber ich wusste es erst auf der Dinner Party, was zwischen meinen Eltern, Stephanie und Leslie ablief. Ich bin erst zur Dinner Party mit dir erschienen." „Ach, ja, die Geschichte. Für mich sah es so aus, als wäre es Okay für dich gewesen", kommentierte Milton.

„Glaub mir, Stephanie fädelt immer alles clever ein. An ihrer Seite werde ich wohl keinen eigenen Willen mehr haben. Leslie meinte, ohne Stephanies Kontakte käme ich als Schauspieler nicht auf einen grünen Zweig und wenn sie sich gegen mich wendet, dann wäre meine Karriere beendet. Ich müsse ihr dankbar sein, weil sie sich um mich kümmert, für ihre grandiosen Ideen und dass sie alles für mich tun würde. Aber bei allem bleibt unberücksichtigt, dass ich das gar nicht will.

Der einzige, der bei der Dinner Party nichts von einer Verlobung mit Stephanie wusste, war wohl ich und du. 150 Gäste und ich stehe als absoluter Depp da. Sie hatte alle mit Rang und Namen, die Agenten, die Presse meine Verwandtschaft eingeladen. Mit einem Nein, wäre ich an dieser Stelle aufgeschmissen gewesen. Ich habe nichts gesagt. Aber was hätte ich tun sollen?" Milton schaute ihn sehr ernst an: „Du hättest deutlich Nein sagen können und deine Karriere hätte einen Hänger gehabt. Du hast schon Härteres in deinem Leben einstecken müssen. Es sah aber echt wie Ja aus." „Dreißig Kameras sind auf mich gerichtet, um es der Öffentlichkeit zu verkünden.

Sie wusste, dass ich unter diesen Bedingungen lügen würde. Ich habe nur kalt in die Kamera gelächelt. Es kam kein Ja über meine Lippen und dass hat auch Stephanie bemerkt." „Ich hatte Angst, den Film nicht machen zu können. Vielleicht erinnerst du dich, dass ich gerade ziemlich aufwendig lebte und ziemlich viele Ausgaben hatte. Ich hätte meine Schulden nicht zurückzahlen können. Das hat sie ausgenutzt." „Sieht so aus, als hättest du dich mit Haut und Haaren verkauft." Brandon nickte und dachte nach.

Allerdings, das war heftig. Mir wurde heiß und kalt. Diese Vorgeschichte ließ eigentlich keinen Platz mehr für mich. So wie es aussah, war Brandon nicht frei und ich war schon Hals über Kopf in ihn verliebt und wollte mehr, als jetzt wahrscheinlich noch drin war. Oh, das tat weh. Es bildete sich ein Kloß in meinem Hals.

„Stephanie ist gefährlich, wenn sie ihren Willen nicht bekommt. Sie ist so ein Biest. Es würde ihr nie etwas ausmachen, andere zu täuschen. Sie bewegt sich wie ein Chamäleon. Es passt bei ihr immer und andere bekommen die Schuld. Sie weiß an jeder Stelle, was man sagt, tut oder gerade lässt. Du siehst es bei ihr nicht kommen. Sie hat meine Eltern um den Finger gewickelt. Am Schlimmsten ist es, dass sie so viele intime Details von mir kennt und damit hat sie mich in der Hand. Oh, Gott, wenn das alles rauskäme, was sie weiß. Ich fühle mich teilweise von ihr bedroht, weil ich weiß, wozu sie fähig ist. Aber ich will den Preis nicht mit einer unglücklichen Beziehung bezahlen." „Dann tu es auch nicht!", stimmte Milton zu. „Eins hat mich die Sache gelehrt. Ich weiß, wie meine Frau sein soll, weil ich weiß, wie sie nicht sein soll. Ein Mensch, der mit mir alles teilt, mich innerlich berührt und für mich da ist. Vor allem Ehrlichkeit, Aufrichtigkeit und Anständigkeit. Ein Mensch, den ich wirklich liebe, weil es mir mein Herz befiehlt mit ihm zusammen zu sein. Hört sich das doof an?" „Nein, ganz und gar nicht. Das hört sich das erste Mal Okay an. Das einzig richtige Argument, warum wir unser Leben teilen und heiraten wollen." Brandon nickte.

Es trat Stille ein und beide tranken einen Schluck. Mir wurde heiß und kalt. Wie passte ich in diese Geschichte. Wollte ich da überhaupt hineinpassen. Dieses Gespräch verpasste mir einen Dämpfer. Ich wünschte, ich wäre nicht so eine unverschämte Lauscherin.

Diese Informationen tobten in meinen Kopf. Innerlich zwang ich mich nicht zu werten, um nicht in Turbulenzen zu geraten. Schließlich haben wir beide unsere Geschichte, bevor wir uns trafen. Aber seine war auf jeden Fall heftiger.

„Was macht Stephanie zurzeit?", wollte Milton wissen.

„Sie ist in L.A. und arbeitet dort an einem Projekt ohne mich. Sie ist top im Geschäft und ich lasse es langsam angehen. Ich habe wirklich genug Reserven, um einmal nichts zu machen. Ich habe gerade keinen Job und ich versuche unabhängig von ihr zu werden.

Also eigene Projekte zu finden. Wenn es nicht klappt, dann arbeite ich mit James zusammen. Ich habe alles mit ihr erst einmal gecancelt und lasse Zeit zwischen uns kommen. Ich hoffe, einfach, dass die Zeit es klärt und löst. Als ich Stephanie sagte, dass es aus sei, hat sie zuerst erfunden, sie sei schwanger und ich dürfte sie nicht verlassen. Als ich mit ihr einen Test machen will, erzählt sie mir, sie hätte es verloren, weil ihr Job zu stressig war. Dann fällt sie in ein depressives Loch und macht mir ein schlechtes Gewissen. Sie will es nicht wahrhaben, dass wir getrennt sind. Sie hört mir nie zu, wenn ich es sage, dass es endgültig aus ist. Sie hat sich verabschiedet, als wäre sie nur kurz weg und wenn sie wieder da ist, geht ihr Leben mit mir wieder weiter. Ich habe regelmäßig eine Nachricht von ihr auf dem AB. Ich melde mich nicht. Vielleicht versteht sie es mit der Zeit." „Wann wird sie wieder hier sein?" „Das weiß ich nicht so genau. Aber auf jeden Fall haben wir im Winter und im Sommer noch ein gemeinsames Projekt." „Ich werde sie im Januar das erste Mal wiedersehen." „Das hört sich nicht gut an. Was willst du tun?"

Brandon hielt inne und schaute Milton ernst an. „Geschäftliches und Privates trennen. Ich habe einen neuen Lebensabschnitt begonnen, indem sie nicht mehr in meinem Privatleben vorkommt und ich habe schon eine Lösung", und er zwinkerte Milton zu.

Verlobung

„Du machst mich neugierig? Du hast Pläne?" „Genau. Es hängt mit dieser neuen Frau zusammen." „Du meinst die Kleine, mit der du dich gerade tröstest?
Kenne ich sie? Sie kommt mir irgendwie bekannt vor."
„Du kennst sie." Milton dachte nach. „Ach, du heiliger Vater im Himmel. Es ist die Kleine aus dem Schwimmbad." Brandon nickte.
„Schwer attraktiv, sexy und wahrscheinlich ausdauernd und sportlich im Bett, so wie sie ihre Bahnen schwimmt. Wie ist sie im Bett?" „Oh ja, sie ist sexy, aber Sex mit ihr

kannst du total knicken. Lolita lässt dich nämlich gar nicht erst ran." „Was, du bist seit Monaten mit ihr zusammen und keinen Sex?" „Sie hält mich aus ihrem Bett."

„Brandon, du willst mir aber jetzt nicht ernsthaft verklickern, dass gar nichts läuft?" „Es ist wie verzwickt und auf den Kopf gestellt. Früher brauchte ich nur allein mit einer attraktiven Frau zu sein, aber sie ist echt schwierig. Ich bekomme nie mehr als das, was du eben gesehen hast. Vielleicht ein bisschen Fummeln, aber nie genug, damit du satt wirst?" Milton lachte. „Warum bist du dann mit ihr zusammen?" „Ich möchte gar nicht mehr ohne sie sein. Ich muss sie jeden Tag sehen. Ich denke ununterbrochen an sie. Sie geht mir nicht mehr aus dem Kopf. Da ist kein Platz mehr, für etwas Anderes. Es ist nie langweilig und ein tiefer Schmerz übermannt mich, wenn ich mich abends von ihr trennen muss, weil sie es so verlangt. Sie hört zu und berührt mich mit ihren Worten und Gedanken. Sie ist körperlich unnahbar. Oh, Gott Milton seit sechszehn Wochen keinen Sex." „Das ist die Strafe für deine Ausschweifungen", lachte Milton und umarmte Brandon freundschaftlich. Das hörte sich absolut ehrlich von ihm an und ich mochte ihn dafür.

Milton musste lachen und warf seinen Kopf nach hinten und sah mich plötzlich und drehte sich zu mir um. Erstaunt, aber nicht abgeneigt reichte er mir seine Hand: „Hallo. Ich bin Milton Baring. Ein guter Freund von Brandon." „Ich bin Stella Loren. Eine Bekannte von Brandon", räusperte ich mich, um mir nach diesen Erzählungen noch eine adäquate Rolle zu geben. „Ah, eine Bekannte von Brandon. Ich bin sehr erfreut, Sie kennen zu lernen." Seltsamer Weise hielt er meine Hand immer noch. Es prickelte und knisterte. Seine Augen schienen mich zu durchleuchten. Ich schaute auf meine Hand in seiner und dann wieder zu ihm. Brandon drehte sich zu uns und starrte auf Miltons und meine Hand. Noch immer war er aufgewühlt von seinem Gespräch. Seine Wangen glühten. Ich schaute ihn an und er lächelte, reichte mir mein Bier, damit mich Milton losließ. Ich trank. Er küsste mich, zog mich zu sich und hielt mich in seiner Umarmung. „Darf ich dir meine zukünftige Frau vorstellen." Milton schaute mich und Brandon überrascht an. Ich schwieg und war unfassbar berührt und durcheinander über diesen Scherz. Das war wirklich eine Überraschung. Ich schob es auf Brandons chaotische Verfassung. Gerade hatte ich viel Erschütterndes aus seinem Leben erfahren. Da schien ich ihm wie ein Anker. Seit mehr als zwölf Wochen verbrachten wir gemeinsam unsere Zeit und hatten uns in allem immer gut verstanden. Ich beschloss sein Angebot nicht als ernst einzustufen. In Brandons Situation hätte ich auch die Flucht zu anderen Galaxien aufgenommen. Heiraten ist eine ernste Sache. Hier schrie blanke Überstürzung. Vielleicht würde er es zwei Tage später anders bewerten und es wäre nicht mehr die Rede davon. Alles schien in seinem Leben immer so vorübergehend. Also lächelte ich nur und nahm ihn nicht ernst. Vor allem hatte er mich gar nicht gefragt und nichts hatte darauf hingedeutet, dass er es bisher so ernst meinte. Er ging einfach bei mir von einem Ja aus. „Herzlichen Glückwunsch", reichte Milton ihm und mir seine Hand. „Fenton, ich habe mich gerade verlobt, wir brauchen Champagner zum Anstoßen!", schrie Brandon über die Theke. Fenton öffnete den Kühlschrank und nahm eine Flasche. Tatsächlich hielten wir in weniger als einer Minute ein Glas Champagner in unserer Hand und stießen an. Auch Fenton nahm sich ein Glas und stieß an und beglückwünschte mich. Die Situation war so unwirklich. Ich war so überrumpelt. Brandon hatte mir keine Vorbereitungszeit gelassen. So ein Schritt wollte wohl überlegt sein. Hier war Verlobung eine spontane Eingebung. Man sagt ja auch spontane Geburt. Wollte ich denn verlobt sein? „Na, überrascht!", küsste mich Brandon. „Allerdings. Ich ..." Brandon wollte nichts aus meinem Mund hören und küsste mich. Verdutzt und ohne einen klaren Gedanken über die gerade sich ereignete Situation stand ich ihm perplex gegenüber, ohne zu wissen, was ich eigentlich wollte.

Interview

„Und wo kommst du her?", wollte Milton wissen. „Ich komme aus Deutschland aus Aachen." „Hätte ich jetzt nicht gedacht, dass du eine Deutsche bist."
„Bin ich auch nicht!"
Brandon schaute mich an und war wirklich interessiert. „Frage ruhig weiter Milton. Ich spiele ein selten dämliches Spiel mit ihr. Das wir uns nämlich nichts über uns erzählen dürfen." Milton schaute mich an. „Was ist das für ein komisches Spiel?" „Wir dürfen uns keine privaten Fragen stellen", erörterte Brandon. „Eine gute Idee, um sich kennen zu lernen. Eine Frau, die gerne abtaucht", lachte Milton.
„Es ist ein neues Reality Spiel. Es bleibt alles interessant, was gerade im Hier und Jetzt geschieht", warf ich ein.

„Aber ich spiele keine solchen Spiele!", lachte Milton. „Nein?" „Frag sie, was sie hier in London so macht?", warf Brandon ein. „Ja, Stella, warum bist du in London?" „Ich arbeite hier und warte auf den Märchenprinzen. Vielleicht reitet er ja mal irgendwann zu mir, lädt mich auf sein Pferd und bringt mich auf sein Schloss, wo wir glücklich und zufrieden leben, bis ans Ende unserer Tage!" Ich weiß auch nicht, was mich bei dieser Antwort geritten hatte. Brandon sprang auf und machte eine reitende Bewegung auf mich zu. Er war sehr überzeugend in seiner Darstellung und reichte mir von seinem imaginären Pferd die Hand. Wirklich vollendet gespielt. Er verstand wirklich sein Handwerk.

„Darf ich bitten!"

Er nahm meine Hand und schwang sie um sich, so, dass ich direkt hinter ihm stand und er mich zu seinem Barhocker zog. Als er sich zu mir umdrehte, hauchte er, „Ich liebe dich", in mein Ohr. Milton schaltete sich ein: „Und was machen deine Eltern?" „Meine Eltern leben in Deutschland. Mein Vater hat ein Installationsgeschäft mit acht Angestellten und meine Mutter arbeitet für die Lokalzeitung und im Büro von meinem Vater." „Aha!", und Milton schaute Brandon mit erhobenen Augenbrauen an.

Plötzlich sprach Milton deutsch mit mir. „Hast du Geschwister?" „Ich habe eine Schwester?" Brandon schaute mich an, als die fremden Worte aus mir herausströmten. Er umschlang mich mit seinen Armen, um so für sich ein Zeichen zu setzen, dass er noch beteiligt war. „Du spielst also Spiele mit unserem Freund Brandon?" Ich nickte. „Brichst du ihm das Herz?" Ich verneinte es mit dem Kopf. „Willst du dein Spiel mit ihm weiterspielen?" Ich nickte. Milton sprach so klar und deutlich deutsch.

Es gab nur einen leichten englischen Akzent bei ihm. „Brandon braucht keine Spiele zurzeit!"

„Ich spiele nicht mit Gefühlen. Ich will nur herausfinden, wie ernst es ihm mit mir ist. Ich brauche auch kein gebrochenes Herz und eine gekränkte Seele. Ich möchte mich nicht sexuell ausbeuten lassen." Jetzt nickte er, lächelte mich an und schaute mir dann sehr vertraut und tief in die Augen. „Was willst du von Brandon?" Ich schaute auf meine Füße. „Ich fühle mich oft von Brandon überrumpelt.

Ich versuche gerade herauszufinden, was das zwischen uns ist." Er lächelte mich an. „Wie alt bist du?" „Ich bin dreiundzwanzig." „Ziemlich jung, um zu heiraten!" „Meine Mutter war in diesem Alter schwanger und schon verheiratet. Du siehst, es ist nicht unüblich in meiner Familie. Aber er hat mich nicht gefragt. Er hat einfach gesagt, wir sind verlobt." Milton lächelte. „Aber du hast mit uns auf deine Verlobung angestoßen." „Ich dachte, es sei ein Scherz." Milton drehte sich zu Brandon. „Bist du sicher, dass du verlobt bist Brandon? Deine Braut glaubt dir deinen Antrag nicht." „Das wird sie schon. Sie steht mehr auf Handlung als auf Worte und das schätze ich sehr an ihr. Wenn wir demnächst vor dem Altar stehen, dann weiß sie es."

Fenton läutete die Glocke zur letzten Bestellung.

Wilde Tiere vor dem Bett

Vor meiner Tür übernahm Brandon die Initiative und verlangte meinen Schlüssel. Er schloss auf und blieb auf der Schwelle stehen. „Komm, bitte mich hinein! Wir sind verlobt", bettelte er mich an. „Gut. Aber du musst gehen, wenn ich es will." „So schnell willst du mich wieder loswerden?" Er machte keine Bewegung auf mich zu. „Ich will heute Nacht in deinem Bett schlafen. Lass mich deinen Atem hören und einfach bei dir sein!" Ich lächelte und schüttelte den Kopf. „Komm, schon Stella! Ich bewache deinen Schlaf und schaue, dass dir nichts geschieht und vertreibe die bösen Tiere von deinem Bett. Ich will einfach neben dir aufwachen", lächelte er mich nett an. „Also gut! Aber du fliegst raus, wenn du dich an diese Absprache nicht hältst." „Ehrlich gesagt, habe ich Angst, dass Milton hier irgendwann auftaucht. Obwohl er sicherlich auch nur einen Drink angeboten bekäme und dann wieder gehen dürfte. Ich habe gesehen, wie er dich anschaut. Das habe ich nur einmal bei Milton gesehen. Diese Frau hat er geheiratet." Ich versuchte die Worte zu ignorieren. Je mehr er sich in dieses Thema verbohrte, desto schlimmer würde es werden. Das hatte mir meine Mutter im Bezug auf meinen Vater beigebracht. Hier schienen Ähnlichkeiten. „Ich war so eifersüchtig auf Milton. Es hat in mir gebrannt, als er dich angemacht hat und mich ausschloss, weil er mit dir deutsch sprach. Das war eine linke Tour von ihm. Er spricht mit dir in deiner Muttersprache, die ich kein bisschen verstehe. Was wollte er von dir?" Ich küsste ihn. „Das ist nicht meine Muttersprache. Vielleicht doch? Nur meine Mutter spricht mit mir deutsch, damit wir gute Voraussetzungen in der Schule hatten. Aber Milton war nur neugierig, aus welchen Verhältnisse ich komme." „Es ist mir egal, woher du gekommen bist. Wichtig ist nur, dass du in meinem Leben bist und bleibst." Er küsste mich, bis zur innerlichen Vibration. „Ich glaube, du ahnst was ich will, aber ich zwinge dich zu gar nichts", flüsterte er mir ins Ohr. Ich löste mich aus seiner Umarmung und ging ins Badezimmer, um die sexuelle Anspannung zu lösen.

Spontaner Begleiter gefunden

Brandon lag schon im Bett und schaute Fernsehen, als ich das Badezimmer wieder verließ. Ich ging zu meinem Computer und überprüfte meine Mails. „Meine Schwester hat am Wochenende Geburtstag. Sie will unbedingt, dass ich komme." „Mhm." „Ich habe einen Flug für Mittwochabend gebucht und werde von Donnerstag bis Sonntag weg sein. Am Sonntag bin ich dann wahrscheinlich wieder hier und wir können uns sehen." „Ich würde dich gerne begleiten", und schon flog die Bettdecke zurück. In Windeseile scrollte er sich durch die Seiten und fand einen Bereich, indem er seine Daten eingeben konnte. Es ging so schnell, seine Finger flogen über die Tastatur und im Nu hatte er neben mir einen Sitz gebucht. Anschließend fielen wir ins Bett und er zog mich ganz nah zu sich. Ich spürte im Rücken seine Erektion. Es war ihm kein bisschen peinlich. „Ich hätte dich eingeladen, wenn ich gewusst hätte, dass du mitwolltest." „Darling, wenn es sein muss, begleite ich dich bis zum Ende der Welt. Ich will nicht, dass du ohne mich wegfliegst. Weiß Gott, wer dir dort über den Weg läuft? Mir hat Milton heute schon gereicht."

„Brandon, ich entscheide, mit wem ich zusammen bin und mit wem nicht."

Wirklich erschrocken schaute er mich jetzt an.

„Ich bin mit dir zusammen und nicht mit Milton."

Sein Gesicht entspannte sich sofort und er schenkte mir sein bezauberndstes Lächeln. Ich fing an, sein Lächeln wirklich zu mögen. Seine Art von mir Besitz zu ergreifen, war für mich völlig in Ordnung. Ich konnte damit umgehen. Auf eine gewisse Weise wollte ich das wirklich so. Eine lasche Art hätte mich vielmehr verunsichert. Er war so handfest, klar und spontan.

Auf ewig in der Metropole

„Was machst du eigentlich beruflich?" „Ich bin Schauspieler." „Wovon lebst du?" „Was meinst du? Zurzeit bin ich gerade arbeitslos." Er war ehrlich. Die Infos kannte ich schon und er verschönerte nichts und druckste auch nicht herum.

„Oh, Scheißsituation! Mein Großvater hat mir einen Job in seinem Restaurant gegeben, als ich arbeitslos war. In Deutschland musst du jeden Job annehmen, wenn du dich arbeitslos gemeldet hast. Ich wollte meinen Eltern nicht auf der Tasche liegen."

„In England musst du auch arbeiten. Egal, was! Hier verdonnern sie auch jeden zu alles." „Deswegen habe ich lieber im Restaurant meiner Familie eine Ausbildung angefangen. Mein Großvater hofft, dass ich sein Restaurant übernehme, wenn ich zurückkomme. Wir können beide im Restaurant arbeiten, wenn es mit der Schauspielerei mal wieder nicht so klappt. Mein Opa will, dass ich in Paris und in der Schweiz noch eine

Ausbildung zur Köchin der Haute Cuisine mache, wenn es mit der anderen Sache nichts wird." „Du willst in Paris, in der Schweiz und dann wieder in Deutschland wohnen und eine Ausbildung beginnen? Du willst Köchin werden?" „Nein, ja, so gewisser Maßen in Zukunft vielleicht." „Was denn jetzt?" „Ich wäre lieber etwas Anderes." Er lachte.

„Sei, was du willst, aber sei es in meiner Nähe!"

„Du willst, dass wir hier wohnen. In der teuersten Stadt von ganz Europa." „So ist es!" „Ehm, ja, ich bin eigentlich nur für ein halbes Jahr hier. Vielleicht auch für ein Jahr und nach meinem Arbeitsvertrag auch für zwei Jahre." „Nach deiner Verlobung auch für ewig", fügte er einfach ohne über die Konsequenzen nachzudenken hinzu. Ich hatte bisher nie über diesen Punkt nachgedacht. Ehrlich gesagt, nach dieser Äußerung wurde es mir ein bisschen schwindelig und flau. Ich verlor gerade den Mittel-punkt, meine Freunde, mein früheres Leben, meine Anknüpfungspunkte, Möglichkeiten, potentielle Berufspläne, Opas Restaurant, meine Familie. Einfach den ganzen Teppich unter meinen Füßen, wenn ich wirklich zu Brandon ja sagte.

Brandon eilte zu mir und umfasste mich. „Du bist plötzlich so blass!"

„Nein, es geht schon." Ich stolperte zum Kühlschrank und holte mir erst einmal ein Bier. Stärkeres war leider gerade aus. „Wir können für eine Weile auch an dem Ort wohnen, wo du deine Ausbildung machst. Ich kann zu meinem Jobs auch fliegen. Aber für mich ist London der beste Aufenthaltsort. Du wirst dich wohl daran gewöhnen müssen, eher hier zu sein. Ein Haute Cuisine Restaurant macht sich auch hier gut."

„Du spinnst. Dafür brauchst du jede Menge Kohle. Mein Großvater gibt mir doch sein Restaurant. Ich brauche nicht ganz von vorne anzufangen."

„Wir verkaufen das Ding in Deutschland, wenn dein Großvater es nicht mehr machen kann."

„Bist du verrückt. Ich verkaufe doch nicht Großvaters Restaurant. Außerdem muss ich einen großen Abstand bezahlen, den muss ich erst einmal erarbeiten. Ich kann nichts verkaufen, was mir nicht gehört. Aber von Schauspielerei wird man auch nicht so satt." Ein langer intensiver Blick traf mich, der sich dann in ein Schmunzeln auflöste.

„Bist du sicher?" Ich nickte.

„Ich kann davon leben."

„Ja, vielleicht gerade im Augenblick. Aber dein Job ist von so vielen Faktoren abhängig."

„Da stimme ich dir absolut zu!"

„Vielleicht solltest du dir in Zukunft auch noch einen zweiten Beruf zulegen." Er schüttelte den Kopf.

„Brandon, denk einfach einmal darüber nach."

„Was soll ich machen?"

„Was hast du denn für Abschlüsse?"

„Ich habe einen Master of Law."

„Okay, das ist doch schon super."

„Ich bin dann aber in die Filmbranche reingerutscht."

„Das ist jetzt nicht dein Ernst. Du hast Jura studiert und arbeitest als Schauspieler?"

Ich atmete tief ein und ließ ihn leider spüren, dass mir sein Beruf missfiel. Es war mir auch gar nicht bewusst, dass ich mich just in diesem Augenblick so gehen ließ, obwohl ich mich sonst gut beherrschen konnte. Bei uns in Deutschland lebten die Schauspieler von der Hand im Mund. „Hast du schlechte Prüfungsergebnisse?"

„Nein, ich habe meine Prüfungen abgelegt und gut bestanden. Ich könnte praktizieren. Aber das war mehr der Berufswunsch meines Vaters. Ich habe einfach Glück gehabt, nicht in die Stapfen meines Vaters tappen zu müssen. Diese Option gab es damals gar nicht, weil ich mit meinem alten Herrn in einigen Punkten Differenzen hatte. War so ein Vater Sohn Ding eben."

„Ich kenne das. Es ist der Grund, warum ich hier in London bin." Brandon drehte sich zu mir.

„Du bist hier, weil deine Eltern andere Pläne mit dir hatten?" Ich nickte.

„Hast du die Flucht ergriffen und bist aus deinem Leben getürmt?"

„Nein, so krass ist es nicht. Ich habe ein gutes Verhältnis zu meinen Eltern, aber es war alles so eng in Deutschland. Ich habe keine Ziele gesehen. Es war alles so verfahren."

Wir redeten die ganze Nacht. Erschöpft schliefen wir gegen vier Uhr morgens nebeneinander ein. Ich lag in seinen Armen. Er lag hinter mir eng an mich gekuschelt.

Kondome

Am frühen Morgen klingelte der Wecker. Es war halb sieben und ich bewegte mich auf die Nervensäge zu, um sie abzustellen. Ich setzte mich schlaftrunken auf die Bettkante und versuchte zu mir zu kommen. Ich sah Brandon an, der noch in einer Tiefschlafphase war.

Ich schrieb ihm ein paar Zeilen auf.

„Lieber Brandon,

wenn du frühstücken willst, bediene dich. Im Kühlschrank findest du alles was du brauchst! Ich muss arbeiten. Wenn du Lust hast, sehen wir uns gegen 14.30 Uhr im Schwimmbad. Es war sehr schön.

Deine Stella"

Im Haus von Mr. Barclay ging mir alles leicht von der Hand. Es war zügig alles in Ordnung gebracht und ich war wesentlich früher mit meinen täglichen Arbeiten fertig. Es gab auch eine kleine Liste mit Besorgungen. Ich sollte für Mr. Barclay doch neben einigen anderen Dingen tatsächlich Kondome besorgen. Er hatte es also bemerkt. Ich lief ins Badezimmer und zog die untere Schublade auf. Da lag die leere Schachtel und lachte mich an. Oh, mein Gott, wieso ging er nicht selber in eine Drogerie und besorgte sich welche, als mir einfiel, dass es einem Star wohl schwerfalle, dieses Alltagsgeschäft zu erledigen und er hatte mich beauftragt, es zu tun. Am frühen Nachmittag machte ich mich auf den Weg in die Drogerie und ich kaufte auch einige Sachen für mich ein, um den Kauf von Kondomen ein bisschen zu verbergen. Vor dem Regal mit den Verhütungsmitteln brannten meine Ohren und ich schaute mich kurz um. Niemand schien mich zu beobachten. Ich griff irgendwelche

Kondome las über die Wandstärken. In einer Ecke hingen die dünsten Kondom überhaupt, die nahm ich. Als ich an der Kasse stand, sah ich, wie die blaue Packung langsam auf dem Förderband nach vorne gerollt wurde. Eine große Erdbeere war abgebildet und vorn stand mit Extrageschmack darauf. Die Kassiererin scannte die Ware und das war es schon. Bei Mr. Barclay ließ ich die 24 er Packung Kondome gleich in seine Schublade verschwinden. Wenn er dickere brauchte, würde er sich bestimmt melden.

Bei meiner Ankunft in meiner Wohnung lag Brandon immer noch im Bett, als ich die Tür aufschloss, wachte er langsam auf. „Aufwachen Schlafmütze!", neckte ich ihn und er zog mich ins Bett. „Wir wollen ins Schwimmbad." „Wir können hier schwimmen", flüsterte er in mein Ohr. Seine Hände wanderten blitzschnell unter mein T-Shirt und er versuchte mich auszuziehen. „Brandon, bitte!" „Lass mich dich überzeugen, lass der Natur ihren Lauf." „Nein! Wir wollten schwimmen gehen." „Das können wir auch später!" „Nein, das andere können wir auch später." „Ach, ja ich vergaß, dieser Punkt wird ausgespart für die Hochzeitsnacht. Du bist da unten so zugenäht. Ist das nur bei mir so?" „Ich schmeiße dich gleich raus. Du bist ziemlich vulgär." Brandon war sofort gezähmt.

„Entschuldigung, ich weiß auch nicht, was in mich gefahren ist. Ich warte jetzt schon solange. Was muss ich tun? Ich mache alles! Bei keiner Frau musste ich solange anstehen."

Brandon kuschelte sich an mich. „Ich habe keine Kondome hier und ich werde auch keine kaufen. Außerdem muss ich ein Geschenk für meine Schwester besorgen. Wir werden übrigens bei meiner Schwester wohnen." „Lenk nicht ab! Ich will mit dir schlafen. Ich kann schon nicht mehr klar denken. Wir müssen das jetzt einmal bereden. Dieser Punkt ist wichtig für mich."

Ich schaute ihn total verwirrt an und er presste sich tatsächlich mit einer Erektion an mich. Ich konnte mich nicht in ihn hineinversetzen. Es war mir plötzlich zu eng und ich schob ihn von mir. „Erkläre es mir?", wollte er von mir wissen. „Ich verstehe dich nicht!" „Was gibt es da nicht zu verstehen?" „Ich will mit dir nicht darüber reden. Kein Stück! Ich will auch nicht mit dir schlafen." Erschrocken schaute mich Brandon an. Da stand er jetzt völlig verdattert. „Ist das dein letztes Wort?" „Ja!" „Wir sind verlobt. Wir dürfen mit einander schlafen."

Er zog sich an. Rasch griff er nach seinem T-Shirt, nahm dann seine Hose. In allem drückte sich Wut aus. Im Lauf griff er seine Jacke. Er riss die Tür auf und war verschwunden. Jetzt stand ich der Sache verwirrt gegenüber und ich setzte mich auf mein Bett. War das jetzt meine Beziehung gewesen? Nach dem plötzlichen Aufbruch von Brandon war ich ein bisschen geschockt. Er war immer so radikal. In allem was er unternahm. Langsam ließ ich mich zurückfallen. Ein dicker Kloß bildete sich in meinem Hals. Es fühlte sich so an, als wären wir wieder getrennt, weil er seinen Willen nicht bekommen hatte. Langsam legte sich ein Band um mein Herz. Ich hatte es verspielt. Einfach so! Nein, er hatte es verspielt, einfach so. Tatsächlich rannen mir heiße Tränen der Wut, der Trauer und der Verzweiflung über meine Wangen. Ich wollte ihn, aber nicht in dieser wahnsinnigen Geschwindigkeit. Er ließ mir keine Zeit.

Wie in Trance begann ich meine Schwimmsachen zu packen. Es klingelte. Ich drückte auf den Summer und wartete an der Tür. Plötzlich stand Brandon wieder vor mir. Er drängte sich an mir vorbei und hatte eine blaue 24 er Packung Kondome mit einer Erdbeere vorne drauf. „Hast du die bei Macy's gekauft?" „Nein, die hatte ich zu Hause." Er legte sie auf die Kommode. „Was sollen wir damit?" „Beim ersten Mal wolltest du nicht schwanger werden. Ich bereite mich einfach nur vor." Ich schaute ihn an. „Du glaubst doch nicht, dass ich mit dir mit so dünnen Kondomen schlafe. Da brauchen wir auch gar nichts benutzen." „Die werden jetzt benutzt. Ich kenne mich damit aus. Ich nehme zwei." Jetzt blickte er auch mich an. „Hast du geweint?"

Ich drehte mich weg und holte meine Schwimmtasche. Er hielt mich auf. „Hast du geweint?" „Ja, Mensch!" „Warum?" „Das geht dich nichts an!" „Doch das tut es!" „Du bist einfach abgehauen!" Er schaute mich an und drückt mich fest an sich. Ich bin nicht abgehauen. Ich bin nur etwas holen gegangen. Hast du vergessen, dass wir gestern beschlossen haben, zusammen zu bleiben?" Ich kuschelte mich in seine Arme. Ich wusste jetzt tatsächlich, dass ich bei ihm bleiben wollte.

Zukunftspläne

„Lass uns zusammenziehen!", forderte Brandon. „Wenn wir zusammenziehen, brauchst du nur die Hälfte zu bezahlen." „Willst du hier wohnen?" „Ich dachte eher an meine Wohnung. Die ist um vieles größer." „Halt Brandon, vielleicht kann ich mir noch nicht einmal den Anteil deiner Wohnung leisten. Schon alleine die Größe.

Da bleibe ich lieber hier wohnen. Es geht um die Frage, wie groß ist der Anteil, den ich bezahlen müsste und kann ich ihn mir leisten?"

„Ich denke, wir sind zusammen?"

„Ja, wir sind erst einmal so auf Probe zusammen."

Zärtlich nahm er mich in seine Arme und küsste mich und ließ mich lange nicht mehr los. „Wir sind nicht auf Probe zusammen. Hast du unsere Verlobung vergessen? Also können wir bei mir wohnen und ich zahle den größeren Anteil."

„Wenn du ein Anwalt wärst, dann würde ich zu dir ziehen. Aber als Schauspieler ist mir das Risiko zu groß, dass wir irgendwann auf der Straße sitzen. Das ist so, als hätte man gar nichts gelernt. Lass uns hier wohnen, solange du einen unsicheren Job hast."

„Stella, ich will dir einmal etwas sagen. Als Anwalt würde ich von morgens bis abends in einer Kanzlei oder Bank schuften und käme abends völlig geschafft nach Hause. Willst du das wirklich? Wir wären bald wegen Zeitmangel getrennt. Lange Arbeitszeiten und berufliche Abwesenheit stören jede Romantik. Das ist echt ein Beziehungskiller. Ich weiß, wovon ich spreche. Ich bin in meinem Job wirklich gut und manchmal über Wochen nicht zu Hause. Das macht Beziehung schwierig."

„Aber ich will ein Leben, das Sicherheit bietet. Wenn ich schwanger werde, dann muss ich mich auf dich verlassen können." Brandon schluckte und sah mich verdattert an. „Du willst Kinder?" „Ist das ungewöhnlich?" Er nickte. Da stand er plötzlich da und es schien mir, dass er das erste Mal darüber nachdachte, dass Geschlechtsverkehr Kinder zeugt und nicht nur seine Lust stillt. Er war so ein

Träumer. Hatte ich nicht gestern von ihm erfahren, wie er Schiffbruch erlitten hatte und jetzt in seinem Leben aufräumte. Von gleich auf jetzt hat er sein Leben umgekrempelt. Es war zum Verzweifeln. So ein Mann passte gar nicht zu mir. Nein, ich will ihn, aber er passt nicht zu meinem Familienumfeld in das wir irgendwann einmal landen würden. Ich musste aufpassen, nicht die Linie zu verlassen. Der Beruf meines Partners war schon recht gewöhnungsbedürftig. Aber mittellos und dann noch ein Kind, das war in den Augen der Deutschen der Fehler aller Ausländer. Das durfte mir also besser nicht passieren. Kinderziehung und Karriere passte auch nicht. Mittellos und Kind war also eine verdammte Falle.

„Auf jeden Fall ist das ein Anfang. Du träumst von mir in dieser Rolle an deiner Seite und gibst mir eine große Aufgabe in unserer Beziehung." Er war so glücklich und ich so betrübt. Mir wurde ganz langsam schwindelig von diesen Zukunftsaussichten und er träumte einfach weiter. Ein Wink mit dem Zaunpfahl einen ehrbaren guten Beruf zu wählen, hatte er zerstreut und kleingehackt. Dabei hatte er die Möglichkeit direkt zum Greifen nah vor sich. Schließlich sah ich mich in meinem Wohnklo um und überlegte, wie man hier ein Kind großziehen sollte. Liebevoll schaute er mich an, nahm mich in den Arm und hielt mich zärtlich umarmend fest. Irgendwann lösten wir uns voneinander und er hatte wirklich Tränen in den Augen. „Du machst mich glücklich, obwohl ich deine Ideen, zu Geld zu kommen, doof finde. Aber das du dir ein Kind mit mir vorstellen kannst, dass macht mich richtig glücklich. Wenn das Kondom platzt, du würdest es bekommen?" „Ich nickte." Er nahm mich in den Arm.

„Du weißt gar nicht wie glücklich du mich in diesem Augenblick gemacht hast."

„Ich möchte nur ein kleines, beschauliches, sicheres Leben für dich, mich und unsere Kinder. Einfach nur Stabilität, Sicherheit, Geborgenheit." Vielleicht würde ihn das zur Vernunft bringen. Das muss er aus der Geschichte mit Leslie begriffen haben. „Du willst Kinder?" „Vielleicht kann man das mal in Erwägung ziehen? Ich meine ja nicht jetzt gleich. Auf die Plätze fertig los." „Ich würde gerne Kinder mit dir zusammen haben. Die Idee ist wirklich gut." „Du bist so impulsiv, so schnell. Können wir nicht einfach einen Gang runterschalten. Du bist so ein Träumer!" Da war es mir rausgerutscht und ich biss mir in Gedanken auf die Zunge. Er schaute mich irritiert an. „Ich meine, wir schaffen das schon. Während du träumst, verdiene ich dann Geld. Ich bin dann für ein paar Stunden nicht da. Du willst ja offensichtlich nicht arbeiten und du kümmerst dich um die Kinder." „Ich habe einen Auftrag nach Weihnachten. In solchen Situationen musst du dich um die Kinder kümmern. Ich bin dann nicht zu Hause. Es sei denn, du begleitest mich." „Ach, weißt du was, es ist mir egal. Ich habe sowieso bisher nur Pleiten eingefahren. Da kommt es auf eine mehr oder weniger auch nicht mehr an. Ich habe mich in dich verliebt. Es ist alles egal. Hauptsache wir sind zusammen." Versöhnt strahlte er mich an. „Ich liebe dich auch. Ich verspreche dir, dass ich immer für dich sorgen werde und unsere Kinder genügend zu Essen haben. Dafür will ich alles tun." Was sollte ich sagen. Ich war Hausmädchen bei irgendeinem protzigen Superstar mit einem kleinen

Gehalt. Passte doch! Wie konnte ich von ihm etwas Verlangen, was ich selbst nicht auf die Reihe brachte. Aber sein Versprechen würde ich bei schlimmer Geldnot einfordern. Das würde ihn bestimmt irgendwann zum Anwalt bekehren. Diese Träumerei machte mich glücklich.

Mein erster wirklicher Heiratsantrag

„Willst du mir von nun an treu sein?", kniete er sich vor mir hin. „Siehst du hier noch andere Bewerber um diesen Posten?" „Oh, ja, das tue ich. Du siehst sie nicht, aber glaube mir, du bist ein Schäfchen auf einer großen Weide mit vielen Wölfen." Völlig erstaunt schaute ich an. Er benutzte die Worte meines Vaters und die waren mir so vertraut. Auf einen Schlag hatte er mich mit diesen Worten eingefangen und ganz handsam gemacht und ich schaute ihn mit großen Augen an. „Aber du wohnst in einer sehr schwer einnehmbaren Festung. Also schon allein das drückt Treue aus. Darf ich schlussfolgern, dass ich ganz nah am Ziel bin?" Ich nickte. Seine zärtliche Umarmung führte mich zu ihm. Ein langer Kuss entführte mich in die Welt des Fühlens. Langsam zog er mich auf unser Bett. Seine Hände streichelten meine Körper und ich fühlte eine kraftvolle Welle, die mir den Boden unter den Füßen entriss. Biologisch wollte ich unbedingt mit ihm Sex. Seelisch wollte ich ihn fast auch schon. Die Biologie gewann kurz die Oberhand. Wir schwammen auf den Punkt zu, der ein Zurück schwierig machte und sehr viel Willen von mir abverlangte. Aber da war die Blockade. Ich wäre ungewollte schwanger. Daher stand ich plötzlich auf. „Was machst du?" „Ich verhüte.

Mein Eisprung steht jetzt bald bevor. Ich habe doch Angst vor dem Schritt. Es wäre planlos."

Er rappelte mit der Kondomdose. „Nein, der Sache traue ich nicht. Wenn es reißt, bin ich angeschmiert. Schau mal auf die Wandstärke!"

Irritiert schaute er auf die Verpackung.

„Allerdings, die sichersten sind es nicht", murmelte er. „Meine Eltern würden mir das nie verzeihen, wenn ich schwanger vor ihrer Haustür stehe.",Ich erkläre es deinem Vater? Ich lasse dich nicht im Stich. Es wird sich alles finden." Das war Brandon. Er würde es bestimmt versuchen, ohne sich vorzustellen, wie schwer es sein würde, mittellos ein Kind großzuziehen. Bei seiner Schwester wollte er das auch. „In welcher Sprache willst du meinem Vater irgendetwas erklären?" „Spricht dein Vater kein englisch?"

Ich schaute ihn an. Jetzt war es raus. Wir waren am Punkt meiner in Deutschland gefühlten Andersartigkeit. „Er spricht deutsch. Du kannst es ihm in Deutsch erklären." „Ich organisiere einen Dolmetscher."

Ich stellte mir ernsthaft diese kuriose Situation vor. Wir sitzen zu dritt, ich meine eigentlich zu viert mit meiner Mutter zu fünft auf der Couch zu Hause bei meinen Eltern. Brandon spricht. Der Dolmetscher spricht. Mein Vater fuchtelt vor Wut und Verzweiflung mit den Händen. Dann spricht er plötzlich in großer Erregung italienisch. Es klingen die Worte „Porca Miseria" durch das ganze Haus, weil seine Tochter schwanger ist und nun Ehemann, Tochter und Kind zu füttern wären.

Er würde Brandon sicherlich mit Master of Law in seiner Firma anstellen, um das Gleichgewicht wiederherzustellen.

Nein, ich war bedient. Das mochte ich mir nicht weiter ausmalen. Das war ja eine schlimmere Kreisbewegung, die ich mir jemals vorgestellt hatte. Familienbetrieb.

„Ehrlich gesagt, ich möchte meinem Vater so nicht unter die Augen treten."

„Ich verstehe dein verdammtes kleinkariertes Problem nicht."

„Ich will jetzt zu diesem Zeitpunkt nicht schwanger werden und es ist der beste Schutz, es gar nicht zu tun."

Brandon schaute mich ganz ernst an.

„Du hast Angst vor deinem Vater!"

Ich schüttelte den Kopf. Er war mir auf der Spur. Es war mir unangenehm ihm zu sagen, dass er als mittelloser Schauspieler bei mir in der Familie nicht so die großen Chancen hatte. Vor allem nicht, wenn man seine Familie nicht so richtig ernähren konnte. Wenn man herumreiste, wie ein Schausteller. Wenn er kein Engagement finden sollte, blieb noch im Betrieb meines Vaters eine Stelle, Taxi fahren, Kellnern oder Postbote. In seinem Job wollte er ja nicht arbeiten. Ein Anwalt, das wäre schon was gewesen. Aber bei meinem Glück musste er ein Künstler sein, um später bei Geldnot auf Taxifahrer umzusatteln.

Brandon schaute mich nachdenklich an. „Was ist los?"

„Brandon, wenn du jemals meinem Vater begegnen solltest, dann sag ihm nicht, dass du Schauspieler bist. Wenn er dich fragen sollte, dann sag ihm, du hast Jura studiert. Das ist die Wahrheit und verrät nicht so viel und vermeidet Ärger. Es ist keine Lüge. Du hast es studiert, dass heißt ja nicht, dass man in diesem Fach arbeitet. Es lässt nur eine Assoziation zu, aber das ist ja die Schuld dann von meinem Vater, die falschen Schlüsse gezogen zu haben." „Ich werde auf jeden Fall deinem Vater begegnen. Du willst mir jetzt nicht sagen, dass ich eine Diskriminierung erfahre, wegen meines Berufes?"

„Doch!

Schauspieler sind im seltensten Fall Großverdiener. Eher Leute, die von der Hand im Mund leben. Ich kämpfe für uns! Aber ich will keinen Ärger. Ich möchte nicht diskutieren. Wir sind einfach zusammen. Wir machen es gar nicht zum Thema und sagen gar nichts. In Ordnung? Wir heiraten erst, wenn wir selbst Geld haben. Dann hat mein Vater uns nicht in der Hand."

„Das ist jetzt nicht dein ernst! Du hältst mich für arm?" Ich nickte und er schluckte. „Das klingt übel." „Brandon, wir lügen ja nicht und im Grunde geht es niemanden was an, wen ich liebe und mit wem ich Kinder habe. Aber wenn wir meinen Eltern auf der Tasche liegen, weil du es nicht auf die Reihe gebracht hast, dann haben wir ein Problem!" „Du sagst mir aber nicht gerade, dass ich ein armer Taugenichts bin?" Ich schluckte und er schaute mich mit großen, fragenden Augen an. Mit verneinenden Kopfbewegungen beschwichtigte ich ihn. „Beruhige dich! Ich bin keinen Deut besser als du. Wirklich! Ich habe auch ein miserables Gehalt. Ich kann mich gerade so über Wasser halten. Wenn es hier nicht klappt, übernehme ich das Restaurant von meinem Opa. Davon können wir gut leben. Mein Großvater will mir das Restaurant geben, sobald ich ein Koch mit Stern bin. Wenn du hinter mir stehst, dann schaffen wir das auch?" „Egal, was du tust, ich stehe hinter dir", gab er mir sein Versprechen. Ich nickte zustimmend. „Glaub mir, ich hätte keinen reichen Schnösel geheiratet. Ich fühl mich wohl bei dir. Ich würde mich niemals mit einem reichen Mann zusammentun. Was hätten wir noch für Pläne? Nein, es ist gut so, wie es ist. Meine Eltern haben auch aus dem Nichts die Dinge aufgebaut."

„Wirklich?" „Du würdest mich nicht heiraten, wenn ich reich wäre?" Ich nickte. „Das ist ziemlich diskriminierend, findest du nicht?" „Ich verstehe dich nicht!" „Na, dass du Reiche ausschließt." „Nein, aber ich heirate nicht unter und auch nicht über meinem Niveau." Brandon schluckte sichtlich betroffen. „Brandon du bist mein Niveau. „Erwartest du von mir, dass ich deutsch lerne?" „Willst du denn deutsch lernen?"

„Seitdem Milton mit dir deutsch gesprochen hat, will ich es lernen." „Das ist die falsche Motivation. Denke mal eine Weile darüber nach. Wir fangen erst einmal damit an, dass wir zusammenleben und uns ertragen."

„Wir proben also jetzt erst einmal das Zusammenleben bei dir in deinen vier Wänden?" Ich nickte und er schüttelte den Kopf. „Doch, komme schon! Wenn wir es hier hinbekommen, dann schaffen wir es überall. Es schweißt uns zusammen. Wir sind ein Team. Meine Eltern haben auch so angefangen." Brandon schaute mich an. „Du meinst das wirklich ernst. Du würdest mich ohne ein Pfund in deinem Leben akzeptieren und ich dürfte gleich hier einziehen." Ich nickte. Er verließ das Haus und holte ein paar Sachen aus seiner Wohnung zu mir. Innerhalb von wenigen Stunden war er bei mir eingezogen. Tatsächlich stand jetzt seine Zahnbürste neben meiner. Sein Rasierwasser neben meiner

Zahnpasta. Im Kleiderschrank hingen seine Sachen.

Heimliches Getuschel

Erst gegen Abend gingen wir schwimmen. Brandons Freunde waren ebenfalls im Bad. Sie schwammen Rennen gegeneinander und spielten ihre Späße. Später stellte er sich zu ihnen und er unterhielt sich mit ihnen, während ich weiter schwamm. Nachdem ich knapp zwei Kilometern im raschen Tempo geschwommen war, verließ ich das Becken. Atemlos kam ich an Brandons Seite. Die Männer unterhielten sich gerade über Brandons Wochenendpläne und wollten sich anhängen, weil sie dieses Wochenende gemeinsam verbringen wollten. Milton schaute mich sehr interessiert an und begrüßte mich freundlich mit einem Händedruck:

„Hi, Stella." „Hi, Milton." Ich nahm seine mir entgegengestreckte Hand und spürte seine Wärme und seine sichere Ausstrahlung. „Du fährst mit Brandon nach Salzburg?"

„Ja. Meine Schwester hat Geburtstag und wir besuchen sie. Sie hat es ausdrücklich verlangt, dass ich erscheine." „Stellst du Brandon deiner Familie vor?" „Ja. Er lernt meine Schwester kennen." Zu mehr Austausch kam es nicht mehr, weil Brandon das Gespräch abrupt abbrach. „Komm, Stella! Wir gehen." Milton schaute ihn erstaunt und fragend an. „Wir sind bei Stellas Schwester zum Geburtstag eingeladen und können daher nicht am Wochenende mit nach St. Ives zum Segeln fahren. Stella geh' dich schon einmal umziehen! Ich komme gleich nach." Er küsste mich auf die Stirn.

Etwas entfernt stehend, trocknete ich meine Haare ab.

Ich hörte Milton leise mit Brandon reden. „Weiß sie eigentlich irgendetwas von dir?" „Was meinst du?" „Von deinen Problemen in deinem Leben. Du kommst mit ihr an und spielst ihr Märchenprinz. Sie weiß offensichtlich gar nichts von dir und Stephanie. Sie ist eine Ausländerin und mir scheint, sie ist vom Himmel gefallen und völlig unerfahren. Sie ist einfach perfekt für deine Pläne. Verlobst dich! Als würdest du Hals über Kopf in ein neues Leben springen. Wissen deine Eltern schon davon?" „Ich mache meine Entscheidung nicht von meinen Eltern abhängig. Wenn sich Stella entschieden hat, dann lade ich meine Eltern zur Hochzeit ein." „Es hängt also an Stella?" „Ich bin heute bei ihr eingezogen!" Milton schüttelte den Kopf. „Du lebst bei ihr?" „In gewisser Hinsicht vereinfacht das enorm mein Leben." „Warum schirmst du sie von mir ab. Du greifst gleich ein, wenn ich mit ihr reden will. Was ist mit dir los? Du kannst nicht in aller Ewigkeit unter dieser Glocke mit ihr leben." „Doch das kann ich. Ich lebe mit ihr nicht unter der Glocke. Mit ihr lebe ich. Sie soll gar nicht mit dieser anderen Welt in Berührung kommen. Du wirst sehen, im Ablauf von zwei Jahren werden wir Kinder haben und ich habe meine eigene Privatsphäre. Eine fantastische Parallelwelt. Das wirkliche Leben in meinem Leben." Milton schüttelte ernst seinen Kopf. „Du träumst schon wieder. Schau sie dir an! Du hast dir ein Küken für deine Pläne ausgesucht. Sie ist viel zu jung für Kinder. Sie sucht sich noch selbst." „Ich wette, wenn sie an deiner Seite wäre, würdest du ganz anders reden. Janet war nur ein bisschen älter als Stella und da hast du gleich zugegriffen und nicht lange gefackelt. Darf ich dich daran erinnern.

Bist du neidisch, dass sie mir gehört? Sprich erst gar nicht mehr weiter! Ich will keine anderen Bewerber um sie herum und ich will, dass du auf meiner Seite bist. Außerdem hat sie selbst gesagt, dass sie sich Kinder mit mir vorstellen kann." „Du bist also gleich nach der Verlobung zu ihr gezogen?" „Ja, guck nicht so! Ich wohne jetzt mit ihr zusammen. Akzeptiere es jetzt." „Das ging aber schnell und jetzt vielleicht zweifach verlobt.

Gib dir eine Chance, erst einmal zur Ruhe zu kommen und deine Dinge zu klären und über alles genau nachzudenken! Denk mehr darüber nach, was du wirklich willst! Überlege dir, ob ein Leben mit ihr wirklich funktionieren kann! Gebt euch einfach die Ruhe und überstürze es nicht! Sie hat gar nicht geplant, in England zu leben." „Woher weißt du das?" „Das weiß ich von ihr." „Du lügst. Sie hat einen festen Job und lebt in London und hat eine feste Adresse. Sie will genau hier sein. Wir haben darüber gesprochen, dass sie hier bleibt." „Sicher?", warf Milton ein. „Hundert Prozent." „Frag sie!", machte Milton Brandon den Vorschlag.

„Nein, ich werde sie nicht fragen, weil ich es nicht mit ihr diskutieren werde. Wenn wir unsere Pläne fertig haben, dann wird es nur noch ein Wir geben und einen Weg. Der ist an meiner Seite. Ich werde das Geld verdienen und sie wird mir folgen. Du wirst schon sehen, wenn sie Kinder mit mir hat, verlässt sie sich auf mich. Das kam von ihr." „Du kommst mir so anders vor. Als seist du in einem Rausch gefangen. Wenn du aufwachst, sollte sie kein Trauma haben."

„Du spinnst. Du schätzt die Situation total falsch ein. Glaub mir, ich habe meine Frau gefunden und ich lasse sie nicht mehr von der Angel, damit ein anderer wie du sie mir wegschnappt! Ich habe mich entschieden. Ich will sie."

Eigentlich wollte ich Brandon über Milton und seine Anspielungen befragen, aber es ergab sich keine Gelegenheit mehr und ich traute mich nicht so richtig. Später liefen wir durch die Stadt und suchten für meine Schwester ein passendes Geschenk und ich vergaß es. Brandon wollte nicht in die Menschenmassen eintauchen und ich gab ihm meinen Haustürschlüssel und er machte sich auf den Heimweg. Gegen sieben kam ich nach Hause. Glücklich zeigte ich ihm meine Errungenschaften und er nickte. „Es ist hübsch. Wo hast du das Kleid gekauft?"

„Ich habe es tatsächlich bei Harrods bekommen. Es ist runter gesetzt worden. Schau nur, sie haben mir das Geschenkpapier schon mitgegeben, weil ich es dir vorher noch zeigen wollte." „Du wolltest es mir vorher noch zeigen?" „Ja, wir schenken doch beide zusammen diese Geschenke. Ich dachte, du wolltest es vorher sehen. Und das hier ist für Toni."

Es war eine prallgefüllte, blaue Miniluftmatratze, auf der ein dickes Pärchen aus Porzellan sich die Matratze teilte. Man sah nicht die Gesichter, sondern nur die Hinteransicht mit prallen Hintern in roter Badekluft. „Originell." „Findest du?"

„Ziemlich persönlich. Muss man mögen!"

„Es hat eine Bedeutung." „Habe ich mir schon fast gedacht?" „Warum?"

„Naja, weil es eben speziell ist." „Findest du es kitschig?"

„Du schenkst einem Mann eine Porzellanskulptur und

fragst mich im Nachhinein, ob es kitschig ist." „Ja, und? Ich habe mir was dabei gedacht." „Ganz offensichtlich!" Er schaute sich die Preise an und legte mir 60 Pfund hin. Etwas irritiert schaute ich ihn an. „Du sollst nicht das Kleid und die Skulptur bezahlen. Das ist schon bezahlt. Lass uns die Regel machen, ich besorge und bezahle die Geschenke für meine Verwandtschaft und du für deine." „Darling, lass mich das Kleid und die Skulptur zahlen! Ich will es so und kann es mir gerade leisten, dir eine Freude zu bereiten und dir unter die Arme zu greifen, schließlich lebe ich bei dir und habe meinen Anteil an der Miete noch nicht gezahlt."

Das fand ich ein gutes Argument. „Willst du mich überzeugen, dass du von deinem Beruf leben kannst?"

Er nahm mich in den Arm. „Kann ich das denn deiner Meinung nach?"

„Es kommt mir so vor, als wolltest du mich mit deinen Ausgaben in Sicherheit wiegen. Ich frage mich, ob dir Geld wirklich so wenig bedeutet."

„Wir sind zusammen, wohnen zusammen und teilen das Geld. Das ist wirklich alles. Jetzt mach kein Drama. Ich denke mir nichts dabei und will dir nur eine Freude machen." Nach einem kurzen Austausch von Küssen befreite ich mich von ihm und bereitete das Abendessen.

Gemeinsames Essen

„Ich wollte eigentlich mit dir Essen gehen." „Nein, ehrlich, bitte, gib nicht dein ganzes Geld für mich aus! Heute bin ich dran, dir etwas zurückzugeben! Ich koche für dich. Du beschämst mich sonst." „Du bist so wundervoll. Bisher hat noch keine Frau für mich persönlich gekocht. Überrasch mich! Ich finde es wirklich gut, wenn du für mich kochst. Ich glaube, keine meiner vorherigen Freundinnen konnte kochen", und er ließ sich wie von einem Pfeil getroffen auf das Bett sinken. Ich drehte mich um und kramte nach den Töpfen. Brandon beteiligte sich gar nicht. Er surfte im Internet und war ganz vertieft. Also ein Macho! Wieso wartet er, anstatt zu helfen? So würde es wohl beginnen.

„Du kochst wie meine...", plötzlich unterbrach er sich und dachte intensiv nach. „Ja, wie koche ich?" „Wie meine Mutter." „Meine Mutter hat mir gesagt, dass Männer ihre Frauen nach ihren Müttern beurteilen." „Ist das so? Ist das ein gutes Zeichen?" „Es ist ein gutes Zeichen, wenn du deine Mutter magst."

„Ich mag meine Mutter. Meine Mutter ist liebevoll, tolerant und nett. Sie würde dich sofort in ihr Herz schließen." „Sag mal wie alt bist du eigentlich?" „Ich bin dreiundzwanzig." „Ich bin siebenundzwanzig."

„Du bist schon siebenundzwanzig? Was willst du mit dreißig machen?" „Zerbrich dir nicht meinen Kopf! Ich nehme es langsam persönlich. Würde es dich beruhigen, wenn ich dir sage, dass ich einen Coup gelandet habe."

„Einen Coup! Entschuldigung! Aber einer muss sich Gedanken über die Bezahlung der Rechnungen machen. Wenn du es nicht tust, dann muss ich es tun! Diese kleinen Dinge des Lebens sind zu profan für dich."

„Stella, habe ich nicht eben deine Rechnungen beglichen?" „Doch, ja. Aber wie viel Rücklagen hast du? Willst du mir etwas beweisen." „Du rechnest zu viel und denkst über diese Dinge zu viel nach. Die Engländer leben auf Pump und deswegen haben sie auch eine gescheite Konjunktur."

„Das ist natürlich ein toller Coup. Ich muss jeden Tag rechnen. Ich will nicht am Ende soviel Monat übrighaben, weil Geld fehlt. Aber die Vorstellung kurzfristig viel Geld haben und es auf den Kopf zu hauen, das ist wirklich eine ganz fantastische Idee für einen Ruin."

„Stella! Ich mache dir einen Vorschlag, ich lebe in deiner Wohnung und wir bewältigen gemeinsam den Monat und ich überzeuge dich, dass wir keine Geldsorgen haben werden. Wenn du mit zu mir kommst, dann kannst du es fühlen."

„Du willst jetzt doch regelmäßig arbeiten?"

„Du brauchst nicht mehr arbeiten, wenn ich Geld verdiene, das verspreche ich dir." „Du träumst jetzt gerade oder?" Er verneinte mit seinem Kopf. Ich glaubte ihm nicht. Die erste Geschichte passt mit den nachfolgenden nicht mehr richtig zusammen. Für mich zählte der erste Eindruck.

Ein Abend vor der Glotze

Im Fernsehen lief ein wirklich trauriger und romantischer Film. Hier war Brandon sehr großzügig, weil er mich das Programm bestimmen ließ. Jane Austen vermählte sich nicht mit ihrer ganz großen Liebe und blieb ihm aber treu, obwohl er eine andere heiratete, weil die Gesellschaft es von ihm verlangte, gegen seine Mittellosigkeit einen Weg zu finden. Sie gab ihn frei. Der Held war bereit, mit ihr durchzubrennen, aber sie ließ die Vernunft entscheiden. Am Ende war er mit einer anderen Frau verheiratet und besuchte mit seiner Tochter nach

Jahren Janes Lesungen. Ich war so traurig und hatte mir plötzlich einen Blues eingefangen. Bei näherer Betrachtung drohte mir mit Brandon vielleicht ein ähnliches Schicksal. Nein, ich blieb bei ihm, aber wie war es mit ihm?

Brandon schaute mich tröstend an und reichte mir sein Taschentuch. „Ist doch nur ein Film! Ich habe eine Nachricht von Steven bekommen. Wir können noch einmal in den Pub gehen und zur Beruhigung einen Drink nehmen. Vielleicht ist es besser, den Ort des Leidens für einen Augenblick zu verlassen. Dann geht's gleich besser. Wir müssen uns beeilen, bevor der Laden schließt." „Ich muss nicht flüchten." „Darling, ich muss einmal raus aus dieser Enge", stieß er seufzend hervor und trommelte ungeduldig mit seinen Händen auf seinen Beinen. „Dieses Studio ist einfach zu eng. Ich muss einmal atmen und Raum um mich haben." Er wollte unbedingt das Studio noch einmal verlassen und schaute auf sein Handy und tippte. „Wohin gehen wir?" „Ich muss noch einmal unter Menschen." „Und was bin ich?" „Ich muss in den Pub. Wenn ich mit dir zusammen bin, vergesse ich manchmal meine Freunde. Es gibt noch ein paar Sachen zu klären. Ich bin schon sehr spät dran."

Eifersucht

Langsam schlenderten wir zum Half Moon. Dort trafen wir Milton, Robert und einem anderen Mann, den ich schon beim ersten Schwimmbad-besuch bemerkt hatte. Sie standen an der Theke und wollten gerade aufbrechen, weil es schon spät war und Fenton, der Barbesitzer, wollte keinen Drink mehr ausschenken. Als sie Brandon und mich sahen, blieben sie dennoch sitzen. Ich war ganz still und der Film hallte noch in mir nach und ich machte mir Gedanken, wie ich mich wohl verhalten hätte, wenn ich in Janes Situation gewesen wäre. Alles drängte sich in mir nach der Lösung, dass ich meiner großen Liebe eine Chance gegeben hätte. Ich hätte es zumindest versucht in Armut mit ihm einen Weg zu finden. Ich hätte lieber ein bescheidenes Leben geführt, als ein Leben ohne meine große Liebe. Das hatte ich ja nun. Ein bescheidenes kleines Leben in einem Wohnklo mit einem arbeitslosen Partner, den ich liebte. In Deutschland würden mir meine Freunde „auf den Hund gekommen" bescheinigen. Das Los vieler Ausländer, einfach schicksalsgebunden nicht auf den grünen Zweig zu kommen. Mein Vater und meine Mutter hatten sich angestrengt. Irgendwie musste ich auch mit Brandon noch dahin kommen, bis wir gesellschaftsfähig und vorzeigbar waren.

Melancholisch saß ich auf meinen Barhocker und hing meinen Gedanken nach und beteiligte mich mit einem netten abwesenden Lächeln. „Hey, was ist los mit dir?", sprach mich Milton freundlich an und berührte kameradschaftlich meinen Arm und legte seine Hand auf meine Schulter. „Ach, nichts! Ich habe gerade so über mein Leben nachgedacht." „Dann so traurig?" „Nein, eigentlich bin ich glücklich gerade im Moment. Hast du das nicht auch schon einmal, dass du Pläne hast und weißt nicht, wie du an dein Ziel kommen sollst, weil die äußeren Faktoren so schwierig sind." Milton schaute mich forschend an und begann ein Gespräch in Deutsch mit mir.

„Ich verstehe den Zusammenhang nicht?"

„Ich meine, ich bin für ein halbes Jahr hier in London. Danach gehe ich wieder zurück. Plötzlich taucht ein Mann auf und will mich heiraten. Ich finde Brandon fantastisch, das ist gar keine Frage. Ich versuche Zukunft zu sehen. Aber wo und wie werden wir leben?"

„Du meinst, du hattest ganz andere Pläne?" Ich nickte.

„Was ist Brandon für dich?"

„Er lässt mir nie eine Wahl. Ich komme kaum zum Nachdenken. Es ist so, als leben wir in einem Zeitraffer."

„Ja, hört sich zurzeit nach Brandon an. Wie würdest du nach deiner richtigen Einschätzung die Sache lösen."

„Ich gebe Brandon eine Chance, vielleicht schaffen wir es ja." Milton schaute mich sehr ernst und besorgt an.

Brandon strich Miltons Hand von meiner Schulter. „Darling, du siehst echt traurig aus. Milton will dich schon trösten", versuchte er scherzend eine Ablenkung und ich spürte in seinem Ton Eifersucht. „Bitte lass dich jetzt nicht so gehen! Was erzählst du ihm von uns?", flüsterte er mir ins Ohr. „Brandon, bitte! Schirm mich nicht immer so ab! Es ist nichts", antwortete ich ihm verstimmt und drehte mich weg. Er wendete sich seinen Freunden zu und von mir ab.

„Wer ist sie?", wollte der Mann neben Milton wissen.

„Stella, das ist Steven. Ihr kennt euch noch nicht", stellte mir Milton seinen Freund vor. Ich wendete mich ihm zu und lächelte ihn an. Er lächelte zurück. Er hatte braune Augen, braunrötlich, gelockte Haare und eine Menge Sommersprossen in seinem Gesicht.

„Du siehst aus wie eine Schauspielerin. Kennt Brandon dich vom Set?" „Ich bin keine Schauspielerin. Ich hasse nur gelegentlich zu arbeiten."

Alle lachten. „Was machst du?" „Zurzeit arbeite ich für eine Firma, die sich um ..." Weiter kam ich gar nicht, weil Brandon sich zwischen mir und Steven stellte.

„Was horchst du Stella so aus?" „Was hast du? Warum führst du dich so auf? Du hast Stella mitgebracht und da können wir uns doch nett unterhalten."

„Ich möchte morgen nichts in der Zeitung über mich und Stella lesen!" Alle lachten. „Du schreibst für eine Zeitung!"

„Ja, ich arbeite für den Daily Telegraph. Ich bin Redakteur." „Oh, interessant." Ich vertiefte mich in ein Gespräch mit Steven und blendete bald mein ganzes Umfeld aus, weil er so interessant erzählen konnte. Er zog mich tief in seinen Bann. Plötzlich spürte ich eine Hand auf meinen Schultern. „Ich will nach Hause. Fenton schließt jetzt. Wir gehen zu mir. Morgen früh habe ich ein sehr wichtiges Meeting bei mir zu Hause. Bei mir können wir ausschlafen und ich habe meine Geschäftskleidung zu Hause liegen. Kommst du jetzt bitte?", lud er mich auffordernd ein und schaute mir tief in meine Augen und hoffte von meiner Seite auf ein Ja.

„Eigentlich wollte ich mich gerade mit Steven noch unterhalten. Das Thema ist ziemlich interessant. Wir reden gerade über den Crash von Banken. Außerdem will ich heute Nacht bei mir sein."

Brandon blieb zwar ruhig, aber es brodelte in ihm. Es wunderte mich, dass Brandon so plötzlich zu sich wollte. Immerhin lud er mich ein, aber unser Domizil war eigentlich meine kleine Wohnung. Seine Planungsänderung traf mich unvermittelt und ich konnte nicht gegen meine festgefahrenen Schritte angehen. Ich war müde und wollte in meinem Bett liegen und morgen meine gewohnten Schritte ablaufen, vor allem, weil wir morgen nach Salzburg flogen und ich keinen zusätzlichen Stress wollte. Also schaute ich ihn neugierig an. „Wieso willst du so plötzlich ausgerechnet zu dir?" „In Ordnung! Ich bringe dich jetzt nach Hause." „Ach, Brandon ich habe meinen Wagen direkt vor der Tür. Ich kann Stella nach Hause bringen. Wenn du morgen etwas Wichtiges vorhast, dann geh du ruhig schon einmal!", schlug Steven freundlich vor. „Nein, Stella kommst du bitte!" Erstaunt schaute ich ihn an. Ich nahm meinen Mantel und folgte ihm. Draußen rief er mir ein Taxi, bezahlte im Voraus und setzte mich hinein und küsste mich zum Abschied. Er selbst stieg nicht ein.

Brandon kam auch nicht zu mir und ich lag die Hälfte der Nacht wach. Ein Stück weit zermarterte ich mir den Kopf darüber, ob es klug war, mit Brandon diesen Film anzuschauen, mit ihm in den Pub zu gehen, solange mit Steven zu sprechen. Vielleicht hatte ich ihn zu viel genervt und meine Laune hatte ihn verstimmt. Aber wenn ich an seiner Seite nicht ich sein durfte in dem Fall hätte es sowieso keinen Sinn eine Beziehung miteinander zu führen. Gegen vier fiel ich in einen unruhigen Schlaf. Am nächsten Tag war ich nicht ausgeschlafen. Ich hätte nicht gedacht, dass er mir in der Nacht fehlen würde, zumal es jedes Mal schwieriger wurde, die Hände voneinander zulassen. Vielleicht war es ein Fehler nicht mit ihm zu gehen.

Salzburg

Am Mittwochnachmittag saß Brandon mit einem kleinen Ziehkoffer im Treppenhaus vor meiner Tür und wartete. Ich kam gerade von meiner Arbeit.

„Willst du wieder einziehen?"

„Ich denke, wir fliegen heute Abend gegen sieben Uhr nach Salzburg." „Schön, ich dachte wir wären schon wieder getrennt." „Wie kommst du darauf? Du musst mir einen zweiten Schlüssel nachmachen lassen. Schließlich wohnen wir beide hier." „Du hattest im Pub plötzlich entschieden, nicht mehr hier zu wohnen."

„Du willst doch, dass ich Geld verdiene. Also habe ich auch dahingehend etwas unternommen. Wir werden also in nächster Zeit nicht am Hungertuch nagen. Ich habe heute einen Vertrag unterschrieben, der uns sehr viel Geld bringt. Unvorstellbar viel in deinen Augen." „Du hast eine Stelle gefunden? Wie viel?" „So viel, dass wir für eine Weile unbekümmert leben können." „Für wie lange ist der Job." „Drei Monate." Erschrocken über diese Kürze sagte ich nur: „Das ist aber nicht sehr lange. Dann wird es uns auch wirklich nur für eine Weile versorgen." Sein Gesicht verfinsterte sich. Also beeilte ich mich mit einer Aufmunterung. „Es ist mir egal. Es macht mich so gleichberechtigt an deiner Seite. Wir zwei armen Schlucker. Es ist okay. Wenn du wirklich viel verdienen würdest, dann hätten wir ein Problem mit der Balance zwischen uns. Hauptsache du bist wieder da."

Ich fiel ihm vor Glück und Erleichterung in seine Arme. Er schluckte und schaute mich für eine Weile an. „Was denn für eine Balance?" „Die Balance zwischen uns. Wir sind absolut gleichberechtigt. Keiner besitzt mehr als der andere. Das ist gut.“

Er schluckte wieder.

„Was soll das heißen?“

„Das heißt, ich kann mit dir mithalten, weil wir ähnlich viel haben. Wir verstehen uns! Es ist ausgeglichen zwischen uns. Bist du jetzt erleichtert, dass du nicht mehr der Ökonomie unterworfen bist, sondern wir beide zugleich dafür sorgen müssen, dass es uns beiden gut geht.“ „Ja und nein. Mir wäre es lieber, ich wäre steinreich und ich könnte dir jeden Wunsch von den Lippen ablesen.“ „Aber Brandon, setz dich nicht unter Druck. Das ist überhaupt nicht, was ich will. Du bist kein Taugenichts, weil du kein Geld hast. Du bist ein Taugenichts, wenn du keine Moral und Gewissen hast.“ „Nicht?“

„Ich habe einen Fehler gemacht, als ich von dir verlangt habe, ein Anwalt zu werden. Es ist nicht mehr wichtig. Lass uns nicht mehr streiten! Wir reden nicht mehr über Geld. Nie mehr, wenn wir genug zum Essen und zum Leben haben, dann sind wir zufrieden. Lass uns das gegenseitig versprechen? Wir stehen zueinander egal was geschieht. Geld spielt keine Rolle mehr.“

Sein Gesicht erhellte sich und er drückte mich ganz nah an sich. „Stella, ich habe mich nicht mit dir gestritten. Ich hatte wirklich ein wichtiges Meeting. Daran kannst du dich langsam gewöhnen, dass ich meine, was ich sage. Dir wird es an meiner Seite nie etwas fehlen. Ich verspreche es dir. Hoch und heilig! Und Geld sollte niemals eine Thema zwischen uns sein. Versprichst du es mir!“ „Ich verspreche es dir. Geld ist kein Thema zwischen uns. Ich liebe dich, so wie du bist.“ Er lächelte mich schelmisch an und nickte. „Gut! Dann wäre das jetzt ein für alle mal geklärt." „Gebongt."

So schloss ich die Tür auf und wir machten da weiter, wo wir Montag aufgehört hatten. Er küsste mich, wir schmusten, wie von selbst ging es rasch in eine Richtung, die wir nicht mehr kontrollierten. Sein Körper glühte. Wir waren beide völlig in uns versunken. Es war eine Selbstverständlichkeit und Vertrautheit zwischen uns entstanden, als wären wir schon immer zusammen gewesen. „Ich liebe dich." Das öffnete mich für ihn und seine Küsse glitten an mir hinunter und seine Zunge glitt an meine empfindlichste Stelle und erkundete mich. Seine Hände glitten an mir herunter und er fühlte meine Bereitschaft mit ihm zu schlafen. „Komm!" Er zog ein Kondom hervor. Er wollte sich gerade auf mich legen und in mich eindringen, als es Sturm schellte.

„Herr Gott!", fluchte Brandon und ich schaute ihn erstaunt an. Mein Blick wandert zur Uhr. „Oh, wir müssen los!" Es war gerade noch halb drei und im Nu war es vier Uhr. Mich wunderte es trotzdem, wer dort unten wie wild schellte und ich zog mich in Windeseile an und sprang zum Türöffner.

Unten sprang die Haustür auf und ich hörte jemanden immer zwei Stufen nehmend die Treppe herauflaufen. „Hi, Stella! Brandon, hier bin ich!", grüßte Milton kurz und außer Atem, als ich die Tür öffnete. Beide schienen sich nur durch Blicke zu verständigen und sagten nichts. „Ehm, Milton wird uns nach Stansted fahren. Wir müssen ja irgendwie hinkommen." Ich nickte und holte meine Reisetasche, Ausweispapiere und mein Handgepäck. Milton schaute mich neugierig an und er schien mich zu mustern. „Ist das alles?" „Ja. Nur das Nötigste."

„Janet deine Papiere liegen hier noch auf dem Tisch!"

„Sie ist nicht Janet", korrigierte Brandon ihn. Ich schaute beide an.

„Entschuldigung Stella. Ein Versprecher", und Milton blickte zu Boden.

„Wollen wir gehen? Der Flieger wartet nicht auf uns", beendete Brandon die Diskussion. Milton nahm mein Gepäck und trug es die Treppe herunter. Ich schloss die Tür und wir gingen zu Miltons Auto. „Oh, schönes Auto. Mercedes. In meinem Freundeskreis fährt keiner einen Mercedes. Was machst du beruflich?" Milton schmunzelte.

„Ich freue mich, dass du mein Auto gut findest. Ich bin Arzt und arbeite jeden Tag."

„Du bist Arzt. Oh, wie beruhigend!" Milton hielt mir die Tür zu den hinteren Sitzen auf und Brandon setzte sich neben mich.

„Was sollte das denn? Ich denke dir sind Statussymbole wie Autos und Berufe egal?", flüsterte Brandon mir ins Ohr.

„Ach, ich wollte nur nett sein. Mein Vater fährt auch Mercedes und wir vielleicht auch, irgendwann?"

„Auf gar keinen Fall fahren wir Mercedes!", erwiderte er und schaute mich böse an. „Entschuldige Brandon, das war taktlos. Wir fahren Taxi und U-Bahn." Brandon lächelte und schüttelte seinen Kopf.

„Was tuschelt ihr da?", wollte Milton wissen. „Nichts!", antworteten wir im Chor. Wir fuhren in Richtung Süden zur Hilary Close auf die A 304. Nach mehr als 51 Meilen und einer Stunde Fahrtzeit erreichten wir Stansted.

Brandon folgte mir mit seiner coolen Sonnenbrille auf der Nase zum Schalter und holte sein Ticket. „Findest du nicht, dass du jetzt übertreibst. Die Sonne geht gleich unter. Ich gebe zu, es sieht echt cool aus. Aber... du übertreibst."

Er zog seinen Kragen hoch und glättete seine Frisur. „Bist du auf geheimer Mission?" Er lächelte mich an und wendete sich zu Milton. „Also bis Sonntagmorgen. Wir landen gegen acht Uhr. Ich bin dir echt dankbar, dass du uns gebracht hast", und eine Weile später umarmten sie sich. So lösten sie sich voneinander. Milton schaute mich an und nickte mir zum Gruß zu. „Danke, dass du uns gefahren hast." Ich legte ihm zwei zwanzig Pfundnoten in die Hand. Milton betrachtete mich erstaunt. „Habe ich ein Fehler gemacht?", wollte er wissen und blickte zu Brandon, der mich fassungslos anschaute.

„Oh, Stella! Brandon hat schon alles beglichen. Ist ein Freundschaftsdienst. Ich habe dich gesehen und das war Bezahlung genug." „Milton, sie ist meine Freundin!" Milton schüttelte verlegen den Kopf und drückte mir das Geld wieder in meine Hände. Wir hatten seltsamer Weise mit Brandons Buchung die Möglichkeit zuerst den Flieger zu besteigen und völlig zuvorkommend behandelt zu werden. Wir hatten ganz vorne im Flugzeug unsere Plätze und Brandon bestand auf den Fensterplatz. Brandon hatte Recht, es war viel einfacher einen Flieger zu besteigen, wenn nur ganz wenige Menschen im Flugzeug waren. Wir landeten gegen Mitternacht in Salzburg. Ich schlief tief und fest. Brandon weckte mich.

Wiedersehen

Meine Schwester und ihr Freund Toni warteten auf uns am Ende des Gates. Julia war wie immer gestylt. Als ich sie sah, lief ich ihr entgegen und umarmte sie. „Ich bin endlich da!" Wie ein kleines übermütiges Kind rannte ich in ihre Arme und wir hielten uns fest. Sie küsste mich. Meine Freude war so groß, ein Mitglied meiner Familie nach so langer Zeit zu sehen und ich umarmte sie fest. Sie hatte mir wirklich gefehlt. „Hallo, Schwesterchen. Es tut so gut dich zu sehen und dass du mich besuchen kommst, das finde ich echt klasse. Mama und Papa kommen nicht. Sie haben heute abgesagt. Dann verpassen sie es eben. Sie sagen, es ist ja kein runder Geburtstag und für zwei Stunden Kuchenessen lohnt die Fahrt nicht."

„Ach, um so besser! Gibt es wenigstens keine Stimmung, weil Paps der Pubs quersitzt", meinte Julia und schaute Brandon an und meinte:„Ja, besser so! Ich sehe schon. Mutig, mutig von dir Männerbesuch mitzubringen. Obwohl die Alten in Anmarsch hätten sein können."

Toni begrüßte Brandon und reichte ihm die Hand. „Brandon" „Toni". Nach meiner Begrüßung von Julia, reichte auch Brandon meiner Schwester zum Gruß die Hand. Meine Schwester war schwer beeindruckt. Ich konnte es an ihren Augen ablesen. Ein sechser im Lotto.

„Der sieht ja wie abgelichtet aus einem Hochglanzmagazin aus", flüsterte sie mir zu. „Wo hast du den aufgegabelt?"

„Im Schwimmbad in London. Aber Brandon hat sich heute einfach nur Mühe gegeben. Er will dich beeindrucken."

„Geschafft! Ich bin beeindruckt. Und in England findet man solche Männer im Schwimmbad." „Mh, Julia, Brandon versteht nur die Worte wie ‚guten Tag', ‚Auf Wiedersehen', ‚ja', ‚nein'. Deswegen wäre es freundlich, wenn wir seine Sprache sprechen. Das macht dir doch nichts aus."

„Was ist mit französisch und italienisch?"

„Italienisch versteht er kein Wort. Sprichst du französisch?"

Brandon schaute uns irritiert an, weil ich aus Versehen mit ihm deutsch sprach. „Ach, lass doch Stella! Ist doch egal, dann sprechen wir mit deinem Dressman englisch. So einen Typ hätte ich dir gar nicht zugetraut. So unscheinbar und grau, wie du in den vergangenen Jahren unterwegs warst." Sie wendete sich ihm dynamisch zu: „Nice to meet you. I'm Julia. I'm Stella's sister."

„I know. I'm Brandon. How are you?"

„I'm fine, thank you."

Nach der Begrüßung fuhren wir in die Stadt. Julias Freund fuhr noch immer den Golf, den er schon vor sieben Jahren gefahren hatte. „Was hältst du von einem Absacker im Saitensprung?", wendete sich Toni an Julia. „Meinst du?", Julia drehte sich um.

„Wollt ihr noch etwas Trinken, damit ihr die genügende Bettschwere habt und gleich einschlaft?" „Ist mir egal!", gab ich zur Antwort. Wir gingen ins Saitensprung, das sich in der Steingasse am Fuße des Kapuzinerberges befand.

Die Cocktailbar lag in einem Kellergewölbe. Wir mussten eng aneinander stehen, ähnlich wie Sardinen in der

Büchse, weil viele Leute das Lokal besuchten. Toni besorgte uns Cocktails und Brandon drückte Toni zwanzig Pfund in die Hand.

Toni überlegte kurz und rechnete es in seiner Währung aus und gab ihm elf Euro achtzig zurück. Eigentlich war vor lauter Musik, Gebrabbel aller Menschen um uns herum und Unruhe nicht an eine Unterhaltung zu denken. Gegen eins verließen wir das Lokal und gingen in die Garconniere. Einem Hochhaus in der Nähe des Bahnhofes. Meine Schwester bewohnte im achten Stock eine Zweizimmerwohnung. Wir schliefen in der Wohnküche auf der Ausziehcouch und meine Schwester teilte sich mit Toni das Wohnschlafzimmer. Julia hatte liebevoll Satinbettwäsche mit roten Rosedesign aufgelegt und alles voll Lavendel gesprüht. Sie zeigte Brandon das Badezimmer. Die Kacheln waren gelb. An der Wand befand sich eine sehr große Badewanne mit einem Blümchenvorhang. Die Toilette war wie in den siebziger Jahren mit einem riesigen sichtbaren Spülkasten. Mein Appartement war wesentlich luxuriöser, aber dafür hatte Julia einen Raum mehr und den Blick auf die Berge. Nach dem Zähneputzen fiel ich mit Unterwäsche todmüde ins Bett. Brandon zog sich seinen Pyjama an. Ich musste schmunzeln. Er fühlte sich fremd und ich mich daheim. Er zog mich ganz nah an sich heran und wir schliefen in der Löffelstellung ein.

Liebesspiele

Am frühen Morgen weckten mich Julias lustvollen Seufzer. Beide waren nicht gerade leise und wahrscheinlich hatten sie uns wohl vergessen. Plötzlich spürte ich Brandons Hand, der meine Hand zu sich hinüberführte und sie auf sein Geschlecht ablegte und seine Hand darauf legte, damit ich nicht zurückzog. Etwas hatte ihn schon am frühen Morgen erregt. Direkt nach dem Aufwachen. Ich wendete meinen Körper zu ihm um und wir schauten uns an. Dann führte er meine Hand und unter seine Pyjamahose und er zeigte mir, wie ich ihn erregen konnte. Seine Atmung wurde rascher und er begann mich zu küssen. Er wollte nicht, dass ich mit meiner Bewegung nachließ und trieb es voran, indem er seine Hand auf meine legte, wenn ich drohte langsam zu werden oder den Rhythmus zu verlieren. Ehrlich gesagt, es fühlte sich sehr vertraut und trotzdem geheimnisvoll für mich an. Er zog seinen Pyjama aus, wollte, dass ich mich von meinem Hemd und meinem Slip befreite. Aber ich schüttelte meinen Kopf.

Plötzlich legte er sich auf mich. Ich konnte mich nicht mehr bewegen. Durch heftiges Petting verschaffte er mir auf diese Weise meinen bisher intimsten Orgasmus mit ihm. Ab einer bestimmten Stelle ging meine Atmung schneller und ich konnte nicht mehr denken. Er blieb bis zu meinem Orgasmus beherrscht und hatte schon längst respektiert, dass er nicht weitergehen durfte. Als er spürte, dass ich innerlich meinen Höhepunkt erlebte, indem ich mich nicht mehr beherrschen konnte und meine Atmung stöhnend und leise hervorpresste, ließ er sich auch nicht mehr zurückhalten. Insgesamt war er so stark erregt, dass er ejakulierte. Er hielt mich leise stöhnend fest und presste mich an sich. Meine Panty wurde feucht. Es war ganz klebrig. In einem déjà vue gefangen, sprang ich panisch auf, rannte zur Dusche und ließ heißes Wasser über mich laufen. Meinen Slip warf ich in die Dusche und schäumte sie ein. Anschließend ging ich zu ihm zurück. Großzügig öffnete er die Decke und ich legte mich zu ihm. Er presste seinen nackten Körper an mich. Seine Küsse schwammen in meinem Nacken.

„Was war los?"

„Du bist einfach gekommen!"

„Was ist daran schlimm? Du hattest deinen Slip an. Es kann so nichts passieren. Die Kondome liegen ganz unten in der Tasche. Es war so Okay." „Lass uns noch warten mit solchen Sachen! Ich bin noch nicht soweit."

„Wovor hast du Angst? Davon wird man nicht schwanger."

„Ich habe keine Angst. Ich finde, wir sollten damit noch warten!"

„Stella, wir hatten nur heftiges Petting gehabt. Ich verspreche dir, davon wird man nicht schwanger."

„Du hattest doch jetzt einen Orgasmus."

„Nach dem Orgasmus ist vor dem Orgasmus", lächelte er.

„Ach, Brandon wir sind gerade zwölf Wochen zusammen. Was meinst du mit nach dem ist vor dem."

„Stella, wir sind es unserer Jugend schuldig, uns auszutoben."

„Aha, austoben?"

„War es denn nicht schön für dich?"

„Doch, ja!"

„Aber?"

„Ich will erst mit einem Mann schlafen, wenn ich mir ganz sicher bin."

172

„Oh, Mann! Ich bin mir sicher, warum bist du es nicht!"
„Männer sind sich immer sicher, aber Frauen eben nicht!"
„Ich will mit dir zusammenbleiben und ein Kind wird selten beim ersten Mal gezeugt. Gib mir dreißig Nächte und ich bin mir sicher, dass ich bei dir eine Punktlandung habe. Ich habe Kondome mit. Daran wird es diesmal nicht scheitern", sprach er leise verärgert zu mir.

Ein Ausflug

Meine Schwester war aufgestanden und klopfte bei uns an. „He, seid ihr wach?" „Ja, einen Moment", forderte ich sie zur Geduld auf. Ich klaubte mir meine Sachen aus der Tasche und zog mich an und warf Brandon seinen Schlafanzug zu, den er auch sofort anzog. Als ich mein Einverständnis gab, kam sie herein.

„Vergiss nicht heute Toni zu gratulieren. Er hat heute Geburtstag. Ich nahm das Geschenk aus meiner Reisetasche und zeigte ihr die Verpackung. „Was ist da drin?" „Überraschung!" „Sehe ich! Was ist es denn?" „Hat was mit deinem ersten Tag mit Toni am Strand zu tun!" „Rätsel! Keine Ahnung." Toni kam rein und Julia sang: „Happy Birthday to you!" Und wir stimmten ein. Toni lächelte und umarmte uns. „Hier das ist von uns beiden." „Oh, danke!" „Was ist es?" „Mach auf!" Er riss das Papier ab und auf seiner Hand saß die Porzellanfigur. „Wow, mein erster Tag mit Julia am Strand. Der Beginn von allem. Das weißt du noch?" Ich nickte. „Das ist das einzige, was ich noch von euch sah, als ich am Strand zurückblieb." Alle lachten.

Toni ging Brötchen holen, damit wir frühstücken konnten. „Was wollt ihr machen?" „Wir fahren in die

Berge." Brandon fragte mich jede Minute, was gesprochen wurde und alle sprachen von diesem Zeitpunkt wieder englisch, um ihn an allem teilhaben zu lassen. „Soll ich euch zum Wolfgangsee bringen. Dann könnt ihr dort herumlaufen. Ich glaube, es fahren auch noch Schiffe. Ich bin aber nicht ganz sicher. Ich muss erst um 14:00 Uhr eine Vorlesung halten und danach schreibe ich an meiner Doktorarbeit weiter."

„Wir machen eine Bergtour", schlug ich vor. „Brandon hast du Bergschuhe oder Turnschuhe mit?", fragte ich ihn. „Nein." „Ach Mist!" „Na, warte mal! Was hast du für eine Größe!", wollte Toni wissen. „12." „Pass mal auf, ich gehe eben mal rüber zu Katie. Die hat noch welche von Andreas. Er hat, glaube ich, deine Größe." Toni stand auf und klingelte bei der Nachbarin an. Er drückte mir nach seiner Wiederkehr ein paar nagelneue Bergschuhe in die Hand. „Kannst du als Schnäppchen haben", meinte er zu mir. „Andreas will sie nicht mehr. Vielmehr die beiden sind getrennt und sie stehen da nur noch herum."

„Was will sie dafür haben?"

„Ich denke mit 80 Euro wäre sie zufrieden."

Autsch, das tat weh. Aber wo findet man für den Preis solche guten Schuhe. Ich stellte sie direkt vor Brandon ab. „Probiere sie mal!"

„Wo hast du die her?"

„Sind neu. Da waren noch nie Quanten eines anderen drin und auch kein Schweiß. Keine Sorge also!"

Brandon bückte sich und schaute sie sich an. „Was hast du vor?"

„Bergtour!"

„Ehrlich? Lass uns doch durch die Stadt laufen!"

„Nö. Ich will eine Bergtour machen!"

„Na gut." Brandon bückte sich und probierte sie an und lief ein Stück. „Passen!"

Ich holte 80 Euro aus meiner Tasche und gab sie Toni. „Das ist eine gute Tat! Katie braucht dringend Geld. Seitdem Laura auf der Welt ist, herrscht chronischer Geldmangel."

„Ach, Katie hat ein Kind?"

„Ja, vier Monate. Ist eine blöde Geschichte." „Kennt man ja, nicht aufgepasst und schwupp Leben versaut!" Ich schaute ihn verdattert und auch innerlich stark mitgenommen an. Ich hätte niemals gedacht, so schnell eine Bestätigung meiner Betrachtungen zu diesem Thema zu erhalten. Es ängstigte mich zugleich, wie es mich in meiner Haltung zur Sache bestätigte.

Er lief aus der Tür und gab Katie gleich das Geld. Diese von Toni unbekümmert gesprochenen Worte berührten mich innerlich und wühlten mich auf. Ich ließ mir aber nichts anmerken.

Brandon kam zu mir. „Was hast du ihm für die Schuhe gegeben?" „80 Euro." Er zückte seine Geldbörse und wollte es mir geben. „Lass mal stecken! Ich schenke sie dir. Du hattest ja nicht vor in die Berge zu gehen. Ist ein Geschenk von mir." „Danke! Ich revanchiere mich!" „Das hast du schon. Du bist hier und gehst mit mir wandern!" Er lächelte. Es war okay. Ich wollte nicht knauserig sein. Auf keinen Fall so wie Julia. Immer alles gegeneinander aufrechnen und am Ende selbst nie zurückzahlen wollen. Brandon war bisher immer großzügig. Er fragte nie nach Retour. Er hatte eine bewundernswerte Ein-stellung zu Geld. Er gab es aus und hatte nie Angst mit leeren Taschen da zu stehen. Er war so ein liebenswerter Optimist.

Eine Weile später saßen wir im Auto und brausten in Richtung Wolfgangsee und Toni ließ uns an einer Bushaltestelle raus. „Danke, dass du uns gebracht hast!" „Keine Ursache. Aber zurück könnt ihr mit dem Zug oder dem Bus!" „Das ist in Ordnung."

In der kleinen beschaulichen Stadt besorgte ich mir erst einmal weitere Euros bei der Bank und wir machten uns auf den Weg zum Schafberg. Als ich den Preis für die Fahrt sah, bin ich fast umgefallen. Tatsächlich flutschte mein Geld mir in Salzburg schlimmer durch die Hände als in London. Es war mir ein wenig mulmig zu mute, schließlich lag die Bahnfahrt noch vor uns und die Miete für die Wohnung in London. Ich bewegte mich an der Grenze. „Brandon, wir laufen dann den Berg runter und fahren nur hoch." „Ja, wir können auch hochlaufen und wieder runterlaufen. Das ist kein Problem für mich!" Konnte er Gedanken lesen. Ich war ihm so dankbar. Sicherlich konnte er sich gut in mich hineinversetzen, weil er ja die gleichen Probleme als Arbeitsloser hatte. „Ja, okay." Ich schaute auf meine Uhr. Wir hatten sieben Stunden Zeit. Das schafften wir. Ich war Brandon wirklich dankbar für diese Geste.

Intime, aufrichtige Gespräche

Auf dem Weg unterhielten wir uns. „Deine Schwester und ihr Freund sind schon wie ein Ehepaar. Fast schon wie meine Eltern", meinte Brandon. „Das ist kein

Wunder. Sie sind schon bald acht Jahre zusammen. Soweit ich weiß, wollen sie nächstes Jahr heiraten und eine anfänglich Tragödie nimmt endlich ein gutes Ende." „Verstehe ich nicht! Wieso ist es eine Tragödie?" Brandon schaute mich von der Seite an. „Ach, nichts! Vergiss es!" „Und du? Was willst du auf unserer Hochzeit tragen?" „Ich schneidere mein Kleid selbst. Ein weißes Kleid mit weißen Blüten auf zarter Seide." „Oh, wann beginnst du damit?" „Ich muss erst einmal für den Stoff sparen." „Da werden wir aber lange warten. So wie du eben über die Fahrkarten nachgedacht hast. Ich glaube, da gebe ich eher eins in Auftrag."

„Und das ist billiger?"

„Nein, es wäre dann auch irgendwann in einer überschaubaren Zeit fertig."

„Ich kann zügig nähen." „Aber du zögerst immer alles hinaus." „Ich zögere nicht, wenn ich mir sicher bin. Ich lege jetzt eine Spardose dafür an und wir werfen unsere Pennys hinein."

„Ich glaube da müssen schon 100 Pfundnoten hinein." „Oh, dann muss ich den Job wechseln. Und du vielleicht auch. Wir können auch ohne Brautkleid einfach nur vor dem Standesamt heiraten. Wäre vielleicht angemessener." „Nein, Liebling. Du bekommst schon eine angemessene Hochzeit. Ich verspreche es dir."

„Du wirst doch Anwalt!" Er lachte. „Gib es in meine Hände und ich organisiere es so, wie du es dir vorstellst." „Schöner Gedanke!"

„Ja, es wäre schön, wenn ich das für dich tun könnte." Eine Weile liefen wir ohne ein Gespräch eine steile Anhöhe hinauf. Keuchend und prustend setzten wir uns nach einem guten Stück auf eine Bank. „Was ich dich schon immer Fragen wollte, gibt es in Deutschland noch jemanden, der auf dich wartet?"

„Nein, eigentlich nicht. Vor einer Weile habe ich noch davon geträumt. Aber es hat in meinen Beziehungen nie richtig gepasst. Ich lebe jetzt in London und er lebt in Aachen." „Es gibt also jemanden in deinem Leben?"

„Nein, wir sind nur gute Freunde. Es war niemals mehr. Zumindest von seiner Seite. Er war mit einer anderen zusammen." „Bis du deswegen in London?"

„Auch unter anderem!" Brandon beugte sich zu mir hinüber. Er küsste mich und er schmeckte stark nach Salz. Der Marsch war sehr anstrengend. „Ich kann mir vorstellen, mit dir zusammen zu bleiben. Es ist mir, als ob ich dich schon ewig kenne."

„Ja, geht mir genauso."

„Dann ist es klar zwischen uns?"

„Warum fragst du mich das ständig? Wir sind doch zusammen hier."

„Ja, ich weiß auch nicht. Du sagst ja, aber lässt es mich nicht so fühlen. Zum ersten Mal habe ich wirklich Angst, dass ich verlassen werde. Ich will, dass es zwischen uns klappt."

„Was müsste ich denn tun?"

„Wenn du mit mir schläfst. Es würde mich beruhigen. Es würde mir sehr viel bedeuten."

„Weißt du, zwischen Julia und Toni ist es gut gegangen. Sie haben zwei Tage nach ihrem Kennenlernen schon miteinander geschlafen und sie sind noch zusammen. Aber der Rest meiner Freundinnen hat dieses Kunststück nicht fertiggebracht. Ich vertraue dir zwar, aber an dieser

Stelle nicht. Ich kann es dir nicht erklären. Ich traue mich nicht." „Hast du jemals mit einem Mann geschlafen?" „Nein, nicht so richtig."

„Ich wäre der erste?"

„Ja."

„Ah, ich verstehe dich."

„Wirklich?"

„Nein, eigentlich nicht."

„Ich hatte mein erstes Mal mit 15. Sie war älter als ich und wusste genau wie es ging. War von Vorteil."

„Hast du sie geliebt?"

„Nein. Es war eher Neugier. Sie war attraktiv, schön, meine Wellenlänge und sexuell aktiv und die Freundin meiner Schwester. Die Situation war plötzlich da und ich habe nicht nein gesagt. Wir haben es dann über eine Weile regelmäßig gemacht und irgendwann war die Luft heraus und das war's."

„Ist das immer so?"

„Ich weiß es nicht! Bisher war es immer so. Manchmal war es nur für eine Nacht. Manchmal ging es über ein paar Wochen, Monate. Zuletzt vier Jahre."

Ich musste Schlucken. Er war so verletzend ehrlich zu mir. „Was macht dich so sicher, dass es zwischen uns anders sein wird."

„Nichts." Ich schluckte.

„Stella ich kann nicht in die Zukunft schauen." „Hat es zwischen uns begonnen wie immer?" „Was meinst du?"

„Du siehst jemanden und es überkommt dich und du fühlst einfach Lust."

Er musste lachen und wurde dann aber sehr ernst. „Es war anders. Du bist gar nicht auf mich eingegangen. Ich beherrsche dich nicht. Ich laufe dir wie ein Schoßhund hinter her. Jeder der mich kennt, würde sagen, dass etwas mit mir nicht stimmt."

„Was stimmt denn nicht?"

„Du standst unter der Dusche und warst absolut sexy. Ehrlich gesagt, du hast mir sofort einen Ständer besorgt. Ich wollte dich in diesem Moment. Als du mir gegenüberstandst, war ich schon ganz in deiner Hand. Ein Wort, ein Lächeln, ein Geste, deine Augen und dann deine Flucht. Ich wusste nur noch, dass ich dich wollte."

„Was wolltest du denn genau? Sexuelle Befriedigung?"

„Ich will dich besitzen. Das trifft es noch am ehesten."

„Du willst mich besitzen?"

„Das ist so ein Männerding."

„Man kann keinen Menschen besitzen."

„Das weiß ich auch! Aber wenn wir einen Vertrag über eine Ehe schließen, dann ist das nichts Anderes. Wir sagen, dass wir einander besitzen und ich nur mit dir schlafen darf. Niemand anders darf das."

„Willst du das?"

„Ja, das will ich! Ich will, dass nur ich dich anfassen darf."

„Ist das auch ein Männerding?"

„Das weiß ich nicht. Aber es bezieht sich nur auf dich. Alle anderen Frauen sind mir egal. Ich will dich und ich bin besessen von diesem Gedanken." „Ich dachte, Männer haben vor der Ehe Angst." Brandon schniefte kurz und schaute mich von der Seite an. „Im Grunde genommen ja, wenn es nicht die Richtige ist. Vor eine Weile hatte ich sogar noch verdammt große Angst davor. Eigentlich wäre ich schon verheiratet. Sie ist schön, reich, witzig, verantwortungslos und intrigant. Wir arbeiten zusammen und wir sind ein richtig gutes Team, was das Geschäftliche angeht. Sie will mich heiraten. Das war noch kurz bevor wir uns begegneten. Ehrlich gesagt, ich hatte eine Heidenangst sie zu heiraten. Aber dann war meine Angst weg, weil wir uns begegnet sind. Du warst die gefühlte Antwort, wie es sich anfühlen muss, damit ich einer Frau einen Antrag mache."

„Du hast mich gefragt!"

„Du hast ja gesagt! Ich lasse dich nicht mehr gehen."

„Bist du sicher?"

„Ich bin mir sicher! Schlafen wir jetzt miteinander?"

„Wir sind noch nicht verheiratet. Du besitzt mich noch nicht", lachte ich ihn an.

„Wenn du mit mir schläfst, dann gehörst du mir ganz. Ich weiß es."

„Ich werde nicht mit dir schlafen."

„Sicher?" Ich zuckte die Achseln.

„Vielleicht weil man mich nicht besitzen kann."

„Oh, Baby. Glaub mir, ich kann dich besitzen und du gehörst mir schon, sonst wäre ich nicht hier. Du hättest mich kaltgestellt. Ich darf dich berühren, du berührst mich. Julia und Toni sind auch nicht verheiratet und sie gehören sich schon."

„Bei Julia und Toni ist fast schon alles festschrieben. Sie weichen nicht mehr ab. Glaube ich jedenfalls nicht. Sie wollen nach der Heirat nach Massa reisen, wo sie sich kennen gelernt haben und dort im vornehmsten Hotel residieren. Tja, zum guten Schluss wollen sie den Ort aufsuchen, wo sie zum ersten Mal miteinander geschlafen haben. Dort wollen sie auch ihr erstes Kind zeugen. Das hat Julia mir noch kürzlich in Aachen kurz vor meiner

Abfahrt erzählt. Sie sind sich sicher, dass es dort auf jeden Fall klappt. Es ist ein heiliger Ort. Es war in einer Kapelle. Sie wissen, dass sie zusammengehören. Sie stellen es an keiner Stelle mehr in Frage. Sie werden zusammen in Salzburg leben, weil beide ihre Arbeitsstelle hier haben."

„Also, dann lass es uns genauso machen."

„Du willst sieben Jahre mit mir zusammenleben und mich dann heiraten."

„Nein, ich könnte dich gleich Morgen heiraten." „Naja. Wir müssen nichts überstürzen."

„Nein, Darling. Wir müssten nichts überstürzen, wenn du mich endlich ranlassen würdest." „Du würdest mich also nicht so schnell heiraten, wenn wir Sex hätten?"

„Es ändert nichts. Wir wären zusammen. In diesem Moment wären wir fest zusammen. Das Papier wäre nur ein Dokument vor dem Gesetz, dass ich dich nicht mehr gehen lasse. Ich wüsste einfach von diesem Moment an, es wäre nicht mehr umkehrbar."

„Du hast mit vielen Frauen geschlafen. Wolltest du sie alle besitzen?"

„Nein, nicht eine einzige von ihnen. Ich hatte nur Lust auf sie."

„Das würdest du mir zu Liebe aufgeben?"

„Ich gebe nichts auf. Es bedeutet mir nichts. Glaub mir, ich stehe schon seitdem ich dich kenne unter Strom. Ich müsste jeden Tag eine Frau nehmen, um den Druck loszuwerden. Ich warte auf dich."

„Du hast Druck?"

„Ja, das ist bei allen Männern so!"

„Ah!", tat ich verwundert und innerlich überrascht.

Brandon räusperte sich.

„Ich will, dass du zu mir ziehst, wenn wir wieder in London sind. Deine Wohnung ist zu eng für zwei Leute."

Ich schüttelte den Kopf. „Ich will meine Wohnung nicht aufgeben. Außerdem bin ich gerade erst eingezogen. Ich kann auch nicht kündigen."

„Das ist das, was ich meine. Ich kenne deine Pläne nicht. Du willst es so, wir machen es so. Aber du baust Sprungbretter von mir weg. So funktioniert es nicht. Du musst auch mir folgen. Wir kündigen, wenn es geht und ich mache mich kundig, unter welchen Umständen du eher aus dem Vertrag aussteigen kannst."

„Bitte, bemühe dich nicht! Ich will, dass es so bleibt."

„Du bremst die ganze Zeit!"

„Du fährst die ganze Zeit Vollgas!"

„Bitte Stella! Es würde mir viel bedeuten, wenn du zu mir ziehst."

„Ist dir mein Bett zu unbequem?"

„Mein Bett ist mir heilig, weil es wirklich mir gehört und wir darin immer liegen können. Es wäre ein heiliger Ort, unser Ort."

Ich schmunzelte über seine Auslegung und sie erinnerte mich an ein Ereignis in meiner Vergangenheit.

„Also Heiligabend schlafen wir zusammen und wir machen dein Bett zu unserem heiligen Ort." Brandon stand auf und zog mich zu sich. Wir standen mitten im Berg auf einem schmalen Weg mitten im österreichischen Wald. Er drückte mich an sich und ich spürte, dass er wieder erregt war. „Verstehst du, was ich meine?", schaute er mir tief in die Augen. Ich schüttelte meinen Kopf. „Ich will dich so sehr. Heiligabend ist in vierundfünfzig Tagen. Lass uns am Sonntagabend zu mir gehen! Diese Frist kann ich dir noch geben", flüsterte er und stöhnte mir seinen Atem in mein Ohr. Es lief mir kalt den Rücken herunter. Er meinte es wirklich ernst. Je mehr er es forcierte, desto mehr schreckte es mich zurück. Für mich war seine Fokussierung auf diesen Moment zwar jetzt verständlicher geworden, aber ich konnte auch nicht über meinen Schatten springen. „Vielleicht sollten wir uns noch ein paar Gedanken über den Ort machen."

„Nein, Sonntag werden wir alle Geheimnisse um mich und dich lüften und zusammenleben. Wir beenden das Spiel. Es nervt mich. Ich will, dass wir damit aufhören."

„Das ist ehrlich gesagt nicht romantisch. Das klingt so nach Vertragserfüllung. Können wir das nicht einmal lassen?"

„Ich finde es verletzend, wenn du mich nicht begehrst. Treue, Zuneigung, Ehrlichkeit, für einander da sein und Sex gehören zusammen und machen eine Beziehung aus", betonte er mir gegenüber.

„Es ist gut so, wie es gerade ist."

„Ich habe eine Beziehung mit dir und würde sie gerne an dieser Stelle vertiefen. Ist es wegen dem Typen in Aachen, warum du nicht mit mir zusammenziehen und schlafen willst?"

„Brandon, ich hatte nie etwas mit Janis. Wir waren nur Freunde. Ich habe eine Beziehung mit dir." „Ich bin siebenundzwanzig und brauche Sex. Ehrlich Stella! Ich stehe unter Druck."

Das verschlug mir jetzt die Sprache und ich sagte nichts mehr. Wir hatten das Gespräch an einen Punkt des

Absturzes gebracht, an dem keiner mehr anknüpfen wollte, weil die Einstellungen sich nicht vereinbaren ließen.

So gingen wir eine Weile schweigsam nebeneinander und jeder war in seinen Gedanken versunken. „Warum ist das bei dir so? Warum hast du kein Interesse an Sex?"

„Wer sagt das?"

„Du und dein Verhalten. Kannst du es erklären?"

„Ich bin so erzogen worden. Während wir es tun, macht es mir auch Spaß. Ich denke nicht nach. Aber plötzlich habe ich ungute Gefühle, die mich danach plagen. Das hält mich insgesamt von der Sache ab. Es ist eine Stimme, die bei dieser Sache wie eine Alarmglocke läutet. Ich kann sie nicht abstellen."

Plötzlich hielt er an, nahm mich bei der Hand, zog mich zu sich und nahm mein Gesicht zwischen seine Hände und streichelte mich mit seinen Daumen über meine Wangen. „So funktioniert es nicht. Wir werden uns einfach überraschen lassen. Es kann jetzt gleich auf einer der Wiesen oder in einem Monat bei mir sein, bei dir, in einem Hotel oder mitten im Wald. Ich werde dir Zeit lassen und wir werden sehen, wie es sich entwickelt. Ich will dich nicht überrumpeln. Mir ist es wirklich ernst mit dir. Aber ich möchte, dass wir Fortschritte machen." Ich glaube, er sah mir meine Erleichterung an. „Erzähle mir einmal die Geschichte von deiner Schwester und Toni! Wahrscheinlich kann ich dich dann besser verstehen. Das Geschenk heute Morgen an Toni. Erzähl mal, was war da los?"

„Ach, nein, da ging es ja gleich zur Sache. Sie hatten Sex, weil sie sich nicht beherrschen konnten. Und glaub mir, damit begannen alle meine Schwierigkeiten."

„Das interessiert mich jetzt aber wirklich."

„Aber die Geschichte ist langweilig, öde und peinlich."

„Ich will sie hören!"

„Gut, wenn du es hören willst."

„Fang mal an und erzähl alles was dir einfällt!

Begegnung

Langsam schlenderten meine Schwester und meine beiden Kusinen zum Strandhaus von Enrico Loren, dem jüngeren Bruder meines Vaters. Wir holten die Liegen heraus und platzierten sie unter zwei Sonnenschirmen, die wir tief in den Sand steckten.

Da wir zu viert waren, aber nur drei Liegen hatten, musste gelost werden. Dummerweise hatte ich kein Glück und ich hatte wieder die platte Matratze. Leider war die Pumpe kaputt und ich musste sie mit dem Mund aufpusten. „Ich habe keine Lust mehr! Immer liege ich auf dieser Scheiß Luftmatratze. Das Los ist nicht gerecht, wenn es dreimal den gleichen trifft. Ich liege jetzt zum dritten Mal im heißen Sand."

„Stella jetzt jammere nicht so herum. Du verdirbst uns die Laune! Das ist das Los." „Du bist auch nicht an meiner Stelle!", warf ich meiner Schwester entgegen. Lorena, eine meiner Kusinen plapperte. „Guck mal! Da sind Deutsche! Die haben eine Luftmatratze und eine Pumpe. Ihr könnt doch die einmal fragen! Ihr sprecht doch deutsch. Wer geht hin?" „Ich gehe!", verkündete Julia plötzlich. Sie schlenderte braun gebrannt, in ihrem schwarzen knappen Bikini auf die Familie zu. Sie machte mit ihren siebzehn Jahren eine verdammte gute Figur.

Das lange Haar wehte hinter ihr. Sie sah richtig verführerisch aus. Wir beobachteten sie gespannt. Sie sprach den Vater an. Er nickte und sprach hinter sich jemanden im Strandhaus an. Ein junger Mann kam hervor. Er trug eine Pumpe und ging neben meiner Schwester. Er war größer als sie. Meine Kusinen und ich schauten uns an.

Adonis in Anmarsch

„Grüßt euch! Ich bin der Toni." Wir schauten ihn verdattert an und keiner machte Anstalten ihn zu begrüßen. Meine Schwester dolmetschte und meine Kusinen zwölf und fünfzehn Jahre begrüßten ihn in Italienisch. „Hallo. Ich bin Stella!", grüßte ich auf Deutsch. Er reichte uns freundlich die Hand und pumpte meine Matratze auf. Seit die Pumpe kaputt war, hatte sie zum ersten Mal Luft und zwar soviel Luft, dass man wieder auf dem Meer damit paddeln konnte. Als Toni seine Arbeit beendet hatte, schaute er ziemlich lange meine Schwester an. Man konnte ganz deutlich sehen, dass er ihr noch was sagen wollte. Er traute sich aber nicht. Sie tauschten lächelnd Blicke aus und schließlich ging Toni wieder in Richtung eigenes Strandhaus.

„Die haben bestimmt ein Haus der Manzonis gemietet, weil sie in deren Strandhaus sitzen", meinte Valentina.

„Manzonis wohnen doch bei uns oben in der Stadt in Massa und gar nicht hier unten am Strand. Sie vermieten das Haus in ihrem Garten", stellte meine Schwester nachdenklich fest.

„Die haben die Villa hier unten am Strand und ein Haus oben in der Stadt", meinte Lorena.

„Seltsam, wieso wollen wir das eigentlich wissen?", fragte ich.

„Hast du ein besseres Thema?", wollte Valentina wissen.

„Lass, uns schwimmen gehen!", motivierte Julia.

Lorena nahm den Ball und wir folgten ihr. Julia nahm meine Luftmatratze mit. Unten am Strand trat Valentina in eine Muschel und schnitt sich am Fuß. Lorena begleitete sie zurück zum Strandhaus. Sie wollten die Wunde reinigen und ein Pflaster darauf kleben. Ich legte mich im Wasser auf den Ball und Julia legte sich auf die Matratze und ließ sich von den sanften Wellen treiben. Plötzlich entglitt mir der Ball und sprang Julia direkt auf den Bauch. Sie fiel erschrocken ins Wasser. Als sie auftauchte, kam sie auf mich zu und tunkte mich unter. Ein fröhliches Balgen und Ballspiel begann zwischen uns beiden. Wir warfen uns gegenseitig ab und waren ganz in unser Spiel vertieft. Da bemerkten wir plötzlich, dass die Luftmatratze sich von uns entfernte und wir schwammen ihr nach. Auf einmal tauchte Toni auf, der in gekonnten Kraulzügen für uns die Matratze rettete. Er brachte sie zu Julia und schaute ihr tief in die Augen. Sie nahm sie und brachte sie zum Strand. Bald kam sie zurück, schlug mir den Ball aus den Armen, passte ihn Toni zu, der wie selbstverständlich den Ball zu mir passte. Julia wollte mich zum Hasen machen und setzte mir nach, um den Ball zu holen. Es begann ein herrliches Spiel.

Als wir uns erschöpft an den Strand in den Sand legten, setze sich Toni wie selbstverständlich neben Julia und schaute sie an. Es beschlich mich ein ungutes Gefühl. Irgendwie schien mir Toni zu viel an meiner Schwester interessiert.

Gut, er war kein junger Italiener mit eindeutigen, kurzfristigen Absichten. Aber er war ein Mann, der den Abstand nicht wahrte und vor allem auffällig Julia anschaute, als wollte er sie ausziehen. Er wusste es wahrscheinlich gar nicht, dass er es tat und es sich nicht gehörte. Für ihn schien es so natürlich. Plötzlich nahm er mir den Ball ab und schmiss ihn ins Meer. Er blickte sich um und schaute nur Julia an. Sie lag auf dem Rücken und erhob ihren Kopf, stand auf und ging zu ihm. „Nicht", flüsterte ich. „Lass ihn! Komm wir gehen zu Lorena und Valentina!" „Geh, nur!" Sie packte die Luftmatratze und ging geradewegs auf Toni zu. Dort legte sie sich auf die Matratze. Er warf mir den Ball zu und legte sich auch auf die Matratze. Sie teilten sich einfach meine Luftmatratze und ich war abgemeldet.

Langsam ging ich zum Strandhaus zurück. „Wo ist Julia?"

„Sie wollte noch ein bisschen auf der Matratze draußen auf dem Meer schwimmen!"

„Aufgestanden, Platz vergangen!", schmunzelte Lorena und ging davon aus, dass ich Julias Liege nahm. Ich nickte, nahm mir ein Buch und las. Gegen Mittag ging ich zur Strandbar wo Julia, sich aufhielt. Sie kam kurz zu mir. „Tonis Eltern haben mich zum Essen eingeladen!"

„Du gehst doch nicht etwa mit?" „Toni ist nett. Endlich ist mal was los! Wir gehen eine Pizza essen. Gib mir die zwanzig Euro!"

„Spinnst du! Ich habe auch Hunger."

„Pass auf! Ich esse eine Pizza und trinke ein Wasser. Danach gebe ich dir das Restgeld und du kaufst dir etwas!"

„Ich will nicht allein essen!"

„Du isst mit Valentina und Lorena!"

„Aber die haben kein Geld. Die haben ein Lunchpaket."

„Stell dich nicht so an. Ich bin gleich wieder da!"

„Toll! Du lässt mich einfach im Stich!"

„Ich lass dich nicht im Stich. Heute Abend spielen wir auch Monopoly, ehrlich! Später gehen wir zur Eisdiele und ich spendiere dir ein Eis!"

Ganz verwundert über so viele Angebote für den Abend zögerte ich nicht und gab ihr das Geld.

Sie blieb den ganzen Mittag und Nachmittag weg und kam erst am frühen Abend zurück. Wir packten gerade alle Sachen zusammen. Ihre Augen leuchteten, ihre Stimme war so fröhlich und aufgekratzt. Jede Langeweile war aus ihrem Gesicht gewichen. Sie war glücklich und ich war sauer. Ich hatte ein Stück Melone, ein Butterbrot, einen Kaugummi. Keine Pizza, keine Cola, kein Eis. „Du blöde Kuh! Ich habe auf dich gewartet. Ich bin gleich wieder da. Von wegen! Ich gehe nur einmal mit Tonis Familie Pizza essen." „Wir sind zu Tonis Ferienhaus gefahren. Sie wohnen in der Villa der Manzonis hier unten am Strand. Frau Holzleitner hat gekocht. Ich habe gar nichts ausgeben müssen. Sie wollen nicht während der Mittagshitze in der prallen Sonne am Strand sitzen."

„Spinnst du! Du kannst doch nicht mit denen zu ihrem Ferienhaus fahren. Oh, Gott! Das gibt Ärger! Bist du nur mit Bikini gefahren?"

„Nee, Tonis Schwester Jill hat mir ihren Rock und ein Shirt geliehen! Sie ist so alt und so groß wie ich."

„Du hattest hier deine Sachen!"

„Und wie hätte das vor Lorena und Valentina ausgesehen. Das hätte einen schönen Tratsch gegeben."

„Was habt ihr denn die ganze Zeit gemacht?" „Wir waren in Massa und sind ein bisschen durch die Stadt gegangen und haben uns was erzählt!" „Und das war es!"

„Das war es!"

„Bitte reiß dein Maul nicht vor Lorena und Valentina und schon gar nicht in der Familie auf! Das geht keinen etwas an."

„Was soll das heißen?"

„Das ist ja wohl meine Sache. Es ist unser Geheimnis!"

„Du nimmst das Geld. Ich kann mir nichts kaufen. Das ist aber ein äußerst blödes Geheimnis!"

„Pass auf! Ich gebe dir das Geld und du hältst deinen Mund!"

„Was ist denn nur los?"

„Mensch Stella! Ich bin verliebt!" Verdattert schaute ich sie an. „Von einem Tag!" „Von einem Tag! Er ist der süßeste Junge, der mir je über den Weg gelaufen ist. Er ist so perfekt. So freundlich und so gutaussehend."

„Ehrlich! Findest du?"

„Seine blauen Augen. Die können eine wirklich ansehen. Er ist athletisch und nicht so schwabbelig, wie die Jungs auf unserer Schule!"

„Janis ist auch nicht schwabbelig!"

„Okay, Janis ist nicht schwabbelig. Toni ist für mich wie dein Janis!"

Das beruhigte mich. Janis war mein bester Freund und mit Claudia seit diesem Frühjahr zusammen. „Hat Toni auch eine Freundin zu Hause?"

Erschrocken schaute mich Julia an. „Das wollen wir einmal nicht hoffen!"

Später im Haus spielten meine Kusinen Lorena, Valentina und Julia, sowie wie meine älteren Vettern, Stefano und Pietro nach dem Abendessen mit uns Monopoly. Es war richtig lustig. Nach zweieinhalb Stunden hatte Julia plötzlich keine Lust mehr. Endlich hatte ich gerade alle meine Hotels aufgebaut. Die teuersten Straßen gehörten mir und ich kassierte gerade das Geld von Julia, als sie verkündete:

„Ich steige aus!"

„Spinnst du! Du zahlst!"

„Stella. Du hast gewonnen!"

„Gewonnen hat man erst, wenn nur noch einer Geld übrig hat und alle anderen bankrott sind! Und heute habe ich Glück!"

„Ich will noch zur Eisdiele!" Stefano schaute auf die Uhr.

„Ich komme mit! Ich wollte noch Maria und die Clique treffen."

„Okay. Stella, komm'! Du hast gewonnen und hole mal die 20 Euro!" „Das ist mein Geld!"

„Wovon soll ich das Eis bezahlen? Ich gebe dir meinen Anteil von den 20 Euros. Ich verzichte auf ein Eis und nur du bekommst eins!"

„Was ist das denn für eine Logik? Du kaufst ein Eis von meinem Geld für mich."

„Ich habe es dir doch versprochen! Ich pumpe mir deine 20 Euro und du bekommst es beim nächsten Mal zurück." Nach dieser Schwesternlogik machten wir uns auf den Weg zur Piazza, weil es nichts Öderes gab, den Abend zu Hause zu beenden.

Seltsame Verabredungen

Die Piazza war voller Menschen. Kaum waren wir angekommen, war Stefano schon in eine Menschenmenge eingetaucht. Er hatte sich in Maria verliebt, die viele Verehrer hatte, aber niemanden an sich heranließ. Was wohl allgemein ihren Wert steigerte. Mal flirtete sie mit einem Jungen, um ihn zu ermutigen und gleich dem nächsten ein nettes Wort zu sagen, wenn er sein Interesse verlor. Sie durften sich alle Hoffnung machen, bis Maria einmal die Wahl traf. Seit zwei Jahren badete sie schon in dieser Traube von Interessenten. Stefano wendete jedes Wort von ihr und besprach es mit uns, ob diese nette Geste oder dieses Wort nicht mehr bedeutete, als die anderen Worte die Maria zu den anderen sprach. Es mangelte ihr ganz und gar an Entscheidungskraft, aber keineswegs an Motivation sie alle bei der Stange zu halten. Wir grüßten kurz Stefanos Freunde und stellten uns schließlich in eine lange Schlange an der Eisdiele an.

Plötzlich war Toni an Julias Seite und begrüßte sie mit einem zärtlichen vertrauten Wangenkuss. „Hallo! Meine Schöne! Hast du es also doch geschafft, dich von deiner Familie loszueisen. Wollen wir ein Stück gehen!" Julia nickte nur. Schluckte und erinnerte sich an mich. „Ich muss meiner Schwester noch ein Eis kaufen!" Toni stellte sich neben Julia und nahm wie selbstverständlich ihre Hand. Sie nahm seine Hand und zeigten sich als Paar. Mir wurde es ganz heiß! Ich wusste gar nicht, was ich denken sollte. Mir war es peinlich zumute und ich musterte die Umgebung, ob jemand mitbekam, was sich direkt vor meiner Nase ereignete. Es war mir völlig unangenehm und ich schaute sie eindringlich an. Sie reagierte nicht. Sie hatte nur Augen für ihn. Ich zupfte an ihrer Bluse und wollte, dass sie seine Hand losließ. Aber sie reagierte gar nicht. Nach einer Weile waren wir an der Reihe und ich bestellte mir ein großes Eis. Übrigens bestellte sich Julia auch ein Eis und Toni zahlte und die 20 Euro blieben in Julias Hosentasche. Es dauerte nur einen Moment und Julia wandte sich zu mir um. „Würdest du vielleicht einmal für zwei Stunden zu Nathalie gehen?" Ich schaute auf meine Uhr. „Es ist schon halb acht." „Wir sind in Italien. Es ist noch nicht dunkel und du gehst jetzt zu Nathalie. Du kannst mit ihr Fernsehen schauen, spielen oder wieder mit ihr herkommen, die sind bestimmt alle im Garten. Am besten wäre es, du setzt dich da hin und wartest bei den Di Pernas auf mich. Ich bin gegen halb elf dort und wir gehen gemeinsam nach Hause." „Nö, ich gehe jetzt nach Hause!"

„Stella, das geht nicht. Wir sind zusammen weg. Was soll ich sagen, wo ich gewesen bin?"

„Sag doch, dass du mit Toni auf der Piazza warst und mit ihm rumgelaufen bist!" Julia schaute mich völlig irritiert an. „Bist du plem - plem! Ich kann doch nicht mit einem Fremden hier herumlaufen. Das Ende ist, dass ich gar nicht mehr raus darf! Du kennst doch Papa."

„Siehst du! Jetzt weißt du, was an der Sache nicht in Ordnung ist!"

„Wir sind Schwestern! Wir müssen unser Leben vereinfachen! Ich muss mit Toni zusammen sein. Das ist wichtig. Bitte!"

„Was habe ich davon?"

„Du bist meine aller, aller beste Freundin. Ich teile alle meine Geheimnisse mit dir. Du bist so wichtig für mich!"

Mit diesen Worten erweichte sie mein Herz. „Na, gut!"
Lachend drehte sie sich zu Toni um und sie gingen in
eine andere Richtung fort und ich stand alleine auf der
Piazza mit meinem Eis.

Aufriss

In der Ferne sah ich Stefano, wie er sich aufspielte, um
Maria zu imponieren. Er versuchte ihr Interesse zu finden
und der Mittelpunkt der Clique zu sein. Die Piazza war
voller junger Menschen, die neben ihren Vespas standen
und mit anderen redeten. Ich sah Emilio, Gian-Carlo und
Silvio die besten Freunde von Stefano. Sie gingen alle in
die gleiche Klasse. Gian-Carlo winkte mir zu, dass ich
rüberkommen sollte. Musiker musizierten, Straßenclowns
zeigten ihre Kunststücke. Das alles hatte für mich seinen
Reiz verloren. Alleine konnte ich es nicht genießen. Ich
überquerte die Piazza in Richtung der Clique von Stefano
und blieb bei einem Straßenkünstler stehen, der gerade
seine Kreide auspackte und ein Gemälde zeichnen wollte.
Plötzlich hielt Silvio mit seiner Vespa neben mir. „Hallo,
wo gehst du hin?" Er schaltete seine Vespa ab und
schaute mich an. „Ich will zu Nathalie!" „Soll ich dich
bringen?" „Nein, ich gehe lieber zu Fuß!" „Vertraust du
mir nicht?" „Ich fahre nicht ohne Helm!" „Gian-Carlo!",
rief Silvio unvermittelt in die Menge von Stefanos Clique.
„Leihst du mir deinen Helm für Stella? Ich will mit ihr
fahren." Gian-Carlo kam herüber und reichte ihm
lächelnd den Helm und Silvio gab ihn mir. Obwohl ich
mich ein bisschen seltsam fühlte, zog ich den Helm an
und schwang mich auf seine Vespa. Er trat sie an und wir
brausten richtig Oberstadt, obwohl Nathalie dort gar

nicht wohnte.

Er stellte vor der Festung an der Straße seine Vespa ab und forderte mich auf, ihn zu begleiten. Wie selbstverständlich nahm er meine Hand und zog mich den engen Weg zur Burg hoch. Es war ein bisschen einsam. Oben setzten wir uns auf eine Treppe, die dem Land zugewandt war. Dort schauten wir für eine Weile den Abhang hinunter. „Was willst du bei Nathalie?"

„Langweile vertreiben!"

„Das können wir beide viel besser!"

„Was willst du machen!" Er rückte näher und fasste meinen Rücken an und wollte mich streicheln.

„Silvio. Bitte!"

„Was hast du?"

„Ich will nicht!"

„Was ist dagegen einzuwenden?"

„Es reicht, wenn ich nicht will!"

„Ich habe dich heute mit deinen Kusinen am Strand gesehen! Du hast den ganzen Nachmittag ein Buch gelesen. Ich habe dich beobachtet. Du bist in diesem Jahr eine Frau geworden."

„Ach, ich habe dich nicht gesehen! Und du bist noch ein Junge geblieben!"

„Nein, ich bin zwei Jahre älter als du. Also bin ich ein Mann!" „Bist du nicht!" „Ich bin ein Mann! Glaube mir, ich kann mir dir schlafen!"

„Macht das einen Mann aus?"

„Ja! Nein! Doch es macht einen Mann aus mir!" Ich lachte ihn an. „Du nimmst mich nicht ernst?" „Doch, doch! Es ist komisch, dass du darauf bestehst ein Mann zu sein. Wenn du dir sicher wärst, dann würdest du nicht darüber reden!"

„Du kannst manchmal richtig doof sein!"

„Dann hat sich ja unsere Beziehung nicht verändert. Das sagst du immer zu mir."

„Weil du mich ärgerst!"

„Mit wem warst du am Strand?"

„Ich war mit Gian-Luca, Paolo, deinem Vetter Stefano und Emilio am Strand!"

„Ich habe dich nicht gesehen!"

„Dagegen habe ich gesehen, wie deine Schwester mit einem Fremden auf eurer Luftmatratze gepaddelt ist. Und rate mal, wen ich am Nachmittag auch hier an der Burg mit dem Fremden gesehen habe, als ich meinen Vater zum Krankenhaus gefahren habe?"

„Und?"

„Sie sind zum Küssen hier gewesen! Ich habe sie gesehen!"

„Was hast du gesehen?"

„Julia hat den Fremden geküsst und an sich herangelassen. Es war ganz schön eng!" Ich schluckte und mir wurde heiß, weil er etwas Verbotenes ansprach.

„Wollen wir auch ein bisschen Knutschen?" „Spinnst du!"

„Wieso, was ist schon dabei? Du bist echt süß. Ich finde dich geil! Stimmt doch alles! Hier oben ist nie einer um diese Zeit. Es sieht keiner. Es könnte unser Geheimnis sein."

„Eine Sache stimmt nicht, ich finde es nicht geil, hier oben zu sitzen und mit dir zu knutschen und ein Geheimnis zu haben!" „Das macht aber Spaß!" „Silvio, erzähle du mir nicht, was mir Spaß macht!" „Mensch,

Stella! Wieso steigst du auf meine Vespa, wenn du mich jetzt hängen lässt?" „Du wolltest mich zu Nathalie bringen und wir sind hier gelandet!"

„Was willst du bei Nathalie, wenn wir beide Spaß haben können!"

„Silvio, wie viel Mädchen schleppst du in einem Monat ab?"

„Was willst du hören? Ich kann jeden Tag ein Mädchen abschleppen. Das geht ganz leicht und die sind nicht so zimperlich wie du!"

„Was machst du mit den Mädchen?"

„Knutschen und Spaß haben!"

„Hast du schon einmal mit einem Mädchen geschlafen?"

„Ja, klar! Ich war mit Angelina zusammen. Aber erzähle es nicht rum!"

„Oh, Gott! Du warst mit Angelina zusammen. Die ist doch bestimmt zwei Jahre älter als du? Ist das nicht die Freundin von Elena Giacomelli, die jetzt bei ihrem Vater eine Ausbildung zur Sprechstundenhilfe macht. Warum fährst du dann mit mir zur Burg und nicht mit ihr?"

„Weil,..." Ich schaute ihn an und sah einen kleinen Macho, der sich an mir übernommen hatte. Er lief rot an und erkannte, dass er es total falsch mit mir angegangen war. „Ihr Lorens seid arrogant! Und meint ihr seid was Besseres, weil ihr in Deutschland lebt! Ich verstehe nicht, warum du dich so zierst?"

„Bist du wütend!"

„Ja, weil du doof bist! Am Nachmittag habe ich noch gedacht, dass du total geil aussiehst und wir Spaß haben können. Du liegst auf deinem Liegestuhl und dein Bikini war verrutscht. Ich konnte, als du eingeschlafen warst, ein

Stück von deinem Busen sehen."

„Das ist ja absolut widerlich!"

„Nein, du bist wirklich schön!"

„Weißt du was Silvio, fahre wieder zur Piazza und reiß dir eine Neue auf. Vielleicht schaffst du ja noch eine auf den Berg, bei der du landen kannst." Ich stand auf und ging alleine die Treppe herunter. „Wenn du jetzt gehst, wirst du es bereuen!" „Silvio, wenn ich nicht gehe, werde ich wohl so einiges bereuen." Er lief hinter mir her. „Bleib stehen! Es tut mir leid! Ich habe es nicht so gemeint!"

Ich wartete nicht auf ihn, sondern ging zu Fuß weiter. Er schwang sich auf seine Vespa und fuhr neben mir her. „Komm', steige auf! Ich bringe dich zu den Di Pernas."

„Nicht nötig! Ich gehe zu Fuß."

„Das sind aber vier Kilometer."

„Ich gehe! Lass mich in Ruhe oder ich schreie, dass du mich belästigst!" „Wie du meinst!" Er fuhr noch eine kleine Weile neben mir her und wollte mich immer wieder bewegen aufzusteigen. Aber ich ließ es sein und fühlte mich im Einklang mit mir selbst. Silvio fuhr immer ein Stück voraus und wartete auf mich. Es wurde langsam dämmerig, als ich am Garten der Di Pernas ankam, war es dunkel und Silvio wendete und fuhr zur Piazza.

Wartezeit

Ein Eisentor vor einer Einfahrt versperrte mir den Zutritt zu Di Pernas Garten. Ich drückte den Klingelknopf und Frau Di Perna öffnete mir. „Ach, Stella! Du willst bestimmt zu Nathalie!" „Ja, ist sie da?" Frau Di Perna schaute auf ihre Uhr. „Nein, sie ist auf der Piazza. Aber eigentlich müsste sie gleich kommen. Sie wollte schauen, ob ihr da seid. Hast du sie nicht gesehen?" „Nein!" Frau Di Perna schaute wieder auf ihre Uhr. „Sie wird bestimmt gleich kommen, willst du reinkommen?" „Ja, gerne." Sie führte mich über die Einfahrt des Haustores in den Garten. Es war ein idyllischer Ort mit Springbrunnen, einem riesigen Pool und einer kleinen Anzahl von Obstbäumen und einem kleinen Gemüsegärtchen. Nahe am Haus war die Terrasse.

„Die Jüngste von Serge besucht uns. Sie will zu Nathalie", stellte mich Frau Di Perna vor. Freundlich lief ich durch die Reihen und begrüßte jeden mit Handschlag. „Marina, bring ihr einen Saft", forderte Herr Di Perna seine Frau auf. „Ihr macht wieder Urlaub in Massa?", fragte er mich. Ich nickte. „Wie lange bleibt ihr?"

„Wir sind gerade eine Woche hier. Wir bleiben fünf Wochen."

„Wo gefällt es dir denn besser?" Typisch Italiener. Sie sind so stolz auf sich und ihr Land. Wehe, ich sagte jetzt etwas dagegen.

„In Deutschland ist es im Sommer nie so warm wie hier." Die Oma fächelte sich Luft zu. „Ja, Kind, die Hitze!" „Ja, ich liebe es."

„Du bist jung. Aber wenn du älter wirst..."

Frau Di Perna bracht mir einen Saft und ich nippte daran. Der kühle Aprikosensaft war angenehm. „Gut?", fragte Frau Di Perna. „Sehr gut." „Schau mal! Ist von den Früchten von diesem Baum gemacht." Ich schaute zur Hauswand und sah einen riesigen Aprikosenbaum mit vielen Früchten. „Soll ich für Mama ein paar Aprikosen abpflücken?" Ich zuckte ratlos mit den Schultern. „Kannst du ruhig annehmen", sagte sie. „Aber du willst doch jetzt nicht in den Baum steigen. Maria hat mir heute Nachmittag das Netz zerrissen, weil sie für ihre Freundin Aprikosen holen wollte."

Der Großvater zeigte mit seinem Finger auf das grüne Netz. „Weißt du, die Vögel haben es schon bemerkt. Zwei sitzen schon im Geäst kommen nicht mehr raus aus Schlaraffia", erzählte mir Nathalies Großvater. Herr Di Perna las im Internet. „Da schau! Ich wusste, dass mich Luigi betrogen hat. Hier auf der Seite steht, dass er aller höchstens 70 Euro für das Handy hätte verlangen dürfen. Es war doch schon seit einem Jahr von ihm im Gebrauch. Ich hätte diese Seite eher anschauen sollen. Porca Miseria!"

„Maurizio, du hättest es ihr nicht kaufen sollen. Du verwöhnst Maria viel zu sehr. Und Luigi würde ich das sagen. Der soll dir mal die zu viel bezahlten 30 Euro zurückgeben."

„Mit Luigi werde ich reden. Der will in drei Tagen meinen Lieferwagen, um den neuen Kühlschrank zu transportieren. Da werde ich es ihm sagen. Und Mutter alle Mädchen in Marias Alter haben ein Handy. Nicht wahr, Stella?" Ich zückte mein Handy und zeigte es. „Siehst du Mutter. Alle, sogar die kleine Loren."

„Marina, du hast deinen Mann nicht im Griff. Er verwöhnt die Kinder viel zu sehr. Das wendet sich auch gegen dich!"

Frau Di Perna mischte sich nicht ein, wenn Sohn und Mutter sprachen. Sie zuckte die Schultern. Es war ein ungeschriebenes Gesetz, dass die Mütter der Söhne geehrt wurden, indem man ihnen nicht widersprach. Bei Kritik lieber den Mund halten, sonst gab es Ehekrieg. Ein schwieriges Gesetz für meine Mutter. Es gab alle Nase lang Streit zwischen Mama und Papa, weil Mama sich von Papa nicht genug geliebt fühlte, sobald Papa mit seiner Mutter sprach und sie von Papa etwas verlangte, aber zugleich Mama auch was dagegen einwenden wollte, weil Oma sich in die Erziehung der Kinder einmischte. Immer wieder beteuerte mein Vater seine Liebe und dass er den Unsinn vor Oma erzählen müsste und er nur sie liebte und sie in solchen Situationen einfach weghören solle. Am Ende würde alles gemacht, wie Mama es haben wollte. Ich musste schmunzeln. Überall das Gleiche. Aber Frau Di Perna war viel gelassener als Mama. So plätscherte die Stunde vor sich hin und Nathalie hatte wohl auf der Piazza die Zeit vergessen und kam nicht nach Hause. Gegen elf verabschiedete ich mich, weil die Familie zu Bett wollte. Sie sagten zwar nichts, aber als Frau Di Perna ins Haus ging und im Nachthemd später erschien und den Tisch abräumte, gab sie für jeden auf diese Weise das Signal, dass nun Schlafenszeit sei. Es ist ohne jede Aufforderung klar, dass sich Gäste auf diesen Wink mit dem Zaunpfahl höflich zurückzogen.

Erst gegen halb Zwölf tauchte Julia mit Maria und Nathalie vor dem Haus auf, die sich gleich verabschiedeten. Julia war völlig beschwipst und berauscht von Toni. „Schönen Dank auch für das Eis und diesen wundervollen Abend!"

„Ach, komm schon! Ich habe gehört, dass du mit Silvio zur Burg gefahren bist." Jetzt war ich richtig perplex und blieb stehen. „Woher weißt du das?" „Stefano und Silvio haben es mir erzählt."

„Er wollte mich zu den Di Pernas bringen."

„Und war es schön mit Silvio!"

„Nein. Er wollte mich küssen!"

„Und?"

„Und nichts!"

„Silvio meint, ihr seid ab heute fest zusammen." „Hat der sie noch alle? Wie kommt er auf diesen Blödsinn?"

„Als klar war, dass er mich küssen und anfassen wollte, bin ich zu Fuß von der Burg bis zu den Di Pernas gelaufen und er hat mich bis zu den Di Pernas verfolgt."

„Das ist ein weiter Weg!"

„Dann hast du eine Vorstellung von meinem Abend."

„Hast du mit ihm was gemacht?" „Nein, Gott bewahre, nein!" „Hätte mich auch gewundert." Wir gingen für eine Weile schweigend nach Hause.

Moralpredigt

Das Haus war schon dunkel. Also schlichen wir uns durch das Gartentor ins Haus. Kaum hatten wir die Eingangstür geöffnet, bewegte sich im Dunkeln mein Vater, der das Licht anknipste und uns finster und enttäuscht ansah. Wir sahen erschrocken und ertappt zurück. „Wo ward ihr?" „Auf der Piazza!", antworteten wir im Chor. Mein Vater packte ausgerechnet mich am Arm und schleppte mich in die Küche und Julia durfte schon ins Bett gehen. Er bat mich, am Tisch Platz zu nehmen. Innerlich spürte ich, dass irgendetwas nicht stimmte. „Hast du mir nicht etwas zu erzählen?" Ich schaute ihn an und wusste ganz genau, dass er mit solchen Fragen Schrotkugeln fliegen ließ. Er wusste zwar etwas, aber nichts Genaues. Er wollte mich überführen, wenn ich den Mund aufmachte und redete. Daher schaute ich ihn an und sagte nichts. „Stella!"

„Ja?"

„Erzähle mir mal, was heute Abend passiert ist!"
„Nichts!"

„Du bist mit dem Arztsohn Silvio zur Burg gefahren.
Glaubst du nicht, dass ich weiß, was da passiert ist?" „Da
ist nichts passiert!" Er schaute mir tief in die Augen.
„Laut Aussage von Stefano sollt ihr euch geküsst haben
und er soll dich angefasst haben. Ihr seid gewissermaßen
verlobt. Das hat mir Stefano gesagt." Jetzt führte mein
Vater seine beiden Zeigefinger zueinander und machte
auch in seiner Geste, das typische Zeichen für eine
Paarbeziehung. Jetzt war ich wirklich baff. „Wie kann
Silvio nur so was behaupten? Papa, da war nichts!"

„Du brauchst nichts abzustreiten. Stefano war auf der
Piazza und Silvio hat es ihm unter vier Augen erzählt,
dass ihr nun zusammen seid. Stefano hat dich mit ihm an
der Piazza wegfahren sehen. Du bist aber nicht mehr
wiedergekommen. Du warst über zwei Stunden mit ihm
weg und du bist auch nicht mehr an der Piazza
aufgetaucht. Silvio hat Stefano erzählt, er hätte dich zu
den Di Pernas gebracht, damit dein Ruf nicht leidet und
für die anderen sollte es so aussehen, als ob er dich nach
Hause gebracht hat."

„Ich bin zu Fuß von der Burg zu den Di Pernas
gegangen!"

„Du gibst also zu, dass du mit Silvio an der Burg warst?"
„Ja, nein, aber nicht so!"

Mein Vater musste schmunzeln. „Wie denn?"

„Er hat mich reingelegt. Eigentlich haben wir verabredet,
dass er mich zu Nathalie bringt. Das hat er aber nicht

gemacht. Er ist mit mir zur Burg gefahren. Dann wollte er mich küssen. Aber ich wollte es nicht. Du musst dir vorstellen, er hat mir erzählt, dass er jeden Abend jemand anders abschleppen könnte. Als ob ich dann noch Lust hätte, etwas mit ihm anzufangen."

„Unter den Umständen, dass er dir ewige Liebe schwört, hättest du natürlich mit ihm etwas angefangen."

„Nein!"

„Er sieht es aber anders, wer hat von euch beiden jetzt recht?"

„Aber ich habe gar nichts gemacht!" „Nichts! Bist du sicher? Lüge mich nicht an! Es sei denn du willst zukünftig einmal Frau Vanzetti werden, weil er dich geschwängert hat."

„Papa! Du bist unmöglich! Schon alleine der Gedanke ist eklig. Richtig peinlich! Er ist ein Prolet. Er ist ungehobelt und dumm! Er hat mich schon als kleines Kind geärgert. Er hat mir immer am Strand die Burgen mit seinem Fußball zerschossen. Er ist ein Arsch."

„Was sich neckt, das liebt sich!"

„Papa. Ich liebe ihn nicht!"

„So eine schlimme Partie ist er auch wieder nicht. Sein Vater ist Arzt und er besucht auch die Oberschule. Er wird wohl die Praxis mal übernehmen. Ich sage dir eins, wenn irgendetwas in dieser Richtung mit ihm war und du schwanger wirst, werden wir mit seinen Eltern reden. Dann muss er auch für dich sorgen."

„Papa! Jetzt mach aber einmal einen Punkt. Ich bin fünfzehn. Er ist ein Weiberheld und das genügt, mich auf alle Zeit abzuschrecken! Ich versichere dir, es ist nichts passiert."

Mein Vater musste lachen. „Du bist und bleibst mein Schäfchen unter Wölfchen! Ich sage dir immer, geh auf kein Angebot der Jungs ein. Zeige dich mit keinem! Jetzt weißt du, was ich meine." „Papa, die anderen gehen auch mit den Jungs aus und lassen sich eine Cola spendieren. Das hat nichts zu bedeuten."

„Ich habe dir gesagt, kein Getränk und keine Freundlichkeit von den Jungs annehmen. Was tust du? Du setzt dich auf seine Vespa und lässt dich von ihm fahren. Du hast allen gezeigt, dass du mit ihm zusammen bist. Siehst du Maria Di Perna auf irgendeiner Vespa mitfahren?"

„Nein, Papa, die hat ihre eigene Vespa."

„Hier kannst du nicht einfach in der Öffentlichkeit mit einem Jungen herumlaufen. Das geht nicht. Gehe jetzt schlafen und sei demnächst vorsichtiger!"

„Ich wüsste einmal gerne, warum Stefano solche Lügen erzählt. Das ist doch peinlich und kommt doch spätestens bei genauer Überprüfung heraus!"

„Er war pünktlich zu Hause. Ihr seid nicht zeitgleich hier eingetroffen. Da hat mein Bruder ihm die Daumenschrauben angelegt. Als er Computerverbot, Taschengeldabzug und Ausgehverbot bekommen sollte, da hat dein Vetter wie ein Kanarienvögelchen gesungen, um von sich abzulenken.

Gute Nacht Gespräche

Ich schlich mich in Julias und mein Zimmer. Ohne Licht zu machen, zog ich mich aus, ging ins Badezimmer und putzte die Zähne. Als ich zurückkam, machte Julia die Nachtischlampe an. „Was?"

„Ja, was wollte Papa von dir!"

„Nichts!" „Eine halbe Stunde für nichts!"

„Stefano hat Papa erzählt, dass ich mit Silvio zur Burg gefahren bin und wir jetzt zusammen sind." „Silvio hat es mir auch erzählt." „Und wer hat mich an der Eisdiele allein gelassen?"

„Du solltest ohne Umschweife sofort zu den Di Pernas gehen und nicht Silvio an deine Wäsche lassen!" „He, da war nichts!" „In Silvios Fantasie war er ganz knapp davor, mit dir zu schlafen. Aber aus Anstand vor dir und der Familie hat er es nicht gemacht!" „Aber nur in seiner Fantasie!" „Wie war's mit Toni!"

„Unglaublich schön! Wir haben uns lange unterhalten und so!" „Erzähl mal, von dem und so!" „Wir haben uns geküsst. Es war richtig aufregend. Er ist so zärtlich. Ich habe das noch nie erlebt. Er ist schon 18 und fährt Auto. Wir sind mit dem Auto raus bis Forte di Marmi. Da kennt uns keiner. Zumindest waren dort keine bekannten Gesichter. Er meinte, dass ich auf diese Weise keinen Ärger bekomme, wenn wir in Nachbarorte fahren." „Clever!" „Ja. Dann haben wir im Café gesessen und erzählt. Später sind wir händchenhaltend durch Forte di Marmi gelaufen."

„Übrigens Silvio hat euch an der Burg heute Nachmittag gesehen!" Jetzt war Funkstille. Ich hörte Julia atmen. „Was hat er gesagt?" „Ich würde einmal sagen, dass du und Toni dort hattet, was Silvio sich zwischen sich und mir zusammengereimt hat." „Du erzählst es doch nicht Papa!" „Nein, da geht eher eine Chance von dem Plappermaul Silvio aus."

„Ich vertraue dir ein Geheimnis an." Ich war ganz ruhig.

„Wir sind zusammen!" Ich war entsetzt und sagte nichts. Als eine Weile vergangen war und ich weiterhin nichts sagte, sprach Julia weiter. „Er hat keine Freundin und er hat sich auch in mich verliebt!" „Aber er lebt doch weit weg von uns?" „Ich sehe ihn auf Facebook, SMS und What's App! Er hat gerade Abitur gemacht und wird mich in seinen Semesterferien besuchen."

Ich schluckte. Das überforderte mich und brachte mein Bild von wie kommt ein Mädchen von seiner Kindheit, über die Pubertät ohne seine Jungfräulichkeit zu verlieren in eine gelungene Ehe. Mein Vater hatte so eine Vorstellung. Er deutete dies an mit „und wenn ihr einmal den Richtigen gefunden habt und verheiratet seid..." und meine Mutter hatte keine Meinung dazu, weil Mama ja schon schwanger war, bevor Papa sie geheiratet hatte. Da war ja auch irgendwie geholpert worden. Obwohl Papas Selbstbewusstsein ganz eindeutig auslegte, dass die Eheschließung noch vor dem Ende der Schwangerschaft gelegen hatte und dass sei natürlich völlig in Ordnung, weil man ja vorhatte, aus Liebe zu heiraten. Am Ende musste auf jeden Fall geheiratet werden. Da führte kein Weg vorbei.

„Willst du ihn heiraten?"

„Eh, was?" „Wenn du mit ihm zusammen bist, willst du ihn dann auch heiraten?" „Stella, ich will mit ihm Zusammensein, das andere muss sich ergeben. Hier unten in Italien reden sie immer vom Heiraten, sobald man mit einem Typen das Wort gewechselt hat. Sofort ist klar, dass muss mehr sein. Mara, Luisa, Dara, Anna-Lena aus meiner Klasse haben alle einen Freund. Sie heiraten auch nicht gleich. Mara hat schon ihre fünfte Beziehung! Da sagt in Deutschland keiner was darüber. Das ist nur hier so!"

Ab diesem Moment fragte ich mich, was bei der Erziehung meiner Schwester anders verlaufen war. Gleiche Sätze, gleiche Einforderungen, gleiche Haltung, aber eine ganz andere Einstellung, als ich sie hatte.

„Wieso willst du ausgerechnet mit einer Urlaubsbekanntschaft eine Beziehung. Ihr kennt euch doch praktisch erst seit heute Morgen."

„Stella, wenn du dich verliebst und der andere das gleiche fühlt, dann ist das keine Frage mehr. Wir haben den ganzen Tag miteinander verbracht. Wir finden einen Weg. Er ist gerade hier angekommen und wird vier Wochen bleiben. Das ist das einzige, was ich jetzt denken will.

Gott bestraft die kleinen Sünden sofort

Am nächsten Tag ging Julia gleich vom Strandhaus rüber zu den Holzleitners und wurde nicht mehr gesehen. „Wo geht Julia hin?", fragte Valentina. „Julia hat sich mit einem Mädchen angefreundet. Sie kommt aus der Familie, von der wir die Luftpumpe bekommen haben."

„Welches Mädchen?"

„Jill Holzleitner heißt sie!"

„Kennst du sie?" „Nein, sie ist auch schon siebzehn!"

„Ah!" Schnell holte ich mein Buch hervor und schaute hinein und verdeckte mein Gesicht. Es war unglaublich, wie ich hier herum log. Plötzlich fühlte ich mich sehr unwohl und ich hatte das Bedürfnis allein zu sein, damit ich mich nicht noch tiefer verstrickte. „Ich gehe mal ans Wasser!"

„Ich komm' mit!", rief Valentina.

„Ich muss einmal für mich sein!"

„Was ist los?"

„Nichts!" Ich stand auf und ging zum Wasser und setzte mich dort hin und schaute auf das Wasser. Es war so heiß, dass die Luft flimmerte. Das Wasser war warm und kühlte kaum den Körper. Auf einmal hörte ich ein wildes Stampfen hinter mir und Stefanos Clique lief an mir vorüber und sprang ins Wasser. Sie balgten sich und spielten Ball. Plötzlich schoss einer der Jungs den Ball zu mir. Ich achtete nicht darauf und der Ball traf mich an der Lippe. Der Fußball hatte eine solche Wucht, dass er mich glatt umwarf. Benommen setzte ich mich auf und ich fühlte an meiner Lippe, die plötzlich anschwoll und pochte. Ich blutete. Stefano kam zu mir. „Stella ist dir was passiert?" Er beugte sich zu mir herunter. Tränen kullerten mir vor Scham über dieses Ereignis aus den Augen. Meine Lippe schmerzte und ich fühlte, wie die Schwellung zunahm. Die kleinen Sünden bestraft der liebe Gott sofort, drängte sich in meinen Gedanken auf. Das war die Rechnung für meine Lüge. Ich hätte bei Valentina auch nichts sagen können und mit der Schulter zucken. Ach, ging auch nicht, wäre ja auch gelogen.

„Ich bin ein Idiot! Es tut mir leid!", entschuldigte sich Silvio. Es schien ihm wirklich leid zu tun und er beugte sich zu mir herunter. Ein leiser Zischlaut, machte mir deutlich, dass es schlimm aussah. „Wir müssen es kühlen!"

„Wo sollen wir Eis herbekommen?", fragte Emilio. „Ich gehe mit ihr an die Bar und bestelle ein Getränk mit Eis," schlug Silvio vor.

„Schon gut! Es geht schon!", wehrte ich ab.

„Nein, Stella! Es muss unbedingt gekühlt werden, sonst schwillt deine Lippe noch dicker an!"

„Silvio hat Recht! Du musst es kühlen", meinte auch Stefano. Ich schaute ihn an und in meiner Lippe pochte es. Langsam stand ich auf und war etwas benommen, von dem Ereignis. Stefano hielt mich fest und hob mich auf und trug mich zu meiner Liege. Dort setzte er mich ab und kniete sich neben mich. Silvio holte sich ein T-Shirt und sein Geld. „Kann losgehen!", stand Silvio wieder neben uns. „Nein, Silvio wirklich! Du brauchst das nicht zu tun!"

„Ich bestehe darauf, dass Silvio die Kosten für die Kühlung deiner Lippe übernimmt", setzte sich Stefano für seinen Freund ein.

Wiedergutmachung und Bärendienste

„Also gut!" Ich stand auf und wir gingen rüber zur Strandbar. Silvio bezahlte zwei Liegen und zwei Eistees. Die anderen Jungs scheuten die Kosten und gingen. Als die Getränke serviert wurden, fischte Silvio den Eisklumpen aus seinem Getränk und hielt ihn an meiner Lippe. Ich zog kurz den Kopf zurück, aber da war auch schon die Liege, die mich begrenzte. Er setzte sich auf meine Liege, um besser das Eis halten zu könnten. „Es ist zu kalt!" „Aber es hilft, die Schwellung geht schon wieder zurück. Du wirst bestimmt einen schönen Fleck zurückbehalten." Er nahm mein Eisgetränk und hielt den Strohhalm für mich. Langsam zog ich und das süße, kühle Getränk tat mir richtig gut. Er schaute mich an und lächelte. „Danke."

„Wofür?"

„Für die Wiedergutmachung!" Auf seinem Gesicht bildete sich Erleichterung ab.

„Willst du auch Arzt wie dein Vater werden!"

„Eher nicht!"

„Ach, ich dachte, du würdest Arzt!"

„Würde dir das gefallen?"

„Würde dir das gefallen?"

„Ich denke noch nach. Ich mache nächstes Jahr mein Abitur. Ich müsste nach Rom oder Florenz. Ich möchte lieber Anwalt wie mein Onkel werden. Da verdient man mehr Geld und kann sich mehr leisten."

„Aber als Arzt verdienst du doch auch gut."

„Ich möchte mich aber nicht um Kranke kümmern."

„Was willst du werden?"

„Ich bin fünfzehn! Ich denke darüber noch nicht nach!"

Er lächelte mich an. „Ja, du bist süße Fünfzehn."

„Lass das! Ich bin nur Fünfzehn! Also gut! Ich will einmal Sängerin werden!"

Er lachte, als würde er mich nicht ernst nehmen.

„Vielleicht schreibe ich auch für eine Zeitung, wie Mama!"

„Jetzt kommst du mir wie ein Kind vor!"

„Ich bin noch ein Kind!"

„Julia war vierzehn und Romeo schon sechszehn!"

„Bist du sicher!"

„Ganz sicher! Ich habe es gerade gelesen!"

„Du liest Romeo und Julia! Ich bin beeindruckt."

„Kann man dich damit beeindrucken?"

„Ja, mehr, als mit ich schleppe jeden Abend eine andere ab und ich schlafe reihenweise mit irgendwelchen Mädchen!"

„Sei nicht gemein! Ich schäme mich wegen gestern."
„Warum?" „Du weißt schon!"

„Meinst du den Ausschnitt deiner Reden vor mir, dass du mit mir zur Burg fährst oder deine Aufdringlichkeit, oder deine Erzählung vor den anderen, dass wir beide mehr miteinander gemacht haben und ich jetzt deine Freundin bin." Silvio lief rot an. „Du bist immer so brutal! Sei froh, dass ich vorgegeben habe, dein Freund zu sein, dass schützt deinen guten Ruf."

„Wenn du gar nichts gesagt hättest, wäre mein Ruf ohne Tadel! Meinst du nicht auch?"

„Du bist jetzt eine Frau und jeder kann das sehen. Glaubst du, du wärst lange ohne einen Freund geblieben?"

„Ja, das denke ich!"

„Nein, sie reden schon über dich und deine Schwester."

„Was soll das heißen?"

„Na, sie reden einfach."

„Aber was reden sie denn?"

„Es gibt Jungs, die sich für dich interessieren." „Und du bist auch interessiert?"

„Ich", brach er ab. Sein Kopf senkte sich und er schaute auf seine Beine. „Kannst du mir ...! Können wir noch einmal von vorne anfangen. Du machst es mir so verdammt schwer."

„Vielleicht sagst du einfach, was du sagen willst!" „Das ist es ja eben. Ich kann mit dir nicht reden." „Gut, dann schweigen wir!"

Ich schaute auf die Menschen um uns herum. Hauptsächlich lagen hier die betuchten von Massa und Marina di Massa. Natürlich auch sehr viele Touristen. Ich stand auf. „Wohin willst du?

„Ich würde gerne mein Buch weiterlesen!"

„Ich hole es dir!"

„Nein, nicht nötig!"

„Doch ich bestehe drauf!" Er lief in Richtung Strandhaus. Ich setzte mich wieder. Holte ein Eisklotz aus dem Getränk, kühlte meine Lippe und sah zu, wie schnell sich das Eis verflüssigte. Plötzlich stand ein junger Mann vor mir und fragte mich im schlimmsten und gestammelten italienisch.

„Entschuldigung, darf ich mich hierhersetzen."

„Hier sitzt schon..." Weiter kam ich gar nicht und Silvio stand neben mir. Er beobachtete den Fremden. „Was will er?"

„Er wollte sich hierhersetzen!" Der Fremde schaute mich immer noch freundlich an. Das reizte Silvio, der plötzlich schimpfte: „Das ist meine Freundin. Hier sitze ich. Überall ist Platz, aber nicht neben meiner Freundin. Du kannst vier Liegen weiter Platz nehmen." Der Fremde schien die erregt schnell gesprochenen Worte nicht zu verstehen und sprach plötzlich deutsch. „Entschuldigung. Ich verstehe dich nicht!"

„Er meint, dass du dich setzen darfst, wo du willst, aber nicht auf seinen Platz", übersetzte ich Silvios Ausbruch. „Wo ist denn sein Platz?" „Hier!"

„Also darf ich auf der anderen Seite sitzen!" Ich nickte. Silvio beobachtete aus seinen dunkelbraunen Augen jede Bewegung des Fremden.

„Ich hasse es, wenn du deutsch sprichst."

„Ja!" „Ich hasse die Deutschen! Ich hasse sie!"

„Ich lebe in Deutschland!"

„Sie erlauben sich einfach unsere Mädchen anzusprechen und ihre Ehre zu beschmutzen."

„Jetzt übertreibst du aber!"

„Ich war vorgestern im Victory Club. Sie sprechen unsere Mädchen an und wollen, du weißt schon." „Ach, wirklich! Und du!"

„Das ist was Anderes!"

„Inwiefern ist das anders?"

„Ich darf das, weil ich weiß, wie weit man gehen kann und ich auf jeden Fall Verantwortung übernehme!"

„Du lügst!"

„Ich wollte dich gestern beeindrucken!" „Das Gegenteil hast du erreicht."

„Ja, ich weiß. Ich war dumm und möchte mich deswegen bei dir entschuldigen. Ich war unmöglich!" „Ja, das warst du."

„Stefano hat mir gesagt, dass man in Deutschland einfach so in eine Disko hineinmarschiert. Ein Mädchen etwas fragt und sie mit einem rausgehen. Stefano meinte, in Deutschland kann man mit einem Mädchen einfach so schlafen. Es ist gar kein Problem. Da will keine heiraten und du beleidigst keine Familie."

„So meinst du?"

„Ja, Stefano hat doch seine Tante Pia in Aachen besucht."

„Bei mir zu Hause wacht mein Vater."

„Du bist eine von uns und außerdem will Stefano auch lieber bei seiner Tante sein. Er will mich das nächste Mal mitnehmen."

„Dann wünsche ich dir einen schönen Aufenthalt in Deutschland."

„Nein, nicht so wie du meinst. Ich komme wegen dir!"

„Mach dir nicht die Mühe!"

„Stella! Ich komme wegen dir!"

„Ja, ich habe dich verstanden!"

„Willst du es nicht verstehen?

„Mein Vater ist sauer auf mich, weil ich gestern mit dir auf der Burg war. Wieso erzählst du, dass wir miteinander, du weißt schon und dass ich deine Freundin bin." „Weil es so ist!"

„Aber das stimmt doch alles nicht!"

„Es kann sich aber dahin entwickeln. Du bist jetzt eine Frau. Alle sehen dich! Alle! Du legst dich in deinem schwarzen Bikini auf die Liege. Du hast Busen!"

„Das ändert natürlich alles!"

„Ja. Ich bin jetzt für deine Ehre verantwortlich."

„Clever! Da muss man sie erst einmal mit einer netten Erzählung ruinieren, damit man sie im Anschluss retten kann. Für diesen Bärendienst sollte ich dir wahrscheinlich dankbar sein."

„Ich werde mit deinem Vater reden und es ihm erklären! Glaube mir, ich bin der einzige, der deine Ehre retten kann, indem ich bei dir bleibe. Das macht doch Sinn!"

„Vielleicht macht das aus deiner Sicht Sinn! Rede bloß nicht mit meinem Vater. Bloß nicht! Du hast mir schon genug Dienste erwiesen."

„Du bist ein schönes Mädchen."

„So, findest du?"

„Ja, ich habe immer gewusst, dass du schön wirst. Als ich dich das erste Mal mit deinen Eltern hier am Strand gesehen habe. Seit diesem Augenblick weiß ich, dass wir zusammenkommen."

„Du warst noch klein und ich auch. Das erste, woran ich

mich erinnere, dass du meine Schaufel genommen hast, ohne mich zu fragen. Als ich sie zurückwollte, hast du mich geschupst und bist in meine Burg gesprungen."

„Ach, da war ich noch ein kleiner Junge. Ich habe mir nichts dabei gedacht!"

„Du warst sauer! Wenn ich an dich denke, dann hat das bisher immer Unannehmlichkeiten bedeutet. Bis heute einschließlich! Gestern hast du meinen Ruf in meiner Familie ruiniert. Dabei hast du dir auch nichts gedacht? Heute kickst du mir den Fußball an die Lippe."

„Dein Ruf ist nicht ruiniert. Die Lippe heilt. Du bist mit mir zusammen und ich stehe zu dir! Niemand wird dich verurteilen! Stefano findet es gut. Es wertet dich auf."

„Ich möchte aber gefragt werden. Du kannst doch nicht Stefano fragen!" „Schämst du dich mit mir?"

„Ja!"

„Weswegen schämst du dich?" „Ich will mit niemanden zusammen sein. Ich bin zu jung dafür. Die anderen Leute denken von mir vielleicht schlecht."

„Lass es uns einfach versuchen!"

„Was willst du versuchen?"

„Mit dir zusammen zu sein."

„Ich will nicht!"

„Dann versprich mir, dass wir Freunde sind und ich dich besuchen darf!"

„Okay! Wenn du mich besuchen willst, dann schau vorbei. Aber tue so, als ob du Stefano besuchst. Mein Vater reagiert auf Jungs in der Nähe seiner Töchter allergisch." „Ich habe keine Angst vor deinem Vater. Er hat immer mit uns im Garten deines Onkels Fußball gespielt."

„Ja, dann lass es auch dabei!"

Ich drehte mich um und las in meinem Buch. Silvio blieb den ganzen Nachmittag an meiner Seite, drehte sich zu mir und streichelte gelegentlich meinen Rücken und bestellte weitere Getränke. Gegen fünf stand ich auf und er begleitete mich zum Strandhaus. Er gab mir einen Wangenkuss. Hörbar für die anderen verkündete er. „Wir sehen uns gleich!" Dann ging er im beschwingten Schritt zum Strandhaus seiner Eltern.

Valentina schaute mich mit großen Augen an. Auch Lorena guckte. „Was ist mit deiner Lippe?"

„Silvio hat mir den Fußball auf den Mund gekickt. Wir mussten es kühlen."

„Ah, verstehe!", meinte Valentina.

„Er ist süß! Der süßeste Junge von unserer Schule!"

„Wer?"

Silvio natürlich!"

„Er ist nicht süß. Er ist brutal, wie du hier siehst und ein Lügner und Betrüger."

„Was hat er gemacht?"

„Ich möchte nicht darüber sprechen!"

„Maria liebt Silvio. Sie hat es auf die Toilettenwand in der Schule geschrieben. Marcella liebt Silvio! Alessa liebt Silvio! Da gibt es viele Mädchen und er hat dich gewählt. Findest du nicht, dass du echtes Glück hast?"

„Ich will ihn aber nicht!"

Valentina verdrehte die Augen. „Vielleicht kann ich euch ja begleiten, wenn ihr zur Piazza geht und er verliebt sich in mich. Das wünsche ich mir!", schwärmte Valentina.

Gerade als wir an der Bushaltestelle standen, kamen endlich meine Schwester. Sie war rot im Gesicht und hatte am Hals einen großen Knutschfleck. Es fiel mir als erstes auf und ich eilte ihr entgegen.

„Du hast einen riesigen Fleck am Hals-Schulterbereich." „Ehrlich? Schnell zog sie ein Tuch heraus und bedeckte es. „Wie ist sie denn so?", wollte Valentina von Julia wissen. „Wer?" „Na, deine neue Freundin!" Julia schaute ganz verdutzt. „Na, Jill Holzleitner!", kam ich ihr zu Hilfe. „Total nett! Die ganze Familie ist sehr nett."„Was habt ihr denn so gemacht?" „Ich bin mit den Holzleitners nach Pisa gefahren." „Ah, bring Jill doch einmal mit zu uns!" „Sie spricht nur deutsch und englisch!" „Wir können mit ihr englisch sprechen. Wäre doch nett. Vielleicht können wir alle was zusammen machen?" „Ja, ich kann sie fragen. Vielleicht? Mal sehen! Die reisen in vier Wochen ab!" Unsere Kusinen schauten sie nach dieser seltsamen Steigerung von Gewissheit bis zum Nein verdattert an.

Plötzlich ein Freund an meiner Seite

Beim Abendessen im Garten von Tante Milena sprach es Stefano laut aus. „Silvio ist jetzt ganz offiziell mit Stella zusammen." Mein Vater hob die Augenbrauen. Meine Mutter meinte: „Er ist doch ein ganz netter Junge. Du bist doch mit dem Vater Maurizio Vanzetti befreundet", wendete sie sich an meinen Vater, „und du hast früher mit ihm im Sand zusammengespielt." „Ja, früher." „Wir könnten die Vanzettis einmal zum Essen einladen. Ich habe Antonia schon lange nicht mehr gesprochen. Früher haben wir ganz viel zusammengemacht. Serge hörst du?" „Francine, ich habe keine Lust meinen Urlaub mit den Vanzettis zu verbringen, während ihr Sohn sich an unsere

Tochter ranmacht. Da sollten Grenzen sein! Außerdem kann ich Antonia nicht leiden. Diese arrogante Kuh. Ich mag ihre Art nicht. Wenn sie den Mund aufmacht, ist der Tag schon verdorben."

Onkel Guiseppe, der fast taube Vater von Tante Milena sprach mit seiner rauchigen, kratzigen Stimme: „Ist Stella nicht noch zu jung für einen Freund? Serge, du darfst sie nicht mehr allein spazieren gehen lassen." „Ich bin nicht mit ihm zusammen. Wir sind befreundet, mehr nicht!", lenkte ich ein. „Seit wann gibt es die neue Mode, ich bin mit ihm befreundet? Was soll das überhaupt heißen? Mit einem Jungen kann man nicht einfach so befreundet sein", fand mein Vater bestimmend. „Ich brauche mich nicht festlegen. Ich bin so befreundet, wie ich es mit Janis zu Hause in Deutschland bin. So ähnlich, wie man auch mit Freundinnen befreundet ist." „Ach, und wenn ihr alleine seid, spielt ihr Barbie und Ken. Nur das du die Barbie und er der Ken ist. Merkst du was?", machte mein Vater meine Einstellung lächerlich. „Was sagt sie? Sie hat zwei Freunde?", fragte Onkel Guiseppe irritiert nach. „Nein! Sie ist mit diesen Jungs nur locker befreundet." „Ah, so neumodisch! Wenn das mal gut geht? Sie ist hübsch und jetzt eine Frau. Du musst jetzt besser auf sie Acht geben, Serge."

„Ja, ja Guiseppe. Stella ist gut erzogen. Sie weiß, was sich gehört! Sie ist meine Tochter und würde nie etwas tun, was uns und ihrem Ruf schaden würde", sprach mir mein Vater indirekt sein Vertrauen aus. Ich nickte, um schnell das unangenehme Thema zu beenden. „Ich finde Stella sollte selbst entscheiden, mit wem sie ihre Zeit verbringt. Es ist ihr Leben. Vielleicht erinnerst du dich an uns,

Serge. Wenn mein Vater es unterbunden hätte, dass wir Freunde werden durften, uns wäre das ganze Lebensglück gestohlen worden", schaltete sich meine Mutter ein. Alle schauten sie an, als hätte sie zur Revolution gegen die Machtinhaber gerufen.

Meine Mutter bot aber allen die Stirn und wisch kein Stück von ihrer Meinung ab.

Ihre französische Färbung in ihrer italienischen Aussprache unterstrich ihre Außenseiterposition in unserer Familie. Keiner fragte sie nach ihrer Meinung und gewöhnlich hielt sie sich auch kluger Weise im Hintergrund. Schließlich war es meine Mutter, die damals in die achte Klasse an der Realschule meines Vaters wechselte und ihn sofort entzückte. Sie sprach französisch und deutsch ohne Akzent, weil ihre Eltern immer auf eine gute Erziehung wert gelegt hatten und in sie große Hoffnung setzten. Sie erfüllte genauso wie ich ihre Pflichten. Mein Vater bedeutet das Gegenteil. In seinem Leben wusste er immer, wie man am meisten Spaß hatte. Er lernte die deutsche Sprache erst im Kindergarten, weil seine Eltern gar nicht so viel Wert auf Integration legten. Sie sahen sich immer als Teil von Massa. Der Aufenthalt in Deutschland war mit den guten Verdienstmöglichkeiten verbunden. Der Vater meines Vaters hatte eine große Metzgerei und sein Geld in Häuser angelegt.

Während meine Mutter ein wohlbehüteter Schatz ihrer Eltern war, gehörte mein Vater eher der Tom Sayer Liga an. Ohne viel Aufsicht machte er sich selbst auf den Weg, die Welt zu erkunden. Er sprach perfekt italienisch und französisch und bis heute kein akzentfreies Deutsch. Er lehrte meine Mutter Spaß im Leben zu haben und meine Mutter schaute von dem Moment ihrer Beziehung an, dass mein Vater die entscheidenden Hürden der Bildung und Ausbildung nahm. Er hatte ihr genauso viel zu verdanken, wie sie ihm. Meine Eltern liebten sich wirklich und waren eine wundervolle Ergänzung für einander. So wie meine Eltern sich zusammenfanden, fanden sich auch die Geschäfte der Großeltern zusammen. Denn der Vater meiner Mutter fand heraus, dass Herr Loren gutes Fleisch verkaufte. So fand sich vieles im Zirkel und ergänzte sich und die Familien wuchsen in Freundschaft zusammen. Mein Vater schwieg und schaute sie mit gehobenen Augenbrauen erstaunt an. Sie blickte ernst zurück und wich seinem Blick nicht aus. Schließlich löste mein Vater es mit einem Lächeln auf. „Er kommt gleich hierher und holt Stella ab. Er will mit ihr ins Kino!", brachte Stefano die Lanze für seinen Freund. „Dann wollen wir ihn einmal willkommen heißen", erklärte mein Vater in Richtung meiner Mutter.

„Ich will auch mit!", hängte sich Valentina an. „Es gibt für euch kein Taschengeld für das Kino. Wir haben gerade wieder eure Handyrechnung, eure Flatrates, Schminke und eure neuen Kleider bezahlt. Seitdem ihr unten am Strand herumhängt, und auch jeden Blödmann über einen noch so nichtigen Anlass eine SMS, Voicemail oder was auch immer schickt, schwindet euer Geld jeden Monat für die Flatrate. Da sind keine Extras mehr drin," mahnte Valentinas Vater Enrico. „Was ist mit Stefano? Wieso bekommt er mehr Taschengeld als wir beide zusammen." „Weil er schon einmal für ein Mädchen bezahlen muss. Das gehört sich so! Ihr bezahlt nur für euch! Basta!" „Ich spendiere euch das Kino", meldete sich mein Vater großzügig und ich spürte, dass es ein cleverer Schachzug von ihm war.

Gegen halb acht stand Silvio tatsächlich mit tadelloser Kleidung und Manieren vor der Tür. Er wurde von Tante Milena zuvorkommend hereingebeten und Silvio grüßte meine Eltern und Verwandtschaft. Er bekam einen Platz in unserer Mitte angeboten und alle schauten ihn an. Er zeigte sich von seiner besten Seite. Es war ein geladenes Knistern zu spüren, als würden heiße Drähte sich berühren. Niemand sprach und alle schauten ihn an und musterten ihn unter dem neuen Gesichtspunkt, dass er nicht als Stefanos Freund ins Haus kam, sondern als mein Freund. „Du willst also ins Kino mit Stella!", eröffnete mein Vater das Gespräch nach einem Blickduell. „Ja! Wir schauen uns Gladiator an. Du möchtest doch Gladiator sehen?" „Ja, gerne," antwortete ich.

Tatsächlich freute ich mich. „Wir wollen aber Ice Age sehen", rief Lorena. „Wir einigen uns schon. Wenn wir ins Kino wollen, müssen wir jetzt los!", erklärte Silvio ganz selbstverständlich und erhob sich. Das imponierte mir jetzt. Obwohl alle auf eine Unsicherheit von seiner Seite warteten, es kam keine. Plötzlich begann unter meinen Kusinen ein wildes Gerenne und Gewusel. Ein Lidstrich wurde aufgezogen, die Wimpern getuscht, die Lippen bekamen Gloss. Ein neues Kleid wurde übergezogen. Bis alle ihre Sachen hatten und wir losgehen konnten, waren 15 Minuten vergangen.

Eifersüchtige Freundin

Julia blieb vor dem Kino stehen und schaute auf ihr Handy. „Geht ihr mal ins Kino. Ich treffe gleich Jill auf der Piazza. Für eine Deutsche macht es keinen Sinn einen italienisch synchronisierten Film zu sehen, wenn sie die Sprache nicht spricht." Alle schauten sie an und akzeptierten die schlüssigen Argumente.

Im Kino hielt Silvio hartnäckig meine Hand und streichelte meinen Arm. Der Film war wirklich gut und ich amüsierte mich. Stefano hatte Maria angerufen, die sich neben Stefano und Silvio setzte. Valentina und Lorena schauten Ice Age und waren schließlich nach dem Film nach Hause gegangen, weil sie nicht noch eine Dreiviertelstunde warten wollten. Nachdem Film gingen Stefano, Maria, Silvio und ich noch zur Piazza. Dort pulsierte immer noch das Leben. Wir setzten uns in ein Café und bestellten. Später ging ich zur Toilette und Maria folgte mir. Sie hatte mich die ganze Zeit beäugt, ohne ein Wort mit mir zu sprechen. Ich war mit ihrer Schwester befreundet. Als ich vor dem Spiegel stand und mir die Hände wusch, sprach sie mich an: „Bist du jetzt mit Silvio zusammen?" „Nein, bin ich nicht!"

„Er sagt ja."

„Ich sage nein!"

„Wenn du nicht mit ihm zusammen bist, warum geht ihr dann zusammen aus?"

„Wir sind befreundet."

„Was ist der Unterschied zwischen zusammen sein und befreundet?"

„Man kann mit jemanden befreundet sein und da ist nichts weiter."

„Und warum haltet ihr Händchen und er streichelt dich!“

„Warum interessiert dich das?“

„Das geht dich nichts an!“

„So, so! Dann wüsste ich auch nicht, was ich dich angehe.“

„Hör mal, ich war zuerst an Silvio dran und nicht du!“

„Ich wusste nicht, dass es hier nach der Reihe geht.“

„Er wählt sich seine Freundinnen aus.“

„Genau, wenn du ihn fallen lässt, wird er mich wählen und alles verläuft wieder nach Plan.“

„Liebe verläuft nicht nach Plan.“

„Du gibst es also zu!“

„Ich gebe gar nichts zu!“

„Gib ihm einen Korb! Wenn du es nicht tust, wirst du es bereuen.“

„Was soll dann sein!“

„Nathalie und ich sind nicht mehr mit dir befreundet.“

„Dann ist es eben so!“

Wutschnaubend verließ Maria die Toilette. Verächtlich schaute sie mich an, als ich mich an den Tisch setzte. Auf jeden Fall war die Stimmung feindlich, seit sie wusste, dass Silvio mich ihr vorzog. Sie tuschelte mit Stefano und versuchte abfällige Bemerkungen zu machen und jeden meiner Gesprächsanteile ins Lächerlich zu ziehen und zu zeigen, wie kindisch ich war.

„Warum gehst du mit Stefano aus, wenn du nur Augen für Silvio hast?“, sprach ich sie direkt an, um sie mit ihren Quälereien an meiner Person zu stoppen. „Wir sind alle befreundet. Nicht wahr, Silvio? Wir gehen alle in eine Klasse. Da ist es doch natürlich, dass wir uns alle sehen und zwar regelmäßig. Das kann man von Stella nicht behaupten, die uns nur im Sommer und gelegentlich im Herbst und im Winter besucht. Ich verstehe nicht, was du an einem Küken findest. An der Schule hättest du auch nicht zwei Klassen tiefer dir eine Freundin gesucht. Das gibt nur Ärger." Sie sah mich als Konkurrentin.

„Maria! Ich gebe dir einen guten Rat, kritisiere nicht meine Entscheidungen", sprach es Silvio aus und goss ohne es zu merken, eine Menge Öl zwischen Maria und mir ins Feuer, die vor Feindschaft glühte.

Gegen Mitternacht brachte Silvio mich nach Hause. Vor der Haustür meiner Tante küsste mich Silvio zum ersten Mal. Seine Lippen waren weich und er schmeckte nach Pfefferminzbonbon. Seine weichen schwarzen, samtigen, feinen Haare fühlten sich gut an. Seine Hand ruhte auf meiner Brust. Während ich seinen Kuss naturwissenschaftlich sezierte und meine Wunde pochte, küsste er mit Vertiefung und Gefühl. Eine Weile hielt er mich im Arm und drückte mich an sich. Ehe er mich wieder freigab und ich ins Haus ging

Nicht aufgepasst!

Julia kam erst gegen eins ganz leise ins Zimmer geschlichen. „Wie war's?"

„Schön! Wir waren oben in den Bergen an der kleinen Kapelle! Von dort haben wir runter auf Massa geschaut."

„Wie romantisch!"

„Ja. Es war sehr schön!" Sie schluckte. „Ich muss duschen!"

„Was mitten in der Nacht?" „Ja!"

„Du wirst das ganze Haus aufwecken! Der Boiler heizt in der Nacht nicht."

„Es ist was passiert!"

„Wie meinst du das?"

„Ich habe mit Toni geschlafen, oben in der Kapelle, deswegen muss ich mich duschen!"

Ich schwieg. Sie rannte zum Badezimmer und ich hörte das Wasser rauschen. Nach einer Weile kam sie zurück und kroch in mein Bett. Ich fühlte ihre durchfrorenen Beine vom kalten Wasser. „Es ist einfach ganz plötzlich passiert. Wir haben uns gerade noch geküsst. Wir hatten die ganze Kapelle für uns. Es ging auf einmal so schnell."

„War es denn schön?"

„Ja! Nein. Es war komisch! Es ging alles ganz schnell! So unverhofft."

„Wie schnell?"

„Er war so erregt und da war es auch schon passiert!"

„Habt ihr verhütet?"

„Nein! Er hatte nichts mit und wir wollten eigentlich auch gar nicht. Es ist ihm selbst völlig überraschend passiert. Wir wollten nicht weitergehen, aber dann konnte er sich nicht beherrschen. Er meinte, es würde nichts passieren und er passt auf."

„Und jetzt!"

„Er hat gesagt, ich muss morgen früh sofort zum Arzt und die Pille danach nehmen."

„Oh, mein Gott! Oh, mein Gott! Ich verstehe es nicht."

„Was gibt es daran nicht zu verstehen?"

„Wie konntest du das nur zu lassen?"

„Es ist eben passiert. Wenn die Anziehungskraft so groß ist, dann ist das wie eine Droge. Du denkst nicht, es geschieht einfach."

„Du kannst immer Nein sagen. Einfach Nein!"

„Es gibt kein Nein, in solchen Situationen. Es geschieht einfach."

„Das ist Unsinn!"

„Du verstehst gar nicht, wovon ich spreche!"

„Doch von blödem Geschlechtsverkehr ohne Verhütung mit Folgen, weil du einfach deinen Verstand ausgeschaltet hast."

„Deine Vorwürfe kannst du dir sparen. Wenn du jemals in diese Situation kommst, dann weißt du was Liebe ist." Ich stöhnte auf: „Stell dein Handy auf sechs Uhr. Wir gehen sofort morgen früh zu Dr. Giacomelli. Wenn wir die ersten sind, haben wir vielleicht eine Chance, dass uns keiner sieht und wir auch wirklich ohne Termin drankommen." Die ganze Nacht blieb Julia in meinem Bett und wir schliefen trotz der Hitze eng aneinander gekuschelt. Sehr früh schlichen wir uns aus dem Haus. Die Straßenkehrer fegten den Dreck der Nacht weg und langsam regte sich wieder das Leben in der Stadt und zeigte ihr müdes Gesicht.

Frauenarzt mit Gewissensbissen

Wir standen eine Weile nervös vor der Praxis. Ich konnte Julias Angst spüren. Sie war nervös und fuhr sich immer wieder durchs Gesicht. „Bereust du's?" „Das bringt uns nicht weiter!" Endlich kam die Sprechstundenhilfe von Dr. Giacomelli und schloss uns auf. Wir huschten mit ihr hinein. Während wir uns setzten, schlüpfte die Sprechstundenhilfe in ihre weißen Schuhe und in einen Kittel und bat uns dann zur Theke.

„Wer von euch beiden ist denn krank?" Wir schauten uns an. „Ich muss dringend mit Dr. Giacomelli sprechen!", erklärte meine Schwester. „Dr. Giacomelli kommt in zehn Minuten. Wie wollt ihr zahlen!" Ich legte die Krankenkassenkarte von mir vor, weil Julia sie in ihrer Aufregung vergessen hatte. Sie nickte geistesgegenwärtig und wir gaben sie der Sprechstundenhilfe. Sie las die Karte ein und wir mussten noch ein paar Fragen zu unserem Wohnort in Massa beantworten. Endlich kam Herr Dr. Giacomelli. Für uns war die Luft zu eng zum Atmen. Unsere Nervosität ließ langsam den Morgen zerfasern, ohne dass wir einen konkreten Gedanken - außer unserem Unglück im Kreis - fassen konnten. Herr Dr. Giacomelli öffnete die Sprechstunde und bat uns hinein. Auf weichen Stühlen nahmen wir wie in Zeitlupe vor seinem Tisch Platz. Er räusperte sich und forderte mich auf, über meine Erkrankung zu sprechen. Das irritierte mich, als mir einfiel, dass ja meine Karte eingelesen worden war. Ich stupste Julia an, die zunächst gar nichts begriff. Also sprach ich: „Also meine Schwester hatte gestern Geschlechtsverkehr und sie hat nicht verhütet." Herr Giacomelli sah nun Julia sehr ernst an und schaute auf mein Alter. „Du bist fünfzehn Jahre und machst schon solche Sachen?" Am liebsten wäre ich jetzt im Boden versunken. Julia nickte. „Du bist aber doch aufgeklärt!" Julia schluckte und nickte. „Wie lange liegt der Verkehr zurück!"

„Sechs bis sieben Stunden," antwortete ich.

„Ich verschreibe aus Gewissensgründen nicht die Pille danach. Damit kann ich dir also nicht helfen! Davon abgesehen kann sie auch Schaden anrichten. Wenn man sie öfter anwendet, wirkt sie gar nicht mehr zuverlässig. Das ist keine Art zu verhüten." „Aber in Deutschland bekommt man sie verschrieben!" öffnete Julia zum ersten Mal ihren Mund.

„Wir sind aber nicht in Deutschland, junge Dame."

Ein Tor zum Abgrund tat sich vor mir auf, wie konnte ich meiner Schwester jetzt in dieser Lage noch helfen? „Ich werde dich jetzt untersuchen und schauen, ob du deinen Eisprung schon hattest. Wenn du bereit für Geschlechtsverkehr bist, dann bist du auch bereit für die Konsequenzen!"

Er nahm Julia mit in den Untersuchungsraum. Ich durfte mit. Nachdem sich Julia unten herum freigemacht hatte, setzte sie sich auf den Untersuchungsstuhl. Langsam fuhr der Stuhl zurück und Julia schaute mich ängstlich an. „Wie lange dauert dein Zyklus an?" „30 Tage", antwortet sie. „An welchem Zyklustag sind wir. 18. Tag ungefähr." „Oh, oh, oh!", ertönte Herr Giacomelli. „Entweder hast du in 12 Tagen die Periode oder wir sehen uns spätestens in sechs Wochen wieder zur ersten Schwangerschafts-vorsorge. Wenn die Periode eintreten soll, kann ich dir die Pille verschreiben."

Anschließend untersuchte er sie vaginal und meinte: „Das war also gestern dein erstes Mal!" Sie nickte. Er nahm einen Abstrich und untersuchte ihn. Als er in das Mikroskop schaute, bat er uns, zu ihm zu kommen und einmal durch das Okular zu blicken. Ich sah viele kleine Spermien. Sie sahen genauso wie im Biologiebuch aus. Zahlreiche bewegten sich heftig. Ich schreckte daher ein wenig zurück. Meine Schwester wurde ganz schwach und musste sich setzen. Plötzlich überkam sie ein Heulkrampf und sie wollte sich gar nicht wieder beruhigen. Herr Dr. Giacomelli gab ihr Tücher und sie schniefte. „Ja, das

Geschenk des Lebens ist immer wieder ein Schock. Aber wenn ihr bereit seid, das Leben zu empfangen, dann seid ihr auch bereit, es zu bekommen."

Langsam kam wieder Leben und Benehmen in meine Schwester und sie zog sich hinter dem Vorhang an. Nachdem Herr Giacomelli uns alles Gute gewünscht hatte, waren wir wieder auf der Straße. Julia wollte jetzt unbedingt zum Strand, um im Meer zu baden, um alles in sich abzutöten, was sich in ihr bewegte. Sie war verzweifelt, wütend und am Ende und musste sich unten vor der Tür auf eine Stufe setzen, um sich zu erholen. Inzwischen war es acht Uhr geworden. Immer mehr Autos fuhren auf den Straßen. Plötzlich streifte uns eine junge Dame. Sie schaute uns an und erkannte Julia.

„Hallo Julia!"

„Hallo Elena!"

„Was machst du denn hier?"

„Wir waren gerade bei deinem Vater!"

„Ach?!"

„Ihr seht aber reichlich mitgenommen aus."

Sie sah die verquollenen Augen meiner Schwester. „Was ist los?" Julia zögerte. Sie war so gefroren vor Angst, dass ich die Initiative ergriff. „Also gestern hat Julia mit ihrem Freund geschlafen und nicht verhütet. Wir bekommen die Pille danach nicht. Wir brauchen sie aber dringend." Elena schaute uns eine Weile an. Sie überlegte und wir sahen ihre Gedanken in ihr rattern. „Bleibt einmal hier! Ich weiß nicht, ob ich es schaffe, aber..." Eine Patientin schob sich an uns vorbei und Elena verstummte. „Bleibt einmal hier!"

Drei Stunden vergingen und wir warteten auf Elena. Ihre

Worte waren ein Band zur Hoffnung, was wir auf gar keinen Fall lösen wollten. Plötzlich klingelte mein Handy. „Hallo Mama! Wir sind auf dem Weg nach Hause. Wir waren joggen!" „Nein, wir sind nicht gleich um die Ecke. Wir sind noch weit weg. Was meinst du? Wie lange wir noch bis nach Hause brauchen?" Ratlos schaute ich Julia an. Sie schaute auf das Schild von Dr. Giacomelli und las von sieben bis elf Uhr Sprechstunde. „Sag ihr, wir wären gegen zwölf zu Hause!" „Mama hörst du, gegen zwölf sind wir zu Hause!"

„Silvio steht vor der Tür und will mich zum Strand mitnehmen", gab ich die Info an meine Schwester weiter. Sie lächelte. „Ein wirklich hartnäckiger Verehrer."

„Mama, sag ihm das wir erst am Nachmittag zum Strand kommen, falls wir es überhaupt schaffen."

„Wir schaffen das nicht", klinkte sich meine Schwester ein. „Wir schaffen es wahrscheinlich nicht!", wiederholte ich am Telefon.

„Silvio will wissen, wo wir ungefähr sind."

Julia nahm mir das Telefon aus der Hand schaute sich um und nannte irgendeine Straße weit weg von uns und legte auf. „Warum hast du das gemacht?"

„Wir brauchen keine Zeugen?" Ich nickte und biss mir auf die Lippen.

Plötzlich bekam Julia eine SMS von Toni. „Er fragt mich, wie es mir geht und wo ich bin?"

„Willst du überhaupt noch mit ihm reden, nachdem er dich in die Scheiße geritten hat!"

„Das waren wir beide!"

„Du steckst aber tiefer drin."

„Was schreibst du ihm?"

„Ich schreibe ihm, wo ich bin!"

„Nein, nicht!" „Schon passiert!" Endlich um 11.15 Uhr kam Elena mit einem schlechten Gewissen aus der Praxis. „Da oben war ein riesiger Schlamassel. Auf dem Rezept steht jetzt Stellas Name. Ehe ich begriffen habe, dass Stella ihre Karte hat einlesen lassen. Ich konnte ja niemanden fragen. Hier ist das Rezept! Aber Geld müsst ihr selbst dafür aufbringen. Das sind ungefähr 40 Euro!"

Ich stand auf und nahm das Rezept sofort entgegen. „Danke Elena! Du bist unsere Rettung. Ich weiß gar nicht, wie wir uns bei dir bedanken können."

„Ach, schon gut! Wir Frauen müssen zusammenhalten. Wir können gar nicht alle die Bälger großziehen, die uns die Männer in den Bauch setzen. Ich teile nicht die Ansichten meines Vaters. Sie führt zur Verelendung der Frau und Kinder. Ich war auch in deiner Lage, als ich mit Maurizio zum ersten Mal geschlafen habe. Ich musste durch die Hölle." „Ja, Danke Elena!", rührte sich jetzt auch meine Schwester und umarmte Elena. „Wir sehen uns am Wochenende", verabschiedete sich Elena von uns. Elena ging wieder zurück in die Praxis. „Und jetzt warten wir auf Toni!" „Wie bitte? Es ekelt mich, wenn ich ihn jetzt sehen muss!" „Reiß dich zusammen! Er ist mein Freund!" „Du sitzt in der Patsche und er schläft erst einmal aus! Gegen halb elf fällt ihm ein, wie es dir geht!"

„So ist es nicht! Er wollte mich gleich zum Krankenhaus bringen. Aber die haben gesagt, das wäre ein Fall für die Ambulanz. Sie seien ein christliches Haus und würden das nicht behandeln. Noch nicht einmal, wenn ich vergewaltigt worden wäre. Toni wollte mich auch heute Morgen abholen. Aber wie hätte ich das vor Mama und

Papa begründen sollen? Und denke mal, wie das vor Herrn Giacomelli ausgesehen hätte."

„Okay! Sorry! Aber wenn er die wandelnde Nächstenliebe - Jesus von Nazareth - gewesen wäre, dann hätte er sich zurückgehalten und zwar ganz! Wie konnte er dir das nur antun."

„Du hast gar keine Ahnung, was sexuelle Anziehung ist. Da bist du auf Droge. Es interessiert dich nichts mehr."

„Oh, Gott. Das kann ich mir gar nicht vorstellen." „Du hörst zu viel auf Papa, weil er dir deine Wünsche erfüllt und dir alles bezahlt. Dich hat er lieber als mich. Er kauft dir zusammen mit Opa das Pferd und schickt dich Tennis spielen in Aachen, bezahlt deinen Gitarrenunterricht, kauft dir ein Schlagzeug."

„Julia, wenn du reiten willst, kannst du dich jeder Zeit auf Niagara setzen und Reitunterricht nehmen. Du kannst dir die Trainerstunde mit mir teilen. Stattdessen hängst du viel lieber mit deinen Freunden im Café ab."

„Ich bin nicht so weltfremd wie du. Ich bin da, wo das Leben ist."

„Das kommt immer darauf an, was man will. Ich bin da, wo ich sein will."

„Sprich mit Mama, die sagt dir die Wahrheit, die weiß viel mehr als Papa! Sie sagt dir genau, wie die Männer ticken und was man tun muss, um ihn zu halten."

„Ich rede doch über so was nicht mit Mama. Ich habe sie gerade soweit, dass sie sich aus meinem Kram raushält und mich nicht mehr bevormundet. Endlich hat die Paukerei mit Mama aufgehört, weil ich selbst übe. Ich muss nur gute Noten nach Hause bringen, dann lässt sie mich in Ruhe. Sie wäre die letzte, die ich was fragen würde. Anschließend würde sie mich aushorchen und die Bewachung würde wieder beginnen, weil sie befürchtet, ich würde meine Arbeit nicht korrekt erledigen."

Just in diesem Moment erschien Toni im Benz seiner Eltern und parkte. Er kam sofort auf Julia zu und sein schlechtes Gewissen war als Aura spürbar. Er stürzte sich besorgt auf sie und begrüßte sie. In Julia begann eine Verwandlung. War sie vor mir der sterbende Schwan, änderte sich die Rolle, wie Phönix aus der Asche und sie war ihm gegenüber in Zärtlichkeit zugetan. Sie zeigte ihm das Rezept und er nickte. Gemeinsam gingen wir in eine Apotheke und holten die Pille danach. Meine 20 Euro, sowie 10 Euro gespartes Geld und 10 Euro von Tonis Mutter wurden über die Ladentheke geschoben. Julia nahm noch im Auto das Medikament. Wir verabredeten uns am Strand und er brachte uns bis fast vor die Haustür meiner Tante.

Die Wirkung

Valentina und Lorena, Tante Milena und Mama saßen am Strand und begrüßten uns. Meine Schwester war entsetzt über die plötzliche Aufsicht der Mütter. Das schränkte ihren Radius für heute sehr ein. Sehnsüchtig blickte sie zu den Holzleitners und als sie den Blick von Toni erfasste, verneinte sie mit ihrem Kopf und machte ein Stillzeichen mit ihrem Finger vor dem Mund.Toni schaltete und er sprach mit Jill, die sich auf der Liege rekelte und zu ihm umblickte, dann lächelte und sich auf den Weg zu uns machte. Sie kam direkt auf meine Schwester zu: „Hi, wie geht's?" „Gut! Mama, das ist Jill Holzleitner aus Salzburg. Wir haben uns vor ein paar Tagen am Strand kennengelernt. Ich möchte ihr ein bisschen von Marina die Massa zeigen!"

Mama blickte auf, grüßte Jill mit einem warmen Lächeln.

„Geht, nur!" Schon war sie verschwun-den. Obwohl sich Jill zwanzig Meter weiter wieder auf die Liege setzte und Toni mit ihr wegging, schien das von unserer Familie nur ich zu bemerken. Der Blick für die Täuschung war von den anwesenden Familienmitgliedern nicht geschult. Sie achteten nur das Wort aber nicht die Tat.

Am späten Nachmittag kam Silvio.

Er ging gar nicht zu seinen Freunden, sondern setzte sich wie selbstverständlich neben mich und begrüßte Tante Milena und Mama mit größtem Respekt.

Ich spürte Milenas und Mamas Blick und sie lächelten. Natürlich durften Silvio und ich nicht allein ins Wasser. Hier mussten Valentina und Lorena als Aufpasser mit, damit alles unverfänglich und für die Blicke der Dorfbewohner anständig und gesittet aussah. Die Blicke der anderen waren die Kinder, die Omas und Opas, die in unserer direkten Nachbarschaft wohnten und uns kannten.

Silvio berührte mich gelegentlich im Wasser, als wir bis zu den Schultern im Wasser standen. Es waren kurze zärtliche Berührungen auf meinem Bauch oder auf meinen Rücken. Wir spielten mit dem Ball und wie selbstverständlich musste der Jäger natürlich den Hasen bedrängen und sich ganz nah vor ihm aufbauen und den Körperkontakt suchen. Meine Kusine Valentina nutze die Gelegenheit auch in die Nähe von Silvio zu kommen und ich spürte, dass sie in ihrer Fantasie meine Position gerne eingenommen hätte. Später lagen wir unter dem

Sonnenschirm und ruhten uns aus. Silvio erzählte mir Erlebnisse aus seinem Leben, um mich zu unterhalten. Allmählich gewöhnte ich mich an ihn und fand es witzig, amüsant und unterhaltsam. Die Idylle wurde unterbrochen, als plötzlich Julia vor meiner Mutter jammernd am frühen Abend stand und sich vor Schmerzen krümmte. Silvio und ich blickten auf.

„Mama, ich habe solche Unterbauchschmerzen. Mir ist es schlecht und ich habe Kopfschmerzen!" Meine Mutter guckte aufgeschreckt und hoch und auch Milena stand auf. Sofort fühlte meine Mutter die Stirn von Julia. „Ich will nach Hause." Kaum hatte sie es ausgesprochen, übergab sie sich auch schon. „Ach, du meine Güte!" Meine Mutter wollte Julia etwas zu Trinken geben, aber sie weigerte sich mit einem schmerzverzerrten Gesicht. Ein feiner Blutstrich lief an ihrem Bein herunter.

Es schien noch niemand in der Hektik bemerkt zu haben und ich stand auf und ging zu meiner Mutter.

„Mama, Julia hat ihre Tage!", flüsterte ich meine Mutter ins Ohr. Die Gesichtszüge meiner Mutter entspannten sich. „Ich habe schon an eine Lebensmittelvergiftung gedacht. Gott sei Dank! Stella packe hier schon einmal alles zusammen." Danach ging sie mit meiner Schwester und der Tante zum Auto. Lorena trödelte, weil sie noch nicht nach Hause wollte. Eine ihrer Freundinnen war gekommen und hatte sich bis gerade mit ihr unterhalten. Valentina nahm ihre Liege und packte ausschließlich ihre Sachen weg. Damit schien sie zu sagen, dass sie ihren Teil erledigt hatte. „Kannst du bitte die anderen Sachen noch wegpacken?", forderte ich sie auf. „Nein, das ist Lorenas Kram und den Rest musst du machen?"

„Wieso?"

„Wir waren heute Morgen nicht mit dem Decken des Tisches dran. Mussten wir aber trotzdem machen, weil ihr euch verdrückt habt!" „Die Arbeit ist jetzt alle für dich und wenn du dreimal bis viermal läufst." „Das merke ich mir!" Silvio stand neben mir und berührte mich kurz am Arm. „Ich helfe dir!" Gleich begann er die Schirme zusammen zu räumen und die zwei Liegen ins Strandaus zu tragen. Valentina ließ ihr Gepäck fallen und war plötzlich bereit mitzuhelfen.

Jeder hatte seine Schwimmtasche, seine Schminke, Handy, Handtücher und zusätzlich die zwei Kühltaschen zu tragen. Silvio half mir bei meinem Gepäck. Am Parkplatz spielte sich ein Drama ab. Julia konnte gar nicht mehr sitzen und lag mit heftigen Krämpfen auf dem Rücksitz. Überall war Blut. „Wir fahren das Gepäck und Julia nach Hause und ihr kommt mit dem Bus nach", bestimmte Tante Milena. „Ich will nicht hier am Strand bleiben. Ich bin heute noch mit Nathalie auf der Piazza verabredet. Ich muss dahin. Das ist ganz wichtig." Dabei schaute Valentina mich als Erklärung an, als sei ich der Grund für den Klärungsbedarf mit Nathalie Di Perna, die von ihrer Schwester auferlegt bekam, mit keiner Loren mehr zu sprechen. „Ich muss noch duschen und mich schminken. Da ist doch noch Platz im Fußraum. Ich halte Julias Hand. Das tut ihr bestimmt gut." Tante Milena verdrehte die Augen. Auch Lorena fuhr im Kofferraum mit, weil Tante Milena ihrem Nesthäkchen auf gar keinen Fall den Weg allein mit mir im stickigen Bus zumuten wollte. „Mache dich jetzt gleich auf dem Weg! Der Bus kommt in zehn Minuten!", befahl mir Tante Milena streng. „Ich bringe sie nach Hause, Frau Loren." „Das ist wirklich freundlich von dir, aber nicht nötig! Nicht wahr, Stella, wir muten Silvio keinen Umweg zu?" „Mama, alle fahren jetzt gleich nach Hause. Im Bus ist es eng, stickig und heiß!"

„Stella bitte, da gibt es wirklich keine Diskussion!" „Frau Loren, ich verspreche Ihnen, dass ich sie umgehend nach Hause bringe."

Meine Mutter schaute zu mir herüber und ich formte meine Lippen lautlos zu der Mundbewegung „Bitte." „Na, gut! Wir halten die Uhr im Blick!", stimmte meine Mutter zu.

Mit einer stöhnenden und jammernden Julia fuhren sie nach Hause. Silvio nahm mich gleich bei der Hand und zog mich zu seiner Vespa, die am Anfang des Strandes direkt vor der Strandlounge stand. Als ich mich hinter ihm an der Gepäckstange festhalten wollte, dreht sich Silvio zu mir um, löste meine Hände und legte sie um seinen Körper. „So gehört sich das!" Ich lächelte und fand es nicht mehr so unangenehm mit ihm zusammen zu sein, wie noch vor ein paar Tagen. Recht zügig fuhr er die Straße nach Massa hoch. „Du hast es aber ganz schön eilig!" „Deine Mutter hat mir ein Limit gesetzt. Wenn ich demnächst etwas mit dir unternehmen will, muss ich jetzt absolut zuverlässig sein."

Jetzt erkannte ich in Silvios Handeln eine Taktik. Er verbrachte zwar den Nachmittag mit mir, aber die unangenehme Übung mit meiner Tante und meiner Mutter zu reden und ihnen zu gehorchen, war ein Plan, für sich Vertrauen zu werben, um unbemerkte Momente mit mir zu haben. Pünktlich kam er mit mir bei Tante

Milenas Haus an. Zur Belohnung wurde er zum Essen eingeladen. Eine riesige Tafel im Garten wurde gedeckt und alle Mädchen mussten in der Küche helfen. Stefano und Pietro kamen eine Weile später und begrüßten Silvio. Wenige Minuten später ging der PC an und alle Jungs hockten in aller Eintracht davor.

Papa und Onkel Enrico bauten die Scheune im Garten zur Ferienwohnung für unsere Familie um. Wir lebten im Mutterhaus meiner Uroma, Papas und Onkel Enricos Großmutter. Deswegen hatte Serge als Enkel ein Anrecht auf das Haus. Meine Oma hatte meinem Vater auf sein Bitten hin, die Scheune versprochen, weil das Haus zu eng wurde. Opa und Oma kamen meistens im Spätsommer zu uns, wenn wir bald abreisten. Sie liebten die Beschaulichkeit, wenn die Touristen weg waren. Onkel Enrico wollte sich um die Vermietung der Wohnung in unserer Abwesenheit kümmern. Die Männer waren komplett weiß bestäubt und gingen duschen.

Liebesgeflüster

Eine Weile später stand Silvio neben mir im Garten und half mir das Geschirr und das Besteck rauszutragen. Drinnen hörte ich Milena mit Mama reden. „Wer hätte das gedacht, dass Stella noch vor Julia unter die Haube kommt? Und wie Silvio sich bemüht?" „Milena, das ist doch alles nur Show. Das war schon bei uns so, dass die Männer in den ersten zwei Jahren der Beziehung helfen. Siehst du hier irgendwo Enrico oder Serge?" „Aber das ist normal. Die Männer arbeiten und wir kümmern uns um das Essen und die Kinder. Wir müssen nicht schuften, dafür sorgen unsere Männer." „Milena, hast du dich nie gefragt, was du machen würdest, wenn du Enrico nicht kennen gelernt hättest?" „Was für eine dumme Frage? Ich kenne ihn schon mein halbes Leben." „Milena, was wärst du heute von Beruf?"

„Krankenschwester!" „Sehnst du dich nicht nach deinem Geld und eine Aufgabe zu haben?" „Ich habe vier Kinder. Das ist Aufgabe genug!" „Ich arbeite für eine Tageszeitung!" „Hast du dafür noch Zeit? Du bist eine moderne Frau und hast dich den Deutschen angepasst. Schau dich doch an! Du musst die Kinder erziehen und arbeiten. Ich kann mir bei Serge gar nicht vorstellen, dass er das von dir verlangt? Du verausgabst dich, obwohl Serge doch sehr gut mit seinem Laden verdient. Stress beeinträchtigt die Beziehung und die Fruchtbarkeit." „Das ist mein Beruf."

„Ja, aber leiden deine Kinder nicht darunter und findet Serge das gut?" „Ich arbeite von neun bis vier, die Kinder und Serge merken das gar nicht! Ich würde es mir auch gar nicht verbieten lassen. Wir sind gleichberechtigt." „Siehst du! Serge merkt es gar nicht. Wusste ich es doch! Als Krankenschwester arbeitet man im Schichtdienst. Das merkt die ganze Familie. Die Jungs sind ja schon groß. Aber die Mädchen sind noch zu jung. Du siehst ja, was passiert, wenn man sie nicht immer unter Beobachtung hat. Am Ende ist der Mann auch noch auf Abwegen, weil man sich nicht kümmert wie im Fall Bonaventura. Sie führt doch den Frisörladen. Deine Mädchen streunen herum.

Unsere Aufgabe ist es die Familie zusammenzuhalten. Vergiss das nicht! Familie hast du immer, aber Arbeit nur für einen Abschnitt in deinem Leben." „Die Mädchen streunen nicht herum. Sie probieren zu leben. Sie sollen später ihr eigenes Geld verdienen und selbst entscheiden und gestalten können. Eigenes Geld macht frei, wenn ich nicht mehr will, dann kann ich gehen."

„Willst du Serge verlassen?"

„Aber nein! Er kann wirklich von mir annehmen, dass ich ihn liebe, weil ich an seiner Seite bin. Ich muss es nicht! Es ist meine Entscheidung. Ich wünsche mir für meine Töchter ein Leben in Unabhängigkeit!" „So, wünscht du dir auch Unabhängigkeit?", hörte ich die belustigte Stimme meines Vaters.

„Du hast mich jetzt aber erschrocken!" „Also doch ein schlechtes Gewissen?" „Nein!" „Was ist los?" Mein Vater schaute aus dem Küchenfenster und sah Silvio. „Hallo, Silvio. Wie geht's dir?" „Gut Herr Loren! Und Ihnen?" „Wir haben zurzeit viel Arbeit in der Scheune. Wir bauen sie zur Wohnung um." Der Blick von Silvio wanderte auf das große Gebäude am Ende des Gartens. Man sah schon Fensterdurchbrüche. Da wo das Scheunenbogentor war, wollte mein Vater Glaseinsetzen und eine Tür einbauen. Die Scheune sollte sehr viele Lichträume haben. „Wir brauchen Morgen jede Hilfe, die wir bekommen können!" „Ich bin dabei!" Mein Vater zog den Kopf wieder ein unterhielt sich mit meiner Mutter. Meine Tante kam kurz heraus, um die Gläser auf den Tisch zu stellen. Meine Eltern waren alleine in der Küche und die Stimmen waren sehr gedämpft. Plötzlich hörte ich meine Mutter erregt rufen. „Nein, Serge auf gar keinen Fall! Ich will keine Kinder mehr! Das Thema ist für mich durch. Julia und Stella sind bald groß. Da fange ich doch nicht noch einmal von vorne an. Ich bin zu alt." „Du bist 38. Das ist kein Alter." „Serge, bitte!" „Es wäre schön! In der Scheune gibt es drei Kinderzimmer!" „Serge, in der Scheune gibt es zwei Kinderzimmer und ein Büro!" „Alle haben hier drei oder vier Kinder!"

„Die anderen sind kein Maßstab für mich! Ich sitze zu Hause und muss mich kümmern, während du in der Weltgeschichte herumgondelst. Ich will auf gar keinen Fall das alles noch einmal durchmachen. Milena hat alle ihre Kinder nacheinander bekommen. Sie war acht Jahre mit Baby wickeln beschäftigt. Außerdem brauchen wir das Geld für eine solide Ausbildung für unsere Kinder. Ich will, dass sie studieren." „Stella sollte lieber bald einen Beruf erlernen. Schau einmal raus!" „Nein, Stella soll studieren. Sie hat Talent!" „Zu was hat sie Talent?" „Auf jeden Fall nicht nur zur Hausfrau und Mutter!"

„Rechne mal! Du warst mit 21 schwanger. Stella hat noch knapp sechs Jahre."

„Aber nicht alle werden zur gleichen Zeit wie ihre Mütter schwanger. Man kann das regeln." „So?"

„Was meinst du?"

„Irgendwie haben wir es nicht geregelt."

„Ja, weil du so gut rechnen kannst und dich besonders gut im Zyklus einer Frau auskennst. Am 19. Tag kann kein Eisprung mehr passieren. Das waren doch deine Worte!" „Du hast gesagt, du nimmst die Pille!"

„Aber Serge, die Pille kann man nicht mitten im Zyklus nehmen, sondern man muss zuerst den Zyklusanfang abwarten. Deswegen hatten wir doch damals die Diskussion."

„Aber Francine, wir wollten das Kind. Ich habe dir sofort

einen Heiratsantrag gemacht."

„Mir kommt es manchmal so vor, als hättest du das alles geplant?"

„So was plant man nicht. Wir haben das Beste daraus gemacht. Ich bin glücklich, du bist glücklich. Ich nenne das einfach Glück. Aber trotzdem mache ich mir um Stella Sorgen."

„Sei nicht kindisch, Serge! Stella ist die letzte, die es überhaupt riskieren würde. Sie ist ehrgeizig. Schau dir ihre Noten an! Sie will den Erfolg. Julia macht mir viel mehr Sorgen." „Ach was, Julia, unser kleines Trampeltierchen, das nichts merkt und von nichts eine Ahnung hat. Da würde ich mir gar keine Sorgen machen. Stella hat den Verehrer. Julia kümmern solche Dinge nicht."

Ich war erschüttert, dass mein Vater noch über ein Kind nachdachte und er meine Schwester so falsch einschätzen konnte. Perplex ging ich in Gedanken versunken rüber zur Hängematte und setzte mich dort hinein. Silvio folgte mir und wir schaukelten. Es war ein lauschiger Platz in einer Gartennische. Bäume und Hecken verdeckten die Sicht auf diesen Platz. Über uns war ein dichtest Laubwerk und neben uns viele Sträucher. „Was denkst du?" Aufgeschreckt schaute ich Silvio an. „Nichts!" „Man sieht aber, dass du denkst!"

„Ist nicht wichtig!"

„Wenn du mich wirklich magst, dann sagst du es mir!"

„Ich habe das Gespräch zwischen deinen Eltern mitbekommen!" „Entschuldige, dass du es mit anhören musstest. Ich find's auch eklig, dass sie noch über ein Kind nachdenken."

Silvio schmunzelte. „Das fand ich jetzt gar nicht so

schlimm! Eher den Satz, dass sie große Pläne für dich haben. Wie kann ich in diesem Plan vorkommen. Wirst du hier studieren?" „Ehrlich! Darüber denkst du nach!" „Mhm, ja!" „Wusstest du, dass meine Mutter mitten im Studium schwanger geworden ist?" „Muss wohl, war ja erst 21!"

„Sie hat aber trotzdem zu Ende studiert. Julia war ganz oft bei meinen Omas und Papa hat nach der Gesellenprüfung den Meister angefangen und ein Installationsgeschäft gegründet und ich saß im Laufstall in seinem Büro."

Silvio lächelte und bewegte sich auf mich zu und küsste mich zärtlich auf meinen Mund und seine Zunge berührte meine. Zum ersten Mal spürte ich Vertrauen und Zuversicht in der Beziehung mit Silvio. „Ist das der Weg?" Die Frage schien gar nicht zum Ereignis von diesem einem Augenblick zu passen. Er schien eine Antwort von mir zu erwarten. Ich zuckte mit den Achseln. „Ja oder nein!" „Was meinst du?" „Kinder!" „Was denn für Kinder?" „Du hast doch gerade gesagt, dass wir die Pläne deiner Eltern umlenken können, wenn wir Kinder haben. Da müssten sie mich akzeptieren und du könntest hier leben!" „Was redest du für einen Quatsch! Du machst mir richtig Angst!" „Ich meine ja nicht jetzt. Ich meine, wenn du und ich studieren!" „Wir müssen keine Kinder haben. Wenn wir erwachsen sind. Dann bestimmen wir über unser Leben. Wir wären zusammen, weil wir es wollten. Niemand kann uns da reinreden." Silvio legte seinen Arm um mich und seinen Kopf auf meine Schulter. Eine Weile saßen wir so versunken und jeder hing seinen Gedanken nach.

Plötzlich stand er auf und zog mich hinter den Strauch. Seine Hände wanderten um meine Taille. Sein Kopf senkte sich und er küsste mich. Zärtlich ausdauernd und er presste seinen Unterleib gegen meinen. Eine nie gekannte Wärme durchströmte mich. Wir verloren bald das Gleichgewicht lagen im Gras. Er legte sich auf mich und ich spürte den Verlust seiner Kontrolle. Seine Hand wanderte zu meiner Brust, um darüber sanft zu streicheln. Plötzlich hörte ich Bewegung im Garten und ich zappelte unter ihm leicht panisch. Er rollte sich von mir und erhob sich und zog mich hoch. Er entfernte die Piniennadeln von meiner leichten Strickjacke und kontrollierte meine Haare nach Blättern und Nadeln, ehe wir zum Abendessen an die Tische gingen. Alle setzten sich zu Tisch und ein fröhliches Geplapper über den vergangenen Tag begann. Nur Julia fehlte. Gegen halb zwölf machte sich Silvio auf dem Heimweg. Wir standen vor der Tür und wussten gar nicht, wie wir die Verabschiedung beenden sollten, weil ein Kuss dem anderen folgte. Bis ich es unterbrach und Silvio sich auf seine Vespa setzte und davonbrauste.

Als ich zu uns ins Zimmer schlich, schien Julia zu schlafen. Erst eine Weile später merkte ich, dass sie mit ihrem Handy in der Dunkelheit hantierte. Müde schlüpfte ich ins Bett. Kurz bevor ich einschlief, unterbrach Julia die Stille.

„Das waren vielleicht Schmerzen!"

„Ist es jetzt besser!"

„Mama hat mir eine Tablette gegeben und Tee gekocht. Ich habe die ganze Zeit geschlafen. Aber ich glaube, es ist wieder gut." „Gott sei Dank!" „Toni ist unten vor der

Tür." „Was?" „Kannst du ihm die Tür öffnen." „Spinnst
du?" „Stella, bitte! Es ist ganz, ganz wichtig. Ich würde es
sonst nicht von dir verlangen!" „Gehe selbst!" „Ich habe
eine Megablutung. Ich kann mich kaum bewegen. Es
kommt in Sturzbächen aus mir raus."

„Ich bin müde!" „Bitte!"

„Wenn das rauskommt, hänge ich mit drin."

„Da kommt nichts raus. Los mach! Er wartet!" Langsam
und müde schlich ich mich nach unten. Alles war ganz
still im Haus. Mama und Papa unterhielten sich ganz leise
in ihrem Zimmer. Mama lachte. Meine Hand lag auf der
Klinke und ich drückte sehr langsam die Haustür auf. Ich
weiß nicht, warum man sich einbildet, wenn man ganz
langsam die Tür öffnet, dass es keine Geräusche machen
würde. Es macht immer Geräusche. Toni stand direkt vor
der Tür und schlich hinein. Ohne ein Wort zu sprechen,
schlichen wir oben ins Dachzimmer. Toni umarmte Julia
und legte sich zu ihr. Sie flüsterten und es störte mich.
Also nahm ich meine Decke und mein Kissen und legte
mich draußen in die Hängematte, wo mir die
Stechmücken meine Ruhe raubten. Es dämmerte schon
zum Morgen, als ich zum Haus zurückging. Julia lag in
ihrem Bett und Toni lag hinter ihr, mit ihr eng
verschlungen. Ich weckte ihn und er verstand sofort, dass
es Zeit zu gehen war.

Wir verlebten über wenige Wochen eine ruhige Zeit. Die
Beziehung mit Silvio baute sich auf und ich fasste
Vertrauen. Zehn Tage auf dem Bau mit meinem Vater
verhalfen Silvio dazu, dass Vertrauen meines Vaters zu
erarbeiten. Meine Vettern und Silvio stellten in zwei
Wochen zusammen mit den Erwachsenen zwei

Badezimmer fertig. Mein Vater brachte den Jungs das Fliesen bei. Nach der Arbeit verbrachte Silvio regelmäßig die Zeit bis Mitternacht bei mir. Wir waren im Garten, schauten Fernsehen, unterhielten uns, machten einen Spaziergang bis zur Piazza. Es war in der Zeit ganz selbstverständlich geworden, dass er meine Hand hielt.

Einladung zum Essen

Wir waren tatsächlich zusammen. In der dritten Woche fragte Silvio meinen Vater: „Heute Abend möchte ich Stella zu mir nach Hause einladen." „Du hast Stella also erobert?" „Ja, so zu sagen! Wir sind zusammen, weil wir es wollen!" „Meine Mutter kocht heute Abend und ich soll Stella einladen, weil meine Mutter mich schon seit Wochen abends nicht mehr sieht." „Wann bringst du sie wieder Heim?" „So gegen Mitternacht!" „Gut!"
Silvio wohnte mit seinen Eltern in der Villengegend. Auf einem Hügel stand das prächtige, große Haus seiner Eltern. Als Silvio die Tür aufschloss, trat seine Mutter in die Halle und begrüßte mich. Sie schaute mir in die Augen und wir gaben uns die Hand. Sie hatte lange schwarze Haare und war nicht größer als ich. Silvio ähnelte seiner Mutter. Es waren die gleichen tief braunen Augen, die langen geschwungenen Wimpern, das weiche schwarze, wellige Haar, der braune Teint. „Also, das ist das Fräulein, wegen dem du seit Wochen nicht mehr nach Hause kommst?"
„Ja, Mama, das ist Stella Loren."
„Ah, du bist die Tochter von Serge! Er hat hier in diesem Haus die Bäder damals gemacht. Ich glaube, da gab es dich noch gar nicht!"

Innerlich war ich durch ihren angeschlagenen Ton überzeugt, dass sie sich wünschte, dass ich nicht geboren wäre. Es fühlte sich ein bisschen feindlich an. Sein Vater war größer als Silvio. Er hatte braune Haare, blaue Augen und eine warme, herzliche Ausstrahlung. Irgendwie kam von seiner Seite mehr Offenheit und Wärme, als ich sie von der strengen Frau Vanzetti jemals erwarten dürfte. Er reichte mir die Hand und begrüßte mich. „Du bist genauso schön, wie deine Mutter. Wirklich, die gleichen Haare, die gleiche Figur, die gleiche Ausstrahlung. Wie geht es deiner Mama!"

„Gut, sehr gut!" „Und was macht Serge?"

„Mein Vater baut gerade die Scheune im Garten von Omas Haus um." „Ja, habe ich gehört. Silvio erzählte es mir."

„Gehst du schon einmal mit der jungen Dame in den Garten. Ich habe dort gedeckt!"

Wie unpersönlich. Mit der jungen Dame. Schöner hätte mit Stella oder deiner Freundin geklungen. Aber das war zu viel von Frau Vanzetti verlangt. Schon im ersten Augenblick spürte ich, dass es eher eine schwierige Beziehung werden würde. Silvio begleitete mich nach draußen. Der Tisch war sehr vornehm mit Weingläsern, weißer Serviette, Silberbesteck, schöner roter Tischwäsche gedeckt. Die Äußerlichkeiten stimmten, aber das Herzliche fehlte ganz und gar bei der Mutter.

Mein Freund rückte den Stuhl ab und bot mir einen Platz an. Es dauerte nicht lange und seine Eltern saßen ebenfalls am Tisch und die Mahlzeit begann. Es war ruhig, niemand sprach. Das war ganz anders als bei uns. Frau Vanzetti hatte Zuppa di Pesce, Risotto alla Milanese mit Petti di Pollo alla Bolognese, grünen Salat und zum Abschluss Zabaione aufgetischt. Bei der Stille hatte ich schon Angst mich zu Verschlucken.

Aber es geschah nicht. Erst am Ende des Essens sprach mich Frau Vanzetti an.

„Wann fahrt ihr wieder nach Hause?" Sie war wirklich, daran interessiert, wann ich aus dem Leben ihres Sohnes verschwand. „Mitte August!" „Das sind noch drei Wochen!" Zählte sie schon die Tage? Silvio schaute mich bei der Auskunft eher traurig an. Man sah ihm an, dass ihm jeder gelebte Tag eher Schmerzen bereitete, weil alles auf einen Abschied hinauslief.

„Stella hat Anfang Oktober Herbstferien. Wir könnten uns dann sehen! Ich würde dich vom Flughafen in Pisa abholen. Wir haben keine Herbstferien, sonst hätte ich dich besuchen können." Ich sah ihn erstaunt an. Er hatte schon darüber nachgedacht. „Es kann sein, dass wir kommen? Aber das hängt von der Auftragslage meines Vaters ab! Ich weiß nicht, ob mein Vater mich alleine hier sein lässt." „Du könntest bei deiner Tante wohnen."

„Ja, vielleicht!"

„Gehen die Geschäfte gut?", wollte Frau Vanzetti wissen. „Ich nehme es an!" „Silvio, du hast lange Schule und du stehst in diesem Jahr vor deinem Abitur. Du wirst in diesem Jahr keine Zeit mehr für Freizeit haben. Erst in den Sommerferien nächstes Jahr, darfst du wieder aufatmen und da suchst du eine Wohnung in Ferrara. Papa schaut schon die Anzeigen durch. Du wolltest doch Jura studieren. So wie Onkel Tomaso!", klinkte sich Frau Vanzetti ein, jeden Plan zu boykottieren. „Liebes, jetzt langweile die jungen Leute nicht mit der Zukunft. Wer weiß, was in einem Jahr ist?" „Was möchtest du später machen?" richtete Frau Vanzetti die Frage an mich. „Ich bin mir noch nicht sicher. Ich würde gerne was mit Musik oder Deutsch machen."

„Und was macht man damit!"

„Mama, wenn Stella das gerne studieren möchte, dann ist das in Ordnung. Frauen können studieren, was sie wollen und später heiraten sie. Wenn du italienisch studierst, dann kannst du hier Grundschullehrerin werden und wir können heiraten."

Frau Vanzetti machte ein versteinertes Gesicht.

„Aber Silvio, du wolltest nicht heiraten. Das hast du mir vor wenigen Wochen gesagt, du wolltest Spaß in deinem Leben haben und das du dein Herz nicht nur einer Frau schenken wolltest."

„Mama, bitte! Das ist Schnee von gestern. Gewöhne dich lieber daran, dass ich heiraten werde!"

Silvio blickte mich an, als würde er es mir in dieser Unverbindlichkeit versprechen. Ich lächelte ihn an. „Ich möchte Stella mein Zimmer zeigen." „Bitte Silvio, nicht! Da ist es gar nicht aufgeräumt. Du blamierst dich bis auf die Knochen." „Ich habe aufgeräumt!" Er stand auf und bat mich ihm zu folgen.

Silvios Zimmer war riesig. Mitten im Zimmer stand ein Bett. Ein Schreibtisch stand vor dem Fenster, ein großer Kleiderschrank in der Ecke und an seinem Zimmer grenzte direkt ein Badezimmer. Ich stand mitten im Raum und hielt mich eng umschlossen mit überkreuzten Armen selbst fest. Silvio warf seine Anlage an und wir hörten Musik. Er setzte sich auf sein Bett. „Deine Mutter mag mich nicht!" „Das ist nicht wichtig! Du bist ihre wichtigste Konkurrenz. Es ist klar, dass sie die Grenzen bei dir absteckt." „Ich bin fünfzehn! Wie kann ich eine Konkurrenz für sie sein?"

„Glaub mir, du kannst es."

Er stand auf und kam auf mich zu, umarmte mich und langsam senkte sein Mund sich auf meinen. Eng umschlungen standen wir eine Weile so dar und genossen den Gefühlsrausch, der immer intensiver wurde. „Ich weiß, dass wir es nicht sollten, aber ich würde gerne mit dir schlafen."

„Ich bin noch nicht soweit!"

„Meinst du, wir erleben es noch bis zum Ende der Ferien? Es würde mir sehr viel bedeuten. Ich könnte davon träumen, wenn du nicht hier bist. Ich könnte über meinen Vater dir die Pille verschreiben lassen. Ich wüsste in diesem Augenblick, dass du mir gehören würdest und dich niemand mehr anfassen darf."

„In diesem Jahr hätte ich mir nie träumen lassen, dass ich einen Freund haben werde."

„Na, siehst du! Vielleicht können wir noch mehr Neuerungen einführen."

„Warum ist das wichtig?"

„Es ist wichtig. Fühlst du das nicht auch?"

„Ich glaube, ich bin zu jung, um was zu fühlen außer Beklemmung, Bauchschmerzen und etwas Verbotenes zu tun!"

„Wir tun nichts Verbotenes. Ich liebe dich und du liebst mich. Verliebte tun das! Glaube mir, es wird wunderschön. Es wäre unser Geheimnis."

Plötzlich ging die Tür auf und Frau Vanzetti stand in der Tür und wir stoben augenblicklich auseinander. „Es gibt

Kaffee!" „Wir fahren jetzt zur Piazza", kündigte Silvio an. Frau Vanzetti lächelte ein bisschen böse und wir verließen sein Zimmer. Es dämmerte schon, als wir vor die Tür traten.

Petting

Nach einer halbstündigen Fahrt waren wir am Strand. Überall hörte man Musik. Die Straßen waren voller Menschen. Ein Flohmarkt war mitten im Gang und afrikanische Trommelklänge begleiteten uns. Silvio parkte seine Vespa wieder am Lido. Anschließend machten wir uns auf den Weg zum Strandhaus.

„Mach' mal die Augen zu!" Ich schloss die Augen. Er rüttelte an der Tür und schloss sie auf. „Du darfst die Augen erst öffnen, wenn ich es sage!" Es raschelte, ein Streichholz wurde entzündet. Noch eins und wieder eins. Er nahm mich bei der Hand und führte mich ins Strandhaus. „Du darfst die Augen öffnen!"

Ein Meer von Kerzen und roten Rosenblättern umgaben uns. Auf dem Tisch standen eine Flasche Champagner und zwei Gläser. In der Ecke lag eine Matratze, die mit schöner Bettwäsche bezogen war. „Was wird das?" „Gefällt's dir?" „Hast du das alles gemacht?" „Emilio und ich!" „Emilio, weiß, dass du mit mir hier bist?"

„Nicht so direkt! Ich habe ihm gesagt, wenn wir im Rapallo feiern und trinken, können wir hier pennen."

„Die romantischen Sachen habe ich gemacht, als Emilio nicht mehr hier war. Gefällt es dir?"

„Ja, schön!"

„Das freut mich!" Er umarmte und küsste mich. Ganz langsam - mit dem Ansteigen der Erregung in uns -

entblättert wir uns von unserer Kleidung. Bald waren wir in uns versunken. Ich dachte an nichts und wir glitten auf die Matratze. Sein Unterleib presste sich fest gegen meinen. Unsere Unterwäsche behielten wir an. Silvios Erregung stieg deutlich und er küsste mich intensiv, so dass ich um mich herum nichts mehr wahrnahm. Die Zeit schien still zu stehen. „Ich liebe dich", flüsterte er mir zu und küsste mich wieder. Sein Becken drückte sich eng an meinem Unterleib, bis er anfing, sich in seinem Rhythmus zu bewegen und ich spürte seine Impulsivität.

Es war tatsächlich nur für einen Augenblick, als Silvio sich auf mich niedersenkte, seine Hände mein Becken fest umfassten und er stöhnend plötzlich seinen Unterleib in meinen bohrte, in sich vibrierte und mit einem aufstöhnenden Geräusch aus seiner Kehle auf mir versank und sich anschließend neben mich legte. Langsam pulsierte die Realität zu mir zurück und mein Körpergefühl kehrte wieder in mein Bewusstsein. Hastig sprang ich auf und lief in Unterwäsche zum Meer und sprang ins Wasser und schwamm ein Stück hinaus. Ich sah die Lichter am Strand. Silvio war mir gefolgt und schwamm zu mir. „Brauchst du eine Abkühlung?"

„Du hast direkt auf meine Unterwäsche dich entladen."

„Na, und?"

„Bist du verrückt?"

„Wir haben nicht miteinander geschlafen, wenn du das meinst."

„Du hättest das nicht machen dürfen!"

„Jetzt habe keine Angst. Das ist gar nichts!"

„Du bist echt ein Arschloch!"

„Stella, mach' es nicht kaputt!"

Ich drehte mich weg, schwamm zum Strand und ging ins Strandhaus. Dort zog ich meine Kleider aus und wrang sie aus. Silvio stand hinter mir und schaute mich an und stellte sich hinter mich und begann mich zu küssen. Ich drehte mich um und schlug ihm ins Gesicht.

„Wofür war das?"

„Für deine Rücksichtslosigkeit."

„Ich bin nicht rücksichtslos! Ich liebe dich! Es ist normal, dass ich mit dir schlafen will!"

„Fahr mich nach Hause!"

„Wir müssen warten bis unsere Kleider trockner sind. Du musstest ja unbedingt mit deiner Unterwäsche in die Fluten springen."

„Sonst wäre es auch witzlos. Ich habe überall dein Sperma! Ich hoffe, alles ist jetzt im Meer. Fahr mich jetzt nach Hause!"

„Du kleine Wildkatze!"

In diesem Moment umfasste er mich und zwang mich zu Boden. Wir rauften und er hielt mich fest. „Wenn du jetzt mit mir schläfst?" „Keine Sorge! Ich kann nicht direkt danach! Es dauert erst eine Weile. Du brauchst also keine Angst zu haben!" Still lagen wir gemeinsam unter der Decke und er streichelte mich. Mein Herz beruhigte sich und ich schlief ein. Erst nach ein Uhr wurden wir wieder wach. In Windeseile packten wir unsere Sachen. Ich zog mein Kleid ohne Unterwäsche an und Silvio fand diese Idee einfach nur scharf. Ich fand sie im Angesicht der Umstände, die einzige Möglichkeit, ohne Erkältung heim zu kommen. Als ich hastig abstieg und zur Haustür lief, hastete er hinter mir her, packte mich, drehte mich zu sich und küsste mich leidenschaftlich. „Schlaf schön!

Meine Prinzessin! Wenn ich dürfte, würde ich dich sofort vernaschen." Ich schaute ihn böse an. Im Anschluss drückte er mir einen leichten Kuss auf den Mund.

Im Haus war es ganz still und ich schlich mich zu meinem Zimmer. Aber es war abgeschlossen. Ich klopfte. Drinnen regte sich etwas und eine Bettdecke wurde aufgeschlagen. Ganz leise wurde aufgeschlossen. Meine Schwester stand Schlaftrunken vor mir und reichte mir meine Bettwäsche.

„Toni ist da. Es ist unsere letzte Woche. Er bleibt bis fünf. Kannst du solange im Wohnzimmer schlafen!"

Ich schaute sie böse an. „Bitte!" Ich nahm die Bettwäsche und ging ins Wohnzimmer. Gegen halb sechs hörte ich, wie Toni das Haus verließ. Auf den Weg zu meinem Zimmer traf ich Papa. „Kannst du mir einmal sagen, was du machst? Seit zwei Wochen geisterst du hier mitten in der Nacht durch das Haus. Was ist los?"

„Ich konnte nicht schlafen. Es ist zu heiß und stickig unter dem Dach."

„Sei leise! Alle schlafen noch!"

Papa hatte also gehört, dass jemand kam und ging. Ich war jetzt die Erklärung für ihn. Julia schlief noch tief und fest. Die hatte wirklich Nerven. Für sie war die Welt so einfach. Das Unglück kam für sie immer hereingebrochen. Während ich es gelegentlich kommen sah, schlummerte Julia noch völlig ahnungslos und in einer waghalsigen Sicherheit gehüllt. Das Phänomen Katastrophe war für mich auf Grund der Verkettung von Umständen erklärbar. Aber manchmal trifft es auch mich, ohne Vorbereitung.

Verdrehte Wahrheiten

Der fünfzehnte August, unser Abreisetag nahte. Bis zu dieser Zeit verbrachten Silvio und ich eine glückliche und unbeschwerte Zeit. Wir machten Ausflüge nach Florenz und Pisa mit dem Überlandbus. Gingen wandern, trafen uns mit seinen Freunden auf der Piazza oder lebten zurückgezogen in einer Nische und lebten unsere Gefühle aus. Aber niemals mehr so heftig, wie im Strandhaus. Auch Silvio hatte gemerkt, dass dies keine so gute Idee war. Die Spannung stieg an. Jeder Tag bis zum Beginn meiner Periode wurde herbeigesehnt und gebetet. In der Kirche wurden Kerzen angezündet. Silvio kümmerte sich rührend um mich, wenn mich gerade wieder die Panik ergriff. Die Blutung setzte sogar zwei Tage früher ein und das Leben nahm wieder Farbe an, weil die sorglose Kindheit, nach der ich mich sehnte, in mir zurückfloss. Julia litt seit der Abreise von Toni und verbrachte den größten Teil des Tages mit ihrem Handy oder in Facebook am Tablet. Fröhlich scherzend und ausgelassen kamen Silvio und ich vom Strand im Haus meiner Tante an. Ich wollte gerade fragen, was es zu Essen gab. Da bemerkte ich den Stillstand im Haus. Im Wohnzimmer saßen meine Eltern und Silvios Eltern. Sie waren ganz still und redeten sehr gedämpft. Julia saß auf der Treppe und warnte mich mit einem Blick. Ich klopfte an die Tür und wir gingen ins Wohnzimmer.

Auf dem Couchtisch lag die Rechnung von Herrn Dr. Giacomelli. Mit goldenen Buchstaben, stand dort sein verschnörkelter Name.

Mein Vater schaute mich grimmig an. Herr Vanzetti besorgt, seine Mutter böse und meine Mutter voller

Mitgefühl. „Setzt euch!", kommandierte mein Vater uns beide. Er hielt die Rechnung hoch und deutete auf die Summe von 80,--€ und schaute mich an. Diese böse Überraschung hatte ich nicht kommen sehen. In Deutschland bekommt man keine Rechnungen vom Arzt. Es wäre im Verborgenen geblieben.

„Ich habe nichts gemacht!"

„Und du Silvio, hast du auch nichts gemacht?"

„Ich kann das erklären, Herr Loren. Es ist harmloser, als die Rechnung aussieht."

Sein Vater schmunzelte.

„Was gibt's da zu lachen, Maurizio? Du hast einen Sohn, der keinen Anstand hat, sich hier einschleicht und meine Tochter besteigt! Sie ist fünfzehn!"

„Ich kann deine Aufregung verstehen. Silvio, erkläre uns doch bitte folgendes. Die aktuelle Beschwerde war Befund nach Geschlechtsverkehr ohne Verhütung. Ausstellung eines Rezeptes Levonorgestrel."

Erschrocken schaute Silvio mich an und versuchte entschuldigende Worte für uns zu finden.

„Das ist ein Missverständnis, Papa. Ich habe ... ."

In mir rauschte es. Egal wie ich es wendete, ich saß in der Falle. Es war ein ungeschriebenes Gesetz, dass man keinen aus der Familie verrät. Man wurde automatisch zum doppelten Opfer. Tränen liefen mir über meine Wange. Silvio nahm meine Hand.

„Papa, es war ganz anders gewesen!" Sein Vater hob die Augenbrauen.

„Herr Loren, ich verspreche ihnen, egal was passiert, ich werde für Stella da sein!", übernahm Silvio die Verantwortung.

„Mein lieber Sohn, du wirst dir doch nicht dein Leben mit einem Kind und einer ungebildeten Frau ohne Abschluss verbauen. Im nächsten Jahr bist du in Ferrara. In fünf Jahren schließt du deine Ausbildung erst ab. Es ist viel zu früh, um über feste Beziehungen nachzudenken. Mit wie viel Mädchen hast du schon diese Situation durchgestanden. Da kommt es auf eine mehr oder weniger auch nicht an." „Mama, bitte!"

„Du bist noch einmal davongekommen, weil du geistesgegenwärtig deine kleine Freundin zum Arzt gebracht hast. Ich verstehe zwar nicht, warum ausgerechnet zum Dr. Giacomelli, dein Vater hätte dir auch aus der Verlegenheit helfen können. Aber sei es drum."

Frau Vanzetti öffnete ihre Tasche und legte 80,--€ auf den Couchtisch. „Mama. Du bist echt schlimm!" „Gibst du mir die Schuld für deine Fahrlässigkeit?" „Ich muss wirklich sagen Antonia. Du bist wirklich schlimm. Für dich geht es nur um die Zukunft deines Sohnes. Was ist mit meiner Tochter?", wollte mein Vater wissen. „Ich habe mir schon gleich gedacht, dass du uns die Schuld gibst! Schau dir doch deine Tochter an! Bildhübsch, aufreizend gekleidet, geschminkt und verteilt ihre Reize wie ein Flittchen und da willst du meinem Sohn einen Vorwurf machen. Es war die Aufgabe deiner Tochter, die Tore zu schließen. Aber was will man erwarten, wenn man im freizügigen Deutschland aufwächst. Dann ist die ganze Erziehung verdorben.

Ein anständiges Mädchen zieht sich nicht so an, läuft nicht so rum und schminkt sich nicht und geht nicht zur Piazza und spricht Jungs an."

„Ich betrachte das Gespräch als beendet an. Wir haben alles gehört, was es dazu zu hören gibt. Wir sperren unsere Katze ein und euer Sohn hat bei uns Hausverbot. Laut der Aussage der Mutter hat er ja mit seiner Tat seine tolle Zukunft geschützt und schon öfters bei anderen Damen Unheil gestiftet. Und wie wir gehört haben, ist es kein Einzelfall in deinem Leben Silvio."

„Doch! So was habe ich noch nie gemacht. Ich schwöre! Ich liebe Stella!"

„Auf Stella musst du jetzt verzichten. Ich habe das Aufenthaltsbestimmungsrecht. Wenn ihr achtzehn seid, bin ich außen vor. Solange bestimme ich, wie es läuft. Ich bin einmal gespannt, ob du bis zu ihrem achtzehnten Lebensjahr warten kannst."

„Herr Loren das sind drei Jahre. Ich heirate Stella sofort. Ich verlobe mich mit ihr. Ich kann nicht ohne sie sein!"

„Silvio, ich bitte dich! Sei nicht so dramatisch! Du bist Ende sechszehn."

„Mama! Sei jetzt endlich einmal still! Du verdirbst alles! Hier geht es um mein Leben mit Stella. Halt dich aus meinem Leben raus!"

„Du wirst froh darüber sein, dass ich heute so war. Du wirst den Tag noch preisen. Schau dich doch einmal um! Die Lorens hocken hier wie die Tiere aufeinander und kriegen ein Kind nach dem anderen. Das wäre auch deine Zukunft. Nein, dafür habe ich dich nicht auf die Welt gebracht!"

Meine Mutter blickte Frau Vanzetti geschockt an und wusste nicht, was sie über diese Unverschämtheit sagen sollte. Mein Vater stand auf und lief zur Tür. „Nach dieser Unverschämtheit wechsele ich kein Wort mehr mit euch."

„Serge! Die Gemüter sind erhitzt. Ich bitte dich, dass wir später noch einmal über die Zukunft der Kinder reden", brachte Herr Vanzetti noch heraus. „Ja. In drei Jahren reden wir noch einmal. Sucht euch auch demnächst für eure Tätigkeiten einen anderen Klempner!"

„Herr Loren, ich bitte um Entschuldigung für meine Mutter. Sie ist dumm und hat keine Manieren! Ich bitte um Entschuldigung, dass ich mit Ihrer Tochter schlafen wollte."

„Mein lieber Junge laut ärztlicher Auskunft war das nicht nur ein Wollen und jetzt verlasst das Haus!"

Silvio nickte nur. Frau Vanzetti ging arrogant und mit erhobenem Kopf aus unserem Haus. Herr Vanzetti ging in Fassungslosigkeit, weil er einen Freund anscheinend verloren hatte und die Situation für seinen Sohn nicht retten konnte. Silvio ging mit hängendem Kopf, als hätte die Welt ihr Ende gefunden. Kurz vor der Tür dreht er sich hastig um, umarmte mich stürmisch, küsste mich heftig. „Verlass mich nicht! Ich verlass dich auch nicht!"

Ich nickte und weinte. Mein Vater schmunzelte. „In drei Jahren fließt eine Menge Wasser den Arno herunter. Du stehst kurz vor einem großen Wechsel in deinem Leben. Wenn eure Gefühle das Überleben, dann gehört ihr mit Sicherheit zusammen."

Als Silvio das Haus verließ, schloss mein Vater die Tür. Er kam auf mich zu und spuckte mir die Worte Flittchen ins Gesicht. „Geh ins Badezimmer und schmink dich ab! Ziehe deine Kleiderfetzen aus und komm in T-Shirt und Hose wieder runter. Hörst du, du wirst mich nie wieder so blamieren. Was glaubst du, was du hier in diesem Dorf noch Wert bist? Wie konntest du nur?"

Tränen überströmt verließ ich das Zimmer und lief die Treppe rauf. Ja, wein nur! Wie glaubst du, wie mir zumute ist? Ich bin enttäuscht!"

„Serge, jetzt reiß dich mal zusammen! Das ist deine Tochter. Du hast sie damals mit auf die Welt gebracht. Was bedeutet es schon? Der Vorfall bedeutet gar nichts. Wir reisen in zwei Tagen ab. Wir leben in Deutschland und nicht in Massa, wo alle hinter dem Mond leben. Du hast gerade Stellas erste Liebe in höchst unsensibler Form zerstört. Was macht da schon dieser Vorfall aus? Er hat sie geliebt. Sie hat ihn vielleicht geliebt! Es war alles in Ordnung, bist du dich so idiotisch eingemischt hast. Sie ist ein Stück von dir und mir. Bei ihrer Geburt haben wir uns geschworen, wir wollen zu unserer Tochter stehen und ihr gute Eltern sein. Die moralischen Vorstellungen in Massa gehören abgeschafft."

„Francine, ist das dein Ernst? Das kannst du nicht wirklich meinen? Ein Mann mit Ehre im Leib heiratet die Frau, die er schwängert. Was macht Silvio? Er schleppt sie zum Arzt nach seinem Versehen. Dann die arrogante Mutter und ihre Einstellung zu uns. Ich bitte dich, sie hätte Stella kein glückliches Leben beschert. Die dumme Schnepfe in ihrem Goldpalast. Wenn ich sie schon sehe, muss ich kotzen! Sie hält sich für was Besseres. Das ist mir schon zu wider. Ich werde morgen mit Stella reden und es ihr erklären. Ich habe ihr einen großen Dienst erwiesen, glaube mir!"

„Bist du sicher?"

„Hand auf mein Herz, ich schwöre es dir."

„Es ist nicht wegen einer alten Rechnung zwischen dir

und Maurizio, weil er mit mir getanzt hat und sich versucht hat, zwischen uns zu drängen."

„Das ist eine alte Geschichte! Ich habe nicht mehr daran gedacht. Herr Doktor hat ja mit seiner Karriere solange gebraucht, dass die Schnepfe Antonia nur noch für ihn übrigblieb." „Hat er sie nicht geheiratet, weil sie von ihm schwanger war?" Mein Vater schmunzelte. „Ich glaube noch nicht einmal, dass das Kind von ihm ist. Er hat nur die gute Erziehung von seinem Vater, weder seine Augen, Mund, Nase, Figur gar nichts. Er sieht aus wie das Kind von Alessandro Licardi." „Du meinst dem Apotheker!" „Genau. Sie war seine Angestellte. Die Nase, der Mund sieht ganz genauso aus! Alessandro war schon verheiratet! Und sie muss mir gerade damit kommen, dass sie etwas Besseres sei. Unfassbar! Glaube mir, wir sind eine intakte gesunde Familie. Aber bei den Vanzettis gibt es keine richtige Familie. Die sind wie kalte Skulpturen erstarrt. Da hat meine warmherzige Stella nichts zu suchen. Wenn Silvio in drei Jahren hier vor der Türe steht, mache ich ihm auf, weil er sie verdient hat! Aber glaube mir, er wird nicht vor der Tür stehen. Wir sind keine Tiere, wir sind alle in der Seele gesund!" „Ach, Serge beruhige dich!"

„Komm! Lass uns rausgehen! Ich brauche frische Luft", schlug meine Mutter zur Befriedung an. Meine Schwester und ich hörten die Tür schlagen. Ich stand im Badezimmer und wischte die Schminke ab, zog mein Kleid aus und holte ein T-Shirt und eine alte Shorts hervor, die ich mit dreizehn getragen hatte. Alle meine schönen Kleider packte ich in einen Sack und stellte sie draußen für die Müllabfuhr vor die Tür. Mir blieben nur noch drei Shirts, eine Hose und eine Shorts, die den

Anspruch erhoben, völlig unmodern, naiv und der „Abreger" des Jahres zu sein.

Schließlich legte ich mich auf mein Bett und heulte und tat mir leid. Julia setzte sich auf mein Bett und berührte meinen Rücken. „Es tut mir leid!"

„Sei leise!" „Stella, bitte! Es tut mir leid! Das ist einfach dumm gelaufen. Für Papas Tour konnte ich nichts. Ich wollte dich schon über Handy informieren. Aber wir alle haben das Handy abgenommen bekommen. Du weißt ja, wie er ist!"

„Sei leise!"

„Ich muss es dir aber sagen!"

„Julia, bitte!"

„Bitte, du musst mir verzeihen!"

„Bist du glücklich?"

„Was meinst du?"

„Hast du die Liebe deines Lebens gefunden?"

Erschrocken schaute sie mich an. „Ja." „Also, gibt es nichts zu verzeihen. Anscheinend war es für dich all das hier Wert." Sie stand auf und ging und ich schaute mehrere Stunden die Wand an und versuchte nichts mehr zu denken und zu fühlen. Das Zimmer lag zunächst im Schatten und langsam zog die Dunkelheit die Wände hinauf. Ich schlief ein.

Am nächsten Morgen fühlte ich erneut den Schmerz, die Enttäuschung und die Trennung. Der Mensch mit dem ich mich geistig und seelisch geteilt hatte, war aus meinem Leben verbannt worden. Als ich mich an den Frühstückstisch setzte, hörte das fröhliche Plappern auf. Alle schauten mich an. Ich höhlte mein Brötchen in Gedanken aus und ging wieder auf mein Zimmer. Später kam mein Vater zu mir und wollte, dass ich ihn zu Tante Ricarda und Onkel Paolo begleitete. Sie lebten in den Bergen, hatten Ziegen und eine Käserei.

Eine unglückliche Beziehung

„Paolo, was ist das hier für eine Schweinerei!", hörten wir schon Tante Ricarda schimpfen, als wir gerade ausstiegen. „Porca miseria, wie mich diese Frau aufregt!", hörte man die Antwort aus dem Stall schallen. Das kleine schmutzige Haus lag in der Sonne. Eine kleine schiefe Holzbank stand vor dem Eingang und überall lag Ziegenkot und man musste aufpassen, wo man hintrat. Es roch sehr streng. Mein Vater begrüßte Tante Ricarda, eine kleine hagere, schwarzhaarige Frau mit grauer Schläfe und Sonnen gegerbter Haut. Meine Tante umarmte mich und ich roch ihren säuerlichen Schweiß. „Serge und die kleine Stella! Wie schön, dass ihr uns besuchen kommt!" „Wir fahren übermorgen schon nach Hause. Ich hatte viel am Haus in Massa zu tun und hatte nur wenig Zeit hier rauf zu kommen. Aber wir wollten unbedingt noch Hallo sagen, bevor wir wieder abfahren." „Wo sind deine Frau und Julia?" „Meine Frau packt schon und Julia hat Migräne." „Ja, Migräne ist übel. Seitdem ich mit Paolo zusammen bin, leide ich auch unter Migräne. Hätte ich gewusst, dass mich ein solches bescheidene Leben mit einem dummen, faulen Schwätzer erwartet, hätte ich mich sofort umgedreht und hätte das Weite gesucht. Schau dir diesen Mist einmal an!" Wir folgten ihrer Hand und sahen mehrere Trafos und jede Menge verknoteter Kabel, die achtlos abgestellt worden waren. Die Trafos waren teilweise angerostet. Tante Ricarda rief noch mehrere Mal nach Paolo ehe er kam. Anstatt einer Begrüßung von unserer Seite nutzte Stella die Gunst der Stunde, ihn vor Zeugen runterzuputzen und alle Pflichtverletzungen der vergangenen Tage aufzuzählen. Es ging um den rostenden Traktor, der nicht mehr lief. Zäune, die seit Wochen nicht gerichtet worden waren, Versäumnisse gegenüber den Händlern, denen er nicht rechtzeitig den Käse brachte und dass er die Geschäfte mit seiner Unzuverlässigkeit gefährdete. Es war peinlich und Tante Ricarda merkte nicht, dass ihre gekränkte Seele aus ihr herausbrach und sie in einem fort ihren Mann verletzte. Obwohl Paolo uns freundlich grüßte, nervte ihn seine Frau und er ging ins Haus und lud uns ein, ihm zu folgen. Das Haus war eng und hatte nur vier kleine Zimmer. In der dunklen Küche stand ein alter Kohleherd. Es gab zwar elektrisches Licht, aber vieles war hier sehr einfach und ursprünglich gehalten. Auf einem Schrank stand das Hochzeitsbild der beiden.

Tante Ricarda war wunderschön, hochschwanger und Onkel Paolo umarmte sie. Er schien sie mit Stolz anzublicken. Sie schaute eher verletzt und hochnäsig.

Onkel Paolo griff zum Bohnensack und wollte die Bohnen schneiden. Tante Ricarda war das gar nicht recht und sie meckerte: „Du sollst jetzt nicht die Bohnen schneiden. Du solltest draußen aufräumen und schauen, ob die Ziegen in ihren Tränken genug Wasser haben."
Paolo knallte die Schale mit den Bohnen und dem Messer auf den Tisch und verließ die Küche.

Papa begleitete Paolo und meinte ich sollte Tante Ricarda beim Bohnen schneiden helfen. Tante Ricarda setzte sich an den Tisch, legte mir ein Messer zur Seite und über eine Stunde sprachen wir nicht und schnippelten die Bohnen, die später für den Winter eingekocht wurden. „Was ist mit dir?", fragte mich plötzlich Tante Ricarda. „Nichts!" „Ich sehe doch, dass du Kummer hast!" „Wie kommst du darauf?" „Du bist still und erzählst nichts. Früher stand dein Mund nie still und du hast geredet wie ein Wasserfall!" „Mhm!" „Ja. Ich fühle doch, dass dich was bedrückt!" „Papa hat gestern meinen Freund aus dem Haus gejagt!" „Ich wünschte, dass hätte mein Vater auch für mich getan. Schau dir doch einmal an, wie ich hier lebe! Glaubst du, das habe ich mir ausgesucht!" „Ich verstehe nicht!"

„Wie alt bist du Stella, sechszehn?"

„Nein, ich bin fünfzehn!"

„Na, dann hatte dein Vater alles Recht dazu, den Lümmel zu vertreiben!"

„Ich war siebzehn und da habe ich den Nichtsnutz Paolo am Strand kennen gelernt. Das erste Jahr war sehr schön und ich wurde schwanger. Es wurde geheiratet und ich zog von Omas Haus hier in diese Bruchbude ein. Glaub mir, das Leben hat mir übel mitgespielt. Ich habe nichts gelernt und Paolo ist auch nichts geworden. Jetzt verkaufen wir Käse und das ist nur allein meinem Geschäftssinn zu verdanken."

„Wo ist euer Kind? Ich habe euer Kind nie kennen gelernt. Besucht er oder sie euch?"

„Wohl kaum. Francesco ist bei der Geburt verstorben. Ich wäre beinahe verblutet und man hat mir die Gebärmutter herausgenommen."

Ich schaute sie erstaunt und erschrocken an. „Hat dir

keiner davon erzählt?" Mein Kopf verneinte. „Ich rede auch nicht gern darüber. Ich wünschte mir, mein Vater hätte zur rechten Zeit den Jungen zum Teufel gejagt. Nein, mein Vater hat die Ehe mit einem Taugenichts bezahlt. Du kannst dich glücklich schätzen, dass dein Vater deinen Verehrer vor die Tür gesetzt hat. Er hat dir einen Dienst erwiesen. Du glaubst doch nicht wirklich, dass in deinem Alter die Beziehung für die Ewigkeit gefunden wird." „Ich weiß es nicht!"

„Nein, ich spreche aus Erfahrung. Du brauchst eine finanzielle und materielle Basis für ein gutes funktionierendes Zusammenleben. Und die Kinder brauchen das auch."

„Ich war siebzehn und dumm, aber schön!"

„Ich hätte eine Ausbildung im Büro eines Rechtsanwalts beginnen können, aber nein, ich musste mit Paolo etwas anfangen. Paolo hätte noch zur Schule gehen sollen. Aber er hat die Oberschule kurz vor dem Abitur geschmissen. Was waren wir dumm und blauäugig. Schau nur, wie wir leben!" „Aber ihr habt ein Dach über den Kopf und euer Auskommen!" „Stella, ich habe mir mehr versprochen. Ich gebe dir jetzt einen Rat und ich wünschte, ich hätte ihn selbst beherzigt. Werde was! Mache aus deinem Leben etwas! Gott hat dir eine lange Kindheit geschenkt. Verdirb es nicht mit einer zur frühen Liebe. Verdirb es nicht!"

Es trat eine lange Pause ein. Wir schälten Kartoffeln und setzten sie mit Wasser auf. Ich blies die Glut im Herd an. Später aßen wir alle zusammen draußen an einem wackligen Tisch mit ebenso wackeligen Stühlen. Es gab Kartoffeln mit Soße und Gartengemüse. Die Fliegen kreisten um uns und in der Wiese zirpten die Grillen ein großes Konzert in der flirrenden Hitze, das immer wieder anhob, abschwoll und hinüber glitt in eine kurzfristige Stille, bis wieder eine Zikade den Ton angab.

Paolo holte einen Krug mit kühlem Brunnenwasser. In unserer Gegenwart grummelten die beiden sich ständig an. Es war eine Qual es mit anzusehen. Eine Trennung wäre für beide hilfreich gewesen, aber was Gott zusammenfügt, darf der Mensch nicht trennen.

Auf dem Heimweg starrte ich aus dem Fenster. Wir holperten über den Geröllweg mit vielen Schlaglöchern. Teilweise so heftig, das wir kurz aufsetzten.

„Was denkst du?"

„Ich denke nichts! Ich versuche seit gestern nicht mehr zu denken!" „Denkst du an Silvio?"

„Es macht keinen Sinn an ihn zu denken und sich zu martern."

„Du marterst dich? Ich dachte, er sei ein Prolet?"

„Ich habe angefangen, ihn zu mögen. Vielleicht war ich auch verliebt!"

„Bist du sehr traurig!"

„Ja, Papa! Ich bin sehr traurig!"

„Es tut mir leid!"

„Was tut dir leid?"

„Der Vorfall von gestern. Es schien mir, als hätte Silvio die Liebe seines Lebens verloren!"

„Vielleicht!" „Würdest du gerne so leben, wie Tante Ricarda und Onkel Paolo!", wollte mein Vater wissen.

„Um Gottes Willen nein. Die beide sind unglücklich und unzufrieden! Armut stinkt, macht einsam und traurig."

„Wenn du schwanger würdest, könnte dein Leben auch

eine solche Wendung nehmen!"

„Mir kam Tante Ricarda heute sehr verbittert vor. Als Kind habe ich das nie bemerkt und warum habe ich erst heute erfahren, dass ihr Kind verstorben ist!"

„Meine kleine Fee, weil das nichts für Kinderohren ist!"

„Und habe ich keine Kinderohren mehr?"

„Nein, du bist in diesem Sommer erwachsen geworden."

„Kann sein!"

„Das ist so!"

„Versprichst du mir was?" „Was?"

„Mach' was aus dir! Du hast Talent. Du brauchst keinen Mann. Jetzt noch nicht! Vielleicht später einmal!"

„Soll das heißen, ich soll keinen Freund haben?"

„So ähnlich. Janis ist ein guter Bursche. Der tritt dir nicht zu nah. Verbaue dir nicht dein Leben mit einem Fehltritt!"

„Ist Silvio ein Fehltritt?"

„Glaub mir, es ist zu früh und die Verletzungen wären gekommen." „Ich bin jetzt verletzt!"

„Ich habe dich vor Dummheiten bewahrt!"

„Kannst du mir eins versprechen?"

„Was soll ich dir versprechen!"

„Vertrau mir, dass ich es selbst schaffe. Ich kann auf mich aufpassen!"

„Stella, ich vertrau dir! Du wirst es schon richtigmachen! Mama hat mir gestern noch gehörig den Kopf gewaschen. Ich werde das nie wieder tun. Ich versuche es zumindest. Aber glaube mir, ich habe dich auch im Auge." „Was?"

„Ich werde mich nicht in dein Leben einmischen, aber dir Vorschläge machen, wenn du vom Weg abkommst!"

„Ist das nicht einmischen?", fragte ich nach.

„Nein, das ist meine väterliche Liebe. Einer muss dich doch schützen."

Wir drehten uns im Kreis und es war besser das Thema ruhen zu lassen. „Papa, wieso habe ich bis heute gedacht, dass Tante Ricarda und Paolo im Paradies leben? Heute kam es mir wie die Hölle vor!"

Mein Vater lächelte. „Du siehst nicht mehr mit Kinderaugen in die Welt. Früher hast du auf den Wiesen herumgetollt. Du bist in der Scheune auf Stroh gesprungen und hast die Ziegen gefüttert. Auf diese Weise warst du abgeschirmt. Wenn du Tante Ricarda begegnet bist, dann war sie zu dir freundlich. Aber sie hat auch schon die Jahre zuvor auf Paolo geschimpft. Nur hast du es zum ersten Mal wahrgenommen."

Das Ende einer Beziehung

Wir reisten ab. Im nächsten Jahr verbrachte ich den Urlaub bei meiner Tante Martine ganz allein. Meine Eltern fuhren wie jedes Jahr zuerst nach Fréjus, um meine Tante zu besuchen. Gewöhnlicher Weise blieben wir sechs Tage. Meine Eltern ließen mich auf meinen Wunsch dort. Ich hatte kurz zuvor von Valentina die Nachricht bekommen, dass Silvio mit Maria zusammen war. Alle erzählten davon, dass ich mit einem Deutschen zusammen sei und mit ihm geschlafen hätte. Silvio meldete sich über Facebook nicht mehr. Egal was ich ihm schrieb. Plötzlich löschte er mich aus seinem Facebook account und die Beziehung war nun endgültig beendet. Janis war häufig mit Posts auf meiner Seite vertreten. Ich wunderte mich, wie Maria nur auf solche Lügenmärchen kam. Ich wollte mich nicht erklären und blieb in Fréjus und meine Eltern hatten nichts dagegen.

Es waren die einsamsten Ferien in meinem ganzen Leben. Sechs Wochen las ich viele Romane, malte Bilder, spielte Gitarre, spazierte mit Tante Martine durch die Stadt und in die Garrigue. Alte Damen und Herren saßen bei ihr im Garten und sie sprachen über ihre alltäglichen Erlebnisse. Nichts war von Bedeutung und das Leben plätscherte dahin und ich hörte der Uhr im Wohnzimmer beim Ticken zu. Mein Gott, was war ich erholt und ausgeschlafen. Erst im darauffolgenden Jahr als ich siebzehn war, fuhr ich zum ersten Mal wieder nach Massa zu Tante Milena. Es fühlte sich seltsam an, nach der Tragödie wieder hier zu sein. Alles war wie immer. Darauf war in Italien Verlass. Man ging fort, kam wieder und nichts hatte sich verändert. Endlich durfte ich wieder ohne Aufsicht zum Strand. Silvio war in Ferrara und niemand sah mehr eine Gefahr für mich. Mein Kleidungsstil hatte sich verändert und ich schminkte mich auch nicht mehr. Gegenüber meinen bildhübschen Kusinen war ich eine graue Maus geworden, die von morgens bis abends las und nur im Badeanzug sich an den Strand legte. Stefano hatte eine feste Freundin gefunden, die abends auch mit uns am Tisch saß. Stefano studierte Ingenieurswissenschaften und er lebte mit seiner Freundin Clara in Florenz.

Er wollte in den Semesterferien einige Wochen bei seinen Eltern mit seiner Freundin am Strand verbringen. Das Haus von Mama und Papa war fertig und wir wohnten in der ehemaligen Scheune. Meine Eltern hatten es wirklich mit sehr viel Geschmack eingerichtet. Ich hatte jetzt mein eigenes Zimmer.

Die ganzen zwei Jahre hatten Julia und Toni ihre Beziehung gepflegt. Er hatte einmal sogar bei uns im Nachbardorf in Mulartshütte gecampt und Julia hat ihn dort regelmäßig getroffen. Papa hat wie immer gar nichts gemerkt.

Auf und davon

Bis auf Dienstag den 5. August, als meine Schwester spurlos mit Toni verschwand. An diesem Morgen stand ich auf und ging in den Garten zum Frühstück. Wir warteten auf Julia.

„Weck jetzt Julia! Wir wollen gleich nach St. Luca fahren. Dort ist heute Straßenfest!", befahl mir Papa. Also lief ich ins Haus und rief nach ihr. Sie antwortete nicht und ich ging in ihr Zimmer. Alles war leergeräumt, als wäre sie nie hier gewesen. Ich schaute im Badezimmer nach und ging wieder zu den anderen heraus. „Sie ist weg!" „Wie, sie ist weg?", wiederholte Tante Milena. Mein Vater ließ die Zeitung sinken. Meine Mutter schaute mich erschrocken an. Alle zeigten ein ungläubiges Gesicht. „Ihre Sachen sind weg, ihr Koffer ist weg, keine Zahnbürste, kein Shampoo. Sie ist weg." Mein Vater stand wie von einer Tarantel gestochen auf, so dass der Stuhl hinter ihm kippte. Er lief zum Haus und ich hörte ihn die Treppe hinauflaufen. Die Tür krachte gegen die Wand und er schrie vor Wut und Verzweiflung. Meine Mutter ging ihm langsam nach. Ich blieb sitzen. Vor allem weil ich ahnte, dass Julia mit Toni weggefahren war. Ich machte mich klein, versank in meinem Stuhl, nahm das Brötchen und höhlte es aus und aß den weichen Kern. Nur zehn Minuten später saß die Polizei in unserem Garten und nahm jede Information auf. Nachdem aber klar war, dass Julia achtzehn war, wurde der Notizblock zugeklappt und uns viel Geduld beim Warten gewünscht. Dem Polizisten schien kein Kriminalfall dahinter zu stecken, sondern sie schlussfolgerten, dass ein volljähriges Mädchen lediglich seine Freiheit sehr zum Bedauern der Eltern und des Anstands genoss. Schließlich hatte Julia ihre Koffer gepackt, was bei einem Kriminalfall doch eher unüblich war. Jedoch wollte Kommissar Ticci sich darum bemühen, weitere Informationen über ihren Verbleib zu bekommen. Alle saßen wie versteinert und der Schock wollte nicht weichen. Alle schienen so unendlich ratlos.

„Papa, Mama, Tante Milena, Onkel Enrico, Julia ist wahrscheinlich mit ihrem Freund weg." „Was denn für ein Freund?" „Toni Holzleitner." Meine Kusinen wurden hellhörig. „Ist das nicht der Bruder von Jill?" „Genau der! „Wieso wissen wir davon nichts?", schrie mein Vater und baute sich vor mir auf. „Das weiß ich doch nicht! Sie hat euch nichts erzählt und der Freund war klug genug, sich euch nicht vorzustellen!"

Kaum hatte ich es ausgesprochen, verlor mein Vater die Beherrschung und ich erhielt tatsächlich zum ersten Mal in meinem Leben eine Ohrfeige, weil mein Vater sich tief in seiner Ehre verletzt fühlte. Ich schaute ihn gekränkt an. „Warum bekomme ich eine Ohrfeige?"

„Du weißt schon für was?", schimpfte mein Vater. „Serge, das geht zu weit! Das darf nicht passieren!" Meine Mutter stand auf ging ins Haus und holte die Autoschlüssel und zog mich aus dem Kreis. Mein Vater baute sich vor meiner Mutter auf. „Du fährst jetzt nirgendwo hin. Geh ins Haus!" „Ich lasse mir von dir gar nichts sagen!" „Francine, ich warne dich! Treib es nicht zu bunt! Wir reden darüber!" „Wir reden darüber, wenn ich aus St. Luca zurückkomme!" Mein Vater versuchte meiner Mutter die Schlüssel abzunehmen und sie rangelten tatsächlich miteinander. „Hört auf! Was sollen diese Mätzchen!", schaltete sich Onkel Enrico ein. „Halt dich daraus!", fuhr mein Vater ihn an. „Das kommt davon, wenn man nur Weiber im Haus hat und eine Französin mit modernen Ansichten heiratet!" Kaum hatte Onkel Enrico den Satz gesprochen, drehte sich mein Vater zu ihm um. Auch meine Mutter schaute erstaunt. „Was soll das heißen?" „Bei so vielen Katzen, kann der Hund keine beißen, weil sie ständig auf dem Dach sitzen und sich gegenseitig absprechen. Ich glaube, dass du der einzige bist, der nichts von Julias Abmarsch weiß", fügte Enrico belustigt zu. „Findest du das komisch?" „Ja!" Mein Vater drehte sich zu meiner Mutter um. „Hast du es gewusst?" Meine Mutter zuckte mit den Achseln. „Du hast es gewusst! Sie hat dir davon erzählt." Wieder zuckte meine Mutter mit den Achseln. „Francine!", schrie er enttäuscht, lief zum Haus und schlug die Tür zu. Meine Mutter setzte sich erschöpft auf den Stuhl. „Ich habe nichts von Julias Plan gewusst. Sie hat mir aber erzählt, dass es in ihrem Leben einen Mann gibt." Alle schauten sie an. Ich setzte mich neben meine Mutter. „Das läuft schon seit mehr als zwei Jahren so!", fügte ich hinzu. Alle schauten sich fassungslos an. „So was lernt man in Deutschland?", fragte Milena abwertend. Wir antworteten nicht. Julia kam gar nicht mehr nach Massa. Sie hatte einen Brief aus Deutschland geschickt, der fünf Tage später bei Tante Milena ankam. Das Absendzeichen war eine Raststätte in Deutschland. Sie erklärte, dass Papa kein Aufenthaltsbestimmungsrecht mehr über sie habe und sie frei sei, zu tun, was immer sie wolle. Sie wünschte uns schöne Ferien und das war's. Mein Vater war kaum ansprechbar. Meine Mutter zog in Julias Zimmer, obwohl ich gelegentlich hörte, wie mein Vater das Zimmer meiner Mutter betrat und sie bat ins Elternzimmer zurückzukehren. Meine Mutter wollte eine Entschuldigung, mein Vater wollte ebenfalls eine. Die ersten Nächte knallten noch die Türen. Aber nach fast zwei Wochen gab mein Vater tatsächlich auf. Er hatte bei unserer Rückkehr vom Strand für meine Mutter gekocht. Das Haus voller Rosenblätter und Kerzen gestellt. Milena hatte mich bei der Rückkehr zu sich gerufen und mir das alte Dachzimmer angeboten, damit mein Vater sich bei meiner Mutter entschuldigen konnte und ich nicht störte. Am nächsten Morgen fuhren meine Eltern nach Rom und kamen die ganze Woche nicht mehr zurück. „Vielleicht klappt es ja doch noch mit einem Bruder für dich, den sich dein Vater so sehr wünscht!", meinte Milena. Ich schaute sie erstaunt an und verzog mich in den Garten in die Hängematte.

Fahrt nach Ferrara

„Was liest du?", fragte mich Stefano. „Romeo und Julia!" „Ah, haben wir auch vor zwei Jahren in der Schule gelesen!" „Ich weiß!" „Von wem?" „Von Silvio!" „Ah! Hast du ihn gesehen?" „Nein, ich habe das letzte Mal im vorigem Jahr von ihm ein Foto gesehen und in Facebook von ihm gelesen. Ein dramatischer Abschied!"

„Ja, war wirklich hart für ihn! Er hat richtig mit sich

gekämpft und war lange traurig über diese Entwicklung."

„War ich das nicht?"

„War es für dich hart?"

„Warum sollte es nur für ihn hart gewesen sein und für mich nicht?"

„Er war sich nicht so sicher!"

„Hast du noch was von ihm gehört?"

„Er studiert in Ferrara Jura! So wie seine Eltern es wollten!" „Ich dachte, er wollte das auch?"

„Ja! Eigentlich schon! Er war noch sehr lange traurig über diese Entwicklung mit dir!"

„Ich erst!"

„Warum bist du zum Arzt gegangen? Silvio hat mir erzählt, es wäre nur Petting gewesen."

„Ich war zwar beim Arzt, aber das war nicht wegen mir. Ich habe nur meine Karte einlesen lassen!"

Stefano begriff und wurde bleich und ließ sich auf die Hängematte plumpsen.

„Silvio hat die ganze Zeit überlegt, wer dich entjungfert haben könnte und ist auf keine Lösung gekommen. Er war wütend und später hat er dich verachtet, weil Maria ihm erzählte, dass du in Deutschland mit einem Deutschen schläfst. Silvio hat das Bild von Janis und dir auf Facebook gesehen. Du bist damals bei Tante Martine geblieben und alle haben das als Bestätigung dieses Gerüchts gesehen. Du hattest doch auch in Deutschland einen Freund?"

„Ach! Janis ist mein Freund wie Silvio dein Freund ist. Schlaft ihr miteinander?" Stefano schmunzelte. „Dummes Geschwätz hat euch auseinandergebracht!"

„Ist er in Massa?"

„Nein, er schreibt im September eine wichtige Klausur."

„Ah, okay!"

„Würdest du ihn gerne sehen?"

Ich zuckte mit den Schultern.

„Es ist komisch, nach so langer Zeit ihn zu sehen, nach Papas Verbot und was alles vorgefallen ist. Er hat im vorigen Jahr aufgehört, mir zu schreiben. Es ist gänzlich ruiniert." Stefano nickte.

„Bist du mit jemandem zusammen?"

„Stefano, ich bin siebzehn und schwer bewacht! Papa vertraut nur Janis, weil er sich mir gegenüber wie ein Kumpel verhält. Ich gehöre zu seiner Clique."

„Also solo!" Ich nickte. „Ich fahre mit Clara übermorgen nach Ferrara auf eine Party von Emilio. Er studiert auch dort. Ich glaube, er hätte nichts dagegen, wenn ich dich mitbringe." „Hältst du das für eine gute Idee?" „Es könnte Spaß machen und manches klären." „Ehrlich gesagt, ich würde gerne einmal etwas Anderes sehen!"

Zwei Tage später fuhren wir in Stefanos Golf nach Ferrara. Wir übernachteten bei Emilio. Auf Grund der Konstellation schlief ich mit Clara auf der Couch und Stefano mit Emilio in seinem Bett. Am nächsten Morgen halfen wir alle die Geburtstagsparty vorbereiten. Da ich schon in Opas Restaurant gelegentlich als Küchenhilfe angestellt war, stellte ich für Emilio ein Büffet zusammen und wir arbeiteten alle daran. Zum Abend hin machten sich alle sehr schick. Ich hatte nur mein T-Shirt und eine Shorts an. „Willst du in den Sachen feiern?" „Ich besitze nichts Anderes", entgegnete ich Clara. Sie wühlte in ihrem Koffer, zog ein weißes Taftkleid mit Dekolleté und schminkte mich und bot mir einen Bolero an. „Wau, du bist wunderschön! Wenn du auf deine Kleider achtest, und dich schminkst." „Ein Grund es eigentlich in meinem Alter nicht zu tun!" „Ich darf mit Jungs nichts anfangen, bevor ich nicht achtzehn bin. Vielleicht sollte ich da nicht zu viele anlocken." Clara lächelte. „Du bist das Licht, um das die Motten fliegen!" „Soll ich das heute sein?" Stefano klopfte. „Wir müssen los!" Als er mich sah, meinte er lächelnd: „Ich will keinen Ärger heute Nacht! Ich habe meinen Eltern versprochen, dass du ohne Verehrer bleiben sollst."

In der Nähe hatte Emilio einen Club ausgesucht, zu dem wir alle gingen und wo sich viele Jurastudenten trafen. Es war wunderbar lauschig warm. Ausgelassen freute ich mich auf Abwechslung. Im Club blieb ich direkt neben Stefano und Clara stehen. Es wurde viel getrunken, gelacht und getanzt. Plötzlich sah ich Silvio. In seinem Arm hielt er Maria Di Perna eng umschlungen. Ich drückte mich hinter Stefanos Rücken, um nicht von ihm gesehen zu werden. Mein Herz pochte in meinem Hals. Seine Worte, „Ich verlasse dich nicht und du verlässt mich nicht", schossen durch mein Gedächtnis. Es waren in diesem Moment bedeutungslose Worte geworden. „Möchtest du tanzen?" „Nein, Stefano ehrlich gesagt, ich möchte im Erdboden versinken." Stefano schaute meinem Blick nach und lächelte säuerlich. „Sie wollte ihn immer und nie mich. Eigentlich wollte Maria alle haben, um ihr Ego darin zu baden. Silvio wollte immer die interessanteste Frau haben. Die beiden haben sich gefunden." Ich nickte. „Sei nicht traurig! Der Richtige würde dich nicht im Stich lassen." „Bin ich deswegen heute hier." Stefano nickte und wir lauschten den tiefen

Bässen und der wummernden Musik. Langsam erholte ich mich und plötzlich war ich wirklich frei. Das Versprechen hörte von einem Moment auf den anderen in meinem Kopf auf zu wirken. Emilio zog mich auf die Tanzfläche und ich entspannte mich in meiner Ausgelassenheit. Emilio schrie mir in die Ohren „Ich finde es schön, dass du zu meinem Geburtstag gekommen bist. Ich freue mich riesig und er strahlte mich an." „Danke für die Einladung!" Ich musste über mich selbst lachen, dass zwei Jahre in mir ein Versprechen nachhallte, das gar keine Bedeutung hatte. Gegen eins gingen alle zu Emilio in die Wohnung und genossen den Snack. „Hallo!" Eine warme Hand berührte mich im Rücken und ich drehte mich um. „Hallo Silvio!" Er setzte sich neben mich. „Wie geht's dir?" „Gut!" „Ich hätte dich niemals hier vermutet!" „Unverhofft kommt oft! Stefano ist mein Vetter und Emilio hat mich eingeladen." „Bist du solo oder hast du deinen Freund mitgebracht! Oder bist du jetzt mit Emilio zusammen?" „Nein, ich bin nicht mit Emilio zusammen und welcher Freund?" „Na, dieser Janis!"

„Er ist in Deutschland mit einer Claudia zusammen. Er war noch nie mit mir zusammen. Wir sind nur Freunde!" „So wie wir es waren?" „Ich war nie mit Janis so eng zusammen, wie wir beide es waren." „Ach, Maria hat mir übersetzt, dass ihr zusammen seid." „Wo stand das denn?" „Du hattest das unter ein Bild von dir und dem Typen gepostet. Du hast ihn umarmt und ihr habt beide in die Kamera gelacht."

„Das war bei einer Siegerehrung. Wir hatten als Team in einem Springturnier gewonnen. Er hat mich umarmt. Das war alles."

„Er hat mir das Bild auf meine Pinnwand gepostet. Kann Maria deutsch?" „Sie hat übersetzt, dass ihr fest zusammen seid." „Ich war sechszehn und du kennst meinen Vater. Egal, welcher Junge in unserem Haus aufgetaucht wäre. Es wäre ungemütlich geworden. Die ungebildete Loren bereitet sich in diesem Jahr auf ihr Abitur vor."

„Du bist noch schöner, als ich dich in Erinnerung habe." „Danke für dein Kompliment. Da kommt deine Freundin!" „Nein, wir sind verlobt!", verbesserte mich Maria. Silvio schaute zu Boden. „Wieso erzählst du solche Lügen über mich", sprach ich Maria in Deutsch an. Sie schaute mich nur groß an und verstand gar kein Wort. „Deine Verlobte spricht gar kein Deutsch. Sie hat kein Wort verstanden. Ich habe sie gerade gefragt, warum sie so unverschämt lügt." Maria lief rot an. Als er mich erstaunt anschaute, lächelte ich Silvio an. „Danke, dass du mich wieder freigibst. Das Versprechen gilt wohl nicht mehr?" „Was denn für ein Versprechen?", wollte Maria wissen. „Ach, nichts Liebling. Nur eine Kinderei, nichts von Bedeutung", erwiderte Silvio ihr. Maria zog Silvio von mir weg und ich trank mehrere Cocktails bis ich mich übergeben musste und am Morgen vor der Toilette aufwachte. Ich war Stefano sehr dankbar für zwei frustrierende Tage in Ferrara. Eigentlich ist Ferrara eine schöne Stadt. Aber ich wollte nicht mehr dahin zurückkehren. Ich fühlte mich betrogen, belogen und brach einfach mit dieser Geschichte. Für die Zukunft richtete ich es mir nach dieser Erfahrung mit Büchern ein und lebte meine Fantasien in ihnen aus. Auf gar keinen

Fall wollte ich mehr verlogene Versprechungen von irgendwelchen Herzensbrechern folgen. Das sollte mir nicht mehr passieren. Jede Beziehung in meinen Büchern war perfekt.

Auf der Wiese in Österreich

Meine Wangen waren ganz rot vor Scham und Erregung. Brandon lächelte mich nur an. Schließlich küsste er mich und hielt mich für eine Weile fest. „Danke, für deine Ehrlichkeit. Was ist, wenn wir miteinander schlafen, heiraten wir in dem Fall?" „Geht das nicht eher anders herum. Erst heiraten dann Sex", lächelte ich ihn verschmitzt an.

„Ist doch egal wie herum, wir heiraten und in diesem Fall dürfen wir miteinander schlafen und das auch schon jetzt. Selbst deine Eltern haben es nicht anders gemacht. Glaube mir, wenn du einmal deine Erziehung, die bösen Impfungen deines Vaters beiseitelegst und einfach dich treiben lässt, dann wirst du verstehen, warum Julia und Toni nicht mehr voneinander lassen können. Du darfst Sex nicht werten. Sex ist animalisch. Es ist ein Trieb und pure Natur. Da haben Werte nichts verloren. Du musst es einfach tun. Lass dich einfach ermutigen und du lässt alles und auch die beschämenden Gefühle los", witzelte er und ich spürte den Ernst aus seiner leicht vibrierenden Stimme. „Sex und ich haben gar keine Beziehung zu einander. Ich denke jede Sekunde und höre niemals damit auf. Alles wird gesichtet und gewertet." „Das ist Erziehung. Es ist deine Aufgabe, es auszublenden. Das ist ja schlimmer als jeder Keuschheitsgürtel, den man Frauen umgelegt hat. Väter wollen einfach nicht, dass irgendein daher gelaufener Bursche etwas mit ihrer Tochter anfängt. Was glaubst du, was bei uns zu Hause los war, weil Leslie alle Nase lang einen neuen Verehrer mit nach Hause brachte. Naja, sie hat sich mehr oder weniger gefügt und am Ende eine sehr gute Partie gemacht. Ich glaube einfach, sie hat viel Erfahrung sammeln können und das ist einfach auch nicht zu unterschätzen. Du musst nur den Mut finden, es zu probieren. Dein Vater wird es gar nicht merken."

„Mein Vater hat mir noch den Tipp gegeben, auf gar keinen Fall Erfahrungen auf diesem Gebiet zu sammeln. Ich konnte damals an den Gesichtern meiner Verwandten, der üblen Nachrede von Maria, der Bekannten und Nachbarn erkennen, dass es wirklich übel ist. Man hat seinen guten Ruf verloren. Komischer Weise hat Julia ihren guten Ruf nie verloren und ich hing mitten in dieser Geschichte. Jeden Tag konnte ich mir das Gerede anhören. Gott sieht alles und wir werden bestraft. Papa hat mich ernsthaft glaubend gemacht, dass nur Ehefrauen Sex haben dürfen. Julia hat mich darauf aufmerksam gemacht, dass es bei ihrem Geburtsdatum und der Eheschließung von Papa und Mama auch Ungereimtheiten gebe. Demnach sei sie fünf Monate nach der Eheschließung auf die Welt gekommen. Ich solle mal gar nicht glauben, dass Papa heilig sei. Er sei das Gegenteil, weil er über alles so genau Bescheid wüsste und Mama eine dumme Gans, weil sie sich von Papa alles gefallen ließe." „Es ist sicherlich ein Unglück, zu früh schwanger zu werden oder einfach in der falschen Beziehung plötzlich schwanger zu werden. Da hast du schon Recht. Ich bin auch nicht für Abtreibung, obwohl es in manchen Fällen wohl besser wäre, weil einem das ganze Leben sonst entgleitet."

„Ja, was sind denn das für Fälle? Meinst du die Fälle, wo es dem jungen Mann plötzlich zu eng wird, weil er Verantwortung für eine Frau und das Kind tragen muss.

Er wollte nur Spaß und das war's. Das darf mir nicht passieren. Du könntest jeder Zeit nein sagen, aber ich muss mit den Konsequenzen leben. Aber glaube mir, dass möchte ich niemals erleben. Ich möchte nicht in eine solche Situation kommen, in der ein Mann seinen Spaß hatte und ich die gesellschaftlichen und eventuell die biologischen Konsequenzen auszubaden habe", schleuderte ich ihm ein wenig aufgebracht entgegen.

„Nein, da hast du mich missverstanden. Ich würde niemals wollen, dass du mein Kind abtreibst. Es würde mich sogar verletzen, ganz im Ernst. Wir sind erwachsen. Du hast einen Abschluss und ich auch. Wir brauchen uns nicht zu fürchten, wenn wir ein Baby bekämen."

Ich schaute ihn völlig verdattert an, blieb stehen und schluckte. Er drehte sich daraufhin zu mir und schaute mir tief in die Augen und küsste mich zärtlich. „Ist das eine Masche, weil du nun weißt, wie ich ticke", wollte ich nach seinem langen ausgiebigen Kuss von ihm wissen. „Nein, das ist keine Masche. Ich liebe dich! Das sage ich nicht nur so, ich meine es auch so."

„Weißt du Brandon, du bist der erste Mann, der mich tief beunruhigt und es ist das zweite Mal für mich, dass der gleiche Mann empfindet, wie ich für ihn. Mein Herz pocht wie wild, wenn du mich berührst und du mir solche Sachen sagst." „Das ist, was ich will, denn ich empfinde genauso für dich." Aber in mir regte sich auch eine Unruhe und gemischte Gefühle keimten in mir hoch. „Ich werde mich niemals auf eine Affaire einlassen und mein Selbstvertrauen nur aus deiner Bewunderung ziehen." „Darling, wieso vertraust du mir nicht, dass ich dich halte. Ich weiß, was ich dir verspreche. Du musst nur noch den Mut finden, mir zu vertrauen."

„Ein anständiges Mädchen treibt sich nicht mit Jungs herum! Besonders nicht, wenn die beiden sich lieben. Das führt zwangsläufig ... . Na, du weißt schon."

„Genau. Wir wissen beide, wohin es führt. Bei Julia ist es auch gut gegangen."

„Bei Julia ist es gut gegangen, weil ich sie deckte. Das Beste war auch noch, dass sich am Ende mein Vater mit Toni ausgesprochen hatte. Sie sind die aller besten Freunde heute, weil er sich zu Julia bekannt hat und damit ihre Ehre wiederhergestellt wurde. Nachdem Abitur ist Julia gleich zu Toni gezogen", endete ich die Geschichte. „Sie scheinen sich sehr zu mögen, was anzeigt, dass es die Liebe für ein Leben gibt." „Ja, ihre Liebe ging auf meine Kosten."

„Allerdings. Aber du hättest einfach Nein sagen können." „Das hätte ich nicht. Sie hat mich glaubend gemacht, dass es ihre Beziehung für die Ewigkeit ist. Will nicht jeder einen Menschen für die Ewigkeit? Stellen wir uns nicht alle eine frohe Beziehung für ganz viele Jahre vor?"

Brandon räusperte sich: „Ich habe bisher gedacht, dass sie ein Hirngespinst ist und ich habe wie ein Löwe im Harem gelebt. Ich gebe es offen zu. Aber mit Schwänen muss man wohl zum Schwan werden."

„Kannst du das denn?"

„Es ist ganz leicht. Ich fühle so viel Wärme und Ausgeglichenheit bei dir. Du ziehst mich magisch an. Du wärmst mich mit deiner Art und deiner Aufrichtigkeit! Ich liebe deine Augen, deine Haare, deinen Körper, deinen Geruch, deine Verschwiegenheit, deine Loyalität. Es ist einfach die Mischung aus allem. Es ist ganz leicht für mich." „Ach, Brandon! Du machst es mir so leicht, dich zu mögen." „Ich würde jetzt gerne mit dir schlafen." „Weißt du, was mir auffällt, dass du immer mit mir schlafen willst. Als sei es dein einziges Interesse an mir." „Stella, bitte! Reduziere mich nicht auf einen Trieb. Ja, ich will es, mehr als alles andere in meiner Welt. Es ist wichtig für mich. Ich will mit dir leben und auch diesen Punkt mit dir genießen." „Gegensätzlicher als wir, kann man gar nicht sein." „Wie kommst du darauf?" „Du willst und ich nicht." „Stella, die Menschheit würde aussterben, wenn alle diese puristische Regel befolgen würden."
„Also bin ich falsch?"
„Siehst du bei deinen Freundinnen das gleiche Verhalten. Sie bekommen es hin. Sie leiden nicht darunter. Sie müssen einfach keine Entscheidung treffen. Es ist bei ihnen egal und bei dir nicht. Du bist so zerrissen. Es wäre einfach vollkommen, wenn wir es tun."
„Laut Erzählungen meiner Schwester ist der Beischlaf mit Toni besser geworden. Es muss wohl am Anfang eine Katastrophe gewesen sein, weil Toni grundsätzlich zu früh kam, deswegen hatten sie ja auch die Geschichte mit Herrn Dr. Giacomelli", verriet ich ihm ein empörtes Geheimnis aus dem Nähkästchen meiner Schwester, um meine plötzliche aufkeimende Wut über diese Geschichte Luft zu machen. Brandon schüttelte amüsiert den Kopf

und lachte laut los. So was amüsierte ihn.

„Naja, wir könnten darüber schon hinaus sein. Du weißt, dass ich mich beherrschen kann und ich mein Wort halte: Ladies First. Außerdem hörte sich das für mich heute Morgen sehr befriedigend für dich an. Und glaub mir, wenn ich dir verspreche mich zu beherrschen, ich bekomme das hin."

Er zog mich zu sich und flüsterte in mein Ohr: „Vertrau mir! Ich enttäusche dich nicht. Ich verspreche es dir", und das war alles, was er auf diese Geschichte antwortete. Brandon löste eine tiefe Beruhigung in mir aus. Ich wollte wirklich bei ihm ankommen. Er konnte einfach in mir gute Gefühle wachrufen und ich fühlte mich nach dieser Entdeckung einer von mir lange in Verborgenheit gehüteten Geschichte ihm zu tiefst verbunden. Er fand es nicht schrecklich und hatte einfach zugehört und nichts bewertet und ließ es einfach so stehen. Schließlich nahm Brandon mich bei der Hand und wir liefen beide in Gedanken versunken eine weitere halbe Stunde schweigend nebeneinander her, ehe wir wieder am Wolfgangsee ankamen.

In der Kirche am Wolfgangsee schrieb ich mich ins Kirchenbuch ein: „Ich wünsche meiner Schwester Julia eine schöne Hochzeit." Brandon wollte es übersetzt haben. Er war erstaunt, dass ich mir etwas für einen anderen Menschen wünschte und nichts für mich. „Das ist mir spontan eingefallen! Ich bin glücklich. Meine Wünsche sind erfüllt. Ich habe mir schon selbst geholfen." Anschließend schrieb Brandon das Datum von heute und sein Text lautete:

„Lieber Gott,

ich wünsche mir Stella in guten wie in schlechten Zeiten an meiner Seite. Viele Kinder mit ihr. Ich liebe sie und möchte mein Leben mit ihr verbringen.

Brandon"

„Brandon, das ist ein Kirchenbuch. Du kannst doch nicht deine spontanen Gefühle und einen Heiratsantrag dort hineinschreiben. Stell dir einmal vor, Gott erfüllt dir deinen Wunsch und du meinst ihn gar nicht so, weil du nicht darüber nachgedacht hast. Ich wäre am Ende unglücklich. Er zog mich zu sich und küsste mich. „Ich meine, was ich geschrieben habe. Du kannst es dir noch nicht vorstellen, aber heiraten ist ein Vokabular, das ich mit dir zusammen zum ersten Mal denken kann." Ich schluckte und spürte meinen Pulsschlag in meinen Ohren. Auf der einen Seite freute ich mich, auf der anderen Seite machte es mir Angst. Er kam mir ganz nahe, küsste mich zärtlich und lange und ich blieb stumm.

Auf dem Weg zum Bus aßen wir unsere restliche Verpflegung und warteten eine halbe Stunde völlig müde auf einer Bank in St. Gilgen Brunn auf den Bus. Im Bus schlief ich ein und mein Kopf lag auf Brandons Schulter. Die Fahrt dauerte mehr als eine Stunde und Brandon nahm mich in seinen Arm. Am Ende der Fahrt hatte ich seinen Ärmel peinlicher Weise vollgesabbert. Als wir am Haus ankamen, holte ich bei Katie die Schlüssel ab und auch Brandon war müde. Wir duschten gemeinsam und zogen die Couch aus und fielen in einen tiefen erholsamen Schlaf.

Wurzeln

Toni riss uns gegen sechs Uhr abends aus dem Tiefschlaf. „Wir treffen Julia gegen sieben am Kapitelplatz direkt vor dem Haupteingang des Doms. Zieht euch was Gescheites an. Wir feiern heute meinen Geburtstag mit meiner Familie."

Brandon schaute mich fragend an. „Wir müssen gute Klamotten anziehen. Wir gehen Essen mit Tonis Familie." „Ah, Okay." Eine Weile später stellte ich meine Tasche auf den Kopf. Ich hatte nur zwei Jeanshosen und T-Shirts und zwei Pullover mit und schaute Brandon fragend an. Eine Weile später rief ich Julia an, die mir vorschlug eins ihrer Kleider anzuziehen. Von Panik gepackt, dass ich das Falsche nahm, erschien Julia völlig abgehetzt. „Also du hast einmal wieder nichts zum Anziehen." „Doch, aber alles indiskutabel." „Da sagst du was, seit der Sache damals mit Silvio gehst du unaufhörlich in Jutesack gekleidet. Mir ist es ein Wunder, wie so ein Typ wie Brandon dich überhaupt sehen konnte." „Ich hatte Theresas Badeanzug an." „Das erklärt einiges." „Danke, du weißt warum?" „Ist schon gut! Ich gebe dir was von mir, aber du musst es irgendwann auch einmal überwinden und dich wieder in Schale werfen, so wie früher. Heute brauche ich dich wirklich chic."

Brandon saß schon fertig gestylt auf der Couch und wartete auf mich. Julia sprach italienisch mit mir. Die Sprache unseres Vaters wählte Julia immer, um mich zu beherrschen. Die Sprache der Rangordnung. Die jüngere hatte der älteren Schwester zu dienen und die ältere sollte schützen und behüten. Ich hasste es. Behüten war keine Mühe, so kam es mir vor, aber dienen war immer Demut und die schwierigste Aufgabe. So empfand ich es. Brandon stellte keine Fragen mehr und beobachtete uns. Er konnte sich vielleicht vorstellen, um was es ging und dachte sich seinen Teil. Vielleicht dachte er auch nichts. Julia kippte meine ganze Tasche aus. „Du hast wirklich nur Scheiß mit. Ich habe dir schon tausendmal gesagt, dass du mehr Geld für Klamotten ausgeben sollst. Früher vor Silvio wusstest du, was man anzieht. Wie kann man so was verlernen? Auf Reisen nimmt man immer zwei schöne Teile mit. Wo ist nur dein Sinn für Sinnlichkeit hingekommen? Also komm', ich gebe dir was." Wir gingen in den Flur und ihr Kleiderschrank quoll über. Toni hatte einen Schrank für sich und sie besetzte die restlichen vier Schränke. Es flogen Kleider aus dem Schrank, bis sie mir einen engen taillierten neuwertigen Rock, eine tief ausgeschnittene Bluse, einen schwarzen Spitzen BH eine Strumpfhose, ihre hohen Stiefel, einen Mantel und einen Schal lieh. Schließlich schminkte sie mich und parfümierte mich ein. „So femme fatale komm!", forderte sie mich in das Wohnschlafzimmer wo Brandon wartete. Als ich mich Brandon präsentierte, hatte ich eher das Gefühl, dass er meinen Hintern begutachtete, weil der Rock so eng und kurz war. Denn dort landete auch seine Hand und er zog mich ganz nah an sich ran. Mein Aufzug schien ihm wohl sehr zu gefallen. Auch er trug wirklich teure und seine Persönlichkeit unterstreichende Sachen. Es waren bestimmt Markensachen und meine Hand verriet mir, dass der Stoff richtig teuer war. Als Julia uns beide ansah, erklärte sie ganz erstaunt: „Huch, ihr seht wie die Stars auf den Hochglanzmagazinen aus. Also Mr. und Mrs.

Beckham dürfte ich dann einmal bitten." Brandon schmunzelte über ihren Witz.

Auf den Weg zum Stadtkrug redete sie unaufhörlich auf mich ein. „Bitte mach' auf Tonis Familie einen guten Eindruck. Seine Eltern und seine beiden Schwestern kommen aus Bad Ischl hierher. Außerdem sind auch Oma, Patenonkel, Tante und vier Kusinen und zwei Vettern mit ihren Ehefrauen eingeladen. Du erzählst überhaupt nichts aus unserer Familie. Gar nichts. Kein Ton darüber. Sie lernen heute zum ersten Mal jemanden aus meiner Familie kennen."

„Warum regst du dich so auf, Julia? Die Lorens sind auf jeden Fall besser aussehend und wahrscheinlich gebildeter als die Holzleitners. Was machst du nur so einen Wind?" „Wir werden auf gar keinen Fall französisch oder italienisch mit den Holzleitners reden. Seine Eltern lieben ja Italien, aber ich weiß nicht, wie die alten Herrschaften es sehen. Hier in Österreich ist man gegen Fremde ein bisschen grantig. Also es ist absolut nicht angebracht zu zeigen, dass man wo anders als aus der Nähe kommt. Die Omas verstehen es nicht und nicht alle Holzleitners sprechen französisch oder italienisch. Wenn du mir etwas sagen willst, sei sehr kultiviert und spreche bitte mit mir nur so wenig wie möglich. Ich möchte nicht als Piefke gelten. Ich möchte mich einfach nicht blamieren. Je weniger man weiß, desto weniger wird über einen geredet", quasselte Julia daher. „Julia, was soll das? Wie kann ich unter diesen Umständen das Essen genießen? Ich will meine Herkunft nicht verstecken. Das sind unsere Wurzeln. Wir sind immigrierte Deutsche und wir sind alle Europäer." Sie schaute mich besorgt an. „Also gut ich versuche Chamäleon zu sein. Jeder wird glauben ich komme aus Österreich. Passt schon!" „Genau Stella und Wurzeln sind unter der Erde. Man sieht sie nicht und jeder weiß, dass sie da sind. Lassen wir sie unsichtbar! Ach, würdet ihr bitte euer Essen selbst bezahlen. Wir sind nicht Krösus. Wir müssen schon die ganze Verwandtschaft einladen." „Sag mal, sollen wir überhaupt erscheinen?" „Natürlich ihr präsentiert die Seite meiner Familie. Ehrlich gesagt, ich bin blank. Ich habe mit Toni die Vereinbarung, dass jeder für seine Familie bezahlt. Heute lerne ich die Großeltern, Onkel, Tanten kennen.

Das ist ein wichtiger Tag für mich. Mama und Papa konnten ja leider nicht kommen." „Wann sind Papa und Mama für einen Geburtstag soweit gefahren?" „Es ist nicht nur Geburtstag. Du wirst schon sehen! Also ihr genießt das Essen und unterhaltet euch und seht einfach gut aus. Das kannst du am besten, wenn du die Klappe hältst."

Julia war wieder in Bestimmerlaune. So wie ich sie hasste. Ehrlich, gesagt, ich hatte gar keine Lust mehr. Von diesem Punkt an konnte es für mich nur bergab gehen. So erlebte ich sie nur vor Prüfungen, wenn ihr etwas sehr wichtig war und sie Ängste plagten, dass es schiefgehen könnte. Aber was konnte bei einem Essen schon schiefgehen. „Julia, ich verspreche dir, wir werden den besten Eindruck machen." Meine Hand glitt in meine Tasche und ich gab ihr 50 Euro. „Gib das Toni, damit es für die Familie großzügig aussieht!" Sie hielt mich an und umarmte mich. „Danke! Ich wusste, dass ich mich auf dich verlassen kann." Komischer Weise versöhnte mich Julia mit diesen Sätzen und ich kam mir nicht mehr unerwünscht vor.

Verlobungsessen

Toni ging im Restaurant voran. „Ich habe für zwanzig Personen reserviert." Der Kellner wies uns einen großen Tisch an einer netten Fensterfront zu. Leider wurde Brandon von meiner Seite gerissen, weil Tonis Schwester Jill sich neben ihn setzte. Während ich meinen Mantel an der Garderobe aufhängte, hatte Jill die Gunst der Zeit genutzt. Ihr war gar nicht in den Sinn gekommen, dass ich mit Brandon hier war. Julia beobachtete mich und erriet sofort, dass es einen kleinen durch mich verursachten für sie peinlichen Tumult geben würde. Sie wollte Jill als zukünftige Schwägerin nicht vergraulen. Mit der Schwester konnte sie es ja machen. Ich wollte gerade ansetzen, da hörte ich auch schon die säuselnde Stimme meiner Schwester. „Es macht dir doch nichts aus, Stella, neben Oma zu sitzen."

Bingo. Gerade rechtzeitig hatte Julia ein Riegel gekonnt davorgesetzt. Sie hätte auch Jill bitten können. Schließlich wären die beiden Verwandt gewesen. Alle zugefügten Wunden verschlossen sich zwischen mir und meiner Schwester irgendwann, weil ich nicht nachtragend war. Aber zwischen Jill und Julia. Wohl kaum! Also war mein Platz neben Tonis Oma, die ebenso stiefmütterlich behandelt wurde wie ich. Wir saßen weit außen. Immer wieder glitt mein Blick zu Brandon, der mich auch anschaute und mir sehnsuchtsvolle Blicke zuwarf und „sag was", mir lautlos zuflüsterte. Ich schüttelte den Kopf und lächelte. Er hob die Schultern und nickte mir aufmunternd zu. Plötzlich ließ Toni jedem ein Glas

Champagner kredenzen und in Julias Glas war ein Ring. Er klopfte dreimal gegen das Glas mit dem Löffel. „Ich möchte eine kleine Ansprache halten. Liebe Familie! Eigentlich sollten zu diesem Anlass auch Julias Familie da sein. Aber die Eltern von Julia haben es nicht hergeschafft. Es war auch ein bisschen spontan, das muss ich zugeben. Du Julia, nimmt mal das Handy und wir zeichnen das auf." Julia nahm das Handy und filmte Toni. „Also lieber Herr und Frau Loren. Schade, dass ihr es nicht so kurzfristig hierher geschafft habt. Aber es hat einen Grund, warum wir alle gebeten haben zu kommen. Liebe Julia, liebe Familie, Stella und Brandon wir möchten heute unsere Verlobung bekannt geben. Ich bin schon solange an Julias Seite und ich kann mir ein Leben ohne sie nicht mehr vorstellen und vor einer Woche ist uns eingefallen, dass wir uns heute verloben. Wir wollen am dritten August im nächsten Jahr in Massa heiraten. Der Termin steht fest und alles ist schon organisiert. Ihr wisst, dass wir schon lange von einer Hochzeit träumen und wir haben diesen Tag gewählt, weil wir uns dreimal im Urlaub begegnet sind und wir beim dritten Mal im gemeinsamen Urlaub miteinander durchgebrannt waren. Das war eine sehr aufregende und heiße Zeit. Nachdem ersten Kuss vor vielen Jahren war es für uns klar, dass wir uns alles bedeuten. Und indem Jahr als du achtzehn wurdest, verschwanden wir am dritten August nach Florenz. Und seit diesem Tag haben wir uns nicht mehr getrennt. Julia ist zu mir gezogen und seitdem Leben wir unseren Traum. Wir sind zusammen und seitdem nie mehr getrennt gewesen. Dass wollen wir auch nicht mehr erleben, Ich finde heute ist ein guter Tag, um dieses

Ereignis zu feiern. Es ist für mich das schönste Geburtstagsgeschenk. Es wird jetzt zu Julias und meinem ganz persönlichen Feiertag." Tonis Mutter hatte sich verschluckt und hustete ganz wild bis Tränen aus ihren Augen liefen. Tonis Vater lachte und klopfte seiner Frau auf den Rücken. Die beiden Turteltauben hatten einen echten Hang, alles mit mythischen Zahlenkombinationen zu verklausulieren. Es wird bestimmt für Mama und Papa ein Schock werden. Da nützte auch die Aufzeichnung nichts. Papa würde die Aufzeichnung sich dreimal ansehen und dann würde er losgehen. Er würde auf Toni schimpfen. Verlobung und sie sind nicht da. Aber auf Julias Einladung stand nur, dass sie ihren Geburtstag feierte und wir alle kommen müssen. Klar, dass Papa nicht 400 Euro für Fahrt und Hotel aus dem Fenster wirft, nur um mit Julia zwei Stunden Kuchen zu essen. Eine Verlobung und sie sind nicht da. Das gibt bestimmt noch ein Donnerwetter. Aber vielleicht schaffte Julia auch wieder alle Wogen zu glätten. Jedenfalls wollte ich auf keinen Fall in der Nähe sein, wenn die Bombe platzte.

Wir klatschten und ich gratulierte Julia. „Herzlichen Glühstrumpf Julia und Toni. Ich wünsche euch Glück, Zufriedenheit und viele Kinder." „Danke, Stella. Ich finde es echt toll, dass du mit deinem Lover gekommen bist. Das rechne ich dir hoch an." „Er ist nicht mein Lover. Er ist ein Freund. Ich meine mein Freund." „Ach so. Gut, dass du es noch einmal sagst." Julia nahm die Gratulationen aller Verwandten an. Es wurde geküsst und geherzt, bis sich alle wieder setzten. Jill war zu Brandons Dolmetscher geworden und sie wisch nicht mehr von seiner Seite. Bald darauf verließen wir das Lokal und Julia

nahm mich bei Seite. Sie schaute mich erwartungsvoll an.
„Na, was sagst du?" „Papa und Mama sind nicht da."
„Ach, Stella, wir heiraten in Massa, das muss Versöhnung
genug sein. Denn da müssen die Holzleitners hinreisen.
Meine Familie wird da sein und es wird sie nicht so viel
kosten. Wir können bei den Verwandten unterkommen
und Holzleitners Familie muss für die Unterkunft zahlen.
Und Hochzeit ist der wichtigste Tag. Heute ist nur ein
Auftakt, wichtig ist die Hochzeit und da bestimme ich,
wie es läuft. Was meinst du, was das Toni kosten wird?
Das war der Kompromiss und Papa ist selbst schuld, ich
habe sie eingeladen." „Also nicht Wolfgangsee?" „Nein,
Massa! Alle machen im Sommer da Urlaub und bis dahin
bist du auch wieder in Aachen und kannst mit Mama und
Papa nach Pisa fliegen." „Lädst du auch Brandon ein?"
„Wenn ihr dann noch zusammen seid, sicherlich. Aber
wenn du erst einmal wieder in Deutschland bist, wirst du
sehen, dass es richtig schwer ist, eine Beziehung in Gang
zu halten. Wie lange kennt ihr euch?" „Drei Monate
bald." „Na, bravo! Warten wir es ab! Ich kenne Typen wie
Brandon. So einer atmet Sex. Weißt du was ich meine?"
„Nein." „Siehst du! Dieser Typ Mann braucht das
mehrmals die Woche, wie du Wasser trinkst. Also im
Klartext, bist du nicht da, vergnügt er sich mit anderen
Damen. Du wirst sehen. Ich wundere mich, dass du auf
so jemanden kommst. Ich dachte eher, du heiratest gar
nicht oder so einen vergeistigten Literaturprofessor."
„Wie kommst du darauf?" „Nach der Sache mit Silvio,
dachte ich du seist fertig damit." Ich blickte sie finster an.

Partyspaß

„Nein, lass mal Toni. Das Barfly ist was für junge Leute. Wir fahren jetzt nach Hause", verabschiedete ihn seine Mutter und die älteren Damen und Herren seiner Verwandtschaft. „Also jetzt kommt der schöne Teil. Darf ich noch Maggy, Sally, Helen und Martina kommen lassen", fragte Jill.

„Okay mach nur! Je mehr desto besser! Haben sowieso Männerüberschuss", nickte es Toni ab.

„Kein Problem ich bin bestens versorgt mit Brandon. So ein Schnuckelchen. Wo habt ihr den denn ausgegraben?" Toni deutete auf mich. Ich ging auf Brandon zu und Jill nahm sich Brandons Arm und auf der anderen Seite gesellte sich Simone, Tonis ältere Schwester. Als ich mich durchsetzen wollte, lief meine Schwester zu mir und hackte sich bei mir ein. „Komm, lass den beiden den Spaß. Du hast ihn noch später. Komm wir unterhalten uns! Wir hatten noch gar nicht so viel Zeit." So ließ ich Brandon ziehen.

„Und wie ist es so in London?"

„Gut, schön, aufregend!" „Und wie ist es so als Au-pair?" „Oh, mein Gott. Scheiße, Scheiße, Scheiße! Was sollte ich jetzt sagen. „Gut, schön, nett, alles okay." Meine Schwester dreht den Kopf zu mir und musterte mich. „Das hört sich nach Gegenteil an." „Doch!" Wir schwiegen für eine Weile. „Willst du mir nicht sagen, was los ist?" „Was soll los sein?" „Ich spüre doch, hier stimmt was nicht!" „Okay. Ich wollte dich eigentlich raushalten, aber du willst es ja unbedingt wissen. Kannst du schweigen!"

Was für eine Frage, wenn einer schweigen konnte, dann

meine Schwester. Sie hob Daumen, Zeigefinger und Mittelfinger zum Schwur und ging dann zu ihren Lippen und deutete Schweigen an.

„Leg einmal los!", forderte sie mich auf.

„Ich bin nicht Au-pair bei den Neals. Ich arbeite für eine Agentur."

„Ah, gut! Was machen die so?"

„Dienstleistungsbranche!"

„Ah, welches Fach!" „So eine Art Raumdienst, Küchendienst und Hausdienst."

„Was jetzt. Du bist Putze!" „Nein!" „Eher so Hausmeister oder Mädchen für alles!" „Oh, Gott, nein! Jetzt vergeudest du in England aber wirklich deine Zeit. Brandon ist ja auch noch da."

„Du willst mir aber jetzt nicht sagen, dass du nur wegen Brandon noch da bist."

„Du hast gesagt, du würdest schweigen."

„Ich dachte, dass bezog sich auf Mama und Papa."

„Ich will nicht, dass sie es wissen und eigentlich wollte ich auch nicht, dass du es weißt." „Schwesterherz breche in England deine Zelte ab und mache was Gescheites. Dafür hast du doch nicht studiert. Und Brandon, naja! Ist was fürs Auge, aber sei doch mal ehrlich, dieser Typ passt gar nicht zu dir." „Warum nicht?"

„Also, du bist doch der totale Klemmi! Der braucht eine richtige Frau und kein Frauchen an seiner Seite. Schaue dich doch einmal an: Du Unschuld vom Lande. Da passt ja Jill noch besser." „Wieso hat er mich dann ausgewählt?" „Weiß der Geier? Vielleicht weil er eine Jungfrau vögeln will."

„Können wir Brandon jetzt einmal raushalten! Ich mache

ein halbes oder ein ganzes Jahr Pause und dann geht es weiter."

„Okay, Brandon ist deine Pause, defloriert dich, was ist danach?" „Du bist unglaublich!"

„Unglaublich, ehrlich. Du wirst an mich denken, wenn es soweit ist."

„Also nach England, was machst du dann?" „Opas Restaurant?" „Bist du sicher?" „Ich wollte eigentlich Werbetexterin werden, aber einer Deutschen mit einem solchen Migrationshintergrund traut man keinen Job in dieser Branche zu. Nur Absagen! Ich habe noch nicht einmal eine Chance bekommen. So tolerant ist Deutschland." „Vielleicht hättest du Minirock und Ausschnitt anziehen sollen. Na, lass mal nicht den Kopf hängen! Aber eigentlich ist die Idee auch gar nicht einmal so schlecht. Von Opas Restaurant kannst du gut leben. Wenn du es erst ausgelöst hast, kannst du eine Menge Geld damit verdienen. Ist eine Goldgrube. Das konntest du schon an Tante Pia erkennen, wie sie gleich Serge einschleusen wollte. Es ist ein gutes Restaurant und immer voll besetzt." „Ich werde wohl noch eine Kochausbildung machen." „André ist doch da!" „Ja, aber es soll nicht zusammenbrechen, wenn gerade der Koch ausfällt oder ich länger ohne ihn bin." „Warum sollte das sein?" „Opa hat gesagt, dass es wichtig ist! Man muss von der Sache etwas verstehen, damit man gut ist." „Ah, wenn Opa das sagt. Er ist bestimmt glücklich, dass das Geschäft weiterlebt." „Ja, ist er!"

Am Rudolfskai kehrten wir ins Barfly ein. Es war schon recht voll und wir gingen rüber zur Bar. Ich ließ meinen Mantel über einen Barhocker fallen und setzte mich darauf und bestellte mir eine Apfelschorle. „Brandon komm doch her! Hier ist ein guter Platz. Was willst du trinken?", rief ihm Jill zu. Brandon bestellte bei ihr ein Bier und gesellte sich zu mir. „Hi, wie geht's dir?", wollte er von mir wissen. Die Antwort blieb ich ihm schuldig, denn Jill rief ihn zu sich. Sie lockte ihn mit dem bestellten Bier von mir weg. Eigentlich wollte Brandon nur das Bier holen gehen, wurde aber dann von Jill erneut in ein Gespräch verwickelt und ich sah ihm an, dass er höflich sein wollte. Tonis und Julias Freunde stürmten das Lokal und gratulierten den beiden. Ich sah die Menschen aus der Ferne. Irgendwie schaffte ich es nicht, mich anzuschließen. Wie schon gesagt, Julias Auftrag: „Nur schön aussehen, stehen und Klappe halten", schien für mich den ganzen Abend angesagt zu sein. Vor Langeweile schaute ich mich im Lokal um. Zwei Männer hatten mich bemerkt, die auch mich anschauten und mir zulächelten. Sie nahmen ihr Glas und prosteten mir zu. Ganz kurz hob ich auch mein Glas und grüßte sie. Meine Augen blieben eine Nuance zu lange an ihnen hängen und sie lächelten. Mein Mundwinkel hob sich nur für eine Sekunde und ich wendete schnell den Blick ab. „Hallo, wir sind Laurent und Nantes aus der Provence", sprachen sie mich in einem unverständlichen Kauderwelsch aus deutschem und französischem Akzent an, als sie vor meiner Nase standen. Ich verstand kein Wort. „Sprecht ihr deutsch?", wollte ich von ihnen scherzend wissen. Beide schauten sich an und verstanden mich gar nicht. Sie sprachen dem Deutschen eine ähnliche Sprache nur ihre Worte gaben lautlich gar keinen Sinn. Wenn ich perfekt Deutsch sprach, verstanden sie kein Wort.

Ich drehte mich kurz zu meinem Freund um. Brandon schien ein guter Unterhalter zu sein und die jungen Damen hörten ihm amüsiert zu. Jill hatte sehr viele Freundinnen in der Stadt, die nun alle an seinen Lippen hingen. Ich wendete meinen Blick und begrüßte sie in ihrer Sprache: „Wie geht es euch?" „Gut, seitdem wir dich gesehen haben sogar noch besser. Was trinkst du?" „Ich bin schon versorgt Danke Jungs." „Aber du willst doch sicherlich später noch etwas trinken." „Mal, sehen." „Ich bin Nantes und das ist mein Freund Laurent, falls du es eben nicht verstanden hast." „Ich bin Stella." „Bist du allein hier." „Nein, meine Schwester und ihr Freund feiern Verlobung." „Du sprichst für eine Österreicherin ausgezeichnet Französisch." „Danke. Meine Mutter kommt aus Frankreich." „Aus welchem Departement kommst du denn?" „Mein Großvater mütterlicherseits kommt aus dem Departement Var aus Fréjus. Meine Oma ist aus der Normandie, da haben sie dann eine Weile gelebt, ehe sie nach Deutschland gezogen sind." „Wir sind aus Orange. Wir sind hier mit Freunden zum Klettern."

Laurent schaute mich intensiv an und er versuchte mit mir zu flirten. Plötzlich klingelte Nantes Handy und er verließ das Lokal. Laurent blieb. Er schaute zur Tanzfläche und deutete mit seinen Augen dorthin. „Willst du...?" Ich verneinte mit meinem Kopf. „Du bist schön." Verlegen schaute ich ihn an. „Du willst doch nicht mit mir flirten?" „Doch! Ich bin ungebunden und frei." „Du kommst aber schnell zum Punkt." „Wir machen morgen eine Bergwanderung. Hast du Lust uns zu begleiten?", kam er näher und flüsterte es mir in mein Ohr, weil der

Geräuschpegel sehr hoch war. Mein Kopf verneinte und ich kam näher an sein Ohr: „Ich bin vergeben." „Wirklich? Das sah bis gerade nicht so aus." Ich deutete auf Brandon und Laurent schaute ihn an. Er lächelte mich an. „Was ist das für ein Mann, der seine hübsche Freundin allein lässt und sich nur um andere Frauen kümmert!", beschrieb er, was er sah. Er kam näher und küsste meine Wange. „He, Laurent! Lass das!" „Siehst du, er merkt es noch nicht einmal, dass ich hier mit dir stehe."

Jill lehnte sich an Brandon an und sie legte ihre Hand auf seinen Arm oder betatschte ihn ständig. Das verwirrte mich jetzt ein bisschen und Laurent beobachtete mich. Brandon schaute mich an und lächelte. Bis sein Blick auf Laurent fiel und sich sein Blick verfinsterte. Ich nahm die Schulter hoch und ließ sie wieder fallen. Er nickte mir zu und Jill plapperte munter ohne Komma und Punkt weiter. Erst ein kurzer Stüber von Simone lenkte ihn von mir wieder ab. Eine Weile später kam Nantes mit vier Frauen und drei Männern zurück. Laurent stellt mich vor: „Das ist ...." „Ich bin Stella Loren." „Ja, genau. Das ist Michelle, Annabelle, Marie – Luise, Therese, Nantes kennst du ja, Jean-Pierre, Maurice und André." Ich nickte allen zu. „Laurent, wir wollen noch eine Kleinigkeit essen. Nimm doch deine Freundin mit!", forderte Therese Laurent auf. Plötzlich ergriff Laurent ermutigt die Initiative und ließ seinen Arm auf meine Schulter sinken. Ich schüttelte meinen Kopf, aber er überrannte einfach mein „Nein". Ich befreite mich von ihm und er lächelte. Das Spiel war zu weit gegangen und ich musste eindeutig werden und sicherlich die Flucht ergreifen, wenn die

Grenzen weiter einrissen. „Laurent, wir sind uns gerade begegnet." „Bist du mit diesem Mann zusammen, der dich schon seit mehr als einer halben Stunde nicht beachtet. Wenn du meine Frau wärst, hättest du keine Möglichkeit einen Atemzug mit einem anderen Mann zu teilen, so wie wir das schon die ganze Zeit tun." „Laurent, wir kennen uns gerade eine halbe Stunde." „Das reicht für mich aus." Ich griff hinter mich und zog meinen Mantel an. „Ich gehe jetzt." Nantes schlug vor: „Wenn du Lust hast, dann begleite uns doch einfach und Laurent, du bist nicht so aufdringlich, was soll Stella von uns denken. Du bis unhöflich in deiner penetranten Eindeutigkeit deiner Interessen."

„Nein, danke Nantes ich habe schon gegessen und ich bin wirklich nicht hungrig. Ich bin müde und geh' jetzt nach Hause." Dann drehte ich mich um und ging. Keiner achtete auf mich, als ich das Lokal verließ. Draußen fühlte ich mich plötzlich frei. So stand ich allein in Salzburg und tat mir selbst ein wenig Leid. Ich kehrte in Hausnummer 22 ins Podium ein. Viel war nicht gewonnen. Es war die gleiche Musik, ähnliche Einrichtung und Publikum. Nur ich ließ einige unangenehme Gefühle hinter mir, die mir Laurent, Julia und Brandon bisher an diesem Abend beschert hatten und atmete auf. Ich ging zur Theke und bestellte. Eine junge Frau stand auch allein herum und schien jemanden zu suchen. Vielleicht war sie eine gute Gesprächspartnerin? Eine Weile beobachtete ich sie und ging zu ihr. „Hi, bist du alleine?" Sie lächelte mich an und nickte. „Wartest du auf Freunde?" Ihr Kopf nickte. „Eigentlich feiert eine Freundin von mir Verlobung. Sie hat mir gesagt, dass wir uns hier treffen." „Heißt deine

Freundin zufällig Julia Loren." Erstaunt und ungläubig schaute mich diese Frau an und nickte. „Hallo, ich bin Stella Loren, die kleine Schwester. Die sind alle drüben", und ich schwenkte meinen Kopf. „Ach." „Vielleicht solltest du das Lokal wechseln?" „Gehen wir rüber?" Ich nickte. Als wir das Lokal betraten, ging Helen hocherfreut los und steuerte auf Tonis Freunde zu und ich folgte ihr. Daniel begrüßte Helen mit einem Kuss auf die Wange und sie stellte mich vor. „Das ist Stella!" Jetzt schauten mich alle von Tonis Freunden an. „Du bist doch Julias Schwester? Ich bin Leon", trat einer der Männer hervor. Ich nickte und begrüßte ihn. „Ich bin zum Tanzen hergekommen. Hast du Lust?", fragte Helen Daniel. Er nickte und sie gingen zur Tanzfläche. Leon nahm mich wie selbstverständlich bei der Hand und führte mich auch zur Tanzfläche. „Ich beobachte dich schon den ganzen Abend. Wo bist du eben hingegangen?" „Helen holen." „Aha!" Nach dem Stück ließ er seine Hände in meine gleiten und zog mich zu seinem Freundeskreis und stellte mich vor sich. Ich fand es auf jeden Fall angenehmer, als von allem ausgeschlossen zu sein und machte mir daher keine Gedanken mehr. So war es viel schöner, weil ich mich an Gesprächen beteiligen oder einfach nur zuhören konnte. Ich fühlte mich nicht mehr ausgeschlossen. Plötzlich hatte ich Brandons volle Aufmerksamkeit. Es schien mir, dass er jeden Atemzug von mir überwachte. Er hörte Jill nicht mehr zu und sein Blick war starr auf mich gerichtet. Leon bestellte für sich ein Bier und für mich einen Caipirinha. Seine Hand fiel gelegentlich auf meine Schulter, um seine Erzählung zu unterstreichen oder einfach auch Nähe zu signalisieren. Er war nicht unangenehm oder aufdringlich.

Leon war eher schützend und freundlich. Auch Helen kehrte mit Daniel zurück und schaute mich erstaunt an. „Seid ihr zusammen?" „Nein", antwortete ich und Leon korrigierte: „Aber was noch nicht ist, kann ja noch werden! So schöne Frauen zieren selten unseren Kreis."

Ich war wohl schon die ganze Zeit im Visier von Leon gewesen, der nun seine Gelegenheit erhalten hatte, mich kennen zu lernen und mich auf aller freundlichste umgarnte. Es war gar nicht unangenehm. Als ich meinen dritten Caipirinha in der Hand hielt, stand plötzlich Brandon in dieser Gruppe. „Du hast jetzt genug. Komm wir tanzen! Wir waren lange genug getrennt. Es reicht jetzt." „He, lass die Finger von ihr! Sie ist schon vergeben", setzte sich Leon zur Wehr. Ein Glück verstand Brandon kein Wort und schaute mich an. Eine Übersetzung wollte ich Brandon auf gar keinen Fall zumuten. „Leon, du entschuldigst mich, ich muss eben einmal zur Toilette." Leon gab den Weg frei. Er ließ mich los und löste seine Hand von meiner Schulter und ich verließ sofort diese peinliche Situation. Es lag plötzlich eine unangenehme Aggressivität zwischen diesen beiden Männern. Man spürte so förmlich eine handgreifliche Auseinandersetzung. Schließlich nahm ich meinen Mantel und wollte das Lokal verlassen. Leon hielt mich auf:" Wann sehen wir uns wieder?" „Bist du auf Julias Geburtstag eingeladen?" „Ja." „Da sehen wir uns!" „Ich freue mich!" „Okay, Ciao Leon." „Ciao Bella! Bis Samstag dann."

Brandon folgte mir.

Wir sind zusammen

Draußen atmete ich auf: „Was für ein verkorkster Abend!" Brandon nahm mich in seinen Arm und hielt mich fest und küsste mich hastig und intensiv. Dieser Kuss war voller Leidenschaft, Zärtlichkeit und auch Angst. „Was sollte das?", fragte er mich. „Was sollte was?" „Du und dieser Typ." „Du, Jill, Simone und die anderen Frauen?"

Er schaute mich ernst an. Ich blickte ebenso ernst zurück. „Ich wollte nur nett zu deiner Familie sein." „Das war nicht meine Familie." „Der Typ war auch nicht deine Familie."

„Haben wir es jetzt?" „Ich verstehe dich nicht." „Wir sind quitt oder?" „Hast du das aus Rache gemacht?" „Brandon, wenn es dir nicht aufgefallen ist, ich war den ganzen Abend allein. Es hat sich gar keiner um mich gekümmert. Ich kannte da auch keinen. Das sind alles Julias Freunde. Du hattest ja ein schönes unterhaltsames Essen. Aber vielleicht ist dir aufgefallen, dass ich neben Tonis Oma gesessen habe." „Das ist mir aufgefallen. Wie du weißt, wollte ich neben dir sitzen. Ich habe dich aufgefordert, die Situation zu verändern, aber du hast sie so belassen, weil deine Schwester dir das befohlen hat. Ich wollte nicht dazwischenfunken. Es hat mich ja niemand genau aufgeklärt, was läuft. Da habe ich gedacht, dass dies meine Aufgabe ist, mich möglichst optimal und sympathisch einzubringen. Deine Aufgabe war mir Befehl." „Ach so, dito! Jill träumt jetzt bestimmt von dir." „Mein kleiner Liebling. Erst flirtest du mit zwei Typen und einer versucht dich abzuschleppen. Meinst du, ich habe das nicht gesehen. Ich wollte gerade zu dir kommen.

Plötzlich verlässt du das Lokal bist verschwunden. Gott sei Dank, ohne diese Kerle. Ich schließe daraus, dass sie dich angemacht haben und du die Flucht ergriffen hast. Ich war da. Du hättest einfach rüberkommen müssen." „Das hast du bemerkt?" „Darling, du warst nicht allein. Aber dann kommst du wieder und legst richtig los." „Hast du mich beobachtet?" „Jede Bewegung! Jede Sekunde." „Und du? Du bist auf Kuschelkurs mit Jill Holzleitner."

„Hast du das aus Eifersucht gemacht?" „Nein." „Was dann?" „Gar nichts! Es ist einfach passiert!" „Ja und ich bin froh, dass ich hier bin. Ich wusste doch, dass du hier abgeschleppt wirst. Wahrscheinlich wärst du gar nicht mehr nach England zurückgekommen." „Dieser Typ. Man konnte ihm genau ansehen, was er vorhatte. Das war nicht harmlos." „Bist du eifersüchtig?" „Oh, Stella. Natürlich bin ich auf jeden eifersüchtig, der nur mit dir spricht und dich ansieht, als wollte er mehr von dir. Ich brenne vor Eifersucht. Ich weiß, dass ich dir das nicht zeigen darf. Ich bin gut erzogen. Man läuft nicht mit seinen Gefühlen Amok. Ich wäre der Verlierer. Aber zwischen dir und diesem Mann, da war doch was. Da lief doch was zwischen dir und ihm." „Wirklich? Habe ich gar nicht bemerkt, dass du eifersüchtig bist, bis gerade." „Das sollst du auch nicht merken, aber dieser Mann ist eindeutig zu weit gegangen. Das war doch ganz klar, was der wollte. Noch eine Bewegung und ich glaube, ich hätte mein gutes Benehmen über Bord geworfen. Er war ganz nahe sich eine zu fangen." „Ja, was wollte er denn?" „Er wollte dich. Das konnte man genau sehen. Er hätte dich abgefüllt und abgeschleppt. Du kannst es nicht leugnen."

„Wie hätte er das schaffen sollen?" „Drei Caipirinha oder auch vier. Er wollte dich klarmachen." „Du glaubst doch nicht wirklich, dass... ." „Darling, wenn einer dich abfüllt und mit dir schläft, dann bin ich das. Es war die gleiche Masche, als ich dich kennengelernt habe. Du erinnerst dich, als ich dich sturzbetrunken vor dem Pub aufgegabelt habe." „Brandon, ich hatte nur einen Whisky." „Du hattest nur einen Whisky? Du hattest mehr als einen. Du hast mit der Laterne Brüderschaft getrunken." „Woher willst du das wissen?" „Ich weiß es und ich erinnere mich genau, was ich mit dir tun konnte." „Und sind wir im Bett gelandet?" „Nein!" „Na, siehst du!" „Mein Schachzug war falsch, dich ins Hotelzimmer zu bringen. Ich hätte nicht damit gerechnet, dass du mich nach Hause schickst. Aber du warst so klar, wie nur irgendetwas." „Was war so klar wie irgendetwas?" „Das wir...", und dann brach er ab. „Siehst du! Nichts war." „Versprich mir eins!", und er schaute mir tief in die Augen. „Ja?" „Du sagst schon ja?" „Nein, sag, was du willst!" „Bitte mach das nie wieder! Du gehörst zu mir."

Ich fiel ihm in die Arme und küsste ihn und nickte. „Ja, Brandon ich gehöre zu dir." „Was machen wir jetzt?", wollte er wissen. „Wenn wir zurückgehen, dann wirst du dich bestimmt mit Leon anlegen." „Darauf kannst du Gift nehmen." „Gehen wir woanders hin?" Er nickte.

Warten auf Julia und Toni

„Wo wollen wir hin?", fragte ich ihn und er lächelte. „Gehen wir ins Saitensprung? War doch ganz nett dort. Wir könnten auch in ein Hotel gehen und dort einchecken." „Und dann?" „Aufwärmen, Bauch an

Bauch, wie zwei Spatzen!" Ich verdrehte die Augen. „Okay, Saitensprung, noch zwei Caipirinhas und anschließend in ein Hotel?" „Du schleppst mich ab!" „Ja!"

Im Saitensprung war es voll. Die Menschen drängten sich um die Bar und ein lautes Stimmengewirr mischte sich mit der Musik von Amy Winehouse. Außer zwei Stühle, die mit Jacken behangen waren, war jeder Tisch belegt. „Entschuldigung, sind diese beiden Plätze noch frei", fragte ich ein nettes Pärchen, die einen schönen Eckplatz gefunden hatte und nun jeden durch ihre Jacken vertrieben, weil die Plätze auf besetzt hindeuteten. Die Frau schaute Brandon an und schluckte und räumte sofort ihre Jacke weg und nahm auch die von ihrem Freund weg und deutete mit den Händen auf den Platz. „Vielen Dank." Die beiden nickten. Brandon nahm meine Jacke und legte sie auf die gegenüberliegende Bank neben das Pärchen.

Ich wendete mich Brandon zu, der meine Hand nahm und sie küsste. „Ich wäre jetzt am liebsten mit dir woanders. Mehr privat." „Wir sind gerade gekommen. Du wirst dich auf drei bis vier Getränke gedulden müssen." Beim Kellner bestellte Brandon auf Englisch zwei Cocktails. Die junge Frau wandte sich an mich: „Ich bin Linda!" „Ich bin Stella und das ist Brandon." „Ich weiß, wer er ist." „Oh, sie kennen meinen Freund." „Ja! Aber sie sind nicht Stephanie Saunders. Sie sehen ganz anders aus." Ich wurde rot. Hitze durchströmte mich. Diese Frau kannte Brandon und Stephanie Saunders. Ein komisches Gefühl, wenn fremde Leute plötzlich Details über deinen Freund kennen, die du nicht kennst. „Kennst du Linda? Sie kennt dich und Stephanie", fragte ich Brandon. „Nein, ich kenne Linda nicht! Ich habe im vergangenen Frühjahr einen Film gedreht, der wohl kürzlich auch hier gezeigt wurde. Zufall!" „Sie kennt dich und Stephanie Saunders." „Ach, mach dir keine Gedanken. Ist doch schön, dass mich hier einer kennt. Das ist für einen Schauspieler wichtig." Brandon lächelte sie an.

Linda zog einen Block heraus und sprach mich wieder an. „Kann dein Freund darauf schreiben, dass ich ihn hier gesehen habe. Darf ich ein Autogramm und Bild machen. Von ihnen beiden vielleicht? Ich spreche nicht gut Englisch. Spricht Brandon deutsch?" „Nein, das tut er nicht!" „Übersetzen Sie es für mich?" „Sind sie ein Fan von Brandon. Ja, bin ich. Nie im Lebtag hätte ich gedacht ihn plötzlich einmal live vor mir zu sehen." „Okay?", ich runzelte die Stirn. „Du, Brandon, Linda will ein Autogramm von dir mit einem Text, dass sie dich hier getroffen hat." Linda schob ihren Block herüber und zückte ihr Smartphone. Als sie zum Foto ansetzte, wollte ich unbedingt verhindern auf dem Foto zu sein und hob den Bierdeckel vor mein Gesicht. „Warum haben sie das gemacht?", wollte Linda wissen. „Ich bin fotoscheu." „Deswegen sind sie nie mit ihm zu sehen!" „Genau!" Während dessen schob Brandon sein geschwungenes Krickelkrakel Autogramm rüber mit ein paar Worten in Englisch. „In welchem Film haben sie ihn denn gesehen?" „Erst kürzlich in „Das Echo des Südens"! Davon sind ja noch zwei Fortsetzungen geplant. Ich steh total auf ihn. Ich liebe ihn." Dann schmachtete sie ihn an. Brandon dreht mein Gesicht zu ihm. „Sollen wir gehen?"

„Warum?" „Ich glaube, wir werden keine ruhige Minute haben, solange Linda am Tisch sitzt und sie wird bestimmt nicht freiwillig gehen." Wir standen auf und legten das Geld für unsere Bestellung hin und gingen.

„Wohin jetzt?", fragte er mich.

„Also für Alkoholabfüllung war es ein bisschen wenig. Wir hatten gar nichts. Total Schade, das wir gehen mussten. Aber es war wirklich nicht zum Aushalten. Ich wusste gar nicht, dass du Fans in Österreich hast und in einem Film mitgespielt hast." „Ein Zufall. Aber hilfreich, wenn Leute über mich reden, steigert das auch meinen Wert in der Branche. Das heißt mehr Gage. So funktioniert das Geschäft." „Auch wieder wahr! Aber auch ein blöder Job, der uns jetzt gerade den Abend versaut hat." „Weißt du was, ich berausche dich! Wir gehen jetzt in ein Hotel!" „Gut, dann gehen wir zu Katie." „Ich hatte eigentlich an ein Hotel gedacht. Bei Katie wird wohl kaum die Gelegenheit sein." „He, es ist nach Mitternacht, die meisten Hotels sind jetzt zu." Brandon nahm sein Handy raus und wollte es googeln. „Lass es!" Er steckte sein Handy wieder zurück.

Wartezeit

Wir klingelten bei Katie und hofften darauf, dass sie noch nicht schlief. Die Tür öffnete nach einem kurzen Summen. Übermüdet und mit tiefen Augenringen wartete sie auf uns bei halb geöffneter Tür mit ihrem Baby schuckelnd im Arm. Plötzlich hatte ich ein blödes Gefühl, weil ich die Privatsphäre von Katie störte, die in einem ganz anderen Film lebte, wo man eigentlich nicht mehr nach Mitternacht klingelte und um Einlass bat, als sei es helllichter Tag. Das war ziemlich gedankenlos von mir. Sie legte ihren Zeigefinger auf den Mund und flüstertet:" Die Kleine ist noch wach." Und wir huschten hinein und setzten uns auf die Couch ihr gegenüber. „Es tut mir leid, dass wir dich aus dem Bett geholt haben. Wir wussten nicht wohin und haben keinen Schlüssel. Julia und Toni feiern noch. Sie wollten gleich kommen." Katie machte eine abwehrende Handbewegung, lächelte freundlich und beruhigte mich: „Ah, wie sagen die Engländer, you are welcome und an Schlaf ist schon seit Tagen nicht mehr zu denken." Brandon lächelte und bedankte sich für die Gastfreundschaft. „Kann ich sie mal halten?" „Ja, gern!" Ich nahm ihr den vier Monate alten Säugling aus den Armen. Darüber war sie froh, ließ sich in einen Sessel fallen und schaute uns an. Sie drückte mir die Flasche in die Hand. Etwas ungeübt versuchte ich dem Kind die Flasche zu geben. Brandon korrigierte meine Handhaltung. Laura schaute mich mit großen Augen an und saugte. Immer wenn ich die Hand nicht steil genug hielt, griff Brandon ein. „Sie saugt sonst zu viel Luft, die wieder schmerzhaft hinaus will", informierte er mich und Katie nickte. „Ich sehe, dass Laura gut bei euch aufgehoben ist. Ich habe schon seit drei Nächten nicht mehr richtig geschlafen, weil sie gerade wieder wächst und sehr unruhig ist. Ob du ihr die Milchflasche zu Ende geben könntest. Anschließend trägst du sie noch ein bisschen herum, bis sie eingeschlafen ist. Ich bin so fertig." Wirklich, sie sah wie ein Gespenst aus und ich nickte. Brandon beobachtete mich und schaute mir interessiert zu. Nach einer Weile hatte Laura ihre Milch getrunken und ich hielt sie weiter in dieser Stellung. Brandon nahm sich das Moltontuch, bedeckte seinen Anzug und nahm Laura. Er stand auf und legte sie über seine Schulter und ging zum Fenster. Immer wieder klopfte er ihren Rücken. In allem was er tat, war er sehr überzeugend. Plötzlich rülpste Laura wie ein unerzogener Rotzbengel und ich lachte. Brandon gab sie mir zurück und ich schuckelte sie. Im Wechsel kümmerten wir uns um Laura. Endlich schlief sie ein. Brandon hatte sie gerade eine Weile auf seine Brust gelegt, so dass sie seinen Herzschlag hören konnte. Mit meinen Augen deutete ich an, ob wir sie in die Wiege legen sollten, aber er schüttelte den Kopf und flüsterte: „Sie ist noch nicht ganz eingeschlafen. Sie braucht noch ein paar Minuten." So saßen wir ruhig nebeneinander und hörten Laura atmen. Dieser Augenblick war so perfekt, weil er tief in mein Herz ging. Brandon eroberte mein Herz und eine tiefe Welle der Zuneigung schlug sich Bahn. Das Wort Liebe hatte dieses Bild für mich. Nach einer Weile legten wir sie gemeinsam in ihre Wiege und gingen zurück zur Couch. Wir waren beide sehr müde und lehnten uns aneinander. Gegen drei hörte ich Julia und Toni vor der Tür stapfen und wir verließen die Wohnung. Müde klappte ich in Julias Wohnung die Couch aus, bezog sie und legte die Decken darüber. Als Brandon aus dem Badezimmer kam, freute er sich, dass alles schon aufgebaut war und ließ sich auf seine Seite fallen. Als ich das Badezimmer benutzen konnte war es schon Viertel vor Vier, weil Toni und Julia noch duschen wollten, weil sie den Zigarettenrauch an ihrer Haut und auf ihren Kleidern hassten. Als ich zurück ins Zimmer kam, schlief Brandon und ich legte mich neben ihn. Ich küsste seine Wange. Meine Haare kitzelten ihn und sein Arm zog mich eng zu ihm. Mein Herz war versöhnt.

Ärger mit Julia

Gegen acht weckte uns Julia, weil sie zur Universität musste und frühstücken wollte. Ich räumte alles weg und duschte mich. Brandon war Brötchen holen und ich sollte Tee und Kaffee kochen. Julia war alleine mit mir in der Küche. „Ist das was Ernstes mit Brandon?" „Ich habe mich in ihn verliebt. Ich denke schon." Sie nickte. „Du weißt es nicht?" „Ich würde ihn sofort heiraten, aber ich weiß nicht, ob er es ernst meint. Ich vertrau ihm noch nicht ganz." „Er sieht wahnsinnig gut aus. Sei dankbar, dass du in sein Raster gefallen bist und genieße es, solange es dauert, aber stelle dich nicht auf mehr ein. Jill und Jana haben mir erzählt, dass er sehr reich sei. Mir fällt leider nicht mehr ein, womit er sein Geld macht." Ich schaute sie sehr erstaunt an. „Was macht er berufsmäßig?" „Er hat mir erzählt, dass er zurzeit arbeitslos sei. Er muss eigentlich sparsam leben. Meine Getränke hat er nicht bezahlt und in London leben wir in einem zwanzig Quadratmeter großen Studio, das ich gemietet habe. Er will jetzt sein Referendariat als Rechtsanwalt machen. Daher habe ich ihm angeboten bei mir zu wohnen, damit er genug finanzielle Reserven hat." Julia zog kritisch die Augenbrauen hoch. „Du bist auf einen Blender hereingefallen. Oh, mein Gott. Er ist wahrscheinlich ein Schnorrer und du hältst ihn auch noch aus. Jill hat sich in ihn verliebt und möchte heute mit ihm in die Stadt. Da siehst du es, was er ist!", erzählte sie mir aufgebracht. „Nein, er ist kein Schnorrer. Vielleicht ist er ein Blender. Er steht auf die schönen Dinge im Leben." „Das merkt man und Jill gehört wohl dazu. Sie sind gleich verabredet. Sie kommt gegen 10.00 Uhr her." „Schön, und was mache ich in der Zwischenzeit? Ist ein bisschen eng hier in der Wohnung." „Triff dich doch mit Leon! Er ist richtig süß. Er arbeitet mit Toni zusammen und leitet ein Labor. Er ist Chemiker und bezieht ein richtig gutes Gehalt. Er steht auf dich. Er ist wirklich solo und findet dich total nett. Er hat Toni nach deiner Adresse gefragt. Wer doch cool, wenn du demnächst auch hier unten wohnst. Dann ist die Fahrt nach Massa auch nicht mehr ganz soweit." „Aber ich bin mit Brandon zusammen. Mein Leben geht ab Sonntag wieder in London weiter." „Lass die Hände von einem Kerl wie Brandon! Toni meint auch, dass Brandon nichts für dich ist. Du hast gar keine Ahnung von Männern und nächstes Jahr im Sommer bist du wieder zu Hause." „Was hast du gegen ihn?", wollte ich beunruhigt wissen. Julia drehte sich zu mir. „Wenn ich Silvio Vanzetti sage, in dem Fall müsstest du doch eigentlich Bescheid wissen. Er ist ein Jäger und du bist seine Trophäe. Vielleicht ist es dir noch gar nicht aufgefallen. Du stehst ihm an Schönheit, Ausstrahlung und Glanz in nichts nach. Bei dir würden sich die Männer in einer Reihe aufstellen und du kannst sie alle haben." „Warum darf ich Brandon nicht wählen?" „Brandon weiß genau wie er wirkt und er spielt damit. Er kann sie alle haben und nimmt sie sich. Sei dir für ihn zu schade! Leon würde dich auf Händen tragen. Er kommt aus sehr gutem Haus und seine Eltern leben in Zell am See und vor allem ist er monogam. Du bist mit Brandon zusammen, aber Jill landet bei ihm und er macht ihr Hoffnungen. Du wirst nicht über den Schatten deiner Erziehung springen können. Das Kunststück gelingt dir nicht. An der Seite eines Schürzenjägers wirst du noch ganz unglücklich. Glaub mir!" „Ich will Brandon und er ist treu", antwortete ich ihr trotzig und musste augenblicklich die Küche verlassen, weil ich sonst einen Zusammenbruch erlitten hätte, weil sie gegen meine persönliche Entscheidung und gegen meine Erwartungen redete. Sie mischte sich einfach ein, obwohl ich sie gar nicht darum gebeten hatte. Ich war richtig sauer, wütend und traurig. Nie überließ man mir die Entscheidung. Man glaubte einfach diese Grenze in meine Privatsphäre überschreiten zu dürfen. Als ich die Tür aufriss, lief ich gegen Brandon, der mich sehr ernst anschaute. Da mir die Tränen in den Augen standen, lief ich zum Badezimmer und schloss mich ein. Ich hörte, wie Brandon mit meiner Schwester sprach. Plötzlich schrien sie sich an. Aber Brandon beruhigte sich sehr schnell und sprach leise weiter. Aber die südländische Ader meiner Schwester schlug durch und sie giftete ihn an und ließ sich nicht in der Lautstärke einschränken. Ich schloss schnell auf und lief zur Küche, um Brandon einen weiteren Ausbruch zu ersparen. Mir war die Situation sehr peinlich und ich wollte auf gar keinen Fall diese Auseinandersetzung. „Was willst du von meiner Schwester? Sie braucht keinen Herzensbrecher an ihrer Seite. Ehrlich, du bist gar nicht ihr Typ. Außerdem hast du gar nicht die Ausdauer für meine Schwester."

„Ich diskutiere bestimmt nicht mit dir, wie ich mit Stella zusammenlebe. Du hältst dich schön aus unseren Angelegenheiten heraus. Ich bin mit deiner Schwester zusammen. Schlucke es und behalte deinen Gedanken für dich! Wir gehen dich gar nichts an!"

„Alles, was meine Schwester angeht, geht auch mich an!"

„Falsch! Stella ist erwachsen und bestimmt ihr Leben selbst. Ihr seid nicht mehr im Sandkasten. Lass sie in Ruhe, oder ich reise mit ihr ab! Ich meine es wirklich ernst!" „Du glaubst, doch nicht wirklich, dass sie mit dir geht? Blut ist dicker als Freundschaft." „Ich liebe deine Schwester und ich werde sie wieder mit zurück nach London nehmen. Sie gehört zu mir."

„Du glaubst doch nicht wirklich, dass du ihr genug bist. Sie gehört zu einer großen Familie und du bist auf jeden Fall ein Außenseiter. Glaub mir, über kurz oder lang wird Stella in den Schoß ihrer Familie zurückkriechen und das wirst du nicht verhindern können." „Das glaube ich nicht. Sie ist in England, damit sie erwachsen sein darf und Erwachsene kommen als mündige und eigenständig denkende Menschen als Teilzeitschwester oder Kinder zu ihren Eltern zurück in die Familie. Aber ich bin ihre neue Familie. Wir bilden den Kern für eine neue Linie." „Das glaubst du wohl selbst nicht. Machst du ihr das weiß, damit du mit ihr schlafen kannst?" „Du unterstellst mir, dass ich lüge?" „Anscheinend tue ich das, schließlich hast du es so verstanden." Ich platzte mitten ins Gespräch. Beide schauten mich an und wollten, dass ich mich auf ihre Seite stellte. „Julia es reicht. Ich war auch sauer auf Toni, aber ich habe dich immer unterstützt." Julia kam zu mir und legte die Hand auf meine Schulter und begann italienisch zu reden. Ich sah in Brandons Augen Verwirrung und ich redet in Englisch. „Julia, bitte rede englisch. Ich will nicht, dass du Brandon ausschließt. Du bist wirklich zu weitgegangen. Ich suche mir meine Begleiter und Freunde schon seit Jahren selbst aus. Glaub mir, Brandon und ich gehören zusammen." „Du bist schwanger, sonst würdest du so was nicht sagen. Hundertprozent! Dein Freund scheint ja Kinder zu wollen." „Julia ich bin nicht schwanger."

„Du schläfst mit ihm. Glaub mir, es dauert nicht lange und du bist schwanger."

„Ich schlafe nicht mit ihm. Es kann gar nichts passieren", schrie ich heraus. Julia lächelte mich an. „Hab ich es mir doch gedacht. Keine Hochzeit keinen Sex. Du glaubst doch nicht, dass Brandon das lange aushält." Sie lächelte ihn hämisch an. „Julia, was ist denn bloß los mit dir?" „Stella, was ist los mit dir? Er ist der Typ, der jede Frau aufreißt. Wie konntest du nur in sein Blickfeld geraten. Diese Typen reißen dich auf, machen dich klar und dann verschwinden sie zur nächsten. Seit gestern ist das doch wohl ganz klar, was er ist. Ein Gigolo!" Dann wendete sie sich zu Brandon. „Erst wenn du meine Schwester heiratest, glaub mir, dann gehörst du zur Familie. Solange darf ich dich als Anhang betrachten, der irgendwann verloren geht." „Julia, hör auf und misch dich nicht in mein Leben ein!", schrie ich fassungslos laut auf. „Wir sind verlobt", erklärte er. „Brandon hat mir einen Antrag gemacht und ich werde ihn annehmen!", fügte ich hinzu. Julia schaute uns beide verdattert an und Brandon kam zu mir und legte den Arm um mich. „Weiß Papa schon davon?" „Nein, noch nicht." Julia lächelte. „Brandon, wenn mein Vater sein Ja zu dieser Verbindung gibt, dann glaube ich, werdet ihr wirklich heiraten. Aber ich denke nicht, dass du so schnell zu dieser Hürde vorgelassen wirst." „Vielleicht brauche ich nur die Zustimmung deiner Schwester. Was will uns euer Vater anhaben. Stella ist sich sicher und ich mir auch. In modernen Beziehungen kommt diese lächerliche Attitüde nicht mehr zum Tragen. Wir entscheiden, wie es läuft und nicht unsere Eltern. Sie können sich freuen oder es auch lassen." Plötzlich klingelte das Telefon. Toni hob im Wohnzimmer ab und brachte das Telefon. Ohne Zögern betrat er die Küche und reichte Brandon das Telefon. „Hallo", meldete er sich und hörte angestrengt zu. „Tut mir leid, ich habe gar keine Zeit. Meine zukünftige Frau begleitet mich dorthin. Ich kann mich ganz unmöglich mit dir treffen. Nein, auch nicht für eine Stunde. Ja, es war ganz nett. Lassen wir es so stehen! Ich glaube, dass musst du mir schon überlassen. Nein, es hat keinen Sinn. Ja, bye", und legte auf. „Jill", erwähnte er zynisch und gab Julia das Telefon zurück. Brandon legte die Brötchentüte auf den Tisch, schnappte sich meine Jacke, kam zu mir in den Flur und zog mich auf die Straße. Er war sehr aufgewühlt und wütend. Wir frühstückten in einem kleinen Gasthaus mitten in der Stadt. Er hatte sich Euros besorgt und bezahlte am Ende für uns. Anschließend gingen wir zur Burganlage und besichtigten sie. Im Park der Anlage setzten wir uns auf eine Bank und schauten einigen jungen Kindern beim Spielen zu. „Ich würde mit dir gerne in ein Hotel ziehen." „Das können wir uns nicht leisten. Ich bin wirklich ziemlich abgebrannt und muss sparen." „Ich zahle. Egal, wie teuer." „Spinnst du! Du bist nur wütend. Wovon willst du das bezahlen?"

„Mache dir keine Sorgen. Ich kann es mir leisten." „Wo ist das Geld her?" „Ich verdiene Geld."

„Ja, gelegentlich!" „Ich habe genug gespart und ein paar gute Investitionen getätigt." „Ach, lügst du mich an!" „Nein." „Was soll ich dir glauben? Irgendwie passen die Geschichten nicht mehr zusammen."

„Also, wenn es dich beruhigt, ich bin sehr reich." „Ach, auf einmal." „Ich komme aus einer reichen Familie." „Hast du das Geld von deinem Vater?" „Auch! Er hat mir eine Menge Geld gegeben, damit ich studieren kann. Wie du weißt, sind die Reserven noch nicht aufgebraucht, so dass wir uns das beste Hotel leisten können." „Aha! Da kommt der plötzliche Geldsegen her. Gib deinem Vater das Geld zurück!" „Warum?" „Es ist nicht dein Geld. Diese Lebenseinstellung macht dich unglücklich. Wir sind erwachsen, unsere Eltern erwarten von uns, dass wir auf unseren eigenen Füßen stehen und nicht mehr von ihnen ernährt werden. Das bringt ganz unheilvolle Verstrickungen. Gib deinen Eltern keine Macht über dich." Er küsste mich auf meine Stirn und nickte zustimmend. „Da muss ich dir Recht geben. Ich bin froh, dass du nicht von deinen Eltern abhängig bist. Glaube mir, ich nehme auch nicht das Geld meiner Eltern. Was machen wir jetzt? Ich habe echt keinen Bock deine Schwester noch eine Minute zu ertragen." „Wir ziehen die Sache wie geplant durch. Jetzt harrst du aus, bis die dicke Luft dich nicht mehr würgt. Das machen wir in unserer Familie so. Du wirst sehen, Julia ist heute Abend wieder drüber weg und du schaffst das auch. Alles andere wäre viel schlimmer. Die Kommunikation zur Familie darf nicht zusammenbrechen. Julia hat versucht einen Keil zwischen uns zu treiben und sie schafft es, wenn wir die Kommunikation abbrechen lassen und ich nur allein zu ihrer Geburtstagsparty gehe. Du musst jetzt dadurch, sonst schafft sie es, dass du nicht Teil meiner Familie wirst." „Du hast so Recht. Das schätze ich so an dir. Dafür liebe ich dich. Aber ich bin nicht darüber weg." Er schnaubte und schaute ärgerlich. „Ach, komm schon, mir zur Liebe. Ich will jetzt keine Probleme. Wir sind zusammen. Verdirb es uns nicht!" Er verdrehte die Augen, nickte aber schließlich.

Am Nachmittag gingen wir zurück. Dieses Mal hatte ich einen Schlüssel von Julias Wohnung mitgenommen. In der Küche lag ein Zettel, dass die beiden erst gegen sechs wieder zu Hause sein würden. Wir waren wieder sehr müde vom Laufen, den wenigen Stunden Schlaf in der Nacht und zogen die Couch aus.

An der Haustür klingelte es und Brandon ging zur Tür und öffnete. Katie stand vor der Tür und sah sehr verheult aus. „Ich habe euch zurückkommen hören. Ist es vielleicht möglich, dass ihr euch für eine Weile um Laura kümmert. Ihr Vater ist in der Stadt und ich muss noch das Finanzielle mit ihm regeln. Ich brauche Zeit und Ruhe mit Andreas. Der Termin ist sehr wichtig." In der Zwischenzeit war ich an die Haustür gekommen und stimmte zu. Sie brachte Milchpulver, Tee, Flaschen, Decken, Kinderwagen, Spielzeug, Windeln, Reinigungstücher in Julias Wohnung.

Laura schlief im Kinderwagenaufsatz. Wir schlichen auf Zehenspitzen. Aber ihr Schlaf war tief und fest. Wir legten uns auf die Couch und schliefen auch für eine kleine Weile. Nach einer Stunde wachte Brandon auf und kuschelte sich an mich. Seine Hände öffneten meine Hose und er zog mein T-Shirt heraus. Seine Hände wanderten zu meinem Busen. Er öffnete meinen BH. Seine Lippen legten sich auf meinen Mund. Nach jeder Atempause legte er ein Kleidungsstück ab und nahm mir Kleidungsstücke weg. In wenigen Minuten hatte ich nur noch meinen Slip an. Er küsste mich und seine Zunge wanderte über meinen Körper. Er erregte mich mit seiner Zunge und saugte an meinem Busen. Er streichelte und liebkoste mich. Ich spürte, wie seine Erregung anstieg. Plötzlich drehte er sich um und streifte meinen Slip ab. Er wollte mit mir schlafen und zog ein Kondom hervor. Behutsam legte er sich auf mich. Ich konnte spüren, dass er jetzt keinen Rückzieher mehr akzeptieren würde. Einen kleinen Moment schien er zu überlegen und blickte mich an und erforschte meine Regung. „Wir heiraten! Also mache dir keine Sorgen!"

In diesem Moment beugte er sich zu mir. Er drückte meine Beine auseinander und sein Fuß stieß am Tisch. Auf dem Tisch stand am Rand Lauras Flasche, die zu kreiseln begann, umfiel und danach vom Tisch stürzte und auf den Boden knallte. Wir hörten den Aufprall und das die Plastikflasche mehrere Male auf und nieder hüpfte bis sie rollend mitten in der Küche zum Liegen kam. Brandon hielt inne und horchte auf Laura. Da kein Geräusch mehr kam, atmete er auf und er suchte wieder meine Zustimmung. In diesem Moment meckerte Laura nur ganz leicht, aber in sekundenschnelle verwandelte sich ihr Meckern in Schreien.

Sie war eine ohrenbetäubende Heulboje. Brandon fasste

seine gesamten Nerven zusammen, atmete tief ein und flüsterte mir ins Ohr. „Es ist nur ein Augenblick. Komm, Stella! Sie wird davon nicht sterben, wenn wir sie nicht sofort versorgen!" Sein Körper senkte sich auf mich und ich spürte seinen Atem auf meiner Haut. Aber Laura schrie, als ob sie sterben würde. Insgesamt war das keine romantische Situation für mein erstes Mal. Ich zog mich nach oben und er ließ mich frei. Anschließend drückte ich ihn beiseite. Nur meine langen Haare bekleideten mich und ich holte Laura aus dem Kinderwagen. Sie hatte schon dicke Tränen in ihrem Gesicht. Das Weinen hörte ein wenig auf. Ich hielt sie in Brusthöhe und Laura drehte sich zu meinem Busen und begann daran zu saugen: „Autsch. Hölle!" Brandon kam zu mir und steckte seinen kleinen Finger in Lauras Mund, so dass der Unterdruck nachließ und sie nicht mehr saugen konnte. „Au, verflixt!", stöhnte ich und hielt meine Brust fest. Brandon nahm Laura zu sich und sie begann wieder zu schreien. Brandon nahm seinen kleinen Finger und steckte ihr ihn wieder in den Mund. Ich zog mich schnell an und nahm sie zurück. Brandon zog sich gefrustet an. Seine Enttäuschung über den Verlauf des Nachmittages konnte ich ihm ansehen. Er bereute seine Gastfreundschaft, aber tapfer kämpfte er seinen Frust nieder. Er setzte Wasser für die Milchflasche auf und drückte Laura den Schnuller auf den Mund, der aber leider nur für wenige Sekunden Ruhe schaffte. Sie meckerte leise und spuckte den Schnuller wieder aus. Sie wollte Essen und nicht nur so tun. Langsam perlten Schweißtropfen auf meiner Stirn. Brandon war ganz ruhig. Das abgekochte Wasser ließ er in einem Wasserbad runter kühlen.

Als es Wangentemperatur hatte, füllte Brandon das Trockenpulver ein und schüttelte die Flasche.

Das Geschrei hatte mich ganz nervös gemacht, daher nahm er mir Laura ab und gab ihr die Flasche. Er war ein Profi, indem was er tat und ich schaute ihn an. „Lass uns ein Kind machen!" Ich schüttelte den Kopf und lächelte ihn ungläubig an. Aber er schien es ernst zu meinen und ich konnte sein Tempo in dieser Angelegenheit nicht verstehen. Er war mir zu schnell. Es schien mir, als würde er Beziehung im Zeitraffer denken und ich konnte seine Eile gar nicht verstehen. „Doch", erwiderte er und wendete sich im gleichen Zug Laura wieder zu, die nun völlig ruhig die Flasche trank. Die ersten Züge wurden heftig getrunken und sie wurde ruhiger. Zugleich machte sie in die Hose. Die Flasche wurde leer getrunken und Brandon nahm sie über seine Schulter. Es dauerte eine Weile bis sie ein Bäuerchen machte. Eine Weile später räumte er den Tisch frei und wickelte sie. Als ich die Fäkalien in Lauras Windel sah, dachte ich, ich müsste mich übergeben. Der Ekel war für einen kleinen Moment akut und ich musste den Raum verlassen, weil ich würgen musste. Als ich wiederkam, war sie schon gewickelt und er legte sie mir in den Arm, um die Sachen wegzuräumen. „Lass uns mit ihr hinausgehen! Sie ist ganz blass. Ich wette, dass sie nur wenig an die frische Luft kommt. So munter, wie sie ausschaut, bleibt sie bestimmt für zwei Stunden wach. Wenn Kinder gefahren werden, finden sie das ganz toll." „Du weißt aber eine Menge über Kinder." „Meine Schwester war vor ein paar Monaten mit ihren Kindern bei mir. Sie hatte gerade wieder Nachwuchs bekommen und ich habe mich um drei Kinder gekümmert, weil sie es nicht konnte. Es war für mich eine Katastrophe. Niemand der aufräumte, kochte, Wäsche wusch. Aber meine Nichte Jane brauchte eine Menge Ansprache. Ehe wir jemanden gefunden hatten, der sich darum kümmern konnte, musste ich es lernen. Ich hatte genauso Schweißperlen wie du auf der Stirn. Aber wenn Jane lächelte, hat sie mich wahnsinnig glücklich gemacht." Wir packten Laura warm ein, weil die Oktobersonne nur noch wenig wärmte.

Wir trugen den Kinderwagen gemeinsam hinunter und bummelten durch die Innenstadt. Ich schaute mich in den Geschäften um und probierte hin und wieder ein teures Kleid, Pullover oder eine Jacke an. Ich kaufte aber nichts. Vor einem Schmuckladen suchte ich mir eine Kette aus. Aber im Geschäft bemerkte ich, dass sie wirklich viel zu teuer war. Ein Teil meines Monatsgehaltes würde dafür draufgehen. „Die Kette ist nicht so teuer. Willst du sie haben?" Ich schüttelte leicht den Kopf. Die Verkäuferin schaute uns erwartungsvoll an. „Nein, zu teuer." „Ich würde dir gerne etwas kaufen. Irgendetwas, was dich an mich erinnert." „Gib bloß nicht das Geld deines Vaters aus. Du würdest mich beschämen. Ich stehe zu mir und zu meinen bescheidenen Verhältnissen."

Er schaute mich lächelnd an und verneinte mit seinem Kopf und zog einen Schmollmund. Dann nahm er die Kette und legte sie um meinen Hals und bat die Verkäuferin um die Rechnung. Ich protestierte nicht. Es war schon so peinlich genug. Aber eine innere Freude über das Geschenk konnte ich nicht leugnen. Draußen auf der Straße bedankte ich mich mit einem Kuss und hauchte ihm: „Danke!", ins Ohr. „Bitte! Es macht mich glücklich, wenn ich dich beschenken darf." „Okay, aber nur, wenn du auch von mir etwas annimmst." „Alles Darling, was du willst."

Plötzlich meckerte Laura und wollte aus dem Wagen. Das lange Stehen war ihr langweilig geworden und ein leichtes Wippen am Wagen beruhigte sie nicht mehr. Ich nahm sie heraus. „Das war ein Fehler. Sie wird jetzt immer hinauswollen, wenn sie nicht mehr liegen möchte. Bei dir brauchen die Kinder nur ganz leicht ihr Unwohl zu zeigen und du gibst ihnen alles." „Aber das muss die Mutter so machen, damit das Kind merkt, dass es immer aufgefangen wird. In diesen Momenten fühlt es Geborgenheit und Vertrauen. Das hat mein Vater auch mit mir gemacht, weil meine Mutter zu diesem Zeitpunkt in ihrer Abschlussprüfung steckte." „Ich möchte bei dir Kind sein, aber weil das niemals sein kann, möchte ich mit dir ein Kind zeugen. Meine Kinder brauchen eine Mutter, wie du es sein wirst. Ich liebe dich so sehr." Ich legte seine Hand auf mein Herz und zeigte ihm, dass seine Worte in mir tief hinein drangen und in meinem Inneren mich glücklich machten.

Am Dom kehrten wir ein und schauten uns die Kirche an. Vor einem riesigen Meer aus kleinen zittrigen Flämmchen betete ich: „Bitte, lasse die Gefühle von Brandon zu mir aufrichtig sein." Brandon nahm meine Hand und hielt sie fest und küsste mich auf mein Haar.

Gegen sechs betraten wir gemeinsam mit Katie das Haus. Sie weinte und wir begleiteten sie in ihre Wohnung. Bei Katie zeichnete sich das genaue Gegenteil von Beziehungsglück ab. Unser Glück baute sich auf und ihres war zerbrochen. Der Erzeuger von Laura wollte nichts zahlen und zweifelte die Vaterschaft an. Brandon hielt Laura und ich tröstete Katie. Sie erzählte mir von ihren finanziellen Problemen. Sie habe Andreas als Lauras Vater eintragen lassen, aber er fühle sich verleumdet. Seine neue Freundin käme aus gutem Haus und diese üble Nachrede könne er sich gar nicht gefallen lassen. Das Jugendamt werde nun einen Vaterschaftstest anordnen. Er habe sich aber einen Anwalt genommen, um diesen Test zu verweigern. Toni wollte keine Aussage machen, weil er nicht in diese Unannehmlichkeiten mit hineingezogen werden wolle, weil er mit Andreas noch beruflich zu tun hatte. Katie hatte das Geld des Amtes schon fast aufgebraucht, weil sie für die Interessen des Kindes auch einen Anwalt brauchte. Ihr Studium konnte sie nicht zu Ende bringen. Ihre Eltern konnten ihr nicht helfen, weil sie beide berufstätig waren und sie konnte nicht schon wieder bei ihnen nach Geld nachfragen. Insgesamt schämte sie sich und ich spürte, wie sie langsam zu einer schwachen Mutter zusammenschmolz. Ich nahm sie in meinen Arm und tröstete sie. Brandon verstand zwar nichts von dem Gespräch, aber er blieb ruhig unterbrach nicht und schaute uns nur ernst an. „Wie bist du nur in diese Teufelsküche geraten?" „Es war vor zwei Jahren. Wir haben uns an der Universität durch Toni kennen gelernt. Schließlich haben wir uns ineinander verliebt und es ist es sehr rasch gegangen. Über Nacht ist er bei mir eingezogen. Nach zwei glücklichen Jahren mit ihm alleine, lernte ich seine Eltern kennen. Sie haben in Tirol ein großes Hotel und luden uns ein. Andreas wollte sich mit mir verloben und wollte es seinen Eltern mitteilen. Beim Essen kam es aber nicht mehr zu dieser

Mitteilung. Als sie erfuhren, dass ich nur die Tochter einer Backfachverkäuferin und eines Elektrikers war, teilten sie ihm nur ein ablehnendes ‚Oh' mit. Danach hat er sich nicht mehr getraut und zu mir später gemeint, es sei der falsche Augenblick gewesen. Ich wusste zu diesem Zeitpunkt nicht, dass ich schon schwanger war. Andreas legte es mir als Absicht aus, dass ich ihn zur Ehe zwingen wollte, weil seine Eltern gegen diese Ehe wohl gewesen wären. Er warf mir vor, dass ich aufsteigen wollte. Er riet mir zu einer Abtreibung. Vor den Türen des Amtes hat er mir gestanden, dass ich selbst an meiner Situation Schuld sei. Ich könne auf gar keinen Fall mit seiner Hilfe rechnen, weil seine Verlobte darauf Wert legen würde, dass er kein uneheliches Kind mit jemandem habe. Ich solle ihm nicht seine Karriere versauen. Sie sei die Tochter des Institutsleiters, der ihm helfen könnte, einen höheren Posten an der Universität zu bekommen. Er hat unsere Liebe einfach geopfert. Sie ist einfach vorüber", schluchzte sie. Ich nickte und legte ihr fünfzig Euro auf den Tisch und nannte ihr Stichworte, wo sie für Laura Anträge stellen könnte und brachte sie auf die Idee bei Gericht nach einem Antrag auf Prozesskostenhilfe nachzuforschen, um die Rechnungen für den Anwalt bezahlt zu bekommen. Ich nannte ihr Organisationen, die ihr auf jeden Fall bei Kleidern und Möbeln weiterhelfen könnten. Sie umarmte mich und bedankte sich bei mir. „Ich wünschte, du würdest nicht mehr weggehen. Mit eurer Hilfe konnte ich ausschlafen. Danke, dass du mir zugehört hast", und warf sich tröstend in meine Arme. Wir tauschten die E-Mail-Adressen aus.

Katies Geschichte ging mir sehr nah und nachdenklich

gingen wir zu Julias Wohnung hinüber. Wir brachten Katie ihre Sachen. Anschließend setzte ich mich auf die Couch hin und war ziemlich angefressen und traurig. Brandon nahm mich in den Arm und hielt mich einfach für eine Weile tröstend fest. Das gab wirklich Trost. Es fühlte sich wirklich nach Geborgenheit und starker Schulter an. Aber erzählen konnte ich ihm nichts. Ich glaube, es war auch gar nicht nötig. Er spürte meine Verletzlichkeit in diesen Dingen und akzeptierte es.

Nur du und ich

Auf Grund der leichten Verstimmung zwischen Julia und Brandon aßen wir in der Stadt und blieben dort. Aber mit mir war nach dieser Geschichte mit Katie nichts mehr anzufangen. Brandon fragte mich: „Was kann ich gegen deinen Blues tun?" „Nein, nichts. Katies Geschichte ist mir sehr nahegegangen. Mache dir keine Sorgen! Ich muss selbst über diese Verstimmung kommen. Es tut mir so leid, dass ich dir gegenüber so unaufmerksam bin."

Wir setzten uns auf eine Parkbank. Während ich still in mich gekehrt die Landschaft betrachtete, fand Brandon einen Flyer, der tatsächlich auch in Englisch abgefasst war. Plötzlich fragte er mich nach einer Straße ganz in der Nähe. Ich hob nur die Schulter und zeigte ihm, dass ich mich hier auch nicht kannte. Er nickte und nahm mich an die Hand und wir liefen ein kurzes Stück, bis wir an ein altes Gemäuer eines riesigen Wirtshauses kamen, indem es wie in einem Bienenstock zuging. Leute kamen und gingen. Zahlreiche Menschen standen vor dem Haus. Eine Banderole machte auf das Rockfestival aufmerksam und mir völlige unbekannte Bands machten auf mehreren

Plakaten auf ihr Spiel aufmerksam. Drinnen hörten wir gerade das Ende eines Lieds und den Trommelwirbel auf den Drums bevor es still wurde und Applaus einsetzte. Brandon zwinkerte mich an: „Das ist genau das Richtige. Gehen wir rein?" Ich lächelte und nickte. Eine kleine Kasse war aufgebaut und uns wurden Stempel auf den Handrücken gepresst, bevor wir in den schummrigen Saal mit viel Publikum vorgelassen wurden.

Vorrangig wurden alte Songs aus den Sechzigern und Siebzigern gespielt. Wir ergatterten einen netten Sitzplatz. Eine Gruppe sang gerade das Lied „A horse with no name". Vorne an der Bühne standen einige Zuhörer und bewegten sich zu den Gitarrenklängen. Die Musik drang langsam in meinen Kopf. Ich schloss meine Augen und mein Körper nahm den Rhythmus auf. Ich ließ mein Getränk und Brandon zurück und ging zur Bühne und bewegte mich nach den Klängen. Plötzlich war Brandon an meiner Seite und zog mich eng zu sich. Wir wiegten uns beide zu den Klängen und ich fühlte tiefe Harmonie zu ihm. Wir ließen uns nicht mehr los und plötzlich waren wir bei den Tönen von Simon and Garfunkel, „The 59th Street", zu einer Einheit verschmolzen und waren wieder glücklich. Als eine Frau Debby Boones Lied: „You light up my fire", sang, waren wir küssend tief ineinander versunken. Ich fühlte seine Hände in meinen Rücken und er zog mich ganz nah an sich ran. So musste sich der siebte Himmel anfühlen. Mit den schönsten Gefühlen der Verliebtheit verließen wir das Lokal und machten uns ziemlich spät auf den Heimweg. „Lass mich heute Nacht zu dir, lass mich immer bei dir sein, lass mich dich lieben und lieb du mich auch. Ich will dir mein

Leben geben", sang Brandon mir vor. Ich kannte das Lied nicht, aber ich fand es sehr schön und es berührte mich.

Als wir die Tür aufschlossen, empfing uns meine Schwester eiligst zur Tür stürzend. „Wir haben noch weiteren Besuch bekommen. Elena Giacomelli ist mit ihrem Mann heute schon angekommen. Es macht dir doch nichts aus, bei Katie zu übernachten. Ich habe sie gefragt, hier ist der Schlüssel von ihrer Wohnung. Sie hat euch im Wohnzimmer zwei Matratzen aufgebaut. Der einzige Nachteil ist, Laura liegt auch da. Ihr müsst also sehr leise sein, wenn ihr schlafen wollt." Sie drückte mir die Schlafanzüge in die Hand und legte unsere Zahnbürsten oben drauf. Ich erzählte Brandon von der neuen Entwicklung. „Darling, lass uns endlich in ein Hotel gehen. Es ist unsere Nacht." „Es ist zwei Uhr in der Nacht. Wir werden jetzt keine Unterkunft finden." „Ich brauche nur einen Anruf zu tätigen und wir schlafen im Hilton, Dorint oder wo auch immer." „Das will ich nicht. Ich möchte nicht, dass du ein Vermögen ausgibst", erklärte ich ihm und nahm ihn bei der Hand und wir gingen in Katies Wohnung. Wir zogen uns in der Dunkelheit aus. Brandon küsste mich. Ihm war die Umgebung egal und ich fühlte seine Forderungen. Wir sanken gerade auf die Matratze und er streichelte mir die Haare aus dem Gesicht, küsste mich, er schaffte den Zauber in diesem Raum wieder erstehen zu lassen und ich spürte sein Liebeslied auf meiner Haut. Plötzlich ging das Licht an und ich warf das Laken über uns. „Oh, Verzeihung! Ich habe gerade Laura die Flasche gegeben und wollte sie hinlegen", versuchte sich Katie in dieser peinlichen Situation zu erklären. Brandon atmete aus. „Sie schläft aber noch nicht", merkte sie um Verzeihung bittend an. Brandon zog sein Pyjama Oberteil an. Seine Pants hatte er Gott sein Dank noch angehabt. Er streckte seine Arme aus und nahm sie zu sich und legte sie auf sich. Katie löschte das Licht und ließ uns wieder allein. „Ich verzehre mich nach dir. Lass uns Morgen ein Hotelzimmer nehmen! Wirklich ich brauche dich." Ich wusste gar nicht, von was er da sprach und ließ es so stehen. Schließlich schliefen wir ein und Laura lag zwischen uns. Wir wurden gegen neun Uhr morgens wach. Katie weckte uns. „Ihr seid das süßeste Paar, was ich jemals schlafend erlebt habe." Just in diesem Moment blitzte sie uns an und machte von uns ein Bild. Sie wollte es mir per E-Mail schicken. „Dein Freund erinnert mich an ... Er sieht jemanden sehr ähnlich. Aber sein Name ist mir gerade vor einem Augenblick entfallen. Warte, ich habe es gleich..." „Was hat sie?", fragte Brandon mich irritiert. „Du erinnerst sie an jemanden. Sie kommt aber nicht auf deinen Namen", erzählte ich ihm. Er nickte und half ihr auf die Sprünge. „Ich sehe Zack Efron sehr ähnlich." Sie schaute ihn mit großen Augen an und überlegte kurz. „Na, du siehst einem anderen viel ähnlicher. Zack hat ganz kurze Haare." „Die Leute verwechseln mich auch schon einmal mit dem Sänger, ach sag doch mal gleich." Katie war ganz verwirrt und lachte. Wir duschten bei Katie und frühstückten mit ihr. Ihre Verkrampfung löste sich langsam und wir konnten wieder alle zusammen lachen. Gegen zwölf holte mich meine Schwester ab und zog mich in ihre Wohnung.

„Du bist aber gut drauf!", meckerte sie mich in französischer Sprache an. Mamas Sprache waren für die

Gefühle und das schlechte Gewissen, weil man seine Pflichten nicht tat. „Ich habe heute das Haus voll und brauche dringend deine Hilfe und du lässt dich nicht mehr blicken." Brandon schaltete sich im perfekten französisch ein und parlierte mit ihr. „Es ist deine Party und Stella ist nicht deine Cinderella. Ich möchte mit ihr in die Stadt." „Was willst du in der Stadt. Stella ist abgebrannt und du bist arbeitslos. Sei froh, dass ich dich vom Geld ausgeben abhalte. Du ruinierst sie noch. Soweit ich weiß, lebst du in ihrer Wohnung und lässt dich aushalten. Du Gigolo!" Brandon wollte ihr gerade etwas erwidern, da wendete sie sich zu mir und flötete sehr freundlich und schüttelte den Kopf über Brandon und appellierte an mein Herz. „Du bist meine Schwester. Blut ist dicker als Wasser. Ich brauche dich, sonst schaffe ich es nicht." „Wenn du dich bei Brandon entschuldigst, helfe ich dir."

„Entschuldigung", und schon verschwand sie ins Wohnschlafzimmer.

Mein Blick streifte Brandons Augen und ich bat ihn um Verständnis und antwortete Julia: „Wir kommen gleich."

Geburtstagsvorbereitungen

Als sie die Tür schloss, war Brandon aufbrausend wütend. „Sie nutzt dich aus. Ich wollte heute mit dir ins Hotel und endlich nur mit dir einfache Ruhe haben. Ich würde dir gerne eine andere Welt zeigen." „In London werden wir alle Zeit der Welt haben. Julia braucht unsere Hilfe jetzt. Bitte sei ein guter Mann und unterstütze die Familie. Ich weiß, dass sie abscheulich dir gegenüber ist. Vielleicht fühlt sie, dass es jetzt in meinem Leben jemanden gibt und sie nicht mehr die erste Geige bei mir spielt." Er sah mich lange an, legte die Hand auf meine Schulter. „Das ist schön, dass ich die erste Geige spielen darf. Ich glaube, das wird meine absolute Lieblingsrolle. Also ich mache das jetzt nur für dich, weil du mich bittest, dir ein guter Mann zu sein. Deine Schwester ist eine egoistische Kuh und benutzt dich. Sie weiß, wo deine Knöpfe liegen."

Toni, Elenas Mann und Brandon räumten einige Möbelstücke in den Keller. Julia, Elena und ich kochten italienische Vorspeisen und stellten über den Tag ein Büffet her, wobei wir einmal unterbrechen mussten. „Du Stella Maus, gehst du mal Tomaten, Butter, Käse, Serano Schinken und zehn Stangen Baguette holen!" „Ich schicke dir in ein paar Tagen das Geld auf dein Konto." „Wieso hast du kein Geld?" „Der Verlobungsring? Ich dachte auch, dass Mama kommt und sie mir aushilft. Bitte Schwesterherz!" „Du hast den Verlobungsring gekauft?" „Nein, ich habe Toni Geld geliehen. Jetzt weiß ich wofür. Er stottert es bei mir ab." „Okay!" Nachdem Büffet packten Brandon und ich unsere Sachen zusammen, weil mitten in der Nacht der Flieger ging.

Julia hatte dreißig Leute eingeladen, die sich bis auf den Flur und Balkon und Treppenhaus verteilten. Brandon und ich hielten die ganze Zeit Händchen und Jill hatte keine Gelegenheit mehr mit ihm zu sprechen. Leon war ein bisschen traurig, weil Brandon das Rennen gemacht hatte. Er war aber trotzdem wachsam, ob Brandon mich für einen Augenblick alleine ließ. Brandon hielt Leon im Auge. Als er zur Toilette ging, nutzte Leon die Gelegenheit, um mit mir zu sprechen. Er kam aber nur bis zum „Hallo". Brandon war nach seiner Rückkehr geladen und legte sofort seinen Arm um mich und schaute Leon sehr ernst an, der mit mir in Deutsch weitersprach. „Wenn du mit Stella reden willst, sprich englisch, sonst muss ich annehmen, dass du ihr Worte sagst, die gegen meine Beziehung zu ihr gerichtet sind. Und in diesem Fall hast du ein sehr ernstes Problem mit mir." Leon funkelte ihn ernst an. „Lern du deutsch! Wir sind in Österreich und ich rede mit Stella sooft und soviel ich will." Da standen sich zwei Machos gegenüber und funkelten sich bedrohlich an. Mir war es peinlich. „Leon, es tut mir leid! Ich bin mit Brandon zusammen und ich möchte keine Szene. Bitte lass uns Freunde sein und akzeptiere meine Beziehung zu Brandon!", schaltete ich mich versöhnlich ein und redete englisch. Leon schaute mich traurig an und ich fühlte mich ein bisschen zerknirscht darüber, dass ich Leon einen Korb geben musste, um Eindeutigkeit wiederherzustellen. „Okay. Schade! Aber ich muss wohl deine Entscheidung akzeptieren. Ich dachte, da läuft was zwischen uns." Ich nickte schuldbewusst. Ich fühlte wie Brandon den Druck seines Armes um mich verstärkte. Als Leon zu seinen Freunden ging, meinte Brandon: „Ich liebe dich und ich fühle mich von dir geliebt. Danke, dass du es in Ordnung gebracht hast! Das tat wirklich gut. Es tut wirklich gut, so wie du zu mir stehst. Ich bin froh, dass du es nicht auf eine Szene ankommen lässt." „Würdest du denn eine machen?" „Glaube mir, ich hätte." Erstaunt schaute ich ihn an. „Schau nicht so! Es ist doch klar, dass ich mir mein Mädchen nicht ausspannen lasse?" „Hättet ihr euch wegen mir geschlagen?" „Darling ich bin kein Prolet, aber wenn er mich auf diese Weise angesprochen hätte, dann wäre auch eine gewaltige Antwort gekommen. Aber du hast es durch deine Eindeutigkeit aufgelöst und ich habe dich auch so eingeschätzt. Ich schätze das sehr an dir." Wir gesellten uns zu Elenas Mann. Brandon hatte sich über den Nachmittag mit Elenas Mann Maurizio angefreundet. Gegen Mitternacht überreichten wir Julia unser Geschenk. Sie freute sich und zog es gleich an, um mir zu zeigen, dass es ihr sehr gefiel. Es freute mich und Brandon sah, dass es mich glücklich machte. Daher ließ er die Umarmung meiner Schwester bei sich zu, weil sie sich bedanken wollte. Gegen drei Uhr bestellten wir uns ein Taxi und fuhren die sechs Kilometer zum Flughafen. Der Abschied war versöhnend und sehr herzlich und Julia verabschiedete sich von Brandon. „Willkommen in der Familie Loren." Brandon schaute sie an und verabschiedete sich von ihr mit einem Kuss auf ihrer Wange mit den Worten. „Wir sehen uns spätestens auf der Hochzeit." „Ja, klar. Wenn du bis dahin noch mit Stella zusammen bist?" „Nein, ich meine die Hochzeit mit deiner Schwester." Julia schaute ihn mit großen Augen an und schüttelte lächelnd den Kopf.

Heimfahrt

Am Flughafen waren wir die ersten am Schalter und gegen halb vier bestiegen wir müde und glücklich den Flieger. Brandon setzte seine Sonnenbrille auf und legte seine Jacke als Kopfkissen zusammen und bettete meinen Kopf darauf. Gegen acht Uhr morgens landeten wir in London Stansted. Wir stiegen wieder als erste aus und holten unseren Koffer ab. Milton stand schon am Gate und erwartete uns. Brandon umarmte ihn und Milton wollte auch mich umarmen und blieb ein bisschen eingefroren vor mir stehen. Daher ging ich ihm entgegen, umarmte ihn und er erwiderte es. Brandon war todmüde. „Bring uns zu mir?" und eine Weile später schlief er im Wagen ein. Da ich schon geschlafen hatte, kletterte ich auf den Beifahrersitz und unterhielt mich mit Milton. „Wie war es in Salzburg?" „Das Wetter war sehr schön, meine Schwester war sehr anstrengend, die Unterkunft war sehr spartanisch mit wenig Möglichkeiten zur Privatsphäre. Würdest du mir einen gefallen tun, und uns zu mir bringen." Milton blickte kurz zu mir hinüber und flüsterte: „Soll ich wirklich? Brandon will zu sich." „Ja. Bring ihn zu mir heim! Ich muss nach Hause!" „Okay! Also dann zuerst in die Fullham Road." „Genau!" „Also wie war's? Erzähl mal!" „Wir haben auf einer Schlafcouch in der Küche meiner Schwester geschlafen. Gestern haben wir im Zimmer mit einem Baby schlafen müssen. Es war eben ein Familienbesuch." Milton lachte. „Und Brandon war glücklich?" „Er wollte mit mir ins Hotel. Er wollte sogar sich mit mir ein Zimmer in einem Nobelhotel teilen." Milton schmunzelte und wendete kurz den Blick von der Straße, um mir in meine Augen zu blicken. „Hat Brandon mit dir über sich gesprochen?" „Ja! Er hat mir erzählt, dass seine Eltern sehr reich sind." „Nur das?" „Gibt es sonst noch was zu wissen?" „Wenn er nichts gesagt hat, wohl nicht!" Schließlich schlief ich auch ein und bemerkte es nicht, als wir vor meiner Haustür parkten.

„Milton, wieso stehen wir vor ihrer Haustür?", hörte ich Brandon schlaftrunken sagen. „Sie wollte es so!" „Na gut. Vielleicht doch keine so schlechte Idee. Dann kann sie ihre Klamotten packen, ehe wir zu mir gehen." Er zog mich aus dem Auto und trug mich zur Haustür. Milton hatte meine Tasche und kramte die Schlüssel hervor. Ich erwachte, aber Brandon wollte mich nicht loslassen. „Ist sie schwer?" „Sie ist leicht wie eine Feder."

Als er mich oben absetzte, lief ich zu meinem Bett und ließ mich sofort darauf fallen. Brandon und Milton standen noch vor der Tür. „Und war es schön mit ihr?" „Es ist schön mit ihr. Ich werde heute Abend mit ihr zu mir gehen. Bei mir gibt es keine Störungen mehr. Heute Nacht gehört sie mir und lernt meine Welt kennen." „Ich würde dich gerne zum Bleiben auffordern. Aber du siehst ja, wie beengt es hier ist. Sie ist meine kleine Cinderella." „In der Tat, das ist sie. Ich beneide dich um sie." „Also bis morgen. Wir kommen zur Black Box", und schickte Milton nach Hause und er legte sich zu mir.

Geständnisse

Gegen zwölf wachten wir auf. Ich hatte einen brennenden Durst und trank Leitungswasser. „Na, bist du wach, meine kleine Prinzessin", neckte er mich, kam zu mir und küsste mich. „Ich bin sehr hungrig und es ist nichts im Haus."

„Wir gehen zu unserem Italiener", schlug er vor. Ich duschte und zog meine schönen Sachen von Julia an und wir machten uns auf den Weg zum Italiener. Dort nahmen wir wieder Platz in der Loge, wie beim ersten Mal. „Du hast die Sachen deiner Schwester mitgenommen?"

„Sie hat mitbekommen, dass du mit ihrer Betteltour nicht einverstanden warst. Sie hat es als Bezahlung gegeben und ich finde, ich könnte wirklich ein paar schöne Sachen gebrauchen." Brandon lächelte. „Ich lade dich heute zu mir ein. Ich habe deine Welt gesehen. Willst du nicht wissen, wie ich lebe? Vielleicht willst du in diesem Augenblick nicht mehr zurück. Ich glaube, du bist soweit, mich richtig kennen zu lernen." „Wir kennen uns, dachte ich."

„Ja, du kennst mich. Ich möchte aber mit dir einmal bei mir sein. Das ist doch irgendwie verständlich. Dauernd hängen wir bei dir rum. Es wäre jetzt an der Zeit zu mir zu gehen." „Du hast mir selbst gesagt, dass es bei dir unordentlich ist und niemand aufräumt, kocht und wäscht. Bist du sicher, dass du mir das zumuten willst, oder brauchst du eine Putzfrau?" „Ich verspreche dir, dass es sehr sauber bei mir ist. Zu mir kommt regelmäßig jemand zum Saubermachen. Sie kann fantastisch kochen, waschen, bügeln."

„Du finanzierst dir eine Hausangestellte?" „Ich bin reicher, als ich es dir bisher gesagt habe. Also mein Vater ist reich und ich bin es auch." „Du bist reich?" „Also, ich stehe auf eigenen Füßen und du müsstest an meiner Seite nicht mehr arbeiten." „Willst du sagen, du bist so reich?" „Ja." „Und was soll dann die Geschichte mit dem nicht begonnenen Referendariat als Jurist und deinen Gelegenheitsjobs?"

„Ich fand es lustig. Aber es stimmt nicht. Das war der Rahmen des blöden Spiels. Irgendwie fand ich es gut damals. Es passte, aber darüber sind wir jetzt hinaus." „Was denn jetzt für ein Spiel?", fragte ich völlig verwirrt. „Möchtest du, dass ich mit dir in armen Verhältnissen lebe. Du kannst mir doch nicht sagen, dass du glücklich bist. Du hast kaum Anziehsachen, kämpfst und überlegst den ganzen Tag, wie du über die Runden kommst. Verteilst Spenden an Menschen, die sicherlich besser dran sind als du, weil sie dein Herz erweichen. Robert, Stephen, Alexander, James, Milton und ich sind alle aus sehr reichen Elternhäusern. Wir brauchen uns keine Gedanken über Geld zu machen. Naja, Milton vielleicht doch. Seine Familie hatte sehr viel Pech mit einigen Investitionen. Sie haben ihre zahlreichen Immobilien und darunter ein tolles Anwesen in St. Ives noch, aber das ist es schon. Milton bräuchte dringend eine reiche Erbin zur Ehefrau, damit seine Linie wieder aufblüht. Er ist praktizierender Hausarzt und die Aussicht auf eine Frau mit viel Geld ist wohl eher gering. Vor allem weil er auf Frauen wie dich steht." „Wieso erzählst du mir das von Milton?" „Damit du nicht auf ihn reinfällst." „Deine Linie blüht also und ich sollte mich an dich halten?" Er nickte. „Du bist sehr reich?" Er nickte wieder. „Was willst du von mir?" „Du weißt genau, was ich von dir will!", betonte er und zwinkerte mir zu. Schließlich legte er zwei Scheine auf den Tisch und gab damit ein sehr großes Trinkgeld. Er zog mich vom Stuhl. „Ich will dir etwas zeigen."

Wir landeten in der Bondstreet und wir schauten uns die Auslagen der Ringe bei Tiffany an. Obwohl die Ringe teilweise schlicht aussahen, wiesen die Schilder hohe Preise aus. „Welchen soll ich dir kaufen?", und schlug einen Ring von über 148.000 Pfund vor, der als billigeres Double in der Auslage lag. Ich schaute intensiver. Da fand ich einen schlichten Ring. Er war aus Gold gefertigt und ich zeigte auf ihn. „Was hältst du von diesem Ring?

Den finde ich sehr schön. Er ist schlicht und elegant und vor allem unauffällig." „In der Tat. Bisher hat noch keine so einen Ring ausgesucht. Der ist wirklich schlicht. Kostet auch nur 3000 Pfund. Also fast gar nichts. Den können wir sofort kaufen. Lass ihn uns morgen gleich holen!" „Oh mein Gott, der ist trotzdem viel zu teuer. Vergiss es lieber wieder! Diese Straße ist nicht meine Preisklasse. Ich will nichts aus diesem Laden. Bitte du beschämst mich. Ich will diesen Ring nicht." Er schaute mich an und küsste mich. „Du willst hier nichts kaufen? Aber ich will dir etwas kaufen, dass dich für immer an mich erinnert." „Ehm, nein. Du brauchst mir nichts davon zu kaufen. Ehrlich nicht! Das ist sogar nicht mein Stil. Das sind doch nur Sachen. Es gibt Wichtigeres! Ich brauche keinen Ring. Ich habe doch deine Kette." „Ich dachte, dass ein Ring sehr wichtig für unsere Beziehung ist." „Nein, du bist wichtig, aber doch nicht der Ring. Ich würde dich ganz heftig vermissen, wenn ich dich verlieren würde." Überwältigt von meiner Schlussfolgerung zog er mich ganz eng an sich und ließ mich die Umgebung durch einen innigen Kuss vergessen.

Brandons Freund James

„He, Brandon!", schrie plötzlich jemand und blieb vor uns stehen. Wir schauten auf. Ich sah in ein hübsches Männergesicht, das uns angrinste. Er hatte schwarze, weiche Haare. Seine Augen waren braun. Er besaß ein Grübchen in seinem Kinn, war so groß wie Brandon, trug einen teuren maßgeschneiderten grauen Anzug und sah wirklich ziemlich reich aus. Auf einmal veränderte das Männergesicht seinen Ausdruck in leichte Verwunderung.

„Ist das nicht die Kleine aus dem Schwimmbad?“ Verwundert schaute er mich an. Ich schlug die Augen nieder und fühlte mich beschämt, weil er mich eindeutig fühlen ließ, dass Brandon gewonnen hatte. Brandon hielt mich fest, obwohl er spürte, dass ich nach dieser Aussage innerlich krampfte.

„Wau, du hat sie rumgekriegt?“ Dreist schaute er mir in den Ausschnitt, auf meine Taille, vielleicht auch auf meine Füße und taxierte mich. „Du hast es also bei ihr geschafft. Respekt! Milton deutete es schon an, dass du nicht mehr lockergelassen hast. Du bist ein echter Jäger, der jede aufbringt. Respekt!“ Jetzt war ich wie schockgefroren. Die Röte schoss mir ins Gesicht. Ich fühlte mich schwer gedemütigt. Brandon spürte wie mein Körper sich verhärtete und ich alle Muskeln anspannte. Er konnte mich nicht mehr festhalten. Ich schaute Brandon an und versuchte zu ergründen, wie er zu mir stand und was hier vorging. Aber er wendete sich dem Mann zu. „Hi, James.“ Er war sehr freundlich zu ihm. „Das ist Stella“. James reichte mir seine Hand. Ich gab ihm im Reflex der Höflichkeit meine Hand. Er roch nach teuren Deo und Rasierwasser, das ich schon einmal woanders gerochen hatte. In diesem Moment konnte ich nicht mehr klar denken. Meine Gedanken wirbelten mit einem unschönen Verdacht. Wie eine Python legte sich dieser Verdacht um meine Schulter und meinem Brustkorb. Ich spürte meine Atmung und die Enge. „Was machst du mit der Kleinen hier in der Bondstreet?“ Er schien mich einfach auf ein ganz kleines Weibchen zu degradieren. Es fühlte sich plötzlich alles schief und demütigend an.

„Wir schauen uns Trauringe bei Tiffany an", entgegnete Brandon. Jetzt schmunzelte James und zog seine Augenbrauen hoch. „Du bist verlobt. Vergessen? Hast du kalte Füße bei Stephanie bekommen? Du kennst deine kleine Schönheit doch gerade höchstens ein paar Wochen."

Ich schluckte und es zog sich alles in mir zusammen. Vor mir schien ein Kartenhaus zusammenzubrechen. Dann wandte er sich an mich. „Du musst ja wirklich Granate sein, wenn er dir solche Versprechen macht. Aber bisher hat er sich mit Händen und Füßen gewehrt, wenn ihm jemand mit dieser Drohung gekommen ist. Wo doch Stephanie die Stelle bald einnehmen wird. Alle Verträge liegen schon seit Monaten zur Unterschrift bereit. Du Drückeberger!" Brandons Fan Linda wusste auch von der Verbindung zwischen Brandon und Stephanie. Milton hatte es auch gesagt und Brandon hatte von Stephanie erzählt. Sie war meine Vorgängerin. Vielleicht war sie auch immer noch akut und ich war die Dumme, die nichts verstand und nur ein Intermezzo darstellte. War es nicht so, dass er Schluss gemacht hatte, aber dennoch nichts geklärt war?

„James. Das ist meine Braut. Ich wähle und ich lasse mich nicht geschäftlich bestimmen. Ich habe dir schon im Schwimmbad gesagt, da kommt meine Frau." „Du warst scharf auf sie." „Können wir das jetzt lassen? Wo ist denn Cathy?", lenkte Brandon James ab. Es schien ihm nicht wichtig, mich jemals genau über alle Zusammenhänge aufzuklären. Ich fühlte mich getäuscht, verletzt und durcheinander. Vielleicht bin ich am Ende der Irrtum. Brandon hatte doch schon Verlobung gefeiert. Seine

Eltern, seine Familie und andere wussten von dieser Verbindung. „Cathy schaut bei Gucci Taschen an, du weißt doch, nur das Beste. Ein Glück ist Sonntag und die Geschäfte haben geschlossen, sonst würde sie mich heute bluten lassen. Heute ist der beste Tag, den Frauen was zu versprechen und es dann nicht zu halten."

Er lachte und Brandon nickte und biss auf seine Zähne, lächelte aber dann. Das fand er komisch, Versprechen nicht einzuhalten. Im Zusammenhang mit mir, wäre ich die Dumme. James schaute mich an und musterte mich. Seine Augen tasteten mich ab. „Na, hast du dir schon ein Schmuckstück für deinen großen Tag ausgesucht?" James war mir absolut zuwider.

„Nein, das ist alles ein Irrtum." „Wir haben diesen Ring ausgesucht", mischte sich Brandon ein.

James kam näher, betrachtete den Ring und schüttelte den Kopf. „Mit dem Ring kannst deine Kleine ja noch nicht einmal zwei Monate ihre Miete zahlen, geschweige eine Eigentumswohnung kaufen, so billig würde ich mich nicht verkaufen", wandte er sich an mich. „Guck mal hier, der hier hat Klasse. Das ist genau der richtige Aufstieg. Wenn die Hochzeit doch nichts wird." Er zeigte auf einen Ring der 200.000 Pfund kostete. „Wie bitte?", entfuhr es mir nur. Ich spürte Wut, Verzweiflung und schwere Beschämung. Ganz selten konnte ich mich nicht beherrschen. Ich fühlte, wie ich innerlich taub wurde. Meine Schwester hatte Recht. Brandon wollte mich täuschen. Jetzt konnte ich sehen, welcher Liga Brandon angehörte. Ich war seine Beute und mehr nicht. Was mir viel bedeutete, war für ihn nichts und gleich wieder vergessen. Schon allein der Umgang mit Stephanies

Freundinnen. Er konnte nicht in die Zukunft sehen, aber ich. Ich war nur auf Deflorationskurs für ihn, das waren doch die Worte meiner Schwester. Er hatte es mir selbst gestanden, dass er das Interesse an Frauen verlor, sobald er mit ihnen schlief. Er wollte es heute bestimmt mit mir tun. Vielleicht würde er den Ring gar nicht mehr kaufen müssen, weil er schon bald meiner überdrüssig war. Ich schaute Brandon an. Er war völlig entspannt. In mir brodelte es.

Plötzlich sah ich Katie und Laura vor mir. Das war hier meine Zukunft. Brandon lächelte mich an und versuchte mich zu sich zu ziehen. Er hatte nur Werbung für sich gemacht und war Silvio sehr ähnlich. Er würde mich vergessen und plötzlich würde nichts mehr von Bedeutung sein. Ich spürte den schalen Geschmack von Silvios Versprechen. Ich verlasse dich nicht und verlasse du mich auch nicht. Wir würden irgendwann in der Stadt an einander vorbeilaufen. Plötzlich stiegen mir Bilder zu Kopf, die ich nicht sehen wollte. Ein leiser Verdacht wurde bestätigt.

James war für mich ein unfreundlicher Rüpel, aber er hatte mir mit seiner Anspielung die Augen geöffnet. „Sie sind doch nicht wirklich Brandons Braut, oder? Ich hätte es als erster erfahren, wenn eine Hochzeit ansteht! Ich kümmere mich um Brandons Verträge und Finanzen. Er hätte mich bestimmt einen Vertrag mit Gütertrennung aufsetzen lassen." Ich drehte mich herum und ging. „Stella! Wo gehst du hin?", rief Brandon hinter mir her. „Oh, Entschuldigung. Und den Abgang kennen wir ja schon. Du scheinst, sie wohl doch nicht halten zu können." „Kannst du jetzt einmal deinen Mund halten!

Stella! Bleib stehen!" Brandon rief mich immer wieder. Ich schüttelte beim Weggehen den Kopf und rannte los. Nur weg von diesen Demütigungen. Ich rannte die Treppen der U-Bahn hinunter und nahm den Zug nach Fulham. Im Zug kamen mir die Tränen vor Enttäuschung und ich schämte mich ganz furchtbar. Was war ich für eine dämliche Kuh, dass ich dem erst Besten, der mir schöne Augen gemacht hatte, hinterhergelaufen war. Julia hatte Recht. Mein Vater hatte Recht. Ich hatte mich täuschen lassen. Ich war so naiv. So blöd! Langsam beruhigte ich mich. Es war nichts passiert.

Ich hatte alles richtiggemacht. Mein Vater wäre stolz auf mich und ich war zu Tode betrübt. Ein Engel in Gestalt eines Rüpels hatte mich vor Schlimmeren bewahrt. Oh, Gott ich hätte meine Wohnung beinah von ihm kündigen lassen. Ich war so ein Rindvieh. Um meine Fassung ringend ging ich noch einmal meine Lage durch, um mir Mut zu machen. Ich bin in London, habe einen Job und eine Bekanntschaft gehabt. Es war nichts zu spät. Es war eher alles zu früh. Ich fange noch einmal von vorne an. Als ich zu Hause ankam, schloss ich die Tür auf und ging hinein. Brandons Koffer stand mitten im Raum. Ich packte alle seine Sachen zusammen und warf sie dort hinein. Mit der Zeit hatte sich einiges angehäuft, so dass gar nicht alles hineinpasste. Seinen Koffer stellte ich vor meine Eingangstür und schloss sie wieder.

Einige Zeit später klingelte es und ich drückte den Summer. Ich hielt mir die Ohren zu. Mein Herz pochte. Es musste Brandon sein. Wenn ich ihn jetzt hineinließe, in dem Moment war ich verloren. Er würde sich erklären und wieder versuchen mich zu erobern, bis er sein Ziel erreicht hätte. Ich kniete vor meinem Bett und legte mein Gesicht auf die Decken und packte ein Kopfkissen über meinen Kopf, um alle Geräusche zu dämpfen. „Stella mach auf! Ich bin es Brandon!" Auf der Suche nach einem Gehör sicheren Platz ging ich zum Sofa, setzte mich ganz weit von der Tür entfernt, steckte mir rasch die Hörer des I-Pods in meine Ohren und hörte von Katie Melua „Crawling up a hill." Ich war aufgewühlt, traurig und innerlich leer. Mein Herz schmerzte. Es läutete wieder und ich musste alle Energie aufbringen und mich gegen ein Öffnen der Tür zu wehren. So saß ich bis zum Abend in meinem Zimmer und Brandon klingelte immer wieder und klopfte. Er nahm wohl an, dass ich ihn irgendwann erhören würde. „Brandon, geh nach Hause! Bitte geh und vergiss mich!" „Was ist los Stella?"

„Du, weißt es genau! Es ist aus!"

„Stella, mache die Tür auf!"

„Nein. Es ist besser so! Du bist nicht frei." „Stella, tu mir das nicht an! Ich liebe dich! Das ist das einzige, was zählt." „Bitte, geh!" „Ich gehe nicht! Du machst jetzt sofort die Tür auf!" „Nein! Es ist aus!" „Nein, ist es nicht! Was habe ich dir getan? James weiß gar nichts. Wir gehören zusammen." „Es ist vorbei! Bitte gehe jetzt!" „Du bist ärgerlich. Lass uns reden!" „Nein! Wir reden nicht mehr! Ich möchte einen klaren Schnitt. Jetzt! Geh zurück zu deiner wirklichen Verlobten." „Ich weiß, dass du das nicht Ernst meinst. Ich bin nie mit Stephanie glücklich gewesen. Lass mich rein!" „Nein." „Gib uns eine Chance!" „Nein!" „Für mich ist es nicht vorbei! Ich komme morgen wieder bis du mich erhörst."

Ich schaute aus dem Fenster. Aber ich konnte nichts

sehen. Doch plötzlich sah ich ihn, wie er nach Hause ging. Mein Herz krampfte sich zusammen. Mein Verstand sagte mir, lass ihn gehen! Ich hatte gar keinen Hunger und ging ins Bett und wartete in Tränen gebadet auf eine traumlose Nacht.

Eine lange Durststrecke

Ich litt am nächsten Morgen und viele Wochen. Mein Herz war nicht mehr heil und brannte. So zwang ich mich aufzustehen und zur Arbeit zu gehen. Mir wäre es lieber gewesen, ich hätte mich nicht verliebt und Brandon in meiner Wohnung gelebt. Immer wieder überkamen mich Tagträumereien, in denen ich glücklich mit Brandon war. Der Schmerz riss mich endgültig fort, als mir Katie das Bild schickte, das mich, Brandon und Laura zeigte, wie wir uns eng aneinander kuschelten. Sturzbäche von Tränen jagten aus meinen Augen und durchweichten mein Kopfkissen. Ich rief das Bild immer wieder auf und holte mir sein Bild aus unerklärlichen Gründen immer wieder in mein Herz. Ich schaute es mir jeden Tag an und erneuerte meinen Schmerz. Ich liebte ihn und kam nicht von ihm los und tat alles dafür, dass es so blieb. Trotzdem musste ich in meinem Leben funktionieren und nicht stehen bleiben. Es wird besser. Irgendwann wird es aufhören zu schmerzen.

Als ich das Badezimmer des schwulen Mr. Barclay aufräumte, fiel mir die Rasierwasserflasche in die Hand. Es war mein Lieblingsduft an Brandon und der schwule Barclay hatte es natürlich auch. Just in diesem Augenblick fiel sie mir betrüblicher Weise aus meiner Hand, der Stopfen sprang ab und der Inhalt ergoss sich auf dem

Boden und gluckerte vor meinen Füßen. Wie in Trance schaute ich zu, wie der Inhalt in der Flasche hin und her schwappte. Ein schönes Bild. Plötzlich besann ich mich und riss die Flasche hoch. Leider war es ein bisschen spät, es war fast nichts mehr in der Flasche drin. Ich stellte sie in den Badezimmerschrank. Später wischte ich wie in Zeitlupe gebannt, bügelte, holte wie angeordnete Anzüge von der Reinigung ab. Ich riss mich zusammen und funktionierte.

Im Wohnzimmer fand ich zwei Pornos. Sie lagen auf dem Couchtisch vor dem Fernseher. Gebannt schaute ich auf das Bild. Ein Glied im Mund einer Frau. Aha, auf so was steht Mr. Barclay. Der zweite Porno sah eigentlich nach akrobatischer Verrenkung aus und verdiente von mir den Titel „Autsch". Dieser Mr. Barclay war einfach verachtenswert. Er reduzierte die Frau auf ihr Genital. Zum zusätzlichen Verdruss durfte ich diese Pornos auch noch wegräumen. Na, warte Freundchen, die kommen jetzt in die Bibliothek neben, ja, neben wen. Ich schaute ins Regal. Bentham Jeremy. Das passte: Das menschliche Handeln will Schmerz vermeiden und Lust gewinnen. Wenn er sich anstrengte, konnte er sie hier wiederfinden. Eins der Gästezimmer war verwüstet und es roch regelmäßig freitags nach Sex. Es schien mir ein Ritual bei Mr. Barclay zu sein. Bei besten Willen konnte ich mir aber nicht erklären, warum es ausgerechnet der Donnerstag und nie dienstags oder auch sonntags war?

Ein Ritual war auch Brandons Besuch bei mir. Er schellte fast jeden zweiten Abend, aber immer donnerstags bei mir. Eine solche Ausdauer hätte ich ihm gar nicht zugetraut.

Ich versuchte nicht hinzuhören. Zum Schwimmen konnte ich nicht mehr nach Chelsea gehen. Daher suchte ich mir eine Schwimmhalle weiter weg. Ich besorgte mir einen Ausweis für die öffentliche Bibliothek, um nicht mehr zu Hause zu sein. Einmal sah ich Brandon vor meiner Haustür am Eingang stehen. Er wartete und stand einfach da. Es war so herzzerreißend, dass ich sofort wieder umkehrte und planlos in die Stadt lief.

Schließlich trafen Theresas Bücher bei mir ein. Sie hatte mir „Schlechter Sex", den dritten Teil zugesandt. Hier erzählten Frauen über die Schattenseiten des Liebeslebens. In die Lektüre führte der Satz, „Schlechter Sex ist faszinierend und furchtbar zugleich." Ich erlebte in den Berichten der vielen Frauen, was mir eigentlich erspart geblieben war. Immer wieder tröstete ich mich mit diesem Buch und kramte es hervor, wenn ich mich wieder richtig Niedergeschlagen fühlte.

Brandons Freunde

Eines Tages traf ich im Supermarkt Robert. Er kam ganz langsam auf mich zu. An seiner Seite war eine sehr hübsche Frau. Für einige Minuten stand ich wie paralysiert da und sah, wie er auf mich mit seinem Einkaufswagen zuschritt. Er stand und prüfte die Delikatessen, was er wohl nehmen sollte. Legte einiges in seinen Wagen und näherte sich mir, ohne es selbst zu bemerken. Auf einmal sah er mich und blieb stehen. Seine Augen suchten meinen Blick und im langsamen Schritt war er bald auf meiner Höhe.

Er sprach mit seiner Freundin und wendete sich plötzlich zu mir. „Hi!" „Hi!" „Wie, wie, wie, geh- geh- geht...?"

„Gut und dir?", erwidert ich sehr freundlich. Es war das typische freundliche Spiel. „Gut, gut", echote er. Seine Freundin schaute mich interessiert an. „Willst du uns nicht vorstellen?", fragte die blonde Schönheit. „Das, das ist, ist, Ste, Stella Lo-, Loren." Auf seiner Stirn bildeten sich Schweißperlen. „Hi, Stella. Ich bin Deirdre", vereinfachte sie es für Robert. „Hi, Deirdre." „Du bist also Stella", stellte sie vor mir fest, als hätte sie schon einmal von mir gehört. Ich lächelte nur. Robert sah mich nur an. Auch Deirdre schwieg. „Also ich wünsche euch noch einen schönen Einkauf", verabschiedete ich die beiden und fuhr mit meinem Einkaufswagen weiter. Ich war nur ein paar Schritte gegangen, da hörte ich Deirdre sagen: „Du bist echt ein Volltrottel. Du hattest gerade die Gelegenheit, sie einzuladen. Stattdessen stehst du wie angewurzelt da und schaust sie nur an." „Ich kann nicht. Vor ihr bekomme ich kein Wort heraus. Wie soll ich sie da einladen? Sie glaubt bestimmt, dass ich ein Trottel bin. Das letzte Mal, als ich sie sah, war es nur peinlich. Ich kann ihr das nicht zumuten." „Willst du sie?", fragte sie ihn unverblümt. „Ja." „Dann sprich sie jetzt an!" „Wenn ihr euch erst einmal kennt, lässt das Stottern nach. Glaub mir!" So schlich Robert hinter mir her. Als er auf meiner Höhe war, hielt er mich an, indem er mich an meiner Schulter berührte: „Ich, ich, w-, will dich fra-, fragen, ob, ob du zum Tee zu mir kommen willst, willst?", lächelte er mich an.

„Heu, heu, heute viel- , vielleicht?" „Oh, Robert, das ist sehr freundlich von dir. Aber ich muss heute noch arbeiten und anschließend habe ich noch wichtige Erledigungen." „Mo-, Morgen im Pub", versuchte er für sich die Situation zu retten. „Im Pub eigentlich nicht so gern." Er tat mir leid und es tat mir weh, ihn abzulehnen. „Morgen, mh", machte ich nur. „Wir kö-, kö-, können zu einer Party Big Five gehen. Ich ha-habe Karten", stolperten seine Worte aus ihm heraus. „Im Ritz im Palm Court Scones und Clotted Cream zu euch nehmen. Das wäre doch eine angemessene schöne Umgebung für einen gepflegten Nachmittag und Erlebnis für deine Bekannte", half ihm Deirdre weiter und lächelte mich an. Robert nickte und schaute mich treuherzig an. „Gut! Wann soll ich dort sein?" „Sei gegen 17.00 Uhr dort! Mein Vetter wird dort auf dich warten und ihr könnt ja dann schauen, was ihr danach macht", surrte Deirdre das Date fest.

Ich lächelte sie an und gab ihr und Robert meine Hand und bedankte mich für seine Einladung. Robert freute sich und er drehte sich glücklich um und stolperte gegen ein Regal, das heftig wackelte. Aber Deirdre hielt es fest und zog ihren Cousin fort. An einigen Stellen im Laden hörte ich es scheppern und ich fragte mich, ob das Robert war.

Fünf Minuten vor Fünf fand ich mich am nächsten Tag vor dem Ritz ein. Aber Robert kam nicht, daher ging ich gegen halb sechs wieder nach Hause. Er hatte keine Adresse und keine Telefonnummer von mir. Wer weiß, warum er nicht gekommen war. Vielleicht hatte ihn am Ende doch der Mut verlassen. Ich legte es ihm nicht böse aus.

Es verging eine Woche, da traf ich am frühen Abend Milton im Supermarkt. Wir wohnten wohl alle in ähnlicher Entfernung zu diesem Markt. Es war kurz vor sechs Uhr und ich wollte noch zum Schwimmen. Mit ihm reden wollte ich auf gar keinen Fall und tauchte daher schnell in den Zwischenräumen der Regale ein. Dort hielt ich mich eine Weile zwischen Trockenbrot und Müslisorten auf und hoffte darauf, dass er vor Ladenschluss raus war. Als ich mich wieder hervorwagte, war er schon weg und ich machte mich zielstrebig zur Kühltheke auf und kaufte ein. Schließlich stellte ich mich an der Kasse an. Plötzlich spürte ich eine Hand auf meiner Schulter und ich drehte mich erschrocken um. „Hi, dachte ich es mir doch, dass ich richtig geschaut habe."

„Hi, Milton." Er schluckte. „Möchtest du noch auf einen Drink mit mir in den Pub?" Ich schüttelte leicht den Kopf. „Ich tu dir nichts. Wir können einfach nur ein bisschen Quatschen." „Ich habe Sachen aus der Kühltheke gekauft. Ich muss nach Hause." „Wartet dort jemand auf dich?" Ich schüttelte den Kopf. „Wir legen deine Einkäufe in mein Auto. Es ist kühl genug, damit sie frisch bleiben." Ich schüttelte den Kopf. „Du wirfst mich doch hoffentlich nicht mit Brandon in einen Topf. Ich weiß nicht, warum du Schluss gemacht hast. Aber das heißt nicht, dass du mir aus dem Weg gehen musst." Ich schluckte und lief rot an. „Stella, es ist nur ein harmloser Drink." „Nur ein Drink. Jeder bezahlt für sich selbst und keine Hintergedanken." Er nickte. Ich bezahlte an der Kasse und wartete auf ihn. Er nahm mir meine Einkäufe ab und ich begleitete ihn zu seinem Auto und er lud sie ein. Im Anschluss suchten wir einen Pub in der Nähe auf. Er bestellte für sich und mich ein Bier. Wir saßen uns gegenüber und ich schwieg. „Wie geht es dir?" „Gut, … es geht, …schlecht", vertraute ich ihm an.

Erstaunt schaute er mich nach dieser ungewöhnlichen Antisteigerung an.

„Du hast Brandon verlassen?"

„Ich will nicht über Brandon reden."

„Ach, so! Brandon, vermisst dich", flocht er einfach so ein, als wollte er mich prüfen. „Das kann ich mir vorstellen. Ich habe mich in seinen Eroberungen nicht einfach einreihen lassen. Da ist wohl jetzt eine Lücke und gekränkter Stolz."

„Du hast ihn im Sturm erobert", hielt er mir freundlich entgegen und schaute mich mit seinen großen braunen Augen an. „Es hat keine Zukunft." „Es hat keine Zukunft! Versteh ich nicht!"

„Du weißt, dass er mit Stephanie Saunders verlobt ist." „Ach so das." „Du wusstest es, als wir im Pub waren und Brandon sich mit mir verlobt hat oder zumindest so tat." „Er hat es ernst gemeint."

„Er ist mit zwei Frauen verlobt? Da ist wohl eine zu viel!" „Er will nur dich!" „Für ein paar Nächte und dann ist es gut." „Nein, so ist es nicht." „Wie denn? Er hat sich von Stephanie getrennt." „Davon weiß James aber nichts." „Ach, James. Was hat er gesagt?"

„Er hat mir vorgeschlagen, einen sehr teuren Verlobungsring auszuwählen und mich nicht unter Wert zu verkaufen. Er hat gemeint, ich könnte mir davon eine Eigentumswohnung kaufen, wenn Brandon fertig mit mir ist."

„Er ist Geschäftsmann und Jurist. James gehört zur Clique. Er hat das nicht so gemeint."

„Ich glaube James ist ein Rüpel, aber angelogen hat er mich nicht." „Die Ereignisse liegen einfach sehr knapp hintereinander und James war einfach noch nicht informiert." „Weißt du, Milton, ich bin noch eine Weile hier. Ich will nicht schwanger werden und mit einem gebrochenen Herzen nach Hause reisen." „Du fährst nach Hause?" „Ja." „Wann?" „Ich bin mir noch nicht sicher. Nächstes Jahr irgendwann?" „Bist du über Brandon hinweg?" „Ich liebe ihn, aber es hat keine Bedeutung. Für ihn bin ich eine billige Nummer. Er wollte aus seiner sexuellen Obsession heraus mit mir Kinder und irgendwann wäre ich ihm bald lästig geworden und er hätte mich wegen Stephanie abserviert. Ich passe nicht zu ihm und es wäre spätestens beim Familientreffen zu Differenzen gekommen. Glaub mir, wir stehen nicht auf einer sozialen Stufe. James hat mir die Augen geöffnet. Er war ehrlich und nicht so verlogen wie Brandon. James Worte waren klar und deutlich, und gaben mir Aufschluss, was ich für Brandon bin", die letzten Worte sprach ich besonders verächtlich aus. „Randy, Brandy, Andy. So nennt ihr ihn doch alle!"

Milton hörte mir zu und forschte in meinem Gesicht. „Es war nur das lose Mundwerk von James, das dich gekränkt hat. So siehst du es. Er sieht es anders!" „Milton, verzeih mir! Können wir das Thema wechseln", verlangte ich von ihm und ich fühlte mich einfach nur mies. Er schaute mich lange an, als ob er mir noch etwas sagen wollte. Ich unterbrach ihn in seinen Gedanken und wechselte das Thema: „Wie geht es Robert?" „Robert?", wiederholte er irritiert, als wäre auf dieses Thema gar nicht gefasst gewesen. „Er ist im Krankenhaus. Vorherige Woche Mittwoch ist es passiert. Er hatte einen Frontalunfall. Deirdre, seine Kusine, hat mir erzählt, dass er eine Frau treffen wollte. Sie muss ihn ganz schön den Kopf verdreht haben. Deirdre hatte aber keine Telefonnummer von dieser Frau. Er hat sie versetzt. Das macht ihn jetzt total fertig. Die schönen Frauen waren schon immer Roberts Stolpersteine. Er muss einmal eine Therapie machen", merkte er mir gegenüber nachdenkend und mitfühlend an. „Oh", war das einzige, was ich ihm erstaunt über diese Sache sagen konnte. Vielleicht war es wirklich besser, fern von Robert zu bleiben, ehe er sich noch selbst umbrachte, dachte ich so leise vor mich hin. Ich machte ein sehr betrübtes Gesicht. Milton schaute mich an. „Ich würde dich gerne zum Essen einladen." Eigentlich hatte ich Lust wieder etwas Anderes zu sehen. Zum großen Teil war ich sehr einsam in London. Daher freute ich mich auch ein bisschen. „Du willst mit mir Essen gehen?" „Ja, ich möchte dich einladen." „Ist die Hypothek nicht zu hoch?" „Warum meinst du das?" „Du bist Brandons Freund." „Triffst du dich zurzeit mit jemanden?" „Nein, ich habe keine Dates." „Also ungebunden, schön und frei."

„Mein Herz liegt in Ketten. Ich bin nicht so frei wie du denkst." „Brandon hat dein Herz gefesselt. Ich kann dir helfen." „Was schlägst du als Arzt gegen Liebeskummer vor?" „Ich schlage es dir als Freund vor. Wir gehen Essen und schauen, was geschieht!" Ich schüttelte meinen Kopf. „Ich muss jetzt gehen!" Ich stand auf, legte drei Pfund auf den Tisch und ging.

Als ich meine Haustür aufschloss, stieg Milton aus seinem Auto aus. Ich blieb stehen. „Hier, du hast deine Einkäufe vergessen." „Ach, hatte ich tatsächlich ganz vergessen. Danke!" Er reichte mir zum Abschied die Hand und flüsterte: „Auf Wiedersehen Stella. Ich hoffe, wir sehen uns bald wieder."

Ich schüttelte seine Hand und er zog mich an sich heran und küsste meine Wange. Später fand ich in der Einkaufstasche einen Zettel. „Bitte komm am 5. November zum Ritz gegen acht Uhr. Ich warte auf dich und ich verspreche dir, du wirst es nicht bereuen. Vertrau mir!" Ich legte den Zettel auf den Tisch. Ich weiß nicht genau, warum ich dort hinging. Vielleicht weil ich das Ritz wirklich gerne einmal von innen gesehen hätte. Gegen zehn vor acht stand ich wieder vor dem Ritz und freute mich auf Ablenkung, auf ein Gespräch, auf eine aufmerksame Zuwendung.

Milton kam tatsächlich und es tat ihm leid, dass er zu spät war. Als er auf seine Uhr schaute, musste er lachen und bemerkte nur: „Du bist verdammt pünktlich!" Anschließend bot er mir seinen Arm an und wir betraten das vornehmste und prunkvollste Lokal, das ich jemals von innen gesehen hatte. Als ich meinen Mantel ablegte, nahm der Kellner aus Versehen gleich auch mein Tuch mit. Als Milton sich umdrehte, schaute er mich an. Sein Blick ging sofort auf mein Dekolleté, das eigentlich von meinem Seidenschal verdeckt bleiben sollte. „Du siehst atemberaubend schön aus. Ist das Kleid neu!" „Ja, aber bilde dir nichts darauf ein!" „Nein, ich freue mich nur über den schönen Anblick. Es ist einfach schön mit dir auszugehen!" Als er uns anmeldete, wurden wir in einen riesigen Raum geführt. Wir bekamen direkt hinter einem Tisch Platz, an dem eine größere Gesellschaft erwartet wurde. Wir setzten uns. Milton nahm die Karte und machte mir Vorschläge. Er wusste wohl von Brandon meine Vorliebe zu Fisch und schlug daher auch in dieser Richtung sein Essen vor. Milton bestellte für uns ein Menü mit mehreren Gängen. Es versprach ein langer Abend zu werden. Ich ließ den Blick schweifen und sah einige sehr reiche und schöne Menschen. „Was denkst du?"

„Ach, nichts!" „Das hier ist nicht meine Welt." „Man wird in eine solche Welt hineingeboren oder manchmal heiratet man auch hinein."

„Brandon erklärte mir, dass sich besonders deine Linie um eine reiche Erbin bemühen muss." „Ich kann wählen, wen ich will. Wir haben noch einige Häuser in Cornwall und ein Landsitz in der Nähe von St. Ives. Ich verfüge über ein Barvermögen, von denen einige träumen. Ich müsste nicht arbeiten. Aber mein Beruf erfüllt mich. Er ist wichtig für mich." „Ich arbeite, weil ich leben muss. Ein Traumjob ist das nicht!" „Was würdest du denn gerne machen?" „Ich denke noch darüber nach! Irgendwie braucht man auch Kontakte. Die habe ich nicht!" „Also was willst du arbeiten? Ich würde gerne für eine Zeitung oder einen Sender arbeiten. Auch in einer Schule könnte ich mir vorstellen, mit Schülern etwas zu machen. Ich habe mich in Deutschland als Werbetexterin beworben. Aber meine Freundin hat den Job bekommen." „Das ist bitter!" „Ach geht so! Leben geht weiter!" Als die Suppe serviert wurde, schwiegen wir uns an. Hinter uns, wurde Platz genommen. Es war eine große Gesellschaft mit lauten Kindern. Die Erwachsenen waren sehr beherrscht und leise und die Kinder waren das Gegenteil. Milton nickte jemanden im Hintergrund zu. Es gehörte sich nicht, sein Blick zu wenden. Also blieb ich ruhig sitzen. „Es sind Freunde von mir gekommen."

Ich nickte und genoss das Essen. Als wir auf unser Dessert warteten kam ein älterer Herr an unserem Tisch. „Mein Sohn hat mich gebeten, dich an unseren Tisch zu holen. Er hat heute Geburtstag. Man kann ihm ja nichts abschlagen", lachte der Herr freundlich Milton an und gab ihm die rechte Hand, wohingegen er seine linke kurz auf Miltons Schulter legte und schließlich drehte er sich zu mir und schaute mich intensiv an und blieb an meinen Augen hängen. Ich erwiderte freundlich lächelnd seinen Blick. Er lächelte mich an und versuchte freundlich zu blicken und schien für mich auf eine rätselhafte Weise an mir interessiert.

„Das ist Mrs. Stella Loren", stellte mich Milton vor. „Sie sehen sehr bezaubernd aus, Darling. Wir feiern den Geburtstag meines Sohnes.

Er wird heute achtundzwanzig. Es sind noch zwei Plätze an unserem Tisch frei, so dass wir das Dessert wohl gemeinsam einnehmen können. Mein Sohn würde sich sehr freuen, wenn ihr beiden an unseren Platz wechselt."

„Du hast doch nichts dagegen", meinte Milton. Ich schluckte und fühlte mich unangenehm überrumpelt, nun mit Fremden am Tisch zu sitzen. „Es wäre uns eine Freude, wenn sie an unserem Tisch kämen", lud mich der Herr freundlich ein, aber man sah ihm an, dass er sich genauso unwohl in seiner Rolle fühlte wie ich. „Unsere Familien kennen sich sehr gut. Der Sohn ist einer meiner engsten Freunde. Wir sind zusammen aufgewachsen und es wäre …", stockte Milton und setzte fort, um mich zu beschwichtigen: „Es wäre sehr unhöflich von mir, nicht der Einladung zu folgen." „Hast du das geplant?", flüsterte ich ihm zu. „Ja, ganz ehrlich. Ich habe es geplant." Als der Kellner vorüberging, hielt der ältere Herr ihn auf und erzählte, dass Milton und ich das Dessert an seinem Tisch einnehmen würden. Milton stand auf und zog meinen Stuhl ein wenig hinter mir weg, damit ich besser aufstehen konnte. Ich folgte ihm zum Tisch und er begrüßte wohl die Schwestern des Geburtstagkindes. Er stellte sie mir als Janice und Bethany vor. Sie waren Zwillinge und schauten mich mit großen Augen an. Vor allem schauten sie meine Haare an, die bis zu meinem Hintern fluteten. Die beiden hatten tief blaue Augen und trugen Züge, die mir irgendwie vertraut waren. Sie waren ihrem Vater sehr ähnlich. Die Mutter hatte mehr Ähnlichkeit mit ihrem Enkel. Sie war eine sehr schöne Frau, auch wenn sie schon die sechzig überschritten hatte. Wir sollten neben dem Ehepaar sitzen, das zu den drei Kindern gehörte. Besonders der kleine Junge schien ein sehr freches Kind zu sein. Er streckte mir die Zunge heraus und ich lächelte ihn freundlich an.

Der kleine Kerl war über die freundliche Behandlung von meiner Seite erstaunt und drehte sich abrupt plötzlich weg. Die ältere Schwester setzte sich einen Stuhl weiter, damit wir Platz nehmen konnten. Das Geburtstagkind selbst war wohl zur Toilette. Er kam zurück, als das Dessert serviert wurde. Eine warme Hand legte sich auf meinem Rücken. Ich drehte mich um und sah in Brandons Gesicht. Unmittelbar schoss mir die Röte in meine Wangen und ich stand blitzschnell auf. Augenblicklich schlug ich meine Augen nieder. Milton stand ebenfalls auf, um Brandon zu gratulieren. In meinen Ohren rauschte es. Ich konnte fast gar nicht atmen und ich fühlte mich plötzlich sehr schwach. Milton stand neben mir und stützte mich kurz, weil er merkte, dass sich Kreislaufprobleme ankündigten und ich ein klein wenig schwankte. „Sie wird doch wohl nicht ohnmächtig", rief eine Frauenstimme im Hintergrund. „Meine Geburtstagsüberraschung für dich", flüsterte Milton leise zu Brandon. „Ich freue mich dich wiederzusehen", sprach Brandon mit fester Stimme zu mir und nahm meine Hand und ließ sie nicht mehr los. Mit großen Augen schaute ich ihn an. Mein Hals war wie zugeschnürt. Brandon blickte mich fest an und ich erwiderte ihm daraufhin tapfer meinen Blick. Wie konnten die beiden mir das antun. Ich fühlte mich vorgeführt. Für diese Gesellschaft war ich eine von ganz unten. Sie benutzten mich als ihren Spielball.

Ich war Miltons Geburtstagsgeschenk. Wie konnte ich zu einem Geschenk werden, ich war doch kein Objekt. „Endlich sehe ich dich wieder", flüsterte Brandon mir leise zu.

Anschließend sah er mich flehend an. Seine Familie starrte mich erwartungsvoll an. Heiser sprach ich die Glückwunschformel zu ihm. „Herzlichen Glückwunsch zum Geburtstag." „Danke! Komm setz dich neben mich!" Mein Herz sprengte in meiner Brust wie ein jagendes Pferd. Ich sah Milton schmerzerfüllt, verraten und unsicher an. Meine Augen füllten sich mit Tränen. „Ich muss jetzt gehen! Ich fühle mich nicht gut." „Entschuldige Stella! Ich bring dich nach Hause", bot mir Milton an, der plötzlich erkannte, dass dies doch keine gute Idee war. Ich nickte und schluckte. „Es tut mir Leid

Brandon", sprach er sehr leise zu ihm. „Stella, bitte bleib! Komm' es ist mein Geburtstag. Ich freue mich wirklich dich endlich wiederzusehen!" Ich verneinte mit meinem Kopf. Milton drehte sich zur Gesellschaft. „Meiner Freundin geht es nicht gut. Wir müssen leider aufbrechen." Die Frau mit den Kindern lachte im Hintergrund. „Es ist immer das Gleiche, wenn sie Brandon sehen, fallen sie fast immer in Ohnmacht. Das ist doch nur die Aufregung. Soll ich mit ihr zu den Toiletten gehen und eine kleine Erfrischung tut schon einmal ein Wunder oder vielleicht reicht auch ein Scotch und sie ist wieder die alte." Milton schüttelte seinen Kopf und ließ mir meinen Mantel holen. Brandon suchte weiter den Augenkontakt. „Ich will dich wiedersehen. Gib mir eine Chance!", flehte er mich leise an. „Ich bin nicht deine Hure und auch keine Frau für die zweite Reihe", formte ich mit meinem Mund ohne einen Laut von mir zu geben. Er schaute mich erschrocken und erstaunt an. Es schmerzte ihn. Zum Abschied bot ich ihm meine Hand und er zog mich ganz sanft zu sich. Sein Rasierwasser und sein Deo durchströmten mich. Meine Wange berührte sein Jackett und er küsste wie zufällig streifend meine Stirn. „Lass mich dich wiedersehen!" Ich verneinte leicht mit meinem Kopf. Milton kam mit meinem Mantel und hielt ihn mir auf, damit ich hineinschlüpfen konnte. Mit einem kurzen Kopfnicken an die Gesellschaft gingen wir langsam hinaus. Eine Frau im Hintergrund sprach Brandon an. „Sie ist eine sehr schöne Frau. Woher kennst du sie? Modelt sie hier in London? Wieso bleibt sie nicht?" Ich hörte keine Antwort. Endlich waren wir außer Hörweite und Millionen andere Stimmen brandeten an mein Ohr. Milton öffnete mir die Tür. Wir gingen zu seinem Auto. Als ich im Auto saß, konnte ich mich nicht mehr zurückhalten und weinte. „Wie konntest du mir das nur antun?" Milton gab mir sein Taschentuch. „Er liebt dich und du liebst ihn. Vertrau ihm und gib ihm eine Chance!" „Nein! Er vertraut mir auch nicht. Er hat mir nie etwas von Stephanie erzählt und er ist mit ihr verlobt. Da ist kein Platz für mich." „Mensch, Stella. Er hat niemals an die Liebe geglaubt, bist du ihm über den Weg gelaufen bist. Er liebt dich wirklich. Er wird dich nicht aufgeben. Hör ihm wenigsten zu und gib ihm die Möglichkeit mit dir zu reden! Du kannst dann immer noch entscheiden, ob ihr zusammenbleibt oder nicht." „Wir sind nicht zusammen. Er kann tun und lassen, was er will." „Falsch, du hast dich bisher feige zurückgezogen." „Ja, ich bin feige. Na und! Ich bleibe nicht standhaft, wenn ich ihm ständig sehen muss. Ich bin noch nicht über ihn hinweg." Es dauerte nicht lange und wir standen vor meiner Wohnungstür. „Geh zu ihm zurück! Er will dich und du willst ihn! Ich wollte euch versöhnen. Kannst du mir verzeihen?" „Ja, ich verzeihe dir. Aber er will mich für eine bestimmte Zeit. Ich kann nicht, wenn ich das Ende schon sehen kann. Ich gehöre nicht in seine Kreise und wenn er es endlich weiß, ist es für mich zu spät", gab ich ihm zu verstehen und stieg aus. Ich lief zur Haustür und schloss auf und verschwand vor Miltons Augen.

Schmerzvolle Tage

Der Schmerz hörte nicht auf und war neu aufgerissen. Es war Winter in London geworden und Weihnachten stand in wenigen Wochen vor der Tür. Ich lebte sparsam und konnte tatsächlich Rücklagen bilden. Theresa hatte ihr Geld zurück. In Mails hatte ich ihr von meinem misslungenen Liebesabenteuer erzählt. Sie schimpfte auf den Mistkerl und tröstete mich, wo sie konnte. „Geh endlich zum Psychologen! Das ist nicht normal, wenn man aus einer Beziehung kommt. Du hättest vielleicht doch mit ihm schlafen sollen. Vielleicht wäre es dann einfacher. Du wärst einfach fertig mit ihm." „Du spinnst! Gerade das hält mich von ihm fern. Er braucht mich nur zu berühren, anzusehen." „Also mein Tipp! Auf ins Londoner Nachtleben. Ich denke London hat mehr zu bieten, als nur einen Mann! Gib ihm nicht so viel Respekt! Das hat er nicht verdient." „Ich will nicht!" „Los! Schmeiß einfach alles über Bord und lebe!" „Das ist für mich nicht schön, Männer abschleppen. Ich will den einen, der zu mir gehört und es weiß und monogam ist." „Aber unter welchen Umständen. Ich kann die Einsamkeit um dich spüren. Ich wette, du hast dich wieder ganz für dich eingegraben. Den nächsten Mann, der dir begegnet, den du sympathisch findest, den nimmst du mit nach Hause." „Nein, danke. Ich habe keine Lust auf Psychopathen." „Komm' nach Hause! So ist es doch doof in London!" „Ich will es schaffen!" „Was willst du schaffen?" „Ich bleibe, bis ich weiß, was ich will?" „Ruf mich einfach immer an, wenn du an ihn denkst, damit ich dich auf andere Gedanken bringe. Mit der Zeit wird es besser. Du wirst sehen." „In dem Fall brauche ich gar nicht auflegen", stöhnte ich ins Telefon. „So, schlimm!" „Schlimmer!", steigerte ich.

Probleme mit dem Arbeitgeber

Einige Tage später rief mich die Agentur an. Es war Sally.
„Hallo Mrs. Loren. Wie geht es Ihnen?" „Gut", log ich.
„Also ich rufe an, weil sie seit einiger Zeit nicht mehr
kochen. Mr. Barclay hat festgestellt, dass das Essen aus
einer Gastronomie stammt. Er will, dass sie wieder
kochen." „Oh, wirklich?", erwiderte ich möglichst
erstaunt und erschrocken.

„Ich werde mich ab morgen mehr bemühen", versprach
ich und hoffte, dass meine Anstellung nun bei Mr.
Barclay nicht gefährdet war.

Das fehlte mir gerade noch. Ich wollte trotz meiner sehr
bescheidenen Situation London auf gar keinen Fall
verlassen.

„Ach, und da ist noch etwas sehr Unangenehmes.

Mr. Barclay vermisst immer wieder ein spezielles
Rasierwasser. Das Flakon ist immer wieder leer, wenn er
es gerade besorgt hat." In der Leitung wurde es still. Nach
einer Weile fragte ich: „Ja?" „Also Mr. Barclay will Sie
nicht beschuldigen, weil jeden Donnerstag Gäste in
seinem Haus sind und donnerstags auch das Flakon leer
ist. Er fragt nur, ob Ihnen etwas aufgefallen sei. Dieses
Rasierwasser ist ihm sehr wichtig." „Nein, mir ist nichts,
gar nichts aufgefallen. Ich kann darüber gar nichts sagen,
tut mir leid", log ich und wurde rot und meine Ohren
wurden ganz heiß. Mr. Barclay und ich hatten also eine
Gemeinsamkeit, wir liebten den gleichen Duft. Nur mit
dem einen Unterschied, dass ich vor ihm flüchtete,
während er ihn suchte. Vielleicht fragte er nun seine
Bettgenossen nach dem Verbleib des Parfums. Es war
auch egal. Ich konnte mich entziehen, also tat ich es auch,

um meinen Job zu retten. In Zukunft musste ich mich besser zusammenzureißen.

Unglücklicherweise hatte ich mich gehen lassen. Das musste aufhören. Ab morgen wollte ich wieder professionell sein. Es dauerte noch eine Weile bis ich wieder meine Linie gefunden hatte. Ich war so wütend auf mich, auf Brandon auf einfach alles. Ich war außer meiner eigenen Kontrolle, dass musste sich jetzt ändern. Ich schädigte meinen Klienten und das durfte auf gar keinen Fall sein.

An Samstag und Sonntagabend besuchte ich David. Er konnte meinen Liebeskummer gar nicht verstehen. Bei so viel Schönheit könnte ich doch jeden haben und mich trösten lassen. David ermunterte mich einen Junggesellen aus seinem Pub zu wählen. „Schau, mal da drüben sitzt Marcus Leigh. Er ist Immobilienmakler und ohne eine Freundin. Er starrt schon eine Weile zu dir. Du brauchst nur einen Moment rüber zu blicken und er kommt zu dir. Eben wollte er dir schon einen Drink spendieren. Hast du Interesse?" Ich schüttelte den Kopf. Es kamen noch ein paar Vorschläge, aber David merkte, dass ich nicht offen für eine neue Beziehung war und er stellte seine Anbahnungsversuche ein.

Erkennen

Drei Wochen vor Heiligabend verbanden sich verschiedene Ereignisse miteinander, die sich wie ein Spinnennetz miteinander verwoben und zu unglaublichen Verwicklungen führten. Während ich Erledigungen außer Haus für Mr. Barclay machte, sah ich in einem Reisebüro die Reklame für eine Rundreise in Südengland. Das wollte ich schon immer einmal machen. Das Angebot galt für Ende Juni und wäre ein willkommener Abschied von England, ehe es wieder nach Hause ging.

Leider bezog sich das wunderbar kitschige Angebot auf Hochzeitsreisende. Mich zogen diese fantastisch schönen Landhäuser in ihren Bann, die Meeresbrandung, die Klippen, glückliche Menschen, schöne Viktorianische Räume. Die ansprechenden Hotelräume und die Suiten waren zum großen Teil Flitterwochenzimmer in Manorhäusern. Als ich den Angestellten fragte, ob man unbedingt in den Flitterwochen sein müsste, zwinkerte er mir aufmunternd zu und meinte, dass England aufgeklärt sei und ich ruhig mit meinem Freund fahren könnte. Daher buchte ich einfach so, um mich auf etwas freuen zu können. Ja, dieser Reise wäre ein würdiger Abgang meines Aufenthaltes. Ich lichtete alle Angebote ab und mailte sie meinen Freunden zu Hause mit dem Hinweis auf ein großes Treffen in Südengland. Ich wollte einfach wieder glücklich sein und sehnte mich nach langer Einsamkeit wieder nach meinen Freunden mit denen ich über Facebook im engen Kontakt stand. Während ich so vor mich hin träumte, kam mir meine Arbeit plötzlich ganz leicht vor und mein Herz konnte wieder einen Freudenhüpfer machen. So grinste ich wieder und die Menschen lächelten wieder zurück, als würden sie meine Freude mit mir teilen.

James Lynn

Am Ende meines Arbeitstages musste ich noch zu einer Anwaltskanzlei, die die Verträge von Mr. Barclay überprüfte. Es war einer dieser alten, ehrwürdigen

Kanzleien in den alten Häusern mit hochmodernen, geschmackvollen Möbeln, die Reichtum ausdrückten. Man merkte gleich, dass hier nur die Reichen verkehrten. Ein armer Schlucker wie ich hätte gar nicht das Geld, um fünf Minuten der Aufmerksamkeit dieser Herrn zu kaufen. Ich stellte mich der Empfangsdame vor. „Ich bin Stella Loren von Mitchell und Tschirner und hole die Verträge von Mr. Barclay ab." „Nehmen Sie bitte Platz. Mr. Lynn wird gleich für Sie da sein." Sie sprach in eine Sprechanlage und kündigte mich an. Es knarzte kurz und eine Stimme fragte: „Wer ist gekommen?" Die Empfangsdame schaute mich an und ich nannte meinen Namen. „Mrs. Stella Loren von Mitchell und Tschirner im Auftrag von Mr. Barclay. Ich soll die Verträge abholen!" Ich wartete mehr als eine Stunde und starrte Löcher in die Decke. Schließlich stand ich auf und erkundigte mich: „Mein Dienst endet jetzt gleich. Ich muss morgen noch einmal kommen, wenn es noch länger dauert." „Einen Augenblick", wandte die Sekretärin sich an mich. „Mr. Lynn. Mrs. Loren verlässt jetzt gleich das Haus. Ich soll mich wegen der Verträge erkundigen."
Plötzlich öffnete sich die Tür und James Lynn stand vor mir. Da stand James. Es war der James von der Bondstreet. Es schnürte mir die Kehle zu. Die Empfangsdame forderte mich auf, in Mr. Lynns Büro zu gehen. Alles rebellierte in mir, aber ich musste hinein. Mr. Barclay ließ seine Verträge also von einem absoluten Ekelpaket prüfen. Langsam ging ich zur Tür und blieb dort stehen. Mr. Lynn ging voran und setzte sich an seinen Bürotisch, um mich schließlich ganz aufmerksam in Augenschein zu nehmen. Er bot mir einen Platz an.

Ich trotzte seinem Blick.

„Ich möchte die Verträge von Mr. Barclay abholen." „Ja, ich gebe Sie Ihnen sofort. Aber auf ein Wort. Wie konnten Sie ihn nur so herzlos abservieren. So eiskalt und gemein. Wussten Sie, dass er bis heute auf Ihre Rückkehr wartet. Es ist ihm wirklich ernst und Sie tauchen für ihn auf Nimmerwiedersehen ohne ein Wort der Erklärung unter. Das ist kein sauberer Schluss. Finden Sie nicht auch? Kein Wort des Dankes keine Verabschiedung! Er wollte Ihnen die Welt zu Füßen legen. Ein Glück hatte er kein Penny an Sie verschwendet. Sie sind so undankbar."
Ich musste schlucken. Brandon hatte mir das Herz gebrochen und gerade im Moment schnürte es mir die Luft zum Atmen ab, weil dieser Winkeladvokat sich wieder einmischte. „Ich denke, es war ein sauberer Schnitt und der Angelegenheit angemessen. Sie sagen ja selbst, dass er Gott sei Dank kein Penny an mich verschwendet hat." „Er hat es nicht akzeptiert und sie sperren ihn aus. Wenn Sie ihn nicht lieben, sicherlich ist es ihr Recht sich so zu verhalten, aber was in Gottes Namen hat er denn verbrochen." „Er ist... Er kann es nicht sehen, aber ich weiß, dass er mich irgendwann abserviert. Ich will keine Beziehung, die keine Zukunft hat. Er hätte mich am Ende Sitzengelassen. Ich wollte nur als erstes gehen."

„Brandon will sie unbedingt wiedersehen." „Ich weiß gar nicht, was ich hier mache! Ich bin beruflich hier und nicht für einen Plausch! Ich arbeite für Mr. Barclay und ich möchte nicht mehr über meine Privatangelegenheiten befragt werden." „Ich habe Brandon gesagt, dass Sie hier sind. Ich habe etwas in dieser Angelegenheit in Ordnung zu bringen. Er will sie sehen. Eigentlich müsste er schon längst hier sein. Der verdammte Londoner Verkehr!" „Was soll das? Geben Sie mir bitte die Verträge! Sie nötigen mich. Ich werde mich über mein Büro bei Mr. Barclay beschweren. Sicherlich wird es Mr. Barclay nicht gutheißen, dass ich auf Grund dieses Vorfalls nicht mehr für ihn arbeiten werde. Ich werde darum bitten, mich zu versetzen. Sie hindern mich daran, meinen Job zu tun." „Mein Gott beruhigen Sie sich! Kennen Sie Mr. Barclay persönlich?" „Nein, wir sind uns bisher nie begegnet. Er ist einer der populären Junggesellen Englands und ich sorge für Ordnung in seinem Haus, erledige seine Botendienste und Einkäufe, koche für ihn. Pünktlich vor seinem Eintreffen verlasse ich sein Haus. Er schickt meinem Büro eine Mail, wenn ich das Haus verlassen soll."

Mein Herz raste. Es war alles so unpassend. Reiche unter Reiche und ich als Arme dazwischen. Meine romantische Vorstellung von Demokratie zerschellte an der Arroganz der Reichen. „Nun beruhigen Sie sich. Es besteht gar kein Grund, sich versetzen zu lassen. Mr. Barclay wird mit meiner Hilfe sicherlich gerne ihre Bekanntschaft machen wollen und das wird sicherlich für sie beruflich wie privat von Vorteil sein." „Ich lasse mich nicht bestechen und brauche ganz sicherlich nicht ihre Hilfe. Außerdem will mich Mr. Barclay nicht kennen lernen. Er hat mein Büro beauftragt, dass ich absolut diskret und unsichtbar meine Arbeit tue." „In der Tat, das ist Ihnen wirklich gelungen." Das Gespräch wurde durch das Summen der Gegensprechanlage unterbrochen. „Mr. Barclay möchte Sie sprechen." „Ist er hier? Dann schicken Sie ihn herein." „Nein, Mr. Lynn. Er ist auf Leitung eins." „Dann stellen Sie ihn durch." „Hallo. Wir warten auf dich! Ich habe eine große Überraschung in meinem Büro. Sie ist groß, schlank, Haare bis zum Hintern und braune Rehaugen. Ich habe dir nicht zu viel versprochen. Das Vögelchen ist hier. Nach Putzfrau und Köchin sieht deine Angestellte wirklich nicht aus. Es wird sehr interessant für dich, wenn du sie siehst. Eine absolute Überraschung für dich."

Meine Wangen wurden heiß, tiefe Scham stieg in mir auf und ich stand auf. „Brandon wird gleich hier sein", kündigte er mir an.

„Was der auch noch? Was soll das werden? Ich will ihn nicht sehen und bestellen Sie ihm, es hat keinen Sinn, vor meiner Tür herumzulungern. Ich verlasse das Haus nicht, wenn er unten am Blumenladen steht und auf mich wartet. Sagen Sie ihm, dass ich aus der Gosse komme und dort auch bleibe. Es macht mir nichts aus dort zu leben und kein Geld zu haben und seins brauche ich ganz bestimmt nicht, um glücklich zu werden." „Sie können es ihm gleich selbst sagen!" Mit hochgezogenen Augenbrauen schaute er mich an, gab mir die Papiere und meinte freundlich: „Vielleicht können sie ihm nochmal verzeihen, wenn er jetzt gleich hier ist! Setzen Sie sich doch wieder!" „Es gibt nichts zu verzeihen, wir haben einfach nicht zusammengepasst. Sie verstehen? Wir sind doch aus zwei verschiedenen Welten", unangenehm berührt, nahm ich schnell die Papiere. Mir war es in den Räumlichkeiten unerträglich heiß geworden und ich wollte Brandon auf gar keinen Fall sehen. „Jetzt warten Sie doch und lassen mich meinen Fehler wieder gut machen." „Es gibt nichts gut zu machen. Sie haben mich vor einer Dummheit bewahrt und dafür muss ich Ihnen wahrscheinlich auch noch dankbar sein."

Schnell drehte ich mich um und ging. Als ich bei der Empfangsdame vorüber war, lief ich los. Ich wollte so schnell wie möglich aus der Kanzlei und auf gar keinen Fall Brandon begegnen, deswegen nahm ich die Treppe und verließ eilig das Haus. Als ich bei Mr. Barclay ankam, legte ich die Verträge in sein Büro. Anschließend verließ ich das Haus. Mein Dienst war zu Ende und ich war total verwirrt, konfus und ausgestattet mit rotierenden Gedanken. Als ich zu Hause ankam, machte ich mir einen Tee und ich nahm mir ein Buch und versuchte mich zu betäuben. Aber meine Gedanken kreisten. Ich machte das Fernsehen an. Das half auch nichts. Ich schaute mir Katies Fotografie von Brandon an, legte mich ins Bett und heulte. Das half.

Ich schlief ein und wachte durch das Läuten des Telefons wieder auf. Es war die Agentur. „Hallo, hier ist Stella Loren." „Hallo. Wir brauchen ein aktuelles Foto von Ihnen, dass sie ganz zeigt." „Darf ich nach dem Grund fragen?" „Es geht um eine Anfrage von Mr. Barclay an uns. Er braucht Ihr Foto." „Warum? Ist etwas nicht in Ordnung?", fragte ich beunruhigt und hatte schon innerlich die Kündigung vor Augen wegen dieser dämlichen Aktion in James Büro. „Seine Anwaltskanzlei hat es angefordert. Mr. Lynn hat eben hier angerufen und wollte ein Foto von ihnen." „Ich verstehe das nicht! Warum will seine Anwaltskanzlei ein Foto von mir? Ich glaube, da stimmt etwas nicht." „Nein, Mrs. Loren. Es ist alles in Ordnung. Es gibt kein Grund zur Besorgnis."

„Ich vertraue Mr. Lynn nicht. Ich kenne ihn persönlich. Wenn Mr. Barclay ein Foto haben möchte, bringe ich es ihm im Laufe der Woche vorbei und lege es in sein Büro." „Ist Mr. Barclay mit etwas nicht zufrieden?" „Nein, Mr. Barclay hat ausschließlich gute Kritiken geschickt. Er hat im letzten Bericht geschrieben, dass sie sich prima um alles kümmern und sie sehr korrekt seien. Ich habe eben mit ihm gesprochen. Er ist einfach nur neugierig. Seien sie einfach so lieb und nehmen ein Foto von sich mit. Das Dossier hat er heute schon per Kurier bekommen." Vielleicht wollte mir Mr. Lynn etwas anhängen und nahm deswegen Kontakt zu Mr. Barclay auf. Vielleicht wollte er sich auch nur ein Foto von mir erschwindeln oder mich erpressen. Tausend Fragen tosten durch meinen Kopf.

Kranker Held

Als ich am nächsten Tag bei Mr. Barclay eintrat, hörte ich, dass jemand oben im Badezimmer war. Das erste Mal war jemand zu Hause und das beunruhigte mich. Sicherlich hatte James was damit zu tun. Ich hatte bis zu hundert Nachrichten auf meinem Handy, die mich darüber informierten, wann ich das Haus betreten darf und wann ich es verlassen muss und heute verzichtete man darauf. Das hatte bestimmt nichts Gutes zu bedeuten. Ich schlich mich nach oben und hörte jemandem im Badezimmer würgen. Schon beim Zuhören bekam ich Magenkrämpfe. Es lag Erbrochenes auf dem Boden. Vielleicht hatte man deswegen vergessen, mich über den Zustand zu informieren, weil es dem Hausherrn schlecht ging. Sollte ich das Haus wieder verlassen? Was war jetzt richtig? Die Agentur hatte mich nicht benachrichtigt. Es war also nicht mein Fehler. Das Beste war, ich rief die Agentur einfach an und verschaffte mir Klarheit. „Ja, hier ist Stella Loren. Hallo, Sarah. Ich habe meinen Dienst bei Mr. Barclay angetreten und festgestellt, dass der Hausherr im Haus ist. Es besteht die Vereinbarung, dass ich meine Tätigkeit verrichten soll, wenn Mr. Barclay nicht im Haus ist. Wie soll ich mich jetzt verhalten? Habt ihr vergessen mir eine Nachricht zu schicken."

„Ich habe keine Nachricht von Mr. Barclay erhalten. Es ist also eigentlich Dienst wie üblich." „Er ist wohl krank." „Er hätte uns verständigt. Das hat er immer getan. Es liegt keine Mail vor. Ich habe gerade extra noch einmal geschaut. Vielleicht braucht er Hilfe und will, dass Sie im Haus sind. Fragen sie doch einfach!" „Okay, gut. Dann hätten wir das geklärt", und legte auf.

In der Küche kochte ich Tee. Ich wischte den Boden in seinem Zimmer auf, lüftete und bezog sein Bett und holte aus der Apotheke Medizin. Ich verhielt mich bei meinen Arbeiten leise und traute mich nicht zu saugen. Als sein Zustand der Krämpfe sich nicht besserte, beschloss ich nach Mr. Barclay zu sehen. Die ganze Geschichte musste schon in der Nacht begonnen haben, denn das Bett war kühl und das Erbrochene schon eingetrocknet. Also vielleicht verlor ich jetzt meinen Job, weil ich einen Blick auf den Superstar warf und ihn in seiner Privatsphäre störte, was mir absolut verboten war. Sicherlich hätte ich unbemerkt meinen Dienst gemacht, aber unter diesen Umständen. Die Badezimmertür war angelehnt. Mein Herz pochte. Ich klopfte an. „Hallo Mr. Barclay. Hier ist

Stella Loren. Ich bin von Mitchell und Tschirner. Darf ich reinkommen, damit ich ihnen helfen kann? Ich habe aus der Apotheke Medikamente geholt, die ihnen helfen." Ich wartete. Es geschah nichts. „Mr. Barclay, ich will ihnen nur helfen und unter diesen besonderen Umständen, werde ich jetzt reinkommen. Wenn Sie das nicht wollen, dann sagen Sie es." Es kam kein Laut, gar nichts. Daher machte ich behutsam die Tür auf. Mr. Barclay lag völlig erschöpft neben der Toilette und schlief. Langsam näherte ich mich ihm und beugte mich zu ihm runter. Mr. Barclay drehte sich zu mir um und mein Herz verkrampfte sich vor Schreck und ich rief: „Brandon!" Ich war so erschrocken, damit hatte ich nicht gerechnet, als mir plötzlich der Name Brandon Barclay durch den Kopf schoss. Randy, Andy Barclay ein sinnhaftes Wortspiel auf seinen Lebenswandel. Ich hatte nie eine Verbindung zwischen dem Vornamen und dem Nachnamen gesehen und sie mit meinem Brandon in Verbindung gebracht. Mein Brandon war ein mittelloser Schauspieler, ein Bankierssohn und ein... . Was für ein schlechter Scherz und die Puzzlesteine fügten sich zusammen.

Ich flößte ihm ein bisschen Tee ein. Er musste sofort wieder spucken. So hatte es keinen Sinn. Ich holte die Schüssler Mineralien. Während der Behandlung hielt ich seinen Kopf fest. Er glühte. Ich drückte ihm die erste Tablette in den Mund und so verfuhr ich alle drei Minuten. Erst nach der 28. Tablette beruhigte sich sein Magen. Seine Atmung wurde ruhiger. Schließlich nahm ich ein bisschen Tee und gab es ihm auf einen Löffel. Er krampfte wieder. Also begann ich erneut mit den

Schüssler Mineralien. Endlich zeigte meine Mühe Erfolg. Die Krämpfe wurden weniger und er konnte den Tee bei sich behalten. Nach dem er stabiler war, wusch ich sein Gesicht und ich gab ihm eine Mundspülung. Brandon war beklemmend schwach. „Willst du in dein Bett? Ich habe alles saubergemacht. Ein Eimer steht neben deinem Bett. Soll ich deinen Arzt verständigen?" Er sah mich mit großen Augen an und nickte. Ich half ihm hoch und ich spürte sein Gewicht. Ich war froh, als er wieder in seinem Bett lag. Als ich gehen wollte, hielt er mich fest und schaute mich an. „Geh nicht weg!" „Ich rufe nur den Arzt. Ich bin deine Haushälterin!" „Ja. Ruf Milton an! Seine Nummer ist im Notizbuch!", flüsterte er ermattet und schlief ein.

In seinem Notizbuch suchte ich nach Miltons Adresse. Es war ein Wust von tausend Frauen und Männernamen und Agenturen, die mir auf der Suche entgegenfielen. Ich las Stephanie Saunders mit einem riesigen Herz um ihren Namen, Nora Clarkson mit drei Ausrufezeichen, Amanda Berks durchgestrichen. Oh, mein Gott! Es gab sogar Zeichnungen und Bemerkung, ob er noch einmal mit dieser Frau sexuell aktiv sein wollte und wer, wann, wo anzutreffen war und welcher seiner Freunde mit ihr noch befreundet war. Wieso schrieb er so einen Mist auf. Ich suchte mich im Notizbuch. Ich blätterte langsam weiter. Die Neugier brannte in meinen Eingeweiden. Da stand ich. Meine Adresse, meine Telefonnummer und ein großes schwarzes Fragezeichen und dahinter drei Punkte und dahinter das unendlich Zeichen. Ich stand einsam und allein auf der letzten Seite. Keine inhaltliche Bewertung, nichts. Enge Freundinnen waren mit einem

Strich oder Kreuz versehen. Teilweise waren Telefonnummern unterstrichen oder durchgestrichen. Aber ich stand einfach da drin. Am liebsten hätte ich mich rausgerissen, aber er hatte es auf der Buchrückeninnenseite geschrieben. Ich hätte sein Buch zerstört. Ich nahm einen Filzstift und schwärzte meine Adresse. Endlich fand ich Miltons Adresse und ich rief an.

Seine Sprechstundenhilfe meldete sich und ich ließ mich mit ihm verbinden. „Hi. Milton," „Hi, Stella. Ich freue mich wirklich über deinen Anruf. Was gibt's?" „Brandon ist krank. Er hat einen verdorbenen Magen. Irgendetwas in dieser Richtung." Milton räusperte sich. „Du bist bei Brandon?" „Ja." Er sagte eine Weile nichts. Ich unterbrach die Stille: „Kommst du und schaust nach ihm?" „Ich komme gegen 11.30 Uhr. Ist das in Ordnung? Das Wartezimmer ist voll. Wenn es keinen Aufschub verlangt, rufe den Kranken-wagen." „Okay!" „Gut, dann bis gleich. Ich denke, es ist zu verantworten, dass er zu Hause bleibt." Erst gegen 12.15 Uhr klingelte Milton. Als ich ihm die Tür aufmachte, lächelte er mich am und schaute erstaunt auf meine Uniform. „Du arbeitest für Brandon?" „Ja." „Wie kam das? Er hat mir nichts davon erzählt." „Er weiß es seit gestern und ich seit heute!" „Du bist die Frau, die so gut kochen kann und Brandons Haus in Ordnung bringt?" „Ja. Seit August." „Irre! Was es für Zufälle gibt." „Nicht wahr?" Ich führte ihn in Brandons Schlafzimmer. „Was hast du ihm gegeben?" „Schüssler Mineralien." „Zeig mal! Gut! Was noch?" „Fencheltee mit Kümmel. Carminativum Hetterich." „Sehr gut! Du bist ja eine kleine Krankenschwester." „Er sieht ziemlich bleich aus. Hat er getrunken?" „Eine Tasse Tee gelöffelt und auch in sich behalten." Das ist bedauerlich wenig. Es ist wichtig, dass er noch ein paar Tassen Tee oder Wasser trinkt." „Ja. In Ordnung! Ich kümmere mich darum." „Und du arbeitest für Mitchell und Tschirner?" Ich nickte. „Das ist echt ein Witz!" „Ich finde es nicht witzig." „Wie lange geht dein Dienst?" „Eigentlich bis 14.30 Uhr oder manchmal länger, weil ich später anfangen muss oder früher, weil er nach Hause kommt." „Kannst du dir vorstellen, ihn länger zu betreuen. Ich müsste ihn sonst ins Krankenhaus bringen. Er braucht auf jeden Fall viel zu trinken und auf jeden Fall Pflege." „Was heißt hier länger?" „Zwei bis drei Tage." „Wie meinst du das?" „Du bleibst hier, bis er sich wieder selbst versorgen kann." „Ich," stockte es in mir, „wie stellst du dir das vor?" „Du wohnst einfach hier." „Ich sehe schon. Es ist eine dumme Idee." In mir ratterte es und ich suchte nach einer Lösung. „Für einen Tag oder zwei?" „Es wird wohl solange dauern." „Okay! Ich denke, dass lässt sich machen. Ich habe sowieso nichts Besseres vor." Milton lächelte. „Ich schau einmal, ob ich eine Krankenschwester organisieren kann. Sie löst dich dann ab." Ich nickte. Ich begleitete Milton zur Tür und reichte ihm die Hand. Er nahm sie und hielt meine Hand fest und schaute mir in die Augen. „Ich will dich wiedersehen. Es läuft Avatar. Hast du Lust auf Kino?" Ich lächelte. „Darf ich das als ja deuten?" Ich zuckte die Schultern. „Los gib dir einen Ruck! Kino und sonst nichts?" „Kino und vielleicht einen oder zwei Drinks." „Bist du sicher?" „Ehrlich. Einfach nur freundschaftlich." „Okay, ich überlege es mir." „Gibst du mir deine Nummer?" Ich zückte meinen Kuli und schrieb sie auf einen seiner Rezeptblätter. Er holte sein Handy raus und tippte die Nummer ein. „Ich rufe dich an!" „Ich bin erst morgen oder übermorgen wieder zu Hause."

„Ich kümmere mich um eine Krankenschwester."

Ich nickt und schloss die Tür hinter Milton und ging in Brandons Zimmer. Sein Atmen wurde regelmäßiger, tiefer und dann schließlich seichter. Eine Weile setzte ich mich auf sein Bett und schaute ihn einfach an und prägte mir sein Bild ein. Da lag er einen Meter von mir entfernt. Der Mensch meiner innersten Begierde, den ich abwehrte, weil nichts stimmte. Ich war nicht seine Liga und im Sommer wäre ich weg. Plötzlich schaut er mich an und ich lächelte. „Endlich bist du da", sprach er mit brüchiger und kratziger Stimme. „Schlaf jetzt! Dein Körper braucht jetzt Schlaf!"

„Ich will nicht. Ich habe Angst, dass du gehst."

„Ich bin da. Heute und wahrscheinlich viele Tage noch. Ich war die ganze Zeit hier."

„James hat mir gestern gesagt, dass du für mich arbeitest. Ich hatte eine echte miese Zeit ohne dich. Warum hast du das gemacht?"

„Weil ich dich liebe und ich Abstand brauche." Brandon schwieg zunächst. „Brauchst du immer noch Abstand?" Lange schaute ich ihn an, zog die Schultern hoch, ließ sie fallen und nickte ganz leicht. „Ich will dich! Ich liebe dich und brauche dich in meinen Leben."

„Und ich traue dir nicht."

„Gib mir eine Chance!"

Langsam kriegte die Kruste um mein Herz Risse. Schon sein Anblick, das Timbre seiner Stimme, seine Augen. Er wirkte so verdammt anziehend aus der Nähe. Er wirkte einfach auf mich. Ich spürte meinen Schmelzpunkt und kämpfte.

Larissa Steens

Am nächsten Tag klingelte es in aller Frühe. Ich hatte in eins von Brandons Gästezimmern geschlafen. Schlaftrunken stolperte ich die Stufen hinunter und öffnete. Ich stand einer sehr jungen, hübschen Frau mit hochgesteckten Haaren gegenüber. Sie reichte mir die Hand. „Larissa Steens von der Health Company. Doktor Baring schickt mich. Ich soll für zwei Tage die Pflege von Mr. Barclay übernehmen." Ich nickte. „Ich bin Stella Loren, die Haushälterin." Larissa schaute mich an. Für eine Haushälterin war ich ziemlich untypisch mit Brandons Pyjama gekleidet und plötzlich spürte ich die Unangemessenheit der Situation. „Ich bringe Sie zum Patienten." Mrs. Steens trat ins Haus und ich schloss hinter ihr die Tür und ging voran. Brandon schlief. Mrs. Steens und ich zogen uns zurück und ich bot ihr im Wohnzimmer einen Platz an. Sie bestellte sich bei mir einen Tee und ich zeigte ihr das Zimmer, indem sie ihre Privatsphäre für zwei Pflegetage hatte. Anschließend zog ich meine Uniform an und arbeitete im Haushalt. Nachdem ich die Uniform angelegt hatte, wurde ich für Frau Steens automatisch ein Mensch zweiter Klasse, der für alles und jedes geschickt wurde. Der Ansatz von Smalltalk war nicht mehr möglich und eine unnahbare Grenze wurde gezogen. Frau Steens ignorierte mich und hütete das Zimmer von Brandon, das sofort als Intimsphäre des Superstars nicht mehr von mir betreten werden durfte. Gegen 14.30 Uhr klopfte ich an Brandons Tür und Frau Steens verließ das Zimmer. „Was ist los?" „Ich habe Dienstschluss. Brauchen Sie mich noch?" „Nein, ich komme prima zurecht. Ich kenne das Haus, Sie können ruhig gehen." „Bis Morgen dann." „Ja. Ach, könnten sie diese Post noch aufgeben. Sie kommen doch sicherlich an der Poststelle vorbei. Es macht Ihnen doch nichts aus?" Sie ging wieder ins Zimmer zu ihrer Tasche und zog einen Stapel Briefe heraus und drückte Sie mir in die Hand. Ich sah, dass sie noch nicht mit Porto versehen waren. Als ich sie anblickte, fragte sie mich: „Ist noch etwas?" „Porto?" „Legen Sie es bitte aus. Ich bin eine gute Freundin von Mr. Barclay. Ich zahle es morgen in seine Kasse." „Ich rechne mit Tschirner und Mitchell ab." „Ja, dann so herum." „Aber das geht nicht!" „Doch machen Sie es so. Sie bekommen keine Schwierigkeiten. Ich regele, dass mit Mr. Barclay. Ich kann jetzt nicht weg. Gehen Sie jetzt!" „Ich wollte mich noch von Mr. Barclay verabschieden." „Das ist nicht nötig. Sie verabschieden sich doch sonst auch nicht. Er braucht jetzt Schlaf." Ich verließ das Haus und machte mich auf den Heimweg.

Einladung

Endlich war ich wieder bei mir zu Hause. Der Druck und Unbehagen fiel von mir ab. Nach einer langen Weile hatte ich ihn wiedergesehen. In dem Moment als ich ihn sah, spürte ich Liebe, Schmetterlinge, Freude und innere Verzückung. Einfach froh sein, ihn zu sehen. Dagegen konnte ich mich nicht wehren. Es war, als wären wir noch immer zusammen. Nur eine räumliche Trennung könnte mich ihn langsam vergessen lassen. Ich darf ihn nicht wiedersehen, dann könnte er verblassen mit der Zeit. Vielleicht war eine Versetzung gut, aber was sollte die Begründung sein? Es hat mich erwischt und ich kann deswegen nicht mehr arbeiten. Ich bin genauso plemplem wie seine Fans einmal gesehen und deswegen bin ich hin und weg und das ist nur alles die Schuld der Agentur, die mich im Haus gelassen hat. Erst einmal kochte ich mir einen Tee, um meine Nerven zu beruhigen und legte mich mit dem Buch von Mia Ming „Sex" ins Bett und schlief bald ein.

„Verlass mich nie wieder!", flüsterte er in mein Ohr und küsste mein Hals und mein Dekolleté. Als er meine Bluse öffnete und meinen BH lösen wollte, küsste ich ihn voller Leidenschaft und wir schliefen miteinander. Dösend wachte ich wieder auf. Brandon war mir in meinem Traum so nah gewesen, dass die Realität mich jetzt wieder dumpf einholte. In meinem Traum waren wir ein Paar gewesen. Es war so, als wäre nie ein Bruch gewesen. Ich hatte seine Anwesenheit so nah und intensiv gespürt.

Ich schaute auf die Uhr. Es war sechs Uhr Abends. Ausgeruht und putzmunter überlegte ich, was ich tun könnte. Vor allem um wieder in eine gesunde Müdigkeit zu kommen. Da klingelte das Telefon. „Hallo, hier ist Stella Loren." „Hi, Stella. Ich bin's Milton. Wie geht's dir?" „Gut." „Ich habe von Larissa gehört, dass du gegangen bist." „Ja, sie hat mich abgelöst und ich wurde auch nicht mehr gebraucht." „Hast du Brandon gesehen?" „Er hat geschlafen, als ich ihn das letzte Mal sah."

„Ja. Aber es geht ihm schon besser. Er hat nach dir gefragt. Er will dich sehen. Willst du vorbeikommen?"

„Ah. Ich sehe ihn morgen. Mein Dienst beginnt um acht. Ich bin seine Haushälterin und er ist mein Chef." Ich hörte Milton schmunzeln, als er mich fragte: „Ah, was machst du denn jetzt gerade? Ich wollte gerade Essen gehen."

Mein Magen knurrte. „Wo willst du was Essen?" Ich spürte, wie Milton am Telefon lächelte. „Mosob Restaurant, kennst du das?" „Nein." „Es ist nicht weit von dir entfernt. Du nimmst die U-Bahn nach Harrow Road oder soll ich dich abholen?" „Nein, ich will laufen. Ich wollte sowieso raus." „Also, dann gegen 20.30 Uhr?" „Ja, bis dann." Ich wollte nicht mehr alleine sein, im Kreis denken und mich martern. Ich hatte genug von drei Monaten freiwillig gewählten Exil und Einsamkeit.

Es war ein afrikanisches Restaurant mit Spezialitäten aus Eritrea. Ich betrat das Lokal. Milton war noch nicht da. Eine Kellnerin kam freundlich auf mich zu. „Sind Sie alleine?" „Nein, ich bin verabredet. Es kommt noch jemand." Sie nickte und bat mich ihr zu folgen. Sie führte mich an einen Tisch am Fenster und ich setzte mich. „Darf ich Ihnen die Karte schon bringen." Ich nickte. Vertieft in die Karte und in die interessanten Abbildungen der Speisen bemerkte ich Milton gar nicht, der plötzlich vor mir stand. „Da bin ich und wie gewohnt, bist du schon da. Darf ich mich setzen?" Ich lächelte und deutete mit einer Geste auf den Stuhl. Er nahm meine Hand und beugte sich zu mir hinunter und küsste meine Wange rechts und links. „Ich war gerade bei Brandon und habe noch einmal nach ihm geschaut." „Ah!" „Er scheint es überstanden zu haben." „Gut. Ich bin froh, dass es ihm bessergeht. Komischer Weise empfinde ich ihm gegenüber immer noch viel. Als ich ihn gesehen habe, war ich ganz durcheinander. Es war noch zu früh ihn wiederzusehen."

„Vielleicht ist Brandon dein Seelenverwandter? Ihr seid schließlich verlobt und wolltet heiraten. Und wenn du nach drei Monaten immer noch so für ihn empfindest, dann liebst du ihn." „Glaubst du, dass wir verlobt waren? Meine Eltern wissen nichts von einer Verlobung und seine Eltern auch nicht. Es war doch nur so eine spontane Idee. So eine, wie mich heiratet ein Barclay doch nicht. Ich stehe in seinem Notizbuch mit tausend anderen Verflossenen und teilweise noch aktiven Frauen. Ich bin einfach nicht seine Liga und will es auch gar nicht sein. Es war nur so ein leichtsinnig daher gesagtes Versprechen mit einer kurzen Halbwertzeit." Während ich es sagte, stieg Bitternis aus der entfernten Tiefe meiner Vergangenheit in meine Seele. „Er hat dich gewählt und du schienst mit ihm so glücklich. Er war auch mit dir glücklich." „Ich war glücklich. Er war unter dieser Glocke ein Mann auf meiner Ebene. Wir haben die Armut geteilt." „Wenn ihr die Armut teilt, warum könnt ihr nicht seinen Reichtum teilen?" „Weil das seine Leistung ist. Ich gehöre nicht in seine Kreise. Es tut weh, das zu sagen, aber wir sind aus der Balance. Was kann ich ihm schon geben? Ich wäre immer in seiner Schuld." Milton blickte mich an. „Wenn man sich liebt und man seinen Seelenverwandten gefunden hat. Dann sind diese Grenzen egal." „Daran glaube ich nicht. Es gibt Grenzen, die mich immer wieder daran erinnern, wer ich bin und wer er ist. Ich kann keinen Ausgleich schaffen. Er lässt mich in seinem Reichtum vielleicht wohnen und langsam werde ich abhängig. Abhängig, weil er jemand ist und ich durch ihn. Ich werde zum Kind gemacht. So kann eine Beziehung nicht funktionieren. Sie schafft sich selbst ab." Milton lächelte mich an. „Du bist klug genug, das nicht zu zulassen. Schon alleine, dass du es weißt, wappnet dich." „Nein, tut es nicht!" „Wenn er aber nun der eine ist, der dir zugedacht ist?" „Daran glaube ich nicht mehr." „Nicht?" „Vielleicht gibt es ihn, den einen, aber er tut mir nicht gut. Es gibt gute Beziehungen. Wer aber die beste Beziehung will, der ist allein." „Du bist allein!" Ich musste unwillkürlich lächeln. „Weil ich das so will! Aber es ist jetzt genug. Mir fällt die Decke auf dem Kopf. Ich muss wieder raus. Ich möchte nicht mehr allein sein. Ein guter Mann reicht mir."

„Ein guter Mann reicht dir? „Irgendwann ja, wenn ich drüber weg bin." „Also geht es dir nicht gut?" „Was soll ich dir darauf antworten? Ich kann nicht behaupten, dass es mir wirklich gut geht? Gesundheitlich ist alles in Ordnung, wenn du das meinst. Aber London macht mich einsam und Brandon hat mich lange Zeit blockiert, obwohl er gar nicht da war." Er nickte und schaute mich an. „Eine so schöne Frau wie du und allein in London. Das schließt sich ja schon fast aus." „Findest du? Ich glaube, ich bin wählerisch." Milton lächelte. „Ich fühle mich geehrt, dass ich heute mit dir Essen darf und ich könnte mir nichts Schöneres vorstellen." „Und ich fühle mich nicht mehr allein." „Das ist schön."

„Woher kennst du eigentlich Mrs. Steens?" „Wir arbeiten häufiger zusammen. Vielmehr ich vermittle sie in Fällen wie bei Brandon. Sie baut ein Versorgungszentrum auf und ich unterstütze sie." „Sie ist sehr hübsch." „Das ist sie in der Tat. Ihr Vater hat eine große Anwaltskanzlei. Larissa gehört zu unserem Freundeskreis." Unwillkürlich musste ich schlucken. Das Gefühl kannte ich, wenn plötzlich eine leichte Eifersucht wie eine giftige Efeuranke sich um mein Herz legte, obwohl ich das gar nicht wollte. Ein Schmerz gegen den man sich nicht wehren kann. Ein Stich, der einen schwindelig machte und eine Welle des Neides musste niedergekämpft werden. Eine Bestätigung meiner Einstellung, das sich nur Gleich und Gleich paart und heute Morgen durfte ich eine Kostprobe spüren, wer ich war. „Also Brandon kennt Larissa gut?" „Ja. Ziemlich gut. Die Elternhäuser sind miteinander befreundet." „Ach, siehst du, das ist, was ich meine. Sie ist in allem natürlich. Sie hat eine Ebene erreicht, in der man sein kann, was man will, weil die Eltern schon alles erreicht haben. Reichtum verzeiht die Gesellschaft, Armut nicht. Sie ist wie eine Fessel." „Du fühlst dich festgehalten?"

„Ja, das tue ich. Ich will mich anstrengen, aber ich schaffe es nicht aus eigner Anstrengung. Ich möchte es mir verdanken, weil meine Fähigkeiten eine Chance bekommen. Aus meiner Perspektive ist es seltsam, wenn man als Frau alle Chancen hat und man am Ende diesen Beruf wählt. Einen Beruf, der andere Menschen mittelmäßig ernährt. Wenn sie aus so einem guten Elternhaus kommt, warum arbeitet sie dann das?"

„Damit sie sich nicht langweilt. Sie ist eine gute Krankenschwester, weil sie es will. Sie hatte diese Geschäftsidee eines Versorgungsrings. Diese Sparte boomt, weil es immer mehr ältere, reiche Menschen gibt, die auf diesen Dienst zurückgreifen müssen. Lady Diane

Spencer war auch Kindergärtnerin, bis sie Prinzessin durch Heirat wurde. Ist das nicht, was alle Mädchen wollen, einen Prinzen heiraten?" „Ein Kind will es vielleicht, aber eine erwachsene Frau will so was nicht. Es würde bedeuten, die Zähne zusammenzubeißen, weil er dich bestimmt und du tust alles, um nicht die Privilegien zu verlieren. Eure Prinzessin hat lange Zeit diesen Dornenweg gewählt und sich schließlich mit Scheidung emanzipiert." „Du bist scharfsinnig und unabhängig!"

„Findest du?"

„Wer finanziert denn Larissas Idee?" „Ihr Vater." „Sie brauchte also nach keinem Kredit fragen und ein Portfolio vorlegen." „Es ist ein Selbstläufer!" „Weil sie eine von euch ist." „Ja, du hast Recht." „Wenn sie keine Lust mehr hat, übergibt sie ihr Geschäft und der leitet es dann für sie und sie lebt weiter und kassiert die Tantiemen. Anerkennung und offene Türen, wo immer sie sich niederlässt." „Ja, das ist wahrscheinlich so." „Ich kenne nur Leute, die arbeiten müssen, weil es sonst nicht vorangeht." „Du kennst mich oder Brandon. Wir müssen nicht arbeiten, aber wir geben unserem Leben Sinn und wir engagieren uns und leben einen Beruf und sind nicht den ganzen Tag auf dem Golfplatz." „Du hattest Glück, du konntest immer wählen, selbst diesen Platz." „Ja, du hast wahrscheinlich wieder Recht!" „Eins muss ich dir lassen, bei dir fühle ich keinen Rang. Du bist anders. Ich fühle mich Wohl in deiner Gesellschaft. Man bemerkt deinen Reichtum gar nicht. Du bist so natürlich. Du hättest mal Larissa sehen sollen, als ich die Uniform angezogen habe." „Danke, ich nehme es aus deinem

Mund als Kompliment." Die Bedienung kam und Milton winkte kurz ab, weil er die Karte noch nicht studiert hatte. „Was machst du eigentlich nach Feierabend?" „Ich bin zu Hause, gehe schwimmen, lese, chatte mit meinen Freunden in Deutschland. Bummele durch die Stadt. Langweile mich und ich überlege, ob ich einen anderen Job finden könnte. Einer, der mich mehr fordert. Ich möchte aus dem Dunstkreis von Brandon. Er bricht mir noch das Herz. Ich kann nicht mehr in seiner Nähe sein. Er besitzt sogar ein Notizbuch mit all seinen Liebschaften." „Wirklich?" „Ich habe auch deine Nummer darin gefunden." „Ich wusste gar nicht, dass ich eine Liebschaft mit ihm habe."

„Stephanie Saunders ist mit einem Herz umkreist. Es gibt Ausrufezeichen. Bei einigen Damen Bemerkungen über die Qualitäten im Bett. Es gibt aktuelle oder auch abgemeldete. Diese Adressen sind durchge-strichen. Ich habe mich mit einem schwarzen Filzstift geschwärzt und aus dem Buch herausgenommen. Was für eine Schmach darin zu stehen." Milton musste herzlich lachen. „Ja, das war Randy Brandy, aber das will er Dank dir nicht mehr sein." „Du bist die letzte in der Liste." „Du weißt, dass ich auf der letzten Seite stehe?" „Nein, ich meinte das eher symbolisch, ich wusste nicht, dass du wirklich auf der letzten Seite stehst. Er hatte immer Angst, dir zu sagen, wer er wirklich ist. Er fand es perfekt, dass du ihn nicht kanntest und ihn als Menschen gewählt hast. Du hättest zu ihm gestanden, wenn er nichts gehabt hätte. Du hast dich in ihn verliebt und nicht in seinen Glamour. Das fand er fantastisch. Er wollte gar nicht mehr aufhören, in dieser Welt mit dir zu leben. In einem

Paralleluniversum. Er hatte das erste Mal Herzklopfen, eine Frau nicht zu bekommen, weil er dich mehr wollte als jede andere zuvor. Er hätte nie gedacht, dass gerade sein Geld und seine Position dich abschrecken würde. Die anderen Frauen sind gerade deswegen bei ihm geblieben und du gehst paradoxer Weise. Wenn du James nicht getroffen hättest und Brandon dich an diesem Tag zu ihm gebracht hätte, was hättest du dann getan?" „Ich wäre geschockt gewesen. Ich kenne Brandon aus der Sicht einer Bediensteten. Vergessen? Ich bin mit seinen Gewohnheiten vertraut. Ich hatte nur kein Bild von ihm. In diesem Moment hätte ich gewusst, dass es nicht für ewig ist. Lass uns von was anderem reden!" „Was interessiert dich denn?"

„Meinst du beruflich?" „Zum Beispiel?" „Ich würde gerne für eine Zeitung schreiben oder vielleicht auch in einer Schule unterrichten." „Ja, das hattest du mir einmal erzählt." Er lächelte mich an. „Ich kann dich mit ein paar Leuten bekannt machen. Ich kenne einen Schuldirektor von einer Privatschule oder natürlich Steven. Den kennst du schon!" „Da sage ich nicht nein! Ich brauche ganz dringend Vitamin B." „Brandon hätte dir schon längst helfen können, was Besseres zu finden." „Vielleicht erinnerst du dich, dass er mir als mittelloser Schauspieler vorgestellt wurde und ich ihn mir seiner Zeit nicht als für mich hilfreich vorstellen konnte." Milton musste lachen und ich entgegnete: „Er war sehr überzeugend in dieser Rolle." „Als du die Wohnung gesucht hast, hatte er schon gemerkt, dass er dich nicht mit Reichtum ködern konnte und du dir nicht helfen lässt. Es hat dich sogar verschreckt." „Das hat er damals also doch gespürt? Sei es drum. Also was machen wir, damit ich einen neuen Job bekomme?" „Ich lade dich mit einigen anderen Leuten zu mir ein und du knüpfst Kontakte." „Okay!" „Wann?" „Ich muss eher dich fragen, wann es dir Recht ist." „Morgen?" „Was so schnell?" „Wir treffen uns sowieso Morgen. Es wäre kein Aufwand." Die Kellnerin kam an unserem Tisch und fragte erneut nach der Bestellung. Ratlos schaute ich Milton an. „Vielleicht nicht allzu exotisch!"

Er nickte und bestellte Straußensteak, Straußenwurst, Hühnerkeule, Maisbällchen, Kartoffel und Salate. Das Mahl war sehr köstlich, aber von einer ungeahnten Schärfe, so dass ich ein paar Bier trinken musste, um das Gefühl der ausreichenden Verdünnung in mir zu spüren. Es wurde noch ein netter Abend. Milton unterhielt mich mit einigen netten Vorkommnissen aus seinem Alltag und ich löste mich und eine tiefe Entspannung erfüllte mich. Es war einfach gut. Ich fühlte mich einfach wohl an seiner Seite. Er strahlte keinen Reichtum aus. Er war einfach natürlich, selbstsicher, freundlich und charmant.

Hilferuf

In der Nacht spürte ich, wie mir Übel wurde und ein fürchterlicher Brechreiz schüttelte meinen Körper und heftige Bauchschmerzen setzten ein. Es ging mir plötzlich sehr schlecht. Von einem Augenblick auf den nächsten, war ich an die Toilette gefesselt und leider waren alle Medikamente bei Brandon. Ich versuchte zu trinken und fühlte mich unter diesen Bedingungen verzweifelt allein und Ängste stiegen in mir auf. Der Brechreiz wollte nicht aufhören. Irgendwann in der Nacht fühlte ich mich zu erschöpft, um das Bett aufzusuchen und ich blieb mit glühendem Fieber vor der Toilette liegen. Erst gegen sechs Uhr früh wachte ich mit schweren Krämpfen auf und musste wieder würgen. Mein Hals tat weh. Ich brauchte dringend Hilfe. Ich schlich mich zum Telefon und drückte die Wahlwiederholung der mich zuletzt angerufenen Nummer, um Milton zu erreichen. Es läutete und es dauerte lange, bis abgehoben wurde. Mir war zugleich heiß und kalt und ich brauchte viel Konzentration, um das Telefonat zu führen. „Hallo! Ich bin es, Stella, ich brauche dringend Medikamente. Ich habe mich angesteckt, kannst du kommen." Ich hörte in der Ferne. „Ich komme." Das Gespräch hatte mich angestrengt und die Krämpfe schüttelten mich und ich konnte das Würgen nicht zurückhalten. Das Telefon glitt mir aus meinen Händen und ich lief wieder ins Badezimmer. Mein Herz raste und ich fühlte, wie ich schwächer wurde. Ich legte mich auf den kühlen Boden und mir wurde schwarz vor Augen. In der Ferne hörte ich es klingeln, aber ich konnte nicht öffnen. Jemand öffnete die Tür. „Sie können jetzt gehen. Danke für ihren Dienst. Was bekommen Sie?" „140 Pfund! Kann ich etwas für Sie und Ihre Frau tun." „Nein, danke ich kümmere mich jetzt." Die Tür schloss sich. Starke Arme und ein warmer Körper umfasste mich und trug mich in mein Bett. Es war Brandon und ich glaube, der Schlüsseldienst hatte ihm die Tür aufgeschlossen. Einen kurzen Augenblick später war ich schon wieder weggetreten. Ich bewegte mich zwischen Ohnmacht und Wachzustand. Als ich zu mir kam, lag ich im Bett und er legte ein kühles Handtuch auf meine Stirn. „Ich brauche einen Arzt", flüsterte ich mit trockner Kehle und gleich darauf verließen mich meine Kräfte.

Auf dem Gang wurde ein Wagen geschoben und ein Klappern von aneinanderstoßenden Gläsern weckte mich. Meine Augen waren sehr schwer und ich musste kämpfen, um sie zu öffnen. In meinem Arm brannte eine kühle Nadel und die Infusion tropfte in meine Vene. Der Anblick der Kanüle in meinem Arm war für mich schwer zu ertragen und ich schaute schnell in eine andere Richtung, um mich zu beruhigen. Für eine kurze Weile ergriff mich eine Angstwelle, die ich mit sehr viel Konzentration durch eine ruhige Atmung zu überstehen versuchte. Eine weiße gestärkte Decke war über meinen Körper ausgebreitet. Brandon saß neben mir und hielt meine Hand und schaute mich sehr ernst an. Die Übelkeit hatte aufgehört, auf der Infusion konnte ich die verabreichten Medikamente lesen. In meinem Kopf hämmerte es. „Bist du wach?", fragte Brandon mich sanft und fürsorglich. „Ja". Plötzlich setzte ein heftiges Nasenbluten bei mir ein. Brandon nahm ein Tuch und hielt es unter meine Nase. Er klingelte nach der Schwester. Es verging keine Sekunde, da war eine Schwester im Zimmer. Sie blickte mich an. „Die Infusion läuft zu schnell. Ihre Frau verträgt das nicht. Es ist nichts Schlimmes." Sie lief zu dem Ständer, an dem die Flasche befestigt war und sorgte dafür, dass der Tropf langsamer lief. Anschließend wischte sie mein Gesicht und legte mir eine Tamponade an die Nase und kühlte meinen Nacken mit einer weichen Kühlpackung. „Dr. Norris wird mit Ihnen gleich sprechen."

Kurz darauf verließ die Schwester den Raum. „Was hat

das zu bedeuten?"

„Es hat schon vor deiner Haustür begonnen. Ich habe schon dem Schlüsseldienst sagen müssen, dass ich dort wohne, sonst wäre ich nicht reingekommen. Du hast mir ja nicht aufgemacht und schließlich war es ein Notfall. Als der Mann vom Schlüsseldienst dich am Boden liegen sah und dachte, du seist meine Frau, in diesem Moment hat es sich entwickelt. Und da war dann der Gedanke, der sich bis hier hin fortsetzte. Du hast nach einem Arzt und Krankenhaus verlangt und ich habe Dr. Vaughn geholt, der dich ins Chelsea und Westminster Hospital hat bringen lassen. Ich durfte dich nur begleiten, weil ich dein Ehemann war. Ich wollte in deinem Zimmer bleiben und wissen, was mit dir ist. Dauernd haben sie mich gefragt in welcher Beziehung ich zu dir stehe. Da habe ich gesagt, dass du meine Frau bist." Irgendwie beruhigten mich seine Worte und seine Fürsorge und ich lächelte und machte die Augen wieder zu, weil ich zu müde für mehr Konversation war. Die Tür wurde geöffnet und nach dem Geruch zu urteilen, musste der Arzt eingetreten sein. Es roch nach Desinfektionsmittel. Ich hörte wie der Arzt Brandon begrüßte. Er hatte eine ruhige Stimme. „Ihre Frau hat sich einen Rota – Virus eingefangen. Das kann schon einmal sehr bedrohlich sein. Sie hatte große Probleme, weil der Wasser- und Mineralhaushalt nicht mehr stimmte und sie einen Kreislaufzusammenbruch erlitten hat. Weitere Infusionen werden ihr wieder auf die Beine helfen und ich denke, danach kann sie nach Hause. Zu Hause soll sie sich aber schonen und ausruhen. Sie wird eine Weile für alles zu müde sein. Am besten Sie kümmern sich dann um den Haushalt und die

Besorgungen selbst." Er verabschiedete sich und verließ den Raum. Brandon setzte sich neben mich und nahm wieder meine Hand. „Du hast dich bestimmt bei mir angesteckt." „Du hast mich gerettet." „Ich bin froh, dass du mich gerufen hast. Als plötzlich Larissa vor mir stand, war ich ganz schön verzweifelt. Ich dachte, du hättest mich jetzt endgültig verlassen, weil sie sagte, du wärst gegangen, als ich nach dir gefragt habe. Du hättest Dienstschluss und wärst gegangen, hatte sie gemeint." „Ich bin krank", flüsterte ich, schloss die Augen und schlief ein.

Es müssen Stunden vergangen sein, als ich wieder aufwachte. Brandon saß in einem Sessel und las eines seiner Skripte. Ich fühlte mich wieder gut. Nur vom Kreislauf her war ich noch ein bisschen wacklig und ich setzte mich auf. Brandon bemerkte meine Bewegung, lächelte mich an und schob den Stuhl in meine Richtung und nahm meine Hand. Langsam führte er meine Hand zu seinem Mund und küsste sie. Ich zog meine Hand zurück. „Was ist?" „Nichts!" „Warum darf ich dich nicht küssen?" „Weil du ein Weiberheld bist!"

„Wer sagt das?" „Ich." „Wieso sagst du das?" „War es schön mit Larissa?" „Ach, das!" „Hast du sie nicht für mich bestellt? Sie hat mich nur gepflegt und dann hat sie das Haus verlassen." „Nein, Milton hat sie kommen lassen. Er wollte mich entlasten!" „Das kann ich mir denken! Wenn er mir ein Freund in dieser Angelegenheit wäre, hätte er sie niemals kommen lassen. Er wusste, dass du endlich in meinem Haus warst und ich nicht wollte, dass du gehst. Ich weiß nicht, was er sich dabei gedacht hat, dich auszutauschen." „Weißt du, was ich seltsam finde, ich habe Milton angerufen. Wieso bist du gekommen?" Er lächelte. „Ich weiß es nicht. Du hast mich angerufen und hast gesagt, dass ich kommen soll. Das war seit langem das Schönste, was ich seit Monaten gehört habe." „Milton hatte mich angerufen und ich hatte die Wahlwiederholung getätigt." „Nein, dass wusste ich nicht! Er hat sicherlich von meinem Anschluss telefoniert. Das beste, was er machen konnte. Sonst wären wir nicht wieder zusammen." „Ich bin heute Abend mit Milton verabredet. Ich kann heute nicht dahingehen. Kannst du mir Miltons Nummer geben, ich muss ihm erklären, dass ich nicht kommen kann." „Ich habe schon für uns abgesagt, weil ich ihm erzählt habe, dass du mich angerufen hast und ich mit dir im Krankenhaus bin. Er hat auch versucht, dich zu besuchen. Du hast geschlafen!" „Was hat er gesagt?"

„Nichts! Als er mich gesehen hat, ist er gegangen. Läuft etwas mit Milton?" „Läuft etwas mit Larissa? Sie steht in deinem Notizbuch." Brandon schaute mich an. Lächelte und küsste mich. Dieser Kuss war so schön und befreiend, dass ich es einfach zuließ. „Es kann mit niemanden etwas laufen, weil es dich gibt." Dann küsste er mich mit Tiefe und Hingebung. Ich wollte mich nicht wehren, weil es mich so aufbaute und erlöste. Langsam legte ich meine Arme um ihn und eng umschlungen lagen wir zusammen und küssten uns. Nach einem kurzen Klopfen trat Dr. Landau, der diensthabende Arzt, ein. „Ich sehe, es geht ihnen wieder gut." Ich nickte ein bisschen verlegen und Brandon strahlte. „Dann ordne ich die Entlassung an und Sie können ihre Frau mit nach Hause nehmen."

„Okay, dann suche ich schon einmal alles zusammen."
Brandon holte meine Tasche und ich stand auf. Ich
duschte kurz und zog meinen Schlafanzug an, weil
niemand daran gedacht hatte, mir Straßenkleider
mitzugeben. Brandon schmunzelte. „Willst du so aus dem
Krankenhaus?" „Was bleibt mir anderes übrig?" „Gib mir
deinen Schlüssel. Ich hole dir deine Sachen." Ich packte
in meine Tasche und gab ihm den Schlüssel. Er brauchte
zwei Stunden, ehe er wiederauftauchte und mir meine
Kleider überreichte. „Mussten meine Kleider noch
angefertigt werden?" „Nein, ich habe eine Überraschung
für dich?"

„Anstatt meine Kleider sofort zu holen, hast du mir ein
Geschenk besorgt?" „Ja, habe ich." „Wo ist es denn?"
„Zuhause!" Im Auto hielt er mir eine schwarze Krawatte
hin und ich sollte sie im Auto umbinden. Anschließend
brausten wir in Richtung Stadt. Der langsame Verkehr
durch Londons Straßen machte mich müde und ich
schlief ein. Ich wachte erst auf, als Brandon mich gerade
in seinem Bett legte. Langsam glitt er an meine Seite und
kuschelte sich wie früher an mich. Ich fühlte mich
geborgen und sicher. Er war mir so vertraut und der
schmerzliche Riss begann sich zu schließen. „Du bleibst
doch?" „Für eine Weile!" „Wir hatten einmal die Ewigkeit
ins Auge gefasst!" „Brandon, lass uns erst einmal schauen,
wie uns der Alltag gelingt." „Aber du bleibst." Ich nickte
und er freute sich wie ein kleiner Junge. Er konnte gar
nicht mehr aufhören zu lächeln.

Ein verwirrender Abend

Ich hatte Brandon davon abgebracht, meine Eltern zu

Weihnachten einzuladen. Aus irgendeinem Grund war es mir peinlich. Ich wollte nicht, dass er sie kennen lernte und mich bewertete. Auch wollte ich nicht bewertet werden. Mein Vater hätte Brandon taxiert und an ihm den Haken gesucht. Ich hätte mich geschämt, wenn meine Eltern beschämt worden wären, weil er sie nicht für würdig hielt. Es wäre für mich peinlich gewesen, wenn meine Eltern mit ihm nicht einverstanden gewesen wären. Meine Kontakte mit Mrs. Steens reichten mir schon. Ganz einfach fürchtete ich mich davor, wenn Brandon vor meinem Vater stehen würde. Beide so arrogant und von sich eingenommen. Seine Idee dort hinzufahren, versuchte ich mit allen Überredungskünsten zu verhindern. „Also ich kann nicht verstehen, warum wir nicht deine Eltern in Italien besuchen können. Wenn du sagst, dass im Haus kein Platz ist, dann könnten wir doch für die paar Tage in einem Hotel wohnen.

Ich habe ein kleines Hotel in der Via Tornaboni gefunden. Wir würden wie ganz gewöhnliche Bürgerliche reisen und den ganzen Tag uns verwöhnen lassen." „Das ist unten am Strand und nicht oben in der Stadt. Wir müssten immer abgeholt werden oder den Bus nehmen. Die Hotels, die in Frage kämen, wären ganz schrecklich. Ich will nicht über Weihnachten in einem billigen, schäbigen Hotel sitzen." „Aber Dummerchen, wir wohnen im besten Hotel mit Wellnessbereich. Wie wäre es mit einem First-class-Hotel und einen Fahrdienst könnte ich auch organisieren."

„Das gibt es nicht in Marina di Massa. Das ist kein Nobelort. Meine Verwandten würden glauben, wir hätten sie nicht mehr alle, wenn wir mit dem teuren Taxi kämen." „Du willst nicht mit deiner Familie feiern?" „Nein, ich will ganz ehrlich sein. Ich wüsste nicht, wie ich dich erklären sollte und dass wir in einem Hotel im gleichen Zimmer übernachten.

So was bleibt da unten nicht unentdeckt. Ich will meine Eltern und meine Familie nicht provozieren. Ehrlich gesagt, es wäre Wasser auf ihre Mühlen."

„Du provozierst deine Eltern, wenn du mit mir darunter fährst? Findest du nicht, dass du übertreibst? Ich war bei deiner Schwester und lag im gleichen Bett?" „Du kannst sicher sein, dass niemand erfahren wird, dass wir beide dort waren. Was glaubst du, was ich für meine Verwandten und Bekannten wäre? Die Schlampe, die mit einem reichen Schauspieler ins Bett geht und sich aushalten lässt. Ich will gar nicht wissen, wie es sich anfühlt, wenn ich da wieder alleine aufkreuzen muss." Brandon unterbrach seine Arbeit und kam auf mich zu und nahm mir die Treppengirlande aus der Hand und schaute mir tief in die Augen. „Was ist los? Du wirst nicht mehr ohne mich sein." „Nichts! Ich will einfach einmal anders Weihnachten feiern und nicht bei meiner Verwandtschaft sitzen. Alles ist einfach und familiär. Das ist nicht Luxus. Du würdest es hassen. Du fandst meine Schwester schon schrecklich. Ich will dich zu nichts zwingen und dich nicht unter Druck setzen. Aber glaube mir, wenn wir da unten wären, wärst du es."

„Wieso wäre ich unter Druck?"

„Ich meine, ich wäre unter Druck." „Ja, was denn nun und was ist das für ein Druck?" „Lass uns nicht mehr darüber reden!" „Wir könnten deine Eltern hier her einladen. Dann würden wir uns kennen lernen." „Nein, das geht gar nicht. Mein Vater muss nach Massa. Das ist so und das wird immer so sein. Wir können ja zur Abwechslung deine Eltern einladen." „Das ist eine glänzende Idee." Er drehte sich um und schritt gleich zur Tat. Ich meinte es als Provokation und nicht als wirklicher Vorschlag, aber er telefonierte schon mit seiner Mutter. Ich schmückte weiter das Haus, während Brandon telefonierte. Als ich den Christbaum aus dem Garten hievte, war Brandon wieder an meiner Seite. „Das Haus wird voll. Alle haben zugesagt." „Aha." „Freust du dich?" Ich nickte und dachte, „Oh, mein Gott!"

Brandon stellte den Baum auf und ich schmückte ihn mit voller Inbrunst. „Er ist wunderschön und du hattest Recht. Es macht wirklich, dass Weihnachten in unser Haus kommt. Leslies Kinder werden ihn lieben. Es war wirklich eine gute Idee, meine Eltern einzuladen. Du hättest meine Mutter hören müssen. Sie konnte es gar nicht fassen, dass ich auf so einen Gedanken kommen könnte, mit allen Weihnachten zu feiern. Ich war so in Einladelaune, dass ich James und seine Freundin, Milton und noch ein paar Leute gleich eingeladen habe. Sie sind eng mit Leslie befreundet und sie möchte sie wiedersehen. James hat ein bisschen Stress mit seinen Eltern und Miltons Eltern sind auf den Bahamas. Vielmehr sein Vater ist dort und seine Mutter ist mit ihrem Freund in der Schweiz und fährt Ski." „Ja, es wird bestimmt super lustig. Besonders mit James", und ich dachte an meine Familie und dass ich mich dafür schämte, dass ich nicht zu ihr stehen konnte, besonders wenn solche Gäste erwartet wurden. Ich war so unaufrichtig mit allen und die Peinlichkeit hätte mich aufgefressen, wenn James auf meine Eltern gestoßen wäre. Mein erstes Weihnachten weit weg von zu Hause. Irgendwie komisch. Gerade Weihnachten. Ich war in einer Parallelwelt und schmückte wahrscheinlich den Baum zur gleichen Zeit in London - wie meine Eltern ihren in Massa. Es waren ähnliche Kugeln, Schleifen, Herzen, wie ich sie kannte. Alles lag in meiner Hand und ich erschuf meine Tradition in Brandons Haus. Selbst die von mir besorgte Krippe hatte zu der meiner Eltern große Ähnlichkeit. Sogar das gleiche Essen war in der gleichen Abfolge geplant. Auch wenn Brandon sich freute und er unsere Beziehung wieder unbekümmert aufgenommen hatte, traute ich uns nicht. Wir waren noch nicht Gesellschaft erprobt und beim ersten Zusammentreffen mit einem speziellen Vertreter seiner Liga, war ich schon an innerlicher Verletzung gestorben. Es war einfach hinter den Kulissen zu leben. Auf der Gesellschaftsbühne würden uns alle bewerten und ich fühlte mich verlieren. Ich wollte es mir ersparen. Insgeheim fühlte ich mich Brandon gegenüber wie eine Schlange, die kurz vor dem Zuschlag stand und der Maus den Gar ausmachte, weil Brandon alles dafür tat, dass es funktionierte. Ich war so unaufrichtig zu Brandon und er war so glücklich, so bemüht, so zärtlich, so alles, was ich mir je von einem Mann erträumte. Aber mein Vertrauen war immer noch erschüttert und Misstrauen durchzog alles, was er unternahm.

Geschenke, Leidenschaft und ein

Versprechen

„Darling, ich habe einen Tisch reservieren lassen. Ich möchte nicht, dass du heute noch kochst. Du wirst über die Weihnachtstage genug zu tun haben. Ich habe dir für die Festtage drei Kleider gekauft und für heute Abend das hier." Er zog ein schwarzes kurzes Etuikleid hervor und hielt es mir vor meinem Körper und stellte mich vor dem Spiegel. „Wirst du es tragen?" „Es ist sehr schön!" „Gefällt es dir?" „Ja." „Gut, dann freue ich mich, wenn du es für mich trägst." Er nahm meine Hand und führte mich in sein Zimmer. „Dort holte er drei wirklich vornehme Cocktailkleider und ein Hosenanzug hervor. „Trés chique." Er überrollte mich und überhäufte mich. „Ich will nicht mehr, dass du für Mitchell und Tschirner arbeitest. Wir lassen jemanden anderen für die Weihnachtstage kommen. Es sind noch ein paar Tage. Vielleicht bekommen wir noch einen Koch und der kocht deine Gerichte."

„Brandon in meiner Familie kocht die Frau zu Weihnachten und ich bin deine Haushälterin." „Ist es dir so wichtig?" „Ja, es ist wichtig." „Aber für die Menge an Leuten stehst du den ganzen Tag in der Küche und rennst hin und her." „Das ist mein Job." „Halt, bin ich im falschen Film. Ich dachte, du kochst, weil es dir Freude macht?" „Es macht mir Freude!" „Na, dann ist es ja gut!" „So ein Weihnachten könnte fast schon Tradition werden." Ich nickte. „Ich werde wohl kaum Zeit haben, deine Kleider zu tragen. Sie sind zu vornehm für die Küche." „Du müsstest dich kurz umziehen, wie Harry

Houdini." „Brandon, stopp!" Er drehte sich zu mir um. „Ich arbeite in deinem Haus und bekomme dafür Geld. Brauchst du keine Angestellte mehr?" „Was redest du für einen Quatsch. Natürlich brauche ich eine Angestellte." „Du bist meine Freundin. Du brauchst nicht arbeiten." „Gut, die meisten deiner Freundinnen brauchen nicht arbeiten. Ich schon.

Außerdem wie wird dein Haus sauber, deine Wäsche gebügelt, gekocht ..."

„Es ist ganz unmöglich, dass du für mich arbeitest. Meine Eltern würden es nicht verstehen, dass ich meine Angestellte bumse. Du bist meine Freundin. Ich fordere jemanden anderen an."

„Du bumst mich nicht!"

„Aber es sieht so aus."

„Du schläfst in meinem Zimmer."

„Dann sollten wir uns dafür eine Lösung suchen." „Du meinst aber nicht getrennte Schlafzimmer?" „Doch!" „Nein, ich stehe zu dir. Es ist kein Problem." „Brandon, es ist für mich ein Problem. Wir sind nicht verheiratet." „Aber wir sind nicht in Marina di Massa. Bei meinen Eltern darf ich schlafen, mit wem ich will. Sie mischen sich da nicht ein. Niemand wird bewertet in unserem Land mit wem er schläft." „Das ist gut zu wissen, dass du schlafen kannst, mit wem du willst." „Stella! Du weißt genau, wie ich das meine. Ich bin seit August absolut abstinent. Keine Frau seit August." „Was macht das mit dir?" „Es macht mich scharf." Er schritt auf mich zu und küsste mich und seine Hände suchten überall den Eingang durch jede Kleideröffnung meiner Uniform zu meiner Haut. Er zog sich und mich aus. Seine Hände waren überall, seine Küsse brandeten über meinen Körper. Er legte mich auf unser Bett und bewegte sich langsam zu mir und legte sich auf mich. Ich spürte seinen harten Schaft. „Ich will dich. Endlich ..." „Tausend Bilder tobten durch meinen Kopf. Ich sah Silvio, Toni, Julia und Brandon. Sie waren auf der Geheimnisseite. Wenn ich es jetzt zuließ, stand ich vor den Eltern und vor allem vor mir als Angestellte, die sich von ihrem Chef bumsen lässt und Geschenke annimmt. Es war so einfach diesen Schritt der Lust zu gehen. Es war so berauschend, so stark, intensiv und alles auszublenden und sich seinen Gefühlen zu ergeben. Es musste wunderbar für einen Augenblick sein. Bisher kannte ich keinen Mann, der so schnell die Leidenschaft in mir entfachen konnte. „Brandon richtete sich auf und wollte seiner Abstinenz abrupt ein Ende setzten. „Es tut mir leid, Brandon. Ich kann nicht."

„Komm schon Darling! Ich brauche dich jetzt. Lass mich dich einmal spüren! Ich will in dir sein. Nur für einen Augenblick. Lass mich..." Er wollte einfach nicht aufhören. „Du vergewaltigst mich." „Ich vergewaltige dich nicht. Ich liebe dich."

„Ich habe noch keine Entscheidung getroffen." Irritiert schaute mich Brandon an und es waren die entscheidenden Worte, die seiner Lust sofort ein Ende bereiteten. „Was für eine Entscheidung?" „Ob ich vor der Ehe Sex haben werde oder nicht." „Du wirst auf jeden Fall Sex vor der Ehe haben. Das verspreche ich dir heute. Es sei denn wir heiraten am 6. Januar. Wenn ich es jetzt anmelde, sind wir in zwei Wochen verheiratet." Ich nickte nur und er nahm es als Zustimmung. Er gab mir das Kleid und ich zog mich für das Abendessen um. Es klingelte an der Haustür und eine Limousine wartete auf uns.

Ein romantisches Essen mit viel

Champagner

Wir gingen ins Savoir Fair. Es war ein nettes französisches Restaurant. Als wir eintraten, fragte der Ober nach unserem Namen stockte und begrüßte Brandon als alten Bekannten. Der Ober schaute mich interessiert an und fixierte mich mit seinen Augen. „Mr. Barclay. Wie schön, dass sie bei uns zu Gast sind. Nehmen Sie …" Brandon nickte. Der Ober zeigte uns die beiden Plätze. Es war ein netter Tisch in einer netten Nische. Man saß hier sehr schön. Die anderen Gäste konnten einen nicht direkt sehen. Der Ober rückte meinen Stuhl zurecht. Brandon schien wohl öfter hier zu sein. Auf jeden Fall kannten ihn die Leute hier. Der Kellner brachte uns die Karten und Brandon nahm sofort die Initiative und wies mich auf Gerichte hin, die ich sicherlich mögen würde. Wir bestellten Artischocken mit Stockfischpüree, Weißbrot, gefüllte Calamares, Jakobsmuscheln mit Knoblauchsauce und als Nachtisch ein Stück Tarte. Als Getränk orderte er eine Flasche Champagner. „Ich kann unmöglich mit dir eine Flasche Champagner teilen." „Doch das kannst du. Schließlich hast du bei unserem ersten Rendezvous jede Menge Whisky getrunken."

„Diese dumme Geschichte schon wieder. Ehrlich gesagt, ich war beschwipst. Ich konnte kaum laufen. Findest du nicht, dass das peinlich war?" „Nein, du hast sehr gut geschmeckt und vor allem der Abschluss. Du hast mir versprochen, mit mir zu schlafen", lächelte er mich an. Er nahm meine Hand, wie damals im italienischen Restaurant. Ich atmete tief ein und wieder aus. Es war ein sehr schönes Essen mit Kerzen und tiefen Augenblicken. Auch Brandon schien das Essen zu genießen. Mein Glas wurde nie leer. Aber nach einer längeren Weile als beim Whisky drang der Alkohol in meine Sinne.

„Ich will dich heute!"

„Was meinst du mit ‚ich will dich'. Willst du heute mit mir schlafen?" „Ja, ich will mit dir schlafen. Ich bin noch völlig geladen von unserem Intermezzo eben. Wir bringen das Begonnene heute zu ende."

„Brandon, warum lässt mich Tschirner neben dem Vertrag unterschreiben, dass ich mit dem Kunden nicht schlafen soll? Das ist doch auf deine Initiative passiert. Ich werde auch noch von Frau Tschirner darauf hingewiesen."

„Ich sehe dich nicht als meine Angestellte!"

„Aha. Aber ich bin es. Fühlst du dich von mir sexuell angesprochen?" „Ach, Stella, ich kann seitdem ich dich gesehen habe, an nichts Anderes mehr denken. Wenn ich dich will, dann gehört das auch dazu. Wir sind nicht im Kindergarten. Ich bin erwachsen und du bist erwachsen. Milliarden Menschen schaffen es mit einander zu schlafen. Nur ich bekomme dich einfach nicht ins Bett. Wir hätten es eben beinahe geschafft, wenn wir nicht... ."

„Du nennst es geschafft, als würden wir einen Berg besteigen. Aber leider mussten wir wegen schlechter Aussichten die Reise zum Gipfel abbrechen." Brandon musste lachen. Er prostete mir zu. Ich trank mein Glas leer. „Ich möchte nicht von dir abgefüllt werden, um dann mit dir zu schlafen. Ich zahle meinen Anteil. Ich will geliebt werden." Meine Zunge war vom Alkohol leicht gelähmt. „Stella, ich liebe dich. Du bist eingeladen und ich bezahle. Du musst dich um nichts kümmern." „Das ist es. Es fehlt die Balance." „Was denn für eine Balance?" „Die Balance der Gleichberechtigung."

„Du bist gleichberechtigt. Du zahlst es in Naturalien zurück." „Aha."

Und da war die Falle und er hatte es nicht gemerkt. „Das Essen war sehr gut, aber du musst mich, jetzt von meinem Platz abholen und nach Hause bringen, damit es für niemanden peinlich wird. Mir ist schlecht."

Brandon rief den Ober, beglich großzügig die Rechnung und telefonierte nach seiner Limousine. Ich war völlig betrunken und versuchte mich krampfhaft zu orientieren und meine Beine zu koordinieren. Draußen traf mich die kühle und neblige Luft mitten ins Gesicht und es hätte mir beinahe die Beine weggezogen, wenn Brandon mich nicht gehalten hätte. Als wir losfuhren, jammerte ich nach einem Kilometer, dass mir schlecht sei, der Fahrer hielt an und ich sprang heraus. An einem Laternenpfahl übergab ich mich. Brandon hielt meine Haare, die sich gelöst hatten. Auch den nächsten und den weiteren Kilometer musste ich mich übergeben. Brandon reichte mir jedes Mal sein Taschentuch und hielt meine Haare. Als wir bei ihm ankamen, war ich völlig fertig, schwer erschöpft und ich fühlte mich in meinem Rausch und seinen Folgen gedemütigt. Es war so jämmerlich. Ich ging ins Badezimmer und nahm meine Zahnbürste. Putzte mir die Zähne und den ganzen Mund mit sehr viel Zahnpasta. Aufgewühlt stürzte ich in Brandons Schlafzimmer, wo er schon seinen Anzug abgelegt hatte. Er stand in Unterwäsche und als er mich in seinem Schlafzimmer sah, kam er auf mich zu.

„Wie geht es dir?" „Besser, sehr viel besser", lallte ich. Brandon zog meine Kleider aus und warf sie über einen Stuhl. Ich hatte schwarze Spitzenunterwäsche an. „Oh, sehr schön", murmelte Brandon und nahm mich in den Arm und wollte mich küssen. „Ich will auf gar keinen Fall in Naturalien bezahlen, wie alle deine Eroberungen. Ist es eigentlich immer die Gleiche, die du vögelst? Bin ich heute Austauschspielerin. Welche auf deiner Liste vögelst du regelmäßig oder ist es immer eine andere. Ich habe in dein Notizbuch geschaut. Ich wollte nicht, aber ich habe die Nummer von Milton gesucht", provozierte ich ihn und sackte in seinen Armen zusammen und fiel in einen tiefen Schlaf.

Heftiger Kater

Ich erwachte erst zur Mittagstunde und hatte einen sehr schweren Kater. Mein Schädel brummte und ich war nur bis auf meinen Slip und meinen BH bekleidet. Das Bett war komplett zerwühlt. Ich schaute an mir runter. Brandon war wohl schon aufgestanden. Ich konnte meine Kleider nicht finden. Ab dem Moment, wo ich ins Bett gegangen war, fehlte mir was. Es war alles in Fetzen. Es gab in meiner Erinnerung ein Restaurant, einen liebenswürdigen Brandon und Brandon als Wüstling, der von seinen Trieben geleitet wurde und mich abgefüllt hatte, wenn auch sehr teuer, um mich in Naturalien bezahlen zu lassen. Ich fühlte seine Hände auf meinen Körper und tausend Küsse bis ich in einen tiefen Schlaf gefallen war.

Am nächsten Morgen tappte ich durch sein Zimmer und hatte grässliche Kopfschmerzen. Vom Schmerz benommen, schlurfte ich in sein Badezimmer. Die Dusche rauschte und wärmte mich auf. Ich sah grauenvoll aus. Ich kämmte mich und suchte meine Tasche und packte meine Sachen ein. Ich wollte in meine Wohnung. In meinem Plan brauchte ich Distanz, um zu überlegen, was ich wollte. Als ich ging, spielte Brandon Klavier. Jeder Ton hallte in meinem Kopf doppelt. Als ich die Treppe herunterging, klackten meine Stiefel auf dem Marmor. Das Klavierspiel hörte auf. Brandon kam aus dem Musikzimmer. „Na, ausgeschlafen. Wo willst du hin?" Ich machte ein schmerzverzerrtes Gesicht. „Mir ist nicht gut. Ich kann heute nicht arbeiten. Leider muss ich mich krankmelden. Außerdem ist es schon zwölf. Es tut mir leid. Das Rendezvous hat mich überfordert. Ich bleibe dafür Montag, Dienstag und Mittwoch länger als Ausgleich." Brandon runzelte die Stirn und fragte völlig perplex: „Wo willst du jetzt hin?" „Ich gehe nach Hause." „Hast du einen Filmriss?"

„Nein, … Ich erinnere mich vage."

„Woran erinnerst du dich?"

„Wir haben im Savoir Fair gegessen und du hast mich dafür in Naturalien bezahlen lassen." „Aha, was heißt denn hier bezahlen lassen?" „Naja, wir haben gebumst, denke ich." „Bist du sicher?" „Es war gar nicht schlimm. Ich kann mich an gar nichts erinnern. Ich habe auch gar nichts gespürt. Ich glaube, ich war im Koma. Und in

Wirklichkeit hat es auch gar nicht für mich stattgefunden. Ich war nur in deinem Bett."

„Nur das letzte stimmt. Ich habe versucht, dich rumzukriegen. Aber du bist eingeschlafen. Wenn ich es jemals schaffe, mit dir zu schlafen, soll es für mich und dich ein unvergesslicher Augenblick sein. Ich liebe dich und will, dass es dir gut geht. Ich vergewaltige dich nicht. Und der Damenbesuch, war der Besuch von James und nicht meiner. Ich wollte eigentlich keine meiner Dienstmädchen von Mitchel und Tschirner kennen lernen, weil ich einen Skandal in dieser Richtung vermeiden wollte. James hatte sich an eins der Mädel rangemacht und ich hatte riesigen Ärger, weil es in meinem Haus passiert ist. Ja, das stimmt. Es bringt Ärger und nicht zu knapp. Und James Affären und seine beschränkten Ausweichmöglichkeiten. Er wollte die Mädchen beeindrucken. Er hat sich donnerstags mit ihnen hier getroffen. Was ist schon dabei?" Ich blickte zu Boden. Eine tiefe Röte schoss mir ins Gesicht und ich stotterte. „Brandon! Ich liebe dich. Aber es geht nicht. Du hast so viele Geschichten. Ich weiß gar nichts. Ich kann dich nicht einschätzen und wie viele der Damen sich ernsthaft noch Hoffnung machen. Vielleicht gab es eine Partnerin, die du sehr geliebt hast. Ich will keinen Fehler machen und in eine Katastrophe tappen." „Bitte bleibe jetzt bei mir und gehe nicht nach Hause. Dein Zuhause ist jetzt hier. Was soll ich tun, dass du mir vertraust? Du musst deinen Frieden machen mit meiner Vergangenheit. Ich fühle mich ständig von dir bestraft. Ich habe dich endlich gefunden. Tausendmal habe ich mich geirrt, aber du bist jetzt endlich da. Bitte, bitte gib mir eine Chance.

Als du mich gerade kanntest, da hast du mir vertraut. Ich würde gerne diesen Punkt wiederfinden."

Ich sah ihn mit großen Augen ebenso verzweifelt an. „Ich fühle mich überfordert. In meinen Gedanken muss ich mich um alles bemühen und du schenkst unaufhörlich und ich kann nichts wiedergeben. Ich muss arbeiten, um unabhängig zu bleiben. Ich werde erst einmal nicht kündigen, bis ich einen anderen Job habe. Zumindest werde ich bis zum Sommer nicht kündigen, es sei denn ich finde eine andere Stelle. Und meine Wohnung bleibt auch." „Stella. Ich wünschte du könntest einfach an meiner Seite sein." „Wenn du es ernst meinst, dann gib mir Zeit und warte!" „Es läuft keine Uhr, ich will dich von meinem ganzen Herzen. Du machst mich ganz und vollkommen. Mir ist es egal, was du machst, Hauptsache du bist da und gehst nicht mehr weg", kam er auf mich zu und küsste mich. Aber meine schweren Kopfschmerzen quälten mich. Er führte mich in sein Schlafzimmer und dort legten wir uns wieder hin. Wir verhielten uns ganz still und schauten uns an. Behutsam drehte er sich um und griff nach seinem Skript „Ich muss noch mein Skript lesen, mich einfühlen und Recherchen organisieren. Ich spiele im Juni in einem BBC Film mit." Nach einer Weile schlief ich ein und fühlte mich behütet, aber nicht angekommen. Es war schon dämmerig, als Brandon meinen Koffer, mit allen meinen Sachen in sein Zimmer stellte und sie in seinen Schrank räumte. „Du hast alles eingepackt und hierhergebracht?" „Ja, ich dachte es wäre schön, wenn wir gleich zusammenziehen. Du brauchst nie mehr deine Wohnung aufzusuchen. Du bleibst jetzt hier. Nicht wahr, Bambi." „Wieso nennst du mich so?" „Weil

Rehe auch immer flüchten, wenn man ihnen zu nah kommt.

Unangenehme Beziehungswahrheiten

Die Agentur rief mich an und schickte mir eine riesige Liste von Erledigungen und ich zeigte Brandon seine Liste, der einen Geschenke-marathon durch die ganze Stadt bedeutete. Er lachte und meinte: „Meine Angestellten müssen arbeiten. Du wolltest den Job. Du kannst immer noch delegieren? Wir suchen eine Angestellte." „Ich schaffe das schon!"

Kurz vor der Ankunft seiner Eltern hatten wir erneut eine heftige Diskussion. „Findest du es wirklich gut, dass ich in deinem Bett schlafen soll, während deine Eltern bei dir zu Hause sind."

„Ja, Darling, unter diesen Umständen kann ich besser schlafen und vielleicht passiert es auch, wie selbstverständlich. Du bist nicht zu müde. Es ist romantisch und du bist nicht mehr nur so Kopfmensch, lässt dich einfach gehen und legst einfach schon vorher deine Bettlektüre zur Seite. Meine Eltern akzeptieren meine Freundinnen im Allgemeinen und es stört sie nicht."

„Also, was ich sagen will,... Als wir noch alleine in diesem Haus waren, waren wir unter uns. Also hinter den Kulissen. In gewisser Weise bewegen wir uns in Gegenwart deiner Verwandtschaft auf einer Bühne, wenn sie da sind. Ich möchte nicht von ihnen in eine Liste eingruppiert werden. Außerdem sind sie gar nicht über mich informiert." „Was denn für eine Liste?" „Ich meine, ich denke..." Brandon kam auf mich zu, unterbrach mich und drückte mich ganz nah an sich und seine Hände glitten runter zu meinem Po. Er drückte mich an sich und ich fühlte seine Erektion. „Deine Eltern könnten vielleicht Anstoß daran nehmen und es wäre alles schief, bevor es begonnen hätte. Sie sähen mich als eine deiner tausend Eroberungen neben Stephanie. Also als Eintagsfliege. Es hat was mit mir zu tun. Ich möchte nicht so gesehen werden." „Stella wir sind schon ein Schritt weiter. Du bist nicht meine Angestellte, du lebst in meinem Haus und ich liebe dich, bürge für dich und du lebst mit mir zusammen. Wir sind verlobt. Es gibt keinen Anstandswauwau in meiner Familie. Wir können machen, was wir wollen. Das ist genau das, was ich will. Die Kosten für die Wohnung in Fulham übernehme ich und als Gegenzug bist du in meinem Leben", lächelte er mich an und ich spürte seine Erregung, weil er mich so nah an sich zog. „Aber ich hätte kein Geld mehr und müsste eventuell abreisen, hattest du das auch bedacht."

„Ich habe genug Geld. Ich gebe dir immer, was du gerade brauchst. Du brauchst nicht zu arbeiten, ich richte dir ein Konto ein. Ich erledige alle Formalitäten. Ich bin dein Arbeitgeber." „Tschirner und Mitchell hat mich eine Klausel unterschreiben lassen, dass ich nicht kündigen kann und weiterhin in deinem Haus angestellt bin." „Wie sollen die das erfahren?" „Ich weiß es nicht? Bei 80 000 Pfund Konventionalstrafe engagieren sie einen Detektiv?" „Wir sagen, wir sind ein Paar."

„Und du kaufst mir Gucci Taschen von deinem Geld, damit ich nicht merke, wie meine Zeit wegfließt und ich in Abhängigkeit gerate. Ehe ich mich versehe, bist du mich überdrüssig und ich stehe wieder auf der Straße mit einem gebrochenen Herzen. Das kennt man doch. Schließlich hast du mir erzählt, dass James mit Cathy zusammen ist und mit Jenny ein Verhältnis hat. Er weiß nicht, wie er mit Cathy Schluss machen soll, weil sich seine und Cathys Eltern kennen und er in der Kanzlei von Cathys Vater arbeitet. Ich finde, ich habe eine bessere Zukunft verdient, als solche Abhängigkeiten. Ich möchte eine Zukunft mit mehr Aussichten, mein eigenes Geld und meine Unabhängigkeit und die Entscheidung dich als Partner zu wählen, weil ich mich nicht in einem Abhängigkeitsverhältnis zu dir befinde. Ich gehe jetzt und packe meine Sachen und ziehe wieder zurück in meine Wohnung, solange deine Eltern hier sind." „Nein. Du gehst nicht, Das ist also dein Horrorszenario in deinem Kopf. Du brauchst mir nur zu vertrauen und alles wird gut", schrie er mich unbeherrscht an, beruhigte sich aber gleich wieder und sein Ton wurde sanfter. „Suche dir ein Zimmer aus und schaffe deine Sachen Heiligabend dorthin! Es sind nur verdammte drei Tage und ich komme mir wirklich vor, wie in einem schlechten Theaterstück. Wer willst du vor meinen Eltern sein? Die Hausangestellte? Du machst es unnötig kompliziert. Glaube mir, es ist keine gute Idee. Tatsächlich sind Angestellte unsichtbar. Es wird dich verletzen. Meine Eltern kennen schon Hausangestellte aus ihrer Kindheit. Man sieht sie nicht und sie tun ihre Arbeit. Sie gehören nicht dazu. Ich will dir das ersparen. Du gehörst zur Familie. Wir sind verlobt." „Sind wir das? Ich bin, was ich bin, deine Hausangestellte."

„Stella, das bist du nicht! Du bist in erster Linie meine Freundin."

„Ich bin vor deinen Eltern nicht deine Freundin, die mit dir schläft und dich bei Laune hält. Das tue ich mir nicht an. Sie sehen mich vielleicht nur als vorübergehend an." „Sie sehen dich als das an, was ich will, dass sie sehen." Er war sichtlich verletzt, weil ich mich nicht auf ihn einließ.

Grundsätzlich legte er sich jeden Abend auf meine Hälfte des Bettes und kuschelte sich nah an mich. Ich genoss es teilweise, aber ich behielt meine Lektüre „Schlechter Sex" fest in der Hand. Es war in gewisser Weise ein Schutzschild. Brandon löschte mein Licht und ich knipste es wieder an. Einige Male las er den Titel. „Du liest über Sex, aber du hast keinen." Er küsste meine Nacken und streichelte meinen Busen. Einige Male führte er meine Hand zu seinem erregten Glied. Aber ich zog meine Hand wieder weg. Er beschwerte sich. „Bist du die heilige Jungfrau von Orleans." „Du hast mich gebeten, in deinem Bett zu schlafen. Ich bin hier." „Jetzt lege doch einmal das verdammte Buch weg oder lese mir einmal daraus vor. Vielleicht kommen wir dann in Stimmung." Ich las ihm die Geschichte „Ältere Rechte" vor. Es handelt von einer jungen Frau, die auf einer Kreuzfahrt einen jungen Mann kennen lernt und es sieht für sie nach der großen Liebe aus. Am Ende wird sie bitter enttäuscht. Als er sie nach Monaten in ihrer Heimatstadt besucht und er mit seinem Freund und einer alten Bekannten vor ihrer Tür steht, begreift sie, dass ihre Schlüsse aus den wunderbaren Urlaubstagen zu einer aufrichtigen Beziehung schon bei ihm mit dem Tag der Abreise endeten.

Schließlich reicht ihr Freund aus den Urlaubstagen sie an

einen zweiten guten Bekannten weiter und flirtet mit der anderen mitgebrachten Frau, weil er sie als alte Verflossene in dieser Stadt schon länger kannte. Diese Geschichte galt für mich als Paradebeispiel für schlechten Sex. Erst war der Beischlaf gut und befriedigend und später wurde er schal und gemein. So wollte ich nicht enden. Als ich meinen Vorlesebeitrag in Deutsch gab, war Brandon sehr verstimmt, aber er ließ mich bis zum letzten Wort ausreden.

„Ich möchte nicht nur Worte hören. Ich will deine Worte verstehen." „Dieses Buch ist nichts für Männer. Das lesen nur Frauen, um Männer besser zu verstehen."

„Ist es ein Aufklärungsbuch? Komm, lasse uns in die Praxis gehen! Ich kann dir viele Dinge zeigen. Lass mich dein Mann sein!" „Es ist kein Aufklärungsbuch. Es ist…", aber ich konnte den Satz nicht zu Ende bringen. „Ja, du machst mich neugierig. Jeden Abend liegst du mit diesem Buch im Bett. Ich lese den Titel. Aber zwischen uns geschieht nichts. Diese Lektüre nimmt kein Ende. Ich verzweifle langsam!" „Ach, Sex wird einfach überbewertet. Ich schwimme jeden Tag, jogge, putze, wasche. Am Ende des Tages bin ich müde." Ich schaltete das Licht aus und robbte bis zum Rand des Bettes und signalisierte ihm, dass ich zu müde für mehr war. Je mehr ich mich ihm entzog, desto mehr fühlte er sich zu mir hingezogen und auf der Jagd. Ich wurde mit meiner Beherrschung für ihn zu einer Obsession.

Am nächsten Tag lag meine Lektüre nicht mehr auf derKommode und Brandon blieb nun für einige Abende bis tief in die Nacht weg. Ich konnte mir schon denken, dass er sich Abwechslung gesucht hatte und so schlief ich schon, ehe er sein Bett aufsuchte. In der letzten Nacht vor Heiligabend war er wieder rechtzeitig zu Hause. Als ich zu Bett ging, vergingen nur fünf Minuten und er lag neben mir.

„Wo ist mein Buch? Es ist ein Geschenk von meiner Freundin?"

„Darling, das Buch ist Mist. Lies so was nicht!" „Du kannst mir nicht vorschreiben, was ich lesen soll und was nicht." „Ich habe es mir übersetzen lassen und beschlossen, dass es für unsere Beziehung gar nicht gut ist, wenn du so etwas liest. Ich kenne deine Erfahrungen. Du wirst mir doch sicherlich zustimmen, dass dieses Buch nur frustrierend ist. Diese Geschichte mit dem Urlaubsflirt, die du mir vorgelesen hast. Du bist kein Urlaubsflirt für mich. Es frustriert mich, wenn du mich so siehst." „Was glaubst du, wie ich mich fühle?" „Komm, lass uns nicht streiten! Mache die Augen zu und lasse mich dir zeigen, wie schön es sein kann! Tausendmal hast du mir gezeigt, dass du kaum die Bremse einlegen kannst, wenn du mit mir zusammen bist. Du wehrst dich dagegen. Ich kann es fühlen, dass dein Körper was ganz Anderes will als dein Verstand." Er senkte seinen Mund auf meinen. Ich küsste ihn geschwisterlich und kurz. „Mm, schön?" „Ich bin müde. Komm lass uns einfach noch warten!"

„Auf was wartest du." „Vielleicht findest du es ja noch heraus!" „Na, schön, atmen wir nur nebeneinander." Er verzog sich auf seine Seite und wir redeten nicht mehr.

Heiligabend nahm ich das Zimmer, das zum Garten heraus lag. Das Zimmer befand sich auf der ersten Etage und war neben Brandons Zimmer. Es hatte einen kleinen

Balkon, ein kleines Badezimmer und ein schönes großes Bett. Es war nun mein Reich. Brandon schaute mir bei meinem Umzug zerknirscht zu.

Hausangestellte

Plötzlich bimmelte das Telefon und ich ging im Büro ran. „Bei Barclay, hier spricht Loren." „Guten Tag, mit wem spreche ich?" „Sie sprechen mit Stella Loren." „Wer sind sie?" „Ich? Ich bin die Hausangestellte von Mr. Barclay." „Geben Sie mir meinen Bruder und zwar Dalli. Ich stehe hier am Bahnhof und muss abgeholt werden und ich brauche ein großes Auto. Jetzt machen Sie schon!" Ich lief die Treppen herauf und ging in Brandons Schlafzimmer. „Deine Schwester möchte abgeholt werden." Brandon drehte sich zu mir. Ich konnte sehen, dass er traurig und geknickt war und ich erschrak. Darauf war ich nicht gefasst. Ich ging zu ihm. „Es tut mir leid, dass ich dich verletzt habe. Ich will es wieder gut machen. Ich ertrag es nicht, wenn du wegen mir traurig bist." „Ich will doch nur, dass wir glücklich sind." „Ich will, dass du glücklich bist." „Lass uns heute Nacht zusammen sein!" „Nein. Deine Schwester kommt." „Dann jetzt bevor der Rummel los geht", und er zog mich ganz nah zu sich und küsste mich. Es schien ihn zu versöhnen, wenn ich mich für ihn öffnete und ich ihn in meine Nähe ließ. Besonders die Aussicht mit mir im Bett zu landen, war für ihn verlockend. Ich konnte diese Macht gar nicht verstehen, die ich über ihn an dieser Stelle hatte. Was für mich unwichtig in der Beziehung erschien, war für ihn von einer wahnsinnig, großen Bedeutung. Eigentlich war es ja umgekehrt. Ich wollte es ihm nicht geben, weil für mich das Aufsparen für den Richtigen wichtig war. Er konnte Sex mit allen haben und es bedeutete gar nichts. Wenn ich es mit ihm tat, war es vielleicht auch bedeutungslos. Unter diesen Bedingungen würde es immer von mir einen Rückzieher geben.

„Was ist mit Leslie?", fragte ich nach einem langen zärtlichen Kuss. „Wieso ist Leslie am Paddington Station? Es ist doch erst 11.00 Uhr." „Diese Geschichte hat sie mir nicht erzählt." Er nahm den Hörer, den ich auf Wartemodus gestellt hatte und er meldete sich am Telefon. Sein Lächeln verzog sich schnell zu einem versteinerten Gesicht. Schließlich legte er auf.

„Du musst Leslie, die Kinder und den Hund abholen. Ich muss noch zu James eine Sache unterschreiben und bin anschließend wieder da." „Kann sie sich kein Taxi nehmen?"

„Sie hat den Hund mit und es wird schwierig." „Nimm bitte den BMW und lege eine Decke im Fußraum aus! Der Köter haart wie wild. Sie hat eine Menge Gepäck und nimm mich ein Stück mit, dann brauche ich mir kein Taxi zu bestellen."

Geständnis

„Steigst du ein? Du stehst da, wie angewurzelt", schaute mich Brandon an. „Entschuldige, es geht mir soviel durch den Kopf." „Was ist los?" „Ach, nichts!", und dann brach es im Selbstgespräch aus mir heraus: „Ich weiß nicht, wie ich es sagen soll. Im Sommer werde ich nach Hause fahren. Du weißt, dass ich in Deutschland lebe. Das hier ist eigentlich nur eine Auszeit. Mein wirkliches Leben ist in Deutschland. Ich bin nach London gekommen, damit ich Abstand von den Dingen bekomme und meine Eltern auch ein Stück von mir. Ich kann mir nicht vorstellen, weit weg von meiner Familie zu leben. Du bist ein Mann mit einer Vergangenheit. Du hast eine Horde von Frauenbekanntschaften. Ich blicke gar nicht mehr durch, was ich für dich bin. Du ahnst nicht, dass mit mir schlafen auch eine Entscheidung zur Monogamie bedeuten würde. Du würdest mich tief verletzen, wenn wir nicht monogam zueinander sein können. Nach dem Studium von deinem Notizbuch wird es schwierig für mich zu glauben, dass du das auch wirklich willst. Wenn ich erst wieder in Deutschland sein werde, wirst du spüren, ob ich eher eine Last oder dein Glück bedeute. Das Weggehen von dir, ist auch eine Chance für dich darüber nachzudenken. Ich werde es auf jeden Fall bereuen, nicht mehr bei dir zu sein. Aber ich werde mit der Zeit darüber hinwegkommen, weil ich es muss. Deswegen werde ich dich nicht näher an mich ranlassen und ich will auch nicht, dass du es weiterhin versuchst. Lass uns Freunde sein bis zum Sommer. Dann werden wir wissen, ob wir eine Zukunft haben. Weißt du, ich bin immer noch nicht in meinem Leben angekommen, auch wenn du dir mehr von mir wünschst. Es fehlt mir an Vorstellungsvermögen hier mit dir zu leben. Ich kann es nicht fühlen und sehen. Das ist auch so ein Punkt in meinen Leben, dass ich bisher nicht den Mut finde, mit dir darüber offen zu reden, weil ich wahnsinnige Angst habe, dich zu verlieren. Ich bin egoistisch und will bis zum letzten Augenblick in deiner Nähe sein. Du bist mein Dilemma. Meine Liebe zu dir schmerzt mich. Meine Eltern wissen gar nicht, dass es dich in meinen Leben

gibt. Ich will auch ganz ehrlich aus diesem Grund meine Eltern nicht hier haben, weil sie mir dich ausreden könnten, oder umgekehrt sie Zeugen meines Irrtums werden, weil du plötzlich feststellst, dass die Ewigkeit doch zu lang ist. Deine Eltern wissen es auch bisher nicht. Das ist vielleicht auch gut so. Wir sind aus zwei verschiedenen Welten. Außerdem ist mein Vertrauen nach dem Lesen deines schwarzen Notizbuches am Boden zerstört. Wenn ich mit dir spiele, kannst du im Gegenzug mit mir Schluss machen. Ich würde es verstehen. Je mehr Beziehungen man hatte, desto schneller kommt man darüber weg. Habe ich bei Bert Hellinger gelesen. Du bist meine erste, ernste Beziehung bis zu diesem Augenblick, als ich erkannte, was ich für dich eigentlich bin. Ich bin deine Trophäe und ich fühle mich als Verlierer, wenn ich dir nachgebe. Nach James Worten eine billige Nummer. Eigentlich war es perfekt, bevor James in unser Leben platzte. Seitdem ist der Wurm drin. Seitdem weiß ich, dass wir es nicht schaffen können. Ich sehe dich nicht im Haus bei meinen Eltern. Ich kann mir die reichen Bankiers einfach nicht am Tisch eines Installationsmeisters mit einem kleinen Betrieb vorstellen. Bei mir zu Hause ist nicht alles so geleckt. Es gibt viele Ecken und Kanten, an denen man sich stoßen kann. Wenn du mich wirklich willst, dann wirst du wissen, was zu tun ist, auch wenn ich weg bin. Du wirst mich finden, die richtigen Worte sagen und das richtige Tun, ohne dass ich dir vorher eine Anleitung schicken muss."
„Stella, ist das dein ernst." Ich schaute ihn an und nickte. „Dann sag es mir in meiner Sprache. Ich habe weniger als 1/16 verstanden. Erschrocken schaute ich auf und

bemerkte, dass ich italienisch gesprochen hatte.

„Ich... . Ich liebe dich, aber ich kann nicht... . Lass uns einfach eine schöne Zeit haben!" „Was kannst du nicht? Ich weiß nicht, was du meinst?" „Ach, nichts." „Was ist los?" Ich zuckte mit den Schultern. Plötzlich schaute er mich ernst an und beugte sich zu mir herüber und küsste mich. Sein Körper und sein Arm berührten mich. Seine Hand legte er auf meine Brust. Ich fühlte die Wärme, die Hitze, ein inneres Glühen. Mein Herz jagte in meiner Brust. Er hielt inne und schaute mich an. „Erzähl mir, was dich bedrückt!" Meine Wangen glühten und ich saß nur da und meine Augen füllten sich mit Tränen. „Übersetz mir, was du genau gesagt hast! Ich hatte den Eindruck, du hättest mir etwas sehr Ernstes gesagt, als nur diesen einen Satz. Es war so ernst und grundsätzlich, dass ich mein Smartphone eingeschaltet und es aufgenommen habe. Wenn du es mir sagst, finden wir eine Lösung."

Unangenehm berührt, schaute ich ihn an. „Mir ist da was rausgerutscht. Lösche es bitte! Es würde einfach alles zwischen uns verderben. Ich wünschte, es wäre mir nicht über die Lippen gekommen. Vergiss es bitte! Ich sehe es jetzt anders, wo ich es ausgesprochen habe." „Du hast Angst, aber du wirst es mir doch übersetzen?" „Ich habe dir doch gerade gesagt, dass es nicht mehr wichtig ist. Deine Familie kommt. Wir sollten uns darauf jetzt konzentrieren. Lass mich vor deinen Eltern und Schwestern deine Angestellte sein und nach Feiertagen reden wir darüber, wie es weitergeht. Ich versichere dir, es ist nicht wichtig. Es ist nur eins wichtig, dass alles erst einmal so bleibt, wie es ist." „Jetzt bin ich aber richtig neugierig. Ich glaube, es ist sehr wichtig. Lass es mich entscheiden, ob das, was gesagt wurde, von Bedeutung ist! Vor allem weil du meine Angestellte ausgerechnet vor meinen Eltern sein willst. Das ist einfach unglücklich. Meine Eltern werden diese Scharade nicht verstehen." „Unglücklich ist, als deine Gespielin und Hure vor deinen Eltern aufzutreten." „Stella. Bitte! Wir leben zusammen. Da darf man alle sexuellen Neigungen mit der Zustimmung des Partners ausleben. Ich habe viele Beziehung gehabt." „Siehst du, ich möchte mich da nicht einreihen. Ich bin deine Hausangestellte, damit basta." Dann spielte er mein Tonband ab und es setzte ein, als ich sagte: „Ich bin nach London gekommen, damit ich Abstand von den Dingen bekomme und meine Eltern auch ein Stück von mir. ... ."

Er hatte alle wichtigen Fakten. Eigentlich konnte ich mir nach Weihnachten oder gleich nach der Übersetzung eine neue Anstellung suchen. Diese Ehrlichkeit dürfte alles verderben. In diesem Moment wusste ich, dass ich ihn mehr wollte, als alles andere und ich hatte es wahrscheinlich mit meiner Offenheit über meinen inneren Konflikt kaputt gemacht. Innerlich brannte ich vor Verlustangst.

„Lass uns später darüber reden. In Ordnung?" „Wir reden darüber!" „Ja!" „Mache das nie wieder!" „Was?" „Mir etwas in einer deiner Sprachen sagen und es dann nicht zu übersetzen. Es ist gemein. Du schließt mich aus." „Könntest du es mir zu liebe löschen?" „Du hast wahrscheinlich endlich einmal wahre Worte für uns gefunden. Ich werde es übersetzen lassen, wenn du es nicht tust." „Ich habe von mir und uns gesprochen.

Irgendwie ist mir so vieles rausgerutscht, was ich nicht sagen wollte. Dinge die ich dir zumute, die du mir zumutest." „Genau. Endlich bist du ehrlich zu dir selbst und zu mir. Steh zu dem was du sagst! Jetzt fahre los, ehe Leslie noch einen Nervenzusammenbruch erleidet." Ich öffnete das Garagentor über Funk und fuhr los. Plötzlich hatte ich richtig Angst, ihn zu verlieren. Ich wollte ihn vertreiben und als ich jetzt spürte, dass diese Worte es könnten, beschlich mich eine wahnsinnige Angst, alles weggeworfen zu haben. Mein Gesicht glühte und Hitze wallte in mir. Es war mir so, als wäre ich durch die wichtigste Prüfung meines Lebens gerauscht.

Begegnung mit Leslie

Am Bahnhof erkannte ich Leslie sofort. Eine Frau mit kinnlangen Haaren, die müde, abgekämpft und ein ganzes Stück älter aussah, als damals im Ritz. Zwei junge Kinder und ein Baby im Maxi Cosi und ein großer Irish Setter standen neben ihr. Der Hund war ungezogen und bellte die passierenden Leute an. „Hallo. Ich bin Stella Loren. Ihr Bruder hat mich beauftragt, sie vom Bahnhof abzuholen." Sie drehte sich zu mir und schaute mich intensiv an. „Kennen wir uns nicht? Mein Bruder kommt nicht selbst?", fragte sie unglücklich. „Er musste noch etwas erledigen."

„Ach, so", entgegnete sie mir sichtlich enttäuscht. „Das ist wieder typisch für ihn. Er lässt mich immer im Stich, wenn ich ihn am dringendsten brauche. Bitte nehmen Sie den Gepäckwagen, die Kinder und den Hund. Ich fühle mich nicht wohl." Sie schien ziemlich gestresst und nervös. Schließlich gab sie mir auch noch das Baby. So jonglierte ich Gepäck, Babyschale, den Hund am Handgelenk und die zwei Kinder, von vier und sieben Jahren, hielten sich nach meiner Aufforderung an meinem Mantel fest. Leslie ging neben mir. Als wir am Auto ankamen, setzte sie sich ins Auto und machte keine Anstalten ihren Kindern, dem Hund oder ihrem Gepäck behilflich zu sein. Es war unglaublich, wie sehr ich zum Dienstmädchen wurde, so hatte es sich bisher noch nie angefühlt. So bewusst dritte Klasse. Ich war für sie der dienstbare Geist, die Haushälterin ihres Bruders und sie verfügte über mich, weil ihr Bruder mich über die Agentur verpflichtete. Larissa hatte mir schon gezeigt, dass Bedienstete unsichtbar werden und nur bei Anweisungen wieder sichtbar wurden. Mir wurde mein Beruf als Spiegel meiner selbst vorgehalten und es störte mich, in meinem eigenen Leben immer wieder in die Nebenrolle gedrängt zu werden. Gut, in diesem Fall hatte mir Brandon die Wahl gelassen, weil ich es so wollte, weil ich bis eben keine Verbindlichkeit wollte. Ich wollte gesehen werden, aber tat im Gegenzug alles, um es nicht zu erreichen. Ich war innerlich außer Kontrolle geraten.

Nachdem ich alles verstaut hatte, setzte ich mich neben sie. Sie drehte sich zum Fenster und nahm mich gar nicht wahr. Als wir endlich in der Gloucester Road ankamen und in die Garage fuhren, stieg sie aus und ließ mich mit ihren Kindern allein. Sie war einfach verschwunden. Ich schleppte Kinder, Gepäck und alle anderen Gegenstände in die Eingangshalle und bat den Hund sich zu legen. Aber auf deutsche Kommandos hörte er nicht und wie ich später feststellte, auch nicht auf englische. Ich wollte in einer Ruhepause die Worte nachschlagen, vielleicht gab es für Hunde Kommando Begriffe, die ich durch bloße Übersetzung nicht ersinnen konnte.

Auf jeden Fall: „Sit, go, stay…!", blieb ohne Bedeutung. Sie machte, was sie wollte und folgt ihrer spontanen Eingebung und die hieß, schnüffeln und das Sofa besetzen. Plötzlich kam Brandons Schwester aufgeregt heruntergerannt. Sie redete wie ein Wasserfall auf mich ein, als wäre gerade die Welt untergegangen und ich könnte es mit irgendetwas aufhalten. Nach einer Weile fand ich heraus, dass sie sich ein Zimmer ausgesucht hatte, aber es war belegt. Ich sah sie erstaunt an. Sie dachte wohl, ich wäre ihrer Sprache nicht mächtig und zog mich nach oben in mein Zimmer und behauptete, dass sei ihres. Ich sollte bei den Kindern eine Etage höher schlafen und begann meine Sachen auf das Bett zu räumen, so als ob es gar keine Wahl gäbe. Ich sollte mit Tim, Laura und Jane in einem Zimmer übernachten. Sie legte meine Kleider auf das Einzelbett im Kinderzimmer.

Sie schaffte so schnell eine neue Tatsache, dass mir hören und sehen verging. Innerlich war ich über diese Entwicklung verstört, aber ich hatte tatsächlich kein Anrecht auf dieses Zimmer, weil ich Bedienstete war. „Ich brauche ein Zimmer für mich ganz allein!" „Aber das geht nicht! So viele Räume gibt es nicht. Jemand muss bei den Kindern schlafen. Es ist doch nur für ein paar Tage Mrs.?" „Loren." „Genau Mrs. Loren. Außerdem gehört es sich nicht, dass Personal auf einer Ebene mit der Herrschaft schläft. Schon immer waren die Zimmer der Bediensteten unter dem Dach."

„Ach, so?" „Ja!" Ich räumte meine Sachen in den Schrank und holte das Kindergepäck hervor und verstaute es in die Kommode. Nachdem ich fertig war, verlangte sie, dass ich ihr Gepäck einräumte. Das war Gepäck für eine halbe Ewigkeit und nicht für drei Tage. Sie hatte mehr Sachen mit, als ich und ich war schon über ein halbes Jahr in London. Kaum war ich fertig, rief sie mich schon wieder. Ich sollte jetzt ihr Baby füttern, für die Kleinen ein Essen kochen und mit dem Hund gehen. Zum Glück hatte ich das Essen für Heiligabend schon vorbereitet. Den Kindern machte ich zwei Hände voll Nudeln. Während ich das Baby mit einem Brei fütterte. Die Kinder waren wegen der neuen Umgebung zunächst ruhig und schüchtern. Ich versuchte mich mit ihnen zu unterhalten. Aber sie waren nur still schauten mich mit großen Augen an. Als ich mit dem Hund gehen wollte, hängten sich die beiden Kinder an meine Jacke, weil es ihre Mutter so verlangte. Baby Jane wurde in einem Kinderwagen untergebracht und schon konnte es in den gegenüberliegenden Park gehen. Dort blieb ich zur Freude der Kinder und des Hundes über eine Stunde. Als ich wieder nach Hause kam, wartete Leslie schon ungeduldig auf mich. Jane müsste jetzt in ihrem Bett schlafen und die gnädige Frau bräuchte unbedingt noch einen bestimmten Nagellack und gab mir Geld. Den Hund sollte ich wieder mitnehmen, der bräuchte sehr viel Auslauf und ich sollte nicht mit der U-Bahn fahren, sonst wäre der Hund in der Nacht zu unruhig.

„Was war das?" Sollte ich der Besen im Zauberlehrling sein, dem man unaufhörlich Beschäftigung gab?"

Endlich kam Brandon. Er begrüßte seine Schwester sehr innig und vertraut, dann die Kinder und schließlich den Hund. Mich schaute er sehr ernst an, sagte aber nichts.

Bruder und Schwester verschwanden im Wohnzimmer, wobei Leslie nun endgültig ihre Fassung verlor und schluchzend ihrem Bruder in die Arme fiel und sich versuchte zu erklären. Mit überdrehter, weinerlicher Stimme erzählte sie Brandon ihre Tragödie. Leslies Mann, Ben, hatte das Weite gesucht und war mit einer Schönheit aus seinem Kollegenkreis nach Übersee geflogen, als er herausfand, dass Leslie für mehrere Stunden in London war. Er hatte ihr nicht geglaubt, dass sie nur zum Einkaufen dort gewesen sei. Dummerweise hatte sich auch nicht das Passende gefunden, was sie ihm hätte vorweisen können. Es sah alles sehr eng für sie aus. Dann hatte sich für Ben ein Lichtblick aufgetan, weil eine neue Kollegin in das Team gekommen sei. In sie habe er sich verliebt und die Beziehung zu Leslie wäre zu Ende. Ich zog kurz die Augenbrauen nach oben und war sehr erstaunt über das Schicksal und die glückliche Fügung für Ben, der nun aufhörte in eine von Leslie vorbereitete Katastrophe zu rennen. „Che fortunato per Ben", fiel mir auch prompt in den Sinn aus dem Mund.

Die älteste Tochter, Lauren stand neben mir und rief laut: „Che fortunato!" Erschrocken zuckte ich zusammen. Leslie kam zur Wohnzimmertür. Sie blickte mich sehr böse an und verschloss dann die Tür. Lauren fragte mich: „Was heißt che fortunato?" Sie war ein ausgesprochen hübsches Mädchen mit ihren seidigen schwarzen, weichen Haaren. Während Tim blond, blauäugig und stämmig war, war sie dunkel und hatte braune, kluge und wache Augen und war ausgesprochen zierlich. Jane sah ihrer Schwester ebenfalls sehr ähnlich. Tatsächlich war Ben ganz anders, als seine Schwestern. „Das heißt, was für ein Glück in deiner Sprache?", erklärte ich ihr, als ich sie freundlich musterte. Sie schien eine sichtliche Freude an den Worten zu haben und rief es nun häufiger aus. Auch ihr Bruder, Tim, hatte gefallen daran gefunden und beide Kinder tauten langsam auf. Das Herabspringen von der Treppe, das erfolgreiche Hinauflaufen, die Abfahrt über das Geländer, alles wurde mit dem Freudenschrei che fortunato belegt. Plötzlich ging die Tür auf und Leslie stand gereizt vor uns. „Können Sie nicht einmal für Ruhe sorgen? Das nervt jetzt. Nehmen Sie die Kinder mit und machen sie jetzt die Erledigungen!" Direkt danach drückte sie die Tür wieder unsanft zu.

Eine Weile später befand ich mich mit den Kindern in einer Parfümerie und fand einen ähnlichen Nagellack, der auf Leslies Beschreibung und aufgestrichenen Nagellack auf Papier passte. Die Kinder liefen sich ungezogen im Laden nach und spielten fangen und ließen sich von mir nichts sagen. Ich musste sie tatsächlich einfangen und an der Hand halten. Einige Kundinnen schauten mich böse an, andere ehr verständnisvoll und mitleidig. Nach einem anstrengenden Marsch Heim, hatte ich wirklich das Gefühl mich zurückziehen zu wollen. Aber wo ich war, waren auch die Kinder. Ich ging mit den Kindern in die Küche und holte meinen Nintendo heraus, damit spielten sie vergnügt Super Mario. Es schellte an der Tür.

Brandons Eltern

Mr. und Mrs. Barclay begrüßten mich freundlich. „Wir sind Robert und Melanie Barclay." „Willkommen. Ich bin Stella Loren von der Agentur Mitchell und Tschirner." „Ach du meine Güte, Mitchell und Tschirner. Unser

Sohn beschäftigt aber sehr teures Personal. Na, ja als Superstar. Nicht auszudenken, was man über Brandon erzählen würde, wenn er normales Personal beschäftigen würde? Aber Mitchell und Tschirner ist Geborgenheit, Verschwiegenheit das Tugendbild", redete Mrs. Barclay los. „Ich habe ihm vor Kurzen noch den Tipp gegeben, dass Marge ihm eine Haushälterin besorgen könnte, die er festeinstellt. Mitchel und Tschirner, dass ist doch etwas für den Übergang, aber doch nicht für die Ewigkeit. Nichts gegen Sie!", und dann schaute sie mich wirklich an. „Aber wir kennen uns doch. Sie waren mit Milton im Ritz. Wir haben sie am Geburtstag meines Sohnes an unseren Tisch eingeladen. Leider mussten sie sich wegen einer Unpässlichkeit verabschieden. Ich muss schon sagen, mein Sohn hat überhaupt keine Manieren, sie so zu überfallen und in eine solche Lage zu bringen. Aber die Situation haben sie ja ganz wunderbar gemeistert. Jetzt verstehe ich. Das ist auf jeden Fall die Marke Mitchell und Tschirner", erinnerte sie mich an die schwierige Situation vor mehr als einem Monat. Ich nickte nur.

„Und beschäftigt Mitchell und Tschirner nur Topmodels? Ich wusste, dass Tschirner vieles hinbekommt, aber dass sie eine so bildhübsche junge Frau für diesen Dienst finden."

„Sie ist eine Deutsche. Du weißt, die Deutschen sind Putzweltmeister. Also organisiert Brandon die Beste für sich. James Mutter hat es mir vor wenigen Tagen erzählt, dass die Deutschen die besten in dieser Arbeit sind", fügte Frau Barclay hinzu, als würde das alles erklären. Ich lächelte nur verlegen und wäre am liebsten im Boden versunken. „Tragen Sie bitte das Gepäck nach oben! Wo ist denn unser Sohn?", fragte Mrs. Barclay. „Er ist mit ihrer Tochter im Wohnzimmer. Darf ich sie... ."

„Nein, wir kennen uns hier aus. Danke! Kümmern sie sich denn bitte jetzt um unser Gepäck!" Ich nickte und schon verschwanden sie im Wohnzimmer. Schnell brachte ich das leichte Gepäck der Eltern in das Zimmer zum Garten und stellte es an den Schrank.

In der Küche hörte ich, wie die Kinder untereinander stritten. Als ich das Zimmer betrat, befand sich mein Nintendo in beiden Kinderhänden. Jedoch bekam Tim kurz die Oberhand und schmiss ihn an die Wand, weil er in der Anspannung entschied, seine Schwester auf gar keinen Fall gewinnen zu lassen. Ich sah nur wie er als Wurfgeschoss über den Tisch zur Wand flog und am Boden endgültig zerschellte. „So! Das ist aber nicht freundlich", ermahnte ich Tim im energischen Ton. „Ich möchte, dass du jetzt auf dein Zimmer gehst und darüber nachdenkst. Ich möchte eine Entschuldigung und eine Wiedergutmachung", erklärte ich ihm. Tim lief schreiend zu seiner Mutter und tat so, als hätte ich ihn schwerwiegend misshandelt. Leslie erschien daraufhin in der Küche und schrie mich an. „Wenn es etwas unter den Kindern zu regeln gibt, bin ich zuständig. Ich verbiete Ihnen, so mit meinen Kindern umzugehen.

Das wird nun Tim auf Jahre in seinem Selbstbewusstsein zurückwerfen."

Tim stand lächelnd neben seiner Mutter und grinste mich an. „Ich glaube, dass Ihr Verhalten wohl mehr Schaden anrichtet. Er will die Konsequenz für sein Handeln nicht übernehmen", und ich zeigte auf den Nintendo DS, der am Boden lag. „Natürlich werde ich mich nicht in ihre

Belange einmischen, aber ich muss mich um meine kümmern.

Ich erwarte von ihrem Sohn eine Entschuldigung und Wiedergutmachung."

„Das ist ja wohl die Höhe. Das Firmenmotto von Mitchell und Tschirner ist, dem Kunden jeden Wunsch von den Augen abzulesen." „Aber das gilt doch nicht für Kinder, deren Urteilsvermögen darüber noch nicht ausgereift ist. Diese Dienstleistung gilt nur für Erwachsene. Kinder können davon in ihrer Erziehung einen erheblichen Schaden erleiden. Übrigens möchte ich eine Wiedergutmachung vom Kind für den angerichteten Schaden."

„Also hören Sie mal, wenn Sie besser auf Ihren Kram aufpassen würden, dann bekämen meine Kinder auch ihre Sachen nicht in die Hände. Das sind Sie selbst schuld." Diese Begründung schlug dem Fass den Boden aus. „Ihr Sohn hat mein Eigentum zerstört."

„Was kostet das Ding?" „In Deutschland hat es 180 € gekostet." Leslie rief nach Brandon, der auch sofort erschien. „Deine kleine Angestellte will Geld. Sie hat unvorsichtiger Weise ihren Nintendo liegen lassen und Tim hat ihn im Spiel kaputt gemacht. Ich habe ihr schon gesagt, dass es ihre Schuld ist und sie ihre Sachen unter Verschluss halten soll."

Brandon schaute mich an. Er war kühl und distanziert. „Schreiben Sie eine Rechnung. Ich begleiche es dann. Kommst du?", forderte er seine Schwester auf und beide verließen das Zimmer. Auf dem Weg zum Wohnzimmer erzählte Leslie ihrem Bruder: „Also Mrs. Loren ist viel zu spät zum Bahnhof gekommen, wusstest du das? Sie setzt die Prioritäten nicht richtig. Außerdem ist sie viel zu stolz für eine Hausangestellte. Hast du gesehen, wie energisch sie eingefordert hat. Unmöglich! Du müsstest sie eigentlich nach den Tagen rausschmeißen. Und warum hast du der Hausangestellten mein Zimmer gegeben? Ich verstehe ja, wenn du sie fickst, aber als Hausangestellte ist sie ja wohl eine Niete. Aber Männer können ja bekannter Maßen besser gucken als denken."

„Ich vögle nicht mein Personal. Das müsstest du eigentlich wissen", erklärte Brandon unmissverständlich. Ich hob die Augenbrauen leicht an. Er hatte sich die Aufnahme übersetzen lassen, da war ich mir jetzt ganz sicher. Er war so verärgert, so abgekühlt. Ich spürte, dass Brandon sich von mir distanzierte. Es fühlte sich genauso an, wie ich es mir schon ausgemalt hatte. Schmerzhaft!

„Wo schläft denn Mrs. Loren jetzt?" „Ich habe sie bei den Kindern einquartiert, oder glaubst du etwa, ich schlafe da?" „Leslie, die Angestellte hat ein Anrecht auf Ruhe." „Aber doch nicht über Weihnachten. Du bezahlst sie doch gut. Sie kann froh sein, diesen Job zu haben. Sie braucht hier doch fast gar nichts zu tun und verdient viel Geld und hat ein Bett und ein Dach über dem Kopf? Das Dachzimmer ist völlig für die Kinder und das Personal ausreichend." „Ich glaube eher Mitchell und Tschirner macht hier das Geschäft." Leslie lachte. „Sag mal, ist eigentlich was zwischen dir und ihr. Du warst auf deinem Geburtstag so vertraut mit ihr. Sie hat das Zimmer direkt neben dir." „Wenn da was laufen würde, ginge es dich nichts an!" „Ganz typische Antwort für da läuft was." „Wenn es soweit ist, wirst du es als erste erfahren." „Bruder! Warum machst du daraus ein Geheimnis? Vor

Papa und Mama vielleicht, aber vor mir. Mir ist nichts peinlich, was das betrifft. Wenn du sie bumst, ist das für mich Okay. Nicht Okay ist deine Heimlichtuerei!" Die Tür wurde geöffnet und beide gingen ins Wohnzimmer. Ich fühlte mich gedemütigt. Sicherlich hatte Brandon das auch vor. Er wollte mich seine Verärgerung spüren lassen.

Heiligabend

Am frühen Abend kamen Cathy, James, Milton und viele andere Freunde und Verwandte von Brandon, um mit ihm zu feiern. Einige Pärchen brachten ihr Baby mit. Ich hatte ein Buffet für 20 Leute arrangiert. Es wurde getrunken, gegessen und viel über gemeinsame Erlebnisse gelacht. James schaute mich an und musterte mich. Er folgte mir unangenehm mit seinen Blicken, während ich mich um das Büffet kümmerte, Essensreste entsorgte, frisches Geschirr aufstellte und mich gelegentlich „unsichtbar" machte. James trank sehr viel über den Abend und ließ mich nicht aus den Augen, wenn ich das Zimmer betrat. Ich war den ganzen Abend mit der Versorgung der Gäste beschäftigt. Außer Milton sprach niemand ein privates Wort mit mir und Brandon unterhielt sich als vollkommener Gastgeber mit jedem seiner Gäste. Er verfolgte mich eher mit grimmigen, kühlen Augen.

„Hi, wie geht's dir?", wandte sich Milton mir zu. „Gut, danke der Nachfrage und dir?" „Sehr gut. Ein tolles Buffet. Hast du das gemacht?" „Ich nickte. „Das ist echt großartig." „Mein Großvater hat ein Restaurant. Ich habe in meiner Schul- und Studienzeit für ihn gearbeitet."

„Aha. Warum setzt du dich nicht zu uns? Es scheint doch

eigentlich alles getan?"

„Ich bin Brandons Hausangestellte, vergessen?" „Du bist Brandons Verlobte, vergessen? Wieso habt ihr niemanden anderen dafür engagiert."

„Es ist mein Job." „Aber doch nicht heute, wo seine Eltern da sind." „Warum nicht? Sie wissen gar nichts von uns und vielleicht auch besser so."

„Du begibst dich unter unseren Stand. Ich dachte, du wolltest Gleichberechtigung."

„Ehrlich gesagt, ich dachte ich bin ein gleichberechtigter Mensch. Außerdem habe ich mich noch nicht entschieden. Ich will nicht als Eintagsfliege vorgestellt werden."

„Du willst mir aber doch nicht etwa sagen, du machst wieder einen Rückzieher."

„Es ist eben noch nicht offiziell. Ich bin mit meinen Plänen noch nicht soweit." „Findest du das eine gute Idee? Ich verstehe Brandon nicht, dass er das mitmacht?"

„Macht er auch nicht. Aber er hat keine andere Wahl. Ich kenne seine Familie nicht. Ich will in nichts hineinrennen und es bereuen. Er hat es akzeptiert. Außerdem hatten wir eine Aussprache darüber, dass ich im Sommer vielleicht wieder nach Hause gehe, wenn es nicht mit uns funktioniert. Bis dahin hängen wir nichts an die große Glocke." „Ich finde, du solltest endlich zu Brandon stehen. Du erwartest das von ihm, und er darf es sicherlich von dir erwarten. Das macht man als Verlobte und spätere Ehefrau."

„Milton, du willst Mrs. Loren heiraten?", rief Leslie laut heraus aus und jeder schaute uns an. Mir schoss die Röte ins Gesicht. Auch Milton schaute ein wenig irritiert.

„Belauschst du unser Gespräch?“

„Aber Milton ich bin rein zufällig gerade an dir vorbei geschlendert, da höre ich, dass macht man als Verlobte und spätere Ehefrau. Das ist aber sehr eindeutig.“

Brandon beobachte uns und ich konnte ihm ansehen, dass es in ihm brodelte und er sah zu seinen Eltern hinüber, die mich erstaunt ansahen. „Leslie, dann darf ich dir sagen, dass Mrs. Loren mit einem guten Freund von mir verlobt ist und sie bald heiratet. Leider bin ich nicht der Glückliche.“ „Ach, interessant!“

„Lass mal Mrs. Loren ihre Aufgaben machen. Setz dich zu uns! Wie geht es deiner Mutter?“, lenkte Mrs. Barclay ab. Milton nickte mir kurz zu und bewegte sich auf Brandons Mutter zu.

Heiligabend ist in England ganz anders. Man feiert ausgelassener und mit mehr Alkohol. Für Sylvester wäre es wohl angemessen. Als ich weitere Weinflaschen im Keller besorgte, war mir Brandon gefolgt. Er stand neben mir und legte die entsprechenden Flaschen in meinen Korb. Es war bedrückend still zwischen uns. Ich verkniff mir jedes Wort, bis er das Schweigen brach: „Zufrieden?“

„Was meinst du?“

„Die Rolle der Hausangestellten! Du willst auf gar keinen Fall als meine Freundin wahrgenommen werden. Du willst jeder Zeit gehen können. Du hältst alles unverbindlich. Das ist doch so?“ „Ja! Vielleicht! Ich weiß es doch auch nicht. Ich will keinen Fehler machen!“ „Das wird ja immer besser. Ich bin ein Fehler?“ „Nein, du bist perfekt. Aber die Umstände sind es nicht!“ „Was denn bloß für Umstände?“ „Ich bin nicht in meinem wirklichen Leben. Meine Eltern sind nicht da. Ich bin ...“

„Du sagst mir, dass du Heimweh hast?" „Manchmal!"
„Du fühlst dich hier nicht zu Hause?" Ich nickte und
schluckte. „Was kann ich denn nur tun, das sich das
ändert?" Ich hob die Schultern. „Was vermisst du am
meisten?"

„Meine Familie. Auch wenn sie nicht perfekt ist und es
viele Probleme gibt, ich vermisse sie!" „Wir könnten deine
Eltern besuchen. Für eine Weile dort sein und hier, wenn
es dich beruhigt. Ich wollte sie einladen, wenn du dich
erinnerst. Ach, ja, ich vergaß. Deine Eltern könnten nicht
mit mir einverstanden sein und du hast Angst vor ihnen."
Ich sah ihn wie von einer glühenden Nadel gepickt an. Er
hatte sich das Tonband übersetzten lassen. „Soll ich dir
morgen ein Ticket nach Pisa kaufen?"
Ich sah ihn verletzt an. „Spielen wir noch? Es kommt mir
so vor, als würde ich verlieren," spuckte er die Worte vor
mir aus. „Nicht Brandon." „James hat es mir von seiner
Sekretärin übersetzen lassen." „Die Aufnahme?" „Wann
fährst du nach Hause!" „Ich wollte im Juli wieder nach
Hause." „Solange willst du für mich arbeiten und mich
hinhalten?" „Ich weiß es nicht." „Dann mache dir
gefälligst einmal Gedanken, was du wirklich willst." „Soll
ich gehen?" „Du sollst mir sagen, was du willst! Ich warte
auf eine Antwort!" „Was ist denn die Frage?" „Willst du
mit mir zusammen sein?"

„Ich bin mit dir zusammen, inoffiziell!" „James sagt, ich
sollte mich von dir trennen, weil du ein unreifes Ding
bist." „Willst du dich trennen?" Plötzlich drehte er sich zu
mir um und presste mich an die Wand und hielt mich mit
seinem Körper fest und ich fühlte seinen warmen Körper
und hinter mir die kühle Wand. „Ich will, dass du bleibst.

Ich will mit dir zusammen sein. Es tut weh, wenn du mich nicht willst. Du bist wie Feuer und Wasser, wie Ja und Nein." Ich sah ihn traurig an. Er streichelte mit seiner Hand meine Wange und ich schaute ihn an. Schließlich drückte er seinen Mund auf meinen und küsste mich hastig und intensiv und ich ließ es in aller Heftigkeit versöhnend zu. Seinen Unterleib presste er an mich und plötzlich schob er meinen Rock hoch. Er löste seinen Gürtel und zog hastig seine Hose runter. Gerade in diesem Moment trat Leslie ein. „Halleluja! Was machst du mit der schönen Mrs. Loren? Feiert ihr schon den Junggesellenabschied von deiner Angestellten?" Brandon ließ hastig von mir, drehte sich leicht erschrocken um und verdeckte mich. „Was machst du hier unten?" „Du schickst dein Personal in den Keller und eine Weile später folgst du ihr. Ich wollte es wissen." „Und jetzt weißt du es?" „Ja, ich habe genug gesehen." „Na, schön zu wissen." „Es tut mir leid!", flüsterte er mir zu, „wir reden später." Er wendete sich von mir ab, zog seine Hose hoch, ging auf Leslie zu und führte Leslie aus dem Keller heraus. „Sprich mit den anderen nicht darüber, was du gerade gesehen hast?" „Ach, Brandon, das habe ich nie getan. Das weißt du doch."

In mir brodelte es vor Wut und Verzweiflung. Er zeigte mir sein Bild, vor dem ich mich am meisten gefürchtet hatte. Er würde einfach gehen. Wenn Leslie nicht gekommen wäre, hätte ich beinah mit Brandon an einer Kellerwand stehend mein erstes Mal gehabt. Wie romantisch. Es wäre die hastige kleine Nummer gewesen. Ich wollte mich versöhnen, aber ich war verletzt und gedemütigt. Überhaupt empfand ich wenig Empathie zu Brandons Familienmitgliedern. Sie waren arrogante

Schnösel. Als ich mich gefangen hatte, machte ich mich auf den Weg in die Küche.

Sexuelle Belästigung

Gerade war ich dabei, die weiteren Flaschen in der Küche zu entkorken, als James die Tür öffnete und eintrat. Ich fühlte mich unbehaglich. Dennoch versuchte ich so unbefangen zu sein, wie nur eben möglich. Er legte seine Hand auf meine Schulter und nahm mir mit der anderen Hand die Flasche aus der Hand und entkorkte sie. Anschließend schaute er mir tief in die Augen. Ich wisch zurück, um ihm zu zeigen, dass ich auf gar keinen Fall von ihm berührt werden wollte. „So prüde? Seltsamer Weise schlägt deine Masche bei Brandon an. Er steht eigentlich auf Frauen, die sexuell etwas aggressiver sind. Nette Masche von dir. Für Brandon eine völlig neue Variante." „Das ist keine Masche." „Es ist keine Masche, wenn eine Frau einen Mann so scharfmacht, dass sie für ihn zu einer Besessenheit wird? Er würde dich binnen von einer Woche vor den Traualtar ohne Verträge über sein Vermögen führen, um nur eine Nummer mit dir zu schieben. Sieben Wochen später würdest du ihn langweilen. Aber du hättest das Geschäft deines Lebens gemacht. Du hättest ausgesorgt."

„Ist das so?" „Ich kenne Brandon seit meiner Kindheit. Er will es haben, ausprobieren und dann wegschmeißen." „Mit so einem Menschen will ich nicht verheiratet sein. So habe ich Brandon nicht kennen gelernt." „Doch ich war dabei, als er dich aufreißen und vernaschen wollte." „Er hat mich aber nicht vernascht." „Ich weiß, er durfte durch die Verpackung schauen und ein wenig am Inhalt

schnüffeln." „Mr. Lynn, unser Gespräch ist beendet."
„Nenn mich James!" „Mr. Lynn!" Er lächelte. „Pass
einmal auf! Wenn du dich aus dem Staub machst, bietet
dir Brandons Vater eine Unterstützung an, damit du beim
Weggehen aus diesem Haus nicht stolperst. Er will keinen
Skandal." „Wieso bietet er mir Geld an?" „Kannst du dir
das nicht denken?" „Nein, kann ich nicht!" „Er findet,
dass so eine kleine attraktive Lady nicht unbedingt im
Haus seines Sohnes gehört und er kann sich vorstellen,
dass Brandon keine Rücksicht auf deine Gefühle nimmt.
Er will dich einfach aus dem Spiel nehmen, bevor du
weißt schon und sein Vermögen geteilt wird und es eine
Menge Öffentlichkeit und Ärger gibt." „Wieso interessiert
Brandons Vater das?" „Er kennt Brandons Verträge und
zurzeit darf Brandon eben nicht als begehrtester
Junggeselle und voraussichtlicher Ehemann von Mrs.
Saunders verheiratet sein und eine zweite Verlobte an
seiner Seite haben. Er ist immer noch offiziell mit
Stephanie verlobt." Ich drehte mich erschrocken um. „So
erstaunt! Seine Freunde wissen alle, mit wem er eigentlich
verlobt ist. Brandons Eltern erwarten hier bald eine
Hochzeit. Ich bin als enger Berater mit allen Verträgen
vertraut. Stephanie und Brandon haben schon Verträge
bezüglich dieses Ereignisses aufgesetzt." „Seine Eltern
sind also gegen eine Verlobung mit mir." „Was heißt hier
dagegen? Die Würfel sind schon längst gefallen. Und
soweit ich weiß, kommst du nicht vor", nickte James mir
zu. Ich setzte mich. „Es tut mir leid. Das scheint dich
wirklich zu treffen!" Er legte die Hand auf meine
Schulter. „Also 10.000 Pfund!" „Nein, danke!" „Du willst
das Geld nicht. „Ah, ich verstehe, du setzt auf Heirat und

den ganz großen Zugewinn?" „Nein, ich setze auf gar nichts. Ich werde gehen." „Ohne Geld?" „Das Geld interessiert mich nicht." „Ich finde es sehr bedauerlich, dass wir beide uns nicht unter anderen Umständen kennen gelernt haben. Ich hätte dich gern mit immer, was du dir wünschst, beglückt. Zum Beispiel eine Anstellung, wo immer du es dir erträumst. Das ist doch dein Preis. Milton hat mir erzählt, dass du eine Anstellung bei der Zeitung oder in einer Schule suchst. Ich wäre dir da sehr gerne behilflich."

„Du bist wirklich gut informiert. Aber nein, danke. Ich glaube, ich werde bald das Land verlassen."

Tröstend legte er seine Hände auf meine Schulter und schaute mich lächelnd an. Dann neigte er seinen Kopf zur Seite und versuchte langsam seine Hände um meine Taille zu legen. Erschrocken rückte ich weg und entzog mich. Auf einen Schlag war ich aus der Fassung. Das Blut kochte in mir. Ich fühlte mich schwerwiegend beschämt und gekränkt. „Und du bist der Richtige in meinem Fall von Sozialdarwinismus? Nur weil du versuchst nett zu sein, ist das keine Einverständniserklärung für Sex." „Ich mag vielleicht nicht der richtige Mann für dein Leben sein, aber ich garantiere dir ein kleines Vermögen für eine Nacht mit dir. Mit mir befreundet zu sein, kann dich richtig reich machen. Ich verspreche dir, eine hohe Vergütung und meine Beziehungen für eine bessere Stellung. Du hast doch studiert und verkaufst dich bei Brandon unter deinem Wert. Na, wie wär's?" „Was soll das?", fauchte ich ihn jetzt an.

Plötzlich nahm er meine Arme und führte sie hinter meinen Rücken und hielt sie dort fest. Ich spürte seinen alkoholisierten Atem. Er wollte mich küssen, ich drehte mich weg und sein Mund glitt in mein Dekolleté. Er atmete hinein. „Mr. Lynn, bitte, lassen sie mich in Ruhe. Sie belästigen und nötigen mich." „Eine so schöne Frau ist Verschwendung neben dem falschen Mann. Nimm mich! Ich bin ehrlich und sage dir, was im Topf drin ist und was nicht."

In diesem Moment kam Leslie herein, um für Jane die Milch zu holen. Sie blitzte mich verletzt wie von einer Biene gestochen an. James nahm sofort wieder Haltung an und flüsterte lüstern zu mir: „Baby überlege es dir gut, mein Angebot steht." „Bei dir stehen sie wohl Schlange!", herrschte Leslie mich an. „Ich wusste doch, dass Sie ein kleines Flittchen sind. Erst Milton, mein Bruder und jetzt auch noch ausgerechnet James. Wenn das ihr Verlobter wüsste? Was kostet denn eine Nummer bei Ihnen?" „Gar nichts!" „Ach, verstehe, deswegen der Andrang. Wissen Sie was, ich melde das Mitchell und Tschirner. Unglaublich, dass Tschirner so jemanden wie sie beschäftigt. Kein Wunder, dass mein geiler Bruder sie im Haus haben will. Aber doch nicht an Heiligabend, wenn meine Eltern da sind. Das geht echt zu weit." Ich atmete tief durch. Sie hatte ihr Bild von mir und ich musste selbst mir eingestehen, alles war zweideutig und doch eindeutig in den Augen von Leslie. Je mehr ich insistierte, desto heftiger würde sie dagegensprechen. Die Demütigung würde vielleicht geringer ausfallen, wenn ich jetzt einfach ging. Plötzlich stand Brandon in der Tür und versperrte mir den Weg. „Was ist hier los? Was machst du in der Küche bei Stella?" „Weißt du, was ich gerade gesehen habe?" Brandon kam herein und schloss die Tür und schaute uns an. „Hast du James gesehen? Er war total scharf auf unsere hübsche Hausangestellte, die vom Kochen und viel vom horizontalen Gewerbe versteht. Sie hat nicht nur dir den Kopf verdreht, sondern unser guter James war völlig außer sich und wollte sie gleich hier auf dem Küchentisch. Sein Gesicht war in ihrem Dekolleté und sie standen hier in der engsten Umarmung mit eindeutiger Absicht. Ich sage dir fünf Minuten später und James hätte sie auf dem Küchentisch genommen und das am Heiligabend. Zweimal in flagranti in weniger als 30 Minuten."

Das tat weh und beschämt schaute ich zu Boden. „Ist das wahr?", fragte mich Brandon bestimmend und versuchte meine Blicke einzufangen. „Nein, natürlich nicht!" „Sie lügt. Das Luder lügt. Ich bin Augenzeuge!" „In Gottes Namen. Er wollte mich vergewaltigen. Er hat mich belästigt und genötigt. Du weißt, genau warum Brandon. Es ist alles verdorben." „Glaube ihr kein Wort!", schrie Leslie aufgebracht. „Ich weiß, was ich gesehen habe. Sein Gesicht war in ihrem Dekolleté und zwar sehr tief."

„Leslie, gehe jetzt ins Wohnzimmer und sage James, dass ich mit ihm sprechen muss! Unterhalte meine Gäste! Und halte über die Angelegenheit deinen Mund." Leslie machte sich auf den Weg in der Hoffnung, dass heute mein letzter Tag war und ehrlich gesagt, ich wollte endlich gehen. Brandon schaute mich an und erforschte jede meiner Regungen. Ich drehte mich von ihm weg. Er legte seine Hand auf meine Schulter. „Was ist los?" „Ich weiß nicht welches Spiel du treibst? Du stehst nicht zu mir. Du bist schon mit Stephanie verlobt. Du spielst ausgerechnet James, diesem absoluten Bock mein Band vor." „Ich denke, du hast ein Problem zu mir zu stehen. Tausendmal sage ich dir, kündige deinen Job und lebe mit mir hier. Aber du willst ja im Sommer weg. Wann hättest du es mir gesagt? Wahrscheinlich gar nicht!" „Für wie viele Nächte, wäre ich deine Frau? Wann hättest du mit mir Schluss gemacht? Wenn Stephanie vor der Türe steht?" „Lass Stephanie aus dem Spiel. Ich habe dir gesagt, dass sie eine Kollegin ist. Ich kenne deinen Preis!" „Ach, sieh einmal an! Ihr seid euch einig geworden. Was verlangt sie denn?", wollte James wissen. „Was hat sie dir angeboten?", fragte Brandon plötzlich und drehte sich zu James. „Nein, sie hat mir nichts angeboten. Wir sind mitten in den Verhandlungen stecken geblieben, als deine liebreizende Schwester Leslie auf der Bildfläche erschien. Nicht wahr, Darling!", lächelte mich James anzüglich an. „Wie viel?", sprach Brandon ihn wütend an. „Also ein 1000der pro Nacht. Ich gebe ihr eine neue Stellung, die besser zu ihrer Qualifizierung passt, wollte ich ihr gerade anbieten, als deine Schwester in die Verhandlung platzte." „Was meinst du damit?" „Ich habe ihre Diplome gelesen, die du mir gegeben hast. Für den Job hier ist sie absolut überqualifiziert. Sie ist eine Hochschulabsolventin mit Mastertitel. Wir werden uns bestimmt einig, wo sie in Zukunft arbeiten kann, nicht wahr Stella? Du suchst doch eine neue Stelle? Ich bin auf jeden Fall ein Menschenfreund und ehrlich zu dir. Du versuchst sie doch nur mit Versprechungen zu ködern, die du nicht halten wirst." „Nein, ich suche mir meine Jobs selbst und 1000 pro Nacht ist völlig indiskutabel!", klinkte ich mich ins Gespräch ein. „Wau. Okay! Wir können gerne weiter nach oben gehen, wenn du noch Jungfrau bist. Was wird denn so gehandelt? Ich habe von einer gelesen, die wollte 10.000 Pfund. Ich hatte noch nie mit einer Jungfrau."

Meine Wangen wurden heiß. Es brannte in mir und am liebsten hätte ich sofort meine Jacke geschnappt und wäre abgehauen. „Lasst mich in Ruhe! Ihr seid pervers! Ich bin keine Prostituierte und nicht zu kaufen." In diesem Moment holte Brandon aus und schlug James mit einem gekonnten Schlag nieder. „Ich hoffe, du hast mich verstanden. Du rührst sie nie mehr an, sprichst nicht über sie und auch nie wieder über solche Themen mit ihr. Sie gehört zu mir. Bei unserer Freundschaft du hättest sie niemals anfassen und mit ihr so reden dürfen." „Mensch, Brandon es ist bisher gar nichts gelaufen. Was machst du nur für eine Show? Wie viele Freundinnen habe ich schon von dir aufgenommen und getröstet, wenn du die Schnauze von ihnen voll hattest? In diesem Fall tröste ich halt schon vorher. Wer hat dafür gesorgt, dass nichts an die große Glocke gehängt wird und sie das Haus verlassen? Das sind einige Beziehungen, die alle eine Abfindung erhalten haben. Was ist jetzt anders?"

Brandon schaut ihn voller Abscheu und verletzt an. Sein Blick schweifte zwischen ihn und mir. Er war außer sich vor Wut und konnte sich kaum beherrschen. Dann drehte sich Brandon plötzlich um und verließ wütend die Küche. Ich drehte mich von James weg, setzte mich auf den Stuhl und schluchzte. James hielt sein Taschentuch direkt vor meiner Nase. „Ich habe dir gesagt, dass er nichts ernst nimmt. Du weißt jetzt Bescheid und kannst deine Entscheidung treffen." Ich schaute ihn an. „Was soll ich jetzt tun?" „Du packst deine Sachen und suchst dir einen Mann, mit dem du wirklich dein Leben verbringen

kannst. Du bist ein anständiges Mädchen, das hier ist nichts für dich. Brandons Vater ist bereit, dir zu helfen. Er will dir eine Überbrückungssumme geben, bist du wieder auf den Füßen stehst?" „Das ist nicht nötig. Ich kann bei Mitchell und Tschirner den Arbeitgeber wechseln. Ich brauche nichts! Morgen bin ich weg."
„Wirklich kein Geld?"

„Nein!" Er schaute mich seltsamer Weise ungewohnt besorgt an. „Es ist wirklich alles Okay. Ich komme schon klar! Mr. Lynn, gehen Sie jetzt, es ist schon gut", flehte ich ihn an, die peinliche Situation zu beenden. Oben hörte ich James mit Brandon reden. „Es ist alles geregelt! Und das erste Mal für gar nichts!" „Was meinst du damit?" „So wie dein Vater es wollte!" „Was hat mein Vater damit zu tun?" „Frage ihn selbst! Wir werden wohl beide nichts von ihr haben!" „Wie meinst du das?" „So wie ich es sage!" „Ich bekomme, dass schon wieder mit ihr hin." „Das wage ich zu bezweifeln. Morgen verlässt sie das Haus. Sei froh, dass es zu Ende ist! Am Ende haben gerade solche Frauen einen Braten in der Röhre, wenn du mit ihnen fertig bist." „James. Sie will die Ewigkeit, das ist ihr Preis und das geht nur über Kinder!" „Oh, verdammter Bullshit! Niemand ist für die Ewigkeit! Wenn du ein paar Mal mit ihr schläfst, dann stellst du fest, dass es auch nicht anders ist." „Wenn ich mit ihr zusammen bin, gibt es keine Zeit mehr!" „Ich verstehe dich nicht." „Ich liebe sie!" „Du weißt, dass du sie dir nicht leisten kannst. Nicht bei deinen Verträgen! Du hast doch heute Mittag gehört, dass sie mit dir spielt und dich absichtlich auf Distanz hält. Lass sie gehen!"
Leslie kam mit Cathy heraus. Cathy war außer sich und

ohrfeigte James. „Schließlich drehte sie sich zu Brandon um. „Ich hoffe, du reagierst angemessen und wirfst die Schlampe raus!" Brandon schaute zu Leslie und schwenkte anschließend sein Blick auf Cathy. „Ihr irrt euch. Der Schuft steht hier. Stella trifft keine Schuld. Lasst sie in Ruhe! Ich hoffe, du hast mich verstanden, Cathy." „Du bist ein echter Freund. Warum hängst du mich hin?" „Das hast du selbst getan." „Sind wir noch Freunde?" „Ach, James! Wir sind seit der Grundschule Freunde. Du bist ein Arschloch genauso wie ich eins bin." Sie umarmten sich kurz. Cathy und James verließen das Haus und ich konnte von der Küche hören, wie sie sich sehr leise stritten. Cathy war James Weibergeschichten leid. Im Flur blieben Brandon und Leslie noch eine Weile stehen. „Leslie, ich möchte keine Szenen in meinem Haus. Haben wir uns verstanden? Was hast du bloß gegen Stella? Warum bist du so gegen sie?" „Mein kleiner Bruder! Ich will dich doch nur vor einer großen Dummheit beschützen. Die ist so eine, die dir am Ende ein Kind von einem anderen andreht und sagt, du wärst es gewesen. Sie ist ein Teufel, der dich um ihren Finger wickelt und ehe du dich versiehst, darfst du ihr eine Abfindung zahlen und Alimente! Mache die Augen auf, ehe es zu spät ist! Und denk auch einmal an Stephanie, was sie bisher für dich getan hat und noch tun kann. Sie ist mit dir verlobt. Tu ihr das nicht an!" „So ist es nicht!" „Du hättest ihr heute Abend noch den Braten versorgt, wenn ich nicht gerade dazu gekommen wäre. Aber vielleicht ist es ja auch schon an anderer Stelle passiert." „Du wirst es wahrscheinlich nicht glauben, aber ich hatte keinen Sex mit ihr." Nach einem tiefen

Schluchzer schöpfte ich wieder Mut und trocknete meine Tränen. Das Ganze musste nur noch für wenige Augenblicke durchgestanden werden und ich war raus aus diesen Demütigungen. Erst einmal wollte ich den Job im Haus Brandon Barclay kündigen und dann nach Hause fahren. Meine Englanderfahrungen reichten mir.

Verhandlungen

Neben mir stand plötzlich Robert Barclay, als ich mich umdrehte und ein wenig erschrak. „James hat mit Ihnen doch über die Überbrückungssumme gesprochen!" „Ach so, das! Nein, Mr. Barclay das brauche ich nicht. Ich fahre bald nach Hause."

„Oh, gut! Dann tun Sie das. Das ist nur in Ihrem eigenen Interesse. Mein Sohn wird bald über diese Angelegenheit hinweg sein und Sie auch." „Das wage ich zu bezweifeln!" „Ich kenne meinen Sohn. Er nimmt es für eine kurze Weile schwer. Er ist verlobt und wird bald heiraten." „Mr. Barclay, ich glaube nicht, dass Sie beurteilen können, wie schwer ich es nehmen werde." Er schaute mich sehr ernst an und lächelte, schließlich warnte er mich: „Passen Sie gut auf sich auf, wem sie ihr Herz schenken!"

Wenige Minuten später schaute seine Frau in der Küche vorbei. „Das ist ja einmal ein seltener Anblick, dich in der Küche anzutreffen." „Das Refugium von Mrs. Loren." Ich verließ die Küche. „Du hast mit ihr gesprochen?", wollte Mrs. Barclay wissen. „Ja. Sie wird wohl nach den Weihnachtstagen das Haus verlassen."

„Was hat es dich gekostet!" „Gar nichts! Nur ihr Herz! Du kennst ja die Mädchen, die Brandon zu Füßen liegen und sich alles gefallen lassen."

„Oh, mein Gott! Aber eigentlich habe ich sie so gar nicht eingeschätzt. Sie ist nicht Brandons Geburtstagseinladung gefolgt! Sie bleibt immer auf Distanz. Und sie ist wirklich eine ausgesprochene Schönheit. So eine kleine Brigitte Bardot."

„Wenn man das so hört, könnte man meinen, du hättest sie gerne als Schwiegertochter gehabt." „Ach, Robert! Unser Junge ist ein Windhund. Der bekommt doch keine Loren. Am Ende wird es noch die dramatische Mrs. Saunders. Das ist wohl eher seine Liga!"

Betrübt ging ich ins Wohnzimmer. Mit einem Kloß im Hals nahm ich die letzten Vorbereitungen für den morgigen Tag vor.

Mein Herz pochte, meine Gedanken kreisten, mein Elan kroch nur mit meinem Willen der Pflichterfüllung voran. Alles war an diesem Abend merkwürdig geworden. Ein Gefühl wie Blei legte sich um mich. Alles war sehr verworren.

Als ich die Geschenke unter dem Baum gelegt hatte, war ich ziemlich müde. Ich verließ gerade das Wohnzimmer, da stand Leslie vor mir und drückte mir die Leine in die Hand.

„Die arme Emmy war heute Abend noch nicht draußen. Sie wären doch bitte so liebenswürdig und drehen bitte noch einmal eine Runde im Park. Sonst finden wir morgen hier einige Tretminen!" Kommentarlos nahm ich die Leine und rief den Hund. Brandon stand oben an der Treppe und hörte, wie ich mich anzog. Er flog die Treppe hinunter. „Wo gehst du hin? Ich begleite dich!" Er nahm mich draußen in die Arme und küsste mich voller Leidenschaft. Ich war so traurig und gelähmt, dass ich es einfach geschehen ließ, weil ich Trost brauchte. „Lass uns zu deiner Wohnung gehen! Hast du den Schlüssel?" Ich nickte.

Brandons Ziel ist meine Bestimmung

Die Kälte war abstoßend. Es bildete sich Atemhauch und wir liefen zu meiner Wohnung. Ich war leer, enttäuscht und schweigend gingen wir neben einander her. Ich schloss die Wohnungstür auf und Emmy stürmte hinein, drehte sich viermal im Kreis und kehrte dann zu uns an den Eingang zurück. „Mächtig kalt in deiner Wohnung!" „Ja, ich hatte die Heizung abgestellt, um Kosten zu sparen." „Kluges Mädchen! Aber leider dumm!" „Ja, leider dumm. Ich drehe die Heizung auf und morgen gegen sieben wird das Zimmer geheizt." „Das ist ein bisschen spät!" „Ich mache mir eine Wärmflasche und lege mich ins Bett. Es geht schon!" „Wir bleiben nicht hier! Ich dachte ..., aber es ist wirklich zu kalt, um hier zu sein. Komm, lass uns wieder gehen!" „Nein, ich bleibe. Nimm den Hund wieder mit!" „Du bleibst auf gar keinen Fall hier!" „Doch!" „Deine ganzen Kleider sind bei mir!" „Ach, stimmt!" Dann nahm er meine Hand und zog mich wieder aus der Wohnungstür. Wir liefen schweigend neben einander her zu seinem Haus. Während ich überlegte, wie ich meine Kleider aus dem Zimmer der Kinder bekam, zog mich Brandon weiter. Ich musste wohl bis morgen warten.

Emmy trollte sich gleich auf ihre Decke unter der Treppe. Ich hängte meinen Mantel an die Garderobe und schaute Brandon an. „Gute Nacht!", wünschte ich ihm und wollte in mein Zimmer gehen. Brandon spurtete hinter mir und hielt mich fest. „Was soll das werden? Du willst doch nicht bei den Kindern schlafen?" Er zog mich in sein Schlafzimmer und entleerte seine Taschen auf seine Kommode. Kondome purzelten hervor. Er küsste mich und begann mich dabei zu entkleiden. „Bitte, Brandon nicht", entgegnete ich ihm.

„Warum nicht? Es ist endlich Heiligabend. Naja, Weihnachten. Ich warte schon so lange auf dich. In Österreich hast du es mir versprochen. 55 Tage. Du erinnerst dich. Jetzt ist Heiligabend schon vorbei, es ist unser Bett und du bist endlich in meinem Haus. Es ist unsere Nacht. Wir könnten meinetwegen auch schon unser erstes Kind zeugen."

„Nein. Ich kann nicht." „Komm schon! Ich tue dir nichts, Es wird schön. Endlich können wir zusammen sein", lächelte er mich an. „Ich kann nicht und ich will es nicht. Ist das nicht eindeutig genug für dich! Ich werde morgen nach Hause fahren", schrie ich ihn nervös an. „Sch, Stella! Du gehst nirgendwo hin. Du bist, wo du sein willst. Im Keller habe ich gespürt, dass du mit mir zusammen sein möchtest. Glaub mir, wenn Leslie nicht gekommen wäre..." „Ich will nicht. Lass mich jetzt gehen!" „Du willst gehen? Aber als wir zu deiner Wohnung gingen, ich dich nach deinen Schlüsseln fragte, dachte ich, du wüsstest, was ich wollte?" „Ich weiß seit dem Schwimmbad, was du von mir willst. Ich liebe dich, aber du verwechselt es mit sexueller Begierde. Das ist dein Problem." „Stella, wenn ich in etwas jungfräulich bin, dann ist es in meiner Liebe zu dir. Du bist die erste Frau, die mir alles bedeutet." „Wie kann ich dir glauben?" „Du musst mir vertrauen und ich werde es dir beweisen. Du willst doch nicht den

Raum verlassen?" Aber ich ließ mich nicht aufhalten und ging zur Tür. Er lief in raschen Schritten hinter mir her und drehte mich um. „Komm Stella! Du darfst jetzt nicht gehen." „Nein, wir lassen das jetzt lieber bleiben. Ich will nicht mit einen gebrochenen Herzen und einem Kind am Ende England verlassen." „Unsere beider Herzen werden gebrochen, wenn du gehst. Und du wirst ganz bestimmt nicht mit einem Kind von mir England verlassen. Wir werden es beide lieben und großziehen. Das ist der Plan", flüsterte er mir sanft in mein Ohr. „Ich kann nicht mir dir schlafen." Ich konnte sehen, wie sein Blut in seine Wangen schoss. „Willst du nicht mit mir schlafen, weil du das Ende unserer Beziehung schon sehen kannst?" „Ja. Ich kann nicht. In mir ist alles blockiert." „Was hat sich zwischen uns verändert? Ich erinnere mich an die Zeit in Fulham. Wir waren und sind ein Paar. Es hat sich nie etwas für mich verändert." „Alles hat sich verändert! Ich liebe dich, aber ich würde nie richtig dazugehören", brach ich ab und atmete schwer: „Ich bin es mir schuldig, diese Entscheidung so zu treffen", endete ich und jetzt musste ich mich setzen. Rückwärts suchend trat ich auf Brandons Bett zu, bis ich es hinter mir fühlte und stolpernd mich setzte. Mein Hals war ganz trocken, mir wurde ganz heiß und mein Herzschlag pochte in meinen Kopf. Ich fühlte mich wie in einer Prüfung, wo plötzlich alles Wissen verschwunden ist und nur noch ein Stottern bleibt. Alle meine heißen Gefühle stauten sich in meinen Kopf an und ein heftiger Schmerz raste durch ihn. Da stand Brandon vor mir. So schön, so bekümmert, so treu blickend, so liebevoll. Mir wurde ganz plötzlich in aller Endgültigkeit bewusst, dass ich in wenigen Augenblicken

Brandon zum letzten Mal sehen würde. Der einzige Mann, dem ich in leidenschaftlicher Liebe verfallen war. Meiner wirklich ersten Beziehung, die ich wirklich gewollte hatte. Dem ich alles geschenkt hätte, wenn es nur für immer passen würde. „Du bist ganz bleich?" „Ich brauche ein Glas Wasser. Bitte, sei so gut und öffne das Fenster! Es ist so unerträglich heiß, stickig und eng. Ich brauche Luft." Mein Atem ging ins Seichte und ich spürte, wie über eine Hyperventilation langsam ein Kreislaufproblem und eine Besinnungslosigkeit herannahten. „Was ist mit dir?" „Mir ist ganz plötzlich bewusstgeworden, dass wir nicht mehr viel Zeit haben. Die Zeit fliegt. Es ist nur noch ein Augenblick und ich verliere dich", brachte ich noch hervor und mein Sichtfeld wurde eingeengt und dann wurde es schwarz um mich. Als ich die Augen wieder aufschlug, war er ganz nah bei mir: „Hallo, da bist du ja wieder! Du verlierst mich nicht, wenn du bleibst.

Geht es dir besser? Brauchst du einen Arzt?"

„Nein, danke. Ich hatte mich nur überanstrengt. Es geht schon wieder!" Er legte sich zu mir. Streichelte mich. „Stella, es passiert nur, wenn ich dich heirate, nicht wahr!" „Sex ist für dich wie ein Toilettengang. Du tust es einfach und dann gehst du." Brandon musste kurz auflachen. „Nein, es ist meine pure Leidenschaft für dich, die in mir unaufhörlich brennt. Egal was du sagst, ich kann nicht aufhören, für dich so zu empfinden. Wenn ich dich sehe, schlägt mein Herz schneller und meine Knie werden weich. Das gleiche gilt auch für dich, wenn ich dich berühre. Du wirst es erst wissen, wenn wir auf dem Weg sind. Du musst uns vertrauen und darfst nicht zweifeln."

Dann zog er die Schublade auf und holte einen Ring heraus und kniete vor mir nieder. Es war der Ring, den wir im Sommer bei Tiffany gesehen und den ich ausgewählt hatte. „Brandon", rief ich erstaunt aus. Er nahm meine rechte Hand und steckte sanft den Ring an meinen Finger. „Das ist der Anfang auf die Ewigkeit. Willst du mich für immer? Ich verspreche dir, dich zu heiraten, zu lieben und zu ehren, bis der Tod uns scheidet. Ich wollte eigentlich heute vor meinen Eltern, meiner Schwester und meinen Freunden den Antrag machen." „Ich weiß nicht, was ich sagen soll?" „Willst du mit mir zusammen an guten und schlechten Tagen sein? Kannst du dir ein Leben mit mir vorstellen? Wir leben zusammen und trennen uns nicht mehr!" „Ich kann es mir nicht vorstellen! Deine Familie. Ich passe da nicht rein."

„Die Familie gewöhnt sich. Das ist nicht unsere Sorge. Wir müssen passen. Okay, willst du von nun an mit mir zusammen sein und mich heiraten und ich übernehme ein wenig die Regie, bist du es dir vorstellen kannst!"

„Ja, aber du bist schon mit einer anderen zusammen." Brandon schaute mich erstaunt an. „Mit wem denn?" „Stephanie!" „Nur im geschäftlichen Bereich. Ich will nicht mit ihr leben. Du bist meine Frau. Ich werde das regeln. Das hat gar nichts mit uns zu tun. Ich habe dich aufrichtig aus tiefem Herzen gewählt." „Bist du sicher?" „Ganz sicher. Heirate mich!"

Erstaunt blickte ich Brandon an. „Was war mit heute Abend? Ich hatte das Gefühl des völligen Ausgeschlossen seins und James...." – „Pst, James! Lass James nicht in unser Leben! Der einzige und wahre Moment war im

Keller. Es war dein Fehler, weil du nicht auf mich gehört hast. Du wolltest deine Unabhängigkeit, indem du meine Hausangestellte sein wolltest. Ich habe dir deinen Willen gelassen." „Ich wollte dich nicht verlieren. In dem Moment, wo ich es ausgesprochen hatte, dass ich wieder nach Hause gehe, war mir klar, dass ich ein Fehler gemacht hatte. Ich fühlte, dass ich bei dir bleiben wollte. Als ich wusste, dass du es dir übersetzen hast lassen, da dachte ich, es wäre vorbei mit uns. Du warst so kühl und abweisend. Als du mich dann geküsst hast, habe ich Versöhnung gefühlt. Ich dachte..." „Du Dummerchen! Meinst du, ich lasse mich von deiner Unschlüssigkeit abschrecken, weil du noch ein anderes zu Hause hast. Wir spielen kein Spiel mehr. Mir ist es sehr ernst. Ich will dich in meinen Leben. Ich will mit dir hier leben. Es gibt niemanden mit dem ich lieber zusammen bin, als mit dir. Ich wäre dumm, dich gehen zu lassen. Ich würde es wirklich bereuen. Ich habe es schon einmal bereut, dich verloren zu haben. Das Leben mit dir ist tausendmal leuchtender als ohne dich. Alles bekommt einen Sinn."

Das erste Mal

Er küsste mich leidenschaftlich und begann mich auszuziehen. Zunächst blieb ich antriebslos stehen und ließ es einfach geschehen. Seine Hände wanderten zu meinem Rücken und lösten meinen BH. Mein Slip verschwand in seiner Hosentasche und ich löste seinen Gürtel. Zärtlich streichelte seine Hand meinen Körper. Er küsste meine Brüste. Es berauschte mich und ich ließ mich hineinfallen. Tausend Küsse, zarte und harte folgten an vielen entrückenden Stellen. Er legte mich auf das Bett. Dann drang er in mich ein. Auf diese Weise ging es sehr schnell. Es war ein brennender heißer Schmerz und ich stöhnte. Es schien mir, als sei ich zu eng. Es schmerzte mich, als würde ich zerrissen. Er bewegte sich nicht und eine pulsierende Ruhe kehrte kurz ein. Schließlich wollte er mich so sehr und küsste mich auf meine Lippen und seine Zunge drang in mich ein und er liebkoste mich und peitschte unsere Leidenschaft an. Seine Hände glitten wie Samt über mich. Schließlich hielt er meine Hände in seinen fest. Er versuchte sich sehr langsam vorzutasten und schaute mich an.

Brandon schloss seine Augen, atmete tief ein und sah mich anschließend sehnsüchtig an. „Ich verspreche, dir, ich tue es ganz langsam", hauchte er in mein Ohr und seine Bewegungen nahmen dennoch rasch zu. Es war für mich anfänglich ein wenig schmerzhaft, aber es löste sich und ein unglaubliches Erlebnis der Nähe entstand. Brandon blickte in mein Gesicht. Sein Atem ging schneller und seine Lust nahm zu. „Ich brauche dich. Es ist so schön, endlich dir so nah zu sein. Ich liebe dich. Ich möchte dich nie mehr verlassen." Seine vielen Küsse erregten mich und ich fühlte mit Brandon zusammen eine starke Welle von Lust und das Löschen jeden Denkens. Seine Bewegungen wurden weniger behutsamer und heftiger und ich fühlte in mir eine unerwartete Macht, die mich dazu drängte, mehr Lust zu empfinden und ich bewegte mich auf ihn zu und spürte Hitze, Lust und ein Gefühl der inneren tiefen Befriedigung, bis er sich plötzlich aufbäumte und sich tief in mir ergoss. Er ließ sich sanft auf mich fallen, drehte mich zur Seite, ohne mich zu verlassen. Seine Haut war feucht und heiß. Sein Glied pulsierte in mir. „Wir sind jetzt zusammen, für immer", murmelte er. Ich küsste ihn. „Dann fliegen wir nach den Weihnachtstagen sofort zu deinen Eltern und erzählen es ihnen." „Was willst du ihnen erzählen?" „Wir heiraten am 6. Januar." „Ich rede vorher mit ihnen. Wir besuchen sie einfach nach den Weihnachtsferien und ich stelle dich erst einmal vor. Wir heiraten dann im Frühjahr." „Stella. Egal, was deine Eltern sagen, wir gehören zusammen. Hast du Angst vor deinen Vater? Wir sind unabhängig und können tun, was wir wollen." „Ich habe keine Angst vor meinen Vater. Es ist nur Respekt. Sie gehören genauso wie deine Eltern dazu." „Also ich will nicht warten. Außerdem gehe ich bald in die Staaten und wenn du meine Frau bist, kannst du mit mir einreisen. Ich möchte, dass wir zusammen sind. Egal wann und wo." „Bis vor einem Augenblick dachte ich, ich gehe zurück nach Deutschland, dann dachte ich, wir leben in England und jetzt sprichst du von Amerika." „Wir sind für eine Weile dort! Wir heiraten nächste Woche und direkt anschließend fliegen wir in die Staaten.

Epilog

Am nächsten Morgen wurde ich von Kinderlärm geweckt. Jane schrie. Brandon war kurz aufgestanden und kam dann wieder ins Bett und weckte mich zärtlich mit tausenden tupfenden Küssen. Langsam öffnete ich meine Augen und schaute auf die Kommode. „Was ist eigentlich mit den Kondomen?", und deutete mit dem Blick darauf. „Dafür hast du den Ring. Ewigkeit bedeutet auch Kinder. Mache dir also keine Sorgen mehr! Ich sorge für dich und unsere Kinder."

„Ich habe Angst vor mir selbst, wenn ich daran denke, dass ich so unüberlegt mit dir schlafe. Ich wollte eigentlich verhüten. Aber irgendwie haben wir den Einsatz übersehen. Ehrlich gesagt, ich dachte, du würdest daran denken und wüsstest, wann der richtige Augenblick ist."

„Liebling, ich denke, es war besser, mich nicht mehr aufzuhalten. Die letzten Male haben mich gelehrt, bloß nicht mehr stehen bleiben. Einfach dranbleiben. Ich war selbst aufgeregt und dann ging es plötzlich so schnell und ich war schon in dir." „Aber, wenn ich jetzt schwanger geworden bin?" „Beruhige dich! Du hast einen Ring am Finger. Du darfst schwanger werden. Ich will Kinder mit dir."

Ich fühlte mich in meinen Leben angekommen. Gerade jetzt fühlte ich, dass Brandon wirklich zu mir gehörte, weil ich spüren konnte, dass er es auch so meinte. Eine eigene Familie konnte ich mir zwar noch nicht vorstellen. Aber ein Leben mit Brandon schon. Es fehlte jetzt nur noch eine berufliche Aufgabe, die mich ausfüllte, Mut gegenüber meinen Eltern, den Schwiegersohn zu präsentieren. Aber das alles würde sich finden. Das einzige was jetzt zählte war, dass wir zusammen waren und es aufrichtig miteinander versuchen wollten. Diesmal wollte ich für uns einstehen und nicht mehr zweifeln.

2. Teil

Stella bleibt in London und lebt eine kurze Weile mit Brandon, seiner Schwester und den Kindern und erlebt Familienanschluss. Es gibt zahlreiche Herausforderungen für Stella. Brandon schafft es jedoch nicht rechtzeitig vor seinem Abflug in die Staaten, die Ehe mit Stella zu arrangieren. Stella bleibt in London zurück und nach der Entdeckung der Sexualität blickt Stella mit anderen Augen auf ihre Welt, die zahlreiche Verlockungen bereithält...

Printed in Germany
by Amazon Distribution
GmbH, Leipzig